WAT VERBORGEN IS

Hjorth Rosenfeldt

Wat verborgen is

Vertaald
door
Geri de Boer

2011
DE BEZIGE BIJ
AMSTERDAM

Cargo is een imprint van uitgeverij De Bezige Bij, Amsterdam

Copyright © 2010 Michael Hjorth & Hans Rosenfeldt
Published by agreement with Norstedts Agency
Copyright Nederlandse vertaling © 2011 Geri de Boer
Oorspronkelijke titel *Det fördolda*
Oorspronkelijke uitgever Norstedts, Zweden
Omslagontwerp Wil Immink Design
Omslagillustratie Steve Peet / Arcangel Images / HH
Foto auteurs Leif Hansen
Vormgeving binnenwerk Peter Verwey, Heemstede
Druk Koninklijke Wöhrmann, Zutphen
ISBN 978 90 234 5745 9
NUR 305

www.uitgeverijcargo.nl

De man was geen moordenaar.

Dat hield hij zichzelf voor terwijl hij de dode jongen van de helling af sleepte: ik ben geen moordenaar.

Moordenaars zijn misdadigers. Moordenaars zijn slechte mensen. Hun ziel is door donkerte verslonden, om allerlei redenen omhelzen en verwelkomen ze het duister en wenden ze het licht hun rug toe. Hij was niet slecht.

Integendeel.

Had hij de laatste tijd niet juist het tegendeel bewezen? Had hij zijn eigen gevoelens, zijn eigen wil niet bijna volledig opzijgezet, en zichzelf haast geweld aangedaan ten behoeve van anderen? De andere wang toegekeerd, dat had hij gedaan. Was zijn aanwezigheid hier, in de volstrekte verlatenheid van deze drassige laagte, met die dode jongen, niet eens te meer een bewijs dat hij het goede wilde doen? Het goede móést doen. Dat hij nooit meer weg zou gaan.

De man stond even stil om uit te blazen. Ook al was hij jong, de jongen was zwaar. Goed getraind. Uren in de sportschool. Maar het was niet ver meer. Hij greep de broekspijpen, die ooit wit waren geweest, maar die in het donker welhaast zwart leken, stevig vast en begon weer te trekken. Wat had de jongen gebloed!

Ja, iemand doden was verkeerd. Vijfde gebod: Gij zult niet doden. Maar er waren uitzonderingen. De Bijbel riep op veel plaatsen op tot doden uit rechtvaardigheid. Er waren mensen die het verdienden. Verkeerd kon goed zijn. Niets was absoluut.

En als het niet uit egoïsme gebeurde, als het verlies van een mensenleven anderen zou redden, anderen een kans zou geven, hun een leven zou geven, dan kon zo'n daad toch onmogelijk slecht zijn? Als het doel goed was?

De man stopte bij het kleine vennetje met zijn donkere water. Normaal was dat een poeltje, slechts een paar meter diep, maar de regen van de laatste tijd had de grond verzadigd, en nu was het uitgegroeid tot een heus meertje in de met bomen en struiken begroeide laagte.

De man boog voorover en pakte de jongen beet bij de schouders van zijn T-shirt. Met veel moeite kreeg hij het levenloze lichaam half overeind. Heel even keek hij recht in de ogen van de jongen. Wat was zijn laatste gedachte geweest? Had hij er überhaupt nog een gehad? Begreep hij dat hij doodging? Vroeg hij zich af waarom? Dacht hij aan alles wat hij in zijn korte leven niet had kunnen doen of aan wat hij juist wel had gedaan?

Het maakte niet uit.

Waarom kwelde hij zichzelf zo, meer dan noodzakelijk?

Hij had geen keus.

Hij kon niet weglopen.

Niet nog eens.

Toch twijfelde hij. Maar nee, ze zouden het niet begrijpen. Niet vergeven. Niet, zoals hij, de andere wang toekeren.

Hij duwde de jongen achteruit en het lichaam viel met een luide plons in het water. De man, niet voorbereid op het geluid in de donkere stilte, sprong verschrikt op.

Het lichaam van de jongen zonk weg in het water en verdween.

De Man die geen Moordenaar was liep terug naar zijn auto, die op het bosweggetje geparkeerd stond, en ging naar huis.

'Politie Västerås, Klara Lidman.'

'Ik wilde mijn zoon als vermist opgeven.'

De vrouw klonk haast verontschuldigend, alsof ze niet goed wist of ze wel aan het juiste adres was of niet echt verwachtte dat ze haar zouden geloven. Klara Lidman trok een notitieblok naar zich toe, ook al werd het gesprek opgenomen.

'Hoe is uw naam?'

'Lena. Lena Eriksson. Mijn zoon heet Roger. Roger Eriksson.'

'Hoe oud is uw zoon?'

'Zestien. Ik heb hem sinds gistermiddag niet meer gezien.'

Klara noteerde de leeftijd en begreep dat ze dit bericht voor onmiddellijke actie moest doorgeven. Dat wil zeggen, als hij echt vermist was.

'Hoe laat gistermiddag?'

'Hij ging om vijf uur de deur uit.'

Tweeëntwintig uur geleden. Tweeëntwintig uren die belangrijk waren bij een vermissing.

'Weet u waar hij toen heen ging?'

'Ja, naar Lisa.'

'Wie is Lisa?'

'Zijn vriendin. Ik heb haar vandaag gebeld, maar hij was daar gisteravond om tien uur weggegaan, zei ze.'

Klara streepte de dubbele 2 door en verving ze door 17.

'Waar ging hij toen heen?'

'Dat wist ze niet. Naar huis, dacht ze. Maar hij is niet thuis

7

geweest. De hele nacht niet. En nu is alweer bijna de hele dag voorbij.'

En je belt nu pas, dacht Klara. De vrouw aan de andere kant van de lijn leek niet erg ontdaan, viel haar nu op. Eerder bedrukt. Gelaten.

'Lisa – hoe heet ze nog meer?'

'Hansson.'

Klara noteerde de naam.

'Heeft Roger een mobiele telefoon? Hebt u geprobeerd hem te bellen?'

'Ja, maar hij neemt niet op.'

'En u hebt geen idee waar hij naartoe kan zijn? Hij kan niet bij een vriend hebben overnacht of zoiets?'

'Nee, dan had hij gebeld.'

De vrouw zweeg even en Klara nam aan dat haar stem het begaf, maar toen ze een zuigend inhaleren aan de andere kant van de lijn hoorde, begreep ze dat de vrouw een lange trek van haar sigaret had genomen. Ze blies de rook uit.

'Hij is gewoon weg.'

De droom kwam elke nacht.

Die liet hem niet met rust.

Altijd dezelfde droom, dezelfde verlammende angst. Het irriteerde hem. Maakte hem waanzinnig. Sebastian Bergman was daar te goed voor. Beter dan wie ook wist hij wat dromen betekenden; beter dan wie ook zou hij boven deze koortsige resten van het verleden moeten kunnen staan. Maar hoe goed hij er ook op was toegerust, hoe bewust hij zich ook was van de eigenlijke betekenis van de droom, hij kon niet voorkomen dat hij erdoor werd gegrepen. Het was alsof de droom het inwendige snijpunt raakte van wat hij wist dat die betekende en wat hij was.

4:43 uur.

Het begon licht te worden. Sebastian had een droge mond. Had hij geschreeuwd? Waarschijnlijk niet, want de vrouw naast hem was niet wakker geworden. Ze ademde rustig en hij zag dat haar lange haar een naakte borst half bedekte. Sebastian strekte zonder erbij na te denken zijn licht verkrampte vingers uit. Hij was eraan gewend dat hij na de droom wakker werd met een gebalde rechtervuist. Hij probeerde intussen wel op de naam te komen van de slapende schoonheid aan zijn zijde.

Katarina? Karin?

Ze had het 's avonds vast wel een keer gezegd.

Kristina? Karolin?

Niet dat het echt wat uitmaakte – hij was niet van plan haar ooit weer op te zoeken –, maar het wroeten in zijn geheugen droeg bij aan het verjagen van de laatste, sluierachtige overblijfselen van de droom, die nog in al zijn zintuigen leek vast te zitten.

De droom die hij al meer dan vijf jaar in zich had. Elke nacht dezelfde droom, dezelfde beelden. Zijn hele onderbewuste werkte ingespannen aan wat hem overdag niet lukte: zijn schuld inlossen.

Sebastian kwam langzaam uit het bed, onderdrukte een geeuw en pakte zijn kleren van de stoel waar hij ze een paar uur geleden op had gelegd. Terwijl hij zich aankleedde, bekeek hij ongeïnteresseerd de kamer waarin hij de nacht had doorgebracht. Een bed, twee witte wandkasten, waarvan één met een spiegeldeur, een eenvoudig wit nachtkastje van Ikea met daarop een wekker en het tijdschrift *Må Bra* – 'Voel je goed' – en naast de stoel waar hij net zijn kleren van af had gehaald een tafeltje met een foto van een omdeweeks kind en wat prulletjes. Aan de wanden, die een gladde makelaar ongetwijfeld als 'roomkleurig' had gepresenteerd, maar die gewoon vuilbeige waren, hing nietszeggende reproductiekunst. De kamer was als de seks die ze er hadden gehad: fantasieloos en een beetje saai, maar functioneel. Dat was het altijd. Helaas duurde de bevrediging niet erg lang.

Sebastian sloot zijn ogen. Dit was altijd het pijnlijkste moment: de overgang naar de werkelijkheid. De gevoelsmatige U-bocht. Dit moment kende hij heel goed. Hij concentreerde zich op de vrouw in het bed, vooral op de tepel die zichtbaar was. Hoe heette ze ook alweer?

Hij wist dat hij zich had voorgesteld toen hij met de drankjes kwam; dat deed hij altijd. Nooit wanneer hij vroeg of de plaats naast haar vrij was, of vroeg of hij haar iets te drinken mocht aanbieden. Altijd wanneer hij het glas voor haar neerzette.

'Ik heet Sebastian, trouwens.'

En wat zei zij toen? Iets met een K; dat wist hij heel zeker. Hij maakte de riem van zijn broek vast. Een licht metalig gerammel van de gesp.

'Ga je weg?' Haar stem nog schor van de slaap, haar ogen zoekend naar de wekker.

'Ja.'

'Ik dacht dat we nog samen zouden ontbijten. Hoe laat is het?'

'Bijna vijf uur.'

De vrouw steunde op haar ene elleboog. Hoe oud was ze? Tegen de veertig? Ze streek een plukje haar uit haar gezicht. De slaap trok zich terug en maakte plaats voor het besef dat de ochtend niet zo zou worden als ze het zich had voorgesteld. Hij was stilletjes opgestaan, had zich aangekleed en had willen weggaan zonder haar wakker te maken. Ze zouden niet samen ontbijten en relaxed babbelend *Dagens Nyheter* lezen, geen zondags wandelingetje maken. Hij zou haar niet beter willen leren kennen en niet nog eens bellen, wat hij ook zei.

Dat wist ze. Daarom zei hij alleen maar: 'Dag.'

Sebastian gokte niet op een naam. Hij wist niet eens meer zeker of die met een K begon.

De ochtendschemering lag stil over de straat. Alle geluiden leken gedempt, alsof niemand de nog slapende voorstad wakker wilde maken. Zelfs het verkeer op de Nynäsväg, een stukje verderop, leek voorzien van een eerbiedige sordino. Op het kruispunt stopte Sebastian bij het straatnaambord. De Varpaväg. Ergens in Gubbängen, Zuid-Stockholm. Een flink eind van huis. Ging de metro al zo vroeg? Op de heenweg hadden ze een taxi genomen. Ze waren gestopt bij een 7-Eleven en hadden brood gekocht voor het ontbijt; ze had niets in huis, had ze bedacht. Want hij wilde toch wel blijven ontbijten? Brood en sap hadden ze gekocht, samen. Nou ja, hoe bestond het? Hoe heette dat mens nou toch? Sebastian toog op weg over de verlaten straat.

Hij had haar gekwetst, hoe ze ook heette.

Over veertien uur zou hij daar in Västerås mee doorgaan. Hoewel – dat was anders; die vrouw kon hij niet meer raken.

Het begon te regenen.

Wat een kloteochtend.

In Gubbängen.

Alles liep spaak. Er lekte water in de schoenen van hoofdinspecteur Thomas Haraldsson, zijn radio was dood en hij was de anderen, met wie hij een keten in de zoekactie vormde, kwijtgeraakt. De zon scheen hem recht in de ogen, zodat hij moest turen om niet over de scheuten en wortels te struikelen die hier onregelmatig uit het lage terrein omhoogstaken. Haraldsson vloekte zachtjes en keek op zijn horloge. Over ruim twee uur begon Jenny's lunchpauze in het ziekenhuis. Ze zou in de auto stappen, naar huis rijden en hopen dat hij al thuis was. Maar dat zou hem niet lukken. Hij zou nog in dit verdomde bos zitten.

Haraldsson zakte dieper weg met zijn linkervoet. Hij voelde hoe het koude water door zijn kniekousen in zijn molières werd gezogen. In de lucht lag al de vluchtige warmte van het voorjaar, in het water beet de winterkou zich nog vast. Hij huiverde, maar kreeg zijn voet weer omhoog en vond vaste grond. Haraldsson keek om zich heen. Het oosten moest die kant op zijn. Bevonden de dienstplichtigen zich daar niet? Of de scouts? Maar misschien was hij wel 360 graden gedraaid en het benul waar het noorden was helemaal kwijtgeraakt. Een stukje verderop zag hij echter een heuveltje, en hij besefte dat daar droge grond was, een klein paradijsje in deze natte hel. Hij ging die kant op. Zijn voet zakte weer weg. De rechter ditmaal. Dat was verdomme het toppunt.

Alles was de schuld van Hanser.

Hij had hier niet tot aan zijn kuiten nat hoeven te worden als Hanser niet had willen laten zien hoe daadkrachtig en sterk ze was. En dat moest ze wel, want ze was verdomme niet eens een echte diender. Ze was zo'n jurist die iedereen stiekem had weten te passeren en chef was geworden zonder vuile handen te krijgen of, zoals hij, natte voeten.

Nee, als het aan Haraldsson had gelegen was dit heel anders aangepakt. Natuurlijk, die knul was al sinds vrijdag verdwenen en volgens de regels was het juist om het zoekgebied uit te kammen, vooral omdat een van de informanten had gesproken over 'nachtelijke activiteiten' en 'licht in het bos' in de buurt van het Listakärr-moeras het afgelopen weekend. Maar Haraldsson wist uit ervaring dat dit een algehele oefening in zinloosheid was. Die knul zat in Stockholm zijn ongeruste moeder uit te lachen. Hij was zestien. Zulke dingen doen zestienjarige jongens: hun moeder uitlachen.

Hanser.

Hoe natter Haraldsson werd, hoe meer hij een hekel aan haar kreeg. Zij was het ergste wat hem was overkomen. Jong, aantrekkelijk, succesvol, met politieke relaties – een exponent van de nieuwe, moderne politie.

Ze had hem gedwarsboomd. Toen ze haar eerste bijeenkomst met de politie van Västerås hield, besefte Haraldsson dat zijn carrière abrupt ten einde was gekomen. Hij had naar de baan gesolliciteerd; zij had hem gekregen. Ze zou minstens vijf jaar chef blijven. Zíjn vijf jaar. Zijn ladder omhoog was weggetrokken. Nu raakte zijn carrière langzaam afgevlakt, en het leek slechts een kwestie van tijd voordat de daling zou inzetten. Het was bijna symbolisch dat hij nu tot aan zijn knieën in de stinkende klei stond in een bos op enkele kilometers afstand van Västerås.

'STRAKS GEZELLIG LUNCHEN' had ze hem vanmorgen met grote letters ge-sms't. Dat betekende dat Jenny in de lunchpauze naar huis kwam om seks met hem te hebben; vanavond zouden ze dan nog één of twee keer vrijen. Zo was hun leven momenteel. Jenny was in behandeling voor hun kinderloosheid en had samen met de dokter een schema opgesteld om de kans op bevruchting zo groot mogelijk te maken. Vandaag was zo'n optimale dag. Vandaar het sms'je. Haraldsson was er dubbel over. Aan de ene kant vond hij het fijn dat hun seksleven de laatste tijd met honderden procenten was gestegen, dat Jenny hem altijd wilde. Aan de andere kant kon hij niet aan het gevoel ontkomen dat het haar eigenlijk niet om hem ging, maar om zijn sperma. Zonder kinderwens zou ze nooit op het idee komen om in de lunchpauze voor een vluggertje naar huis te gaan. Het had allemaal iets fokkerigs. Zodra er een eitje aan zijn tocht naar de baarmoeder begon, waren ze net konijnen. En tussendoor ook, eerlijk gezegd, gewoon voor de zekerheid. Maar nooit meer voor het genot, nooit meer voor de intimiteit. Waar was de passie gebleven? De wellust? En nu zou ze in de lunchpauze thuiskomen in een leeg huis. Hij had haar misschien, voordat hij wegging, moeten bellen om te vragen of hij zich moest aftrekken en een potje in de koelkast moest zetten. Het ergste was dat hij niet zeker wist of Jenny dat wel zo'n slecht idee zou vinden.

Het was zaterdag begonnen.

Rond een uur of drie had de alarmcentrale een gesprek doorverbonden met de politie van Västerås. Een moeder had haar zestienjarige zoon als vermist opgegeven. Omdat het om een minderjarige ging, kreeg de melding de hoogste prioriteit. Geheel conform de regels.

Helaas bleef de prioritaire melding tot zondag liggen, toen een patrouille opdracht kreeg er iets mee te doen. Dat leidde ertoe dat twee geüniformeerde agenten om een uur of vier bij de moeder op bezoek gingen. Ze namen haar melding nog een keer door en voerden hem op in hun protocol toen hun dienst er later die avond op zat. Nog altijd was er geen actie ondernomen, behalve dat er nu twee keurige, identieke meldingen van dezelfde vermissing waren. Allebei ook nog voorzien van de hoogste prioriteit.

Pas op maandagochtend, toen Roger Eriksson al 58 uur vermist was, merkte de dienstdoende commandant dat er nog niets met de melding was gedaan. Helaas liep een vergadering over het voorstel voor de nieuwe uniformen van de rijkspolitie uit, zodat Haraldsson de weggeschoven zaak pas maandag na de middagpauze kreeg toebedeeld. Toen hij de datum van ontvangst zag, dankte Haraldsson zijn gelukkige gesternte dat die patrouille zondagavond bij Lena Eriksson op bezoek was geweest. Dat er alleen nog maar een rapport was geschreven, hoefde zij immers niet te weten. Nee, de politie was zondag al serieus aan het werk gegaan, maar dat had nog niets opgeleverd. Dat was de versie waaraan Haraldsson zich wenste te houden.

Haraldsson besefte dat hij wel wat nieuwe informatie moest hebben voordat hij met Lena Eriksson ging praten, dus hij probeerde het vriendinnetje van de jongen, Lisa Hansson, aan de telefoon te krijgen, maar ze was nog op school.

Hij keek het strafregister na op Lena Eriksson en haar zoon Roger. Tegen Roger was een paar keer aangifte gedaan over kruimeldiefstallen. De laatste ruim een jaar geleden en moeilijk in verband te brengen met zijn verdwijning. Over de moeder stond er niets in.

Haraldsson belde de gemeente en kwam erachter dat Roger op het Palmlöv zat.

Niet best, dacht Haraldsson.

Het Palmlöv College was een particuliere middelbare school met een internaat erbij. Wat de studieresultaten betrof gold het als een van de beste scholen van het land. Er zaten begaafde en gemotiveerde leerlingen met rijke ouders op. Ouders met contacten. Er zou een zondebok worden gezocht voor het feit dat het onderzoek niet meteen op gang was gekomen, en dan zag het er niet best uit als hij op de derde dag nog niets had bereikt. Haraldsson besloot alle andere dingen opzij te zetten. Zijn carrière stond al stil, en het was dom om nog meer te riskeren.

Dus werkte Haraldsson de hele middag aan een stuk door. Hij ging naar het Palmlöv. De rector, Ragnar Groth, en de mentor van de klas van Roger Eriksson, Beatrice Strand, toonden zich allebei zeer ongerust en ontsteld toen ze vernamen dat Roger vermist werd, maar verder konden ze niet helpen. Er was in elk geval voor zover zij wisten niets gebeurd. Roger had zich net zo gedragen als normaal, was zoals gebruikelijk op school geweest, had vrijdagmiddag een groot proefwerk Zweeds gehad, en volgens zijn klasgenoten was Roger daarna vrolijk naar huis gegaan.

Haraldsson had ook Lisa Hansson te pakken gekregen, de laatste die Roger vrijdagavond had gezien. Ze zat in een parallelklas, en werd Haraldsson aangewezen in de cafetaria van de school. Het was een lief, zij het wat alledaags meisje. Blond, steil haar, waarvan de pony met een eenvoudige haarspeld was vastgezet. De blauwe ogen niet opgemaakt. Een wit bloesje, tot het een-na-bovenste knoopje dichtgeknoopt, met een vest erover. Haraldsson moest, toen hij tegenover haar ging zitten, onmiddellijk denken aan de pinkstergemeente. Of aan dat meisje in die serie, *De witte steen*, die in zijn jeugd op tv was. Hij vroeg of ze iets uit de cafetaria wilde hebben. Ze schudde haar hoofd.

'Vertel eens over vrijdag, toen Roger bij je was.'

Lisa keek hem aan en haalde haar schouders een beetje op.

'Hij kwam om halfzes of zo, we zaten op mijn kamer, keken tv en tegen tien uur ging hij naar huis. Hij zei in elk geval dat hij naar huis ging...'

Haraldsson knikte. Vierenhalf uur op haar kamer. Twee zestienjarigen. Keken tv – ja, dat kon ze hem natuurlijk proberen wijs te maken. Of had hij gewoon last van zijn eigen milieu? Hoe lang was het geleden dat Jenny en hij een avond tv hadden zitten kijken, zonder een vluggertje tijdens de reclame? Maanden.

'Gebeurde er verder niks? Jullie hebben geen ruzie of onenigheid of zo gehad?'

Lisa schudde haar hoofd. Ze beet op een niet-aanwezige duimnagel. De nagelriem was ontstoken, zag Haraldsson.

'Is hij al eens eerder zo verdwenen?'

Lisa schudde haar hoofd opnieuw.

'Niet dat ik weet, maar we waren nog niet zo lang samen. Hebben jullie niet met zijn moeder gepraat?' Haraldsson dacht even dat ze hem beschuldigde, maar besefte toen dat dat natuurlijk niet zo was. Hansers schuld. Zij had ervoor gezorgd dat hij aan zichzelf twijfelde.

'Dat hebben andere politiemensen gedaan, maar we moeten met iedereen praten. Om een totaalbeeld te krijgen.' Haraldsson schraapte zijn keel. 'Hoe zit het met Roger en zijn moeder? Geen problemen daar?'

Lisa haalde haar schouders weer op. Haraldsson vond haar uitdrukkingsmogelijkheden wat beperkt: hoofdschudden en schouderophalen.

'Hadden ze ruzie?'

'Dat zal wel. Af en toe. Ze had het niet op de school.'

'Op deze school?'

Lisa knikte bij wijze van antwoord.

'Ze vond het een bekakte school.'

Daar heeft ze verdomme gelijk in, dacht Haraldsson.

'Rogers vader, woont die hier in de stad?'

'Nee. Ik weet niet waar hij woont. Ik weet ook niet of Roger het wel weet. Hij praat nooit over hem.'

Haraldsson maakte een aantekening. Interessant. De zoon was misschien vertrokken om op zoek te gaan naar zijn roots. Om de confrontatie met zijn afwezige vader aan te gaan. En hield dat geheim voor zijn moeder. Er waren wel vreemdere dingen voorgevallen.

'Wat denkt u dat er met hem is gebeurd?'

Ze onderbrak Haraldssons gedachten. Hij keek haar aan en zag voor het eerst dat ze bijna in tranen was.

'Ik weet het niet. Maar hij duikt waarschijnlijk wel weer op. Misschien is hij gewoon naar Stockholm gegaan of zo. Je weet wel, een beetje avontuur.'

'Waarom zou hij dat doen?' Haraldsson keek naar haar oprecht vragende gezicht. De niet-gelakte, afgebeten nagel tussen de ongestifte lippen. Nee, het pinkstermeisje begreep vast niet waarom, maar Haraldsson raakte er steeds meer van overtuigd dat deze vermissing eigenlijk een weglopen was.

'Soms krijg je rare ideeën, die op dat moment heel goed lijken.

Hij duikt vast wel weer op, dat zul je zien.' Haraldsson glimlachte overtuigend en vertrouwenwekkend, maar hij zag dat Lisa het niet zo opvatte.

'Zeker weten,' voegde hij eraan toe.

Voordat hij wegging, vroeg hij Lisa een lijstje te maken van Rogers vrienden en kennissen. Lisa zat lang na te denken, schreef toen iets op en gaf hem het papiertje. Twee namen: Johan Strand en Erik Heverin. Eenzame jongen, dacht Haraldsson. Eenzame jongens lopen weg.

Toen Haraldsson die maandagmiddag in de auto stapte, had hij toch een tevreden gevoel over de dag. Het gesprek met Johan Strand had evenwel niets nieuws opgeleverd. De laatste keer dat Johan Roger had gezien, was toen de school vrijdag uitging. Voor zover hij wist, zou Roger 's avonds naar Lisa gaan. Hij had geen idee waar hij daarna naartoe gegaan kon zijn. Wat Erik Heverin betrof: die had kennelijk langdurig verlof. Zes maanden in Florida. Hij was al zeven weken weg. De moeder van de jongen had een consultancyopdracht in de Verenigde Staten en het hele gezin ging mee. Sommige mensen treffen het, dacht Haraldsson, en hij probeerde zich te herinneren naar welke exotische plaatsen zijn eigen werk hem had gebracht. Dat seminar in Riga was het enige waar hij zo gauw op kon komen, maar toen had hij de helft van de tijd buikgriep gehad, en wat hij zich vooral herinnerde, was hoe irritant leuk zijn collega's het hadden gehad terwijl hij boven een blauwe plastic emmer hing.

Maar zoals gezegd: Haraldsson was toch heel tevreden. Hij had verschillende sporen gevolgd, en het belangrijkste was: hij had een mogelijk conflict tussen moeder en zoon gevonden, dat erop duidde dat dit binnenkort geen politieaangelegenheid meer zou zijn. Had de moeder in haar melding niet gezegd dat hij 'ervandoor ging'? Ja, zeker wel. Haraldsson wist nog dat hij daarop reageerde toen hij de bandopname hoorde. Haar zoon 'vertrok' of 'verdween' niet, hij 'ging ervandoor'. Duidde dat er niet op dat hij het huis in een kwaaie stemming had verlaten? Een deur die dichtsloeg voor een ietwat gelaten moeder. Haraldsson wist het steeds zekerder: de knaap was in Stockholm zijn blik aan het verruimen.

Maar voor de zekerheid wilde hij even langs Lisa's huis rijden om bij een paar deuren aan te bellen. Hij was van plan zich een beetje te laten zien, zodat een paar mensen hem zouden herkennen voor het geval dat iemand zich afvroeg hoe het onderzoek verliep. Misschien had iemand Roger zelfs gezien, liefst op weg naar het centrum en het station. En dan naar de moeder om nog wat druk uit te oefenen over hoe vaak ze eigenlijk ruzie hadden. Goed plan, vond hij zelf, en hij startte de auto. Zijn mobiele telefoon ging. Een snelle blik op het display deed hem verkillen. Hanser.

'Wat nou weer?' mompelde Haraldsson, en hij zette de motor weer uit. Zou hij het gesprek wegdrukken? Verleidelijk, maar misschien was de knaap terecht. Misschien wilde Hanser hem dat vertellen. Dat Haraldsson het de hele tijd al bij het rechte eind had gehad. Hij nam op.

Het gesprek duurde slechts achttien seconden en bestond van Hansers kant uit zes woorden.

'Waar zit je?' waren de eerste drie.

'In de auto,' antwoordde Haraldsson naar waarheid. 'Ik heb zojuist op de school van die knaap met de leraren en met zijn vriendin gesproken.'

Tot zijn grote ergernis hoorde Haraldsson dat hij in de verdediging ging. Zijn stem werd een beetje onderdanig, wat lichter. Verdomme, hij had alles gedaan wat hij moest doen.

'Kom onmiddellijk terug.'

Haraldsson stond op het punt uit te leggen waar hij naartoe wilde en te vragen wat er zo belangrijk was, maar hij kreeg de kans niet, want Hanser hing op. Verdomde Hanser. Hij startte de auto, keerde om en reed naar het bureau.

Daar wachtte Hanser hem op. Die kille ogen. Dat iets te perfecte blonde, golvende haar. Dat fraai zittende en ongetwijfeld dure mantelpakje. Ze had net een telefoontje gehad van een verontwaardigde Lena Eriksson, die zich afvroeg of er nog iets gebeurde, en nu vroeg ze zich dat zelf ook af: gebeurt er wel iets?

Haraldsson rapporteerde snel de activiteiten van de middag en wist daar in totaal vier keer bij te vermelden dat hij de zaak die dag pas na de middag had gekregen. Als ze zich bij iemand wilde beklagen, moest ze bij degenen zijn die weekenddienst hadden gehad.

'Dat zal ik doen,' zei ze kalm. 'Waarom heb je mij niet geïnformeerd als je het gevoel had dat deze zaak was blijven liggen? Zulke dingen moet ik nou precies weten.'

Haraldsson voelde dat dit gesprek niet ging zoals hij wilde. Hij stond anderen maar de schuld te geven.

'Dat gebeurt nou eenmaal. Ik kan toch niet naar je toe rennen zodra de machine een beetje hapert? Je hebt wel wat belangrijkers te doen.'

'Belangrijker dan ervoor te zorgen dat er onmiddellijk wordt gezocht naar een vermist kind?'

Ze keek hem vragend aan. Haraldsson zweeg. Dit ging niet volgens plan. Helemaal niet volgens plan.

Dat was maandag. Nu stond hij met natte sokken in het moeras. Hanser had de hele artillerie erbij gehaald, de deuren langsgaan en in rijen het bos uitkammen, elke dag meer. Tot nu toe zonder succes. Gisteren was Haraldsson de provinciaal politiecommissaris tegengekomen, die ook in hun bureau zetelde, en had er op zorgeloze toon op gewezen dat dit niet goedkoop was. Er waren veel mensen vele uren aan het werk om een knaap te vinden die zich in de grote stad aan het amuseren was. Haraldsson had de reactie van de provinciaal commissaris niet goed kunnen peilen, maar als Roger terugkwam van zijn uitstapje, zou de man zich herinneren wat Haraldsson had gezegd. Dan zou hij inzien hoeveel geld Hanser had verspild. Haraldsson glimlachte toen hij daaraan dacht. De regels waren één ding, politie-intuïtie was iets heel anders. Dat kon je niet leren.

Haraldsson stopte, halverwege het heuveltje. Zijn ene voet was weer weggezakt. Flink, ditmaal. Hij trok hem op. Zonder schoen.

Hij zag nog net hoe de modder zich hongerig om zijn zwarte maat 43 sloot, terwijl zijn linkersok nog een paar millimeter koud water opzoog.

Nu had hij er verdomme genoeg van.

Zo was het welletjes.

Dit was de druppel.

Op zijn knieën, met zijn hand in de bagger, omhoog met die schoen. En dan ging hij naar huis. Laat die anderen hier maar zo'n klotezoekketen vormen. Hij moest zijn vrouw bevruchten.

Een taxirit en 380 kronen later stond Sebastian voor zijn flat aan de Grev Magnigata in Östermalm, de chique wijk van Stockholm. Hij had een hele tijd overwogen die van de hand te doen; de woning was duur en protserig, geknipt voor een succesvolle schrijver en lezinggever met academische achtergrond en een groot sociaal netwerk. Allemaal dingen die hij niet meer was of had. Maar alleen al de gedachte dat hij dan moest opruimen en inpakken en iets moest doen met alles wat hij al die jaren had verzameld was hem te veel. Dus had hij ervoor gekozen een groot deel van de flat gesloten te houden, en alleen de keuken, de logeerkamer en de kleinste badkamer te gebruiken. De rest bleef onaangeroerd. In afwachting van... tja, iets.

Sebastian wierp een snelle blik op zijn altijd onopgemaakte bed, maar besloot toch maar liever een douche te nemen. Warm en lang. De intimiteit van de nacht was allang weer vergeten. Had hij er verkeerd aan gedaan zo snel weg te gaan? Had ze hem nog een paar uur iets kunnen bieden? Meer seks was er vast wel van gekomen. En een ontbijt. Sap en brood. Maar dan? Het definitieve afscheid was onvermijdelijk. Het had toch niet anders kunnen aflopen. En dan was het maar beter het niet uit te stellen. Maar toch. Dat moment van saamhorigheid, dat hem heel even uit de put had gehaald, miste hij wel. Hij voelde zich alweer zwaar en leeg. Hoe lang had hij vannacht eigenlijk geslapen? Twee uur? Tweeënhalf? Hij zag zichzelf in de spiegel. Zijn ogen leken vermoeider dan anders, en hij zag dat hij binnenkort weleens naar de kapper mocht. Misschien moest hij het eens goed laten millimeteren. Nee, dat zou hem te veel herinneren aan hoe hij vroeger was. En vroeger was niet nu. Nee, maar hij zou wel zijn baard kunnen laten trimmen, zijn haar laten bijknippen, misschien zelfs een paar plukjes laten blonderen. Hij glimlachte naar zichzelf, met zijn charmantste glimlach. Echt ongelooflijk dat dat werkt, dacht hij. Hij voelde zich opeens vreselijk moe. De U-bocht was voltooid, de leegte terug. Hij keek op zijn horloge. Misschien moest hij toch in elk geval even naar bed gaan. Hij wist dat de droom terug zou komen, maar op dit moment was hij te moe om zich daar druk om te maken. Hij kende zijn metgezel zo goed dat hij hem soms, de weinige keren dat hij sliep zonder erdoor gewekt te worden, warempel miste.

In het begin was dat niet zo. Toen de droom hem maandenlang had geplaagd, had Sebastian genoeg gekregen van het eeuwige wakker worden, genoeg van die voortdurende dans rondom doodsangst en ademnood, hoop en wanhoop. Hij begon royale slaapmutsjes te nemen. Probleemoplosser nummer één voor blanke mannen van middelbare leeftijd met een academische achtergrond en een gecompliceerd gevoelsleven. Een tijdje slaagde hij erin de droomslaap volledig te vermijden, maar al veel te gauw vond zijn onderbewuste een weg langs de alcoholversperring, dus om effectief te zijn moesten de slaapmutsjes steeds groter worden en steeds vroeger in de middag worden ingenomen. Ten slotte besefte Sebastian dat hij de slag verloren had. Hij stopte abrupt.

Wilde het toen laten uitzieken.

Het de tijd geven.

Laten genezen.

Werkte ook niet. Na weer een tijdje van voortdurend wakker worden begon hij zichzelf medicijnen voor te schrijven, iets wat hij zichzelf beloofd had nooit te zullen doen. Maar je kon je beloftes niet altijd houden, dat wist Sebastian uit eigen ervaring, en beter dan wie ook, vooral als je met de echt grote vraagstukken geconfronteerd werd. Dan moest je flexibeler zijn. Hij belde een paar oud-patiënten die het wat minder nauw namen en stofte zijn receptenblok af. Het was een simpele deal. Ze deelden fiftyfifty.

De Gezondheidsraad reageerde natuurlijk: ze verbaasden zich over de hoeveelheden geneesmiddelen die hij plotseling voorschreef. Sebastian wist het allemaal te verklaren met enkele goed geconstrueerde leugens over 'hervatte werkzaamheid', 'intensieve startfase' en 'stadium van uittesten', maar hij breidde het aantal patiënten toch wat uit, zodat het niet al te veel opviel waar hij mee bezig was.

In het begin nam hij zijn toevlucht vooral tot Propavan, Prozac en Digesic, maar het effect daarvan was irritant kortstondig en Sebastian begon in plaats daarvan te experimenteren met Dolcontine en andere op morfine gebaseerde stoffen.

De Gezondheidsraad was wel zijn minste probleem, zou blijken. Die kon hij wel aan. Erger was het met de gevolgen van zijn geëxperimenteer. De droom verdween inderdaad. Maar dat deden ook zijn eetlust, de meeste van zijn lezingen en zijn libido – een voor hem volkomen nieuwe, beangstigende ervaring.

Maar het allerergst was toch de chronische versuftheid. Het was alsof hij geen hele gedachten meer kon vormen, alsof ze halverwege verschrompelden. Een betrekkelijk simpel, alledaags gesprek kon hij met enige moeite nog wel voeren, maar een discussie of een wat verdergaande redenering was volkomen onhaalbaar. Om nog maar te zwijgen van analyseren en conclusies trekken.

Voor Sebastian, wiens hele bestaan was gebaseerd op het ervaren van een intellect en voor wie de illusie van zijn eigen messcherpe denken het fundament van zijn zelfbeeld vormde, was dat verschrikkelijk. Een leven in verdoving – van pijn, ja, maar van nog zoveel meer, van het leven zelf, van het ervaren van zijn scherpte –, dat kon niet. Dus hij begreep dat hij moest kiezen: verpletterende angst, maar met hele gedachten, of een lusteloos, afgestompt leven vol onvolledige ideeën. Hij besefte dat hij hoe dan ook een hekel aan zijn bestaan zou hebben, dus hij koos voor de angst en stopte ook abrupt met zijn medicatie.

Daarna had hij geen alcohol meer aangeraakt, en ook geen drugs.

Hij nam niet eens meer een aspirientje.

Maar hij droomde wel.

Elke nacht.

Waarom moest hij daar hier aan denken, vroeg hij zich af terwijl hij zichzelf in de badkamerspiegel bekeek. Waarom nu? De droom was nu al jaren een metgezel in zijn leven. Hij had hem bestudeerd en geanalyseerd. Hij had erover gesproken met zijn therapeut. Hij had hem geaccepteerd. Ermee leren leven.

Dus waarom nu?

Het komt door Västerås, dacht hij toen hij de handdoek ophing en naakt de badkamer uit liep. Het is de schuld van Västerås.

Van Västerås en van zijn moeder. Maar vandaag zou hij dat hoofdstuk van zijn leven afsluiten.

Voorgoed.

Vandaag zou een goede dag kunnen worden.

Het was de beste dag sinds lange tijd voor Joakim, daar in het bos bij Listakärr, en het werd nog beter toen hij een van de drie scouts werd die rechtstreeks van de politieman instructies hadden gekregen over hoe en waar ze moesten lopen. De doorgaans wat triestige bijeenkomst van de scouting had zich plotseling ontwikkeld tot een heus avontuur. Joakim keek steels naar de politieman die voor hem stond, vooral naar zijn pistool, en besloot dat hij bij de politie wilde. Een uniform én een pistool. Net als de scouts, maar dan een stuk gaver. En dat moest wel, want eerlijk gezegd was scouting niet het interessantste wat je kon doen, vond Joakim. Niet meer. Hij was net veertien geworden en wat al sinds zijn zesde zijn hobby was geweest, begon zijn aantrekkingskracht te verliezen. De betovering was verbroken. Buiten zijn, overleven, dieren en natuur. Niet dat hij dat stom vond, ook al vonden alle andere jongens van zijn klas dat. Nee, hij was er gewoon klaar mee. Bedankt, het was leuk geweest, maar nu was het tijd voor iets anders. Iets wat echt iets voorstelde.

Misschien vond Tommy, hun leider, dat ook.

Misschien was hij daarom naar de politie en de militairen toe gegaan toen die naar Listakärr kwamen, en had hij gevraagd wat er aan de hand was.

Misschien had hij daarom zijn diensten en die van de groep aan de politie aangeboden.

Hoe het ook kwam, de politieman die Haraldsson heette, had er even over nagedacht en was na enige aarzeling tot de conclusie gekomen dat het in elk geval geen kwaad kon om nog negen paar ogen in het bos te hebben. Ze kregen een eigen kleine sector om in rond te struinen. Hij had Tommy gevraagd hen in groepjes van drie te verdelen, een van hen tot leider te benoemen en hem of haar naar hem, Haraldsson, te sturen voor een briefing. Joakim kreeg de hoofdprijs. Hij mocht een groep vormen met Emma en Alice, de knapste meisjes van de scoutinggroep. En hij werd benoemd tot groepsleider.

Joakim liep terug naar de meisjes, die op hem wachtten. Haraldsson was zo prachtig eenlettergrepig en vastbesloten geweest, net als alle politiemannen in de Beck-films. Joakim voelde zich vreselijk belangrijk. Hij zag al voor zich hoe deze fantastische dag verder zou gaan. Hij zou de verdwenen jongen zwaargewond aantreffen. De jongen zou in elk geval zo smekend naar Joakim kijken als alleen stervende mensen kunnen; hij zou zo zwak zijn dat hij niet kon praten, maar zijn ogen zouden alles zeggen. Joakim zou hem optillen en hem op die manier, heel dramatisch, naar de anderen dragen. De anderen zouden hem in het oog krijgen, naar hem glimlachen, applaudisseren, jubelen, en alles zou vet perfect zijn.

Terug in de groep organiseerde Joakim zijn groepsleden zo dat hij Emma links van zich had en Alice aan de andere kant. Haraldsson had strikte opdracht gegeven om de keten in stand te houden en Joakim keek ernstig naar de meisjes en zei dat het belangrijk was dat ze bij elkaar bleven. Nu kwam het erop aan. Na wat een eeuwigheid leek kregen ze een teken van Haraldsson en de zoekketen zette zich eindelijk in beweging.

Joakim merkte algauw dat het best moeilijk was een keten in stand te houden, ook al bestond die maar uit drie groepen van drie personen. Vooral toen ze dieper het bos in kwamen en het moeras hen keer op keer dwong van de uitgezette koers af te wijken. De ene groep had moeite het tempo bij te houden, de andere hield helemaal niet in en was algauw verdwenen achter de heuvels. Precies zoals Haraldsson had gezegd, en Joakim was nog meer van hem onder de indruk. Het leek wel of hij alles wist. Hij glimlachte naar de meisjes en dwong hen Haraldssons laatste woorden te herhalen.

'Als je wat vindt, roep je: "Gevonden!"'

Emma knikte geïrriteerd.

'Dat heb je al zowat duizend keer gezegd.'

Joakim liet zich niet door haar reactie uit het veld slaan. Met de zon in zijn ogen ploeterde hij voort, terwijl hij probeerde de juiste afstand en richting aan te houden. Maar het werd steeds zwaarder. En de groep van Lasse, die net nog een stukje links van hen had gelopen, zag hij niet meer.

Na een halfuur wilde Emma uitrusten. Joakim probeerde haar aan het verstand te brengen dat ze dat niet konden maken. Ze zouden achteropraken en de anderen kwijtraken.

'Welke anderen?'

Alice lachte veelbetekenend. Joakim besefte dat ze de anderen al een tijdje niet meer hadden gezien.

'Het klinkt alsof ze achter ons zitten.'

Ze waren stil en spitsten hun oren. In de verte zwakke geluiden. Er riep iemand.

'Nee, we gaan door,' zei Joakim, ook al voelde hij diep vanbinnen dat Alice eigenlijk gelijk had. Ze waren te snel gegaan, of de verkeerde kant op.

'Dan ga je maar alleen door,' antwoordde Emma, en ze keek hem boos aan. Joakim had heel even het gevoel dat hij de greep op de groep kwijt dreigde te raken en dat Emma voor zijn ogen verdween, terwijl ze de afgelopen dertig minuten toch echt een paar keer heel vriendelijk naar hem had gekeken. Het zweet brak hem uit, en dat kwam niet alleen door zijn veel te warme thermo-ondergoed. Hij had hen juist opgejaagd om indruk op haar te maken, had ze dat nou niet door? En nu leek het wel of het zíjn schuld was.

'Heb je honger?' Alice onderbrak Joakims gedachten. Ze had een paar belegde rolletjes *tunnbröd* – zacht, plat brood – uit haar rugzak gehaald.

'Nee,' antwoordde hij, iets te snel, waarna hij besefte dat hij wel degelijk honger had. Joakim liep een stukje door en ging op een heuveltje staan, zodat het leek alsof hij een plan had. Emma nam dankbaar een zacht rolletje tunnbröd aan en kéék niet eens naar zijn pogingen om belangrijk te doen. Joakim begreep dat hij het over een andere boeg moest gooien. Hij haalde diep adem en liet de frisse boslucht door zijn longen gaan. Het was een beetje bewolkt geworden; weg was de zon, en daarmee ook de belofte dat het een volmaakte dag zou worden. Joakim liep terug naar de meisjes. Besloot zich wat vriendelijker voor te doen.

'Ik wil toch wel graag een broodje, als je er nog een hebt,' zei hij zo vriendelijk mogelijk.

'Natuurlijk,' antwoordde Alice, en ze diepte een in plastic ge-wikkeld broodrolletje voor hem op. Ze glimlachte naar hem en Joakim begreep dat dit een betere tactiek was.

'Ik vraag me af waar we zijn,' vervolgde Emma, en ze haalde een kaart uit haar zak. Ze gingen met z'n drieën om de kaart heen staan en probeerden na te gaan waar ze waren. Dat was best lastig: het terrein had geen duidelijke richtpunten, alleen afwis-selend heuveltjes, bos en moeras. Maar ze wisten natuurlijk wel waar ze waren begonnen en in welke richting ze ongeveer hadden gelopen.

'We zijn de hele tijd naar het noorden gegaan, dus we zouden in dit gebied moeten zijn,' opperde Emma. Joakim knikte geïm-poneerd; Emma was slim.

'Gaan we door of wachten we op de anderen?' vroeg Alice.

'We gaan door, vind ik,' antwoordde Joakim prompt, maar hij voegde er snel aan toe: 'Of willen jullie liever wachten?'

Hij keek naar de meisjes: Emma met haar felblauwe ogen en haar vriendelijke gezicht en Alice met haar wat scherpere trekken.

Ze waren allebei akelig knap, dacht hij, en hij wilde plotseling graag dat ze zouden voorstellen om op de anderen te wachten. En dat de anderen veel, heel veel tijd nodig zouden hebben.

'Misschien kunnen we net zo goed doorgaan. Als we hier zijn, zijn we niet ver van de plaats waar we weer moesten verzamelen,' zei Emma, en ze wees op de kaart.

'Ja, hoewel jullie wel gelijk hebben. De anderen zitten achter ons, dus misschien kunnen we evengoed wachten,' probeerde Joakim.

'Ik dacht dat jij er het eerst wilde zijn, je liep als een echte sprinter,' merkte Alice op. De meisjes lachten en Joakim liet dat gevoel even op zich inwerken. Het was fijn om met leuke meisjes te lachen, besefte hij. Hij gaf Alice plagerig een por.

'Jij hobbelde anders ook lekker mee.'

Ze begonnen achter elkaar aan te zitten. Ze holden van de ene poel naar de andere, aanvankelijk doelloos, maar nadat Emma in een van de watertjes was gestruikeld, deden ze het om elkaar nat te maken. Het was een heerlijke afwisseling van de toch wat saaie zoekactie, en precies wat Joakim nodig had. Hij holde achter Emma aan en kreeg haar arm even te pakken. Ze rukte zich los en probeerde met een paar snelle passen van hem weg te lopen, maar haar linkervoet kwam onder een uitstekende wortel terecht en ze verloor haar evenwicht. Heel even leek het of ze weer op haar voeten terecht zou komen, maar rondom de waterplas was het glad van de modder en ze viel er tot aan haar middel in. Joakim lachte, maar Emma gilde. Hij zweeg en liep naar haar toe. Emma gilde nog harder. Raar, vond Joakim. Zo erg was het toch niet? Een beetje water. Toen zag hij het bleekwitte lichaam dat een stukje vóór Emma uit het water stak. Het was alsof het onder het oppervlak op zijn slachtoffer had liggen wachten. Het was gedaan met hun onschuld en met het kinderspel. Nu was er alleen nog paniek en radeloosheid. Emma gaf over, Alice snikte. Joakim stond daar, bevroren in de tijd, naar een tafereel te staren dat hem de rest van zijn leven zou bijblijven.

Haraldsson lag half in slaap in zijn bed. Jenny lag naast hem met haar voetzolen op het matras en een kussen onder haar billen. Ze had geen tijd verloren willen laten gaan.

'We kunnen het maar beter achter de rug hebben, dan lukt het misschien nog een keer voordat ik terug moet.'

Achter de rug. Zou er een uitdrukking zijn die je de lust meer benam? Haraldsson wist het niet. Maar nu was het zover; het was achter de rug, en Haraldsson was ingedommeld. Ergens speelde iemand Abba. Ring-ring.

'Je telefoon!' Jenny gaf hem een por in zijn zij. Haraldsson werd wakker, zich er maar al te zeer van bewust dat hij niet in zijn bed, naast zijn vrouw, hoorde te liggen. Hij graaide zijn broek van de vloer en grabbelde naar zijn telefoon. Inderdaad, Hanser. Hij haalde diep adem en nam op.

Ook ditmaal zes woorden.

'Waar hang jij nou weer uit!'

Hanser verbrak geïrriteerd de verbinding. 'Voet verstuikt.' Om de dooie dood niet! Ze had veel zin om naar het ziekenhuis te rijden of daar in elk geval een auto heen te sturen om die idioot op zijn nummer te zetten. Maar daar had ze geen tijd voor. Ze was opeens verantwoordelijk voor een moordonderzoek. Het deed de zaak niet bepaald goed dat de leider van de zoekactie bij Listakärr niet ter plaatse was geweest en dat hij ermee had ingestemd dat er minderjarige scouts in de keten liepen. Kinderen voor wie nu psychologische hulp moest worden geregeld, omdat een van hen pardoes in een watervang was getrapt en bij het opstaan een lijk had meegenomen.

Hanser schudde haar hoofd. Bij deze verdwijning was alles, maar dan ook alles misgegaan. Nu moest het afgelopen zijn met de fouten. Van nu af aan moesten ze het goed doen. Professioneel zijn. Ze keek naar de hoorn, die ze nog steeds in haar hand had. Ze kwam op een idee. Het was een grote stap. Te vroeg, zouden velen vinden. Het zou haar leiderschap mogelijk kunnen ondermijnen. Maar ze had zichzelf al in een vroeg stadium beloofd niet bang te zijn voor onaangename beslissingen. Er stond te veel op het spel.

Er was een jongen dood.

Vermoord.

Het was tijd om de beste mensen in te schakelen.

'Er is telefoon voor je,' zei Vanja vanuit de deuropening van de kamer van Torkel Höglund. Zijn kantoor was net als bijna alles wat Torkel had: spaarzaam en simpel. Geen tierelantijnen, geen kostbaarheden, nauwelijks iets persoonlijks. Met meubels die ergens uit een centrale opslag kwamen wekte de kamer eerder de indruk gebruikt te worden door een schoolhoofd in een armlastig provinciestadje dan door een van de hoogste politiebazen van Zweden. Sommige collega's vonden het maar raar dat de man die verantwoordelijk was voor het Bureau Moordonderzoek van de Nationale Recherche de wereld niet wilde laten zien hoe ver hij het had geschopt. Anderen leidden eruit af dat zijn succes hem niet naar het hoofd was gestegen. De waarheid was eenvoudiger en minder nobel: Torkel had nooit tijd. Zijn werk was veeleisend, hij was voortdurend onderweg en hij was geen man die zin had om zijn vrije tijd te besteden aan de inrichting van een kantoor waar hij zich maar zelden bevond.

'Uit Västerås,' voegde Vanja eraan toe, en ze ging tegenover hem zitten. 'Zestienjarige jongen vermoord.'

Torkel zag dat Vanja ervoor ging zitten. Het was kennelijk niet de bedoeling dat hij dit gesprek voor zichzelf hield. Torkel knikte en nam de telefoon op. Sinds hij voor de tweede keer gescheiden was, had hij het gevoel dat telefoontjes tegenwoordig alleen nog maar over plotselinge, onnatuurlijke sterfgevallen gingen. Het was meer dan drie jaar geleden dat iemand hem had willen vragen of hij op tijd thuis zou zijn voor het eten of iets anders heerlijk triviaals.

Hij kende haar naam nog: Kerstin Hanser, hoofd van de recherche van Västerås. Hij had haar leren kennen tijdens een bijscholingscursus een paar jaar geleden. Aardig mens en vast een goede chef, had hij toen gedacht, en hij herinnerde zich dat hij blij was geweest toen hij las over haar nieuwe baan. Nu was haar stem gestrest en gespannen.

'Ik heb hulp nodig en ik heb besloten de Nationale Recherche erbij te vragen; ik zou het liefst zien dat jij komt,' hoorde Torkel haar zeggen. 'Denk je dat dat kan?' vervolgde ze haast smekend.

Even overwoog Torkel een ontwijkend antwoord te geven: hij was net met zijn team terug van een tamelijk onaangenaam onderzoek in Linköping, maar als Kerstin Hanser belde, had ze echt hulp nodig, dat begreep hij wel.

'Het gaat al vanaf het begin mis. De kans bestaat dat de zaak uit de hand loopt, dus ik heb je hulp echt nodig,' vervolgde ze, alsof ze zijn twijfel voelde.

'Waar gaat het om?'

'Een jongen van zestien. Al een week weg. Dood aangetroffen. Vermoord. Grof.'

'Mail me alles maar wat je hebt, dan zal ik ernaar kijken,' antwoordde Torkel, terwijl hij zag dat Vanja opstond en de andere telefoon pakte.

'Billy, je moet naar Torkels kamer komen. Er is werk aan de winkel,' zei ze in de zwarte hoorn, en ze legde die toen weer op. Het was alsof ze al wist wat Torkel uiteindelijk zou zeggen. Dat leek altijd wel zo te zijn. Torkel was daar wel trots op, maar het irriteerde hem ook een beetje. Vanja Lithner was zijn grootste bondgenoot in het team. Ondanks haar jeugdige leeftijd – ze was onlangs pas dertig geworden – had Vanja zich in de twee jaar dat ze met hem had samengewerkt tot een volwaardig rechercheur ontwikkeld, en Torkel vond haar bijna irritant goed. Hij wilde wel dat hijzelf op haar leeftijd zo goed was geweest. Toen hij het gesprek met Kerstin Hanser had beëindigd, glimlachte hij naar haar.

'Ík ben hier nog altijd de baas, hoor,' begon hij.

'Weet ik. Ik roep het team alleen maar bij elkaar, zodat je onze mening kunt horen. En dan beslis jij, zoals altijd,' zei ze met een twinkeling in haar ogen.

'Ja, ja. Alsof ik nog iets te kiezen heb als jij eenmaal iets te pakken hebt,' antwoordde hij, en hij stond op. 'Ga maar vast inpakken, we gaan naar Västerås.'

Billy Rosén reed de spacewagon de E18 op. Te hard, zoals altijd. Torkel was allang opgehouden daar iets van te zeggen. Hij concentreerde zich liever op het materiaal dat ze hadden gekregen over de vermoorde Roger Eriksson. Het was maar een kort en armzalig rapport. Verantwoordelijk rechercheur Thomas Haraldsson leek geen man die er vaart achter zette. Ze zouden waarschijnlijk helemaal opnieuw moeten beginnen. Torkel wist dat deze zaak er een was van het soort waar de sensatiepers zich graag op stort. Het maakte het er niet beter op dat, op grond van talloze messteken in de buurt van hart en longen, extreem geweld al op de plaats waar het lichaam was gevonden als voorlopige doodsoorzaak was aangegeven. Maar dat was niet wat Torkel het meest verontrustte. Dat was de korte slotzin van het rapport dat de arts op de vindplaats had opgesteld: 'Voorlopig onderzoek wijst erop dat grote delen van het hart van de dode ontbreken.' Torkel keek uit het autoraam naar de voorbijzoevende bomen. Iemand had het hart eruit gehaald. Torkel hoopte voor alle betrokkenen dat de jongen niet een liefhebber van hardrock of een verstokte World-of-Warcraft-speler was geweest; dan zouden de speculaties in de pers helemaal krankzinnig zijn.

Nóg krankzinniger, corrigeerde hij zichzelf.

Vanja keek op van haar dossier. Ze had hoogstwaarschijnlijk dezelfde zin gelezen.

'Misschien moeten we Ursula er ook bij halen,' zei ze, zoals altijd zijn gedachten lezend. Torkel knikte kort. Billy keek snel naar de achterbank.

'Hebben we een adres?'

Torkel gaf het hem en Billy tikte het snel in op zijn GPS. Torkel hield er niet van dat Billy tijdens het rijden iets anders deed, maar hij minderde tenminste vaart tijdens het intoetsen van hun bestemming. Dat was in elk geval iets.

'Nog een halfuur.' Billy trapte het gaspedaal weer in en de grote wagen reageerde onmiddellijk. 'Het kan wel in twintig minuten, als het verkeer meezit.'

'Een halfuur is goed. Ik vind het altijd vervelend om door de geluidsbarrière heen te gaan.'

Billy wist heel goed wat Torkel van zijn rijstijl vond, maar hij glimlachte zijn chef alleen maar toe in de achteruitkijkspiegel. Goede weg, goede auto, goede chauffeur. Waarom zou je daar niet maximaal van profiteren?

Billy voerde de snelheid nog wat op.

Torkel pakte zijn telefoon en toetste Ursula's nummer in.

De trein verliet het Centraal Station van Stockholm om 16:07 uur. Sebastian ging in de eerste klas zitten. Hij leunde achterover en sloot zijn ogen toen ze de stad uit rolden.

Vroeger kon hij zichzelf in de trein nooit wakker houden. Maar ook al voelde hij hoe goed een uurtje slaap zijn lichaam zou doen, nu had hij daar de rust niet voor.

Dus haalde hij de brief van de begrafenisonderneming maar tevoorschijn, maakte hem open en las hem. Hij wist al wat erin stond. Een van de vroegere collega's van zijn moeder had hem gebeld en verteld dat ze was overleden. Het was stil en waardig gegaan, had ze gezegd. Stil en waardig – zijn moeders leven in een notendop. Die omschrijving had niets positiefs, in elk geval niet als je Sebastian Bergman heette. Nee, voor hem was het leven van begin tot eind een gevecht. Voor stille en waardige mensen was bij hem geen plaats. Dood en saai noemde hij zulke figuren vroeger. Ze stonden met één been in het graf, vond hij. Nu wist hij het niet meer zo zeker. Hoe zou zijn leven zijn verlopen als hij stil en waardig was geweest?

Beter, waarschijnlijk.

Minder smartelijk.

Dat probeerde Stefan Hammarström, Sebastians therapeut, hem in elk geval te doen geloven. Ze hadden er onlangs tijdens een sessie over gediscussieerd, toen Sebastian vertelde dat zijn moeder was overleden.

'Hoe erg kan het zijn om zo te zijn als anderen?' had Stefan gevraagd toen Sebastian hem vertelde wat hij van 'stil en waardig' vond.

'Levensgevaarlijk,' had Sebastian geantwoord. 'Dodelijk, zonder meer.' Daarna hadden ze een uur gediscussieerd over de genetische aanleg van de mens voor gevaar. Sebastian hield van dat onderwerp.

Hij had geleerd hoe belangrijk gevaar als drijfveer kon zijn, enerzijds in zijn eigen leven, anderzijds op grond van zijn onderzoek naar seriemoordenaars. Hij vertelde zijn therapeut dat twee dingen een seriemoordenaar echt motiveren: fantasie en gevaar. De fantasie is een voertuig dat altijd dichtbij is, waarvan de motor draait, maar wel stationair.

De meeste mensen hebben fantasieën: seksuele, sombere, keiharde – die voortdurend het eigen ego bevestigen, voortdurend datgene of diegenen die in de weg staan vernietigen. In je fantasie ben je machtig. Slechts weinig mensen leven hun fantasieën echter uit. Degenen die dat wel doen, hebben de sleutel gevonden.

Het gevaar.

Het gevaar om ontmaskerd te worden.

Het gevaar om het onzegbare te durven.

De adrenaline en de endorfine die op dat moment vrijkwamen. Dat was de turbo. Dat was de brandstof die explodeerde en de motor op volle toeren deed draaien. Dáárom zochten kickzoekers een nieuwe kick en werden seriemoordenaars seriemoordenaars. Het is moeilijk de motor weer stationair te laten draaien als je hem eenmaal op toeren hebt gejaagd, de kracht ervan hebt gevoeld, hebt ontdekt wat maakt dat je leeft: het gevaar.

'Heb je het echt over gevaar? Is dat niet "spanning"?' Stefan keek Sebastian aan toen die zweeg.

'Is dit een taalles?'

'Nee, jij houdt een lezing.' Stefan schonk een glas water in uit een karaf die op de tafel naast hem stond, en gaf dat aan Sebastian. 'Kreeg je daar vroeger niet voor betaald, in plaats van ervoor te moeten betalen om ze te mogen houden?'

'Ik betaal je om te luisteren. Naar wat ik ook zeg.' Stefan schudde glimlachend zijn hoofd.

'Nee, je weet best waarom je me betaalt. Je hebt hulp nodig, en deze zijsporen maken dat we minder tijd hebben om te praten over waar we het eigenlijk over zouden moeten hebben.'

Sebastian gaf geen antwoord en vertrok geen spier. Hij mocht Stefan. Recht voor z'n raap.

'Dus kunnen we weer terug naar je moeder? Wanneer is de begrafenis?'

'Die is al geweest.'

'Ben je erbij geweest?'

'Nee.'

'Waarom niet?'

'Omdat ik vond dat het een plechtigheid moest zijn voor mensen die wel om haar gaven.'

Stefan keek hem een paar seconden zwijgend aan.

'Zie je wel dat we een heleboel hebben om over te praten?'

Buiten de schommelende wagon was een mooi landschap te zien. De trein baande zich een weg door de frisgroene velden en bossen ten noordwesten van Stockholm. Tussen de bomen door ving hij een glimp op van het Mälarmeer met zijn schitterende pracht. Voor elke andere passagier had dit misschien de gedachte opgewekt aan de kansen die het leven bood, maar voor Sebastian was het juist andersom. Hij zag geen kansen in de schoonheid om hem heen. Sebastian keek naar het plafond. Zijn hele leven was hij voor zijn ouders op de vlucht geweest. Zijn vader, met wie hij al sinds zijn jeugd in gevecht was, en zijn moeder, stil en waardig, maar nooit aan zijn kant. Nooit aan zijn kant – zo voelde hij het.

Sebastians ogen vulden zich even met tranen. Dat was iets van de laatste jaren: tranen. Raar, dacht hij, dat je op mijn leeftijd nog zoiets simpels als tranen moet ontdekken.

Emotioneel.

Irrationeel.

Alles wat hij nooit had willen zijn. Hij dacht terug aan het enige waarvan hij wist dat het die gevoelens kon verjagen: vrouwen. Nog een belofte die Sebastian had verbroken. Hij was op het rechte pad gebleven vanaf het moment dat hij Lily had ontmoet en had besloten haar trouw te blijven. Maar door de zenuwslopende droom die hem 's nachts teisterde en de lege, zinloze dagen zag hij geen andere uitweg. De drang naar nieuwe veroveringen en korte momenten in gezelschap van allerlei vrouwen vulden zijn leven weer. Zo konden zijn gedachten in elk geval voor even het gevoel van onmacht verdrijven. Als man, als minnaar, als roofdier, voortdurend op jacht naar nieuwe vrouwen, functioneerde hij goed. Dat was een vaardigheid die hij ondanks alles nog bezat. Dat deed hem plezier, maar maakte hem ook bang. Dat hij verder niets was. Een eenzame man die de tijd doodde met jonge en oude vrouwen, studenten, collega's, getrouwde en ongetrouwde. Hij discrimineerde niemand. Er gold voor hem maar één regel: hij moest ze krijgen. Hij moest bewijzen dat hij niet waardeloos was, dat hij leefde. Hij wist zelf hoe destructief zijn gedrag was, maar hij gaf zich eraan over en schoof het besef weg dat hij op een dag waarschijnlijk toch een uitweg zou moeten zien te vinden.

Hij keek eens om zich heen in de wagon. Die was halfvol. Zijn ogen bleven rusten op een brunette een stukje verderop. Rond de veertig, blauwgrijze, dure blouse, dure gouden oorbellen. Niet verkeerd, dacht hij. Ze las een boek. Perfect. Boeken lezende vrouwen van in de veertig, zo wist hij uit ervaring, scoorden hooguit een zeventje op de moeilijkheidsschaal. Het hing er een beetje van af wat ze lazen, maar toch.

Hij stond op en liep de paar passen die hem van haar zitplaats scheidden.

'Ik ga naar de restauratiewagon. Wil jij ook iets hebben?'

De vrouw keek vragend op van haar boek, niet zeker of hij het tegen haar had. Dat was echter duidelijk wel het geval, begreep ze toen ze hem aankeek.

'Nee, dank je, ik hoef niks.' Ze concentreerde zich bijna demonstratief weer op haar boek.

'Weet je het zeker? Zelfs geen kop koffie?'

'Nee, dank je.' Ditmaal keek ze zelfs niet op.

'Thee? Warme chocolademelk?' Nu wendde ze haar ogen van het boek en keek Sebastian enigszins geïrriteerd aan. Sebastian schonk haar zijn welhaast gepatenteerde glimlachje.

'Je kunt er tegenwoordig zelfs wijn krijgen, maar daarvoor is het misschien nog te vroeg?' De vrouw reageerde niet.

'Je vraagt je misschien af waarom ik dat vraag,' vervolgde Sebastian. 'Ik moet wel. Ik voel het als mijn plicht je uit dat boek te redden. Ik heb het gelezen. Je zult me dankbaar zijn.' De vrouw keek hem opnieuw aan. Sebastian glimlachte. De vrouw beantwoordde zijn glimlach.

'Een kop koffie zou wel lekker zijn. Zwart, zonder suiker.'

'Komt eraan.' Nog een kort glimlachje, dat breder werd toen Sebastian doorliep door de wagon. De reis naar Västerås zou misschien toch nog wat worden.

Het politiebureau van Västerås gonsde van activiteit. Kerstin Hanser wierp een ietwat gestreste blik op de klok. Ze moest weg. God wist dat ze er geen zin in had. Ze kon gemakkelijk negenennegentig dingen bedenken die ze liever zou doen dan naar het mortuarium gaan en Lena Eriksson ontmoeten. Maar het moest gebeuren. Ook al waren ze er voor honderd procent van overtuigd dat de jongen die ze gevonden hadden inderdaad Roger Eriksson was, zijn moeder wilde hem zien. Hanser had het haar afgeraden, maar Lena Eriksson hield vol: ze wilde haar zoon zien. Dat het niet eerder op de dag was gebeurd, kwam doordat de moeder het twee keer had uitgesteld. Waarom wist Hanser niet, maar het kon haar ook niet schelen. Het liefst had ze gehad dat het helemaal niet doorging. Niet met haar erbij in elk geval. Aan dit deel van het werk had ze echt een hekel en eerlijk gezegd was ze er ook niet erg goed in. Ze probeerde dit soort situaties zo veel mogelijk te vermijden, maar het leek wel of mensen verwachtten dat zij het beter kon, alleen maar omdat ze een vrouw was. Alsof ze daardoor beter de juiste woorden kon vinden. Alsof de familie, de nabestaanden, zich prettiger zouden voelen als zij erbij was, alleen maar op grond van haar geslacht. Hanser vond dat flauwekul. Ze wist nooit wat ze moest zeggen. Ze kon haar diepe medeleven uitspreken, iemand omarmen, een schouder bieden om op uit te huilen, een telefoonnummer geven om met iemand te praten, telkens opnieuw verzekeren dat de politie alles in het werk zou stellen om degene die al dit lijden had veroorzaakt te pakken te krijgen. Zeker, dat kon ze doen, maar meestal stond je daar maar. Dat kon iedereen.

Ze wist niet eens meer wie er van de politie bij was toen haar man en zij Niklas moesten identificeren. Een man was het. Een man die daar maar stond.

Eigenlijk kon ze net zo goed iemand anders sturen. Dat had ze vast ook gedaan als het onderzoek tot nu toe anders was verlopen, maar nu mocht ze geen risico's nemen. De pers was overal. Die wist blijkbaar al dat het hart weg was. Het was maar een kwestie van tijd voordat ze erachter zouden komen dat de jongen bijna drie etmalen verdwenen was geweest voordat de politie begon te zoeken. Achter deze traagheid, de getraumatiseerde scouts in het bos en de 'zwaar verstuikte enkel' van Haraldsson. Van nu af aan mocht er in dit onderzoek niets meer te bekritiseren zijn. Daar zou ze voor zorgen. Ze zou met de beste mensen samenwerken en deze akelige zaak snel oplossen. Dat was haar plan.

De telefoon ging.

Het was de receptie.

De Nationale Recherche vroeg naar haar. Hanser keek weer op de klok aan de muur. Ze waren vroeg. Alles in één keer. Ze moest hen toch tenminste welkom heten, vond ze. Lena Eriksson moest een paar minuten wachten; daar was niets aan te doen. Hanser trok haar blouse recht, rechtte haar rug en liep naar het trappenhuis, dat uitkwam in de hal. Ze hield stil bij de afgesloten deur die de receptie scheidde van het inwendige van het bureau. Door het fijne ruitjespatroon in het glas zag ze Torkel Höglund rustig rondkuieren, met zijn handen op zijn rug. Op het groene bankstel bij het raam naar de straat zaten een man en een vrouw, allebei jonger dan Hanser. Collega's van Torkel, nam ze aan, terwijl ze op het knopje drukte waardoor de deur openschoof. Torkel draaide zich om zodra hij de klik van het slot hoorde en glimlachte toen hij haar zag.

Plotseling werd Hanser een beetje onzeker. Wat moest ze doen: hem omhelzen of hem een collegiale hand geven? Ze hadden samen een paar cursussen gevolgd, hadden een paar keer geluncht, elkaar en passant ontmoet. Hanser had er niet over in hoeven zitten. Torkel kwam naar haar toe en omhelsde haar vriendschappelijk. Toen wendde hij zich tot de beide anderen, die van de bank waren opgestaan, en stelde hen aan haar voor. Kerstin Hanser begroette hen.

'Het spijt me, maar ik heb een beetje haast. Ik ben onderweg naar Forensisch.'

'Voor die jongen?'

'Ja.'

Hanser keek naar de receptioniste.

'Haraldsson?'

'Die zou onderweg moeten zijn. Ik heb hem meteen gebeld nadat ik jou had opgelegd.' Hanser knikte. Weer een snelle blik op de klok. Ze mocht niet al te laat komen. Ze keek even naar Vanja en Billy, maar richtte zich tot Torkel toen ze zei: 'Haraldsson heeft het onderzoek tot nu toe geleid.'

'Ja, ik zag zijn naam in het materiaal dat we hebben gekregen.'

Hanser schrok een beetje. Klonk er iets neerbuigends in Torkels stem? Maar als dat al zo was, was het niet aan zijn gezicht te zien.

Waar hing Haraldsson nu weer uit? Hanser wilde net haar mobiel pakken toen het slot van de deur waardoor ze zelf een paar minuten eerder was binnengekomen klikte en Haraldsson zwaar hinkend de receptie betrad. Hij deed er provocerend lang over. Maar eindelijk was hij er dan toch, en hij begroette de nieuwkomers.

'Wat heb je met je voet gedaan?' Torkel knikte naar Haraldssons rechtervoet.

'Verstuikt toen we in de keten op zoek waren naar die jongen. Daarom was ik er niet toen ze hem vonden.' Dat laatste zei hij met een korte blik op Hanser.

Ze geloofde hem niet, dat wist hij. Dus hij moest er de komende tijd goed om denken dat hij bleef hinken. Want ze zou toch zeker niet in het ziekenhuis gaan informeren? En als ze dat wel deed, zouden ze toch niet vertellen of hij daar wel of niet geweest was? Dat zou vast onder een of andere privacyregeling voor patiënten vallen. Werkgevers kunnen immers niet zomaar de dossiers van hun werknemers inzien? Of wel? Hij moest eens bij de vakbond informeren hoe dat zat. Haraldsson ging zo op in zijn eigen gedachten dat hij even niet naar zijn chef luisterde. Opeens drong het tot hem door dat ze hem ernstig aankeek.

'Torkel en zijn team nemen het onderzoek over.'

'Van jou?' Haraldsson keek oprecht verbaasd. Dat had hij niet verwacht. Het zag er meteen beter uit. Dit was een groep echte politiemensen, net als hijzelf. Natuurlijk zouden die meer waardering voor zijn werk hebben dan de schrijftafeljurist die zijn baas was.

'Nee, ik blijf nog steeds eindverantwoordelijk, maar de Nationale Recherche leidt van nu af aan het operatieve onderdeel van het onderzoek.'

'Samen met mij?'

Hanser zuchtte inwendig en deed een schietgebedje dat Västerås niet door een golf van geweld zou worden overspoeld. Dan hadden ze geen kans.

Vanja keek Billy geamuseerd aan. Torkel luisterde naar het gesprek zonder een spier te vertrekken. De lokale politie vernederen of kleineren was bepaald de slechtste manier om de samenwerking mee te beginnen. Torkel had er nooit veel behoefte aan gehad om al pissend zijn territorium af te bakenen. Er waren betere manieren om het beste uit iedereen te halen.

'Nee, zij nemen het onderzoek helemaal over. Jij wordt van die taak ontheven.'

'Maar we zorgen er natuurlijk voor dat we nauw met je samenwerken,' bracht Torkel naar voren, terwijl hij Haraldsson ernstig aankeek. 'Jij hebt unieke kennis in deze zaak, die doorslaggevend kan zijn voor ons welslagen.'

Vanja keek vol bewondering naar Torkel. Zelf had ze Haraldsson al in haar HG-map gestopt. Een Hopeloos Geval, dat even over de zaak aan de tand gevoeld en dan zo ver mogelijk van het onderzoek weggebonjourd moest worden.

'Dus ik moet met jullie samenwerken?'

'Je moet dicht bij ons werken.'

'Hoe dichtbij?'

'Dat zien we nog wel. Informeer ons eerst maar eens over wat er tot nu toe allemaal is gebeurd, dan zien we daarna wel weer verder.' Torkel sloeg een arm om de schouders van Haraldsson en leidde hem voorzichtig in de richting van de deur.

'Tot straks,' zei hij achteromkijkend tegen Hanser. Billy liep naar de bank om hun tassen te pakken, maar Vanja bleef staan. Ze had kunnen zweren dat de voormalige onderzoeksleider de eerste stappen samen met Torkel zette zonder te hinken.

Lena Eriksson zat in het wachtkamertje en stopte nog een Läkerol in haar mond. Het doosje had ze op haar werk gejat. Gisteren. Het lag in het vak bij de kassa. Eucalyptus. Niet haar lievelingssmaak, maar ze had gewoon, zonder goed te kijken, het pakje dat het dichtstbij lag gepakt en in haar zak gestopt toen de winkel dichtging.

Gisteren.

Toen ze er nog van overtuigd was dat haar zoon in leven was. Toen ze nog blind vertrouwen had in de politieman die zei dat alles erop wees dat Roger er uit eigen beweging vandoor was gegaan. Naar Stockholm misschien. Of ergens anders heen. Een tieneravontuurtje.

Gisteren.

Niet zomaar een dag, maar een volkomen andere wereld. Toen er nog hoop was.

Vandaag was haar zoon voorgoed weg.

Vermoord.

Gevonden in een vennetje.

Zonder hart.

Lena was haar flat de hele dag niet uit geweest nadat ze het slechte nieuws had gekregen. Ze had eerder vandaag afgesproken met de commissaris, maar ze had gebeld om het uit te stellen. Twee keer. Ze kon het niet opbrengen. Even was ze bang dat ze nooit meer de kracht zou vinden om weer op te staan. Dus ze zat daar maar, in haar leunstoel. In de woonkamer, waar ze steeds minder tijd samen hadden doorgebracht, haar zoon en zij. Ze probeerde te bedenken wanneer ze daar voor het laatst samen hadden gezeten.

Naar een film hadden zitten kijken.

Gegeten.

Gepraat.

Geleefd.

Ze wist het niet meer. Het moest geweest zijn vlak nadat Roger op die rotschool was begonnen, nam ze aan. Al na een paar weken met die kakkinderen was hij veranderd. Het afgelopen jaar hadden ze min of meer van elkaar gescheiden geleefd.

De sensatiekranten belden keer op keer, maar ze wilde met niemand praten. Nog niet. Ten slotte legde ze de hoorn naast haar vaste telefoon en zette ze haar mobieltje uit. Toen kwamen ze naar haar flat, riepen door de brievenbus, gooiden briefjes op de deurmat. Maar ze deed niet open. Ze stond op uit haar stoel.

Ze voelde zich vreselijk beroerd. De automaatkoffie die ze had gedronken toen ze hier aankwam, bezorgde haar oprispingen. Had ze sinds gisteren wel iets gegeten? Waarschijnlijk niet. Maar ze had wel gedronken. Alcohol. Dat deed ze anders nooit. Niet noemenswaardig. Ze was heel matig, al zou niemand die haar tegenkwam dat geloven. Haar zelfgeblondeerde haar met donkere uitgroei. Haar overgewicht. De afbladderende nagellak aan de uiteinden van haar mollige, beringde vingers. Haar piercing. Haar voorliefde voor joggingbroeken en oversized T-shirts. De meeste mensen hadden algauw een mening over Lena klaar wanneer ze haar zagen. En de meeste van hun vooroordelen werden ook bevestigd. Chronisch geldgebrek. In de achtste klas van school gegaan. In verwachting geraakt op haar zeventiende.

Alleenstaand.

Slechtbetaalde baan.

Maar verslavingsproblemen – nee, nooit.

Maar vandaag had ze gedronken. Eerst om dat stemmetje tot zwijgen te brengen dat ergens in haar achterhoofd was ontstaan zodra ze het slechte nieuws had gekregen, en dat in de loop van de dag steeds luider was geworden. Het stemmetje dat weigerde te verdwijnen.

Lena begon hoofdpijn te krijgen. Ze had behoefte aan frisse lucht, en een sigaret. Ze stond op uit haar stoel, pakte haar handtas op van de grond en liep naar de uitgang. Haar afgesleten hakken echoden hol op de stenen vloer. Toen ze bijna bij de uitgang was, zag ze een vrouw van een jaar of vijfenveertig in een mantelpakje door de draaideur komen. Ze liep met besliste stappen recht op Lena af.

'Lena Eriksson? Kerstin Hanser, politie Västerås. Het spijt me dat ik zo laat ben.'

Ze stonden zwijgend in de lift. Hanser deed de deur open toen ze in het souterrain waren en liet Lena eerst uitstappen. Ze liepen een gang door naar een deur waar ze werden opgewacht door een kale man met een bril en een witte jas aan. Hij ging hun voor een vrij kleine ruimte in, waar onder een tl-buis een eenzame baar stond. Onder het witte laken waren duidelijk de contouren van een lichaam te zien. Hanser en Lena liepen naar de baar en de kale man ging rustig naar de andere kant. Hij keek Hanser even aan en ze knikte kort. De kale vouwde het laken zorgvuldig terug, zodat het gezicht van Roger Eriksson en zijn hals tot aan zijn sleutelbeen zichtbaar werden. Lena keek kalm neer op de baar, terwijl Hanser een respectvol stapje achteruit deed. Ze had geen stokkende ademhaling of gesmoorde kreet gehoord van de vrouw naast zich. Geen gesnik, geen hand die in een reflex naar de mond ging. Niets van dat al.

Dat was Hanser al opgevallen toen ze elkaar in de wachtkamer zagen. Lena's gezicht was niet roodbehuild en gezwollen. Ze was niet ontdaan of verbeten. Ze leek haast kalm. Maar Hanser had in de lift een door keelpastilles afgezwakte geur van alcohol geroken en vermoedde dat de vrouw daardoor zo weinig emotie toonde. Daardoor en door de schok.

Lena bleef roerloos naar haar zoon kijken. Wat had ze verwacht? Eigenlijk niets. Ze had er niet aan durven denken hoe hij eruit zou zien. Zich niet kunnen voorstellen hoe ze zich zou voelen wanneer ze daar stond. Wat zouden de tijd en het water met hem hebben gedaan? Hij was een beetje opgezwollen, dat wel, alsof hij ergens allergisch op reageerde, maar verder vond ze dat hij er normaal uitzag. Zijn donkere haar, zijn lichte huid, zijn zware, zwarte wenkbrauwen, een beginnend snorretje op zijn bovenlip. Zijn ogen dicht. Levenloos. Natuurlijk.

'Ik dacht dat het eruit zou zien alsof hij sliep.'

Hanser zei niets. Lena draaide haar hoofd naar haar om, alsof ze bevestiging vroeg dat ze zich niet vergiste.

'Het ziet er niet uit alsof hij slaapt.'

'Nee.'

'Ik heb hem zo vaak zien slapen. Vooral toen hij nog kleiner was. Ik bedoel, hij is wel stil. Hij heeft zijn ogen dicht, maar...'

Lena maakte haar zin niet af. Ze stak haar hand uit en raakte Roger aan. Koud. Dood. Ze liet haar hand op zijn wang liggen.

'Ik heb mijn zoon verloren toen hij veertien was.'

Lena liet haar hand op de wang van de jongen rusten, maar draaide haar hoofd om naar Hanser.

'O ja?'

'Ja...'

Weer stilte. Waarom had ze dat gezegd? Hanser had dat in een dergelijke situatie nog nooit aan iemand verteld. Maar er was iets met de vrouw bij de baar. Hanser had het gevoel dat die vrouw zichzelf niet toestond verdrietig te zijn, dat ze dat niet kon, misschien zelfs niet wilde. Het was bedoeld als troost. Een uitgestoken hand om te laten zien dat Hanser begreep wat Lena doormaakte.

'Is hij ook vermoord?'

'Nee.'

Hanser voelde zich opeens dom. Alsof haar opmerking bedoeld was om verdriet te vergelijken: 'Ik ben ook heus wel iemand kwijt-geraakt, hoor.' Maar Lena leek er al geen aandacht meer aan te besteden. Ze draaide zich om en keek weer naar haar enige kind.

Jarenlang was hij haar enige trots geweest.

Of: jarenlang was hij het enige geweest wat ze had.

Punt.

Is dit jouw schuld? begon het stemmetje in haar hoofd. Lena trok haar hand terug en deed een stap naar achteren. Haar hoofd-pijn was ongenadig.

'Ik wil graag weg.'

Hanser knikte. De kale man sloeg het laken terug terwijl de vrouwen naar de deur liepen. Lena haalde een pakje sigaretten uit haar tas.

'Kunt u iemand bellen? U wilt misschien niet alleen zijn?'

'Maar dat ben ik. Ik ben alleen.'

Lena verliet de ruimte.

Hanser bleef staan.

Precies zoals ze van tevoren al had geweten.

De vergaderkamer was de modernste van het hele politiebureau van Västerås. De meubels van licht berkenhout waren pas een paar weken oud. Acht stoelen rondom een ovale tafel. Op drie muren zat nieuw behang in een discreet, ontspannend groen-tintje en de vierde wand was een whiteboard en projectiescherm ineen. In de hoek bij de deur stond nieuwe technische appara-tuur, behorend bij een projector aan het plafond. Midden op de ovale vergadertafel zat een bedieningspaneel dat alles in de ruimte aanstuurde. Torkel had, zodra hij een voet op de grijze vloerbedekking zette, besloten dat dit de thuisbasis van het team zou worden.

Nu ordende hij de stukken die hij had voor zich op het gelakte tafelblad en dronk het laatste restje mineraalwater uit een flesje. De bespreking van het onderzoek tot nu toe was ongeveer zo gegaan als hij had verwacht. Eigenlijk had het bevragen van Haraldsson maar twee keer een verrassing opgeleverd.

De eerste keer was toen ze het onderzoek chronologisch doornamen. Vanja keek op van haar stukken en vroeg: 'Wat deden jullie zondag?'

'Toen kwam het politiewerk serieus op gang, maar het leverde niets op.'

Het antwoord kwam snel. Ingestudeerd snel. Leugenachtig snel. Het viel Torkel op, en hij wist dat het Vanja ook was opgevallen. Torkel had nog nooit iemand ontmoet die meer op een menselijke leugendetector leek dan zij. Hij keek min of meer vol verwachting toe hoe ze na een lange blik op Haraldsson weer naar haar stukken keek. Haraldsson haalde opgelucht adem. Natuurlijk stonden ze aan dezelfde kant, maar de collega's hoefden niet te weten dat er in het begin misschien het een en ander was misgegaan. Ze moesten vooruitdenken. Daarom raakte hij ietwat geïrriteerd – en een beetje ongerust – toen Vanja weer met haar pen zwaaide. Billy glimlachte. Ook hij was zich ervan bewust dat Vanja een valse noot had gehoord. Dat zou ze niet laten lopen; dat deed ze nooit. Billy leunde achterover in de comfortabele stoel en sloeg zijn armen over elkaar. Dit kon nog leuk worden.

'Als je zegt "kwam op gang",' vervolgde Vanja scherper, 'wat deden jullie dan? Ik zie hier geen verslagen van gesprekken, niet met de moeder of met iemand anders, geen resultaten van buurtonderzoek, niemand die doorging op het onderzoek van vrijdag.' Ze keek op, recht in de ogen van Haraldsson. 'Dus wat deden jullie precies?'

Haraldsson schoof onrustig heen en weer. Hij hoefde hier toch verdorie niet andermans fouten te zitten verdedigen? Hij schraapte zijn keel.

'Ik was het weekend vrij en kreeg het onderzoek pas maandag.'

'Maar wat is er dan zondag gebeurd?'

Haraldsson keek naar de twee mannen in de kamer alsof hij steun zocht voor zijn opvatting dat het niet zo belangrijk was om achterom te kijken. Die kreeg hij niet. Ze keken hem allebei vorsend aan. Haraldsson schraapte nogmaals zijn keel.

'Voor zover ik heb begrepen, is de uniformdienst naar de moeder geweest.'

'En wat deden die?'

'Informatie opnemen over de verdwijning van de jongen.'

'Wat voor informatie? Waar staat die?'

Vanja liet hem met haar ogen niet los. Haraldsson besefte dat ze niet verder zouden komen als ze niet te weten kwamen wat er gebeurd was. Dus vertelde hij dat, naar waarheid. Daarna viel er een ander soort stilte in de vergaderkamer. Een die Haraldsson interpreteerde als het soort stilte dat ontstaat wanneer mensen zo ongeveer het stomste moeten verwerken wat ze ooit hebben gehoord. Ten slotte nam Billy het woord.

'Dus het enige wat er zondag is gebeurd, is dat er nog een proces-verbaal is opgemaakt van dezelfde verdwijning?'

'Ja, in principe wel.'

'Oké. Die jongen verdwijnt vrijdag om tien uur 's avonds. Wanneer beginnen jullie daadwerkelijk te zoeken?'

'Maandag. Na de middagpauze. Als de aangifte aan mij wordt overgedragen. Of eigenlijk zoeken we dan nog niet, maar beginnen we met het horen van het meisje, de school, getuigen...'

Weer werd het stil. De ervaring leerde dat de jongen toen hoogstwaarschijnlijk al dood was, maar stel dat dat niet zo was, dat hij ergens gevangen was gehouden? Drie etmalen. Allemachtig! Torkel boog zich voorover en keek Haraldsson ernstig en nieuwsgierig aan.

'Waarom zei je dat niet toen we vroegen wat er zondag gebeurd was?'

'Het is nooit leuk om fouten toe te geven.'

'Maar het was toch niet jouw fout? Jij kreeg het onderzoek maandag pas. Jouw enige fout is dat je ons niet de waarheid hebt verteld. Wij zijn een team, we kunnen ons niet veroorloven niet eerlijk tegen elkaar te zijn.'

Haraldsson knikte. Plotseling had hij het gevoel dat hij zeven jaar was en naar het hoofd van de school was gestuurd omdat hij iets stouts had gedaan op het schoolplein.

In de verdere bespreking vertelde hij alles (behalve de pauzeseks met Jenny en het zogenaamde bezoek aan de Eerste Hulp) en daardoor was het al over negenen 's avonds voordat ze alles hadden doorgenomen.

Torkel bedankte hem, Billy rekte zich gapend uit in zijn stoel en Vanja begon haar spullen in te pakken toen de tweede verrassing kwam.

'Er is nog één ding.' Haraldsson zweeg even voor het effect. 'We hebben het jack en het horloge van de jongen niet gevonden.' Torkel, Vanja en Billy gingen er alle drie eens goed voor zitten; dit was interessant. Haraldsson zag dat Vanja gauw haar map weer uit haar tas viste.

'Ik heb het niet in het rapport gezet. Je weet nooit wie dat allemaal leest en waar zulke informatie dan terechtkomt.'

Vanja knikte bij zichzelf. Slim. Dit was precies het soort details dat absoluut niet naar de pers mocht uitlekken; die waren goud waard bij een verhoor. Misschien was Haraldsson toch niet helemaal hopeloos, al leek het er eerst wel op.

'Dus hij is beroofd?' vroeg Billy.

'Dat geloof ik niet. Hij had zijn portemonnee nog, met bijna driehonderd kronen erin. En zijn mobieltje in zijn broekzak.'

De hele groep dacht na over het feit dat iemand, waarschijnlijk de moordenaar, bepaalde eigendommen van het slachtoffer had afgepakt. Dat betekende iets. Dat en het hart dat weg was.

'Het jack was van Diesel,' vervolgde Haraldsson. 'Groen. Ik heb foto's van het model op mijn bureau. Het horloge was een...' Haraldsson raadpleegde zijn aantekeningen. 'Een Tonino Lamborghini Pilot. Daar heb ik ook foto's van.'

Later zat Torkel nog alleen in de raamloze vergaderkamer. Hij probeerde een reden te bedenken om niet naar het hotel te hoeven gaan. Zou hij een tijdlijn op het whiteboard zetten? Een plattegrond ophangen? Foto's? De informatie van Haraldsson nog eens doornemen? Maar Billy zou dat morgenochtend vroeg, waarschijnlijk nog voordat de anderen op het bureau waren, allemaal veel sneller en beter kunnen doen.

Hij kon ergens gaan eten, maar hij had niet veel trek. Niet genoeg om alleen in een restaurant te gaan zitten. Hij kon Vanja natuurlijk vragen om hem gezelschap te houden, maar zij zou de avond liever gebruiken om zich op haar hotelkamer in te lezen in de zaak, wist hij. Uiterst ambitieus en nauwgezet, Vanja. Waarschijnlijk zou ze zijn uitnodiging om met hem te gaan eten niet afslaan, maar dat was niet wat ze wilde, en ze zou zich de hele avond enigszins gestrest voelen, dus Torkel zag ervan af.

En Billy? Torkel vond dat Billy veel kwaliteiten had en met zijn kennis van computers en techniek van onschatbare waarde was voor het team, maar Torkel kon zich niet herinneren dat ze ooit ergens samen, met z'n tweeën, gedineerd hadden. Een gesprek met Billy liep niet zo vlot. Billy hield van de nachten in hotels. Er was geen tv-programma, op welke zender dan ook, tussen tien uur 's avonds en twee uur 's nachts dat Billy niet had gezien, en hij praatte er graag over. Tv, film, muziek, games, computers, nieuwe telefoons, buitenlandse tijdschriften die hij 's nachts op internet las. Bij Billy voelde Torkel zich een fossiel.

Hij zuchtte. Het zou wel weer uitdraaien op een ommetje, een broodje met een biertje op zijn kamer en de tv als gezelschap. Hij troostte zich met de gedachte dat Ursula morgen zou komen. Dan had hij gezelschap bij het eten.

Torkel deed het tl-licht uit en verliet de vergaderkamer. Zoals altijd was hij de laatste, dacht hij toen hij door het lege politiebureau liep. Niet zo gek dat zijn vrouwen genoeg van hem hadden gekregen.

Het was donker toen Sebastian de taxi betaalde en uitstapte. De chauffeur stapte ook uit, maakte de kofferbak open, tilde Sebastians koffer eruit en wenste hem een prettige avond. Een prettige avond in zijn ouderlijk huis? Nou ja, eens moest de eerste keer zijn, dacht Sebastian. En het feit dat allebei zijn ouders dood waren, maakte de kansen daarop aanzienlijk groter.

Sebastian stak de straat over en de taxi, die op de oprit van de buren gekeerd had, reed achter hem langs. Hij bleef staan bij het lage witte hekje, dat aan een schilderbeurt toe was, en stelde vast dat de brievenbus overvol zat. Ging er niet een soort centraal overlijdensbericht uit als je stierf, waardoor alles ophield? Kennelijk niet.

Toen Sebastian een paar uur daarvoor in Västerås was aangekomen, was hij naar de begrafenisonderneming gegaan om de sleutel van het huis op te halen. Blijkbaar had een van zijn moeders oudste vriendinnen de begrafenis geregeld toen hij had aangegeven dat hij er niets mee te maken wilde hebben. Berit Holmberg. Sebastian kon zich zelfs niet herinneren of hij die naam ooit had gehoord. De begrafenisondernemer had gevraagd of hij een of ander album wilde bekijken van de ceremonie, die kennelijk heel mooi en stemmig was geweest, en goed bezocht. Sebastian had dat afgewezen.

Daarna was hij naar een restaurant gegaan. Had lekker en langdurig gegeten. Was nog even blijven zitten. Had gelezen. Koffiegedronken. Hij had het visitekaartje dat hij van de lezende vrouw in de trein had gekregen in zijn handen rondgedraaid, maar besloten te wachten. Morgen of overmorgen zou hij bellen. Verlangend, maar niet wanhopig, dat was altijd de beste werkwijze. Hij had een wandeling gemaakt. Overwogen om naar de film te gaan, maar daarvan afgezien. Niets van wat er draaide stond hem aan. Ten slotte kon hij zijn werkelijke taak niet langer voor zich uit schuiven, dus had hij een taxi aangehouden.

Nu stond hij vanaf de straat naar het huis te kijken dat hij de dag na zijn negentiende verjaardag had verlaten. Aan weerskanten van het geplaveide paadje lagen goed verzorgde borders. Daar stonden nu vooral lage, keurig gesnoeide, kale struikjes, maar binnenkort zouden de vaste planten gaan bloeien. Zijn moeder hield erg van haar tuin en zorgde er liefdevol voor. Aan de achterkant van het huis waren fruitbomen en een moestuin. Het geplaveide paadje eindigde bij een vrijstaand huis van twee verdiepingen. Sebastian was tien toen ze hierheen verhuisden. Toen was het net gebouwd. Zelfs in het zwakke licht van de straatlantaarns zag Sebastian dat het nu echt aan een opknapbeurt toe was. Het pleisterwerk van de gevel liet los, de verf van de kozijnen bladderde af en op twee plaatsen was het dak een tikje donkerder. Daar ontbraken waarschijnlijk dakpannen. Sebastian overwon de puur fysieke tegenzin om naar binnen te gaan en liep in een paar passen naar de voordeur.

Hij deed de deur open en stapte de hal binnen. Het rook er bedompt. Muf. Sebastian zette zijn koffer neer. Hij bleef onder de boogdoorgang naar de rest van het huis staan. Recht voor hem was de eethoek en verder naar rechts bevond zich de woonkamer. Sebastian constateerde dat er een muur was weggehaald en dat de benedenverdieping nu een zogeheten doorzonkamer had. Hij liep verder naar binnen. Hij herkende maar heel weinig meubels. Een ladekast van zijn opa en een paar schilderijen kwamen hem bekend voor, maar het behang erachter was helemaal nieuw voor hem. Zo ook het parket. Hoe lang was het geleden dat hij hier voor het laatst was geweest? Sebastian weigerde aan het huis te denken als 'thuis'. Hij was op zijn negentiende verhuisd, maar daarna was hij nog weleens langs geweest. Vanuit de ijdele hoop dat hij en zijn ouders misschien weer met elkaar zouden kunnen omgaan wanneer ze allemaal volwassen waren. Niet dus. Hij wist nog dat hij in de week na zijn vijfentwintigste verjaardag op bezoek was geweest. Was dat de laatste keer? Al bijna dertig jaar geleden. Niet zo gek dat hij hier nog maar amper de weg wist.

In de korte muur van de woonkamer zat een deur die dicht was. Toen Sebastian hier woonde, was dat een logeerkamer, die zelden werd gebruikt. Zijn ouders hadden wel een heel groot sociaal netwerk, maar dat bestond bijna uitsluitend uit mensen uit Västerås. Hij deed de deur open. De ene wand stond vol boekenkasten en waar vroeger een bed had gestaan, stond nu een bureau. Met een schrijfmachine en een rekenmachine met papierrol. Sebastian deed de deur weer dicht. Het hele huis stond waarschijnlijk vol met dat soort troep. Wat moest hij daarmee doen?

Hij ging naar de keuken. Nieuwe keukenkastjes, nieuwe keukentafel, maar dezelfde oude kunststof autohandelvloer. Sebastian deed de deur van de koelkast open. Goed gevuld. Bedorven. Hij pakte een pak melk uit de deur. Open. Houdbaar tot 8 maart. Internationale Vrouwendag. Hoewel hij wist wat hem te wachten stond, stak Sebastian zijn neus in de opengescheurde opening. Met vertrokken gezicht zette hij het pak terug in de deur. Hij pakte een blikje licht bier dat naast een zakje lag waarvan hij vermoedde dat er ooit kaas in had gezeten, maar dat er nu uitzag als een geslaagd onderzoeksproject in een schimmellaboratorium.

Terwijl hij het biertje met één hand openmaakte, liep hij terug naar de woonkamer. Intussen deed hij de plafondverlichting aan. De spotjes zaten aan een lijst aan het plafond, de hele kamer rond; ze waren naar boven gericht en gaven een gelijkmatig, prettig licht. Een smaakvol detail waarin hij zijn moeder bijna tastbaar kon voelen. Sebastian merkte dat hij ondanks zichzelf onder de indruk was.

Hij ging in een van de leunstoelen zitten en legde zijn voeten, zonder zijn schoenen uit te doen, op de lage salontafel. Toen nam hij een slok uit het blikje en leunde met zijn hoofd tegen de stoel. Hij nam de stilte in zich op. De doodse stilte. Er was zelfs geen verkeer te horen. Het huis lag helemaal achter in een doodlopende straat en de dichtstbijzijnde grote weg was honderden meters verderop. Sebastians oog viel op de piano. Hij nam nog een slok, zette het blikje op tafel, stond op en liep naar het glanzend zwarte instrument.

Gedachteloos drukte hij een van de witte toetsen in. Een doffe, ietwat valse A verbrak de stilte.

Sebastian begon op zijn zesde met pianospelen. En hield ermee op toen hij negen was. Toen, na een les waarbij hij principieel had geweigerd zijn vingers op de toetsen te zetten, nam zijn privélerares zijn vader een keer apart en vertelde hem dat het verspilling van haar tijd en zijn geld was dat ze eenmaal per week naar een leerling toe kwam die zo overduidelijk ongemotiveerd was en die naar haar stellige overtuiging ook nog gespeend was van elke vorm van muzikaliteit. Maar dat klopte helemaal niet. Sebastian was helemaal niet onmuzikaal. Hij had ook niet uit een soort opstandigheid tegen zijn vader geweigerd te spelen, dat kwam pas jaren later. Hij vond het alleen maar onvoorstelbaar vervelend. Zinloos. Hij kon zich niet verdiepen in iets wat hem totaal niet boeide. Toen niet.

En later ook niet.

Nu nog niet. Hij kon eindeloos veel tijd en energie steken in iets wat hem eenmaal interesseerde en fascineerde, maar als dat niet het geval was...

'Doorstaan' en 'volhouden' waren onbekende begrippen voor Sebastian Bergman.

Hij boog langzaam voorover en bekeek de foto's die op de piano stonden. De trouwfoto van zijn ouders in het midden, en aan weerskanten daarvan foto's van zijn grootouders van vaders- en van moederszijde. Een foto van Sebastian toen hij voor zijn eindexamen was geslaagd en een waarop hij acht of negen was en in voetbaltenue voor een doel poseerde. Zijn voet op de bal. Serieus, met overwinnaarsblik, in de camera kijkend. Daarnaast een foto van zijn ouders samen, met een touringcar op de achtergrond. Op reis ergens in Europa. Zijn moeder leek op de foto een jaar of vijfenzestig. Twintig jaar geleden dus. Het drong opeens tot Sebastian door hoe weinig hij wist van het leven van zijn ouders nadat hij hen had verlaten, ook al was dat een keuze die hij bij zijn volle verstand had gemaakt. Hij wist niet eens waar zijn moeder aan overleden was.

Toen viel Sebastians oog op de foto helemaal achteraan. Hij pakte hem op. Het was de derde foto van hemzelf. Hij zat op zijn nieuwe brommer op de oprit. Sebastians moeder had altijd erg van die foto gehouden. Volgens Sebastian kwam dat doordat het een van de weinige foto's van hem als tiener was, misschien wel de enige, waarop hij er gelukkig uitzag. Maar het was niet de foto van hemzelf op zijn Puch Dakota die zijn aandacht trok. Dat was een krantenknipsel dat in het lijstje was gestoken. Een foto waarop Lily stond, in haar witte ziekenhuiskleding, met een klein, slapend babytje in haar armen. Onder de foto stond *Eine Tochter* en een datum. 11 augustus 2000. Daaronder Lily's naam en de zijne. Sebastian peuterde het knipsel voorzichtig uit het lijstje en bekeek het.

Hij kon zich nog herinneren dat hij de foto had genomen, rook nu ook opeens weer de geur van het ziekenhuis en hoorde de geluiden. Lily had naar hem geglimlacht. Sabine sliep.

Hoe ben je hier in godsnaam aan gekomen?

Sebastian bleef staan met het knipsel in zijn hand. Hier was hij totaal niet op voorbereid. In dit huis hoorde niets te zijn wat hem hieraan herinnerde, maar nu stond hij daar met de foto van die twee in zijn hand. Die hoorde hier niet thuis. Die hoorde bij een andere wereld. Zijn twee werelden, zijn twee hellen. Elk voor zich al moeilijk genoeg om mee om te gaan, laat staan tegelijk. Ze hoorden niets met elkaar te maken te hebben. Hij balde zijn rechterhand tot een vuist, keer op keer, zonder dat hij zich ervan bewust was. Rot toch op, mens! Zelfs nu ze dood was liet zijn moeder hem niet met rust. Sebastian voelde dat hij zwaar begon te ademen. Rot toch op, mens! Rot toch op met dat hele huis! Wat moest hij met al die ROTZOOI hier?!

Sebastian vouwde het krantenknipsel voorzichtig op, stopte het zorgvuldig in zijn binnenzak en liep snel terug naar de keuken. Hij deed de deur van de bezemkast open, en inderdaad: het telefoonboek lag nog op dezelfde plank als altijd. Sebastian nam het mee naar de leunstoel en zocht in de Bedrijvengids naar makelaars. Hij begon bij de A. Natuurlijk nam er niemand op. De eerste drie bedrijven meldden de openingstijden van het kantoor en nodigden hem van harte uit terug te bellen, maar het vierde antwoordapparaat sloot af met: 'U kunt ook na de pieptoon een bericht inspreken, dan bellen we u terug.'

Sebastian wachtte op het signaal.

'Mijn naam is Sebastian Bergman. Ik wil een huis met inboedel en al verkopen. Ik weet niet hoe dat werkt, maar ik wil dat het geregeld wordt, zodat ik zo snel mogelijk weer weg kan uit deze verdomde klotestad. Het geld kan me geen zak schelen, dus jullie mogen elk percentage rekenen dat jullie willen, als het maar snel gaat. Als dat interessant klinkt, bel me dan terug.'

Sebastian sprak zijn mobiele nummer in en hing op. Toen leunde hij weer achterover in de stoel, plotseling vreselijk moe. Hij deed zijn ogen dicht en in de stilte kon hij zijn eigen hartslag horen. Zo voelde het tenminste.

Het was te stil.

Hij was alleen.

Hij ging met zijn hand naar de borstzak van zijn overhemd, waar hij het visitekaartje van de vrouw uit de trein in had gestopt. Hoe laat was het? Te laat. Als hij nu belde, kon hij het gesprek net zo goed beginnen met de vraag of ze zin had om te neuken. Dat zou bij haar niet werken. Dat wist hij. Hij zou alleen maar alles wat hij opgebouwd had kwijtraken, en helemaal opnieuw moeten beginnen. Zo geïnteresseerd was hij nu ook weer niet in haar. Hij ademde diep in en liet de lucht langzaam weer naar buiten stromen. En nog eens. Met elke ademtocht voelde hij dat de vermoeidheid hem steviger in de greep kreeg. Hij zou niemand bellen. Hij zou niets doen.

Hij wilde slapen.

Hij moest slapen.

Tot de droom hem wakker maakte.

Torkel zat in de eetzaal van het hotel te ontbijten. Billy was al naar het politiebureau gegaan om hun kamer in te richten en de apparatuur aan te sluiten, en Vanja had hij niet gezien. Buiten haastten de Västeråsers zich op deze grijze voorjaarsdag naar hun werk. Torkel wierp een vluchtige blik op de ochtendkranten, de landelijke en de regionale. Allemaal schreven ze over de moord. De landelijke kranten niet zoveel. Die gaven in de meeste gevallen een update. Het enige nieuws dat ze hadden, behalve dat er een team van de Nationale Recherche was gearriveerd, was dat het volgens bronnen dicht bij de politie kon gaan om een rituele moord, omdat het hart van het slachtoffer eruit gesneden was. Torkel zuchtte. Als de serieuze kranten al over een rituele moord speculeerden, wat zouden de sensatiebladen dan wel niet doen? Satanisme? Orgaanroof? Kannibalisme? Misschien haalden ze er een of andere Duitse 'deskundige' bij die de lezers uitlegde dat het helemaal niet ondenkbaar was dat een gestoorde met bepaalde waanvoorstellingen andermans hart opat om zo iets van de kracht van die ander te verkrijgen. Vervolgens zouden ze verwijzen naar de Inca's of een andere allang uitgestorven volksstam die in verband werd gebracht met mensenoffers.

En dan de internetenquête ernaast: kunt u zich voorstellen dat u een mens zou opeten?

Ja, wij zijn ook gewoon dieren.

Ja, maar alleen als ik anders zelf niet zou overleven.

Nee, dan zou ik liever zelf sterven.

Torkel schudde zijn hoofd. Hij moest oppassen. Hij stond op het punt een SOK te worden, zoals Billy het noemde: een Sacherijnig Oud Kereltje. Hoewel hij hele dagen met jongere mensen omging, merkte hij toch dat hij steeds vaker afgleed in een manier van denken waaruit je zou kunnen afleiden dat hij vond dat het vroeger beter was. Maar niets was vroeger beter. Behalve zijn privéleven, maar dat had niet zo gek veel invloed op de rest van de wereld. Je moest je aan de situatie aanpassen. Het laatste wat Torkel wilde was zo'n afgepeigerde oude rechercheur worden die zich cynisch opwond over de jeugd van tegenwoordig en intussen steeds dieper wegzakte in zijn luie stoel, met een glas whisky in de hand en Puccini op de stereo. Opgelet dus. Torkels mobieltje zoemde. Een sms'je. Van Ursula. Hij drukte op 'Tonen'. Ze was gearriveerd en reed rechtstreeks naar de vindplaats. Konden ze elkaar daar zien? Torkel leegde zijn koffiekopje en ging op weg.

Ursula Andersson stond aan de rand van het vennetje. Met haar gebreide wollen trui in de donkergroene waterdichte broek die tot haar borst reikte, zag ze er eerder uit als een visser of als iemand die een door olie vervuild strand moest schoonmaken dan als een van 's lands scherpzinnigste rechercheurs.

'Welkom in Västerås.'

Ursula draaide zich om en zag dat Torkel naar Haraldsson knikte en onder het afzetlint door bukte dat grote delen van de laagvlakte versperde.

'Leuke broek.'

Ursula glimlachte.

'Dank je.'

'Ben je erin geweest?' Torkel knikte ter verduidelijking van zijn vraag naar het water.

'Ik heb de diepte gemeten en een paar waterproeven gedaan. Waar heb je de anderen gelaten?'

'Billy maakt het bureau voor ons klaar en Vanja zou met de vriendin gaan praten. Voor zover we weten, is zij de laatste die de jongen levend gezien heeft.' Torkel liep iets verder door en bleef staan bij de rand van het water. 'Lukt het?'

'Voetsporen kunnen we vergeten. Er hebben hier hele horden mensen gelopen. De kinderen die het lichaam hebben gevonden, politie, ambulancepersoneel, wandelaars.' Ursula ging op haar hurken zitten en wees naar een vormloze kuil in de modderige grond. Torkel hurkte naast haar neer.

'De sporen zijn bovendien diep en ingezakt. Het is te zompig en te modderig.' Ursula maakte een breed gebaar met haar hand. 'Een week geleden was het blijkbaar nog weker. Een groot deel van de vlakte lag toen onder water.' Ze stond op, wierp een blik over haar schouder in de richting van Haraldsson en bracht haar gezicht wat dichter bij dat van Torkel.

'Hoe heet die man daar?' Ze knikte in de richting van Haraldsson, en Torkel keek over zijn schouder, al wist hij heel goed wie Ursula bedoelde.

'Haraldsson. Hij was de leider van het onderzoek totdat wij kwamen.'

'Weet ik. Dat heeft hij onderweg hierheen minstens drie keer gezegd. Hoe is hij?'

'Hij zou iets moeten doen aan hoe hij overkomt, maar hij lijkt me wel... oké.'

Ursula draaide zich om naar Haraldsson.

'Zou je even hier willen komen?'

Haraldsson stapte onder de afzetting door en hinkte naar Ursula en Torkel toe.

'Hebben jullie gedregd?' vroeg Ursula.

Haraldsson knikte.

'Twee keer. Niks.' Ursula knikte peinzend. Ze had niet verwacht dat er een moordwapen was gevonden. Niet hier. Ze draaide zich van Haraldsson af en liet haar ogen weer over de omgeving gaan. Het klopte allemaal.

'Vertel,' zei Torkel, die uit ervaring wist dat Ursula waarschijnlijk aanzienlijk meer zag dan de drassige beboste vlakte die Torkel waarnam.

'Hij is hier niet gestorven. Volgens het voorlopige obductierapport waren de messteken zo diep dat er afdrukken van het handvat in de huid zaten. Dat wijst erop dat het slachtoffer op een harde, niet-verende ondergrond heeft gelegen. Als je steekt in iemand die in het water ligt, zakt het lichaam weg.' Ursula maakte een gebaar naar beneden, bij haar voeten. 'Als we aannemen dat het hier vorig weekend nog natter en modderiger was, dan is het bijna onmogelijk het mes er tot aan het handvat in te steken, zeker in de weke delen.'

Torkel bekeek haar vol bewondering. Hoewel ze nu al jaren samenwerkten, kon hij nog steeds onder de indruk raken van haar kennis en haar deductievermogen. Torkel dankte het gelukkig gesternte waardoor Ursula hem een paar dagen na zijn benoeming tot hoofd van het Bureau Moordzaken van de Nationale Recherche had opgezocht. Ze stond daar gewoon, op een ochtend zeventien jaar geleden, voor de deur van zijn kantoor. Ze had geen afspraak gemaakt, maar zei dat het hooguit vijf minuten zou duren. Hij liet haar binnen.

Ze werkte bij het NFI, het Nationaal Forensisch Instituut. Ze was haar carrière begonnen als agent, maar had zich algauw steeds meer gespecialiseerd in plaatsdelictonderzoek en vervolgens in technische en forensisch geneeskundige bewijsvoering. Zo was ze in Linköping terechtgekomen, bij het NFI. Niet dat ze het daar niet naar haar zin had, vertelde ze in haar vijf minuten, maar ze miste de jacht. Zo had ze het uitgedrukt: de jacht. In een lab DNA veiligstellen en wapens uittesten was één ding, ter plekke analyseren en samen met anderen een prooi in het nauw drijven en te grazen nemen was iets heel anders. Dat gaf een kick en een bevrediging waar een DNA-match nooit tegenop kon. Begreep Torkel dat? Dat begreep Torkel. Ursula knikte. Nou dan. Ze keek op de klok. 4 minuten en 48 seconden. De laatste twaalf seconden gebruikte ze om hem haar telefoonnummer en het nakijken te geven.

Torkel vroeg referenties op en iedereen had niets dan goeds te vertellen over Ursula, maar wat voor Torkel de doorslag gaf was dat het hoofd van het NRL hem zo ongeveer met fysieke vergelding dreigde als hij ook maar naar Ursula kéék. En niet alleen dat deed Torkel, hij stelde haar zelfs nog dezelfde middag aan.

'Dus dit is alleen maar de dumpplek.'

'Waarschijnlijk wel. Als we ervan uitgaan dat de moordenaar deze plek heeft uitgekozen, dat hij het vennetje kende, dan kent hij de streek en zal hij zijn auto waarschijnlijk zo dicht mogelijk in de buurt hebben geparkeerd. Daar!'

Ze wees naar een helling een meter of dertig verderop, zo'n twee meter hoger gelegen, steil aflopend. Als op een geheim teken begonnen ze die kant op te lopen. Haraldsson hinkte achter hen aan.

'Hoe gaat het met Mikael?'

Ursula bleef staan en keek Torkel aan.

'Goed, hoezo?'

'Je bent pas een paar dagen geleden thuisgekomen. Hij heeft je niet zo lang in huis gehad.'

'Zo gaat dat bij dit werk. Dat begrijpt hij wel. Hij is het gewend.'

'Mooi.'

'Bovendien moest hij naar een of andere beurs in Malmö.'

Ze waren bij de helling. Ursula keek terug naar het vennetje. Hier ergens moest de dader naar beneden zijn gegaan. Ze begonnen de glooiing gedrieën te onderzoeken. Na een paar minuten stopte Ursula, en ze deed een stap achteruit. Ze keek naar weerskanten om een vergelijking te maken en ging op de grond zitten om een goed beeld van opzij te krijgen. Maar ze was zeker van haar zaak. De vegetatie was een beetje platgedrukt. Veel planten waren weer teruggeveerd, maar er waren vast nog wel sporen dat er iets overheen was gesleept. Ze ging op haar hurken zitten. Van een klein struikje waren een paar takken geknakt en het witgele breukvlak was verkleurd door iets wat bloed zou kunnen zijn. Ursula pakte een kleine *zip bag* uit haar tas, knipte het takje voorzichtig af en stopte het in het zakje.

'Ik denk dat ik de plek heb gevonden waar hij naar beneden is gegaan. Willen jullie die route volgen?'

Torkel maakte Haraldsson met een handbeweging duidelijk dat ze verder omhoog moesten. Boven, op het smalle grindweggetje, keek Torkel om zich heen. Een stukje verderop stonden hun eigen auto's.

'Waar gaat dit heen?'

'Naar de stad, hè? Daar komen we toch vandaan!'

'En de andere kant op?'

'Het kronkelt een beetje, maar na een poosje kom je uit op de rijksweg.'

Torkel keek naar de voet van de helling, waar Ursula voorzichtig op handen en voeten rondkroop en elk blaadje zorgvuldig omdraaide. Als het lichaam hier naar beneden was getrokken, kon het weleens uit een kofferbak of een achterportier precies hiertegenover zijn gehaald. De moordenaar had geen reden om niet de kortste weg naar beneden te nemen. Het grind was heel compact, daar zouden geen bandensporen zijn. Torkel keek naar de auto's die ze zelf hadden geparkeerd; die waren aan de zijkant neergezet om op het smalle weggetje niet te veel plaats in te nemen. Zou de moordenaar zo ook…?

Torkel ging pal tegenover het smalle gebiedje staan dat Ursula aan het onderzoeken was. Kofferbak hier. Torkel stelde zich de geparkeerde auto hier voor. Dat zou moeten betekenen dat, áls er bandensporen waren, ze een paar meter verderop moesten zijn. Torkel liep voorzichtig de berm in. Tot zijn vreugde ontdekte hij dat de ondergrond hier een stuk zachter was dan op de weg, maar dat het niet zo modderig was als in de laagvlakte. Hij boog voorzichtig wat struikjes en gebladerte opzij en werd bijna onmiddellijk beloond.

Diepe afdrukken van banden.

Torkel glimlachte.

Dit was een goed begin.

'Je hebt je niet bedacht?'

De vrouw die dat vroeg, zette een kop gloeiend hete thee op

tafel en trok tegenover Vanja, die haar hoofd schudde, de stoel onder de tafel uit.

'Nee, dank je, ik hoef niks.' De vrouw ging zitten en begon in haar kopje te roeren. De keukentafel was gedekt voor het ontbijt. Er stonden melk en yoghurt, en pakken muesli en cereals. In een broodmandje dat van gevlochten berkenbast leek te zijn, lagen zachte, grove sneden brood en twee soorten knäckebröd. Boter, kaas, ham, plakjes komkommer en een potje smeerleverworst completeerden het geheel. De gedekte tafel contrasteerde met de rest van de keuken, die eruitzag alsof hij zo uit een meubelcatalogus kwam. Niet met de allernieuwste snufjes, maar uitzonderlijk netjes. Geen afwas, geen kruimels op het aanrecht – leeg, schoon. De keramische kookplaten waren volkomen vlekvrij, net als alle keukenkastjes. Vanja durfde te zweren dat ze, als ze opstond en het na zou voelen, ook geen vetvlekje op het kruidenplankje boven het fornuis zou vinden. Te oordelen naar het weinige dat Vanja had gezien, gold er ook in de rest van het huis *zero tolerance* tegen vuil. Er was maar één voorwerp dat een beetje opviel. Vanja probeerde het wel, maar ze kon haar ogen niet van een muurdecoratie achter de theedrinkende vrouw afhouden. Het was een ingelijst kralentableau. Maar niet een ter grootte van een pannenonderzetter – nee – dit exemplaar mat zeker veertig bij tachtig centimeter en stelde Jezus voor, met gespreide armen en met een lang, wit gewaad aan. Om zijn hoofd straalde een goudgeel aureool en het gezicht, met zwarte baard en intense, felblauwe ogen, keek schuin omhoog. Boven zijn hoofd stond in rode kralen: IK BEN DE WEG, DE WAARHEID EN HET LEVEN. De vrouw tegenover Vanja volgde haar blik.

'Dat heeft Lisa gemaakt toen ze waterpokken had. Met een beetje hulp, natuurlijk. Toen was ze elf.'

'Mooi,' zei Vanja. En een beetje griezelig, voegde ze er bij zichzelf aan toe. De vrouw tegenover haar, die zich, toen ze had opengedaan en Vanja had binnengelaten, had voorgesteld als Ann-Charlotte, knikte tevreden over het compliment en nam een slokje van haar warme thee. Ze zette het kopje neer.

'Ja, ze heeft veel talent, Lisa. Er zitten meer dan vijfduizend kralen in. Fantastisch, vind ik!'

Ann-Charlotte pakte een sneetje knäckebröd en begon dat te besmeren. Vanja kon niet nalaten zich af te vragen hoe ze wisten hoeveel kralen het waren. Hadden ze die geteld? Ze stond op het punt het te vragen toen Ann-Charlotte het botermesje weer in het vlootje zette en haar met een bezorgde frons op haar voorhoofd aankeek.

'Het is heel eng wat er gebeurd is. Met Roger. We hebben de hele week dat hij verdwenen was voor hem gebeden.'

En kijk eens hoe het heeft geholpen, dacht Vanja, maar ze humde alleen maar instemmend en hopelijk ook meelevend, terwijl ze misschien wat al te duidelijk op haar horloge keek. Een gebaar dat Ann-Charlotte leek te begrijpen.

'Lisa zal zo wel klaar zijn. Als we hadden geweten dat je kwam...' Ann-Charlotte maakte een verontschuldigend handgebaar.

'Het geeft niks. Ik ben blij dat ik de gelegenheid krijg om met haar te praten.'

'Maar natuurlijk. Als we op de een of andere manier kunnen helpen... Hoe gaat het met zijn moeder – Lena heet ze toch? Ze moet helemaal kapot zijn.'

'Ik heb haar niet ontmoet,' antwoordde Vanja, 'maar dat zal wel. Was Roger enig kind?'

Ann-Charlotte knikte en zag er meteen nog bezorgder uit. Alsof alle problemen van de wereld zojuist op haar schouders terecht waren gekomen.

'Ze hebben het niet gemakkelijk gehad. Financieel was het een tijdje lastig, heb ik begrepen, en dan al dat gedoe op Rogers vorige school. Maar nu leek het toch goed te komen voor hem. En dan dit.'

'Wat voor gedoe op zijn vorige school?' vroeg Vanja.

'Hij werd gepest,' klonk het vanuit de deuropening.

Vanja en Ann-Charlotte draaiden zich allebei om. In de deuropening stond Lisa. Haar steile haar hing nat, maar keurig gekamd over haar schouders. De pony werd met één speld op zijn plaats gehouden. Ze had een witte blouse aan die bijna helemaal tot bovenaan was dichtgeknoopt, en daaroverheen een effen, gebreid vest. Om haar hals hing een gouden kruisje aan een ketting die aan één kant over het kraagje van haar blouse viel. Daaronder droeg ze een rok tot vlak boven de knie, en een grove panty. Vanja moest meteen denken aan het meisje in een tv-serie uit de jaren zeventig die herhaald werd toen zij klein was. Niet in de laatste plaats door het ernstige, bijna chagrijnige gezicht. Vanja stond op, stak haar hand uit naar het meisje dat de keuken binnen kwam en trok een stoel onder de korte kant van de tafel uit.

'Dag Lisa, ik ben Vanja Lithner. Ik ben van de politie.'

'Ik heb al met iemand van de politie gesproken,' antwoordde Lisa, en ze drukte kort Vanja's hand, terwijl ze een knicksje maakte. Toen ging ze zitten. Ann-Charlotte stond op en pakte een theekopje uit een van de keukenkastjes.

'Dat weet ik,' zei Vanja, terwijl ze weer ging zitten, 'maar ik werk voor een andere afdeling, dus ik zou het erg op prijs stellen als je ook met mij wilt praten, ook al wil ik misschien dezelfde dingen weten.'

Lisa haalde haar schouders op en greep het pak muesli dat op tafel stond. Ze schudde een flinke hoeveelheid in het diepe bord dat voor haar stond.

'Als je zegt dat Roger op zijn vorige school gepest werd,' vervolgde Vanja, 'weet je dan ook wie hem daar pestte of pestten?'

Lisa haalde haar schouders weer op.

'Allemaal, geloof ik. Hij had daar in elk geval geen vrienden. Hij wilde er niet veel over praten. Hij was gewoon blij dat hij daar van school was en bij ons was begonnen.' Lisa pakte de yoghurt en goot er een dikke laag van op haar muesli. Ann-Charlotte zette een kop thee voor haar dochter neer.

'Roger was een heel fijne jongen. Rustig. Gevoelig. Rijp voor zijn leeftijd. Het is volkomen onvoorstelbaar dat iemand…' Ann-Charlotte maakte haar zin niet af. Ze ging weer aan tafel zitten. Vanja sloeg haar notitieblokje open en schreef 'oude school – gepest' op een bladzij. Toen draaide ze zich naar Lisa toe, die net een hap yoghurt met muesli in haar mond stak.

'Laten we eens teruggaan naar die vrijdag dat hij verdween. Wil je vertellen wat jullie toen deden, of er iets bijzonders gebeurde toen Roger hier was? Alles wat je nog weet, hoe gewoon en onbelangrijk het ook lijkt.'

Lisa nam de tijd en kauwde en slikte voordat ze Vanja recht aankeek en antwoordde: 'Dat heb ik al gedaan. Bij die andere politieman.'

'Ja, maar zoals ik al zei: ik wil het ook graag horen. Hoe laat kwam hij hier?'

'Ergens na vijven. Half zes of zo?' Lisa keek hulpzoekend naar haar moeder.

'Tegen halfzes,' zei Ann-Charlotte. 'Erik en ik moesten om zes uur ergens zijn, en we wilden net weggaan toen Roger kwam.' Vanja knikte en noteerde het.

'En wat deden jullie toen hij hier was?'

'We zaten op mijn kamer. We hebben wat huiswerk gedaan voor maandag, en daarna hebben we theegezet en naar *Let's dance* gekeken. Hij is hier even voor tien uur weggegaan.'

'En waar ging hij toen naartoe?'

Lisa haalde haar schouders weer op.

'Naar huis, zei hij. Hij wilde weten wie er afviel, en dat hoor je pas na het nieuws en de reclame.'

'En wie viel er af?'

Vanja zag de lepel die met nog een lading muesli en yoghurt onderweg was naar Lisa's mond even stokken, maar niet lang. Nauwelijks merkbaar, maar toch: er was twijfel. Vanja wilde alleen maar wat babbelen. Een manier om het gesprek niet al te erg op een verhoor te laten lijken, maar de vraag verraste Lisa, daar was Vanja van overtuigd. Lisa at door.

'Ig wee mie…'

'Niet met volle mond praten,' onderbrak Ann-Charlotte haar. Lisa zweeg. Ze kauwde zorgvuldig, haar ogen onafgebroken op Vanja gevestigd. Rekte ze tijd? Waarom had ze geen antwoord gegeven voordat ze de lepel in haar mond stak?

Vanja wachtte. Lisa kauwde. En slikte.

'Ik weet het niet. Ik heb na het nieuws niet meer gekeken.'

'Wat voor dansen deden ze? Weet je dat nog?' Vanja wist het zeker: Lisa's gezicht betrok. De vragen irriteerden haar om de een of andere reden.

'Ik weet niet hoe ze heetten. We hebben niet zo goed opgelet. We zaten te praten en te lezen, en naar muziek te luisteren en zo. We hebben ook wat gezapt.'

'Ik begrijp niet waarom de inhoud van een tv-programma belangrijk kan zijn om degene te vinden die Roger iets heeft aangedaan,' onderbrak Ann-Charlotte weer. Ze zette haar kopje met een enigszins geïrriteerd tikje voor zich op tafel. Vanja draaide zich glimlachend naar haar toe.

'Dat is het ook niet. Ik babbelde maar wat.' Ze keerde zich weer naar Lisa, nog steeds glimlachend. Lisa beantwoordde haar glimlach niet; ze trotseerde Vanja's blik.

'Heeft Roger 's avonds gezegd dat hij zich ergens zorgen over maakte?'

'Nee.'

'Heeft er nog iemand gebeld? Heeft hij een sms'je gehad waar hij niet over wilde praten of waar hij zich over opwond?'

'Nee.'

'Gedroeg hij zich niet anders en leek hij er ook geen moeite mee te hebben om zich te concentreren of zo?'

'Nee.'

'Zei hij nog dat hij naar iemand anders toe moest toen hij wegging, om een uur of... tien, was het toch?'

Lisa keek Vanja onderzoekend aan. Wie probeerde ze er nou eigenlijk tussen te nemen? Ze wist heel goed dat Lisa had gezegd dat Roger tegen tienen was weggegaan. Ze testte haar, om te kijken of ze zichzelf zou tegenspreken. Maar dat had geen nut. Lisa had haar verhaal goed gerepeteerd.

'Ja, hij ging tegen tien uur weg, en nee, hij zei dat hij naar huis zou gaan om te kijken wie er zou afvallen.' Lisa pakte een sneetje brood uit het broodmandje. Ann-Charlotte mengde zich weer in het gesprek.

'Dat heeft ze toch al gezegd? Ik begrijp niet waarom ze telkens weer dezelfde vragen moet beantwoorden. Geloven jullie haar soms niet?' Ann-Charlotte klonk bijna beledigd, alsof alleen al de gedachte dat haar geliefde dochter kon liegen zeer aanstootgevend was. Vanja keek naar Lisa. Het was misschien aanstootgevend voor Lisa's moeder, maar ze wist dat Lisa iets verborg. Er was die avond iets gebeurd, iets wat Lisa niet van plan was te vertellen. In elk geval niet zolang haar moeder erbij was. Lisa schaafde een paar plakjes kaas en legde die langzaam, bijna omstandig op haar boterham. Af en toe keek ze Vanja even aan. Ze moest voorzichtig zijn. Deze vrouw was een stuk gisser dan de politieman met wie ze in de cafetaria van de school had gepraat. Nu was het zaak zich aan het ingestudeerde verhaal te houden. De tijd herhalen. Details over de avond kon ze zich niet herinneren. Er was niks bijzonders gebeurd.

Roger was gekomen.

Huiswerk.

Thee.

Tv.

Roger was weggegaan.

Ze kon zich ook niet elk detail van een gewone suffige vrijdagavond herinneren. Bovendien was ze geschokt. Haar vriend was dood. Als ze wat beter had kunnen huilen, had ze er nu wat tranen uit kunnen persen. Zodat mama het gesprek zou beëindigen.

'Natuurlijk geloof ik haar wel,' zei Vanja rustig, 'maar Lisa is, voor zover wij weten, de laatste die Roger die avond heeft gezien. Het is belangrijk dat we alle details boven tafel krijgen.' Vanja stond snel op. 'Maar ik ga nu. Jullie moeten naar school en werk.'

'Ik werk niet. Alleen een paar uur per week voor de kerk. Maar dat is vrijwilligerswerk.'

Huisvrouw. Dat verklaarde waarom er niets op het huis aan te merken viel. Wat het schoonmaken betreft tenminste.

Vanja pakte een visitekaartje en schoof dat over de tafel naar

Lisa. Ze hield haar vinger er net zo lang op tot Lisa zich verplicht voelde haar blik op te slaan en haar wel aan moest kijken.

'Bel me als je iets te binnen schiet wat je nog niet over die vrijdag hebt verteld.' Vanja richtte haar aandacht op Ann-Charlotte. 'Ik kom er zelf wel uit. Eten jullie maar af.'

Vanja ging de keuken en het huis uit en reed terug naar het politiebureau. Onderweg dacht ze aan de vermoorde jongen, en uit een soort instinct werd ze een beetje verdrietig en tegelijk een beetje boos.

Tot nu toe had ze niemand ontmoet die door de dood van Roger bijzonder ontdaan of bedroefd was.

Fredrik dacht dat het tien minuten zou duren. Maximaal. Erin, met de politie praten, eruit. Hij wist vorige week natuurlijk dat Roger verdwenen was. Daar praatte iedereen op school over. Ze hadden waarschijnlijk op de Runeberg-school nog nooit zoveel over Roger gepraat als vorige week, nog nooit zoveel aandacht aan hem besteed. En gisteren, nadat ze hem hadden gevonden. Er was meteen een rouwcentrum ingericht en mensen die geen zier om Roger hadden gegeven in de korte tijd dat hij op deze school had gezeten, verzuimden huilend lessen en zaten in groepjes bij elkaar, hielden elkaars hand vast en haalden met gedempte stem mooie herinneringen op.

Fredrik kende Roger niet en hij rouwde ook niet echt om hem. Ze waren elkaar gepasseerd in de gangen – een bekend gezicht, meer niet. Fredrik kon naar waarheid zeggen dat hij geen en-kele gedachte aan Roger had gewijd sinds die vorig najaar van de Runeberg-school af was gegaan. Maar nu kwam de lokale tv, en een paar meisjes uit de vijfde, die geen woord met Roger zouden hebben gewisseld al was hij de laatste jongen op aarde geweest, hadden kaarsjes aangestoken en bloemen neergelegd bij een van de voetbaldoeltjes op het schoolplein.

Misschien was dat mooi? Misschien was dat een teken dat er nog empathie en medemenselijkheid bestonden? Misschien was Fredrik cynisch dat hij er alleen maar onoprechtheid in zag en een manier om de tragedie te misbruiken om de aandacht op henzelf te richten? Om de kans te grijpen om een of andere ondefinieer-bare leegte te vullen?

Om saamhorigheid te ervaren?

Om wat dan ook te ervaren?

Hij moest denken aan de beelden die ze bij maatschappijleer hadden gezien van het warenhuis in Stockholm waar Anna Lindh was vermoord. Bergen bloemen. Fredrik herinnerde zich dat hij zich toen ook al had verbaasd. Waar kwam dat toch vandaan, die behoefte om te rouwen om mensen die we niet kennen? Die we niet eens hebben ontmoet? Blijkbaar was het er. Misschien was er iets mis met Fredrik, dat hij dat collectieve verdriet niet kon voelen en ervaren.

Maar hij las de krant. Het was toch een leeftijdgenoot, een bekende, wiens hart was uitgesneden. De politie wilde in contact komen met mensen die Roger hadden gezien nadat hij vrijdagavond was verdwenen. Toen Roger nog alleen maar verdwenen was, vond Fredrik het niet zo nodig om naar de politie te gaan, omdat hij Roger toch eigenlijk had gezien vóórdat hij verdween, maar nu lieten ze weten dat alle waarnemingen van die vrijdag, daarna of zelfs ook daarvoor, interessant waren. Fredrik fietste voor schooltijd langs het politiebureau, liep door de schuifdeuren en dacht dat het wel snel zou gaan.

Hij vertelde de vrouw in uniform achter de balie dat hij met iemand over Roger Eriksson wilde praten, maar voordat ze de hoorn van de telefoon had kunnen pakken om iemand te bellen, kwam er een politieman in burger met een kop koffie in zijn hand naar hem toe gehinkt, die zei dat hij maar met hem mee moest gaan.

Dat was – Fredrik wierp een blik op de klok aan de muur – twintig minuten geleden. Hij had alles wat hij te vertellen had aan de hinkende politieman verteld, sommige dingen twee keer, de plek zelfs drie keer – de derde keer moest hij een cirkeltje zetten op een kaart. Maar nu leek de politieman tevreden. Hij sloeg zijn notitieblok dicht en keek Fredrik aan.

'Nou, bedankt dat je gekomen bent. Wil je hier even wachten?' Fredrik knikte en de politieman hinkte weg.

Fredrik ging zitten en keek naar de open kantoortuin waarin

een stuk of tien politiemensen aan bureaus zaten, van elkaar gescheiden door verplaatsbare scheidingswanden die hier en daar versierd waren met kindertekeningen, familiefoto's en menukaarten, naast meer werkgerelateerde prints. Het geluid was een gedempte mengeling van gehamer op toetsenborden, gesprekken, telefoongerinkel en kopieermachinegezoem. Ook al maakte Fredrik zelf zijn huiswerk altijd met de koptelefoon van zijn iPod op, hij vroeg zich toch af hoe iemand in zo'n omgeving kon werken. Hoe kon je tegenover iemand zitten die een telefoongesprek voerde zonder te luisteren naar wat hij zei?

De politieman hinkte naar een deur, maar voordat hij daar was, kwam er een vrouw naar hem toe. Een blonde vrouw in een mantelpakje. Fredrik meende te zien dat de hinkende politieman vermoeid inzakte toen de vrouw dichterbij kwam.

'Wie is dat?' vroeg Hanser, en ze knikte naar de jongen die naar hen zat te kijken. Haraldsson volgde haar blik, al wist hij heel goed wie ze bedoelde.

'Hij heet Fredrik Hammar en hij heeft informatie over Roger Eriksson.' Haraldsson hield zijn notitieblok omhoog om te laten zien wat hij allemaal had. Hanser deed haar best om kalm te blijven.

'Als het over Roger Eriksson gaat, waarom praat de Nationale Recherche dan niet met hem?'

'Ik liep net langs toen hij binnenkwam en ik dacht dat ik eerst wel even kon horen wat hij te zeggen had. Of het überhaupt relevant was. Het lijkt me geen goed idee als Torkel zijn tijd verdoet aan dingen die niets aan het onderzoek toevoegen.'

Hanser ademde eens goed door. Ze kon zich voorstellen hoe irritant het moest zijn om de leiding over een onderzoek kwijt te raken. Hoe dat ook verpakt werd, het was uiteindelijk een teken van verloren vertrouwen. Dat bovendien zij het was die dat besluit had genomen, maakte de kwestie alleen maar gevoeliger. Haraldsson had naar haar functie gesolliciteerd, dat wist ze. Je hoefde geen ervaren psycholoog te zijn om te begrijpen wat

Haraldsson van haar vond. Alles wat hij deed, straalde aversie en vijandigheid uit, voortdurend. Misschien moest ze wel blij zijn dat Haraldsson zich met de hardnekkigheid van een dwaas vastbeet in dit onderzoek. Moest ze hem complimenteren voor dit blijk van toewijding. Echte betrokkenheid. Of misschien had hij domweg niet begrepen dat hij niet meer actief deel uitmaakte van het onderzoek. Hanser neigde naar het laatste.

'Beoordelen wat in dit onderzoek wel en niet relevant is, is niet meer jouw taak.' Haraldsson knikte op een manier die aangaf dat hij alleen maar wachtte tot ze uitgesproken was, zodat hij haar kon corrigeren. En inderdaad was Hanser nog niet aan de volgende zin begonnen of hij onderbrak haar al.

'Ik weet dat zij verantwoordelijk zijn, maar ze hebben ook duidelijk gezegd dat ze dicht bij mij willen werken.'

Hanser vervloekte Torkels diplomatie. Nu kreeg zij de rol van kwade pier. Niet dat dat iets aan hun relatie zou veranderen, maar toch.

'Thomas, de Nationale Recherche heeft het onderzoek overgenomen. Dat betekent dat jij er op geen enkele manier meer deel van uitmaakt. Als ze je dat niet uitdrukkelijk vragen.'

Zo. Dat was eruit. Voor de zoveelste keer.

Haraldsson keek haar ijzig aan. Hij begreep wel waar ze mee bezig was. Als zij, met haar gebrek aan routine en haar gebrekkige leidinggevende kwaliteiten, het nodig vond meteen de Nationale Recherche te hulp te roepen, wilde ze natuurlijk niet dat een van haar ondergeschikten daarmee zou samenwerken. Ze moesten het helemaal alleen oplossen. Haar superieuren bewijzen dat het een goed besluit was, dat het politiekorps van Västerås er gewoonweg niet toe in staat was.

'Laten we het daar maar eens met Torkel over hebben. Hij zei uitdrukkelijk dat ik dicht bij hen zou werken. Bovendien heeft die jongen bijzonder interessante informatie, die ik net aan hen wilde doorgeven. Ik zou natuurlijk liever zelf de zaak oplossen, maar als jij hier wilt blijven staan om de bevelslijnen te bespreken, moeten we dat misschien maar doen. Of niet?'

Dus zo hard wilde hij het spelen: haar voorstellen als komma-neuker, terwijl hij de goede politieman was, alleen maar geïnteresseerd in de zaak. En die onzelfzuchtig oplossen. Hanser besefte plotseling dat Haraldsson misschien een gevaarlijker tegenstander was dan ze eerder had gedacht.

Ze deed een stap opzij. Haraldsson glimlachte triomfantelijk en hinkte weg. Hij riep zo familiair als hij maar kon in de richting van de kamer van de Nationale Recherche: 'Billy, heb je even?'

Vanja sloeg haar notitieblok open. Ze had net haar excuses aangeboden dat Fredrik alles moest herhalen wat hij al gezegd had. Dat irriteerde haar. Vanja wilde getuigen en betrokkenen het eerst horen. Het risico bestond dat ze de tweede keer onbewust toch slordig werden, dat ze gegevens achterhielden omdat ze dachten dat ze die al hadden genoemd, dat ze informatie beoordeelden en als oninteressant beschouwden. Het viel haar op dat dit de tweede keer in dit onderzoek was dat zij met iemand sprak die al wat scherpte had verloren door een eerder gesprek met Haraldsson. De tweede van twee. Er zou er geen meer bij komen, beloofde ze zichzelf. Ze zette haar pen op het papier.

'Jij hebt Roger Eriksson gezien?'

'Ja, vrijdag.'

'Weet je zeker dat hij het was?'

'Ja. We hebben allebei op de Viking-basisschool gezeten. En begin vorig jaar kwam hij op de Runeberg-school. Later is hij naar het Palmlöv gegaan.'

'Zaten jullie in dezelfde klas?'

'Nee, ik ben een jaar ouder.'

'Waar heb je Roger gezien?'

'In de Gustavsborgsgata, bij de parkeerplaats van de hogeschool. Ik weet niet of jullie weten waar die is?'

'Dat zoeken we wel op.'

Billy maakte een aantekening. Wanneer Vanja in dit soort situaties 'wij' zei, bedoelde ze hem. Het moest op de kaart aan de muur worden aangetekend.

'Welke kant ging hij op?'

'Hij liep in de richting van de stad. Maar ik weet niet wat dat voor windrichting is, of zo.'

'Dat zoeken we ook op.'

Billy maakte opnieuw een aantekening.

'Hoe laat zag je hem vrijdag?'

'Vlak na negen uur.'

Vanja sloeg voor het eerst tijdens het gesprek haar blik op. Ze keek Fredrik enigszins sceptisch aan. Had ze iets verkeerd begrepen? Ze tuurde weer naar haar aantekeningen.

'Om negen uur 's avonds? Eenentwintig uur?'

'Vlak daarna.'

'En dat was vrijdag?'

'Ja.'

'Weet je dat zeker? Ook het tijdstip?'

'Ja, ik was om halfnegen klaar met mijn training en was op weg naar de stad. We zouden naar de bioscoop gaan en ik weet dat ik op mijn horloge keek en dat ik nog vijfentwintig minuten had. De film begon om halftien.'

Vanja zweeg. Billy wist waarom. Hij had zojuist de tijdlijn van Rogers verdwijning op het whiteboard in hun vergaderkamer afgemaakt. Roger ging om tien uur bij zijn vriendin weg. Volgens diezelfde vriendin had hij de hele avond haar kamer niet verlaten, laat staan haar huis. Dus wat deed hij een uur eerder dan aan die Gustavsborgsväg, of hoe die ook heette? Vanja dacht precies hetzelfde. Dus Lisa had gelogen, zoals ze al dacht. De jongeman die tegenover Vanja zat, wekte een zeer betrouwbare indruk. Rijp, ondanks zijn betrekkelijk jonge leeftijd. Niets in zijn gedrag wees erop dat hij hier was om aandacht te trekken, voor de kick of domweg omdat hij mythomaan was.

'Oké, dus je zag Roger. Waarom viel hij je op? Er moeten toch heel wat mensen op straat zijn geweest op vrijdagavond om negen uur?'

'Ik zag het omdat hij alleen was en er een brommer om hem heen cirkelde – je weet wel, om te klieren.'

Vanja en Billy bogen zich allebei voorover. De tijd was een belangrijk aspect, maar alle informatie tot nu toe had alleen maar betrekking gehad op het doen en laten van het slachtoffer op de avond van de verdwijning. Nu kwam er opeens heel iemand anders bij. Iemand die klierde. Dit ging de goede kant op. Vanja vloekte nogmaals dat zij de tweede was die deze informatie kreeg.

'Een brommer?' Billy nam het van Vanja over. Ze liet hem niet alleen begaan, maar stelde het zelfs op prijs.

'Ja.'

'Herinner je je daar nog iets van? Wat hij voor kleur had, of zo?'

'Ja, maar ik weet...'

'Wat voor kleur had hij?' Billy onderbrak hem. Dit was zijn terrein.

'Rood, maar ik weet...'

'Heb je verstand van merken?' Billy onderbrak hem opnieuw, gretig om de puzzel te leggen. 'Weet je wat voor soort brommer het was? Had hij kentekenplaatjes, weet je dat nog?'

'Ja. Of nee, dat weet ik niet meer.' Fredrik keek Vanja aan. 'Maar ik weet wel van wie hij is, hè. Ik weet wie erop reed: Leo Lundin.' Vanja en Billy keken elkaar aan. Vanja stond enthousiast op.

'Wacht even, ik moet mijn baas erbij halen.'

De Man die geen Moordenaar was, was trots op zichzelf. Dat zou niet moeten. De emotionele reportages, de rouwende school, de voortdurende persconferenties met grimmige politiemensen vertelden een ander verhaal. Tragisch, somber en droevig. Maar hij kon er niets aan doen. Hoe hij het ook probeerde, hij kon dat zelfvoldane gevoel maar niet van zich af zetten. Hij stond daarin alleen. Niemand zou het ooit begrijpen.

Hoe dicht ze er ook bij kwamen.

Wat ze ook zeiden.

Zijn trots was stimulerend en bevrijdend, bijna sprankelend. Zijn optreden was krachtig geweest, als van een echte kerel. Hij had beschermd wat beschermd moest worden. Hij had niet toegegeven, was niet bezweken toen het erop aankwam. De sterke, zoete geur van bloed en ingewanden was tot diep in zijn zintuigen doorgedrongen en hij had zich met zijn hele lichaam verzet tegen de braakneigingen. Maar hij was doorgegaan. Het mes in zijn hand had niet getrild. Zijn benen waren niet eens bezweken toen hij het lichaam verplaatste. Hij had op het toppunt van zijn kunnen gepresteerd in een situatie die de meeste mensen niet hadden aangekund. Of zouden meemaken. Dáár was hij trots op.

Gisteren was hij zo over zijn toeren dat hij nauwelijks stil kon zitten. Hij had een urenlange wandeling gemaakt. Door de stad die maar over één ding praatte: zijn geheim. Na een tijdje kwam hij langs het politiebureau. Instinctief wilde hij rechtsomkeert maken toen hij het bekende gebouw zag. Hij was zo in gedachten verzonken dat hij niet had nagedacht waar hij liep, maar toen hij er goed en wel was, begreep hij dat hij net zo goed langs het bureau kon lopen. Hij was gewoon een voorbijganger die toevallig hierlangs kwam. De mannen en vrouwen daarbinnen zouden niets vermoeden. Niet weten dat de man die ze zochten zo dichtbij was. Hij liep door, de blik recht vooruit. Hij durfde toch niet door de grote ramen naar binnen te kijken. Bij de ingang van de garage reed een politiewagen, die vaart minderde. Hij knikte naar de geüniformeerde agenten in de auto alsof hij hen kende. En hij kende hen toch ook? Ze waren tegenstanders. Hij was de man die ze zochten zonder dat ze het wisten. Het had iets ongelooflijk spannends en bevredigends dat te weten, die waarheid te kennen. De waarheid waar zij zo koortsachtig naar op zoek waren. Hij bleef staan en liet de politiewagen voor hem langs rijden. Dat kon hij zijn tegenstanders wel gunnen.

Hij wist waar hij zijn kracht vandaan had. Niet van God. God gaf richting en troost. Zijn vader gaf hem de kracht. Zijn vader, die hem had uitgedaagd, gehard en leren begrijpen wat nodig was. Dat was allesbehalve gemakkelijk geweest. Op de een of andere manier deed het geheim dat hij nu als volwassene had, hem denken aan het geheim dat hij als kind had meegedragen. Dat had ook niemand kunnen begrijpen.

Hoe dicht ze er ook bij kwamen.

Wat ze ook zeiden.

Op een keer, toen hij verdrietig en zwak was, had hij het aan een blonde, naar bloemen geurende schoolzuster verteld. Toen waren de poppen aan het dansen. Chaos. De school en maatschappelijk werk grepen in. Gesprekken, telefoontjes, huisbezoeken. Schoolpsychologen, mensen van maatschappelijk werk. Mama huilde en hij, het jonge ventje, besefte plotseling wat hij op het punt stond te verliezen. Alles. Omdat hij zwak was geweest. Omdat hij niet de kracht had gehad om zijn mond te houden. Hij wist dat zijn vader van hem hield. Hij was alleen het soort man dat zijn liefde toonde door orde en discipline. Een man die zijn boodschap liever duidelijk maakte met zijn vuisten, de mattenklopper en zijn riem dan met woorden. Een man die zijn zoon trainde in gehoorzaamheid. Voor de werkelijkheid. Waar je sterk moest zijn.

Hij had het probleem opgelost door zijn woorden terug te nemen. Ze te ontkennen. Te zeggen dat hij verkeerd begrepen was. Hij herstelde de orde. Hij wilde zijn vader niet verliezen. Zijn familie. Slaag kon hij verdragen, maar hem verliezen niet. Ze waren naar een andere plaats verhuisd. Zijn vader stelde zijn ontkenning op prijs, zijn leugens. Ze waren nader tot elkaar gekomen, dat voelde hij. Hij kreeg niet minder slaag, integendeel zelfs, maar het was makkelijker voor hem. En hij hield zijn mond. Werd sterker. Niemand begreep welk geschenk zijn vader hem gaf. Hijzelf toen ook niet echt. Maar nu zag hij het: de mogelijkheid om boven de chaos te staan en op te treden. De Man die geen Moordenaar was, glimlachte. Hij voelde zich dichter bij zijn vader dan ooit.

Sebastian was even voor vier uur 's morgens wakker geworden in een van de smalle, harde eenpersoonsbedden op de bovenverdieping. Het bed van zijn moeder, nam hij aan, te oordelen naar de inrichting van de rest van de kamer. Zijn ouders hadden geen aparte slaapkamers gehad toen Sebastian het huis uit ging, maar de nieuwe regeling verbaasde hem niet. Vrijwillig elke nacht maar weer naast zijn vader kruipen kon redelijkerwijs geen gezond gedrag worden genoemd. Kennelijk had ook zijn moeder dat op den duur ingezien.

Meestal stond Sebastian op zodra hij wakker werd uit zijn droom, ongeacht hoe laat het was. Meestal, maar niet altijd. Soms bleef hij liggen. Deed hij zijn ogen dicht. Voelde hij hoe de kramp in zijn rechterhand langzaam overging terwijl hij de droom terug naar binnen dwong.

Hij kon naar deze ochtenden verlangen. Ernaar verlangen en er bang voor zijn. Wanneer hij de droom toestond zich in hem vast te haken, wanneer hij het pure, onopgesmukte gevoel van liefde eruit molk, dan werd de terugkeer naar de werkelijkheid naderhand aanzienlijk moeilijker en nog veel angstiger dan wanneer hij die gewoon losliet, opstond en overging tot de orde van de dag.

Gewoonlijk was het dat niet waard. Want na de liefde kwam de smart.

Het verlies.

Feilloos, altijd.

Het leek wel een verslaving. Hij wist wat de gevolgen waren. Hij wist dat hij zich meteen daarna zo slecht zou voelen dat hij nauwelijks normaal kon functioneren.

Nauwelijks adem kon halen.

Nauwelijks kon leven.

Maar hij had het af en toe nodig. De pure kern. Het sterkere, echtere gevoel, dat zijn herinneringen hem niet meer konden geven. Zijn herinneringen waren ondanks alles maar herinneringen. In vergelijking met de gevoelens in zijn droom waren ze bleek, bijna levenloos. Ze waren geen van alle écht. Hij had er iets van afgehaald en er iets aan toegevoegd, bewust en onbewust. Ze op sommige punten verbeterd en versterkt, op andere afgezwakt en uitgepeld. Zijn herinneringen waren subjectief. Zijn droom was objectief. Meedogenloos.

Ongevoelig.

Ondraaglijk pijnlijk.

Maar levend.

Deze ochtend, in zijn ouderlijk huis, bleef hij in bed liggen en stond zichzelf toe de droom weer te omarmen. Hij wilde het, had er behoefte aan. Het was gemakkelijk; de droom zat nog in hem als een onzichtbaar wezen; hij hoefde hem alleen maar een klein beetje nieuwe kracht te geven. En als hij dat deed…

… dan kon hij haar voelen. Niet zich haar herinneren, maar haar echt voelen. Hij voelde haar kleine handje in de zijne. Hij hoorde haar stem. Hij hoorde andere stemmen, andere geluiden. Maar vooral haar. Hij kon zelfs haar geur ruiken: de kinderzeep en de zonnebrandcrème. Ze was bij hem in zijn halfslaap. Echt. Weer. Zijn grote duim streelde onbewust het goedkope ringetje dat ze om haar wijsvinger had. Een vlinder. Hij had het uitgezocht uit een hoop goedkope rotzooi op een zweterige markt. Ze was er meteen weg van, wilde het nooit meer afdoen. Die dag was in slow motion begonnen. Ze waren laat naar buiten gegaan. Het plan was om de hele dag bij het hotel te blijven, lekker rustig bij het zwembad. Lily was een rondje hardlopen. Een verlaat, ingekort rondje. Toen ze goed en wel buiten kwamen, had Sabine helemaal geen zin gehad om bij het zwembad te liggen luieren. Nee, ze was één brok energie, dus hij kwam op het idee om even naar het strand te gaan. Sabine was dol op het strand. Ze vond het heerlijk als hij haar bij haar armen vasthield en met haar in de golven speelde. Ze kraaide van plezier wanneer hij haar kleine lijfje tussen lucht en water, droog en nat, heen en weer zwaaide. Onderweg naar beneden passeerden ze een paar andere kinderen. Kerstavond was twee dagen geleden en de kinderen testten hun nieuwe speelgoed uit. Hij droeg haar op zijn schouders. Een meisje speelde met een opblaasbare dolfijn, een mooie lichtblauwe, en Sabine wees ernaar en zei: 'Papa, ik wil er ook zo een.'

Dat zou het laatste zijn wat ze tegen hem zei. Het strand lag verderop, achter een grote zandheuvel, en hij stevende daar snel op af, zodat ze iets anders dan lichtblauwe dolfijnen had om aan te denken. Dat lukte en Sabine lachte terwijl hij door het warme zand ploeterde, haar zachte handjes tegen zijn stoppelwangen. Haar lach toen hij bijna struikelde.

Het was Lily's idee geweest om met Kerstmis weg te gaan. Hij had zich er niet bepaald tegen verzet. Feestdagen waren niet Sebastians sterkste punt en hij had bovendien nogal wat moeite met haar familie, dus toen ze voorstelde om op reis te gaan had hij er meteen mee ingestemd. Niet dat hij van zon en strand hield, eigenlijk, maar hij begreep dat Lily hem het leven, zoals altijd, gemakkelijker wilde maken. Bovendien hield Sabine van zon en water, en alles wat Sabine fijn vond, vond hij fijn. Dat was een vrij nieuw gevoel voor Sebastian: iets doen voor anderen. Dat was gekomen met Sabine. Een fijn gevoel, vond hij, terwijl hij daar aan het strand stond en uitkeek over de Indische Oceaan. Hij zette Sabine neer en ze rende naar het water zo snel haar kleine beentjes haar konden dragen. Het was een stuk ondieper dan op de eerdere dagen en het strand was breder dan anders. Hij nam aan dat het laagtij het water zo ver teruggetrokken had. Hij tilde zijn kleine meisje op en rende met haar naar de waterkant. De lucht was een beetje grijs, maar de temperatuur van lucht en water was perfect. Volkomen onbezorgd kuste hij haar nog één keer voordat hij haar tot aan haar buik in het warme water zette. Ze slaakte een kreetje en begon toen te lachen. Voor haar was het water beangstigend en verrukkelijk tegelijk, en Sebastian moest heel even denken aan de psychologische term voor hun spel. Vertrouwensoefeningen. Papa laat je niet los. Het kind durft steeds meer. Een eenvoudig woord, waarvan hij de betekenis eigenlijk nooit eerder in praktijk had gebracht. Vertrouwen. Sabine krijste het uit in een mengeling van angst en plezier, en Sebastian hoorde het gedreun niet meteen. Hij werd helemaal in beslag genomen door het vertrouwen tussen hem en haar. Toen hij het geluid eenmaal hoorde, was het te laat.

Die dag leerde hij een nieuw woord.

Een woord waarvan hij, terwijl hij toch zoveel had gelezen, nog nooit had gehoord.

Tsunami.

Op de ochtenden dat hij de droom weer toeliet, op die ochtenden verloor hij haar opnieuw. En het verdriet sneed zo door hem heen dat hij dacht dat hij nooit meer uit bed zou kunnen komen.

Maar dat deed hij toch.

Na verloop van tijd.

En dat wat zijn leven moest voorstellen ging door.

Leonard! Clara Lundin wist dat het om haar zoon ging zodra ze het jonge stel voor de deur zag staan. Ze wist al voordat ze zich hadden voorgesteld en hun legitimatie hadden laten zien dat het geen Jehova's getuigen of verkopers waren. Ze wist dat deze dag eens zou komen. Ze wist het, en haar maag kromp samen van bezorgdheid. Of misschien werd de kramp alleen maar erger. Clara had die druk op haar middenrif al zo lang dat ze er nog maar nauwelijks op lette. Als de telefoon 's avonds ging. Als ze in het weekend buiten sirenes hoorde. Als ze wakker werd doordat Leonard thuiskwam met zijn vrienden. Als ze in haar inbox zag dat er mail van de school was.

'Is Leo thuis?' vroeg Vanja, terwijl ze haar legitimatie opborg.

'Leonard,' corrigeerde Clara in een reflex. 'Ja, hij is er... Wat willen jullie van hem?'

'Is hij ziek?' vroeg Vanja, de vraag naar de reden van hun bezoek ontwijkend.

'Nee, dat geloof ik niet... Hoezo?'

'Omdat hij niet op school is, dacht ik.'

Het drong tot Clara door dat ze daar niet eens bij stil had gestaan. Ze had onregelmatige werktijden in het ziekenhuis en ze dacht steeds minder aan het schoolgaan van haar zoon. Hij kwam en ging zoals het hem uitkwam. Deed de meeste dingen zoals het hem uitkwam.

Alles, eigenlijk.

Ze was de controle verloren. Zo was het. Dat moest ze toegeven. Helemaal verloren. In minder dan een jaar tijd. Dat was normaal, stond er in de boeken die ze had geleend en de advies-rubrieken die ze had gelezen. Op die leeftijd begonnen jongens zich van hun ouders los te maken en aarzelend de wereld van de volwassenen te onderzoeken. Je moest de teugels iets laten vie-ren, maar hen nog steeds stevig vasthouden en hun vooral een vertrouwensgrondslag geven door te laten weten dat je er altijd voor hen was. Maar Leonard had helemaal niet geaarzeld. Hij was gesprongen. Van de ene op de andere dag. Als in een zwart gat. Plotseling verliet hij haar, en geen teugels ter wereld reikten zo ver. Ze was er, maar hij had haar niet meer nodig. Helemaal niet.

'Hij slaapt een beetje uit. Wat willen jullie van hem?'

'Mogen wij hem even spreken, alstublieft?' vroeg Billy, terwijl hij de hal in stapte.

Hierbinnen klonken de bassen die ze al hadden gehoord toen ze de L-vormige bungalow naderden nog duidelijker. Hiphop. Billy herkende de muziek.

DMX. 'X Gon' Give it to Ya'.

2002.

Old school.

'Ik ben zijn moeder en ik wil weten wat hij heeft gedaan.' Het viel Vanja op dat de moeder niet wilde weten wat ze dáchten of vermóédden dat haar zoon had gedaan. Nee, ze ging ervan uit dat haar zoon schuldig was.

'We willen even met hem praten over Roger Eriksson.'

Die jongen die vermoord was. Waarom wilde de politie met Le-onard praten over die jongen die vermoord was? Nu verkrampte haar maag zéker. Clara knikte zwijgend, deed een stap opzij en liet Vanja en Billy binnen. Toen liep ze naar links, door de woon-kamer, naar een dichte deur. De deur die ze niet mocht openen zonder te kloppen. En dat deed ze nu.

'Leonard, de politie is hier. Ze willen met je praten.'

Billy en Vanja wachtten in de hal. Die was klein en netjes opgeruimd. Haken aan de rechtermuur, waar drie jassen aan kleerhangers hingen, waarvan er twee van Leonard leken te zijn. Aan de vierde haak hing alleen een handtas. Onder de haken een schoenenkastje met vier paar schoenen. Waarvan twee paar sneakers. Reebok en Eckö, zag Billy. Tegen de muur aan de andere kant stond een ladekastje met een spiegel erboven. Het bovenblad van het kastje was leeg, op een klein tafelkleedje en een schaaltje potpourri na. Achter het kastje hield de muur algauw op en lag de woonkamer. Clara klopte opnieuw op de dichte deur.

'Leonard. Ze willen even over Roger praten. Kom!'

Ze klopte nogmaals. In de hal keken Billy en Vanja elkaar aan en werden het zonder iets te zeggen eens. Ze veegden hun voeten op de deurmat en liepen door de woonkamer. Vlak bij de deur naar de keuken stond een vrij eenvoudige eettafel op een geel vloerkleed met bruine vierkanten. Met de rug naar de eettafel was een bank neergezet. Daartegenover stond er nog een, en tussen de banken in bevond zich een lage salontafel van een licht soort hout. Berkenhout, dacht Vanja, hoewel ze geen idee had. Aan de muur hing een tv. Geen dvd's, hoewel er een dvd-speler op een laag tafeltje onder de tv te zien was. Geen tv-spelconsoles of spelletjes. De kamer was keurig opgeruimd en schoon. Het zag eruit alsof er al heel lang niemand meer op de banken had gezeten. De sierkussens opgeschud, een plaid opgevouwen, de beide afstandsbedieningen netjes zij aan zij. De muur achter de andere bank werd volledig gevuld door een boekenkast met ingebonden boeken en pockets in perfecte rijtjes, die hier en daar onderbroken werden door keurig afgestofte snuisterijen. Vanja en Billy kwamen bij Clara, die ongerust begon te worden.

'Leonard, doe eens open!' Geen reactie. De muziek ging op hetzelfde hoge volume door. Misschien nog hoger, dacht Vanja. Of misschien kwam dat alleen doordat ze dichterbij kwamen. Billy klopte aan. Resoluut.

'Leo, mogen we even met je praten?' Geen reactie. Billy klopte opnieuw op de deur.

'Wat raar, het klonk alsof hij de deur op slot deed.'

Vanja en Billy keken Clara aan. Billy drukte de klink omlaag. Inderdaad: op slot.

Vanja keek snel door de woonkamer naar de achtertuin. Plotseling zag ze een vrij lange, roodharige jongen zacht op de grond terechtkomen en op kousenvoeten over het gras uit haar gezichtsveld verdwijnen. Het ging allemaal razendsnel. Vanja rende naar de gesloten terrasdeur en begon automatisch te roepen.

'Leo! Blijf staan!'

Dat was Leo helemaal niet van plan; hij verhoogde zijn tempo zelfs. Vanja draaide zich om naar de verbaasde Billy.

'Neem jij de voorkant,' riep ze vanaf de terrasdeur, terwijl ze die open begon te wurmen. Even verderop ving ze een glimp van de vluchtende jongen op. Ze kreeg de deur open en nam een paar snelle stappen door de border. Daarna verhoogde ze haar snelheid. En riep weer naar de jongen.

Om een uur of acht was Sebastian opgestaan, had een douche genomen en was naar het benzinestation van Statoil gegaan dat een paar honderd meter verderop lag. Hij nam daar een ontbijt en een koffie verkeerd, terwijl hij naar de ochtendforenzen keek die voor sigaretten, koffie en octaan-95 kwamen. Toen hij in zijn tijdelijke woning terugkwam, haalde hij alle kranten, brieven, rekeningen en reclamefolders uit de overvolle brievenbus. Hij gooide alles behalve de krant van die dag in een doos die hij netjes opgevouwen in de bezemkast had gevonden. Hij hoopte dat de makelaar gauw zou bellen, zodat hij er geen gewoonte van hoefde te maken bij Statoil te eten. Verveeld ging hij achter het huis zitten, waar de zon het nog maar kortgeleden aangelegde houten terras al begon te verwarmen. Toen Sebastian klein was, hadden hier stenen tegels gelegen. Van die grote, met kiezeltjes die in reliëf omhoogstaken en die in zijn herinnering iedereen in die tijd had. Nu leek het wel of iedereen een houten terras had.

Hij pakte de krant en wilde net aan het cultuurkatern beginnen toen hij een vrouwenstem nadrukkelijk hoorde roepen: 'Leo! Blijf staan!' Een paar seconden later kwam er een lange, roodharige tiener uit de coniferenheg van de buren tevoorschijn. Hij stak het smalle voet- en fietspaadje over dat de percelen van elkaar scheidde en sprong snel over het één meter hoge witte hekje Sebastians tuin in. Achter hem aan kwam een vrouw van in de dertig. Snel. Lenig. Ze lag maar een paar meter achter toen ze door de coniferen heen kwam en bleef inlopen op de knaap. Sebastian bekeek de achtervolging en wedde in stilte dat de jongen het hek van de volgende tuin niet zou halen. En inderdaad: een paar meter daarvóór zette de vrouw een heuse sprint in en ze haalde de roodharige knul met een goed gemikte tackle onderuit. Eerlijkheidshalve moest gezegd worden dat het op deze zachte ondergrond een voordeel voor haar was dat ze schoenen aanhad, dacht Sebastian toen hij zag hoe ze door de snelheid allebei een paar keer doorrolden. De vrouw nam de arm van de liggende jongen snel in een greep en draaide die op zijn rug. Een politiegreep. Sebastian stond op en liep een paar passen het grasveld op. Niet omdat hij ook maar enigszins van plan was in te grijpen, maar om het beter te kunnen zien. De vrouw leek de situatie onder controle te hebben en voor het geval dat dat niet zo was geweest, kwam er van de andere kant een man van ongeveer dezelfde leeftijd aanrennen om haar te helpen. Ook hij was kennelijk van de politie, want hij pakte snel een paar handboeien en maakte die achter de rug van de jongen om diens polsen vast.

'Laat me los, verdomme! Ik heb niks gedaan!' De roodharige knaap draaide zich om op het gras, zo goed en zo kwaad als dat ging in de greep van de vrouw.

'Waarom loop je dan weg?' vroeg de vrouw, terwijl ze de knaap samen met haar collega overeind hees. Ze begaven zich naar de voorkant van het huis – naar een wachtende auto, nam Sebastian aan. Tijdens die korte wandeling merkte de vrouw dat ze niet alleen waren in de tuin. Ze keek naar Sebastian, toverde een legitimatie uit haar zak en klapte die open. Van een afstandje had het net zo goed een bibliotheekpasje kunnen zijn. Sebastian kreeg geen kans om te lezen wat erop stond.

'Vanja Lithner, Nationale Recherche. Alles is onder controle. U kunt wel weer naar binnen gaan.'

'Ik was niet binnen. Is het goed als ik buiten blijf?'

Maar de vrouw lette al niet meer op hem. Ze borg haar legitimatie op en pakte de arm van de roodharige jongen weer vast. Die zag eruit als zo'n knul die door het leven al vroeg op een neergaande weg was gestuurd. Dit was waarschijnlijk niet de eerste, maar ook niet de laatste keer dat hij naar een gereedstaande politiewagen werd meegenomen. Er verscheen nog een vrouw op het paadje. Ze hield stil, sloeg haar handen voor haar gezicht en smoorde een kreet toen ze zag wat er op het grasveld in Sebastians tuin gebeurde. Sebastian bekeek haar. De moeder, heel duidelijk. Zacht, rood, licht krullend haar. Jaar of vijfenveertig. Niet erg groot, een meter vijfenzestig of zo. Zag er behoorlijk fit uit. Friskis & Svettis, vermoedelijk. Waarschijnlijk de buurvrouw van de andere kant van de heg. Toen hij hier nog woonde, had daar een Duits stel met twee schnauzers gewoond. Toen al oud. Nu ongetwijfeld dood.

'Leonard, wat heb je gedaan? Waar zijn jullie mee bezig? Wat heeft hij gedaan?' Het leek de vrouw niet uit te maken dat niemand antwoord gaf. De vragen borrelden uit haar op, snel en geforceerd, met een stem die naar falset neigde, als een veiligheidsventiel op een snelkookpan. Als ze die inhield, zou ze exploderen van ongerustheid. De vrouw liep door over het grasveld. 'Wat heeft hij gedaan? Vertel me dat toch alstublieft. Waarom kom je altijd in de knoei, Leonard? Wat heeft hij gedaan? Waar brengen jullie hem heen?'

De vrouwelijke agent liet de arm van de jongen los en deed een paar stappen in de richting van de ongeruste moeder. De mannelijke agent nam hem verder mee.

'We willen alleen maar met hem praten. Zijn naam dook op in ons onderzoek,' zei ze, en Sebastian zag dat ze haar hand geruststellend op de bovenarm van de opgewonden vrouw legde. Contact. Goed zo. Professioneel.

'Hoezo, dook op? Hoe dan?'

'Hij moet nu met ons mee naar het bureau. Als u later ook komt, zullen we er in alle rust over praten.' Vanja onderbrak zichzelf en zorgde ervoor dat ze oogcontact met de vrouw had voordat ze vervolgde: 'Op dit moment weten we nog niets. Maak je niet onnodig ongerust. Kom straks naar het politiebureau en vraag daar naar mij of naar Billy Rosén. Ik heet Vanja Lithner.' Vanja had zich vast wel voorgesteld toen ze bij de Lundins aanbelde, maar het was lang niet zeker dat Clara zich haar naam kon herinneren, als ze die al had verstaan. Daarom pakte Vanja een visitekaartje en overhandigde haar dat voor de zekerheid. Clara nam het knikkend aan. Ze was te ontzet om te protesteren. Vanja draaide zich om en liep de tuin uit. Clara zag haar om de hoek van het huis, bij de ribes, verdwijnen. Even bleef ze daar maar staan, helemaal in de war. Toen klampte ze de eerste de beste aan die ze zag, en dat was toevallig Sebastian.

'Mag dat zomaar? Mogen ze zomaar zonder mij met hem weggaan? Hij is toch nog niet volwassen?'

'Hoe oud is hij?'

'Zestien.'

'Dan mag het.'

Sebastian liep terug naar het houten terras, het ochtendzonnetje en het cultuurkatern. Clara bleef naar de hoek staan staren waar Vanja verdwenen was, alsof ze verwachtte dat ze alle drie lachend tevoorschijn zouden springen en zouden uitleggen dat het allemaal maar een geintje was. Een goed geplande practical joke. Maar dat deden ze niet. Clara draaide zich om naar Sebastian, die zich net weer in zijn witte rotanstoel installeerde.

'Kun jij niets doen?' vroeg ze smekend. Sebastian keek haar vragend aan.

'Ik? Wat zou ik moeten doen?'

'Jij bent toch de zoon van Bergman – Sebastian? Jij werkt toch met die dingen?'

'Werk*te*. Verleden tijd. Ik werk niet meer. En zelfs toen ik dat nog wel deed, maakte ik geen bezwaar tegen arrestaties. Ik was recherchepsycholoog, geen jurist.'

Op straat startte de auto met haar zoon erin en reed weg. Sebastian keek naar de vrouw die nog steeds op zijn grasveld stond. Radeloos. Verlaten.

'Wat heeft hij gedaan, je zoon, dat de Nationale Recherche belangstelling voor hem heeft?' Clara deed een paar passen naar hem toe.

'Er was iets met die jongen die vermoord is. Ik weet het niet. Leonard zou nooit zoiets doen. Nooit.'

'O? Wat doet Leonard dan wel?' Clara keek vol onbegrip naar Sebastian, die naar het hek knikte. 'Toen je over het hek kwam, ging je tegen hem tekeer dat hij aldoor in de knoei raakte.' Clara bleef in gedachten verzonken staan. Had ze dat gedaan? Ze wist het niet meer. Ze zat met zoveel vragen. Het was een chaos in haar hoofd, maar misschien had ze dat wel gedaan. Leonard was een paar keer in de knoei gekomen, vooral de laatste tijd, maar dit was toch iets heel anders.

'Maar hij is geen moordenaar!'

'Dat ben je nooit, totdat je iemand hebt vermoord.' Clara keek naar Sebastian, die duidelijk ongeïnteresseerd was, maar ook volkomen onbewogen door wat zich in zijn tuin had afgespeeld. Hij trommelde met zijn vingers op een krant alsof er niets ongewoons of belangrijks was gebeurd.

'Dus je bent niet van plan om me te helpen?'

'Ik heb binnen een *Gouden Gids*, ik wil wel kijken bij de A van advocaat.' Clara voelde hoe de kramp van ongerustheid en angst in haar maag gezelschap kreeg van woede. Ze had in de jaren dat ze naast Esther en Tore woonde het nodige gehoord over Bergman junior. Niets positiefs. Nooit iets positiefs.

'En ik dacht nog wel dat Esther overdreef als ze het over jou had.'

'Dat zou me verbazen. Mijn moeder was nooit zo van de grote gebaren.'

Clara keek Sebastian even aan, draaide zich toen om en liep zonder een woord te zeggen weg. Sebastian raapte het eerste katern van de krant op van de grond. Hij had het artikel wel gezien, maar het interesseerde hem niet noemenswaardig. Nu sloeg hij het opnieuw op.

'Nationale Recherche onderzoekt moord op jongen.'

'Waarom liep je weg?'

Vanja en Billy zaten tegenover Leonard Lundin in de onpersoonlijk ingerichte kamer. Een tafel en drie redelijk gemakkelijke stoelen. Op de muren behang in rustige kleuren en een paar ingelijste posters. In de ene hoek, achter een fauteuiltje, een staande lamp. Door het raam kwam daglicht, weliswaar door melkglas, maar het was toch daglicht. Het leek meer op een kamer in een eenvoudige jeugdherberg dan op een verhoorkamer, maar dan zonder bed en met twee bewakingscamera's die alles vastlegden en afspeelden in een aangrenzende ruimte.

Leonard zat onderuitgezakt, met zijn achterwerk helemaal voor op de stoelzitting, zijn armen over elkaar geslagen voor zijn borst, zijn schoenloze voeten uitgestoken naast de tafel. Hij keek niet naar de rechercheurs, maar hield zijn blik gericht op een punt schuin linksonder. Zijn hele lichaam straalde ongeïnteresseerdheid uit, en misschien ook een zekere minachting.

'Ik weet het niet. Reflex.'

'Jouw reflex als de politie met je wil praten, is wegrennen? Hoe komt dat?' Leonard haalde zijn schouders op. 'Heb je iets gedaan wat niet mag?'

'Dat denken jullie blijkbaar.'

De ironie wilde dat ze helemaal niets hadden gedacht toen ze naar huize Lundin gingen om met hem te praten, maar het was duidelijk dat zijn vlucht op kousenvoeten via het raam niet alleen hun belangstelling, maar ook hun mate van verdenking had verhoogd. Vanja had al besloten dat ze Leonards kamer zouden doorzoeken. Uit het raam klimmen was nogal uitzonderlijk. Misschien zouden ze in zijn kamer wel dingen vinden waarvan hij helemaal niet wilde dat zij ze zouden zien. Dingen die hem met de moord in verband brachten. Het enige wat ze tot nu toe hadden, was dat hij vrijdagavond met zijn brommer om het slachtoffer heen had gecirkeld. Vanja stuurde het gesprek in die richting.

'Je hebt Roger Eriksson vrijdag ontmoet, hè?'

'O ja?'

'We hebben een getuige die jullie samen heeft gezien. Op de Gustavsborgsgata.'

'O, nou, dat zal dan wel. Wat is daar mis mee dan?'

'"O, nou, dat zal dan wel" – is dat een bevestiging?' Billy zag op van zijn notitieblok en keek de jongen doordringend aan. 'Heb je Roger Eriksson vrijdag ontmoet?' Leonard staarde hem even aan en knikte toen. Billy vertaalde het knikje in woorden voor het opnameapparaat op tafel: 'Leonard beantwoordt de vraag met "ja".'

Vanja vervolgde: 'Roger en jij zaten op dezelfde school, maar hij veranderde van school. Weet je waarom?'

'Dat moet je hém vragen.'

Wat verschrikkelijk stom. Wat... respectloos. Billy had hem wel door elkaar willen rammelen. Vanja merkte het en legde discreet een hand op zijn onderarm. Zonder een spoor van irritatie of zelfs maar het geringste teken dat ze zich liet provoceren, sloeg ze de map open die voor haar op tafel lag.

'Dat had ik graag gedaan. Maar hij is dood, zoals je misschien weet. Zijn hart is eruit gesneden en hij is in een meertje gedumpt. Ik heb hier een paar foto's...'

Vanja begon grote, glanzende hogeresolutiefoto's op A4-formaat van de vindplaats en het mortuarium voor Leonard uit te spreiden. Vanja en Billy wisten allebei dat het geen enkele rol speelde hoeveel doden je in films of games had gezien. Geen enkel medium deed de dood recht. Zelfs de knapste makers van special effects konden niet het gevoel oproepen van de aanblik van een echt dood lichaam. Vooral niet als je, zoals Leonard, de betrokkene een week eerder nog levend en wel had gezien. Leonard wierp een snelle blik op de foto's. Hij probeerde onverschillig te doen, maar Vanja en Billy zagen allebei dat hij het moeilijk, zo niet onmogelijk vond om naar de foto's te kijken. Maar dat wilde nog niets zeggen. De reden dat hij zichzelf daar niet toe kon brengen, kon evengoed de schok zijn als schuldgevoel. Foto's als deze raakten daders en onschuldigen met dezelfde kracht. Bijna zonder uitzondering. Dus de reactie was niet waar het om ging. Waar het om ging, was dat het verhoor serieus op gang kwam. Dat ze door die stoere, ontwijkende houding heen braken. Vanja bleef langzaam en kalm de ene foto naast de andere leggen, en Billy bedacht dat hij elke keer weer van haar onder de indruk was. Hoewel ze een paar jaar jonger was dan hij, was ze als een oudere zus voor hem. Een oudere zus die overal tienen voor haalde. Ze was echter niet nerdy, maar cool. En ze kwam op voor haar jongere broers en zussen. Nu boog ze zich voorover naar Leonard.

'Wij zijn hier om degene die dit gedaan heeft te pakken. En dat zullen we doen ook. Op dit moment hebben we maar één verdachte, en dat ben jij. Dus als je hier weg wilt komen en tegen je vrienden wilt opscheppen over hoe je voor de smerissen bent weggerend, kun je die houding maar beter laten varen en antwoord gaan geven op mijn vragen.'

'Ik zei toch al dat ik hem vrijdag heb gezien?'

'Maar dat vroeg ik niet. Ik vroeg waarom hij naar een andere school ging.' Leonard zuchtte.

'We zullen wel niet zo aardig voor hem geweest zijn, neem ik aan. Ik weet niet of het daarom was. Maar dat was ik niet alleen. Niemand op school mocht hem.'

'Nou stel je me teleur, Leonard. Echt harde jongens schuiven de schuld niet op anderen. Jij was toch wel een van de aanstichters, of niet? Dat hebben we tenminste gehoord.' Leo keek haar aan en wilde waarschijnlijk net antwoord geven toen Billy hem onderbrak.

'Mooi horloge. Is dat een Tonino Lamborghini Pilot?'

Het werd stil in de kamer. Vanja keek enigszins verbaasd naar Billy. Niet omdat hij het horloge om Leonards pols had geïdentificeerd, maar omdat hij er zo opeens tussen kwam. Leonard sloeg zijn armen andersom over elkaar, zodat het horloge door zijn rechterarm aan het oog onttrokken werd. Maar hij zei niets. Dat hoefde niet. Vanja boog zich naar hem over.

'Als je daar geen bonnetje van hebt, ziet het er slecht voor je uit.'

Leonard keek naar hen op.

Zag hun ernstige gezichten.

Slikte.

En begon te vertellen. Alles.

'Hij bekent dat hij het horloge heeft gestolen. Hij was met zijn brommer op pad en zag Roger hier.' Vanja zette een kruisje op de kaart aan de muur. Ze waren er allemaal. Ursula en Torkel luisterden aandachtig naar Billy en Vanja, die een samenvatting gaven van het verhoor van Leo.

'Hij zegt dat hij alleen maar met zijn brommer om Roger heen ging rijden om hem een beetje te dollen. Toen zou Roger hem volgens Leonard omver hebben geduwd. Ze kregen echt ruzie, raakten slaags. Roger kreeg zelfs een bloedneus. Leonard werkte Roger met een paar stompen tegen de grond en pakte hem zijn horloge af als een soort straf.'

Het werd stil in de kamer. Het enige wat ze op dit moment tegen Leonard hadden, was dat horloge. Niets in de getuigenverklaring of het technisch bewijs wees erop dat Leonards verhaal niet klopte. Vanja vervolgde: 'Maar dat is natuurlijk alleen maar wat Leonard beweert. Het kan net zo goed zijn dat de ruzie uit de hand liep, dat hij een mes pakte en Roger doodstak.'

'Met meer dan twintig messteken? In een tamelijk centraal gelegen straat? Zonder dat iemand iets zag?' Ursula klonk sceptisch, en terecht.

'We weten niet hoe het er daar uitziet. Hij kan in paniek zijn geraakt. Een steek, Roger ligt op de grond en schreeuwt. Leo begrijpt dat hij daarvoor opgepakt zal worden, sleept hem achter een paar struiken en gaat door met steken. Alleen maar om hem stil te krijgen.'

'En het hart?' Ursula klonk nog steeds verre van overtuigd.

Vanja begreep haar twijfel wel.

'Ik weet het niet. Maar wat er ook gebeurde, het gebeurde even na negenen. Leo heeft het tijdstip bevestigd. Hij keek op het horloge toen hij het van Rogers pols haalde. En dat betekent dat Roger om tien uur niet bij Lisa was, zoals zij beweert.'

Torkel knikte. 'Oké, goed werk. Hebben we iets van de vindplaats?' Hij keek naar Ursula.

'Niet veel. Het bandenspoor dat we hebben gevonden is van een Pirelli P7. Niet bepaald een standaardband, maar toch vrij gewoon. En we weten natuurlijk ook niet zeker of de afdruk afkomstig is van de auto die het lichaam daarheen heeft vervoerd.'

Ursula haalde een velletje papier en een foto van het bandenspoor uit haar map en gaf die aan Billy. Hij pakte ze aan en liep naar het bord om de nieuwe informatie op de juiste plaats op te hangen.

'Heeft Leonard Lundin de beschikking over een auto?' vroeg Torkel, terwijl Billy de foto's en het factsheet over de Pirelli-band opprikte.

'Niet dat we weten. Er stond er vanmorgen geen op de oprit.'

'Hoe heeft hij een lijk dan in Listakärr gekregen? Op zijn brommer?' Het werd stil in de kamer. Dat had hij natuurlijk niet gedaan. Een toch al zwakke theorie over hoe de moord had kunnen zijn gepleegd, werd meteen nog zwakker. Maar ze moest helemaal worden uitgezocht voordat ze volledig werd afgeschreven.

'Ursula en ik gaan samen met de uniformdienst naar het huis van de Lundins om het te doorzoeken. Billy, jij gaat naar de Gustavsborgsgata en kijkt of het überhaupt mogelijk is dat de moord daar is gepleegd. Vanja, jij...'

'... gaat weer met Lisa Hansson praten,' vulde Vanja met nauwverholen blijdschap aan.

Clara stond voor haar huis te roken. Een halfuur eerder waren er andere mensen van de Nationale Recherche gekomen, samen met een paar geüniformeerde agenten. Toen Clara vroeg of ze naar het bureau mocht om met die Vanja Lithner te praten van wie ze een visitekaartje had, kreeg ze botweg te horen dat Leonard in hechtenis bleef terwijl ze zijn informatie natrokken. En haar huis doorzochten. Dus als ze zo vriendelijk wilde zijn...?

Nu stond ze hier, uit haar doen en uit haar huis, rookte, had het koud en probeerde haar gedachten op een rijtje te krijgen. Of liever: ze probeerde een gedachte te verjagen die hardnekkig terugkwam en haar meer dan wat ook beangstigde: Leonard zou echt iets met Rogers dood te maken kunnen hebben. Dat ze geen goede vrienden waren, wist Clara. Nou ja, wie probeerde ze nou eigenlijk voor de gek te houden? Leonard had Roger gepest. Getreiterd. Had zelfs een paar keer geweld gebruikt.

Toen de jongens in de bovenbouw van de negenjarige basisschool zaten, was Clara een paar keer bij de directeur geweest. De laatste keer ging het erover dat ze Leonard van school wilden sturen, maar ja, hij was leerplichtig. Kon Clara niet met Leonard praten – de kwestie thuis oplossen, zogezegd? Het was namelijk uiterst belangrijk dat het probleem werd opgelost, kreeg Clara te horen. De schadeclaims tegen scholen die het gepest niet aanpakten, werden steeds talrijker en steeds hoger. En de Vikingschool wilde niet graag opgenomen worden in de groeiende statistieken.

Op de een of andere manier waren ze erdoor gekomen. Na het voorjaarssemester, waarin Clara het gevoel had dat ze niets anders deed dan dreigen en zich laten ompraten, was de basisschool afgelopen, en in de zomervakantie hield ze zichzelf voor dat het op de middelbare school beter zou worden. Ze zouden een nieuwe start maken. Maar dat gebeurde niet. Want ze gingen naar dezelfde middelbare school, Leonard en Roger.

De Runeberg-school. De middelbare school waar Leonard nog steeds op zat, maar waar Roger na een paar maanden van af was gegaan. Clara wist dat Leonard waarschijnlijk een belangrijke reden was voor Rogers verandering van school. Maar was hij meer dan dat? Clara werd boos op zichzelf dat ze die gedachte zelfs maar toeliet; wat was zij eigenlijk voor een moeder? Maar ze kon het idee toch niet helemaal van zich af zetten. Was haar zoon een moordenaar?

Toen hoorde Clara voetstappen naderen op de oprit en ze draaide zich om. Sebastian Bergman kwam naar haar toe gesjokt met twee plastic zakken van de Statoil in zijn handen. De trekken om Clara's mond werden harder.

'Kijk eens aan, daar zijn ze weer,' zei hij en hij knikte naar het huis terwijl hij op haar af liep. 'Je mag wel bij mij thuis wachten als je wilt. Het zal wel even duren.'

'O, nou trek je je ineens wel iets van me aan?'

'Dat niet direct, maar ik ben netjes opgevoed. We zijn toch buren?'

Clara snoof en keek hem ijskoud aan.

'Nee dank je, ik red me wel.'

'Ja, vast, maar je hebt het koud en de hele buurt heeft in de gaten dat de politie er is. Het is alleen maar een kwestie van tijd of de pers is er ook. En die stoppen niet bij de grens van je perceel. Als je mij al vervelend vindt, dat is nog niks vergeleken met de pers.'

Clara keek Sebastian weer aan. Er hadden inderdaad al twee journalisten gebeld. Een van hen zelfs vier keer. Clara had helemaal geen zin om hen in levenden lijve te zien. Ze knikte en liep een paar passen naar hem toe. Samen liepen ze naar het hek.

'Sebastian?'

Sebastian herkende de stem onmiddellijk en draaide zich om naar de man die hij al zo lang niet meer had gezien. Op de stoep voor de buitendeur van Clara's huis stond Torkel met een op z'n zachtst gezegd vragend gezicht. Sebastian draaide gauw weer terug naar Clara.

'Ga jij maar vast, de deur is open. Wil je deze meenemen?' Hij gaf haar de boodschappenzakken met etenswaren. 'Als je zin hebt om een lunch klaar te maken, mag dat gerust.'

Clara pakte enigszins verbaasd de zakken aan. Even leek het

of ze iets wilde vragen, maar toen bedacht ze zich en liep ze naar Sebastians huis. Sebastian keek naar Torkel, die de laatste stappen naar hem toe liep met een gezicht dat aangaf dat hij zijn ogen bijna niet kon geloven.

'Wat doe jij hier in vredesnaam?'

Torkel stak zijn hand uit en Sebastian nam hem aan. Torkel kneep er stevig in. 'Hartstikke leuk om je te zien. Dat is al een eeuwigheid geleden.' Kennelijk betekende dat dat hij zich ook verplicht voelde Sebastian te omarmen. Een korte, stevige omarming, die Sebastian niet direct beantwoordde. Daarna deed Torkel een stap naar achteren.

'Wat doe jij hier in Västerås?'

'Ik logeer daar.' Sebastian maakte een gebaar naar het buurhuis. 'In mijn moeders huis. Ze is overleden. Ik wil het verkopen, daarom ben ik hier.'

'Dat is spijtig. Van je moeder.'

Sebastian haalde zijn schouders op. Zo vreselijk spijtig was het nou ook weer niet, en dat zou Torkel kunnen weten. Ze waren toch een paar jaar behoorlijk close geweest. Dat was wel al jaren geleden – twaalf om precies te zijn – maar ze hadden het talloze keren over Sebastians ouders en zijn relatie met hen gehad. Torkel was waarschijnlijk alleen maar beleefd. Wat moest hij anders? Het was te lang geleden om gewoon door te gaan waar ze gebleven waren. Te lang om zelfs maar te kunnen zeggen dat ze elkaar nog kenden. Te lang om een gesprek te hebben dat bruiste als een beek in het voorjaar. Bijgevolg viel er een korte stilte.

'Ik ben nog bij de Nationale Recherche,' zei Torkel na een paar tellen.

'Dat begreep ik. Ik heb het gehoord van die jongen.'

'Ja...'

Opnieuw stilte. Torkel schraapte zijn keel en knikte naar het huis waar hij vandaan kwam.

'Ik moet weer verder...' Sebastian knikte begrijpend. Torkel glimlachte naar hem.

'Je kunt maar beter zorgen dat Ursula je niet ziet.'

'Dus jullie werken nog altijd samen?'

'Ze is de beste.'

'Ik ben de beste.'

Torkel keek naar de man die hij jaren geleden zijn vriend zou hebben genoemd. Misschien niet zijn beste vriend of zelfs maar een goede vriend, maar zeker zijn vriend. Natuurlijk kon hij Sebastians opmerking gewoon laten passeren, instemmend knikken, glimlachen, hem een klopje op zijn schouder geven en naar het huis teruggaan, maar dat zou niet eerlijk zijn. Tegenover geen van beiden.

Daarom zei hij: 'Je wás de beste. In veel opzichten. En volkomen hopeloos in andere opzichten.'

Sebastian bedoelde eigenlijk niets bijzonders met wat hij had gezegd. Het was meer een reflex. Een ruggenmergreflex. In de vier jaar dat Ursula en hij hadden samengewerkt, hadden ze voortdurend met elkaar gewedijverd. Op allerlei terreinen. Bij allerlei opdrachten. Allerlei methodes. Allerlei alles. Maar over één ding waren ze het roerend met elkaar eens: slechts één van hen kon de beste van het team zijn. Zo zaten ze allebei in elkaar. Maar Torkel had gelijk. Sebastian was op veel – of in elk geval op een aantal – gebieden onverslaanbaar geweest. En op andere volkomen hopeloos. Sebastian glimlachte zwakjes naar Torkel.

'Helaas heb ik de hopeloze kant gecultiveerd. Hou je haaks.'

'Jij ook.'

Sebastian draaide zich om en liep naar het hek. Tot zijn grote opluchting kwam Torkel niet met een 'we zouden weer eens een avond bij elkaar moeten komen' of een 'we moeten eens een biertje gaan drinken'. Kennelijk had hij net zo weinig behoefte om hun relatie nieuw leven in te blazen als Sebastian.

Toen Sebastian links afgeslagen was naar zijn huis, zag Torkel Ursula het stoepje voor Clara's voordeur op komen. Ze keek de man na die achter het volgende huis verdween. Torkels blik mocht dan verbaasd zijn toen hij Sebastian zag, de hare straalde iets heel anders uit.

'Was dat Sebastian?'

Torkel knikte.

'Wat doet die hier in godsnaam?'

'Zijn moeder woonde hiernaast.'

'Aha. En waar houdt hij zich tegenwoordig mee bezig?'

'Hij cultiveert kennelijk zijn hopeloze kant.'

'Nog geen spat veranderd dus,' antwoordde Ursula veelbetekenend.

Torkel glimlachte inwendig toen hij eraan dacht hoe Ursula en Sebastian altijd geruzied hadden over elk detail, elke analyse, elke stap in het onderzoek. Ze leken eigenlijk heel veel op elkaar, daarom ging het waarschijnlijk niet samen. Ze liepen het huis weer in en Ursula gaf Torkel intussen een dichtgemaakte plastic zak. Hij pakte hem verbaasd aan.

'Wat is dat?'

'Een T-shirt. Gevonden in de wasmand in de badkamer. Het is bebloed.'

Torkel keek met hernieuwde belangstelling naar het kledingstuk in de zak. Het zag er niet goed uit voor Leonard Lundin.

Het had langer geduurd om met Lisa Hansson te praten dan Vanja had gehoopt. Ze was naar het Palmlöv College gegaan, dat een eindje buiten Västerås lag. Dat was overduidelijk een school met veel ambitie. Keurig in rijtjes geplante bomen, geelgestukte muren waar niet op gekliederd was, en bij de resultaten van de centrale examens voortdurend in de landelijke top-10. Een school waar leerlingen als Leonard Lundin niet aan mochten dénken. Hier had Roger wel op gezeten. Hij was hiernaartoe gekomen vanaf de Runeberg-school, in de stad zelf. Vanja had het gevoel dat er met die verandering van school iets was wat ze zou moeten uitzoeken. Roger was van het ene milieu naar het andere gegaan. Was er daardoor iets gebeurd? Grote veranderingen kunnen tot conflicten leiden. Vanja besloot uit te zoeken wat voor iemand Roger eigenlijk was. Dat zou de volgende stap zijn, nam ze zich voor. Eerst moest ze duidelijkheid krijgen over die ontbrekende uren waarover Lisa Hansson zo hardnekkig iets weigerde te vertellen.

Voordat Vanja er eindelijk achter was in welke klas Lisa zat, het lokaal had gevonden en de Engelse les had onderbroken, was er al een halfuur verstreken.

De klas was nieuwsgierig gaan fluisteren toen Lisa opstond en naar Vanja's idee bijna provocerend langzaam naar haar toe kwam. Een meisje op de voorste rij had haar hand opgestoken en was, zonder ook maar op enige reactie van haar leraar of van Vanja te wachten, meteen begonnen te praten.

'Weten jullie al wie het heeft gedaan?'

Vanja schudde haar hoofd.

'Nee, nog niet.'

'Ik hoorde dat het een jongen van zijn oude school was.'

'Ja. Leo Lundin,' merkte een jongen met stekeltjeshaar en twee namaakedelstenen in zijn oorlellen op. 'Van zijn oude school,' verduidelijkte hij toen Vanja niet op de naam reageerde.

Vanja keek er eigenlijk niet van op. Västerås was een vrij kleine stad en de jeugd stond voortdurend met elkaar in contact. Natuurlijk hadden ze ge-sms't, ge-msn'd en getwitterd dat er een leeftijdgenoot voor verhoor was opgepakt. En dan nog op tamelijk spectaculaire wijze. Maar Vanja was niet van plan mee te werken aan het verspreiden van nog meer geruchten. Integendeel.

'We praten met zo veel mogelijk mensen en houden nog alle mogelijkheden open,' zei ze, en ze liet Lisa langs en deed de deur van het lokaal achter zich dicht.

Toen ze op de gang kwam, vouwde Lisa haar armen, trotseerde Vanja's blik en vroeg wat ze wilde. Vanja legde uit dat ze een paar gegevens moest dubbelchecken.

'Mag u mij verhoren zonder dat mijn ouders erbij zijn?' Vanja voelde een steek van irritatie, maar deed haar best om dat niet te laten merken. Dus ze keek Lisa glimlachend aan en zei zo weinig dramatisch als ze maar kon: 'Ik verhoor je niet. Je wordt nergens van beschuldigd. Ik wil alleen maar even praten.'

'Ik wil toch dat mijn vader of moeder erbij is.'

'Waarom? Het duurt maar een paar minuten.'

Lisa haalde haar schouders op.

'Ik wil het toch.'

Vanja kon een zucht van ergernis niet onderdrukken, maar was verstandig genoeg om niet te proberen het gesprek tegen Lisa's wil voort te zetten. Dus het meisje belde haar vader, die kennelijk in de buurt werkte, en nadat Lisa Vanja's aanbod om in de cafetaria een kop koffie of iets fris te drinken had afgeslagen, gingen ze naar de begane grond om op hem te wachten.

Vanja had intussen Billy en Ursula gebeld. Billy vertelde haar dat het eigenlijk uitgesloten was dat een zo wrede moord op de

Gustavsborgsgata was gepleegd. De Mälardalen-hogeschool, het zwembad en de sportvelden waren zo dichtbij dat er heel wat mensen en verkeer waren. Waar geen bebouwing was, waren parkeerplaatsen en open ruimten. Het was natuurlijk te vroeg om Leo Lundin voor het onderzoek af te schrijven, maar ze moesten een ander, realistischer scenario vinden. Het goede nieuws was dat Billy bewakingscamera's in de straat had gezien. Als het meezat zouden er nog ergens beelden van de gebeurtenissen van afgelopen vrijdagavond zijn. Dat ging hij nu uitzoeken.

Ursula had niet veel anders te vertellen gehad dan dat het bebloede T-shirt voor analyse was doorgestuurd. Ze had de garage en de brommer onderzocht – daar zaten geen bloedsporen op – en ging nu het woonhuis in. Vanja had haar op het hart gedrukt extra zorgvuldig te zijn met Leo's kamer, maar had alleen maar het antwoord gekregen dat Ursula niet zorgvuldiger kon zijn dan ze altijd al was.

Lisa zat in de gang op de vloer, met haar rug tegen de muur, en keek naar Vanja, die heen en weer drentelde met haar mobieltje tegen haar oor. Lisa wekte een tamelijk verveelde indruk, maar haar brein probeerde uit alle macht te bedenken wat die politievrouw wilde vragen. En wat ze moest antwoorden. Ten slotte besloot ze gewoon aan haar strategie vast te houden. Details kon ze zich niet herinneren.

Roger was gekomen.

Huiswerk.

Thee.

Tv.

Roger was weggegaan.

Een gewone, wat saaie vrijdagavond. De vraag was of dat genoeg was.

Lisa's vader kwam na twintig minuten. Vanja wist niet of het kwam doordat ze de reusachtige kralen-Jezus nog vers in herinnering had (*meer dan vijfduizend kralen, fantastisch!*) of door het lichtblauwe, goedkope C&A-kostuum en het op barbie Ken geinspireerde kapsel dat ze aan de pinkstergemeente moest denken zodra de hoogstverontwaardigde man de gang op kwam stormen. Hij stelde zich voor als Ulf en gebruikte de volgende drie minuten om Vanja duidelijk te maken dat hij er toch waarachtig een klacht over ging indienen dat de politie probeerde minderjarigen te verhoren zonder dat hun wettige vertegenwoordiger erbij was, en dan nog in zijn dochters school! Ze konden haar net zo goed een bordje met VERDACHT om de nek hangen. Had ze dan geen idee hoe jongeren alles rondbazuinen? Had ze dit niet een beetje discreet kunnen aanpakken?!

Vanja legde zo kalm mogelijk uit dat Lisa in de zin van de wet niet minderjarig was en dat ze hoe dan ook degene was die Roger het laatst in levenden lijve had gezien – afgezien van de moordenaar, voegde ze er voor de zekerheid aan toe – en het enige wat Vanja nu wilde was bepaalde gegevens controleren. Bovendien was Vanja meteen akkoord gegaan met Lisa's wens dat haar vader bij het gesprek aanwezig zou zijn en tot nu toe had ze haar geen enkele vraag gesteld. Ulf keek Lisa aan om daar bevestiging van te krijgen, en Lisa knikte. Vanja bood ook aan met Lisa mee terug te gaan naar haar klas om uit te leggen dat ze absoluut niet verdacht werd van betrokkenheid bij de moord op Roger Eriksson.

Ulf leek hier genoegen mee te nemen. Hij kalmeerde enigszins en samen gingen ze naar een keurig overblijflokaal en namen plaats op de zachte banken.

Vanja vertelde dat ze in de loop van het onderzoek van twee bronnen onafhankelijk van elkaar hadden vernomen dat Roger zich even na negen uur op vrijdagavond in de stad bevond en niet bij Lisa thuis, zoals zij had gezegd. Tot Vanja's verbazing keek Ulf Lisa niet eens aan voordat hij hierop reageerde.

'Dan vergissen ze zich. Je bronnen.'

'Allebei?' Vanja kon haar verbazing niet verhullen.

'Ja. Als Lisa zegt dat Roger tot tien uur bij haar was, dan was hij daar. Mijn dochter liegt niet.' Ulf sloeg zijn arm beschermend om zijn dochter heen alsof hij zijn opmerking kracht wilde bijzetten.

'Maar ze heeft zich misschien vergist in de tijd. Dat gebeurt wel meer,' probeerde Vanja, en ze keek naar Lisa, die zwijgend naast haar vader zat.

'Ze zegt toch dat Roger wegging toen het nieuws op 4 begon? Dat begint toch elke avond om tien uur, als ik niet verkeerd geïnformeerd ben?'

Vanja gaf het op. Ze wendde zich rechtstreeks tot Lisa.

'Is het mogelijk dat je ernaast zit met het tijdstip waarop Roger vertrok? Het is belangrijk dat we alles zo helder mogelijk krijgen, zodat we degene die hem heeft vermoord te pakken kunnen krijgen.'

Lisa nestelde zich wat dieper in haar vaders arm en schudde haar hoofd.

'Nou, dat weten we dan. Was er verder nog iets? Anders moet ik terug naar mijn werk.'

Vanja zei niet dat ze verdorie een halfuur had moeten wachten om haar vraag te mogen stellen en dat zij ook werk te doen had, waarschijnlijk belangrijker dan het zijne. Ze deed nog een laatste poging.

'De twee mensen met wie we gesproken hebben zijn, volkomen onafhankelijk van elkaar, zeker van de tijd.'

Ulf priemde zijn ogen in de hare en toen hij weer iets zei, had zijn stem iets harders. Vanja veronderstelde dat de man niet gewend was te worden tegengesproken.

'Dat is mijn dochter ook. Dus het is haar woord tegen het hunne, hè?'

Verder kwam Vanja niet. Lisa gaf geen kik en Ulf maakte Vanja duidelijk dat hij aanwezig diende te zijn bij elk eventueel toekomstig gesprek. Vanja vertelde hem niet dat het aan haar en haar collega's was om te bepalen of hij erbij zou zijn, en niet aan hem. Ze stond zwijgend op, en Ulf stond op, omhelsde zijn dochter, kuste haar op haar wang, gaf Vanja een hand en een hoofdknik, en verliet het overblijflokaal en het gebouw.

Vanja bleef staan en keek hem na. Het was natuurlijk fantastisch als ouders voor honderd procent achter hun kind stonden.

Vanja kwam in haar werk maar al te vaak precies het tegenovergestelde tegen, of in elk geval gezinnen waarin de tieners min of meer vreemden leken en de ouders geen idee hadden wat hun kinderen deden of met wie. Dus een vader die uit zijn werk kwam rennen, zijn arm om zijn dochter heen sloeg, en haar vertrouwde en verdedigde, zou een welkome uitzondering moeten zijn in de wereld van Vanja. Zou moeten. Want ze kon het gevoel maar niet van zich af zetten dat Ulf niet zozeer Lisa verdedigde als wel het beeld van het ideale gezin met de welopgevoede dochter die nooit loog. Dat het belangrijker was roddels en geruchten te voorkomen dan dat de waarheid over wat er vrijdagavond was gebeurd bekend werd. Vanja wendde zich tot Lisa, die op de nagel van haar ringvinger stond te bijten.

'Ik loop met je mee naar het lokaal.'

'Dat hoeft niet.'

'Dat weet ik, maar ik doe het toch.'

Lisa haalde haar schouders op. Ze liepen zwijgend langs de rijen leerlingenkluisjes en bij de deur van de kantine sloegen ze rechts af en gingen ze de brede stenen trap naar de eerste verdieping op. Lisa liep met gebogen hoofd en Vanja kon haar gezichtsuitdrukking onder haar haarlok niet zien.

'Wat voor les heb je nu?'

'Spaans.'

'¿Que hay en el bolso?' Lisa keek Vanja niet-begrijpend aan. 'Dat betekent: "wat heb je in je tas?"'

'Weet ik.'

'Ik heb in de bovenbouw ook Spaans gehad en dat is eigenlijk het enige wat ik nog weet.'

'O.' Vanja zweeg. Lisa maakte met haar korte 'o' heel goed duidelijk hoe weinig ze in Vanja's talenkennis geïnteresseerd was. Ze waren kennelijk bij Lisa's lokaal, want ze ging langzamer lopen en stak haar hand uit naar de deurklink. Vanja legde een hand op haar arm. Lisa verstijfde even en keek Vanja weer aan.

'Ik weet dat je liegt,' zei Vanja met zachte stem, terwijl ze het meisje in de ogen keek. Lisa keek gewoon met een volkomen blanco gezicht terug. 'Ik weet niet waarom, maar dat zoek ik nog wel uit. Op de een of andere manier.'

Vanja zweeg en wachtte op een reactie van Lisa. Die kwam er niet.

'Wil je nog iets zeggen, nu je weet dat ik het weet?'

Lisa schudde haar hoofd.

'En wat zou dat dan moeten zijn?'

'De waarheid, bijvoorbeeld.'

'Ik moet nu naar Spaans.' Lisa keek naar Vanja's hand, die nog steeds op haar arm rustte. Vanja tilde hem op.

'Nou, waarschijnlijk tot ziens.'

Vanja liep terug door de gang, en Lisa keek haar na, totdat ze door de glazen deuren helemaal aan het einde daarvan verdween. Voorzichtig liet ze de klink weer los, en ze liep een paar passen bij de deur vandaan en pakte intussen haar mobieltje. Ze toetste snel een nummer in. Ze had de naam en het nummer van degene die ze belde niet in haar contacten staan en had de gewoonte haar gesprekkenlijst na elk gesprek leeg te maken. Je wist nooit of iemand haar mobieltje zou checken. De telefoon ging een paar keer over voordat er werd opgenomen.

'Met mij.' Lisa wierp nog een blik door de gang. Helemaal leeg. 'De politie was hier net.'

Lisa sloeg haar ogen ten hemel over wat degene aan de andere kant zei.

'Nee, natuurlijk heb ik niks gezegd, maar ze zullen er wel achter komen. Een van hen heeft al twee keer met me gesproken. En ze komt terug. Dat weet ik zeker.'

Lisa, die er tijdens het hele verhoor in was geslaagd zo onaangedaan te lijken, zag er nu ongerust uit. Ze had dit al zo lang geheim gehouden, de waarheid op een afgelegen plekje in haar bewustzijn begraven. Nu begon ze te beseffen dat allerlei krachten die waarheid uit haar los wilden wrikken en dat haar weerstand begon af te nemen. Haar gesprekspartner probeerde haar moed in te praten. Op te peppen. Argumenten te geven. Ze knikte. Voelde zich enigszins bemoedigd. Het zou wel goed komen. Ze hing gauw op toen ze achter zich in de gang stappen hoorde, streek met haar vinger een haar weg die zich in haar wimper had vastgehaakt, onderdrukte haar ongerustheid en ging naar de wachtende Spaanse les. Ze liep zo luchthartig als ze maar kon.

Lena Eriksson had de ochtend in dezelfde stoel doorgebracht als gisteren. Maar nu was ze gaan ronddrentelen door de flat. Kettingrokend. Er was een blauwige mist van nicotine en teer over de kleine driekamerwoning op de eerste verdieping neergedaald. Het was alsof ze niet lang op één plaats kon blijven. Ze had even op Rogers nog altijd onopgemaakte bed gezeten, maar kon algauw niet meer tegen de aanblik van zijn jeans, zijn stapel schoolboeken, zijn oude computerspelletjes – de achtergebleven bewijzen dat er in deze kamer een jongen van zestien had gewoond. Ze probeerde rust te vinden in de badkamer, de keuken, haar eigen slaapkamer. Maar elke plek herinnerde haar te veel aan hem, dus ging ze naar de volgende, en de volgende. De hele flat door, keer op keer, als de rouwende moeder die ze was.

Maar dat andere was er ook – dat andere – dat maakte dat ze rusteloos rondliep. De stem.

Het stemmetje diep in haar binnenste.

Was het haar schuld? Was het haar schuld? Dat ze die telefoontjes verdorie ook had gepleegd. Maar ze was boos. Ze wilde vergelding. Zo was het begonnen. Het geld. De gesprekken, het geld, de gesprekken. Keer op keer, net als het ronddwalen door de flat. Maar dat het hiertoe zou leiden? Dat had ze niet geweten, dat had ze echt niet geweten. En ze had geen idee hoe ze het moest aanpakken. Maar ze moest het weten. Ze moest zeker weten dat ze alleen maar een moeder was die haar zoon had verloren, onschuldig, getroffen door het verschrikkelijkste. Lena stak nog een sigaret op. Vandaag hadden ze boodschappen moeten doen. Zoals altijd zouden ze ruzie hebben gemaakt over geld, kleding, houding, respect – al die woorden waarvan ze wist dat Roger ze spuugzat was. Lena begon te huilen. Ze miste hem zo. Ze viel op haar knieën en gaf zich over aan het verdriet, de smart. Het werkte louterend, maar achter haar tranen hoorde ze die stem weer.

Stel dat het jouw schuld is.

'Je voelt je zo'n slechte moeder. Je denkt dat je alles doet, maar ze glijden gewoon weg.'

Clara dronk haar koffiekopje leeg en zette het terug op tafel. Ze keek naar Sebastian, die tegenover haar zat. Hij knikte bevestigend, zonder dat hij eigenlijk had geluisterd. Clara had sinds ze binnen waren alleen maar over haar slechte band met haar zoon Leonard gesproken. Heel begrijpelijk gezien wat er deze ochtend was gebeurd, maar niet erg interessant voor anderen dan de direct betrokkenen. Sebastian vroeg zich af of hij erop moest wijzen dat haar gebruik van 'je' in plaats van 'ik' wanneer ze over zichzelf praatte, in feite een verbaal afweermechanisme was, een manier om haar mislukking meer algemeen geldig te maken, minder persoonlijk, en zo het verdriet enigszins op afstand te houden. Maar hij begreep dat ze zo'n opmerking zou opvatten als gemeen en dat die haar negatieve beeld van hem alleen maar zou versterken. Dat wilde hij niet.

Nog niet in elk geval.

Niet nu hij nog niet had besloten of hij wel of niet zou proberen haar in bed te krijgen. Hij bleef dus nog even bij de zachte aanpak. Kalm en waardig. Niet oordelend, maar eerder begrijpend. Hij keek even naar haar borsten. Die zagen er erg uitnodigend uit in die goudbruine trui.

'Zo gaat dat met kinderen. Soms gaat het goed, soms niet. Een bloedband is geen garantie voor een goede relatie.'

Die opmerking deed Sebastian inwendig zeer. Tjonge, dat was scherp, zeg! Zeven jaar psychologie gestudeerd, twintig jaar beroepservaring opgedaan, en dit was zijn conclusie, zijn troost voor een vrouw wier leven in een paar uur tijd op zijn kop was gezet.

Soms gaat het goed, soms niet.

Vreemd genoeg zag hij Clara ernstig knikken, kennelijk te-

vreden met deze oppervlakkige analyse. Ze glimlachte hem zelfs
dankbaar toe. Die glimlach zou daar kunnen blijven zitten als
hij zijn kaarten zorgvuldig uitspeelde. Hij stond op en begon de
borden en glazen van tafel te halen. Clara was al aan de lunch begonnen toen hij terugkwam. *Pyttipanna* met gebakken eieren. Ze
had een potje rode bieten in de koelkast gevonden dat warempel
nog eetbaar was. En twee lichte biertjes. Sebastian had smakelijk
gegeten, maar zij met lange tanden. De kramp in haar maag leek
met de minuut erger te worden en ze voelde zich voortdurend
een beetje misselijk. Maar het was wel fijn geweest om aan een
gedekte tafel te zitten. Iemand te hebben om mee te praten.

Alles uit te kauwen.

Er was iemand die luisterde. Die zo goed op de hoogte was.

Dat werkte rustgevend. Hij was toch eigenlijk wel leuk, die
pummel.

Ze keek naar Sebastians rug, terwijl hij de vaat van de lunch in
de afwasmachine zette.

'Je bent niet vaak thuis op bezoek geweest, hè? Wij zijn hier
in '99 komen wonen en ik geloof dat ik je hier niet één keer heb
gezien.' Sebastian gaf niet meteen antwoord. Als Clara met Esther
over hem had gepraat, zoals ze vanmorgen in de tuin zei dat ze
had gedaan, dan wist ze waarschijnlijk wel met welke frequentie
hij zijn ouderlijk huis had bezocht. Sebastian kwam overeind.

'Ik ben hier nooit geweest.'

'Waarom niet?'

Sebastian vroeg zich af wat zijn moeder als reden voor zijn
totale afwezigheid zou hebben genoemd. De vraag was of ze voor
zichzelf zou hebben toegegeven wat de eigenlijke reden van het
ontbrekende contact tussen hen was.

'We gaven niks om elkaar.'

'Waarom niet?'

'Ze waren gestoord. Helaas.'

Clara keek hem aan en besloot de vraag verder maar te laten
rusten. Natuurlijk, zijn ouders waren nou niet de lolligste mensen
geweest. Maar ze vond dat zijn moeder toch was opgeleefd na de

dood van haar man, een paar jaar geleden. Je kon beter met haar praten. Ze hadden zelfs een paar keer koffie met elkaar gedronken, en toen ze hoorde dat de vrouw niet lang meer te leven had, had ze dat echt erg gevonden.

De deurbel ging en meteen daarna hoorden ze de buitendeur opengaan. Torkel riep hallo vanuit de hal en even later verscheen hij in de deuropening. Hij richtte zich rechtstreeks tot Clara.

'Wij zijn klaar, je kunt weer teruggaan. Sorry voor het ongemak.'

Er was echter niet veel spijt in zijn stem te horen. Correct als altijd. Sebastian schudde bijna onmerkbaar zijn hoofd. Ongemak. Die frase stond vast in een of ander gedragsreglement of handboek anno 1950 of daaromtrent voor hoe je als politieman het publiek toespreekt. Natuurlijk had hij Clara ongemak bezorgd. Hij had haar zoon opgepakt en haar huis ondersteboven gehaald. Clara leek echter niet te reageren.

Ze stond op en keek haast demonstratief naar Sebastian. 'Bedankt voor de lunch. En voor het gezelschap.' Toen verliet ze de keuken zonder Torkel ook maar een blik waardig te keuren.

Toen de buitendeur achter Clara was dichtgeslagen, deed Torkel een stap de keuken in. Sebastian stond nog tegen het aanrecht geleund.

'Je bent geen spat veranderd, zie ik. Voor de dames nog steeds de ridder op het witte paard.'

'Ze stond buiten te kleumen.'

'Als het papa Lundin was geweest, had hij nog altijd buiten gestaan. Mag ik?'

Torkel maakte een gebaar naar het koffiezetapparaat dat nog aanstond met een bodempje in de kan.

'Natuurlijk.'

'Kopje?'

Sebastian wees naar een van de keukenkastjes en Torkel haalde er een roodgestreepte Ittalamok uit.

'Het is fijn om je weer eens te zien. Het is al veel te lang geleden.'

Sebastian vreesde dat het erop uit zou draaien dat Torkel toch met een bezoekje of een biertje op de proppen zou komen. Hij stelde zich afwachtend op.

'Het is zeker lang geleden.'

'Wat doe je tegenwoordig?'

Torkel goot het laatste beetje koffie uit de kan en zette het apparaat uit.

'Ik leef van royalty's en van de levensverzekering van mijn vrouw. En nu is mijn moeder overleden, dus ik kan dit huis verkopen en een tijdje van haar geld leven. Maar om antwoord te geven op je vraag: niets. Ik doe tegenwoordig niets.'

Torkel was stil blijven staan. Dat was veel informatie in één keer, en waarschijnlijk niet het gewone 'O, het gaat zo zijn gangetje' dat hij had verwacht, dacht Sebastian. Maar volstrekte ongeïnteresseerdheid gecombineerd met sterfgevallen in de familie zouden Torkel er misschien van weerhouden de 'banden aan te halen'. Sebastian keek zijn ex-collega aan en zag een zweem van oprecht verdriet in zijn ogen. Dat was een van de goede eigenschappen van Torkel: empathie. Correct, maar meelevend. Ondanks alles wat hij in zijn werk had meegemaakt.

'De verzekering van je vrouw…' Torkel nam een slokje koffie. 'Ik wist niet eens dat je getrouwd was.'

'Jawel, getrouwd en weduwnaar geworden. Er kan een hoop gebeuren in twaalf jaar.'

'Wat erg. Gecondoleerd.'

'Dank je.'

Er viel een stilte. Torkel nipte van zijn koffie en deed alsof die warmer was dan hij in feite was, zodat hij deze slepende conversatie niet hoefde voort te zetten. Sebastian draaide wat bij en kwam hem te hulp. Kennelijk zocht Torkel contact, gezelschap. Om de een of andere reden. Nog vijf minuutjes gespeelde belangstelling kon Sebastian na twaalf jaar toch wel opbrengen.

'En jij? Hoe is het met jou?'

'Ik ben weer gescheiden. Iets meer dan drie jaar geleden.'

'Vervelend.'

'Ja. En verder… Nou ja, het gaat zo zijn gangetje. Ik ben er nog. Bij de Nationale Recherche.'

'Ja, dat zei je al.'

'Ja…'

Weer stilte.

Weer een slok koffie.

Weer hulp. Kleinste gemene deler. Het werk.

'Hebben jullie iets gevonden bij Lundin?'

'Zelfs als dat zo is, kan ik het je niet zeggen.'

'Nee, natuurlijk niet. Het kan me ook eigenlijk niet schelen. Ik zeg maar wat.'

Zag Sebastian een glimp van teleurstelling op Torkels gezicht? Hoe dan ook, die was er maar heel even. Toen keek Torkel haastig op zijn horloge en stond op.

'Ik moet weer weg.' Hij zette het halfvolle kopje op het aanrecht. 'Bedankt voor de koffie.'

Sebastian liep met hem mee naar de hal. Hij leunde met zijn armen over elkaar tegen de muur en keek toe hoe Torkel een schoenlepel pakte die aan de hoedenplank hing en de loafers aantrok die hij had uitgedaan toen hij binnenkwam. Opeens zag Sebastian een wat grijzer geworden oudere man, een oude vriend die alleen maar het beste met hem voorhad en die door Sebastian tamelijk bruusk was afgewezen.

'Ik had ook wel een kaartje kunnen sturen of zo.'

Torkel hield op met het aantrekken van zijn schoenen en keek Sebastian bijna vragend aan, alsof hij hem niet goed had verstaan.

'Hoezo?'

'Als je vindt dat het jouw fout is dat we zo lang geen contact hebben gehad. Ik zei dat ik ook iets van me had kunnen laten horen als ik dat belangrijk had gevonden.'

Torkel had een paar tellen nodig om Sebastians woorden te verwerken en hing intussen de schoenlepel terug.

'Ik vind niet dat het mijn fout is, hoor.'

'Goed zo.'

'Niet alléén, in elk geval.'

'Oké dan.'

Torkel bleef even staan met zijn hand op de deurklink. Moest hij iets zeggen? Moest hij Sebastian uitleggen dat, als je tegen iemand zegt dat je relatie onbelangrijk was, het niet waard om in stand te houden, dat zoiets dan niet als troost wordt opgevat, ook al was het zo bedoeld? Integendeel zelfs. Moest hij dat zeggen? Hij zag ervan af. Hij had eigenlijk niet eens verbaasd hoeven te zijn. Ze hadden er zo vaak grappen over gemaakt dat Sebastian voor een psycholoog niet veel begrip had voor de gevoelens van anderen. Sebastian had daar altijd tegen ingebracht dat begrip voor gevoelens werd overschat. De beweegredenen zijn interessant, niet de gevoelens; dat zijn maar afvalproducten, zei hij altijd.

Torkel moest inwendig lachen toen hij besefte dat hij op dit moment in Sebastians herinnering waarschijnlijk alleen maar een afvalproduct was.

'Tot kijk,' zei Torkel, en hij deed de deur open.

'Ja, misschien.'

Torkel liet de deur achter zich dichtvallen. Hij hoorde dat de sleutel werd omgedraaid. Hij begon te lopen, in de hoop dat Ursula met de auto op hem gewacht had.

Torkel stapte uit voor het politiebureau, terwijl Ursula de auto ging parkeren. Ze hadden de hele weg niet over Sebastian gepraat. Torkel had het even geprobeerd, maar Ursula was zeer duidelijk, en de rest van de rit hadden ze over de zaak gesproken. Er was een voorlopige analyse van het bebloede T-shirt gemaakt en via haar mobiel kreeg Ursula bericht dat het bloed maar van één persoon was: Roger Eriksson. Helaas kwam de hoeveelheid meer overeen met Leo's verklaring van hoe het daar tijdens hun ruzie terecht was gekomen dan dat het een gevolg kon zijn van een in razernij uitgevoerde, gewelddadige steekpartij.

Bovendien had de stoerheid van de jongen in de laatste verhoren plaatsgemaakt voor gehuil en gesnotter, en Torkel kon zich steeds moeilijker voorstellen dat deze zielige figuur in staat was tot zoiets weloverwogens als het lichaam in een meertje gooien. Met behulp van een auto die hij niet had. Nee, dat was te zwak. Ondanks het bloed dat ze gevonden hadden, was het niet realistisch.

Toch wilden ze het spoor-Leo nog niet helemaal opgeven. Er waren in dit onderzoek al genoeg fouten gemaakt. Ze zouden Leonard nog een nachtje vasthouden, maar als ze niet meer vonden, zou het moeilijk zijn de officier van justitie ervan te overtuigen dat hij in hechtenis moest blijven. Torkel en Ursula besloten het team bijeen te roepen om te kijken of ze een gezamenlijke route konden uitstippelen.

Met deze gedachten in zijn hoofd deed Torkel de deur naar de hal van het politiebureau open. De receptioniste wenkte hem naar zich toe.

'Je hebt bezoek,' zei ze, en ze wees naar het groene bankstel bij het raam. Daar zat een gezette, slecht geklede vrouw. Ze stond op toen ze zag dat de receptioniste naar haar wees.

'Wie is dat?' vroeg Torkel zachtjes, om niet helemaal onvoorbereid te zijn.

'Lena Eriksson. De moeder van Roger Eriksson.'

De moeder, niet best, kon Torkel nog net denken voordat ze hem op de schouder tikte.

'Bent u degene die erover gaat – over de moord op mijn zoon?' Lena stond achter Torkel. Hij draaide zich om.

'Ja. Torkel Höglund. Gecondoleerd.'

Lena Eriksson knikte alleen maar.

'Dus Leo Lundin heeft het gedaan?' Torkel keek de vrouw in de ogen terwijl ze hem vorsend opnam. Ze wilde het weten. Natuurlijk wilde ze het weten. Dat de moordenaar bekend was en gevonden en veroordeeld werd, was belangrijk voor de rouwverwerking. Helaas kon Torkel haar niet het antwoord geven dat ze wilde horen.

'Het spijt me, maar ik kan geen details van het onderzoek met u bespreken.'

'Maar jullie hebben hem gearresteerd?'

'Zoals ik al zei: ik kan dat niet met u bespreken.'

Lena Eriksson leek niet eens te luisteren. Ze kwam nog een stap dichter bij Torkel. Te dichtbij. Torkel weerstond de neiging om achteruit te deinzen.

'Hij zat Roger altijd dwars. Altijd. Het was zijn schuld dat Roger naar die rottige kakschool overging.'

Ja, het was zijn schuld geweest. Leo Lundin. Of Leonard – zo'n stomme naam. Hoe lang dat al aan de gang was wist Lena niet. Het gepest. Het begon in de bovenbouw van de basisschool, zoveel wist ze wel, maar Roger praatte er in het begin niet over. Hij zei niets over scheldpartijen en stompen op de gang, kapotgescheurde boeken en opengebroken kastjes. Hij verzon uitvluchten als hij af en toe met bloot bovenlijf of met natte schoenen uit school thuiskwam, vertelde niet dat zijn T-shirt kapotgescheurd was en dat hij zijn schoenen na de gymles in de wc-pot had teruggevonden. Hij kwam met verklaringen waarom er geld en spullen verdwenen. Maar Lena had haar vermoedens gehad en uiteindelijk had Roger bepaalde dingen toegegeven.

Maar het was in orde.

Onder controle.

Hij kon het zelf wel aan. Als zij zich ermee bemoeide, zou het alleen maar erger worden. Maar toen kwam het geweld. Pakken slaag. Blauwe plekken. Gebarsten lippen en gezwollen ogen. Geschop tegen zijn hoofd. Toen was Lena met de school gaan praten. Ze had Leo en zijn moeder ontmoet en meteen na het gesprek van een uur in de kamer van de directeur begrepen dat daar geen hulp van te verwachten was. Er bestond geen twijfel over wie het bij Lundin thuis voor het zeggen had.

Lena wist dat ze intellectueel gezien geen hoogvlieger was, maar ze had wel kijk op macht. Ze kon goed machtsverhoudingen onderscheiden en structuren zien. De chef was niet per se degene die de touwtjes in handen had. De ouders waren niet altijd degenen met gezag. De rector was niet de leider van het lerarenkorps. Lena doorzag gemakkelijk wie de werkelijke macht had, hoe die werd aangewend en hoe ze zich zelf het best kon gedragen om daar zo veel mogelijk van te profiteren. Of er in elk geval geen nadeel van te ondervinden. Sommigen noemden haar waarschijnlijk een intrigant, anderen zouden zeggen dat ze met alle winden meewaaide en weer anderen ongetwijfeld dat ze gewoon een kontlikker was. Maar zo sloeg je je door een heel leven omgeven met macht als je die zelf niet had.

Maar dat is niet waar, zei het stemmetje in haar hoofd dat de hele dag al bij haar was. *Je had wél macht.*

Lena duwde het stemmetje weg, ze wilde niet luisteren. Ze wilde alleen maar horen dat Leo het had gedaan. Hij was het! Dat wist ze. Dat moest wel. Ze hoefde het de keurig geklede oudere heer voor haar alleen maar aan het verstand te brengen.

'Ik weet zeker dat hij het was. Hij heeft Roger al vaker geslagen. Mishandeld. We hebben nooit aangifte gedaan bij de politie, maar ga maar eens met de school praten. Hij is het. Ik weet dat hij het is.'

Torkel begreep haar koppigheid, haar overtuiging. Hij zag wat hij al zo vaak had gezien: de wil om niet alleen een oplossing te vinden, maar het ook te begrijpen. De pester en plaaggeest van haar zoon gaat te ver. Dat is te begrijpen. Het is grijpbaar. Het zou de werkelijkheid weer wat werkelijker maken. Hij wist ook dat ze met dit gesprek niet veel verder zouden komen, legde zijn ene hand op Lena's arm en nam haar voorzichtig en bijna ongemerkt mee naar de uitgang.

'We zullen zien wat het onderzoek oplevert. Ik zal u op de hoogte houden van alles wat er gebeurt.'

Lena knikte en begon uit eigen beweging naar de glazen deuren te lopen. Maar toen stopte ze.

'Eén ding nog.'

Torkel liep weer een paar stappen naar haar toe.

'Ja?'

'De kranten bellen.'

Torkel zuchtte. Natuurlijk. In haar zwaarste ogenblikken. Als ze het kwetsbaarst was. Het maakte niet uit hoe vaak de pers de hand in eigen boezem stak nadat er interviews met mensen waren gepubliceerd die duidelijk uit hun evenwicht waren, duidelijk niet goed wisten waar ze aan begonnen. Mensen in shock en in intens verdriet.

Het was een soort natuurwet.

Er wordt een kind vermoord.

De kranten bellen.

'Mijn ervaring is dat de meeste mensen die in zo'n situatie als waarin u nu zit met de pers praten, daar later spijt van hebben,' zei Torkel naar waarheid. 'U kunt gewoon niet aannemen of ze naar ons doorverwijzen.'

'Maar ze willen een exclusief interview hebben en ze willen ervoor betalen. Ik vroeg me af of u wist wat je kunt vragen.'

Torkel keek haar aan met een gezicht waaruit Lena afleidde dat hij het niet goed begreep. Dat deed hij ook niet, maar anders dan zij dacht.

'U hebt dit toch vaker meegemaakt, dacht ik. Wat is redelijk om te vragen?'

'Ik weet het niet.'

'Ik heb nog nooit met ze te maken gehad, waar hebben we het over? Duizend kronen? Vijfduizend? Vijftienduizend?'

'Ik weet het echt niet. Mijn advies is om helemaal niet met ze te praten.'

Lena keek hem aan met een gezicht waaruit duidelijk bleek dat dat geen alternatief was.

'Dat heb ik ook niet gedaan. Maar nu willen ze betalen.'

Torkel bekeek haar eens goed. Ze had het geld waarschijnlijk nodig. Ze wilde zijn morele bedenkingen of zijn op ervaring gebaseerde bezorgdheid niet. Ze wilde een prijskaartje. Had hij het recht om daar iets van te zeggen? Hoe lang was het geleden dat hij zelf echt behoefte aan geld had gehad? Had hij dat wel ooit?

'Doe wat u wilt. Maar wees voorzichtig.' Lena knikte, en tot zijn grote verbazing hoorde Torkel zichzelf zeggen: 'Verkoop uzelf duur.'

Lena knikte met een glimlachje, draaide zich om en ging weg. Torkel stond haar even na te kijken en zag haar verderop op straat in de zomerzon verdwijnen. Toen schudde hij het bezoek van zich af en draaide zich om om terug te gaan naar zijn werk en zijn collega's.

Maar zijn beproevingen waren nog niet voorbij.

Haraldsson kwam naar hem toe gehinkt. Uit zijn serieuze gezicht leidde Torkel af dat hij wilde praten. Over wat Torkel zo lang mogelijk had uitgesteld. Over wat Vanja hem nu al drie keer had gevraagd.

'Als mensen zeggen dat ze dicht bij je zullen werken, wat zou jij dan zeggen dat dat betekent?'

Haraldsson lag op zijn rug aan zijn kant van het tweepersoonsbed met zijn handen onder zijn hoofd voor zich uit te staren. Naast hem lag Jenny met twee kussens onder haar billen en met haar voetzolen op het matras. Af en toe drukte ze haar onderlichaam in de richting van het plafond, waar haar man met lege ogen naar lag te staren. Het was halfelf.

Ze hadden de liefde bedreven.

Of gevreeën.

Of zelfs dat niet, als Haraldsson eerlijk was. Hij had plichtsgetrouw zijn zaad in zijn vrouw gestort terwijl zijn gedachten heel ergens anders waren.

Bij zijn werk.

Bij het gesprek met Torkel waarin Haraldsson Torkel had verteld dat Hanser – tegen Torkels uitdrukkelijke wens in – had geprobeerd hem van het onderzoek af te halen.

'Dat betekent waarschijnlijk dat je samen gaat werken,' antwoordde Jenny op zijn vraag, terwijl ze haar heupen andermaal van het matras haalde om de helling naar haar wachtende baarmoeder steiler te maken.

'Ja, dat denk je dan toch zeker? Ik bedoel, als jij tegen een collega zegt dat jullie dicht bij elkaar moeten werken, dan betekent dat toch dat jullie samenwerken? Aan dezelfde zaak. Voor hetzelfde doel, of niet soms?'

'Mm-mm.'

Eerlijk gezegd luisterde Jenny maar met een half oor. De situatie was haar allesbehalve onbekend. Al zolang Haraldsson een nieuwe baas had, praatte hij bijna alleen nog maar over zijn werk, en daarbij draaide het om zijn ongenoegen. Dat nu de Nationale Recherche het mikpunt van zijn irritatie was in plaats van Kerstin Hanser maakte weinig verschil.

Nieuwe tekst, oud liedje.

'Weet je wat die Torkel Höglund van de Nationale Recherche bedoelt met dicht bij elkaar werken? Weet je dat?'

'Ja, dat zei je al.'

'Hij bedoelt helemaal niet samenwerken! Als ik hem op de man af vraag hoe hij onze samenwerking ziet, dan blijkt dat we helemaal niet gaan samenwerken. Is dat niet verdomd raar?'

'Ja, volkomen onbegrijpelijk.'

Jenny herhaalde de woorden die hij 's middags zelf had gebruikt. Dat was een goede manier, had ze gemerkt, om betrokken te lijken zonder dat ze dat eigenlijk was. Niet dat ze geen belangstelling had voor het werk van haar man. Helemaal niet. Ze hield ervan om van alles te horen, van klunzige valsemunters tot details over de overval op een waardetransport eervorige zomer. Maar toen kwam Hanser en nu moesten de verhalen over het politiewerk wijken voor lange verhandelingen over onrechtvaardigheid.

Bitterheid.

Gezeur.

Hij moest aan iets anders denken.

'Maar weet je bij wie je heel, heel dichtbij kunt zijn?' Jenny draaide zich naar hem toe en liet haar hand onder het dekbed naar zijn krachteloze penis glijden. Haraldsson keerde zich in haar richting met het gezicht van iemand die drie kiezen heeft laten trekken en zojuist te horen heeft gekregen dat er een gat zit in een vierde.

'Alweer?'

'Ik heb mijn ovulatie.' Haar hand was er en greep toe. Pompte. Zacht maar gebiedend.

'Alweer?'

'Ik geloof het wel. Ik had vanmorgen een halve graad verhoging. We kunnen maar beter geen risico nemen.'

Haraldsson voelde tot zijn eigen verbazing dat zijn geslachtsdeel weer tot leven kwam. Jenny kwam helemaal naar zijn kant van het bed en ging met haar rug naar hem toe liggen.

'Kom maar van achteren, dan kom je er dieper in.'

Haraldsson ging er goed voor liggen, op zijn zij, en gleed gemakkelijk naar binnen.

Jenny draaide zich half naar hem om.

'Ik moet morgen vroeg op, dus het hoeft niet de hele nacht te duren.' Ze streelde Haraldsson over zijn wang en draaide zich weer om. En terwijl Thomas Haraldsson de heupen van zijn vrouw beetpakte, liet hij zijn gedachten de vrije loop. Hij zou het ze verdomme laten zien.

Allemaal.

Voor eens en voor altijd.

Hij beloofde zichzelf dat hij de moord op Roger Eriksson zou oplossen.

Terwijl Haraldsson zijn vrouw probeerde te bevruchten zonder dat dat ten koste ging van haar nachtrust, zat de Man die geen Moordenaar was in zijn ochtendjas, slechts een paar kilometer verderop in een nu spaarzaam verlichte villawijk en hield zich op de hoogte van het onderzoek. Via internet. Hij zat in het donker, slechts verlicht door het kille licht van het beeldscherm, in wat hij trots zijn werkkamer noemde. De lokale krant berichtte uitvoerig over het sterfgeval – hij kon zich er niet toe brengen het 'moord' te noemen –, ook al gaven ze niet meer zo vaak updates. Vandaag lag het zwaartepunt van hun berichtgeving op 'een school in shock', met een reportage van vier pagina's van het Palmlöv College. Iedereen, van het kantinepersoneel tot leerlingen en het lerarenkorps, leek zijn mening te hebben gegeven. De meesten hadden beter hun mond kunnen houden, stelde de Man die geen Moordenaar was vast, terwijl hij elk stereotypisch regeltje, elk clichématig citaatje las. Het was alsof iedereen een mening, maar niemand iets te zeggen had. De lokale krant wist ook te melden dat de aanklager had besloten dat een leeftijdgenoot van het slachtoffer mocht worden vastgehouden op de laagste graad van verdenking. De avondbladen hadden meer. Wisten meer. Brachten het groter. Aftonbladet.se wist dat de gearresteerde jongen het slachtoffer eerder had geterroriseerd en mishandeld, en blijkbaar de directe aanleiding was geweest dat de jongen van school was veranderd. Een man die ten voeten uit in een fotobyline stond, maakte de toch al tragische geschiedenis nog hartverscheurender met een artikel over de gepeste jongen die aan zijn plaaggeesten was ontkomen, herrezen en doorgegaan, die nieuwe vrienden had gekregen op een nieuwe school en de toekomst optimistisch tegemoet zag toen hij door dit zinloze geweld was getroffen. Geen oog bleef droog.

De Man die geen Moordenaar was las de sentimentele tekst en dacht terug. Wilde hij dat het niet was gebeurd? Absoluut. Maar zo moest je niet denken. Het was nu eenmaal gebeurd. Dus kon het niet ongedaan gemaakt worden. Voelde hij spijt? Eigenlijk niet. Spijt hield voor hem in dat je iets anders zou doen als je weer in dezelfde situatie terechtkwam.

Dat zou hij niet doen.

Dat kon hij niet.

Er stond te veel op het spel.

Hij ging naar expressen.se. Daar hadden ze bij 'actueel' een bericht met als kop: 'Verdenking tegen gearresteerde Västerås-moordenaar afgezwakt'. Niet best. Als ze die jongen loslieten, zouden ze weer opnieuw gaan zoeken. Hij leunde achterover in zijn bureaustoel. Dat deed hij altijd wanneer hij moest nadenken.

Hij dacht aan het jack.

Het groene Diesel-jack dat in een doos achter zijn rug weggestopt was. Rogers bloederige jack. Stel dat ze dat vonden in het huis van de gearresteerde jongen.

Dat zou op het eerste gezicht een egoïstische gedachte en daad lijken. Een vals getuigenis om de schuld op een medemens te schuiven. Een amorele actie om zelfzuchtig onder de consequenties van zijn daden uit te komen.

Maar was dat ook werkelijk zo?

De Man die geen Moordenaar was kon Rogers familie en vrienden helpen. Ze zouden niet meer hoeven te piekeren over wie hun dierbare van het leven had beroofd en zich volledig aan het zo belangrijke rouwproces kunnen wijden. Hij kon de vraagtekens uitvegen. Iedereen helpen verder te gaan met zijn leven. Dat was heel wat waard. Als bonus zou hij bovendien het ophelderingspercentage van de politie van Västerås verhogen. Hoe meer hij erover nadacht, hoe meer het hem als een onzelfzuchtige handeling voorkwam. Zonder meer een goede daad.

Hij hoefde niet lang op zijn toetsenbord te tikken voordat hij wist wie er vastzat. Leonard Lundin. Zijn naam werd open en bloot genoemd op chatboxen, forums, blogs en logs. Internet was fantastisch.

Algauw had hij ook het adres.

Nu kon hij echt helpen.

Sebastian keek op de klok. Voor de hoeveelste keer? Hij wist het niet. 23:11. Vorige keer was het 23:08. Kon de tijd echt zo langzaam gaan? Rusteloosheid nam bezit van hem. Hij wilde niet in deze stad, in dit huis zijn. Wat moest hij doen? In een van de luie stoelen gaan zitten, een boek lezen en zich thuis voelen? Onmogelijk. Hij had zich niet eens in dit huis thuis gevoeld toen hij er nog woonde. Hij zapte langs de tv-zenders zonder iets interessants tegen te komen. Hij dronk niet, dus het barmeubel was niet interessant. Hij was ook niet het type om in zijn moeders aromatische badoliën en exclusieve badparels te gaan grasduinen en zich in een ontspannend, verfrissend, rustgevend dan wel energieopwekkend bad te laten zakken in de welvoorziene, haast luxueuze badkamer die zijn moeders toevluchtsoord was geweest, de enige ruimte waarvan ze van haar man had geëist dat ze die zelf mocht vormgeven en inrichten, als Sebastian het zich goed herinnerde. Haar kamer in Zijn huis.

Sebastian liep een tijdje doelloos door het huis en trok in het wilde weg kasten en laden open. Voor een deel deed hij dat puur uit nieuwsgierigheid, zoals hij altijd badkamerkastjes openmaakte bij mensen bij wie hij te gast was, maar gedeeltelijk kwam het, moest hij tegen zijn zin toegeven, ook voort uit de wens om te zien wat er in het huis was gebeurd sinds hij het had verlaten. De indruk die zich in hem vasthechtte was: eigenlijk niets. Het zondagse servies van Rörstrand stond nog op zijn plaats in het witte hoekvitrinekastje, borduurwerk en tafelkleden voor alle feestdagen en jaargetijden lagen gestreken en minutieus opgerold op rolstokken in de kast. Natuurlijk waren er ook een heleboel nieuwe, zinloze siervoorwerpen van glas en porselein en souvenirs van vakanties en reizen, die de ruimte op de planken achter de gesloten kastdeuren deelden met cadeautjes uit een heel leven: kandelaars, vazen en – uit een ander tijdperk – asbakken. Voorwerpen die zelden of nooit waren gebruikt en alleen maar waren bewaard omdat iemand ze hierheen had meegenomen en zijn ouders het derhalve onmogelijk hadden gevonden om ze weg te doen zonder ondankbaar te lijken of – God verhoede het – de schijn te wekken dat ze een betere smaak hadden dan de gulle gever. Dingen die hij niet eerder had gezien, maar het gevoel in huis was hetzelfde. Ondanks nieuwe meubels, doorgebroken muren en moderne verlichting was het huis in Sebastians ogen een zee van onzinnigheden, die alleen maar de indruk bevestigden dat het leven in huize Bergman nog net zo rustig en stil, burgerlijk en schuw was als hij het zich herinnerde. Alleen al de aanblik van die nagelaten spullen verveelde hem nog meer, en het enige gevoel dat hij erbij kon oproepen was een enorme tegenzin om iets met al die rommel te moeten doen. Zich ervan te moeten ontdoen.

De makelaar had tegen drie uur gebeld. Hij leek enigszins verbaasd over Sebastians houding. Tegenwoordig zag iedereen zijn huis immers als investering, en je investering bewaakte je toch, met de kapitalistische zienswijze van de moderne tijd. Maar Sebastian had totaal niet onderhandeld. Hij wilde verkopen, in principe voor iedere prijs. Liefst nog vandaag. De makelaar had beloofd dat hij zo snel mogelijk langs zou komen. Sebastian hoopte dat dat al morgen was.

Hij dacht aan de vrouw in de trein. Het papiertje met haar telefoonnummer lag naast zijn bed. Waarom had hij niet wat meer voorbereiding in haar gestoken? Haar opgebeld, voorgesteld te gaan eten in een leuk restaurant dat zij mocht uitkiezen. Lekker lang gegeten en gedronken. Gepraat, geluisterd en gelachen. Haar een avondje leren kennen. Dan hadden ze nu in comfortabele fauteuils in een hotellobby kunnen zitten, met een drankje in hun hand en stemmige loungemuziek op de achtergrond, en hij had aarzelend, als het ware onopzettelijk, met zijn vingers de blote knieën die onder haar jurk uit kwamen kunnen beroeren.

De verleiding.

Het spel.

Dat hij zou winnen.

De overwinning.

Het genot.

Allemaal onbereikbaar doordat hij niet normaal functioneerde. Hij gaf het huis de schuld. Zijn moeder. Het feit dat Torkel plotseling uit het verleden was opgedoken. Er waren redenen, maar het ergerde hem toch verschrikkelijk. Externe factoren hadden normaal gesproken niet zoveel invloed op hem, brachten hem niet zo uit zijn doen.

Het leven paste zich aan Sebastian Bergman aan, niet andersom.

In elk geval was dat vroeger zo.

Vóór Lily en Sabine.

Nee, hij wilde niet toegeven. Vanavond niet. Het maakte niet uit wat er gebeurde, wie zich aanpaste aan wie of wat, of dat sommige mensen de manier waarop hij zijn dagen vulde eerder 'bestaan' dan 'leven' zouden noemen. Het maakte niet uit dat hij ogenschijnlijk de controle kwijt was. Hij beschikte nog altijd over het vermogen ergens het beste van te maken.

Hij was een overlever.

Letterlijk en figuurlijk.

Hij liep naar de keuken en haalde een fles wijn uit het eenvoudige wijnrekje boven op de keukenkast. Hij keek niet eens naar het etiket. Wat het voor wijn was maakte niet uit. Het was wijn, hij was rood en hij zou doen wat hij moest doen. Toen hij de terrasdeur openschoof, bedacht hij hoe hij het zou aanpakken.

Invoelend.

(Ik dacht dat je misschien niet alleen zou willen zijn…)

Ongerust.

(Ik zag licht branden, gaat het goed met je…)

Of beslist, maar zorgzaam.

(Op een avond als deze mag je absoluut niet alleen zijn…)

Hoe dan ook, het resultaat zou hetzelfde zijn.

Hij zou met Clara Lundin naar bed gaan.

Het plafond boven het bed was wat aan het afbladderen, zag Torkel, die op zijn rug in bed lag in weer zo'n anonieme hotelkamer. Hij had door de jaren heen zo vaak in een hotel geslapen dat het onpersoonlijke normaal was geworden. Eenvoud te verkiezen boven originaliteit. Functionaliteit belangrijker dan huiselijkheid. Eerlijk gezegd was er niet zo veel verschil tussen de tweekamerflat ten zuiden van Stockholm die hij na de scheiding van Yvonne had betrokken en een gewone Scandic-kamer. Torkel rekte zich uit, met zijn handen onder het kussen en zijn hoofd. De douche liep nog steeds. Ze had geen haast in de badkamer.

Het onderzoek. Wat hadden ze tot dusverre eigenlijk bereikt?

Ze hadden een dumpplek, maar geen moordplek. Ze hadden een bandafdruk die misschien van de auto van de moordenaar was, maar misschien ook niet. Ze hadden een jongen aangehouden, maar het zag er steeds meer naar uit dat ze die de volgende dag zouden moeten vrijlaten. Een pluspunt was dat Billy, nadat hij een paar keer van het kastje naar de muur was gestuurd, een vrouw bij het bewakingsbedrijf te pakken had gekregen die wist met wie hij moest praten om de banden te krijgen van de bewakingscamera's aan de Gustavsborgsgata. Die man was zijn vijftigste verjaardag aan het vieren in Linköping, maar zou er morgenochtend, wanneer hij weer terug was, meteen mee aan de gang gaan. Hij wist echter niet zeker of de opnamen van vrijdag er nog waren. Sommige banden werden maar 48 uur bewaard. Het provinciebestuur had daar zo zijn opvattingen over. Hij zou het uitzoeken wanneer hij terugkwam. Morgenochtend. Billy had hem tot elf uur de tijd gegeven.

Vanja was ervan overtuigd dat Rogers vriendin loog over het tijdstip dat Roger die avond bij Lisa was vertrokken, maar zoals Lisa's vader zeer terecht had opgemerkt: het was het ene woord tegen het andere. De opgevraagde camerabeelden zouden hen ook op dat punt kunnen helpen. Torkel zuchtte. Het was een beetje deprimerend dat het succes van het onderzoek er op dit moment van af leek te hangen hoe lang G4S in Västerås zijn bewakingsbeelden van de openbare weg bewaarde. Waar was het eerzame, ouderwetse politiewerk gebleven? Torkel zette die gedachte meteen weer van zich af. Dat was iets wat oude, operaminnende, whiskypimpelende inspecteurs in detectiveseries dachten. Gebruikmaken van de techniek wás eerzaam politiewerk. DNA, bewakingscamera's, geavanceerde computertechnologie, gegevenskoppeling, afluisteren, gsm uitlezen, herstellen van gewiste sms-berichten. Zó loste je tegenwoordig misdaden op. Het was niet alleen nutteloos dat te bestrijden of niet te gebruiken, het was ook alsof je het vergrootglas nog steeds als het belangrijkste onderzoeksinstrument van de politie zag. Dom en reactionair. En dit was niet het moment om dat te zijn. Er was een jonge jongen vermoord. Alle ogen waren op hen gericht. Torkel had net het nieuws op TV4 gezien, en daarna een discussieprogramma waarin het vooral ging over het toenemende geweld onder jongeren – oorzaak-gevolg-oplossing. En dat terwijl steeds meer erop wees dat Leo Lundin inderdaad onschuldig was en terwijl Torkel en zijn team dat steeds duidelijk hadden gecommuniceerd, juist om te voorkomen dat Leonard door de publieke opinie en de pers zou worden veroordeeld. Maar het programma vond misschien dat, zodra een jongere slachtoffer van geweld was, het ging om geweld onder jongeren, ongeacht hoe oud de dader was? Torkel

wist het niet. Hij wist wel dat de discussie niets nieuws had opgeleverd. De schuld werd gelegd bij afwezige ouders in het algemeen en afwezige vaders in het bijzonder, bij film- en dan vooral
computerspelgeweld, en ten slotte zei een vrouw van in de dertig
met piercings datgene waarop Torkel zat te wachten om het rijtje
vol te maken: 'We mogen niet vergeten dat de samenleving veel
harder is geworden.' Dat waren de oorzaken: de ouders, computerspelletjes en de samenleving.

De oplossingen schitterden zoals gewoonlijk door afwezigheid,
als je het wettelijk voorschrijven van fiftyfifty ouderschapsverlof,
grotere censuur en meer geknuffel tenminste niet als oplossing
beschouwde. De samenleving kon je kennelijk niets aan doen.
Torkel had de tv uitgezet voordat het programma was afgelopen
en was over Sebastian begonnen. Hij had de afgelopen jaren niet
vaak aan zijn ex-collega gedacht, maar hij had toch gemeend dat
een weerzien een beetje anders zou verlopen.

Hartelijker.

Hij was teleurgesteld.

Toen was ze gaan douchen. Nu kwam ze de badkamer uit,
bloot, op een handdoek na die ze om haar hoofd had gewikkeld.
Torkel ging door alsof hun gesprek niet een kwartier lang onderbroken was geweest.

'Je had hem moeten zien. Hij wás al een beetje raar toen we
nog met hem samenwerkten, maar nu... Het leek wel of hij ruzie
met me zocht.'

Ursula gaf geen antwoord. Torkel volgde haar met zijn ogen
terwijl ze naar het nachtkastje liep, een potje huidcrème pakte en
zich insmeerde. LdB Aloë Vera, wist hij. Hij had het haar al heel
wat keren zien doen.

Al een paar jaar.

Wanneer was het begonnen? Hij wist het niet precies meer. Voor
de scheiding, maar nadat het slecht was begonnen te gaan. Maar
dat waren nog altijd heel wat jaren. Het deed er niet toe. Hij was
gescheiden. Ursula was nog altijd getrouwd. Ze had, voor zover
Torkel wist, geen plannen om Mikael ooit te verlaten. Maar hij

wist nogal weinig over de relatie tussen Ursula en Mikael. Mikael had een paar keer een moeilijke tijd gehad doordat hij te veel dronk. Kwartaaldrinker. Dat wist hij wel, maar als Torkel het goed begrepen had, kwamen die perioden tegenwoordig steeds minder voor en werden ze steeds korter. Misschien hadden ze een vrij huwelijk en mochten ze naar bed gaan met wie ze wilden en zo vaak als ze wilden? Misschien bedroog Ursula Mikael met Torkel. Torkel vond dat hij close was met Ursula, maar van haar leven buiten het werk om, met haar man, wist hij nauwelijks iets. In het begin had hij vragen gesteld, maar het was duidelijk dat Ursula vond dat hij daar niets mee te maken had. Ze zochten elkaars gezelschap wanneer ze samen aan het werk waren, en zo kon het best blijven. Meer hoefde het niet te worden. Meer hoefde hij niet te weten. Torkel had besloten het erbij te laten, er niet meer in te roeren, uit angst dat hij haar helemaal zou verliezen. Dat wilde hij niet. Hij wist niet goed wat hij met hun relatie wilde, maar wel dat het meer was dan waartoe Ursula bereid was. Dus nam hij hier genoegen mee. Ze brachten de nacht samen door wanneer zij dat wilde. Zoals nu: ze sloeg het dekbed open en kroop naast hem in bed.

'Ik waarschuw je: als je over Sebastian blijft praten, ga ik weg.'

'Ik dacht alleen dat ik hem kende, en…' Ursula legde een vinger op zijn lippen en steunde op haar ene elleboog. Ze keek hem ernstig aan.

'Ik meen het. Ik heb mijn eigen kamer. Daar ga ik zó heen, hoor. Maar dat wil je niet.'

Ze had gelijk.

Dat wilde hij niet.

Hij hield zijn mond en deed het licht uit.

Sebastian werd wakker uit zijn droom. Terwijl hij de vingers van zijn rechterhand strekte, oriënteerde hij zich snel.

Het huis van de buren.

Clara Lundin.

Onverwacht goede seks.

Desondanks werd hij met een gevoel van teleurstelling wakker. Het was heel gemakkelijk gegaan. Veel te gemakkelijk om met een gevoel van kortstondige tevredenheid wakker te worden.

Sebastian Bergman was er goed in vrouwen te verleiden. Altijd al geweest. In de loop der jaren hadden andere mannen zich weleens verbaasd over zijn succes bij het andere geslacht. Hij was niet knap om te zien in klassieke zin. Hij schommelde altijd tussen overgewicht en net geen overgewicht, en was de laatste jaren daar ergens tussenin blijven steken. Zijn gelaatstrekken waren niet uitgesproken of scherp – meer buldog dan dobermann als je het met honden vergeleek. Zijn haargrens begon al te wijken en zijn kledingkeuze was altijd meer gebaseerd op zijn beeld van de psychologieprofessor dan op modetijdschriften. Ongetwijfeld waren er vrouwen die vielen voor geld, uiterlijk en macht. Maar dat waren bepaalde vrouwen. Wilde je kans maken bij álle vrouwen, dan moest je iets anders hebben. Iets wat Sebastian had: charme, intuïtie en een register – het vermogen om verschillende tactieken toe te passen vanuit het besef dat alle vrouwen verschillend zijn. Er een proberen, halverwege veranderen, kijken hoe het gaat en zo nodig weer veranderen.

Fijngevoeligheid.

Fijngehorigheid.

Als het goed werkte, dacht de vrouw dat ze hém verleidde. Een gevoel dat rijke mannen die hun Platina AmEx in de bar lieten schitteren nooit zouden begrijpen.

Het gaf Sebastian een kick het gebeuren te sturen, af te houden, bij te stellen en uiteindelijk, als hij zijn kaarten goed uitspeelde, te vervolmaken met het fysieke genot. Maar met Clara Lundin was het te gemakkelijk gegaan. Alsof je een meester-kok in een vijfsterrenrestaurant vraagt een ei te bakken. Hij kon niet laten zien wat hij allemaal in huis had. Het was saai. Het was alleen maar seks.

Terwijl hij naar het buurhuis liep, besloot hij de invoelende variant te kiezen, en toen ze de deur opendeed, stak hij de fles wijn omhoog.

'Ik dacht dat je misschien niet alleen zou willen zijn…'

Ze had hem binnengelaten en ze gingen op de bank zitten, maakten de fles wijn open en hij luisterde naar dezelfde dingen die hij al tijdens de lunch had gehoord, zij het in een iets langere, meer bewerkte versie, waarin haar tekortschieten als moeder meer nadruk kreeg. Hij humde en knikte op de juiste momenten, vulde haar glas bij, luisterde weer en gaf af en toe antwoord op vragen van zuiver politiële aard, over hoe het toeging bij een arrestatie, wat er nu vervolgens zou kunnen gebeuren, wat 'graad van verdenking' betekende enzovoort. Toen ze ten slotte haar tranen niet meer kon bedwingen, had hij zijn hand troostend op haar knie gelegd en zich meelevend naar haar toe gebogen. Hij voelde bijna fysiek een schok door haar lichaam gaan. Haar stille snikken hield op en haar ademhaling veranderde, werd zwaarder. Ze draaide zich naar Sebastian toe en keek hem in de ogen. Voordat hij goed en wel kon reageren, kusten ze elkaar.

In de slaapkamer gaf ze zich volkomen aan hem over. Daarna huilde ze, kuste hem en wilde nog een keer. Ze sliep in met zoveel huidcontact als maar mogelijk was.

Haar ene arm rustte nog steeds op Sebastians borst en haar

hoofd lag nog stevig in de ronding tussen zijn hoofd en zijn schouder toen hij wakker werd. Voorzichtig bevrijdde hij zich uit haar omarming en stond hij op. Ze werd niet wakker. Terwijl hij zich stilletjes aankleedde, keek hij naar haar. Hoezeer Sebastian ook in de verleidingsfase geïnteresseerd was, zo weinig behoefte had hij aan verlenging van het samenzijn na de seks. Wat kon dat opleveren? Alleen maar herhaling. Meer van hetzelfde, maar zonder de spanning. Volkomen zinloos. Hij had na dit soort eennachtsavontuurtjes voldoende vrouwen achtergelaten om te weten dat het slechts bij uitzondering een wederzijdse opvatting was, en bij Clara Lundin was hij ervan overtuigd dat ze een of andere vorm van voortzetting verwachtte. Niet alleen ontbijten en babbelen, maar nog iets.

Iets echts.

Dus hij ging weg.

Een slecht geweten behoorde normaal gesproken niet tot Sebastians gevoelspalet, maar zelfs hij zag in dat Clara Lundin het moeilijk zou krijgen als ze wakker werd. Hij had eigenlijk eerder al, in de tuin, begrepen hoe eenzaam ze was, en dat was later, op de bank, bevestigd. Door de manier waarop haar lippen zich op de zijne drukten, haar handen zijn hoofd krampachtig beetpakten en ze haar lichaam tegen het zijne perste. Ze verlangde bijna wanhopig naar intimiteit. Op alle gebieden, niet alleen fysiek. Na jaren waarin haar gevoelens en gedachten waren gekwetst of volkomen genegeerd, en ze zelfs was uitgescholden en bedreigd, hongerde ze werkelijk naar tederheid en zorg. Ze was als zand in de woestijn: ze zoog alles in zich op wat op medemenselijkheid leek. Zijn hand op haar knie. Contact. Een duidelijk signaal dat ze begerenswaardig was. Het was alsof er sluizen van behoefte opengingen.

Aan huid.

Aan intimiteit.

Aan iemand.

Dat was wat er niet klopte, dacht Sebastian terwijl hij het kleine stukje terugliep naar zijn ouderlijk huis. Het was te gemakkelijk gegaan en ze was dankbaar geweest. Hij kon de meeste gevoelens bij zijn veroveringen wel aan, maar van dankbaarheid gruwde hij altijd een beetje. Haat, minachting, verdriet – alles was beter. Dankbaarheid liet zo duidelijk zien dat het allemaal op zijn voorwaarden gebeurde. Dat wist hij natuurlijk al, maar het was leuker om zichzelf wijs te maken dat de verhoudingen min of meer gelijkwaardig waren. De illusie te bevestigen. Dankbaarheid vernietigde die. Maakte hem tot de klootzak die hij was.

Het was pas kwart voor vier in de ochtend toen hij thuiskwam en hij had helemaal geen zin om weer naar bed te gaan. Dus wat zou hij eens gaan doen? Hoewel hij het eigenlijk niet wilde, en hoopte dat het probleem zich op de een of andere manier vanzelf zou oplossen, besefte hij dat hij vroeg of laat alle kasten en laden zou moeten uitmesten. Van wachten werd het niet leuker.

Hij ging naar de garage en vond een paar opgevouwen verhuisdozen, die tegen de muur stonden voor de oude Opel. Met drie daarvan bleef hij in zijn handen staan zodra hij de huisdeur weer achter zich dicht had gedaan. Waar moest hij beginnen? Het werd de vroegere logeer- en werkkamer. Hij liet het bureau en de oude kantoorapparaten voor wat ze waren, vouwde een van de verhuisdozen open en begon de boeken uit de kast die de ene muur bedekte erin te schuiven. Het was een mengeling van literatuur, non-fictie, naslagwerken en leerboeken. Alles verdween in de doos. Het was met de boeken net als met de Opel in de garage: de tweedehandswaarde was nihil. Toen de doos vol was, probeerde hij hem dicht te krijgen. Dat ging niet, maar dat moesten de verhuizers maar uitzoeken, dacht Sebastian, en hij sleepte het gevaarte naar de deur. Toen vouwde hij een nieuwe verhuisbox open en ging door met opruimen. Toen het vijf uur was, had hij nog vier dozen uit de garage gehaald en bijna de hele kast geleegd. Er waren nog maar twee planken over, helemaal rechtsboven. Met fotoalbums. Keurig voorzien van jaartal, en met een samenvatting van de inhoud. Sebastian twijfelde. Het was toch het zogenaamde leven van zijn ouders dat daar op die planken stond. Zou hij het gewoon in een verhuisdoos laten glijden en naar de vuilverbranding sturen? Kon hij dat? Hij stelde zijn besluit uit. Van de planken moest het toch in elk geval af; waar ze daarna bleven, kwam later wel.

Sebastian had meer dan de helft weggehaald, te beginnen met de bovenste plank, en was bij 'winter/lente 1992, Innsbruck' gekomen, toen zijn hand tegen iets aan kwam dat verstopt lag achter de dikke albums. Een doosje. Hij voelde eraan, pakte het en haalde het van de plank. Het was een schoenendoos van een vrij klein model, lichtblauw, met een zonnetje midden op het deksel. Voor kinderschoenen, mocht je aannemen. Maar het was een rare plek om schoenen te bewaren. Sebastian ging op het bed zitten en maakte het deksel met een soort nieuwsgierige verwachting open. Het doosje zat nog niet halfvol. Een seksspeeltje uit de kindertijd van de seksspeeltjes, keurig opgeborgen in zijn doosje, met potloodtekeningen van iets wat op de *Kamasutra* leek, een kluissleuteltje en een paar brieven. Sebastian pakte de brieven. Drie stuks. Twee daarvan geadresseerd aan zijn moeder. Vrouwelijk handschrift. De derde was van zijn moeder, aan een zekere Anna Eriksson in het Stockholmse stadsdeel Hägersten. Naar haar teruggestuurd. 'Onbekend op dit adres,' stond er op de envelop gestempeld. Een meer dan dertig jaar oude correspondentie, aan het poststempel te zien. Uit Hägersten en Västerås. Het doosje leek geheimen te bevatten waarvan zijn moeder niet wilde dat de rest van de wereld erachter kwam. Kennelijk belangrijk genoeg om te bewaren, maar in het geheim. Wat had ze uitgespookt? Van wie waren ze? Een minnares? Een kort liefdesavontuurtje buiten dit huis en zijn vader om? Sebastian maakte de eerste brief open.

Geachte mevrouw Bergman,
Ik weet niet of ik deze brief aan de juiste persoon stuur. Ik heet Anna Eriksson en ik zou graag in contact willen komen met uw zoon Sebastian Bergman. Ik heb hem ontmoet aan de Universiteit van Stockholm, waar hij psychologie gaf. Ik heb geprobeerd hem via de universiteit te pakken te krijgen, maar hij geeft daar geen

les meer en ze hebben geen nieuw adres. Collega's van hem die ik heb gesproken, zeggen dat hij naar de Verenigde Staten is vertrokken, maar ik heb niemand kunnen vinden die weet waar hij daar woont. Uiteindelijk vertelde iemand dat hij uit Västerås komt en dat zijn moeder Esther heet. Ik heb u in het telefoonboek gevonden en hoop dat ik de juiste persoon aanschrijf, en dat u me kunt helpen met Sebastian in contact te komen. Als u niet de moeder van Sebastian Bergman bent, neem me dan niet kwalijk dat ik u heb lastiggevallen. Maar of u het bent of niet, laat alstublieft iets van u horen. Ik moet echt met Sebastian in contact komen en ik wil heel graag weten of deze brief goed is gestuurd.
Met vriendelijke groet,
Anna Eriksson

En dan een adres. Sebastian dacht na. Anna Eriksson. Het najaar nadat hij naar de Verenigde Staten was gegaan. Haar naam deed niet meteen een belletje bij hem rinkelen, maar dat was misschien niet zo raar. Het was dertig jaar geleden en het aantal vrouwen dat in zijn universiteitsperiode in zijn leven voorbij was gekomen, was groot. Hij had, nadat hij zijn studie met de hoogste cijfers had afgesloten, een tijdelijke aanstelling voor een jaar gehad aan het Psychologisch Instituut. Hij was minstens twintig jaar jonger dan zijn collega's en voelde zich een jonge hond in een zaal vol fossielen. Als hij heel erg zijn best deed, zou hij zich misschien nog een naam kunnen herinneren van iemand met wie hij naar bed was geweest, maar waarschijnlijk niet. In elk geval geen Anna. Maar dat werd misschien in de volgende brief duidelijk.

Geachte mevrouw Bergman,
Bedankt voor uw snelle en vriendelijke antwoord. Neem me niet kwalijk dat ik u weer lastigval. Ik begrijp dat u het raar vindt om het adres van uw zoon aan een wildvreemde te geven die u een brief schrijft, maar ik móét Sebastian echt te pakken krijgen, en wel snel. Het voelt eigenlijk niet goed om u dit te schrijven, maar

ik zie me ertoe genoodzaakt om u te laten begrijpen dat het echt belangrijk is.

Ik verwacht een kind van Sebastian en moet met hem in contact komen. Dus als u weet waar hij is, laat het me dan alstublieft weten. Het is vreselijk belangrijk voor me, zoals u begrijpt.

Er stond nog meer, iets over 'verhuisd' en 'van zich laten horen', maar Sebastian kwam niet verder. Hij herlas dezelfde zin keer op keer. Hij had een kind. Kón in elk geval een kind hebben. Een zoon of een dochter. Hij was misschien weer vader. Misschien. Misschien. Een plotseling, kortstondig besef dat zijn leven heel anders had kunnen zijn, maakte dat hij bijna flauwviel. Hij boog zich voorover, met zijn hoofd tussen zijn knieën, en ademde diep door. Zijn hoofd tolde. Een kind. Had ze het laten weghalen? Of was het in leven?

Hij probeerde zich koortsachtig te herinneren wie Anna was, een gezicht bij de naam te krijgen. Maar er doken geen beelden van mensen op. Hij had er misschien moeite mee zich te concentreren. Hij haalde diep adem om zich te richten op zijn visuele geheugen. Nog steeds niets. Zijn tegenstrijdige gevoelens van geluk en geschoktheid werden even overschaduwd door een plotseling opkomende woede. Hij had misschien een kind en zijn moeder had nooit iets gezegd. Het bekende gevoel dat ze hem in de steek had gelaten overspoelde hem weer. Draaide zich om in zijn maag. Terwijl hij haar toch net had willen vergeven. Of in elk geval had gehoopt dat hij respijt zou krijgen van de eeuwige tweestrijd die hij inwendig altijd met haar had gevoerd. Dat gevoel was weg. Het gevecht zou er nu altijd zijn. De rest van zijn leven, besefte hij nu.

Hij moest meer weten. Hij moest zich herinneren wie Anna Eriksson was. Hij stond op. Liep een rondje. Herinnerde zich de laatste brief – er zaten er immers drie in het doosje. Misschien zaten daar nog een paar puzzelstukjes in. Hij pakte de brief onder uit de doos. Het ronde handschrift van zijn moeder op de voorkant. Even wilde hij de envelop weggooien. Verdwijnen en nooit meer omkijken. Dit geheim achterlaten en begraven waar het al zo lang was bewaard. Maar zijn aarzeling maakte algauw plaats voor een handeling – iets anders was onmogelijk – en met trillende handen haalde Sebastian de brief voorzichtig uit de envelop. Het was het handschrift van zijn moeder, haar zinsbouw, haar woordkeus. Eerst begreep hij niet wat er stond, zijn hersens waren al overbelast.

Beste Anna,
De reden dat ik je Sebastians adres in de Verenigde Staten niet heb gegeven, is niet dat je een vreemde bent, maar dat we niet weten waar Sebastian woont, zoals ik in mijn vorige brief schreef. Wij hebben helemaal geen contact met onze zoon. Al een paar jaar niet meer. Je moet me geloven wanneer ik dat zeg.

Het spijt me te horen dat je in verwachting bent. Het is helemaal tegen mijn overtuiging, maar ik vind toch dat ik je een advies moet geven, en wel om, als het nog kan, je zwangerschap te laten beëindigen. Probeer Sebastian te vergeten. Hij zal nooit enige verantwoordelijkheid op zich nemen voor jou of voor het kind. Het doet me verdriet je dit te schrijven en je zult je wel afvragen wat voor moeder ik ben, maar de meeste mensen zijn beter af zonder Sebastian in hun leven. Ik hoop dat alles zich voor je ten goede keert.

Sebastian las de brief nog een keer. Zijn moeder had het scenario voor hun relatie tot in detail gevolgd. Zelfs na haar dood wist ze hem nog te kwetsen. Sebastian probeerde zijn gedachten weer tot rust te brengen. Zich op feiten te concentreren, niet op gevoelens. Afstand te nemen, professioneel te zijn. Wat wist hij? Dertig jaar geleden, toen hij aan de Universiteit van Stockholm werkte, had hij een zekere Anna Eriksson zwanger gemaakt. Misschien had ze zich laten aborteren, misschien niet. Ze was in elk geval verhuisd. Hij keek naar Anna's adres: Vasaloppsväg 17, dertig jaar geleden. Hij was met haar naar bed geweest. Was ze een van zijn vroegere studentes? Waarschijnlijk. Hij had het met diverse studentes gedaan.

Zijn nu gepensioneerde directeur, Arthur Lindgren, was in elk geval iemand die via Inlichtingen te achterhalen was. Arthur nam op na drie keer bellen en nadat de telefoon meer dan vijfentwintig keer was overgegaan. Hij woonde nog aan de Surbrunnsgata en toen hij een beetje wakker was en begreep wie hem om halfzes in de ochtend belde, was hij verbazingwekkend behulpzaam. Hij zou in de mappen en paperassen die hij thuis had naar ene Anna Eriksson zoeken. Sebastian bedankte hem. Arthur was altijd een van de weinige mensen geweest voor wie Sebastian respect had, en dat was wederzijds; hij wist dat Arthur hem zelfs had verdedigd toen het universiteitsbestuur hem de eerste keer op straat had willen zetten. Uiteindelijk was de situatie echter ook voor Arthur onhoudbaar geworden. Sebastians escapades waren geen kleine, discrete affaires meer, er gingen zoveel geruchten over hem dat het bestuur hem bij de derde poging kon ontslaan. Toen was hij naar de Verenigde Staten gegaan, naar de University of North Carolina. Hij zag in dat zijn dagen geteld waren en had een Fulbright-beurs aangevraagd.

Sebastian begon een chronologische lijn te noteren. Hij schreef de datum van de eerste brief op: 9 december 1979. De tweede brief was gedateerd 18 december. Hij telde negen maanden terug vanaf december. Dat bracht hem naar maart 1979.

Hij was begin november 1979 in Chapel Hill in North Carolina aangekomen. Van maart tot oktober was dus de periode waarin het gebeurd kon zijn, acht mogelijke maanden. Maar het was toch waarschijnlijk dat ze een tijdje voor de eerste brief had gemerkt dat ze in verwachting was. September en oktober leken de meest waarschijnlijke maanden. Sebastian probeerde zo veel mogelijk herinneringen aan seksuele relaties in het najaar van 1979 op te roepen. Dat was nog niet zo eenvoudig, want juist in die tijd aan de universiteit was zijn seksverslaving het hevigst geweest. Enerzijds had de stress van de eeuwige onderzoeken die het instituut naar hem deed zijn behoefte aan bevestiging alleen maar versterkt, anderzijds had hij na een paar jaar experimenteren bijna de perfectie bereikt in zijn rol als verleider. Verdwenen waren de onbeholpenheid, de angst, het geklungel. Hij genoot er alleen maar zo veel mogelijk van en hij had in een paar hectische jaren alle remmingen verloren. Later had hij zich, als hij terugkeek op die tijd, alleen maar verbaasd over zijn gedrag. Toen de hiv- en aidsplaag in het begin van de jaren tachtig om zich heen greep, werd hij doodsbang en drong het tot hem door hoe slecht zijn verslaving was. Hij begon manieren te zoeken om zich ertegen teweer te stellen, en de kracht daarvoor haalde hij vooral uit zijn diepteonderzoek naar seriemoordenaars in de Verenigde Staten. Hij kon zich het moment nog herinneren dat hij daar zat, in Quantico, het opleidingscentrum van de FBI dat samenwerkte met de University of North Carolina, en besefte dat zijn drijfveren sterk leken op die van de seriemoordenaar. Hun gedrag had weliswaar totaal verschillende consequenties – het was alsof hij poker speelde met lucifers en seriemoordenaars met goudstaven –, maar de drijfveer was hetzelfde. Een moeilijke jeugd met een gebrek aan empathie en liefde, een gering gevoel van eigenwaarde en de behoefte om de eigen kracht te laten zien. En dan die eeuwigdurende cyclus van fantasie-uitvoering-wroeging die maar bleef ronddraaien. Het individu had behoefte aan bevestiging en fantaseerde over macht – in zijn geval seksuele, in het geval van de seriemoordenaar over andermans leven en dood. De fantasie groeit en wordt zo sterk dat je ten slotte de verleiding niet kunt weerstaan om hem uit te leven. Daarna komt de wroeging over wat je hebt gedaan. De bevestiging was eigenlijk niets waard. Je bent slecht. Een slecht mens. Met de twijfel komen de fantasieën terug, die de wroeging verminderen. Fantasieën die al heel gauw zo groeien dat de behoefte om ze vrij baan te geven weer toeneemt. En zo gaat het maar door. Dit besef had Sebastian bang gemaakt, maar hem ook toegerust voor zijn werk om de politie te helpen seriemoordenaars te pakken te krijgen. Het bracht hem verder in zijn analyse, verder in zijn profilering. Het was alsof hij dat kleine beetje extra had dat hem buitengewoon geschikt maakte om de psychologie van de veroveraar te begrijpen. En dat was ook zo. Diep vanbinnen, onder zijn academische vernisje, zijn grote kennis en zijn intelligente opmerkingen, was hij eigenlijk net zo als degenen op wie hij jacht maakte.

Arthur belde een uurtje later terug. Inmiddels had Sebastian de nationale personengids gebeld en te horen gekregen dat er zoveel Anna Erikssons in Zweden waren dat hun computer reageerde met 'te veel hits'. Hij probeerde het vervolgens te preciseren tot Stockholm en dat gaf 463 hits, terwijl hij niet eens wist of ze nog in Stockholm woonde. Of dat ze getrouwd en van naam veranderd was.

Arthur had goed en slecht nieuws. Het slechte nieuws was dat er volgens de aantekeningen die Arthur nog had in 1979 geen Anna Eriksson ingeschreven stond bij het Psychologisch Instituut. Wel na 1980, maar dat kon ze natuurlijk niet zijn.

Het goede nieuws was dat hij toegang had gekregen tot Ladok.

Natuurlijk, waarom had Sebastian daar zelf niet aan gedacht? De elektronische administratie van studieresultaten bestond nog maar een paar jaar toen hij was gestopt aan de universiteit. Adressen, naamsveranderingen en dergelijke werden automatisch geüpdatet via het bevolkingsregister. En wat nog het beste was: de informatie was openbaar. Die gaven ze eigenlijk niet telefonisch, maar een van de mensen van de personeelsadministratie van de universiteit had op deze vroege ochtend een uitzondering gemaakt voor de vroegere directeur. En zo had hij de adressen en telefoonnummers van drie Anna Erikssons die in de betreffende periode ingeschreven stonden aan de universiteit.

Sebastian kon Arthur niet genoeg bedanken. Met de belofte van een etentje in een van de beste restaurants van Stockholm als hij terug was in de stad legde hij op. Zijn hart bonsde. Drie Anna Erikssons.

Was het een van hen?

De eerste Anna op het lijstje was op het betreffende tijdstip eenenveertig en Sebastian voerde haar snel af. Niet omdat ze niet zwanger had kunnen worden, maar dat soort MILF's was nooit iets voor hem geweest. Toen in elk geval niet. Later – nu was leeftijd minder belangrijk.

Dus bleven er nog twee over. Twee mogelijke Anna Erikssons. Het was lang geleden dat Sebastian zo'n combinatie van energie, angst en verwachting had gevoeld als toen hij de hoorn oppakte en de eerste belde. Ze woonde in Hässleholm en had filmwetenschap gestudeerd. Hij trof haar terwijl ze op weg was naar haar werk. Sebastian besloot nietsontziend openhartig te zijn en vertelde het hele verhaal over de brieven die hij eerder op de ochtend had gevonden. Ze was nogal overrompeld door dit zeer onverwachte, persoonlijke gesprek op de vroege morgen, maar vertelde toch vriendelijk dat ze geen idee had wie hij was en dat ze zeker geen kind van hem had. Ze had kinderen, maar die waren geboren in 1984 en 1987. Sebastian bedankte haar en streepte haar door op het lijstje.

Nog één.

Sebastian belde haar op. Hij maakte haar wakker. Misschien was ze daarom veel afhoudender. Ze zei dat ze niet wist wie hij was. Ze gaf toe dat ze sociometrie had gestudeerd en examen had gedaan in 1980, maar ze was met geen van de docenten aan het Psychologisch Instituut naar bed geweest. Dat zou ze nog wel geweten hebben. Als ze bovendien zwanger was geraakt, had ze zich dat zeker wel herinnerd. Nee, ze had geen kinderen. Als hij er na al die jaren in geslaagd was haar telefoonnummer te achterhalen, zou hij dat ook vast wel kunnen uitzoeken. Toen legde ze op.

Sebastian streepte de laatste Anna Eriksson van zijn lijstje.

Hij blies uit alsof hij zijn adem de afgelopen uren had ingehouden. De energie die hem had gedreven verdween. Hij zonk neer op een stoel in de keuken. Zijn hoofd liep om. Hij moest zijn gedachten ordenen.

De Anna Eriksson die hij zocht was dus geen studente geweest. Dat maakte het lastiger. Maar ze had een link met de universiteit. Want ze schreef dat ze elkaar daar hadden ontmoet. Maar hoe? Was ze docent, werkte ze aan een project of was ze alleen maar bevriend met iemand die er studeerde en hadden ze elkaar op een feestje ontmoet?

Veel mogelijkheden.

Geen antwoorden.

Een naam, een adres, een jaartal en een link met zijn tijd aan de Universiteit van Stockholm, dat was alles. Hij wist niet eens hoe oud ze was – dat had al kunnen helpen. Maar hij moest iets weten. Meer. Alles. Voor het eerst sinds heel lange tijd voelde Sebastian iets anders dan de eeuwige vermoeidheid die al zo lang in hem zat. Het was geen hoop, maar het was wel iets. Een kleine lijn naar het leven. Hij herkende dat gevoel. Lily had hem dat gegeven: een gevoel van samenhang, van ergens bij horen. Sebastian had zich vroeger altijd eenzaam gevoeld. Altijd alsof hij naast het leven, naast andere mensen leefde. Alsof hij zij aan zij met hen liep, maar nooit samen met hen. Lily had daar verandering in gebracht. Ze was tot hem doorgedrongen, was voorbij zijn muur van attitude en intelligentie gekomen en had hem beroerd zoals niemand anders ooit had gedaan. Ze keek door hem heen. Vergaf hem zijn misstappen, maar stelde eisen. Dat was nieuw voor hem.

Liefde.

Hij stopte met zijn gerampetamp. Dat viel niet mee, maar Lily wist altijd als hij het moeilijk had op de een of andere magische manier de juiste woorden te vinden en hem te troosten. Plotseling begreep hij dat niet alleen zij voor hem vocht. Dat deed hij zelf ook. Hij, die altijd zijpaden zocht, wilde nu het rechte pad vinden. Dat was een heerlijk gevoel. Hij was geen eenzame soldaat meer, ze waren met z'n tweeën. Toen Sabine geboren werd, op die dag in augustus, werd hij omsloten door het leven. Hij voelde zich heel. Hij was een deel van iets. Hij was niet alleen.

De tsunami had alles veranderd, alle banden losgerukt, alle fijngeweven draden tussen hem en de wereld om hem heen. Weer stond hij alleen.

Eenzamer dan ooit.

Want nu wist hij hoe het leven ook kon zijn.

Hoe het hoorde te zijn.

Sebastian liep het houten terras op. Hij was merkwaardig opgewonden, alsof hem plotseling een reddingsboei werd voorgehouden. Zou hij hem aanpakken? Het zou vast verkeerd aflopen. Vast en zeker. Maar deze ochtend voelde hij voor het eerst sinds lange tijd iets in zich opborrelen: een energie, een verlangen, niet naar seks, niet naar een verovering – nee, een verlangen om te leven. Hij zou dat verlangen volgen. Naar de hel was hij toch al, dus hij had niets te verliezen. Alleen maar iets te winnen. Hij moest het weten. Had hij nog een kind? Hij moest die Anna Eriksson vinden. Maar hoe? Plotseling viel hem iets in. Er waren mensen die hem konden helpen. Maar dat zou niet gemakkelijk gaan.

Torkel en Ursula kwamen gelijktijdig beneden in de eetzaal van het hotel om te ontbijten, maar ze hadden onderweg geen gezelschap gekregen. Wanneer Ursula de nacht in Torkels kamer doorbracht, zette ze de wekker op halfvijf, stond op wanneer hij afging, kleedde zich aan en ging terug naar haar eigen kamer. Torkel werd ook wakker en nam, volledig aangekleed en correct, in de deuropening afscheid van haar. Als er op dit onchristelijke tijdstip iemand door de gang liep, leek het alsof twee collega's de hele nacht hadden gewerkt, en nu ging de ene terug naar haar kamer om nog een paar uur welverdiende slaap te krijgen. Dat ze elkaar nu 's morgens op de trap tegenkwamen en dus tegelijkertijd de eetzaal in kwamen, was gewoon toeval. Ze hoorden ook tegelijkertijd iemand op zijn vingers fluiten en keken tegelijkertijd naar een van de tafels aan het raam. Daar zat Sebastian. Hij stak een hand op bij wijze van groet. Torkel hoorde Ursula naast zich zuchten. Ze liep van hem weg en legde, met haar rug haast demonstratief naar Sebastian, belangstelling aan de dag voor het ontbijtbuffet.

'Kom even hier, als je wilt. Ik heb koffie voor je gepakt.' Sebastians stem vulde de eetzaal. De gasten die na het fluiten geen aandacht aan hen hadden geschonken, deden dat nu wel. Torkel liep vastberaden op het tafeltje af.

'Wat is er?'

'Ik wil weer werken. Met jullie. Met die jongen.' Torkel zocht op Sebastians gezicht naar tekenen dat hij een geintje maakte.

Toen hij die niet ontdekte, schudde hij zijn hoofd.

'Dat kan niet.'

'Waarom niet? Omdat Ursula dat niet wil? Kom op, geef me twee minuten.' Torkel keek naar Ursula, die hun nog steeds de rug toegekeerd hield. Toen trok hij de stoel onder de tafel uit en ging zitten. Sebastian schoof hem een kop koffie toe. Torkel keek snel op zijn horloge en steunde met zijn hoofd op zijn handen.

'Twee minuten.' Er vielen een paar seconden stilte omdat Sebastian verwachtte dat Torkel zou doorgaan. Iets zou vragen. Dat deed hij niet.

'Ik wil weer werken. Met jullie. Met die jongen. Wat begreep je daar niet aan?'

'Waaróm wil je weer gaan werken? Met ons? Met die jongen?'

Sebastian haalde zijn schouders op en nam een slok koffie uit het kopje dat voor hem op tafel stond.

'Persoonlijke redenen. Mijn leven is momenteel een beetje… op drift. Mijn therapeut zegt dat vaste routines goed voor me zouden zijn. Ik heb discipline nodig, concentratie. Bovendien kunnen jullie me goed gebruiken.'

'O ja?'

'Ja. Jullie bakken er niks van.'

Torkel had het kunnen verwachten. Hoe vaak hadden zijn collega's of hij niet een theorie ontwikkeld of een scenario bedacht dat alleen maar keihard door Sebastian onderuit werd gehaald? Desondanks betrapte Torkel zich erop dat het hem irriteerde dat zijn vroegere collega hun hele werk zo genadeloos afkraakte. Werk waar hij niet eens bij betrokken was.

'O ja?'

'De buurjongen heeft het niet gedaan. Het lichaam is naar een afgelegen, nogal lastige dumpplek overgebracht. De aanval op het hart lijkt haast ritueel.' Sebastian boog zich een stukje voorover en liet zijn stem dalen voor een ietwat dramatisch effect. 'De moordenaar is iets intelligenter en veel rijper dan een pestkop die het amper kan opbrengen om naar school te gaan.'

Sebastian leunde achterover met zijn kop koffie en keek Torkel over de rand daarvan aan. Torkel schoof zijn stoel naar achteren.

'Dat weten we. Daarom laten we hem vandaag ook gaan. En het antwoord op je vraag is nog steeds nee. Bedankt voor de koffie.'

Torkel stond op en schoof de stoel terug. Hij zag dat Ursula verderop in de eetzaal aan een tafel bij het raam was gaan zitten en hij wilde daar net heen gaan toen Sebastian zijn kopje neerzette en zijn stem verhief.

'Weet je nog toen Monica vreemdging? Die hele heisa rond je scheiding?' Torkel bleef staan en keek Sebastian aan, die relaxed terugkeek. 'Je eerste scheiding dus.'

Torkel wachtte zwijgend op het vervolg dat ongetwijfeld zou komen.

'Toen was het helemaal gebeurd met je. Of niet?'

Torkel gaf geen antwoord, maar keek Sebastian aan op een manier die duidelijk aangaf dat hij daar niet over wilde praten. Een blik die Sebastian volkomen negeerde.

'Ik durf te wedden dat je nu geen chef zou zijn geweest als iemand je in die sombere herfst niet had gedekt. Wat heet, het hele jaar eigenlijk.'

'Sebastian...'

'Wat denk je dat er gebeurd was als iemand je rapporten niet op tijd had ingeleverd? De fouten had verbeterd? De schade had beperkt?'

Torkel deed een stap terug en pakte de rand van het tafelblad beet.

'Ik weet niet wat je aan het doen bent, maar dit moet wel een soort persoonlijk dieptepunt zijn. Zelfs voor jou.'

'Je begrijpt het niet.'

'Bedreiging? Afpersing? Wat begrijp ik niet?'

Sebastian zweeg even. Was hij te ver gegaan? Hij moest echt bij het onderzoeksteam komen. Bovendien mocht hij Torkel graag; dat had hij in elk geval gedaan, lang geleden, in een ander leven. De herinnering aan dat leven zorgde er in elk geval voor dat hij het probeerde. Op vriendelijker toon nu.

'Ik bedreig je niet. Ik vraag je iets. Een vriendendienst.' Sebastian sloeg zijn blik op en keek Torkel eerlijk aan. In zijn ogen was een oprecht smeken te lezen, waarvan Torkel zich niet kon herinneren dat hij het ooit eerder bij Sebastian had gezien. Torkel wilde desondanks zijn hoofd schudden, maar Sebastian was hem voor.

'Een vriendendienst. Als je me maar half zo goed kent als je denkt, weet je dat ik je dit nooit zo zou vragen. Als ik het niet echt nodig had.'

Ze zaten bij elkaar in de vergaderkamer van het politiebureau. Ursula had Torkel een afkeurende blik toegeworpen toen ze de kamer binnen kwam en Sebastian onderuitgezakt op een stoel zag zitten. Toen Vanja binnenkwam keek ze vooral vragend naar deze haar onbekende persoon en stelde zich voor, maar Sebastian meende te kunnen voelen dat die vragende blik overging in openlijke afkeer toen hij zijn naam noemde. Had Ursula over hem gepraat?

Natuurlijk.

Dat werd roeien tegen de stroom in.

De enige die niet zichtbaar reageerde op zijn aanwezigheid was Billy, die aan tafel zat met zijn 7-Eleven-ontbijt. Torkel wist dat er eigenlijk geen goede manier was om te zeggen wat hij wilde zeggen. Het was meestal het best om het simpel te houden. Dus zei hij het zo simpel als hij maar kon.

'Sebastian komt een tijdje bij ons werken.'

Er viel een korte stilte. Er werden blikken gewisseld. Er was verbazing. Woede.

'O ja?'

Torkel zag dat Ursula's gezicht verhardde toen ze haar kaken op elkaar klemde. Ze was te professioneel om Torkel een idioot te noemen of hem ten overstaan van de groep de huid vol te schelden, ook al was Torkel ervan overtuigd dat ze dat het liefst zou doen. Hij had haar teleurgesteld. Dubbel. Aan de ene kant had hij Sebastian weer in haar werk teruggebracht en aan de andere kant

– en dat was misschien nog erger – had hij niets over zijn plannen gezegd, niet tijdens het ontbijt en niet tijdens hun gezamenlijke wandeling naar het bureau. Ja, ze was boos. Terecht. Hij zou de rest van dit onderzoek alleen slapen. Misschien nog wel langer.

'Ja.'

'Maar waarom? Wat is er zo speciaal aan deze zaak dat we de grote Sebastian Bergman nodig hebben?'

'De zaak is nog niet opgelost en Sebastian is beschikbaar.' Torkel hoorde zelf ook hoe hol dat klonk. Er waren nog geen twee etmalen verstreken sinds ze het lichaam hadden gevonden en ze konden vandaag op verschillende fronten een doorbraak verwachten als de beelden van die bewakingscamera's opleverden wat ze beloofden. En beschikbaar? Was dat voldoende reden om hem bij het onderzoek te halen? Natuurlijk niet. Er waren heel wat psychologen beschikbaar. De meesten beter dan Sebastian zoals hij er nu aan toe was, daar was Torkel van overtuigd. Dus waarom zat Sebastian in zijn onderzoekskamer? Torkel was hem niets verschuldigd. Integendeel. Zijn leven zou waarschijnlijk een stuk eenvoudiger zijn als zijn ex-collega niet in de buurt was. Maar Sebastians verzoek had iets onvervalst oprechts gehad. Iets wanhopigs. Sebastian mocht nog zo onaangedaan en afstandelijk lijken, Torkel zag een leegte in hem. Een verdriet. Dat klonk overdreven, maar Torkel had het gevoel dat Sebastians leven, of dan toch in elk geval zijn geestelijke gezondheid, ervan afhing dat hij bij dit onderzoek betrokken werd. Torkel had gewoon geen andere reden dan dat het voelde als een goede beslissing.

Toen. In de eetzaal van het hotel.

Nu voelde hij een kiem van twijfel in zich groeien.

'En ik ben ook wel een beetje achteruitgegaan.'

Ze draaiden zich allemaal tegelijk om en keken vragend naar Sebastian, die rechtop ging zitten in zijn stoel.

'Pardon?'

'Ursula noemde me "de grote Sebastian Bergman". Ik ben wat achteruitgegaan. Tenzij je iets anders groots bedoelt, natuurlijk.' Sebastian glimlachte veelbetekenend naar Ursula.

'Nou moet je verdomme ophouden! Er zijn amper dertig seconden verstreken of je begint al.' Ursula keek Torkel aan. 'Meen je serieus dat we zelfs maar moeten probéren samen te werken?' Sebastian spreidde zijn vingers in een verontschuldigend gebaar.

'Sorry. Het spijt me. Ik wist niet dat het in deze groep zoveel aanstoot zou geven naar een groot intellect te verwijzen.'

Ursula snoof alleen maar, schudde haar hoofd en sloeg haar armen over elkaar. Ze keek Torkel aan op een manier die duidelijk aangaf dat ze een oplossing voor deze situatie verwachtte, en dat die eruit bestond dat Sebastian verdween. Vanja, die geen eerdere ervaring met Sebastian had, keek hem aan met een mengeling van wantrouwen en fascinatie, alsof hij een groot insect onder een microscoop was.

'Ben jij het echt?'

Sebastian spreidde opnieuw zijn armen.

'Met dit hele heerlijke lijf.'

Torkel voelde de kiem van twijfel verder groeien. Normaal gesproken ging het prima als hij op zijn onderbuikgevoel afging. Maar nu? Hoe lang was hij er nu? Drie minuten? En de stemming in de kamer was slechter dan die in jaren was geweest. Áls hij ooit al slechter was geweest. Torkel verhief zijn stem.

'Oké, zo is het wel genoeg. Sebastian, jij gaat nu weg en je gaat je ergens in de zaak zitten inlezen.'

Torkel stak Sebastian een map toe. Die nam hem aan, maar Torkel liet de map niet los, waardoor Sebastian hem wel moest aankijken.

Vragend.

'En je behandelt mij en mijn mensen voortaan met respect. Ik heb je erbij gehaald. Ik kan je er ook weer uit gooien. Begrepen?'

'Ja, het is vast wel lastig dat ik zo respectloos ben als iedereen er echt alles aan doet om me het gevoel te geven dat ik welkom ben.'

De ironie was niet aan Torkel besteed.

'Ik maak geen geintje. Ik gooi je eruit als je je niet gedraagt. Begrepen?'

Sebastian besefte dat dit niet het juiste moment was om tegen Torkel in te gaan. Hij knikte gehoorzaam.

'Ik bied jullie allemaal onvoorwaardelijk mijn excuses aan. Voor alles. Van nu af aan zullen jullie nauwelijks merken dat ik er ben.'

Torkel liet de map los. Sebastian stopte hem onder zijn arm en zwaaide zo'n beetje naar de vier mensen in de kamer.

'Tot kijk dan.'

Sebastian deed de deur open en verdween. Ursula keek Torkel aan, maar kreeg niet de kans om aan een tirade te beginnen, want Haraldsson klopte aan en kwam binnen.

'We hebben een mailtje gekregen.'

Hij stak Torkel een print toe, die hem aannam en bekeek. Vanja schoof naar hem toe om over zijn schouder mee te lezen, maar dat was niet nodig, omdat Haraldsson mondeling een toelichting gaf.

'Het is van iemand die zegt dat Rogers jack in de garage van Leo Lundin ligt.'

Torkel hoefde niet eens iets te zeggen. Ursula en Billy duwden Haraldsson opzij en gingen de deur uit.

Sebastian liep door de open kantoortuin met onder zijn arm de map, die hij niet van plan was te openen. *So far, so good*. Hij zat bij het onderzoek, nu hoefde hij alleen nog maar te zorgen dat hij dat andere kreeg, waarvoor hij ook was gekomen. Als je echt iemand wilde vinden, dan moest je in de computers van de politie zoeken. Het strafregister was één ding, maar daar stond niet iedereen in – Anna Eriksson ook niet, hoopte Sebastian – maar de hoeveelheid informatie die de juiste persoon bij de politie kon vinden, en niet alleen eventuele criminaliteit, was indrukwekkend. Dát was wat hij nodig had.

Hij moest alleen iemand vinden om hem te helpen.

De juiste persoon voor deze taak.

Sebastian liet zijn ogen over de werkplekken gaan. Zijn keus viel op een vrouw van in de veertig bij het raam. Kort, praktisch kapsel. Discreet opgemaakt. Oorbellen in. Bruine ogen. Trouwring. Sebastian liep het laatste stukje naar haar toe en zette een glimlach op.

'Hallo! Mijn naam is Sebastian Bergman, ik werk vanaf vandaag voor de Nationale Recherche.' Sebastian knikte naar de vergaderkamer achter zich toen de vrouw opkeek van haar werk.

'O. Hallo. Martina.'

'Hoi, Martina. Zeg, ik heb ergens hulp bij nodig.'

'Ja? Waarmee dan?'

'Ik zoek een zekere Anna Eriksson. Ze woonde in 1979 op dit adres in Stockholm.'

Sebastian legde de envelop die retour was gestuurd naar zijn moeder voor de vrouw op het bureau neer. Ze wierp er snel een blik op en keek toen Sebastian weer aan met iets wantrouwigs in haar ogen.

'Heeft ze met jullie onderzoek te maken?'

'Ja. Absoluut. Heel veel.'

'Waarom zoek je haar zelf dan niet op?'

Ja, waarom deed hij dat niet? Gelukkig had hij voor één keer genoeg aan de waarheid.

'Ik ben net vandaag begonnen en heb nog geen gebruikersnaam en wachtwoord en zo.' Sebastian produceerde zijn aller-innemendste glimlachje, maar zag in Martina's ogen dat het gewenste effect uitbleef. Ze friemelde aan de envelop op haar bureau en schudde haar hoofd.

'Waarom vraag je het niet aan iemand van jullie groep? Die hebben toegang tot het hele systeem.'

Waarom ben je niet gewoon blij dat je mij mag helpen bij een geruchtmakend moordonderzoek, doe je niet wat ik vraag en hou je er niet mee op zo verdomd veel vragen te stellen, dacht Sebastian terwijl hij naar haar vooroverboog. En vertrouwelijk werd.

'Eerlijk gezegd… Dit is een beetje een wilde gok van me, en je weet: eerste dag, je wilt niet voor schut gaan.'

'Ik wil je graag helpen, maar ik moet het eerst even met mijn chef afstemmen. We mogen niet zomaar mensen opzoeken.'

'Dit is niet zomaar...'

Sebastian onderbrak zichzelf toen hij Torkel uit de vergader-kamer zag komen en zoekend zag rondkijken. Blijkbaar vond hij wat hij zocht: Sebastian. Torkel kwam vastberaden op hem af. Sebastian graaide de envelop naar zich toe en ging gauw rechtop staan.

'Maar weet je wat? Laat maar zitten. Vergeet het maar. Ik neem het mee naar de groep, dat is toch het makkelijkst. In elk geval bedankt.'

Sebastian liep al weg nog voordat hij uitgesproken was. Hij wilde een zo groot mogelijke afstand scheppen tussen Torkel en hemzelf en Martina, zodat ze niet op het idee zou komen Torkel terloops te vragen of het goed was als ze Sebastian hielp om Anna Eriksson uit 1979 op te zoeken. Dan zou Torkel vragen waarom. Twijfelen aan zijn motief om bij het onderzoek te komen en on-nodig argwanend worden. Dus liep Sebastian van Martina weg. Stap voor stap. Totdat...

'Sebastian?'

Sebastian overlegde snel bij zichzelf. Moest hij een reden geven voor zijn gesprek met de vrouwelijke politiebeambte? Misschien beter van wel. Hij besloot de verklaring te geven waar Torkel waarschijnlijk al aan dacht.

'Ik was onderweg om te gaan lezen, maar er kwam een strak, goed gevuld topje tussen.'

Torkel overwoog even of hij Sebastian moest uitleggen dat hij vanaf die ochtend deel uitmaakte van de Nationale Recherche en dat al zijn gedragingen dus hun weerslag hadden op de hele groep. Dat het dus geen goed idee was om te proberen getrouwde plaatselijke collega's in bed te krijgen. Maar Torkel wist dat Se-bastian dat al wist. En zich er niets van aantrok.

'We hebben een anonieme tip gekregen die Lundin weer aan-wijst. Ursula en Billy zijn erheen gereden om het na te trekken, maar ik dacht: wil jij erheen rijden en wat met de moeder pra-ten?'

'Clara?'

'Ja, jullie leken toch goed contact te hebben?'

Ja, dat kon je wel zeggen. Intiem contact. Dat was nog zo'n vrouw die er niet alleen voor kon zorgen dat Torkel argwanend werd, maar ook dat Sebastian er eerder uit gegooid werd dan gepland. Je ging niet met moeders van moord verdachte jongens naar bed. Sebastian was er vrij zeker van dat Torkel op dat punt onverzettelijk zou zijn.

'Ik denk het niet. Het is beter dat ik me inlees en kijk of ik nieuwe gezichtspunten kan vinden.'

Torkel leek even te willen protesteren, maar knikte toen.

'Oké, doe dat.'

'Eén ding nog. Wil jij ervoor zorgen dat ik toegang krijg tot de computers hier? Het register en zo.' Torkel keek oprecht verbaasd.

'Waarom?'

'Waarom niet?

'Omdat jij erom bekendstaat dat je graag op eigen houtje werkt.' Torkel kwam dicht bij hem staan. Sebastian wist wel waarom: er was geen reden om nieuwsgierige figuren te laten ontdekken dat er potentiële geschillen in de groep bestonden. Naar buiten toe vormden ze een eenheid. Dat was belangrijk. Dat betekende dat wat Torkel wilde zeggen niet zonder meer positief was. Dat was het ook niet.

'Je bent geen volwaardig lid van het team. Je bent adviseur. Alles wat je wilt onderzoeken, alle aanwijzingen die je wilt volgen, gaan via een van ons. Bij voorkeur via Billy.'

Sebastian probeerde zijn teleurstelling te verbergen. Dat lukte blijkbaar niet helemaal.

'Is dat een probleem?'

'Nee. Helemaal niet. Jij bent de baas.'

Verrekte Torkel. Nu zou het langer duren dan hij had verwacht. Hij was niet van plan al te lang bij het onderzoek te blijven, en al helemaal niet actief. Hij was niet van plan met iemand te praten, iemand te verhoren of iets te analyseren. En ook niet om denkbare scenario's of daderprofielen op te stellen. Hij wilde datgene te pakken krijgen waar hij voor kwam – een up-to-date, actueel adres van Anna Eriksson of hoe ze tegenwoordig ook maar heette – en zich dan snel en effectief uit de groep terugtrekken, de stad verlaten en er nooit meer terugkomen, niet bij de groep en niet in de stad.

Sebastian hield zijn map omhoog.

'Dan ga ik me maar eens inlezen.'

'Sebastian, nog één ding.'

Sebastian zuchtte inwendig. Kon hij niet gewoon ergens met een kop koffie gaan doen alsof hij zat te lezen?

'Je bent hier als vriendendienst. Omdat ik je geloofde toen je zei dat je dit echt nodig had. Ik verwacht geen dankbaarheid, maar het is aan jou om ervoor te zorgen dat ik geen spijt krijg van mijn beslissing.'

Voordat Sebastian kon antwoorden, had Torkel zich al omgedraaid en hem alleen gelaten. Sebastian zag zijn rug verdwijnen.

Hij voelde geen dankbaarheid.

Maar natuurlijk zou Torkel wel spijt krijgen.

Dat deed iedereen die Sebastian in zijn leven toeliet.

Billy deed de garagedeur open. Daar stond nu geen auto, maar er was wel plaats voor. Uitzonderlijk. In de loop der jaren waren Billy en Ursula in heel wat garages geweest. De meeste stonden vol met van alles behalve een voertuig. Maar in de garage van de Lundins zat de vloer wel vol vuil en olievlekken, maar was die verder gapend leeg, met een verzonken afvoerputje in het midden. Billy schoof de deur helemaal open, terwijl Ursula haar hand uitstak naar het lichtknopje.

Ze gingen de garage in. De twee kale TL-buizen aan het plafond flitsten aan, maar ze pakten toch allebei hun zaklamp. Zonder een woord te hoeven wisselen begonnen ze ieder een kant van de garage te doorzoeken. Ursula nam de rechterkant, Billy de linker. De vloer aan de kant van Ursula was vrijwel leeg. In een hoek stonden een oud croquetspel en een plastic jeu-de-boulesspel waarvan één bal ontbrak. En een elektrische grasmaaier. Ursula tilde hem op. Leeg. Net als de vorige keer. De kasten tegen de muur zaten des te voller. Niets van de inhoud wees er echter op dat er ooit een auto in de garage had gestaan. Geen olie, bougies, slotontdooiers of lampen. Des te meer tuinspullen. Borderranden, halflege zakjes zaad, werkhandschoenen en onkruidbestrijdingssprays. Nergens zou je een jack kunnen verstoppen. Het zou Ursula zeer verbazen als de informatie uit het mailtje klopte. Als het jack hier was, had ze het gevonden.

'Heb je het afvoerputje gecheckt?'

'Wat denk je?'

Billy gaf geen antwoord. Hij begon de drie zakken tuinaarde op te tillen die op een stapel tegen de linker lange muur lagen, naast de tuinmeubels van wit plastic. Dom van hem om te vragen. Ursula hield er niet van dat er aan haar getwijfeld werd. Zonder dat hij erg veel wist over hun vroegere relatie, dacht Billy dat dat ook de reden was dat ze zo'n hekel had aan Sebastian Bergman. Het weinige dat Billy over Sebastian had gehoord, was dat hij consequent alles en iedereen in twijfel trok. Alles in twijfel trok en het altijd beter wist, om niet te zeggen het best. Dat vond Billy oké, als het dan ook maar iets om het lijf had. Hij werkte elke dag met rechercheurs die beter waren dan hijzelf. Geen probleem. Billy had zich nog geen oordeel gevormd over Sebastian. Een flauw seksgeintje kon best voortkomen uit nervositeit. Maar Ursula mocht hem niet. En Vanja ook niet, dus de verwachting was gerechtvaardigd dat ook Billy in hun kamp terecht zou komen.

Hij kwam bij de hoek aan zijn kant. In een rekje op de grond stond wat tuingerei en aan de muur hingen een paar gereedschappen keurig aan een bord.

'Ursula...'

Billy stond stil bij het rek met tuingerei. Naast het rek met verschillende harken en een houweelachtig ding waarvan Billy de naam niet wist, stond een plastic vat van tien liter met kleikorrels. Ursula kwam naar Billy toe, die met zijn zaklamp in het vat scheen. Tussen de gebrande kleikorrels was duidelijk iets groens te zien.

Ursula begon zwijgend te fotograferen. Na een paar foto's liet ze de camera zakken en keerde ze zich naar Billy. Kennelijk interpreteerde ze zijn gezichtsuitdrukking, waarvan hij zelf dacht dat die neutraal was, als sceptisch.

'Een jack dat slecht verstopt is in een vat met kleikorrels in de garage van een verdachte zie ik niet over het hoofd. Het is maar dat je het weet.'

'Ik zei toch niks?'

'Ik zie je wel kijken. Dat is genoeg.'

Ursula pakte een grote zipbag uit haar tas en viste het jack met behulp van een tang voorzichtig uit het vat. Ze bekeken het allebei ernstig. Het jack was bijna helemaal bedekt met inmiddels opgedroogd bloed. Aan de rugkant hing het nog maar nauwelijks aan elkaar. Ze konden zich allebei goed voorstellen hoe het eruit moest hebben gezien toen er nog een levend lichaam in had gezeten. Ze zwegen allebei terwijl Ursula het kledingstuk in de zak stopte en die sloot.

Op het politiebureau aan de Västgötegata zat Haraldsson voor zijn pc op een mailtje te wachten. Hij was nog altijd in de race.

Zeker weten.

Iedereen deed er alles aan om hem weg te krijgen, maar hij was er nog. Dankzij zijn vooruitziende geest en zijn vermogen om te begrijpen wie in dit pand over de meeste informatie beschikte. De mensen die door de meeste van zijn collega's elke dag alleen maar afwezig werden gegroet. De mensen van de receptie. Haraldsson had al vroeg begrepen dat zij het meeste wisten. Interne en externe informatie. Daarom dronk hij nu al jaren af en toe een bakje koffie met hen, vroeg naar hun familie, was belangstellend en dekte hen als dat nodig was. Daarom vonden zij het nu vanzelfsprekend om hem een seintje te geven als er iets gebeurde wat met Roger Eriksson te maken had. Als er bij Politie Västmanland een telefonische tip of een tipformulier op de website binnenkwam, kwam dat ook bij Haraldsson binnen. Toen de anonieme tip over het jack in de garage van Lundin was binnengekomen, hadden ze van de receptie gebeld en een tel later plingde het doorgestuurde bericht in zijn inbox. Hij hoefde het alleen maar te printen en te bezorgen. Goed, maar niet goed genoeg. Met een printje komen kon iedereen.

Dat was stagiairswerk.

Ongeschoold.

Maar de afzender opsporen, dat was politiewerk. Niets in het bericht wees erop dat de afzender ergens schuldig aan was. Maar als de informatie klopte, had diegene kennis over de misdaad die de Nationale Recherche vast wel interesseerde, en Haraldsson kon hen de goede kant op sturen.

De ICT-afdeling van het bureau was een lachertje. Die bestond uit Kurre Dahlin, een vijftiger wiens voornaamste verdienste eruit bestond Ctrl/Alt/Del in te drukken, zijn hoofd te schudden en weerspannige pc's vervolgens naar de service te sturen. Kurre Dahlin leren vliegen zou waarschijnlijk minder tijd kosten dan hem een ingekomen e-mailbericht laten traceren. De pc die de tip had verzonden, had een IP-adres, en Haraldsson had een zeventienjarig neefje. Zodra Haraldsson de doorgestuurde tip had ontvangen, had hij hem op zijn beurt naar zijn neefje doorgestuurd en hem in een sms'je vijfhonderd kronen geboden als hij het fysieke adres van de afzender kon opsporen. Ja, hij wist dat het neefje op school zat, maar zo snel mogelijk graag.

Het neefje had het sms'je gelezen, had zijn hand opgestoken, gevraagd of hij even naar de wc mocht en de klas verlaten. Twee minuten later had hij het mailtje op een van de computers van de school opgehaald uit zijn inbox. Zodra hij het adres van de afzender van het oorspronkelijke bericht zag, leunde hij bezorgd achterover in zijn stoel. Haraldsson dacht dat zijn neefje een soort whizzkid was als het om computers ging en meestal was wat hij vroeg belachelijk eenvoudig, maar ditmaal zou hij zijn oom toch moeten teleurstellen. Het was geen probleem om een IP-adres te vinden, maar het kon wel via een grote internetprovider verstuurd zijn, en dan was het onmogelijk iets bruikbaars te achterhalen. Nou ja, hij kon het in elk geval proberen.

Na twee minuten leunde hij weer achterover in zijn stoel, dit-maal met een brede glimlach. Hij had mazzel. De tip was ver-stuurd via een zelfstandige server. Hij zou zijn vijfhonderd ballen krijgen. Hij drukte op 'Verzenden'.

Op het politiebureau plingde Haraldssons computer. Hij maak-te het ingekomen mailtje snel open en knikte ingenomen. De ser-ver waar de tip vandaan kwam, bevond zich even buiten de stad.

Op het Palmlöv College, om precies te zijn.

'Volgende linksaf.'

Sebastian zat in de passagiersstoel van een civiele politiewagen. Een Toyota.

Vanja reed. Ze keek snel op het kleine schermpje boven in het dashboard.

'De GPS zegt rechtdoor.'

'Maar het is korter als je linksaf gaat.'

'Weet je het zeker?'

'Ja.'

Vanja ging rechtdoor. Sebastian zakte onderuit in zijn stoel en keek door de vlekkerige zijruit naar de stad waarvoor hij geen enkel gevoel koesterde.

Torkel, Vanja, Billy en hijzelf hadden in de vergaderkamer bij elkaar gezeten. Toen Torkel hem had opgezocht om te zeggen dat er nieuwe informatie in de zaak was, had Sebastian niet snel genoeg een goede reden kunnen bedenken om er niet bij aanwezig te hoeven zijn. Dus vernam hij dat ze het jack van het slachtoffer hadden gevonden. Weliswaar was het bloed nog niet geanalyseerd, maar geen van hen dacht dat het het jack of het bloed van iemand anders was. Dat maakte Leo Lundin weer interessanter voor het onderzoek. Vanja zou hem na de vergadering nogmaals verhoren.

'Dat kun je wel doen, maar dat is tijdverspilling.'

Allemaal hadden ze Sebastian aangekeken, die aan de korte kant van de tafel op zijn stoel zat te wiebelen. Eigenlijk had hij beter stil kunnen blijven en de anderen alle fouten kunnen laten maken die ze maar wilden; dan kon hij intussen een manier bedenken om toegang te krijgen tot de computers en de informatie die hij nodig had. Of beter gezegd: een andere vrouw op de afdeling vinden, een die ontvankelijker was voor zijn charme dan Martina. Dat moest toch niet zo moeilijk zijn. Aan de andere kant: iedereen had toch al een hekel aan hem; dan kon hij net zo goed de betweter uithangen die hij in wezen ook was.

'Het klopt niet.' Sebastian liet de voorpoten van zijn stoel weer in contact komen met de vloer. Ursula kwam de kamer in en liet zich zwijgend op een van de stoelen bij de deur zakken. Sebastian vervolgde: 'Leo zou het jack van het slachtoffer nooit in zijn eigen garage verstoppen.'

'Waarom niet?' Billy leek oprecht geïnteresseerd en was helemaal niet defensief. Misschien iemand om toenadering toe te zoeken.

'Omdat hij het niet eens van het lichaam zou hebben gehaald.'

'Hij heeft wel het horloge meegenomen.' Vanja was ook niet defensief. Eerder offensief. Gretig om hem te corrigeren. Zijn argumenten te ontzenuwen. Zij was net als Ursula. Of zoals hijzelf in de tijd dat het hem nog iets kon schelen.

Competitief.

Winnaarstype.

Helaas, deze wedstrijd zou ze niet winnen. Sebastian keek haar rustig aan.

'Dat is iets anders. Dat was waardevol. We hebben een jongen, zestien jaar, alleenstaande moeder, minimuminkomen. Probeert bij te blijven in de ratrace die om hem heen gaande is. Waarom zou hij zijn slachtoffer een kapotgesneden, bebloed jack uittrekken en zijn portemonnee en mobieltje achterlaten? Dat klopt niet.'

'Sebastian heeft gelijk.' Ze draaiden zich allemaal naar Ursula toe. Sebastian met een gezicht alsof hij nauwelijks kon geloven dat hij het goed had gehoord. Dat waren drie woorden die Ursula in haar leven niet vaak had uitgesproken. Sebastian kon zich zo een-twee-drie niet herinneren dat het ooit eerder was gebeurd.

'Ik vind het vervelend om te zeggen, maar zo is het.' Ursula stond snel op en haalde twee foto's uit een C4-envelop.

'Ik weet dat jullie denken dat ik het jack de eerste keer misschien over het hoofd heb gezien. Maar kijk hier eens.' Ze legde de ene foto op tafel. Ze bogen zich allemaal voorover.

'Toen ik de garage doorzocht, was ik vooral in drie dingen geïnteresseerd: de brommer, natuurlijk, de vloer, om te zien of daar bloedsporen op zaten na het schoonmaken van de brommer of een wapen in de garage, en het tuingereedschap, omdat we geen moordwapen hebben. Deze heb ik gisteren genomen.'

Ze zette haar vinger op de foto van het tuingereedschap in de garage, netjes in het rek. De foto was schuin vanboven genomen en in de ene hoek was het witte vat met kleikorrels duidelijk zichtbaar.

'Deze heb ik vandaag genomen. Zoek het verschil.' Ursula legde haar tweede foto op tafel. Vrijwel identiek aan de eerste. Maar op deze zag je op verschillende plaatsen in het dunne laagje kleikorrels duidelijk de groene stof van het jack. Het werd even stil in de kamer.

'Iemand heeft dit jack hier vannacht neergelegd.' Billy zei wat ze allemaal dachten: 'Iemand wil Leo Lundin erbij lappen.'

'Dat is niet de voornaamste reden.' Sebastian betrapte zichzelf erop dat hij de foto's warempel met een zekere belangstelling bekeek. Wat er hier was gebeurd gaf hem op de een of andere manier energie. De moordenaar had eigendommen van het slachtoffer meegenomen en gebruikte die nu om bewijsmateriaal te planten. En niet zomaar bij de eerste de beste, maar bij iemand die de politie als hoofdverdachte beschouwde. Dat wees erop dat de moordenaar nauwkeurig volgde wat de politie deed en op basis daarvan doelbewust en weloverwogen handelde. Hij was vastbesloten zich niet te laten pakken. Waarschijnlijk had hij niet eens spijt. Een man naar Sebastians hart.

'De voornaamste reden om het jack in de garage te leggen is om de verdenking van zichzelf af te wenden. Het is niks persoonlijks tegen Leo; die kwam gewoon goed van pas omdat we al op hem gefocust waren.'

Torkel keek met een zekere voldoening naar Sebastian. De twijfel die hij eerder had gevoeld, werd minder. Torkel kende Sebastian beter dan die wel wilde geloven. Hij was op de hoogte van het onvermogen van zijn collega om zich in te zetten voor iets wat hem niet interesseerde, maar hij wist ook hoe Sebastian zich kon vastbijten in een uitdaging en van hoeveel waarde hij dan kon zijn voor een onderzoek. Torkel had het gevoel dat ze op weg waren naar iets moois. In stilte was hij dankbaar voor het binnengekomen e-mailtje en het gevonden jack.

'Dus dan is het mailtje waarschijnlijk gestuurd door de moordenaar.'

Vanja trok snel de juiste conclusie.

'We moeten het traceren. Uitzoeken waar het vandaan is gekomen.' Het leek wel een theatervoorstelling. Er werd bescheiden op de deur geklopt. Alsof Haraldsson buiten had staan wachten op de claus waarna hij zijn entree moest maken.

Sebastian maakte zijn veiligheidsgordel los en stapte uit de auto. Hij keek omhoog naar de gevel van het gebouw waar ze voor stonden en een verschrikkelijke vermoeidheid maakte zich van hem meester.

'Dus hier zat hij op school?'

'Ja.'

'Arme donder. Weten we heel zeker dat het geen zelfmoord was?'

Boven de dubbele deuren die toegang gaven tot het Palmlöv College bevond zich een grote muurschildering van een man die niemand anders kon zijn dan Jezus. Hij hield zijn armen gespreid in wat volgens de kunstenaar waarschijnlijk een welkomstgebaar was, maar dat Sebastian dreigend vond. Ronduit vrijheidsberovend.

Onder het schilderij stond: *Joh 12:46.*

'"Ik ben als een licht in de wereld gekomen, opdat eenieder die in Mij gelooft, niet in de duisternis blijve,"' lepelde Sebastian op.

'Ken jij de Bijbel zo goed?'

'Ik ken dat daar.'

Sebastian nam de laatste traptreden en deed een van de toe-gangsdeuren open. Vanja wierp nog een laatste blik op de enorme muurschildering en volgde hem.

Rector Ragnar Groth maakte een uitnodigend gebaar in de rich-ting van een tweezitsbankje en een fauteuil in de ene hoek van zijn kantoor. Vanja en Sebastian gingen er zitten. Zelf knoopte Ragnar Groth zijn colbertje los en nam hij plaats achter het ou-derwets rustieke bureau. Zonder dat hij er erg in had legde hij een pen recht, zodat die precies parallel lag aan de rand van het bureaublad. Het viel Sebastian wel op en hij liet zijn blik rond-gaan, eerst over het bureau, daarna door de rest van de kamer. De werkplek van de rector was vrijwel leeg. Aan zijn linkerkant lagen een paar plastic mapjes, op een kaarsrecht stapeltje. Geen enkele map stak uit, niet aan de zijkanten en niet aan de boven- of on-derkant. Ze lagen in de onderste linkerhoek van het bureaublad, met twee centimeter ruimte aan beide kanten. Aan de rechterkant lagen twee vulpennen en een potlood evenwijdig aan elkaar en met de punt dezelfde kant op. In een rechte hoek daarboven een liniaal en een gummetje, dat er ongebruikt uitzag. Telefoon, pc en lamp waren exact geplaatst ten opzichte van elkaar en de randen van het bureau.

De rest van de kamer was in dezelfde stijl. Geen scheef han-gende schilderijen. Nergens Post-It-velletjes, alles op het prikbord keurig, op gelijke afstanden vastgeprikt, de boeken precies op één lijn met de boekenplanken. De tafel zonder ook maar één klein kringetje van een koffiekopje of een waterglas. De meubels op de centimeter nauwkeurig neergezet ten opzichte van de muur en het vloerkleed. Sebastian stelde snel een diagnose van rector Groth: pedant, met compulsieve neigingen.

Onder de indruk van de ernst van het moment had de rector Vanja en Sebastian voor zijn kamer opgewacht. Hij had hen met een belachelijk recht uitgestoken hand begroet en was meteen aan een lange uiteenzetting begonnen over hoe vreselijk het was dat een van de leerlingen van de school was vermoord. Iedereen zou natuurlijk zijn best doen om deze afschuwelijke misdaad te helpen oplossen. Ze zouden hun absoluut niets in de weg leggen. Volledige samenwerking. Vanja kon het niet helpen, maar ze kreeg het idee dat alles wat de rector zei uit een crisisplan van een pr-bureau was gehaald. De rector bood koffie aan. Vanja en Sebastian bedankten.

'Wat weet u van de school?'

'Genoeg,' zei Sebastian.

'Niet veel,' zei Vanja.

Groth wendde zich tot Vanja met een verontschuldigend glimlachje naar Sebastian.

'We zijn in de jaren vijftig als internaat begonnen. Nu zijn we een privéschool met allerlei studierichtingen binnen het profiel Maatschappij en Natuur: talen, economie en management. We hebben 218 leerlingen. Er zitten hier jongelui uit het hele Mälardal, tot Stockholm toe. Daarom hebben we het internaat nog steeds.'

'Zodat de rijkeluiskinderen zich niet onder het plebs hoeven te begeven.'

Groth keek Sebastian aan, en hoewel zijn stem zacht en beschaafd bleef, kon hij zijn ergernis niet verbergen.

'Onze reputatie van eliteschool is aan het verdwijnen. Tegenwoordig richten we ons op ouders die willen dat hun kinderen ook echt iets leren op school. Onze resultaten behoren tot de beste van het land.'

'Natuurlijk, zo blijft u concurrerend en rechtvaardigt u het belachelijk hoge schoolgeld.'

'Wij kennen geen schoolgeld meer.'

'Dat zal best, tegenwoordig moet u het "redelijke eigen bijdrage" noemen.'

Groth wierp Sebastian een duistere blik toe en leunde achterover in zijn ergonomisch verantwoorde bureaustoel. Vanja had het gevoel dat de zaak op het punt stond hun te ontglippen. Ondanks zijn overdreven correcte toon was de rector toch bereid hen bij het onderzoek te helpen. Sebastians onbeleefdheid zou daar al binnen drie minuten verandering in kunnen brengen; dan zou elk verzoek om informatie over leerlingen en docenten een gevecht worden. Als Ragnar Groth het niet goedvond, zouden ze zelfs geen schoolfoto kunnen bekijken zonder eerst om toestemming te moeten vragen. Vanja wist niet goed of rector Groth zich ervan bewust was hoe moeilijk hij hun het werken kon maken, maar ze was op dit moment niet bereid risico te nemen. Ze ging rechtop op het bankje zitten en glimlachte geïnteresseerd naar hem.

'Vertelt u eens wat meer over Roger. Hoe kwam het dat hij hierheen ging?'

'Er waren problemen met pesten op zijn basisschool en op de middelbare school waar hij eerst naartoe was gegaan. Een van mijn docenten kende hem goed – Roger was bevriend met haar zoon –, dus ze deed een goed woordje voor hem, en zo kwam hij hier.'

'Maar beviel het hem hier? Kreeg hij hier geen ruzie of zo?'

'Wij werken heel actief aan het voorkomen van pesten.'

'Daar hebben jullie een woord voor, hè? Verbetergroepen – klopt dat?'

Groth negeerde Sebastians opmerking volkomen. Vanja wierp Sebastian een blik toe waarvan ze hoopte dat hij er zijn mond door zou houden. Toen keek ze de rector weer aan.

'Weet u of Roger zich de laatste tijd anders gedroeg? Of hij teruggetrokken was of agressief of zo?'

De rector dacht na en schudde langzaam zijn hoofd.

'Nee, dat kan ik niet zeggen. Maar u moet maar eens praten met zijn mentor, Beatrice Strand. Zij maakte hem veel vaker mee dan ik.'

Hij wendde zich nu nog uitsluitend tot Vanja.

'Zij heeft er ook voor gezorgd dat Roger hier terechtkwam.'

'Hoe kon hij de redelijke eigen bijdrage betalen?' kwam Sebastian snel tussenbeide. Hij was niet van plan zich te laten negeren.

Dat zou het Groth een beetje al te gemakkelijk maken. De rector keek een beetje verbaasd, alsof hij werkelijk even had weten te verdringen dat die ietwat corpulente, sjofel geklede man in zijn kamer zat.

'Roger was ontheven van de eigen bijdrage.'

'Dus hij was jullie kleine sociale project? Om aan jullie liefdadigheidsquotum te voldoen? Dat zal wel een fijn gevoel geweest zijn.'

Groth duwde zijn stoel beheerst naar achteren en stond op. Hij bleef achter zijn bureau staan, met rechte rug en met zijn vingertoppen op het stofvrije bureaublad. Als Caligula in die oude Bergman-film *De kwelling*, dacht Sebastian terwijl hij registreerde dat de rector onwillekeurig zijn colbertje dichtknoopte op het moment dat hij opstond.

'Ik moet zeggen dat uw houding tegenover onze school me irriteert.'

'Oeps. Maar weet u, ik heb hier drie van de ergste jaren van mijn leven doorgebracht, dus er is iets meer voor nodig dan uw verkooppraatje om mij te laten meedoen aan zo'n lofzang.'

Groth keek Sebastian sceptisch aan.

'Bent u een oud-leerling?'

'Ja. Helaas is mijn vader op het idee gekomen om deze tempel van kennis te beginnen.'

Groth nam deze informatie tot zich en toen die tot hem doordrong, ging hij weer zitten. Colbertknoopje open. De irritatie op zijn gezicht maakte plaats voor puur wantrouwen.

'Bent u de zoon van Ture Bergman?'

'Ja.'

'U lijkt helemaal niet op hem.'

'Dank u, dat is het mooiste wat iemand tegen me heeft gezegd sinds ik weer in Västerås ben.' Sebastian stond op en maakte een handbeweging die Vanja en Ragnar Groth omvatte.

'Gaan jullie maar door. Waar vind ik Beatrice Strand ergens?'

'Ze geeft nu les.'

'Maar dat doet ze toch wel ergens hier op school?'

'Ik zou graag willen dat u wacht tot de pauze voordat u met haar gaat praten.'

'Oké, ik vind haar zelf wel.'

Sebastian ging de gang op. Voordat hij de deur achter zich dichtdeed, hoorde hij dat Vanja zich voor hem excuseerde. Dat had hij wel vaker gehoord. Niet speciaal van haar, maar van andere collega's tegenover andere mensen in andere situaties. Sebastian begon zich steeds beter thuis te voelen in dit onderzoek. Hij liep snel naar het trappenhuis. Vroeger lagen de meeste lokalen een trap lager. Dat kon nu toch haast niet anders zijn. Sowieso zag het meeste er nog net zo uit als veertig jaar geleden. Hier en daar een nieuw verfje op de muren, maar verder was het Palmlöv College geen spat veranderd.

De hel verandert immers niet.

Dat was nou juist de definitie van de hel: onveranderlijk lijden.

Het kostte Sebastian meer tijd om het juiste lokaal te vinden dan hij had verwacht. Minutenlang doolde hij door de bekende gangen, en hij klopte bij allerlei deuren aan, totdat hij uiteindelijk het lokaal vond waarin Beatrice Strand lesgaf. Onderweg had hij zich voorgenomen niets te voelen. De school was alleen maar een gebouw. Een gebouw waarin hij onder protest drie jaar had doorgebracht. Zijn vader had hem gedwongen naar het Palmlöv te gaan toen hij aan de middelbare school toe was, en Sebastian had zich vanaf de eerste dag ten doel gesteld het niet naar zijn zin te hebben, zich niet te schikken. Hij overtrad elke denkbare regel en daagde in zijn hoedanigheid van zoon van de stichter iedere docent en autoriteit uit. Zijn gedrag had hem een zeker aanzien kunnen geven bij de andere leerlingen, maar Sebastian had zich voorgenomen dat níéts aan zijn schooltijd positief zou zijn en daarom aarzelde hij geen seconde om te roddelen of de leerlingen tegen elkaar of tegen de docenten uit te spelen. Dat maakte hem uitzonderlijk gehaat bij iedereen en bezorgde hem het outsider-gevoel dat hij zo graag had. Op de een of andere manier vond hij dat hij zijn vader strafte door zich systematisch van alles en iedereen te vervreemden en het feit dat hij een totale outsider was gaf hem ook inderdaad een nieuw soort vrijheid. Het enige wat er van hem werd verwacht, was dat hij in alle omstandigheden gewoon deed wat hem inviel. Daar werd hij heel goed in.

Die weg, die hij al als tiener ingeslagen was, was hij zijn hele leven blijven volgen.

My way or the highway.

Zijn hele leven. Nee, niet helemaal. Niet bij Lily. Bij haar was hij niet zo geweest. Helemaal niet. Hoe was dat toch mogelijk, dat één iemand – later twee – zo'n invloed op zijn leven had gehad? Hem zo grondig had veranderd?

Hij wist het niet.

Hij wist alleen dat het hem was overkomen.

Overkomen en daarna weer ontnomen.

Hij klopte op de lichtbruine deur en stapte in één beweging naar binnen. Voor de lessenaar zat een vrouw van ruim veertig jaar. Dik, rood haar in een paardenstaart. Onopgemaakt, sproetig, open gezicht. Donkergroene blouse met knoopjes over de niet onaanzienlijke boezem. Lange, bruine rok. Ze keek Sebastian vragend aan. Hij stelde zich voor en gaf de klas de rest van de les vrij. Beatrice Strand protesteerde niet.

Toen ze alleen waren in het lokaal, pakte Sebastian een stoel van de eerste rij en ging zitten. Hij vroeg haar over Roger te vertellen en wachtte op de gevoelsontlading die hij vermoedde dat er zou volgen. En inderdaad. Beatrice Strand had zich goed moeten houden tegenover de leerlingen, had met de antwoorden moeten komen, had vertrouwen en normaalheid moeten uitstralen toen zich zoiets onbegrijpelijks voordeed. Maar nu was ze alleen met een andere volwassene. Een die bij het onderzoek betrokken was. Iemand die dus de rol van vertrouwen en beheersing overnam. Ze hoefde niet meer sterk te zijn. Toen brak ze. Sebastian wachtte tot het over was.

'Ik kan het gewoon niet begrijpen…' Beatrice stootte de woorden tussen het snikken door uit. 'We hebben vrijdag gewoon gedag gezegd en nu… komt hij nooit meer terug. We hielden steeds goede hoop, maar toen ze hem vonden…'

Sebastian zei niets. Er werd op de deur geklopt en Vanja stak haar hoofd om de hoek. Beatrice snoot haar neus en droogde haar tranen, terwijl Sebastian hen aan elkaar voorstelde. Beatrice stond op, maakte met haar zakdoek een gebaar naar haar betraande gezicht, verontschuldigde zich en verliet het lokaal. Vanja ging op het randje van een tafel zitten.

'De school monitort het computerverkeer niet en er zijn nergens camera's. Kwestie van wederzijds respect, zei de rector.'

'Dus iedereen kan dat mailtje hebben gestuurd?'

'Het hoeft niet eens een leerling te zijn. Je kunt zomaar binnenlopen.'

'Maar het moet wel iemand zijn met enige kennis van de school.'

'Dat wel, maar dat zijn 218 leerlingen, plus ouders plus vrienden plus al het personeel.'

'Dat wist hij.'

'Wie?'

'Degene die het mailtje stuurde. Hij wist dat het onmogelijk zou zijn het verder terug te traceren dan tot hier. Maar hij is hier vaker geweest. Hij heeft een relatie met deze school. Daar kunnen we van uitgaan.'

'Waarschijnlijk wel. Als het een hij is.'

Sebastian keek Vanja aan. Sceptisch.

'Het zou me verbazen als het geen hij is. De manier waarop de moord is uitgevoerd, en dan vooral dat met dat hart, wijst op een mannelijke dader.' Sebastian wilde net gaan uitleggen dat mannelijke daders behoefte hebben aan trofeeën, dat ze macht over hun slachtoffer willen houden door iets van hem of haar mee te nemen, en dat dat vrijwel nooit voorkomt bij vrouwelijke daders. Maar Beatrice kwam terug en onderbrak hem voordat hij goed en wel begonnen was. Ze ging achter haar lessenaar zitten, excuseerde zich nogmaals en keek hen aan. Ze zag er nu beheerster uit.

'Hebt u ervoor gezorgd dat Roger hier naar school kon?' begon Vanja.

Beatrice knikte bevestigend.

'Ja, mijn zoon Johan en hij zijn vrienden.' Ze realiseerde zich dat ze de tegenwoordige tijd gebruikte en corrigeerde: 'Wáren vrienden. Hij kwam vaak bij ons, en ik wist dat hij het niet naar zijn zin had op de Vikingschool, maar toen bleek dat het op de Runeberg-school net zo was, zo niet erger.'

'Maar hier had hij het wel naar zijn zin?'

'Steeds meer. In het begin was het natuurlijk moeilijk.'

'Waarom?'

'Het was een hele verandering voor hem. De leerlingen hier zijn bijzonder gemotiveerd om te leren. Hij was niet gewend aan het tempo en het niveau waarop we hier werken. Maar het ging steeds beter. Hij bleef na schooltijd om naar de bijles te gaan. Hij greep zijn kans echt.'

Sebastian zei niets. Beatrice richtte haar aandacht op Vanja en Sebastian zat naar haar profiel te kijken. Hij betrapte zichzelf erop dat hij zich afvroeg hoe het zou zijn om met je vingers door dat dikke rode haar te gaan. Dat sproetige gezicht te kussen. Te zien hoe die grote blauwe ogen zich sloten van genot. Ze had iets opvallends, Sebastian wist niet precies wat – eenzaamheid misschien. Maar niet zoals bij Clara Lundin. Niet zo kwetsbaar. Beatrice was... zekerder. Rijper. Sebastian had het idee dat zij moeilijker in bed te krijgen zou zijn, maar waarschijnlijk meer de moeite waard was. Hij liet het idee varen. Eén vrouw die bij het onderzoek betrokken was, was wel genoeg. Hij concentreerde zich weer op het gesprek.

'Had Roger hier vrienden?'

'Niet zoveel. Hij ging met Johan om en soms met Erik Heverin, maar die is dit semester in de Verenigde Staten. En dan Lisa natuurlijk, zijn vriendin. Hij was geen outsider en ze hadden geen hekel aan hem. Hij was gewoon een beetje een einzelgänger.'

'Maar hij had geen ruzie?'

'Hier niet. Maar soms kwam hij mensen tegen van zijn oude school.'

'Leek hij ergens mee te zitten?'

'Nee. Toen hij wegging, was hij net als anders: blij dat het vrijdag was, net als iedereen. Ze hadden een proefwerk Zweeds gehad en hij kwam even zeggen dat hij dacht dat het goed was gegaan.'

Beatrice zweeg en schudde haar hoofd, alsof het absurde van de situatie nu pas tot haar doordrong. De tranen sprongen haar weer in de ogen.

'Het was echt een fijne jongen. Gevoelig. Rijp. Het is volkomen onbegrijpelijk.'

'Is Johan, uw zoon, hier?'

'Nee, hij is thuis. Hij trekt het zich vreselijk aan.'

'We willen graag met hem praten.'

Beatrice knikte gelaten.

'Ik begrijp het. Ik ben tegen vier uur thuis.'

'U hoeft er niet bij te zijn.' Beatrice knikte weer. Nog gelatener. Dat klonk bekend, dat niemand haar nodig had. Sebastian en Vanja stonden op.

'We komen misschien later terug als we nog eens met u willen praten.'

'Doe dat. Ik hoop echt dat jullie dit oplossen. Het is zo… Het is zo moeilijk. Voor iedereen.'

Sebastian knikte haar ogenschijnlijk meelevend toe. Beatrice hield hen tegen.

'Nog één ding. Ik weet niet of het ertoe doet, maar Roger heeft gebeld. Naar ons. Die vrijdagavond.'

'Hoe laat was dat?'

Dit was geheel nieuwe informatie, en dat was Vanja aan te zien. Ze ging als vanzelf dichter bij Beatrice staan.

'Kwart over acht ongeveer. Hij wilde Johan spreken, maar die was weg met Ulf, zijn vader. Ik zei dat hij Johan maar mobiel moest bellen, maar dat heeft hij niet gedaan, zei Johan.'

'Wat wilde hij? Zei hij dat?'

Beatrice schudde haar hoofd.

'Hij wilde Johan spreken.'

'Vrijdag om kwart over acht?'

'Ja, ongeveer.'

Vanja bedankte haar en ging weg. Kwart over acht.

Toen Roger bij zijn vriendin Lisa was.

Vanja raakte er steeds meer van overtuigd dat hij daar helemaal niet was geweest.

Het materiaal stond op twee harddisks van LaCie. Ze waren een uur geleden via een koerier van het bewakingsbedrijf gekomen. Billy sloot de eerste van de beide staalgrijze dozen aan op zijn computer en ging aan het werk. Op de schijf stond 'vr. 23 april 06.00-00.00, camera's 1:02-1:16'. Volgens het bijgeleverde overzicht dekten de camera's 1:14 en 1:15 de Gustavsborgsgata, of delen daarvan. De laatste plaats waarvan ze wisten dat Roger er op die noodlottige avond was geweest.

Billy vond in de onderliggende mappen meteen camera 1:14 en dubbelklikte erop om die af te spelen. De weergavekwaliteit was beter dan normaal: het camerasysteem was nog geen zes maanden oud en het bedrijf had er niet op bezuinigd. Daar was Billy blij mee. Meestal was het materiaal van bewakingscamera's zo ondermaats en wazig dat het onderzoek er nauwelijks mee geholpen was. Maar dit was anders. Klasse Zeiss-lens, dacht Billy en hij spoelde versneld door naar 21:00 uur. Al na een halfuur belde hij Torkel, die meteen kwam en naast Billy ging zitten. Aan het plafond snorde de projector die aan Billy's computer was gekoppeld. Op de muur rolden de beelden van bewakingscamera 1:15. Uit de hoek van het beeld was af te leiden dat de camera een meter of tien boven de grond hing. Hij was gericht op een open ruimte en in het midden daarvan was een straat die tussen twee grote gebouwen verdween. Het ene, links, was de hogeschool. Het andere was een andere school. De open, lege ruimte voor de camera zag er koud en winderig uit. In de ene hoek van het beeld liep een tijdklok mee. De rust werd plotseling verbroken door een brommer die het beeld in reed. Billy zette de opname stil.

'Kijk. Leo Lundin rijdt om 21:02 uur langs. Even later komt Roger aanlopen, uit westelijke richting.'

Billy drukte op het toetsenbord en de band liep door. Een minuutje later slenterde een gestalte het beeld in. Hij droeg een groen jack en liep snel en doelbewust. Billy zette de opname weer stil en ze bekeken de gestalte. Hoewel hij een petje op had dat zijn gezicht aan het oog onttrok, was het Roger Eriksson, dat was boven alle twijfel verheven. Zijn lengte, zijn halflange haar en dan dat jack, dat nu in de bewijskast van de politie hing, bruin van geronnen bloed, en dat daar nog ongeschonden en schoon was.

'Om exact 21:02:48 uur komt hij in beeld,' zei Billy, en hij zette de film weer aan. Roger kwam weer in beweging en liep door. Het was bijzonder om bewegende beelden te zien van iemand die nog maar een paar uur te leven had. Het was alsof je door de wetenschap dat er een ramp zou plaatsvinden elke stap zorgvuldiger bekeek, alsof elke beweging belangrijker was. Om de hoek loerde de dood, maar het alledaagse wandelingetje verried daar niets van. De bekendheid met het noodlot lag bij de kijker, niet bij de zestienjarige jongen die rustig langs camera 1:15 wandelde. Hij had geen idee van wat hem wachtte.

Torkel zag dat Roger stilstond en opkeek. Een seconde later kwam de brommer terug in beeld. Aan Rogers lichaamstaal konden ze zien dat hij de bestuurder herkende en wist dat de komst van de brommer hem in de problemen zou brengen. Hij verstijfde en keek om zich heen alsof hij een uitweg zocht. Roger probeerde eerst de brommer, die nu spottend om hem heen cirkelde, te negeren. Hij probeerde een stukje door te lopen, maar de brommer, die in steeds kleinere rondjes om hem heen draaide, reed in de weg. Hij bleef staan. Na een paar rondjes stopte ook de brommer. Leo stapte af. Roger keek naar de jongen, die zijn helm afzette en zijn rug rechtte, alsof hij groter wilde lijken. Hij wist dat er ruzie zou komen en bereidde zich erop voor. Hij zette zich schrap voor wat hij wist dat er zou komen. Dit was in feite Torkels eerste ontmoeting met de dode jongen, en het gaf hem een idee van wat voor iemand hij geweest was. Hij was niet weggerend. Misschien was hij niet alleen maar slachtoffer. Het leek alsof ook hij zich wat groter probeerde te maken. Leo zei iets. Roger antwoordde en toen kwam de eerste klap. Roger struikelde naar achteren en Leo ging met hem mee. Terwijl Roger zijn evenwicht hervond, greep Leo hem bij zijn linkerarm en trok zijn mouw omhoog, zodat zijn horloge zichtbaar werd. Waarschijnlijk zei Leonard iets, want Roger probeerde zijn arm terug te trekken. Leo reageerde met een vuistslag in Rogers gezicht.

Snel en hard.

Zonder waarschuwing.

Torkel zag het bloed over Rogers rechterhand stromen toen hij die naar zijn gezicht bracht. Leo sloeg opnieuw. Roger wankelde en pakte Leonards T-shirt terwijl hij op zijn knieën zakte.

'Zo is het bloed op Leo's T-shirt gekomen,' constateerde Billy droog. Torkel knikte: dat verklaarde het bloed dat ze gevonden hadden. Het bebloede T-shirt leek wel een startsignaal, dat Leo nodig had als excuus om nog meer geweld te gebruiken. Hij stortte zich woedend op Roger. Het duurde niet lang of Roger lag op de grond en werd geschopt. De tijdklok die met de band meeliep, tikte mechanisch door terwijl Roger in foetushouding op de grond lag en kreeg wat hij volgens Leo verdiende. Pas om 21:05 uur hield Leo op met schoppen; hij boog zich over zijn slachtoffer heen en rukte hem diens horloge af. Hij keek nog een laatste keer naar de op de grond liggende jongen, zette zijn helm belachelijk langzaam op, alsof hij zijn overmacht nog eens wilde benadrukken, stapte op zijn brommer en reed uit beeld. Roger bleef een tijdje liggen. Billy keek Torkel aan.

'Hij heeft niet met zijn vriendinnetje naar *Let's Dance* gekeken.'

Torkel knikte. Lisa loog. Maar wat Leonard tijdens het verhoor had verklaard, klopte ook niet. Roger was helemaal niet begonnen door Leonard van zijn brommer te duwen.

Ze maakten geen ruzie.

Bij een ruzie waren volgens Torkel twee partijen betrokken.

Torkel leunde achterover en vouwde zijn handen achter zijn hoofd. Ze konden Leo Lundin zeker pakken voor mishandeling en beroving.

Maar niet voor moord. In elk geval niet daar en op dat moment. En later ook niet, daar was Torkel van overtuigd. Leo was een rotzak. Maar een hart uitsnijden – nee, dat had hij niet in zich. Over een paar jaar misschien wel, als hij verder zou afglijden, maar op dit moment niet.

'Waar gaat Roger daarna heen?'

'Ik weet het niet. Kijk hier eens.' Billy stond op en liep naar de kaart die aan de muur geprikt was.

'Hij gaat rechtdoor, dan komt hij bij de Vasagata. Daar kan hij rechtsaf gaan of linksaf. Gaat hij linksaf, dan komt hij bij de noordelijke randweg. Op dat kruispunt hangt een camera, maar daar komt hij niet in beeld.'

'Dus hij is rechtsaf gegaan?'

'Dan zou hij op een gegeven moment tevoorschijn zijn gekomen op een camera die hier hangt.' Billy wees naar een plek voor het sportterrein, een paar decimeter noordelijker op de kaart. Een paar honderd meter in werkelijkheid. 'Dat is ook niet het geval.'

'Dan is hij voor die tijd ergens afgeslagen.'

Billy knikte en wees naar een klein weggetje dat schuin van de Vasagata afboog.

'Hier waarschijnlijk. De Apalbyväg. Die loopt zo een woonwijk in. Daar zijn geen camera's. We weten niet eens welke kant hij op ging.'

'Ga alle richtingen na, dan. Hij komt misschien weer op een grotere weg. Laat mensen in die omgeving de deuren langsgaan. Iemand moet hem toch hebben gezien. Ik wil weten waar hij heen ging.'

Billy knikte en beide mannen pakten hun telefoon.

Billy belde de man bij het bewakingsbedrijf die een lichte kater had na het vieren van zijn vijftigste verjaardag om nog meer bandopnamen op te vragen.

Torkel belde Vanja. Ze nam zoals altijd bij het eerste signaal op.

Vanja en Sebastian kwamen net het Palmlöv College uit toen Torkel belde. De bel voor de pauze was gegaan en er waren veel leerlingen op het schoolplein. Torkel briefte haar snel; hij hield van effectiviteit in telefonisch contact en het gesprek duurde minder dan een minuut. Vanja hing op en praatte Sebastian bij: 'Ze hebben de band van de Gustavsborgsgata bekeken. Roger was daar kort na negen uur.'

Sebastian liet de nieuwe informatie op zich inwerken. Vanja had hardnekkig volgehouden dat Lisa Hansson, een zestienjarig meisje, de vriendin van Roger, steeds had gelogen over waar Roger op de avond van de moord was. Nu hadden ze het bewijs dat Lisa had gelogen. Het was dus belangrijker voor haar om de waarheid geheim te houden dan dat de moord op haar vriend werd opgelost. Dat soort grote geheimen interesseerde Sebastian. Verdorie, het hele geval begon hem steeds meer te interesseren. Hij moest toegeven dat een beetje afwisseling uit zijn gewone sleur wel welkom was. Hij zou erbij blijven zo lang als nodig was en er het beste van maken. En een besluit nemen over zijn medewerking en zijn toekomst wanneer zich daartoe een gelegenheid voordeed.

'Zullen we een praatje gaan maken met Lisa?'

'Ik dacht dat je het nooit zou vragen.'

Ze zetten weer koers naar de school. Lisa was na Engels naar huis gegaan. Het was haar kortste dag. Hopelijk zou ze tegen deze tijd thuis zijn. Vanja wilde niet bellen om dat te checken, dan zouden haar ouders er maar weer op voorbereid zijn en hun defensiemechanisme al in werking hebben gesteld. Ze stapten in de auto en Vanja voerde het tempo op tot ver boven de maximumsnelheid.

Ze reden zonder iets te zeggen. Dat vond Vanja wel zo prettig. Ze had er helemaal geen behoefte aan haar partner, die haar met de grootste tegenzin en hopelijk slechts tijdelijk was opgedrongen, beter te leren kennen. Dat Sebastian geen babbeltje zou beginnen om de tijd te verdrijven wist ze al. Ursula had hem een sociale ramp genoemd. Ze had ook gezegd dat hij het best te harden was als hij niets zei. Zodra hij zijn mond opendeed, was hij lomp, seksistisch, kritisch of gewoon gemeen. Zolang hij zijn waffel hield, werd je in elk geval niet kwaad op hem.

Vanja had zich, net als Ursula, flink geërgerd toen Torkel Sebastian had voorgesteld en had verteld dat hij deel van het onderzoeksteam ging uitmaken. Niet zozeer omdat het Sebastian was. Weliswaar had ze meer ellende over hem gehoord dan over alle andere politiemensen bij elkaar, maar het stoorde haar vooral dat Torkel zijn besluit had genomen zonder haar te raadplegen. Ze wist wel dat Torkel geen enkele verplichting had om haar in dit soort kwesties om advies te vragen, maar toch. Ze had het gevoel dat ze zo nauw samenwerkten en in het werk zoveel voor elkaar betekenden dat haar mening van tevoren gevraagd had moeten worden over een besluit dat zijn weerslag had op de hele groep. Torkel was de beste chef die ze ooit had gehad, en daarom verbaasde het haar dat hij zo'n ingrijpende beslissing achter haar rug om had genomen. Achter ieders rug om. Het had haar verbaasd, en eerlijk gezegd ook teleurgesteld.

'Hoe heten haar ouders?'

Vanja werd uit haar overpeinzingen gerukt. Ze keek naar Sebastian, die onbeweeglijk was blijven zitten. Hij zat nog steeds uit het zijraam te kijken.

'Ulf en Ann-Charlotte. Hoezo?'

'Zomaar.'

'Dat stond in het materiaal dat je hebt gekregen.'

'Dat heb ik niet gelezen.'

Dat had Vanja vast niet goed verstaan.

'Dat heb je niet gelezen?'

'Nee.'

'Waarom zit je eigenlijk in dit onderzoek?'

Dat had Vanja zich al afgevraagd sinds ze Torkels op z'n zachtst gezegd vage verklaring voor Sebastians aanwezigheid had gehoord. Chanteerde hij Torkel ergens mee? Nee, dat was ondenkbaar. Torkel zou een onderzoek nooit in gevaar brengen vanwege iets persoonlijks, wat dat dan ook mocht zijn. Sebastians antwoord kwam sneller dan ze had verwacht.

'Jullie hebben me nodig. Zonder mij lossen jullie dit nooit op.'

Ursula had gelijk: je werd gauw boos op Sebastian Bergman.

Vanja parkeerde de auto en zette de motor uit. Ze keerde zich naar Sebastian voordat ze uitstapten.

'Eén ding.'

'En dat is?'

'We weten dat ze liegt. We hebben bewijs. Maar ik wil dat zij praat. Dus we komen daar niet naar binnen stampen en duwen haar het bewijs door de strot zodat ze geen boe of bah meer zegt. Oké?'

'Zeker weten.'

'Ik ken haar: ik heb de leiding. Jij houdt je mond.'

'Zoals gezegd, je zult amper merken dat ik erbij ben.' Vanja wierp hem een blik toe die duidelijk aangaf dat het haar ernst was, stapte toen uit en liep naar het huis. Sebastian kwam achter haar aan.

Zoals Vanja al had gehoopt, was Lisa alleen thuis. Ze schrok toen ze de deur opendeed en Vanja en een onbekende man voor zich zag staan. Ze probeerde het met een paar slechte uitvluchten, maar Vanja stapte onuitgenodigd naar binnen; ze was vastbesloten, zeker toen ze hoorde dat Lisa alleen thuis was.

'Het duurt maar een paar minuten. We kunnen binnen wel even praten.' Vanja ging hun min of meer voor naar de keurige keuken. Sebastian hield zich op de achtergrond. Hij had het meisje vriendelijk begroet en daarna zijn mond gehouden. Voorlopig hield hij zich tot Vanja's genoegen aan hun afspraak. De waarheid was dat hij op dit moment niets kón zeggen. Hij had de kralen-Jezus in het oog gekregen en was met stomheid geslagen. Zoiets had hij nog nooit gezien. Fantastisch.

'Ga zitten.' Vanja meende een kleine verandering in de ogen van het jonge meisje te zien. Ze leek vermoeider. Niet meer die defensieve gloed in haar ogen. Het was alsof er barsten zaten in de muur die ze om zich heen had opgetrokken. Vanja probeerde zo persoonlijk mogelijk te klinken. Ze wilde niet dat Lisa haar te agressief vond.

'Lisa, het zit zo. We hebben een probleem. Een groot probleem. We weten dat Roger hier vrijdag om negen uur niet was. We weten waar hij wel was, en dat kunnen we bewijzen.' Was het alleen maar iets wat ze graag wilde zien, of verslapten en zakten Lisa's schouders een beetje?

Maar ze zei niets.

Nog niet.

Vanja boog zich naar haar toe en raakte haar hand aan, zachter nu.

'Lisa, je moet ons de waarheid vertellen. Ik weet niet waarom je liegt. Maar dat mag niet meer. Niet om ons, maar om jou.'

'Ik wil dat mijn ouders komen,' wist Lisa uit te brengen. Vanja liet haar hand op die van het meisje liggen.

'Wil je dat echt? Wil je echt dat die erachter komen dat je liegt?' Voor het eerst zag Vanja die zwakheid even opflakkeren die doorgaans aan de waarheid voorafgaat.

'Roger was om vijf over negen op de Gustavsborgsgata. Ik heb daar beelden van. De Gustavsborgsgata ligt een stukje hiervandaan,' vervolgde Vanja. 'Ik schat dat je vriend hier om kwart over acht wegging, uiterlijk halfnegen. Als hij hier überhaupt is geweest.'

Ze ging niet verder. Ze keek naar Lisa, wier ogen nu moe en berustend stonden. Geen spoor van opstandigheid en tienerstoerheid meer. Ze zag er alleen maar angstig uit. Een angstig kind.

'Wat zullen ze kwaad worden,' zei ze ten slotte. 'Mijn vader en moeder.'

'Als ze erachter komen.' Vanja streelde de hand van het meisje, die warmer werd naarmate het gesprek langer duurde.

'O, fuck, fuck, fuck!' zei Lisa opeens, en deze verboden woorden waren het begin van het einde. Er was een bres geslagen in de muur. Ze maakte zich los uit Vanja's hand en begroef haar gezicht in haar handen. Ze hoorden een lange, bijna opgeluchte zucht. Geheimen zijn zwaar en eenzaam om te dragen.

'Hij was mijn vriend niet.'

'Sorry?'

Lisa tilde haar hoofd op en zei iets harder: 'Hij was mijn vriend niet.'

'Niet?'

Lisa schudde haar hoofd en keerde zich van Vanja af. Ze staarde nietsziend in de verte. Door het raam. Alsof ze wilde dat ze daar was. Ver weg.

'Wat was hij dan? Wat spookten jullie uit?'

Lisa haalde haar schouders op.

'We spookten niks uit. Hij was goedgekeurd.'

'Hoezo, goedgekeurd?'

Lisa draaide haar hoofd om en keek Vanja vermoeid aan. Begreep ze dat nou niet?

'Goedgekeurd door je ouders, bedoel je?'

Lisa liet haar handen op haar schoot vallen en knikte.

'Ik mocht met hem uitgaan. Of alleen met hem thuisblijven. Maar meestal gingen we uit.'

'Maar niet samen.'

Lisa schudde haar hoofd.

'Je hebt een andere vriend, klopt dat?' Lisa knikte weer en keek Vanja voor het eerst smekend aan. Een meisje dat er waarschijnlijk alles aan deed om de ideale dochter uit te hangen, een masker dat nu weggehaald werd.

'Een die je ouders niet zien zitten?'

'Ze zouden me vermoorden als ze het wisten.'

Vanja keek weer naar het kralenschilderij. Dat had nu een andere betekenis gekregen. *Ik ben de weg.* Niet als je zestien bent en verliefd op de verkeerde jongen.

'Je begrijpt wel dat we die jongen willen ontmoeten. Met hem willen praten. Maar dat hoeven je ouders niet te weten, dat beloven we.'

Lisa knikte. Ze kon zich er niet meer tegen verzetten. De waarheid zal je vrijmaken, zei de jeugdleider van de kerk te pas en te onpas. Die zin had ze lang verwerkt in het steeds groeiende weefsel van leugens waarmee ze nu al jaren moest leven. Maar nu, op dit moment, begreep ze dat hij geherformuleerd moest worden: de waarheid zal jou vrijmaken, maar je ouders furieus. Zo was het eigenlijk. Maar het was in elk geval de waarheid, en die was echt bevrijdend.

'Wat is er mis met hem? Te oud? Crimineel? Drugs? Moslim?'

Dat was Sebastian. Vanja keek hem aan en hij trok een enigszins verontschuldigend gezicht. Ze knikte; het was goed.

'Er is niks mis met hem,' zei Lisa en ze haalde haar schouders op. 'Hij is alleen niet... dit allemaal.' Lisa maakte een gebaar dat niet alleen het huis, maar ook de hele buurt omvatte, al die keurige tuinen voor die behoorlijk grote huizen aan die rustige straat. Sebastian begreep precies wat ze bedoelde. Zelf had hij het, toen hij zo oud was als Lisa, niet zo kunnen analyseren en uitleggen, maar hij herkende het gevoel. De geborgenheid die een gevangenis werd. De zorg die verstikkend werd. De conventies die ketens werden.

Vanja boog zich naar haar toe en pakte haar hand weer vast. Lisa liet het toe, of liever gezegd: wilde het.

'Is Roger hier überhaupt geweest?'

Lisa knikte.

'Tot kwart over acht maar. Tot we heel zeker wisten dat mijn vader en moeder weg waren.'

'Waar ging hij toen naartoe?'

Lisa schudde haar hoofd.

'Ik weet het niet.'

'Had hij een afspraak met iemand?'

'Ik geloof het wel. Dat had hij meestal.'

'Met wie?'

'Dat weet ik niet. Roger vertelde nooit iets. Hij vond het leuk om geheimen te hebben.'

Sebastian keek naar Lisa en Vanja, zoals ze daar dicht bij elkaar aan die belachelijk nette tafel zaten te praten over een avond die om van alles, maar niet om Roger had gedraaid. De netheid van de keuken deed Sebastian denken aan zijn eigen ouderlijk huis en de huizen van al hun buren en van de mensen die zo graag omgingen met zijn succesvolle ouders. Hij had het gevoel dat hij regelrecht in een kopie van zijn hele ellendige opvoeding was gewandeld. Hij had er altijd tegen gevochten. Wel gezien hoe voor de buitenwereld de schijn van fatsoen en orde werd opgehouden, maar nooit van liefde of moed. Sebastian had steeds meer te doen met het meisje aan de tafel. Het kon wel wat worden met haar. Een geheime minnaar op haar zestiende. Haar ouders zouden heel wat met haar te stellen krijgen als ze ouder werd. Dat deed hem deugd.

Ze hoorden de buitendeur opengaan. Vanuit de hal klonk een opgewekt: 'Lisa, we zijn er!'

Lisa trok in een reflex haar hand terug en verstijfde in haar stoel.

Vanja gooide haar razendsnel haar visitekaartje toe.

'Sms me hoe ik je vriend te pakken kan krijgen en dan praten we er niet meer over.' Lisa knikte, pakte het kaartje even snel van tafel en kon het nog net in haar zak steken. Vader Ulf kwam het eerst binnen.

'Wat doen jullie hier?!' Weg was de opgewekte toon die hij in de hal had aangeslagen.

Vanja stond op en ging naar hem toe met een iets te vrolijk glimlachje. Een glimlachje waaruit hij afleidde dat hij te laat was.

Vanja was tevreden. Ulf wond zich op om zijn gezag te herstellen.

'Ik dacht dat we afgesproken hadden dat jullie niet met mijn dochter zouden praten als ik er niet bij was! Dit is volkomen onacceptabel!'

'U hebt niet het recht dat te verlangen. Bovendien moesten we alleen een paar details bij Lisa checken. Maar we gaan nu.' Vanja draaide zich om en glimlachte naar Lisa, die dat niet zag omdat ze met haar ogen strak op het tafelblad gericht zat. Sebastian stond op. Vanja liep langs de ouders naar de deur.

'Ik denk niet dat we u nog vaker hoeven te storen.' De vader keek van Vanja naar zijn dochter en weer terug naar Vanja. Een paar seconden was hij sprakeloos, maar toen besloot hij tot het enige bruikbare dreigement dat hij kende.

'Als u maar weet dat ik met uw chef ga praten. Hier komt u niet zomaar mee weg.' Vanja nam niet eens de moeite te antwoorden, maar liep door naar de deur. Ze had gekregen waar ze voor was gekomen. Toen hoorde ze plotseling de stem van Sebastian achter zich. Die klonk extra krachtig, alsof hij lang op dit moment had gewacht.

'Maar jullie moeten één ding weten,' zei hij, terwijl hij met bijna bestudeerde bewegingen de stoel onder de tafel schoof. 'Uw dochter heeft tegen u gelogen.'

Waar is hij verdomme mee bezig! Vanja draaide zich geschrokken om en keek Sebastian kwaad en doordringend aan. Dat Sebastian een smeerlap was tegenover zijn collega's en andere volwassenen was nog tot daaraan toe, maar een kind erbij lappen! Dat was nergens voor nodig. Lisa leek wel onder de tafel te willen zakken. Haar ouders zwegen. Ze keken allemaal alleen nog maar naar de man die opeens het middelpunt van de keuken was.

Dit waren de momenten die Sebastian Bergman tijdens zijn zelfgekozen afwezigheid het meest had gemist. Hij nam royaal de tijd. Het was een kwestie van magie gebruiken. Dat gebeurde niet meer zo vaak.

'Roger ging die vrijdag veel eerder weg dan Lisa aanvankelijk wilde toegeven.'

De ouders keken elkaar aan, en nu verbrak de moeder de stilte.

'Onze dochter liegt niet.'

Sebastian deed een paar passen naar de ouders toe.

'Ja, dat doet ze wel.' Hij was niet van plan de echte leugenaars te laten ontsnappen. Niet nu hij ze aan de haak had. 'Maar de vraag die u zou moeten stellen is: waaróm liegt ze? Er is misschien een reden waarom ze u de waarheid niet durft te vertellen.'

Sebastian zweeg even en keek de ouders aan. De keurige keuken was vervuld van vrees voor het vervolg. Zíjn vervolg. Vanja's hersens werkten op volle kracht. Hoe kon ze vaste grond vinden in het drijfzand waarin ze zich opeens bevond? Het enige wat ze kon uitbrengen was een zwak smekend: 'Sebastian…'

Sebastian hoorde haar niet eens. Hij domineerde de kamer en hield het leven van een zestienjarig meisje in zijn handen. Waarom zou hij dan naar iemand luisteren?

'Lisa en Roger hebben die avond ruziegemaakt. Hij is al om een uur of acht weggegaan. Ze maakten ruzie en daarna ging hij dood. Hoe denkt u dat dat voor haar is? Als ze geen ruzie hadden gemaakt, had hij immers nog geleefd. Het was haar fout dat hij eerder wegging. Dat is een enorme last voor een jong meisje om te dragen.'

'Klopt dat, Lisa?' De stem van de moeder was smekend en haar ogen vulden zich met tranen. Lisa keek naar haar ouders alsof ze ontwaakte uit een droom en niet meer wist wat waar was en wat niet. Sebastian knipoogde discreet naar haar. Hij was in zijn element.

'Het is eigenlijk geen liegen wat Lisa heeft gedaan. Het is meer een afweermechanisme. Om verder te kunnen. Om met de last te kunnen omgaan. Daarom vertel ik het u,' vervolgde Sebastian, terwijl hij Lisa's ouders ernstig aankeek. Toen liet hij zijn stem nog verder dalen om de ernst van de situatie te benadrukken. 'Lisa moet weten dat ze niets verkeerd heeft gedaan.'

'Natuurlijk niet, schatje.' Vader Ulf, ditmaal. Hij was naar zijn dochter toe gelopen en sloeg nu zijn arm om haar heen. Lisa leek vooral verbaasd. Eerst werd ze ontmaskerd en nu ineens werd ze omsloten door liefde en zorg.

'Maar meiske, waarom heb je niks gezegd?' begon haar moeder zwakjes, maar voordat ze uitgesproken was, onderbrak Sebastian haar weer.

'Omdat ze u niet wil teleurstellen. Begrijpt u dat niet? Ze heeft een enorm schuldgevoel. Schuldgevoel en verdriet. En het enige waar u het over had is of ze liegt of niet. Begrijpt u hoe eenzaam dat haar heeft gemaakt?'

'Maar we wisten niet… We dachten…'

'U dacht wat u het best uitkwam. Verder niets. Dat is wel begrijpelijk, het is menselijk. Maar uw dochter heeft nu aandacht nodig, liefde. Ze moet voelen dat u haar vertrouwt.'

'Maar dat doen we toch?'

'Niet voldoende. Geef haar liefde, maar geef haar ook vrijheid. Dat heeft ze nu nodig: veel vertrouwen en vrijheid.'

'Natuurlijk. Dank u wel. We wisten niet… Het spijt me als we wat opvliegend waren, maar ik hoop dat u daar begrip voor hebt,' begon de moeder.

'Jazeker. We willen allemaal onze kinderen beschermen. Tegen alles. Anders waren we geen ouders.'

Er verscheen een warme glimlach op Sebastians gezicht, bedoeld voor de moeder. Ze beantwoordde die dankbaar, met een knikje. Hij had gelijk.

Sebastian wendde zich tot Vanja, die van woede in verbazing was vervallen.

'Zullen we gaan?'

Ze probeerde zo vanzelfsprekend mogelijk te knikken.

'Tuurlijk. We zullen u niet meer storen.' Vanja en Sebastian glimlachten nog een keer naar de ouders.

'Vergeet niet: u hebt een prachtdochter. Geef haar liefde en vrijheid. Ze moet weten dat u haar vertrouwt.'

Met die woorden vertrokken ze. Sebastian was dolblij dat hij de kans had gekregen een klein tijdbommetje in het leven van de familie Hansson te plaatsen. Vrijheid was precies wat Lisa nodig had om de rotzooi sneller te kunnen opblazen. Hoe eerder, hoe beter.

'Was dat nou nodig?' vroeg Vanja toen ze het hek naar de straat opendeden.

'Het was leuk, is dat niet genoeg?' Sebastian keek Vanja aan. Haar gezicht gaf duidelijk aan dat de amusementswaarde niet voldoende reden was voor zijn gedrag. Sebastian zuchtte. Je moest ook alles uitleggen.

'Ja, het was nodig. Vroeg of laat blijkt uit de media dat Roger niet was waar Lisa zei dat hij was. Nu waren wij er en konden uitleggen waarom. Haar een handje helpen.'

Sebastian liep door. Hij had bijna zin om te gaan fluiten toen hij weer in de auto stapte. Het was lang geleden dat hij had gefloten.

Heel lang geleden.

Vanja liep een paar passen achter hem en probeerde bij te blijven. Natuurlijk. Lisa zomaar laten zitten was het domste wat ze konden doen. Daar had ze aan moeten denken. Het was lang geleden dat ze zich zo overruled voelde.

Heel lang geleden.

Torkel en Hanser zaten in haar kamer op de derde verdieping. Torkel had de bijeenkomst belegd. Ze moesten praten over de bewijzen die ze hadden. Dat ze de bewakingscamera's hadden gevonden, was wel een doorbraak; ze konden Roger nu met zekerheid op de Gustavsborgsgata plaatsen op die noodlottige vrijdag, een paar minuten over negenen. Maar de informatie had hun verdenking tegen Leo nog verder verminderd; heel wat van zijn eerdere verklaringen klopten met de werkelijkheid, en Torkel had in overleg met de officier van justitie besloten hem te laten gaan, om in dit lastige onderzoek geen tijd en concentratie te verliezen. Dat zou natuurlijk opschudding veroorzaken in de media. Die had Leonard Lundin immers al veroordeeld. De pestkop die te ver ging. Ze zouden eraan herinneren dat er bepaalde vondsten waren gedaan die op Leo wezen. Het bloed van het slachtoffer op zijn T-shirt was al algemeen bekend. Het bestaan van het groene jack zong nog niet rond in de pers, maar dat de politie nog iets had gevonden in de garage van de arrestant was via de meeste kranten wel bekend. Dat dit 'nog iets' bij Leo was geplant was in de pers niet vermeld, en dat was ook maar beter zo. Dat was informatie waarover alleen Torkels groep beschikte, en zo moest het blijven. Torkel wilde Hanser zelf zijn besluit meedelen voordat hij de officier van justitie belde. Zij was toch formeel verantwoordelijk voor het onderzoek en stond onder druk om resultaten te laten zien. Torkel wist dat het nooit gemakkelijk was een verdachte te laten gaan zonder met een nieuwe te komen. Hanser begreep de situatie en was het met zijn conclusie eens. Ze stond er echter op dat Torkel de volgende persconferentie voor zijn rekening nam. Torkel begreep wel waarom: altijd beter voor je carrière als zelfs de Nationale Recherche in het duister tast. Torkel beloofde voor de pers te zorgen en ging weg om de officier van justitie te bellen.

Hun auto stopte in een andere straat, voor een andere villa in een andere villawijk. Hoeveel daarvan waren er wel niet in Västerås, in de provincie, in het land, dacht Sebastian, terwijl Vanja en hij over het verharde paadje naar het gele huis van twee verdiepingen liepen. Sebastian ging ervan uit dat je gelukkig moest kunnen zijn in een omgeving als deze. Hij had er geen persoonlijke ervaring mee, maar dat betekende niet dat het onmogelijk was. Ja, voor hem wel. De hele buurt had die uitstraling van 'stil en waardig' die hij verachtte.

'Nou moet het verdomme niet gekker worden!'

Sebastian en Vanja draaiden zich om en zagen een man van een jaar of vijfenveertig door de geopende garagedeur op zich af komen. De man had een blauwe stoffen cilinder onder zijn ene arm. Een tent. Hij kwam met snelle, besliste pas op hen af.

'Mijn naam is Vanja Lithner en dit is Sebastian Bergman.' Vanja hield haar legitimatie omhoog. Sebastian stak een hand op ter begroeting. 'Wij zijn van de Nationale Recherche en onderzoeken de moord op Roger Eriksson. We hebben op school met Beatrice Strand gesproken.'

'Neem me niet kwalijk. Ik dacht dat jullie journalisten waren. Ik heb er vandaag al een paar weggejaagd. Ulf Strand, de vader van Johan.'

Ulf stak zijn hand uit. Het viel Sebastian op dat allebei Johans ouders zich als zodanig voorstelden: ouders. Ulf, de vader van Johan, niet de man van Beatrice. Beatrice had op dezelfde manier over Ulf gesproken: de vader van haar zoon, niet haar man. Hij was weg met Ulf, 'zijn vader'. Niet 'mijn man'.

'Zijn jullie niet getrouwd, Beatrice Strand en u?'

Ulf Strand leek oprecht verbaasd over deze vraag.

'Jawel, hoezo?'

'Gewoon nieuwsgierigheid. Ik had het idee... Het maakt ook niet uit. Is Johan thuis?'

Ulf wierp een blik op het huis en er verscheen een bezorgde frons op zijn voorhoofd.

'Ja, maar moet dit vandaag? Het gebeurde heeft hem vreselijk aangegrepen. Daarom gaan we ook kamperen. Even alles achter ons laten.'

'Het spijt me, maar om diverse redenen heeft dit onderzoek al veel vertraging opgelopen. We moeten zo snel mogelijk met Johan praten.'

Ulf begreep dat hij er niet veel aan kon doen. Hij haalde zijn schouders op, legde de kampeeruitrusting weg en ging hun voor naar het huis.

Ze deden hun schoenen uit in de hal, waar al allerlei schoenen, sneakers en pantoffels door elkaar heen lagen. Stofvlokken op de vloer. Op het zwarte houten bankje dat tegen de halmuur stond, waren minstens drie jassen neergesmeten. Toen ze verder door het huis liepen, kreeg Vanja het gevoel dat dit precies het tegenovergestelde was van het keurig ingerichte huis van Ann-Charlotte en Ulf Hansson. In een hoek van de woonkamer stond een strijkplank met wasgoed, maar ook met een deel van de post van de hele week, een krant en een koffiemok. Op het vuile, bevlekte blad van de tafel voor de tv stonden nog twee mokken. Meer kleren, schoon of vuil was onmogelijk uit te maken, lagen op fauteuils en over banken geslingerd. Ze liepen naar boven. Een tengere, bebrilde jongen die er jonger uitzag dan zijn zestien jaren, zat in zijn kamer een computerspel te doen.

'Johan, dit zijn mensen van de politie. Ze willen even met je praten over Roger.'

'Zo meteen.'

Johan bleef naar het scherm kijken. Het leek een action game. Een man met een extreem vergroeide, misvormde arm rende rond en vocht met iets wat eruitzag als militairen. Hij gebruikte zijn arm als wapen. Billy zou waarschijnlijk wel weten hoe het spel heette. De man van het spel ging in een tank zitten die op een straathoek stond en het scherm bevroor met het woord *loading*. Toen het beeld weer begon te bewegen bevond de kijker zich in de tank en kon die kennelijk besturen. Johan drukte op een knopje op het toetsenbord. Het beeld bevroor. Hij draaide zich naar Vanja. Vermoeide blik.

'Gecondoleerd. We begrepen dat Roger en jij goede vrienden waren.'

Johan knikte.

'Dus het zou kunnen dat Roger jou dingen heeft verteld die hij aan niemand anders heeft verteld.'

'En wat dan wel?'

Niets nieuws, zou blijken. Johan dacht niet dat Roger ergens mee zat. Ook niet dat hij echt bang voor iemand was, zelfs niet als hij af en toe een jongen van de Vikingschool tegenkwam. Hij had het goed naar zijn zin op het Palmlöv, was niemand geld schuldig en had geen belangstelling voor de vriendin van iemand anders. Hij had immers zijn eigen vriendin. Johan dacht dat Roger daar die vrijdagavond was geweest. Hij was veel bij Lisa, toch? Te veel, dachten Sebastian en Vanja allebei dat hij eigenlijk bedoelde. En nee, hij wist ook niet met wie Roger een afspraak zou hebben als hij niet bij Lisa was. Hij wist ook niet waarom Roger hem die avond thuis gebeld had. Hij had in elk geval daarna niet naar Johans mobiel gebeld. Heel vaak nee.

Vanja begon wanhopig te worden. Het schoot niet op. Ze zeiden allemaal hetzelfde. Roger was een rustige, fatsoenlijke jongen, die zich met zijn eigen zaken bemoeide en met niemand ruziemaakte. Stel je voor dat dit een van de weinige gevallen was waarin de dader zijn slachtoffer niet kende! Stel je voor dat iemand op een vrijdagavond op het idee was gekomen om iemand te gaan vermoorden, en dat zijn keus op Roger was gevallen.

Toevallig.

Gewoon omdat het zo uitkwam.

Dat was wel heel ongebruikelijk. Zeker op de manier waarop het hier was gebeurd. Het hart eruit snijden. Het lichaam ergens anders dumpen. Bewijs planten.

Ongebruikelijk, maar niet onmogelijk.

Toch hadden al die bijna identieke verhalen over Roger ook iets wat niet klopte. Dat gevoel kreeg Vanja steeds sterker. Lisa's verklaring dat Roger van geheimen hield had zich in Vanja vastgezet. Het leek alsof die paar woorden dichter bij de waarheid kwamen dan alles wat ze verder hadden gehoord. Het was alsof er twee Roger Erikssons waren: een die je bijna niet zag en die nooit opviel, en een met een hoop geheimen.

'Dus jij kunt niemand bedenken die een reden had om kwaad te zijn op Roger?'

Vanja was al op weg de kamer uit, ervan overtuigd dat ze nog een keer hoofdschudden als antwoord zou krijgen.

'Jawel, Axel was natuurlijk wel kwaad op hem. Maar niet zó kwaad.'

Vanja bleef staan. Ze voelde haar adrenalinegehalte haast stijgen. Een naam. Van iemand die wrok koesterde jegens Roger. Een strohalm. Misschien het begin van nog een geheim.

'Wie is Axel?'

'Hij was conciërge bij ons op school.'

Een volwassen man. Auto ter beschikking. De strohalm groeide.

'Waarom was die Axel kwaad op Roger?'

'Die heeft er een paar weken geleden voor gezorgd dat hij werd ontslagen.'

'Dat vervelende incident, ja.'

Rector Groth knoopte zijn colbertje open en ging achter zijn bureau zitten met een gezicht alsof hij iets onsmakelijks had gegeten. Vanja bleef bij de deur staan, met haar armen over elkaar. Het kostte haar moeite haar boosheid niet te veel te laten doorklinken in haar stem.

'Toen we hier waren, zei ik dat iemand op deze school betrokken kan zijn geweest bij de moord op Roger Eriksson. En u dacht totaal niet aan een personeelslid dat door toedoen van Roger is ontslagen?'

De rector spreidde zijn armen in een verontschuldigend, maar ook bagatelliserend gebaar.

'Nee, helaas, het spijt me. Ik heb die relatie helemaal niet gelegd.'

'Kunt u iets vertellen over "dat vervelende incident"?'

Groth keek met openlijke afkeer naar Sebastian, die zich in een van de fauteuils had laten zakken en een informatiefolder van de school zat te bekijken die hij van een rekje voor het kantoor van de rector had gepakt terwijl ze op hem wachtten: 'Het Palmlöv College: hier beginnen je mogelijkheden.'

'Er valt niet veel te vertellen. Het bleek dat onze conciërge, Axel Johansson, de leerlingen alcohol verkocht. Hij handelde gewoon in alcohol. Hij is natuurlijk op staande voet ontslagen, en daarmee was de zaak uit de wereld.'

'En hoe kwam u erachter dat hij dat deed?' vroeg Vanja. Ragnar Groth wierp haar een vermoeide blik toe, terwijl hij zich over zijn bureaublad boog om er een paar stofjes van af te vegen.

'Dus daarom zijn jullie hier, hè? Roger Eriksson, als de leerling met verantwoordelijkheidsgevoel die hij was, kwam naar me toe en vertelde wat er speelde. Ik liet een van de meisjes van de eerste klas naar Axel bellen om een bestelling te doen. Toen hij met het spul op de afgesproken plaats kwam, hebben we hem op heterdaad betrapt.'

'Wist Axel dat Roger hem had verraden?'

'Dat weet ik niet. Waarschijnlijk wel. Ik heb gehoord dat verschillende leerlingen het wisten.'

'Maar u hebt er geen aangifte van gedaan bij de politie?'

'Ik zag niet goed in wat daarmee te winnen viel, nee.'

'Kan het zijn dat uw reputatie als "optimaal opvoedingsklimaat, waarin iedere individuele leerling vertrouwen, inspiratie en royale ontplooiingskansen worden geboden, geïnspireerd op een christelijke levensbeschouwing en waardegrondslag" dan een beetje bezoedeld was?' Sebastian keek op uit de folder waaruit hij citeerde en kon een glimlach met enig leedvermaak niet onderdrukken. Ragnar Groth deed zijn best om niet al te veel weerzin te laten doorklinken in zijn antwoord: 'Het is geen geheim dat onze goede reputatie onze voornaamste succesfactor is.'

Vanja schudde haar hoofd. Ze begreep er niets van.

'Dus daarom doet u geen aangifte van een misdrijf dat op uw school wordt begaan?'

'Het ging om handel in alcohol. Van kleine hoeveelheden. Weliswaar aan minderjarigen, maar toch. Axel zou een boete hebben gekregen, nietwaar? Of zelfs dat niet.'

'Waarschijnlijk, maar daar gaat het niet om.'

'Nee!' Groth onderbrak haar scherp. 'Waar het om gaat, is dat het verlies aan vertrouwen bij de ouders me veel meer had gekost. Het is een kwestie van prioriteiten.' Hij stond op, knoopte zijn colbertje dicht en liep naar de deur. 'Als u hier klaar bent, dan heb ik iets anders te doen. Maar u kunt bij de administratie het adres van Axel Johansson krijgen, als u met hem wilt praten.'

Sebastian stond in de gang voor de administratie op Vanja te wachten. De muren hingen vol zwart-wit portretfoto's van eerdere rectoren en andere leraren die het verdienden dat toekomstige generaties zich hen zouden herinneren. Midden tussen al die foto's hing één olieverfschilderij. Van Sebastians vader. Ten voeten uit. Hij stond aan een lessenaar die vol lag met attributen en symbolen die associaties moesten oproepen met een klassieke opleiding. Het stuk was enigszins vanuit kikvorsperspectief geschilderd, zodat Ture Bergman de beschouwer voortdurend vanuit de hoogte aankeek. Dat paste uitstekend bij hem, dacht Sebastian.

Op alles en iedereen neerkijken.

Veroordelend.

Vanaf een centrale plek.

Sebastian liet zijn gedachten de vrije loop. Hij dacht aan hoe hijzelf als vader geweest was, de vier jaar dat Sabine bij hem was geweest. Het antwoord moest zijn: matig.

Of liever: hij was een zo goed mogelijke vader geweest, maar hij kwam niet verder dan 'matig'. In zijn sombere momenten, wanneer Sebastian twijfelde aan zijn ouderlijke vermogens, had hij gedacht dat hij vader was zoals Sabine tv-keek: de kwaliteit van het vertoonde speelde totaal geen rol; zolang het maar kleurrijk was en over het scherm bewoog, was ze tevreden. Was het met hem ook zo? Hield Sabine van hem, alleen maar omdat hij het dichtstbij was? Zonder kwaliteitseisen te stellen? Hij had veel tijd samen met zijn dochter doorgebracht, dat zeker. Meer dan Lily. Dat was geen bewust gelijkheidsprincipe, maar meer het gevolg van hun manier van leven. Sebastian werkte vaak thuis, had korte, intensieve perioden dat hij in andere plaatsen werkte en was dan lang vrij, waarna hij weer thuis werkte. Dus aanwezig: ja. Toch was Sabine naar Lily gegaan als er iets gebeurde. Altijd eerst naar Lily. Dat moest toch iets betekenen. Sebastian weigerde te geloven dat het iets genetisch was. Dat je een moeder gewoon niet kon vervangen, zoals sommige vrouwen in hun omgeving hadden beweerd, was je reinste nonsens. Dus had hij zelfonderzoek gedaan. Wat had hij zijn dochter eigenlijk meer gegeven behalve de zekerheid dat er altijd iemand bij haar was? Sebastian had de eerste jaren met Sabine niet erg bijzonder gevonden en, eerlijk gezegd, niet erg leuk. Hoewel, bijzonder waren ze wel. Alles stond op zijn kop. Hij had gehoord dat veel mensen zich voorstelden dat er niets veranderde als ze kinderen kregen. Ze zouden doorleven zoals ze altijd hadden gedaan, met als klein verschil dat ze nu vader en moeder waren. Zo naïef was Sebastian niet geweest. Hij wist dat hij zijn hele leven zou moeten veranderen. Alles wat hij was. En daartoe was hij bereid geweest. Dus ja, bijzonder waren ze wel geweest, die eerste jaren, maar niet erg vruchtbaar. Heel cynisch gezegd: Sabine leverde hem de eerste jaren te weinig op.

Had hij toen gevonden.

Nu zou hij er alles voor geven om die jaren terug te krijgen.

Het was wel beter geworden, dat moest hij toegeven. Beter naarmate ze ouder werd; hij vond dat hun relatie groeide en hechter werd naarmate ze hem meer terug kon geven. Maar wat zei dat eigenlijk meer dan dat hij een egoïst was? Hij had er niet aan durven denken hoe het zou gaan als ze groter werd.

Als ze eisen begon te stellen.

Als ze meer een mens dan een kind werd. Als hij het niet meer beter wist. Als ze hem doorzag. Hij hield van haar boven alles. Maar wist ze dat? Liet hij het merken? Dat wist hij niet zeker.

Hij had ook van Lily gehouden. Dat zei hij tegen haar.

Af en toe.

Veel te weinig.

Hij voelde zich niet op zijn gemak bij die woorden. Niet wanneer ze gemeend moesten zijn in elk geval. Hij ging ervan uit dat ze wist dat hij van haar hield. Dat hij het op andere manieren liet merken. Hij was niet ontrouw in de tijd dat hij met haar samen was. Kon je liefde tonen in de dingen die je niet deed? Kon hij überhaupt liefde tonen?

Nu stond hij hier en hij had misschien ergens een volwassen zoon of dochter. De brief van Anna Eriksson had hem uit zijn evenwicht gebracht en sindsdien had hij op de automatische piloot geleefd. Hij had meteen besloten dat hij haar moest vinden.

Hij moest zijn kind vinden. Maar moest dat wel, als hij er goed over nadacht? Moest hij werkelijk iemand opzoeken die bijna dertig was en het al een heel leven zonder hem had gesteld? Wat zou hij dan zeggen? Misschien had Anna gelogen, misschien had ze iemand anders als vader aangewezen. Misschien had ze gezegd dat hij dood was. Misschien moest hij daarvoor zorgen.

Voor iedereen.

Maar vooral voor zichzelf.

Het kon Sebastian eigenlijk geen bal schelen in hoeverre het goed of fout was om het leven van een andere volwassene binnen te banjeren en overhoop te halen, maar wat zou hij er zelf aan overhouden? Dacht hij dat er ergens een nieuwe Sabine op hem zat te wachten? Zo was het natuurlijk niet. Niemand zou stilletjes een handje met een vlinderring in zijn hand leggen en rozig tegen zijn schouder liggen. Niemand zou 's morgens zo uit de warmte van haar bedje tegen hem aan kruipen en bijna onhoorbaar tegen zijn schouder doorslapen. Integendeel, het risico dat hij bruusk zou worden afgewezen, was zeer groot. Of in het beste geval zou hij onhandig worden omarmd door een volkomen vreemde, die nooit meer zou kunnen worden dan een kennis. In het allerbeste geval een vriend of vriendin. Dat deed hem pijn, maar dat was nog het beste wat er kon gebeuren. Stel je voor dat hij helemaal niet in het leven van zijn kind werd toegelaten. Zou hij dat aan-kunnen? Als hij dan toch weer iets egoïstisch ging doen, moest hij tenminste zeker weten dat hij er zelf het meest van profiteerde. Dat wist hij niet meer. Misschien moest hij de hele rotzooi maar laten zitten. Het huis verkopen, het onderzoek en Västerås verla-ten en teruggaan naar Stockholm.

Zijn gedachten werden onderbroken doordat Vanja de deur van de administratie verderop in de gang iets te hard dichtdeed en snel, geïrriteerd naar hem toe kwam.

'Ik heb een adres,' zei ze terwijl ze zonder haar pas in te houden Sebastian voorbijliep.

Hij ging achter haar aan.

'Hoeveel kan hier eigenlijk gebeuren zonder dat er aangifte van wordt gedaan?' vroeg Vanja, terwijl ze de buitendeur opendeed en het schoolplein op stapte. Sebastian nam aan dat dat een volkomen retorische vraag was en gaf geen antwoord. Dat hoefde ook niet. Ze ging door: 'Serieus, hoe ver zijn ze bereid te gaan om de goede naam van de school te bewaren? Roger zorgt er minder dan tien dagen voor zijn dood voor dat er een personeelslid wordt ontslagen, en daar zegt hij geen woord over. Als er op het toilet een meisje door een bende jongens wordt verkracht, zou hij dat dan ook proberen te verzwijgen?'

Weer nam Sebastian aan dat Vanja eigenlijk geen antwoord van hem verwachtte, maar hij kon tenminste laten merken dat hij luisterde. Bovendien interesseerde de probleemstelling hem.

'Als hij zou denken dat hij daar meer mee kon winnen dan verliezen – ja, dan zou hij dat zeker doen. Hij is heel gemakkelijk te begrijpen. Hij zal altijd de school en de reputatie van de school vooropstellen. Ergens is dat ook wel logisch: het is hun voornaamste concurrentiewapen.'

'Dus dat er hier niet gepest wordt, is ook alleen maar bullshit?'

'Natuurlijk. Het ligt in de aard van de mens om hiërarchieën in te stellen. Zodra we in een groep zitten, moeten we weten waar we staan, en dan doen we wat nodig is om ons daar te handhaven of om op te klimmen. Meer of minder duidelijk. Meer of minder gepland.'

Ze waren bij de auto. Vanja bleef bij het linkerportier staan en keek Sebastian over de auto heen sceptisch aan.

'Ik werk al jaren in deze groep. Wij doen zoiets niet.'

'Dat komt doordat jullie hiërarchie statisch is en doordat Billy, die helemaal onderaan staat, geen ambitie heeft om hogerop te komen.'

Vanja keek hem vragend aan, geamuseerd.

'Staat Billy helemaal onderaan?'

Sebastian knikte. Natuurlijk. Het had hem minder dan drie seconden gekost om te begrijpen dat Billy het laagst stond in de pikorde.

'En waar in de groep sta ik volgens jou?'

'Meteen onder Torkel. Ursula laat je die positie, omdat jullie je niet met dezelfde dingen bezighouden. Ze weet dat zij op haar terrein het beste is, dus jullie zijn eigenlijk geen concurrenten. Als jullie dat wel waren geweest, had ze je naar beneden getrapt.'

'Of ik haar.'

Sebastian glimlachte naar haar alsof ze een klein meisje was dat zojuist per ongeluk iets heel grappigs had gezegd.

'Ja, hoor, hou jij het daar maar op.'

Sebastian deed het portier aan de passagierskant open en ging zitten. Vanja bleef nog heel even staan en probeerde een groeiend gevoel van irritatie van zich af te schudden. Hij mocht niet de lol hebben haar te plagen. Ze vervloekte zichzelf. Geen gesprek aangaan, had ze zich toch voorgenomen? Zolang hij zijn waffel hield, werd je tenminste niet kwaad op hem. Twee keer diep doorademen; toen opende ze het portier en ging zitten. Ze keek Sebastian even aan. Tegen beter weten in zei ze weer iets tegen hem. Ze gunde hem in elk geval niet het genoegen van het laatste woord.

'Jij kent ons niet. Je kletst maar wat.'

'O ja? Torkel heeft mij erbij gehaald. Billy kon het niet schelen. Ursula en jij weten niet goed wat jullie aan me hebben, jullie weten alleen dat ik vreselijk goed ben, en jullie hebben allebei duidelijk afstand van me genomen.'

'En dat is omdat we ons bedreigd voelen, denk je?'

'Waarom anders?'

'Omdat je een klootzak bent.'

Vanja zette de auto in beweging. Ha! Gewonnen! Zij had het laatste woord gehad. Nu zouden ze, als het aan haar lag, in diepe stilte naar het huis van Axel Johansson rijden. Het lag niet aan haar.

'Dat is belangrijk voor jou, hè?'

Verdomme, kon hij zijn mond niet gewoon houden? Vanja zuchtte luid.

'Wat is belangrijk voor mij?'

'Om het laatste woord te hebben.'

Vanja klemde haar kaken op elkaar en bleef recht vooruitkij-
ken. Ze wilde in geen geval de zelfvoldane grijns zien die om zijn
lippen speelde terwijl hij met zijn ogen dicht achteroverleunde in
zijn stoel.

Vanja hield haar vinger op de bel gedrukt. Het schrille geluid
drong door de deur heen en weergalmde in het trappenhuis waar
Sebastian en zij stonden. Maar dat was dan ook alles wat er van
binnen te horen was. Vanja had, voordat ze de eerste keer belde,
de brievenbus opengedaan en naar binnen gegluurd.

Geen beweging.

Geen geluid.

Nu had Vanja haar vinger op de bel geparkeerd. Sebastian
vroeg zich af of hij haar erop moest wijzen dat Axel Johansson,
als hij thuis was, waarschijnlijk een van de eerste acht keer dat
ze aangebeld had wel al had opengedaan. Zelfs als hij had liggen
slapen, zou hij onderhand wel naar de deur zijn gekomen. Wat
heet, al had hij daarbinnen opgebaard gelegen, dan had hij zich
nu inmiddels wel overeind gehesen.

'Wat zijn jullie daar aan het doen?'

Vanja liet de bel los en draaide zich om. Vanachter een half-
open deur keek een klein, grijs vrouwtje nieuwsgierig naar buiten. Dat was echt Sebastians eerste indruk: dat ze grijs was. Het
was niet alleen het steile, dunne haar. De vrouw had ook een
grijs gebreid vest, een grijze joggingbroek en geitenwollen sokken
aan. Grijze geitenwollen sokken. Midden op haar verkreukelde
gezicht stond een kleurloos brilletje, dat de indruk van grijsheid
en transparantie nog versterkte. Ze keek met half dichtgeknepen
ogen vorsend naar de indringers in het trapportaal. Ze had waarachtig nog grijze ogen ook, dacht Sebastian.

Vanja stelde Sebastian en zichzelf voor, en legde uit dat ze Axel
Johansson zochten. Wist zij misschien waar hij was? In plaats van
met een nee of een ja reageerde de vrouw niet geheel onverwachts
met een wedervraag.

'Wat heeft hij gedaan?'

De kleine, grijze buurvrouw kreeg een nietszeggend standaard-antwoord.

'We willen alleen maar even met hem praten.'

'Puur routine,' flapte Sebastian eruit. Vooral voor de grap. Niemand zei echt 'puur routine', maar op de een of andere manier paste het in deze situatie. Alsof de oude, grijze dame het verwachtte. Vanja wierp hem een blik toe die duidelijk maakte dat ze *not amused* was. Dat had hij ook niet verwacht. Vanja wendde zich weer tot de buurvrouw en keek intussen snel op het naamplaatje boven de brievenbus.

'Weet u misschien waar hij is, mevrouw Holmin?' Dat wist mevrouw Holmin niet. Ze wist wel dat hij niet thuis was. Al meer dan twee dagen niet. Dat wist ze wel. Niet dat ze bijhield wat er allemaal gebeurde en wie er allemaal kwamen en gingen, maar sommige dingen konden je gewoon niet ontgaan. Dat Axel Johansson onlangs was ontslagen, bijvoorbeeld. Of dat zijn veel te jonge vriendinnetje weer een paar dagen daarvoor bij hem weg was gegaan. Dat werd tijd ook, want wat ze in die Axel zag, ging het verstand van mevrouw Holmin te boven. Niet dat Axel een nare man was of zo, maar hij was heel eigenaardig. Heel erg op zichzelf. Niet sociaal. Groette je amper op de trap. Het meisje daarentegen maakte wel graag een praatje. Heel gezellig. Dat vonden ze allemaal hier in het pand. Niet dat ze spioneerde, maar het was gehorig hier, en ze sliep licht, daarom wist ze zoveel. Zodoende.

'Kreeg Axel veel aanloop?'

'Ja, behoorlijk. Veel jongelui. Er werd heel veel gebeld, aan de telefoon en aan de deur. Waar wordt hij van verdacht?'

Vanja schudde haar hoofd en herhaalde haar eerdere antwoord.

'We willen alleen maar even met hem praten.'

Vanja glimlachte, stak de vrouw haar visitekaartje toe en vroeg haar te bellen als ze hoorde dat Johansson terugkwam. Het grijze vrouwtje bestudeerde het visitekaartje met het logo van de Nationale Recherche en het leek alsof er daardoor een kwartje viel.

'Heeft dit iets met die dode jongen te maken?' Haar grijze ogen fonkelden toen haar blik tussen Vanja en Sebastian heen en weer ging om bevestiging te zoeken. 'Hij werkte op de school waar die jongen ook op zat, maar dat wisten jullie misschien al?' Vanja zocht iets in haar binnenzak.

'Weet u of hij hier is geweest?' Vanja haalde een foto van Roger tevoorschijn, de foto die alle agenten gebruikten, het laatste schoolportret. Ze reikte hem de grijze dame aan, die er snel naar keek en toen haar hoofd schudde.

'Ik weet het niet. Ik vind dat ze allemaal op elkaar lijken met hun petjes en mutsen en veel te grote jassen. Dus ik weet het niet.'

Ze bedankten de vrouw voor haar hulp en drukten haar nogmaals op het hart zich te melden als haar buurman opdook.

Terwijl ze de trap af liepen, pakte Vanja haar mobieltje en belde Torkel. Ze legde de situatie in het kort uit en stelde voor een opsporingsbericht voor Axel Johansson te laten uitgaan. Torkel beloofde dat hij dat meteen zou doen. Toen ze beneden bij de voordeur kwamen, botsten ze bijna tegen iemand op die op weg naar binnen was. Een bekende: Haraldsson. Vanja's gezicht betrok zichtbaar.

'Wat doe jij hier?'

Haraldsson legde uit dat ze hier van deur tot deur gingen. Roger Eriksson was opgevangen door een bewakingscamera aan de Gustavsborgsgata, maar op geen enkele andere, en dat had wel gemoeten als hij doorgelopen was over de hoofdweg. Dus was hij ergens afgeslagen, en deze buurt bevond zich in het mogelijke zoekgebied. Dus nu probeerden ze iemand te vinden die hem vrijdagavond had gezien.

De deuren langsgaan. Vanja had het gevoel dat Haraldsson eindelijk op de juiste plaats terechtgekomen was. Axel Johanssons huis lag dus in het zoekgebied. De strohalm was een tikkeltje sterker geworden.

Het was een uitgeteld gezelschap dat om de lichtberken tafel in de vergaderkamer op het politiebureau zat. Uit de samenvatting van het onderzoek werd pijnlijk duidelijk dat ze nog niet erg opgeschoten waren. Dat de mail die vanaf het Palmlöv College was gestuurd het aantal mogelijke verdachten niet bepaald had beperkt. Dat het feit dat ze hadden kunnen bewijzen dat Lisa loog, het vermoeden dat Vanja allang had weliswaar had bevestigd, maar verder nergens toe leidde. Het belangrijkste dat uit het verhoor van Lisa was gebleken, was dat Roger waarschijnlijk iets voor zijn omgeving verborg. Er moest meer uitgezocht worden over zijn leven buiten de school, daar was de groep het over eens. Vooral het spoor dat hij mogelijk een relatie met iemand had zonder dat iemand daarvan wist, was interessant. Iemand die hij ontmoette wanneer iedereen dacht dat hij bij Lisa was. Besloten werd dat een deel van het team zich erop zou concentreren Roger beter te leren kennen. Wie was hij eigenlijk?

'Hebben we al in zijn pc gekeken?' vroeg Billy.

'Die had hij niet.'

Billy keek Vanja aan alsof hij haar niet goed verstond.

'Had hij geen pc?'

'Niet volgens de lijst die de lokale politie bij hem thuis heeft opgesteld.'

'Maar hij was zestien. Kan hij gestolen zijn? Net als het horloge?'

'Hij had ook geen laptop bij zich op de beelden van de bewakingscamera,' bracht Torkel te berde. Billy schudde zijn hoofd, terwijl hij zich probeerde voor te stellen wat een lijdensweg het voor die arme knul moest zijn geweest. Om niet online te zijn. Geïsoleerd. Eenzaam.

'Hij kan wel op school geïnternet hebben,' vervolgde Torkel. 'Of op Lisa's pc, of ergens bij een club of een internetcafé. Ga na of je hem ergens kunt vinden.' Billy knikte.

'En dan hebben we Axel Johansson nog.' Torkel keek de tafel rond. Billy nam de voorzet aan.

'De tocht langs de deuren heeft niks opgeleverd vandaag. Niemand kon zich herinneren dat hij Roger vrijdagavond in die buurt had gezien.'

'Dat betekent nog niet dat hij er niet was,' wierp Vanja tegen.

'Het betekent ook niet dat hij er wel was,' kaatste Billy terug.

'Wat weten we nog meer van hem behalve dat hij woont in een buurt waar Roger de vrijdag dat hij verdween wel of niet was?' vroeg Sebastian.

'Roger heeft gezorgd dat de school hem ontsloeg,' zei Vanja. 'Dichter bij een motief zijn we nog niet geweest.'

'Hij is al twee dagen weg,' vulde Billy aan. Even merkte Sebastian dat hij ongeduldig werd. Hij had de hele dag met Vanja opgetrokken. Had dezelfde dingen gehoord als zij. Hij was zich ervan bewust dat er iets was wat als motief kon worden opgevat en dat Axel Johansson niet thuis was.

'Afgezien daarvan, bedoelde ik.'

Het was even stil aan tafel. Billy bladerde door zijn paperassen en vond wat hij zocht.

'Axel Malte Johansson. Tweeënveertig jaar. Ongehuwd. Geboren in Örebro. Vaak verhuisd. De afgelopen twaalf jaar heeft hij in Umeå, Sollefteå, Gävle, Helsingborg en Västerås gewoond. Is twee jaar geleden hierheen gekomen. Aangesteld op het Palmlöv. In het register vooral schulden. Geen veroordelingen, maar hij speelde wel een bijrolletje in een paar onderzoeken over bedrog met cheques en valsheid in geschrifte. Allemaal geseponeerd wegens gebrek aan bewijs.'

Vanja voelde zich toch wat gesterkt. Hij stond in elk geval in het strafregister. Dat maakte Axel Johansson ongetwijfeld interessanter voor het onderzoek. Een bekend feit bij moordonderzoeken was dat moord of doodslag zelden werd begaan door mensen die geen strafblad hadden. Meestal waren zulke extreme misdrijven slechts het eindpunt van steeds verder escalerende criminaliteit of gewelddadigheid. De weg naar het ergste was doorgaans geplaveid met andere misdaden, en bijna altijd bestond er een relatie tussen de moordenaar en het slachtoffer.

Bijna altijd.

Vanja vroeg zich af of ze moest zeggen wat ze eerder had gedacht, namelijk dat de moordenaar Roger misschien helemaal niet kende. Dat ze hun tijd maar verdeden als ze die jongen zo goed mogelijk in kaart probeerden te brengen. Ze moesten deze zaak misschien helemaal anders benaderen. Maar ze zei niets. Veertien moorden had ze tot dusverre helpen oplossen. In alle gevallen kenden de dader en het slachtoffer elkaar, ook al was het soms maar oppervlakkig. Dat Roger vermoord was door iemand die hem volkomen onbekend was, was hoogst onwaarschijnlijk. En áls dat zo was, zou deze zaak zeker onopgelost blijven, dat wisten de vier mensen aan deze tafel allemaal. De kansen van de politie om een onbekende moordenaar te vinden die geen enkele relatie met zijn slachtoffer had, waren zeer klein, en in deze zaak zeker, omdat er technisch bewijs ontbrak. De doorbraak van de DNA-techniek in de jaren negentig was de voornaamste reden dat zulke zaken überhaupt konden worden opgelost. Maar bij lichamen die in het water werden gevonden waren er meestal geen DNA-sporen van de dader. Dit was geen gemakkelijke opgave.

'Weten we of Axel Johansson zich schuilhoudt? Hij kan toch wel gewoon even weg zijn, een oude vader bezoeken of zoiets?' Deze alleszins redelijke opmerking van Sebastian maakte de zaak er niet eenvoudiger op.

Billy wierp een snelle blik in zijn paperassen en vond bevestiging.

'Allebei zijn ouders zijn overleden.'

'Oké, maar hij kan toch op bezoek zijn bij iemand die nog leeft?'

'Misschien,' bevestigde Torkel. 'We weten niet waar hij is.'

'Kan Ursula niet wat in zijn flat rondsnuffelen?'

Torkel stond op en begon door de kamer te ijsberen. Hij onderdrukte een geeuw. De lucht in deze kamer werd snel slecht. Kennelijk was de ventilatie niet zo nieuw als de rest.

'We hebben te weinig om toestemming tot huiszoeking te krijgen. Als we Roger aan die buurt hadden kunnen koppelen misschien wel, maar nu niet.'

Er ontstond een tamelijk gelaten, sombere stemming in de kamer. Billy doorbrak die. Een van zijn sterke punten was dat hij altijd vooruit bleef kijken, ook als de twijfel toesloeg.

'Ik heb contact gehad met het Nationaal Forensisch Instituut. Ze halen de aanwezige sms'jes uit Rogers mobieltje en herstellen de gewiste. Bovendien zijn de lijsten met gevoerde gesprekken onderweg van het telecombedrijf. Die krijg ik vanavond waarschijnlijk.' Billy zweeg toen Vanja's telefoon overging. Ze keek naar het schermpje, verontschuldigde zich en liep weg. Torkel en Billy keken haar na. Ze konden zich geen van beiden herinneren dat Vanja ooit eerder een privégesprek had aangenomen tijdens haar werk. Het was dus vast belangrijk.

Het mobiele telefoontje van haar vader had heel wat gevoelens bij Vanja losgemaakt, en ze liep het politiebureau uit om haar gedachten te ordenen. Het lukte haar meestal wel om haar werk en haar privéleven goed van elkaar gescheiden te houden: twee parallelle levens die elkaar maar zelden kruisten. Maar het afgelopen halfjaar was dat een stuk moeilijker geworden. Haar collega's hadden niets gemerkt – daar was ze te gedisciplineerd voor –, maar het had haar flink aangegrepen.

Gepieker.

Bezorgdheid.

In het middelpunt van al dat getob de man van wie ze meer hield dan van wie ook: haar vader, Valdemar. Bezorgdheid die je uit je hoofd zet, komt altijd terug. Hoe harder je je zorgen wegduwt, hoe heviger ze terugkeren. De laatste tijd was het steeds erger geworden. Vanja werd 's morgens steeds vroeger wakker en kon dan niet meer in slaap komen.

Ze ging linksaf, naar het parkje bij het slot. Het waaide een beetje vanaf het Mälarmeer. De vers groene uitlopers en de uitbottende bladeren ruisten en ritselden in de wind. Alles rook naar lente. Vanja sneed een stukje af over de zachte grond, zonder dat ze eigenlijk wist waar ze naartoe wilde.

Het eerste resultaat van de chemotherapie was dus positief, maar er waren nog meer tests nodig.

De beelden kwamen terug. Het ziekenhuis. Acht maanden geleden, toen het hun werd verteld. Haar moeder huilde. De dokter stond naast haar vader en zag er professioneel uit. Het deed Vanja denken aan al die keren dat ze zelf in die rol had gezeten: je rustig en zeker opstellen tegenover slachtoffers en treurende familie. Ditmaal waren de rollen omgedraaid. Zij stond daar en liet haar gevoelens de vrije loop. De diagnose was makkelijk te begrijpen.

Celveranderingen in de longen.

Longkanker.

Vanja zonk neer op een stoel naast haar vader. Haar lip trilde, haar stem had niet de gelijkmatige toon die hij anders had. Haar vader keek haar vanuit zijn ziekenhuisbed aan en probeerde, zoals altijd, kalm te blijven. Hij was de enige van het gezin die zijn gebruikelijke rol nog kon spelen.

Vanja was die dag, acht maanden geleden, weer naar haar werk gegaan met de belofte van de arts dat de modernste middelen van de wetenschap zouden worden ingezet. Chemotherapie en bestraling. Er was een grote kans dat haar vader helemaal zou herstellen, de kanker zou overwinnen. Ze ging op haar plek tegenover Billy zitten, luisterde naar zijn beoordeling van het concert van de voorgaande dag van een band waar ze nog nooit van had gehoord en dat ze uit zou zetten als het op de radio was. Heel even keek hij haar aan en was hij stil, alsof hij zag dat er iets was gebeurd. Zijn vriendelijke ogen keken haar rustig aan. Het duurde maar een seconde. Toen hoorde ze zichzelf iets sarcastisch over zijn muzikale smaak zeggen en dat hij volgende maand tweeëndertig werd en geen tweeëntwintig, of hij dat soms was vergeten. Ze hadden er een tijdje geintjes over gemaakt. Zoals altijd. Op dat moment besloot Vanja dat het zo zou blijven. Niet dat ze hem niet vertrouwde. Billy was niet alleen maar haar collega: hij was ook haar beste vriend. Maar toen had ze er juist behoefte aan dat hij zo gewoon mogelijk bleef. Dat maakte alles iets minder erg. Aan een deel van haar leven kon een einde komen, maar een ander deel ging door. Zoals anders. Dat wilde ze voelen. Die dag zat ze extra veel met Billy te geinen.

Vanja liep langs de rivier naar de oever van het meer. De middagzon weerkaatste op het water. Een paar dappere boten worstelden tegen de koude wind in. Ze pakte haar mobiele telefoon, verwierp de gedachte dat ze eigenlijk naar haar collega's terug zou moeten gaan en drukte de sneltoets van haar ouderlijk huis in. Haar vaders ziekte had haar moeder verbazingwekkend hevig aangegrepen. Vanja had zelf ook wel willen huilen, willen schreeuwen en zich machteloos willen voelen bij het idee dat Valdemar haar zou kunnen ontvallen, maar die rol was al vergeven. Normaliter wilde Vanja dat ook graag. De dynamiek stond vast: de moeder emotioneel, de dochter meer rationeel en beheerst, zoals haar vader. Het afgelopen jaar besefte Vanja voor het eerst dat ze soms wilde dat ze de rollen konden omdraaien, al was het maar voor even. Vanja voelde zich plotseling op de rand van een afgrond balanceren waarvan ze niet wist hoe diep die was. En degene die er altijd was geweest om ervoor te zorgen dat ze niet viel, dreigde opeens bij haar weg te gaan.

Voor altijd.

Maar misschien toch niet.

De medische wetenschap had hoop gebracht. Hij zou het hoogstwaarschijnlijk overleven. Vanja glimlachte. Ze keek uit over het glinsterende water en liet zich overspoelen door vreugde.

'Dag mama.'

'Heb je het gehoord?' Te enthousiast om zelfs maar hallo te zeggen.

'Ja, hij belde net. Het is fantastisch.'

'Ja, ik kan het nog niet geloven. Hij is onderweg naar huis.' Vanja hoorde dat haar moeder haar tranen maar nauwelijks kon bedwingen. Tranen van vreugde. Dat was lang geleden.

'Geef hem maar een flinke knuffel van me. Een heel lange, en zeg maar dat ik zo gauw mogelijk kom.'

'Wanneer is dat?'

'Uiterlijk dit weekend, hoop ik.'

Ze spraken af volgende week met z'n drieën uit eten te gaan. Haar moeder kon er bijna niet toe komen op te hangen. Vanja, die normaal niet hield van gesprekken die maar door- en doorgingen, genoot ervan. Haar moeder borrelde gewoon over, en zijzelf ook; de ongerustheid moest er in een veelheid van woorden uit, alsof ze allebei wilden bevestigen dat alles weer normaal was.

Haar mobieltje piepte.

Een sms'je.

'Ik hou van je, Vanja.'

'Ik ook van jou. Maar ik moet nu gaan.'

'Moet dat echt?'

'Ja, dat weet je best, mama, maar we zien elkaar gauw.'

Vanja beëindigde het gesprek en bekeek het ingekomen bericht. Van Torkel. Haar andere wereld eiste haar aandacht op.

'Waar zit je? Ursula komt hierheen.'

Een snel antwoord: 'Ik kom.'

Ze overwoog even er een smiley aan toe te voegen, maar deed dat toch maar niet.

Beatrice Strand had zoals altijd de bus naar huis genomen, maar ze stapte een halte eerder uit dan anders. Ze had behoefte aan frisse lucht. Op school was dat onmogelijk. Thuis ook. Rogers dood was overal in doorgedrongen; het was alsof er een dijk was doorgebroken en het water alle mensen had meegesleurd. Haar leerling. Voor wie ze zoveel had gedaan. Johans vriend. Met wie hij zoveel had gespeeld. Zoiets gebeurde niet.

Vrienden stierven niet.

Leerlingen werden niet vermoord in het bos gevonden.

Normaal was het acht minuten lopen van de bushalte naar het grindpad dat toegang gaf tot de vaalbleke villa van twee verdiepingen. Vandaag deed ze er vijfendertig minuten over. Niet dat Ulf haar zou missen. Het was lang geleden sinds hij zich erom bekommerd had hoe laat ze thuiskwam.

Het huis was stil toen ze binnenkwam.

'Hallo?'

Geen antwoord.

'Johan?'

'Wij zijn boven,' werd er geantwoord.

Maar dat was alles. Geen 'Ik kom naar beneden' of 'Hoe is het?'. Alleen maar stilte.

Wij zijn boven.

Wij.

Ulf en Johan.

Altijd. Steeds minder vaak 'wij drieën'.

Wie probeerde ze nou eigenlijk iets wijs te maken?

Nooit 'wij drieën'.

'Ik ga theezetten,' riep ze weer, zonder antwoord te krijgen.

Beatrice zette de waterkoker aan. Ze bleef naar het rode lampje aan de onderkant staan staren, in gedachten verzonken. De eerste dagen wilde ze het gezin bij elkaar houden; ze wilde dat ze praatten, elkaar steunen. Dat deden gezinnen toch, elkaar steunen in moeilijke tijden? Maar Johan wilde niet. Hij ontweek haar. In dit gezin deed je alles met je vader, inclusief verdriet hebben. Hij sloot haar buiten. Maar ze was niet van plan zich daarbij neer te leggen. Ze pakte de grote theekopjes van het Franse servies met fruitmotief en zette die, met honing en suikerklontjes, op een dienblad. Ze keek uit het raam naar de rustige villastraat. Binnenkort zou ze het roze-en-wit weer zien waarvan ze zo hield. Hun kersenboom stond net in de knop. Hij was vroeg dit jaar. Ze hadden hem met z'n drieën geplant, een eeuwigheid geleden, leek het wel. Johan, pas vijf jaar oud, had hardnekkig zelf willen graven, en ze hadden hem giechelend laten begaan. Ze wist nog wat ze toen had gezegd: 'Een echt gezin heeft een fruitboom.'

Een echt gezin. De waterkoker sloeg af en ze goot het stomende water in de kopjes. Drie theezakjes. Toen liep ze de trap op. Naar wat er nog over was van haar echte gezin.

Johan zat op zijn pc een of ander gewelddadig spelletje te spelen waarbij het erom ging zo veel mogelijk figuren dood te schieten. *First Person Shooter*, had ze geleerd dat het heette. Ulf zat op zijn gemak op de rand van het tienerbed toe te kijken. Toen ze de deur opendeed en de kamer binnen kwam, keek Ulf op. Dat was in elk geval iets.

'Hebben jullie honger?'

'Nee. We hebben net gegeten.' Beatrice zette het dienblad op de plank waarop de mangaboeken van haar zoon stonden.

'Is de politie hier vandaag geweest?'

'Ja.'

Weer stilte. Beatrice liep naar haar zoon toe en legde stilletjes haar hand op zijn schouder. Ze kon de warme huid onder zijn

T-shirt voelen. Heel even hoopte ze dat haar hand daar mocht blijven liggen.

'Mama…' Een rukje met zijn schouder dat duidelijk aangaf: weghalen!

Beatrice haalde haar hand met tegenzin weg, maar ze wilde het niet opgeven. Nog niet. Ze ging op het bed zitten, een stukje bij Ulf vandaan.

'We moeten hierover praten. Niemand schiet ermee op als hij zich alleen maar opsluit,' begon ze.

'Ik praat met papa,' zei Johan vanachter zijn bureau zonder zich zelfs maar om te draaien.

'Maar ik heb ook behoefte aan praten,' zei ze, en haar stem werd wat onvast. Ze had niet alleen behoefte aan praten; ze had behoefte aan haar gezin. Vooral aan haar zoon. Ze had gehoopt dat Johan bij haar terug zou komen toen Ulf terugkwam.

Erase & Rewind.

Vergeten, vergeven en doorgaan.

Ze had gehoopt dat alles weer normaal zou worden, zoals tevoren. Voor alles. Toen ze nog iemand was naar wie Johan 's avonds toe kwam met zijn zorgen, toen ze in intieme gesprekken lief en leed hadden gedeeld en ze mocht zijn wat ze graag wilde zijn: moeder, echtgenote, deel van iets. Nu leken die momenten net zo ver weg als die dag, lang geleden, toen een gezin trots zijn kersenboom had geplant. Ulf keek haar aan.

'Dat doen we later. Het ging goed met de politie. Johan heeft verteld wat hij wist.'

'Goed zo.'

'Zeg, we gaan straks weg, Johan en ik. Ergens kamperen. Even weg.'

Weg van haar, kon Beatrice niet nalaten te denken, maar ze knikte alleen.

'Dat is vast fijn.'

Weer stilte. Wat viel er nog meer te zeggen?

Johans computerspel bleef maar schieten.

Ursula kwam binnen. Ze glimlachte.

'Zeg alsjeblieft dat die lach betekent dat je goed nieuws hebt,' zei Torkel.

'Ik heb het obductierapport. Dat staat vol verrassingen. Als een gigantische kindersurprise.'

Vanja, Sebastian en Torkel gingen alle drie onwillekeurig recht-op zitten in hun stoel. Ursula opende de map die ze bij zich had en prikte een aantal foto's aan de muur. Foto's die Rogers romp en armen lieten zien vanuit alle hoeken en van diverse afstanden.

'Tweeëntwintig messteken in rug, romp, armen en benen. Voor zover we ze kunnen tellen. Daarnaast hebben we verwondingen die zijn ontstaan toen het hart werd verwijderd.' Ze wees op een van de foto's, die een asymmetrische, diepe opening in de rug liet zien, tussen de schouderbladen.

Sebastian wendde zijn ogen af. Hij had altijd al moeite gehad met steekwonden. Die groteske combinatie van gladde, bleke huid en diepe, scherpe messteken bewees dat huid er was om te verbergen.

'Geen afweerwonden op de handpalmen of de onderarmen,' vervolgde Ursula. 'Weten jullie waarom?' Ze wachtte niet tot er iemand antwoord gaf. 'Omdat alle snij- en steekwonden post mortem zijn toegebracht.'

Torkel keek op van zijn notitieblok en zette zijn bril af.

'Hoe bedoel je?'

'Hij was al dood toen hij werd gestoken.' Ursula keek hen ern-stig aan, alsof ze haar ontdekking wilde benadrukken.

'Waar is hij dan aan gestorven?'

Ursula wees weer op de close-up van de open wond in Rogers rug. Op het breedste punt ongeveer acht centimeter. Op sommi-ge plaatsen waren stukjes gebroken rib te zien. Er was heel wat kracht voor nodig geweest om die verwondingen toe te brengen. Kracht en doelgericht.

'Het grootste deel van het hart is weg, maar dat heeft niets te maken met een ritueel of vreemde ideeën over offers brengen. Ze hebben er een kogel uit gehaald. Dat is alles.'

Ursula prikte nog een foto op het bord. Niemand aan tafel zei iets.

'Hij is in de rug geschoten. De kogel is weg, maar we hebben er sporen van gevonden op een van de ribben.' Ursula wees naar de extreme vergroting van Rogers wonden die ze zojuist had opgehangen. Op een van de ribben was duidelijk een halvemaanvormige afdruk van een kogel te zien.

'We hebben het over een betrekkelijk klein kaliber wapen. Aan de afdruk te oordelen een .22.'

Van die informatie veerden ze allemaal op. Ze bespraken meteen welke wapens van dit kaliber ze kenden. Torkel haalde door wat toetsen in te drukken een lijst tevoorschijn in de database. Sebastian kon aan zo'n discussie niets toevoegen, dus hij stond op en liep naar de muur. Hij dwong zichzelf de foto's beter te bekijken. Achter hem ebde het gesprek weg. De printer begon te rammelen en spuwde Torkels lijst uit. Torkel keek naar zijn oud-collega.

'Iets gevonden?'

Sebastian bleef naar de foto van de gapende wond op de rug kijken.

'Ik denk dat het niet de bedoeling was dat Roger Eriksson zou doodgaan.'

'Als je op iemand schiet en hem tweeëntwintig keer met een mes steekt, moet je daar toch wel rekening mee houden,' zei Vanja droog.

'Oké, verkeerd geformuleerd. Ik denk dat de moord op Roger Eriksson niet met voorbedachten rade is gepleegd.'

'Want?'

'Die kogel uitsnijden was niet gemakkelijk. Dat was bloederig. Dat duurde een tijdje. Het verhoogde de kans om betrapt te worden. Maar de moordenaar moest wel. Want hij wist dat de kogel hem zou verraden.'

Vanja begreep meteen wat hij bedoelde. Even vervloekte ze zichzelf dat zíj daar niet op was gekomen. Dat had ze wel moeten doen. Ze vulde aan, gretig om Sebastian niet alléén de conclusie te laten trekken: 'En als hij de moord had gepland, had hij een ander wapen gebruikt. Een wapen dat niet te traceren was.'

Sebastian knikte bevestigend. Ze was snel van begrip.

'Dus wat is er gebeurd?' vroeg Torkel. 'Roger liep zo ongeveer midden in Västerås, kwam iemand met een .22 tegen, liep door en werd in zijn rug geschoten. De schutter beseft: oeps, die kogel kan me verraden, en besluit hem er weer uit te halen en bovendien om naar Listakärr te rijden om daar het lichaam te dumpen.' Torkel keek de anderen aan, die zijn redenering zwijgend aanhoorden. 'Klinkt dat jullie geloofwaardig in de oren?'

'We weten niet wat er gebeurd is.' Sebastian wierp een vermoeide, geïrriteerde blik op zijn chef. Hij had een puzzelstukje aangegeven, niet de hele puzzel gelegd.

'We weten niet eens waar hij is gestorven. Ik zei alleen maar dat het waarschijnlijk niet gepland was.'

'Dus de kans bestaat dat we het over doodslag hebben en niet over moord, maar dat brengt ons geen centimeter dichter bij de moordenaar, of wel?'

Stilte in de vergaderkamer. Sebastian wist uit ervaring dat het geen goed idee was om te reageren als Torkel zo chagrijnig deed. Kennelijk wisten de anderen dat ook. Torkel wendde zich tot Ursula.

'Die sporen op de rib, zijn die met een kogel te matchen als we het wapen vinden?'

'Nee. Jammer genoeg niet.'

Torkel zakte weer in zijn stoel en spreidde zijn armen.

'Dus we hebben een nieuwe doodsoorzaak, maar dat is verdomme ook alles.'

'Nee hoor.' Sebastian wees naar een andere foto aan de muur. 'We hebben het horloge.'

'Wat is daarmee?'

'Dat is duur.'

Hij liet zijn hand even rusten op de hoogglansfoto's van Rogers kleren.

'Spijkerbroek van Acne. Quicksilverjack van Diesel. Sneakers van Nike. Allemaal merkkleding.'

'Het was een tiener.'

'Ja, maar hoe kwam hij aan het geld? Zijn moeder lijkt het niet erg breed te hebben. Hij was nota bene het liefdadigheidsexperiment van het Palmlöv.'

Lena Eriksson zat in haar fauteuil in de woonkamer en tikte de as van haar sigaret in een asbak op de leuning van de stoel. Ze had vanmorgen een nieuw pakje opengemaakt, en een uurtje geleden nog een. Dit was de derde uit het tweede pakje. De drieëntwintigste van de dag dus. Te veel. Vooral omdat ze de hele dag nog bijna niets gegeten had. Ze voelde zich een beetje duizelig terwijl ze haar keel schraapte en de politiemensen aankeek, die op de bank aan de andere kant van de vierkante salontafel zaten. Nieuwe. Allebei. Alle drie, als je de vrouw in Rogers kamer meetelde. De vrouw die Lena in het mortuarium had gesproken, was er niet bij. En niemand anders die eerder bij haar was geweest. Dezen waren in burger en kwamen van iets wat Nationale Recherche heette. Ze hadden gevraagd hoe Roger aan zijn geld kwam.

'Hij had een studiebeurs.'

Ze nam nog een trek van haar sigaret. Die beweging was heel bekend, heel alledaags, bijna een reflex. Wat had ze vandaag verder eigenlijk nog gedaan behalve hier zitten roken? Niets. Ze kon er de energie niet voor opbrengen. Vanmorgen was ze na een paar uur slapen wakker geworden en had bedacht dat ze een stukje moest gaan lopen. Een frisse neus halen. Een paar boodschappen doen. Misschien de flat een beetje schoonmaken. Een eerste stap zetten op de weg terug naar een soort van normaal leven. Zonder Roger.

Ze moest in elk geval de deur uit om de krant te kopen, *Aftonbladet*. Die hadden uiteindelijk het meest betaald. Vijftienduizend kronen had ze gekregen om een kleine twee uur met een jonge vrouw te praten. Contant. Het eerste halfuur was er een fotograaf bij geweest, maar daarna was die vertrokken. De jonge vrouw – Lena was vergeten hoe ze heette – had een opnameapparaat op tafel gezet en vragen gesteld over Roger: hoe hij was, hoe hij vroeger was, wat hij wilde worden, of ze hem miste. Lena had tot haar verbazing niet gehuild tijdens het interview. Dat had ze wel verwacht; het was de eerste keer sinds Roger verdwenen was dat ze met iemand anders dan de politie over hem praatte. Echt praatte dus. Maarit, een collega, had wel gebeld en haar onbeholpen en ongemakkelijk gecondoleerd, maar ze had het gesprek zo snel mogelijk beëindigd. Lena's chef had van zich laten horen, maar vooral om uit te leggen dat hij er begrip voor had dat Lena niet volgens het rooster zou komen werken en dat ze haar diensten onder de andere personeelsleden zouden verdelen, en dat ze het een paar dagen van tevoren moest laten weten als ze weer terug wilde komen. De politiemensen die er waren geweest, hadden meer willen weten over Rogers verdwijning: was hij wel vaker weggelopen, zat hij ergens mee, had hij vijanden? Ze wilden niets weten over hem als mens. Als zoon.

Hoe hij was geweest.

Hoeveel hij had betekend.

Dat wilde de vrouwelijke journalist wel. Ze hadden het fotoalbum bekeken, ze had Lena in haar eigen tempo laten vertellen en alleen maar tussendoor af en toe een vraag gesteld of verduidelijking gevraagd. Toen Lena had verteld wat ze vond dat ze kon en wilde zeggen over haar zoon, was de vrouw directere vragen gaan stellen. Was Roger iemand naar wie zijn vrienden toe kwamen als ze hulp nodig hadden? Deed hij een soort vrijwilligerswerk? Trainde hij een jeugdploeg, deed hij iets voor goede doelen? Of zoiets? Lena had alle vragen naar waarheid met nee beantwoord. De enige vrienden die bij hen thuis kwamen, waren Johan Strand en een jongen van zijn nieuwe school. Die was één keer geweest. Erik nog wat. Lena verbeeldde zich dat ze een zweem van teleurstelling op het gezicht van de journaliste zag. Kon Lena dan iets meer vertellen over het gepest? Wat ze voelde toen ze hoorde dat de vroegere kwelgeest van haar zoon was gearresteerd voor de moord? Ook al was dat allemaal oud nieuws, de journaliste – heette ze niet Katarina? – dacht dat ze het nog wel een keer kon aanzwengelen. Met een foto van Rogers bed en de twee knuffels die daar nog op lagen, zou dat wel lukken. Dus Lena had verteld. Over het gepest. Over het geweld. Over het veranderen van school. Maar vooral dat ze zeker wist dat Leo Lundin haar zoon had vermoord en dat ze het hem nooit zou vergeven. Katarina zette het opnameapparaat uit, vroeg of ze een paar foto's uit het fotoalbum mocht meenemen, betaalde en vertrok. Dat was gisteren. Lena had het geld in haar zak gestopt. Heel veel geld. Ze had overwogen uit eten te gaan. Ze had er echt behoefte aan de flat uit te komen. Ze had echt behoefte aan eten. Maar ze was thuisgebleven. In haar leunstoel. Met haar sigaretten en met het geld in haar zak. Ze had het tegen haar been gevoeld elke keer als ze ging verzitten. Elke keer werd het stemmetje in haar wakker.

Dit geld heeft hem in elk geval niet gedood.

Uiteindelijk was ze opgestaan en had ze het stapeltje bankbiljetten in een la gelegd. Ze ging de deur niet uit. Ze at niet. Ze zat in haar leunstoel te roken. Net als ze gisteren de hele dag had gedaan. En nu waren hier twee politiemensen die over geld wilden praten.

'De kinderbijslag en zijn studiebeurs waren niet genoeg toen hij naar die ellendige kakschool ging. Daar had hij telkens wéér geld nodig.' Vanja keek verbaasd op. Ze had aangenomen dat Lena alleen maar positief zou zijn over het Palmlöv College, dat haar zoon bij zijn plaaggeesten had weggehaald en had toegelaten op wat naar Vanja's overtuiging – ongeacht wat ze van de leiding vond – een goede, aantrekkelijke school was.

'Vond u het niet fijn dat hij van school veranderde?'

Lena keek haar niet aan. Ze keek de andere kant op, naar het grote raam. Op de vensterbank stond een messing lamp met een blauw kapje en twee potten met dieffenbachia's. Wanneer had ze die voor het laatst water gegeven? Lang geleden. De aronskelken hielden zich beter, maar ook die hingen slap. In het steeds zwakker wordende licht dat door het raam viel, zag ze dat de flat blauw zag van de rook.

'Ze heeft hem van me afgepakt,' zei ze, en ze deed haar sigaret uit, stond op uit haar stoel en liep naar de balkondeur.

'Wie heeft hem van u afgepakt?'

'Beatrice Strand. Die hele eliteschool.'

'Op welke manier hebben ze Roger van u afgepakt?'

Lena gaf niet onmiddellijk antwoord. Ze deed haar ogen dicht en ademde de zuurstofrijke lucht in. Sebastian en Vanja voelden een welkom zuchtje frisse, koele lucht vanaf de open balkondeur over hun voeten trekken. In de stilte hoorden ze alle drie hoe Ursula de kamer van de jongen doorzocht. Ze had per se mee gewild. Aan de ene kant om niet alleen achter te hoeven blijven met een chagrijnige Torkel, op wie ze bovendien nog steeds kwaad was, en aan de andere kant omdat de kamer alleen nog maar doorzocht was door de lokale politie. Ursula's vertrouwen in hen was minimaal. Allemachtig, zij hadden de aangifte van vermissing van de jongen twee hele etmalen laten liggen. Als ze er zeker van wilde zijn dat het goed gebeurde, moest ze het zelf doen. En dat deed ze nu.

Lena hoorde dat de kast werd opengemaakt, dat er laden werden uitgetrokken en dat er reproducties en affiches van de muren werden gehaald, terwijl ze met lege ogen naar een boom op de parkeerplaats staarde, het enige groen dat er vanuit het raam te zien was. De rest van het uitzicht bestond uit de grijze muur van het volgende huizenblok.

Op welke manier hadden ze Roger van haar afgepakt? Kon ze dat toelichten?

'Ze moesten met de kerst naar de Maldiven, in de krokusvakantie naar de Alpen en in de zomer naar de Rivièra. Hij wilde niet meer thuis zijn. De flat was niet goed genoeg meer. Niks van wat wij hadden was nog goed genoeg. Ik had geen kans.'

'Maar had Roger het wel beter naar zijn zin op het Palmlöv?'

Ja, natuurlijk. Hij werd niet meer gepest. Niet meer geslagen. Maar op haar somberste momenten dacht Lena dat dat misschien nog beter was geweest. Dan was hij thuis geweest. Als hij niet trainde of bij Johan was, was hij altijd thuis. Bij haar. Hij had haar net zo hard nodig gehad als zij hem. Nu was de harde waarheid dat niemand haar nodig had.

Het afgelopen jaar was ze niet eenzaam geweest, ze was in de steek gelaten.

Dat was erger.

Lena werd zich bewust van de stilte in de kamer. Ze wachtten op antwoord.

'Ik neem aan van wel.' Lena knikte nadenkend. 'Ik neem aan dat hij het beter naar zijn zin had.'

'Werkt u?' vroeg Vanja toen ze begreep dat ze geen afdoende antwoord over Rogers nieuwe school zou krijgen.

'Parttime. Bij de Lidl. Hoezo?'

'Ik vroeg me af of hij misschien geld stal. Zonder dat u het wist.'

'Dat had hij misschien wel gedaan als er iets te stelen was geweest.'

'Praatte hij daar weleens over – dat het belangrijk was dat hij geld kreeg? Leek hij wanhopig? Kan hij geld hebben geleend?' Lena trok de balkondeur toe, maar deed hem niet helemaal dicht. Ze liep terug naar haar fauteuil. Weerstond de impuls om nog een sigaret aan te steken. Ze voelde zich moe. Haar hoofd tolde. Konden ze haar niet gewoon met rust laten?

'Dat weet ik niet. Waarom is het zo belangrijk hoe hij aan geld kwam?'

'Als hij het van de verkeerde persoon leende of stal, kan dat een motief zijn.'

Lena haalde haar schouders op. Ze wist niet hoe Roger aan zijn geld kwam. Had ze dat wel moeten weten?

'Praatte hij weleens over Axel Johansson?' Vanja probeerde een ander spoor. Je kon niet zeggen dat de moeder erg coöperatief was. Ze moesten verdorie elk antwoord uit haar trekken.

'Nee, wie is dat?'

'Een conciërge van het Palmlöv. Voorheen.'

Lena schudde haar hoofd.

'Toen de politie hier was, zei u dat…' Vanja bladerde een paar pagina's terug in haar notitieblok en las voor: '"… Roger zich niet bedreigd voelde of ruzie met iemand had." Klopt dat nog steeds?'

Lena knikte.

'Als hij bedreigd was of ruzie had, zou u dat dan geweten hebben?'

Die vraag werd gesteld door de man. Die had tot nu toe nog niets gezegd. Hij had zich voorgesteld toen ze binnenkwamen en had sindsdien zijn mond gehouden. Of nee, zelfs dat niet. De vrouw had hen allebei voorgesteld terwijl ze haar legitimatie liet zien. De man had er geen laten zien. Sebastian heette hij, meende Lena zich te herinneren. Sebastian en Anja. Lena keek in Sebastians kalme, blauwe ogen en begreep dat hij het antwoord al wist. Doorzien.

Hij wist dat het niet alleen het driekamerhuurflatje in deze minne buurt was, of dat de dvd een blu-ray had moeten zijn en dat je elk halfjaar een nieuw mobieltje moest hebben. Hij wist dat zij niet deugde. Zij, met haar uiterlijk, haar overgewicht en haar slecht betaalde baan. Hij wist dat Roger zich voor haar schaamde. Dat hij niet wilde dat ze nog langer deel uitmaakte van zijn leven, dat hij haar buitengesloten had. Wat hij niet wist, was dat ze een opening had gevonden. Een weg terug naar hem. Terug naar elkaar.

Maar toen ging hij dood, zei het stemmetje, *en daar ging je weg terug.*

Met enigszins trillende handen maakte Lena haar pakje sigaretten open en ze stak de vierentwintigste aan voordat ze het antwoord gaf dat Sebastian al kende.

'Waarschijnlijk niet.'

Lena zweeg en schudde peinzend haar hoofd, alsof het op dat moment tot haar doordrong hoe slecht haar relatie met haar zoon was geweest. Haar blik verloren in de verte.

Het gesprek werd onderbroken doordat Ursula met haar twee tassen en de camera om haar nek uit Rogers kamer kwam.

'Ik ben klaar. We zien elkaar straks op het bureau.' Ursula zei tegen Lena: 'Nogmaals gecondoleerd.'

Lena knikte afwezig. Ursula schonk Vanja een veelbetekenende blik, negeerde Sebastian en verliet de flat. Vanja wachtte tot ze de buitendeur hoorde dichtgaan.

'Rogers vader, kunnen we die spreken?' Dat was Vanja weer. Nieuwe poging. Nieuwe lijn. Kijken of er een onderwerp was waarover ze meer dan drie woorden achter elkaar uit de moeder konden krijgen.

'Er is geen vader.'

'Wauw, dat is al tweeduizend jaar geleden.'

Lena keek Vanja door de rook heen rustig aan.

'Veroordeelt u me? U zou goed op Rogers nieuwe school passen.'

'Niemand veroordeelt u, maar er moet ergens een vader zijn.' Sebastian bemoeide zich er weer mee. Verbeeldde Vanja het zich, of klonk zijn stem anders?

Belangstelling?

Betrokkenheid?

Lena tipte de as van haar sigaret en haalde haar schouders op.

'Ik weet niet waar hij is. We zijn nooit samen geweest. Het was iets eenmaligs. Hij weet niet eens dat Roger bestaat.'

Sebastian boog zich naar haar toe, duidelijk meer geïnteresseerd nu. Hij keek Lena vrijmoedig aan.

'Hoe loste u dat op? Ik bedoel, Roger zal toch weleens naar zijn vader hebben gevraagd?'

'Toen hij klein was wel.'

'Wat zei u dan?'

'Ik zei dat hij dood was.'

Sebastian knikte nadenkend. Had Anna Eriksson dat ook tegen haar zoon of dochter gezegd? Dat papa dood was? Wat zou er dan gebeuren als die vader ineens opdook, na dertig jaar? Wantrouwen natuurlijk. Hij zou waarschijnlijk op de een of andere manier moeten bewijzen dat hij werkelijk degene was voor wie hij zich uitgaf. Waarschijnlijk zou zijn zoon of dochter kwaad worden op de moeder, of teleurgesteld zijn in haar. Ze had gelogen, haar kind een vader ontnomen. Misschien zou Sebastians verschijning hun relatie helemaal stukmaken. Meer kwaad dan goed doen. Hoe hij het ook wendde of keerde, hij kwam telkens tot de slotsom dat het domweg het beste zou zijn om gewoon verder te leven alsof hij die brief nooit had gevonden. Alsof hij er nooit achter was gekomen.

'Waarom zei u dat hij dood was? Als Roger de waarheid had gekend, had hij naar hem op zoek kunnen gaan.'

'Daar heb ik wel over gedacht. Maar voor mijn gevoel was het beter om te zeggen dat hij dood was dan dat hij Roger niet wilde kennen. U weet wel, voor zijn gevoel van eigenwaarde.'

'Maar dat weet u toch niet! U weet niet wat hij wilde. Hij heeft nooit de kans gehad!' Vanja keek Sebastian van opzij aan. Tjonge, wat een betrokkenheid ineens. Zijn stem was hoger geworden, en ook harder. Hij was op het puntje van de bank gaan zitten en het leek wel of hij elk moment kon opspringen.

'Stel dat hij Roger wel had willen kennen. Als hij het maar had geweten.'

Sebastians uitbarsting leek Lena nogal onberoerd te laten. Ze drukte haar sigaret uit terwijl ze de laatste rook uit haar longen blies.

'Hij was al getrouwd. Hij had andere kinderen. Eigen kinderen.'

'Hoe heette hij?'

'Rogers vader?'

'Ja.'

'Jerry.'

'Als Jerry Roger nu had opgezocht, nu die wat ouder was, hoe denkt u dat Roger dan had gereageerd?'

Vanja boog zich voorover. Waar was Sebastian eigenlijk mee bezig? Dit leidde toch helemaal nergens toe?

'Hoe had hij dat nou kunnen doen? Hij wist toch niet eens dat de jongen bestond?'

'Maar als…'

Vanja legde voorzichtig haar hand op Sebastians arm om zijn aandacht te trekken.

'Dit is een hypothetische redenering, die hier niet echt thuishoort, vind je wel?'

Sebastian hield zijn mond. Hij voelde Vanja's verbaasde blik van opzij.

'Dat is zo… Ik…' Voor het eerst sinds heel lange tijd wist Sebastian niet wat hij moest zeggen, dus herhaalde hij alleen maar: 'Dat is zo.'

Het werd stil. Ze stonden op, ze waren klaar. Sebastian ging naar de hal en Vanja liep achter hem aan. Lena maakte geen aanstalten om op te staan of hen uit te laten. Ze waren al bijna in de hal toen ze hen terugriep.

'Rogers horloge.'

Sebastian en Vanja draaiden zich naar haar om. Vanja kon het gevoel niet onderdrukken dat er iets niet klopte met de vrouw in de doorgezakte fauteuil. Iets waar ze maar niet de vinger achter kreeg.

'Wat is daarmee?'

'De journaliste die ik sprak, zei dat Lundin een horloge van Roger had afgepakt voordat hij hem vermoordde. Een waardevol horloge. Dat is nu zeker van mij?'

Vanja deed een stap terug de kamer in, een beetje verbaasd dat Lena het niet wist.

Torkel was altijd heel zorgvuldig met het informeren van familieleden.

'Alles wijst er momenteel op dat Leonard Lundin niets met de moord op uw zoon te maken heeft.' Lena nam met even weinig emotie kennis van die mededeling als wanneer Vanja had verteld wat ze als lunch had gegeten.

'Oké, maar dat horloge is toch nog steeds van mij?'

'Ik neem aan van wel.'

'Ik wil het hebben.'

Sebastian en Vanja zaten in de auto op weg terug naar het politiebureau, om de dag af te sluiten. Vanja reed hard. Te hard. Ze was geïrriteerd; ze voelde het bijna tastbaar in haar middenrif. Lena had haar geprovoceerd. Vanja liet zich maar heel zelden provoceren. Dat was een sterk punt van haar. Het vermogen koel en afstandelijk te blijven. Maar Lena kroop haar onder de huid. Sebastian hield zijn mobieltje tegen zijn oor. Vanja luisterde naar zijn deel van het gesprek. Hij had Lisa aan de lijn. Na een afsluitende vraag hoe het thuis ging en een kennelijk kort antwoord, beëindigde Sebastian het gesprek en stak hij het mobieltje in zijn zak.

'Lisa betaalde Roger om te doen alsof hij haar vriend was.'

'Dat begreep ik uit wat je zei.'

'Geen vermogen, niet dat het zijn inkopen dekte, maar daar kan iets te vinden zijn. Hij was ondernemend.'

'Of op de penning. Het zit blijkbaar in de familie om alleen maar aan geld te denken. Ik bedoel, haar zoon is vermoord en het enige waar zij aan denkt is cashen.'

'Proberen het beste te maken van de situatie waarin je bent beland, is een manier om met je verdriet om te gaan.'

'Een zieke manier.'

'Ze heeft misschien geen andere.'

Typisch psychologen. Zo begrijpend. Alle reacties zijn natuurlijk, alles is te verklaren. Maar zo gemakkelijk wilde Vanja Sebastian er niet van af laten komen. Ze was kwaad en het kostte haar geen moeite dat op hem af te reageren.

'Nee, zonder gekheid. Ze had rode ogen van die vreselijke rook. Ik durf te wedden dat ze niet eens heeft gehuild – geen traan. Ik heb wel mensen in shock gezien, maar dat is zij niet. Ze is gewoon totaal emotieloos.'

'Ik kreeg het gevoel dat ze geen contact heeft met de gevoelens die wij verwachten. Verdriet, wanhoop. Misschien niet eens empathie.'

'En waarom heeft ze dat contact dan niet?'

'Hoe kan ik dat nou weten? Ik heb haar net drie kwartier gezien. Ze zal ze wel uitgeschakeld hebben.'

'Je kunt je gevoelens niet gewoon "uitschakelen".'

'O nee?'

'Nee.'

'Heb je nooit gehoord van mensen die zo door iemand gekwetst zijn dat ze zich nooit meer aan iemand anders willen binden?'

'Dat is iets anders. Haar kind is dood. Waarom zou je er vrijwillig voor kiezen om daar niet op te reageren?'

'Om te kunnen leven.'

Vanja reed zwijgend door. Er was iets.

Met Sebastian.

Iets nieuws.

Eerst beet hij zich als een terriër vast in vragen over de vader van Roger. Een onderwerp waarvan na twee vragen al duidelijk was dat het volkomen oninteressant was voor het onderzoek, en nu meende Vanja een nieuwe nuance in zijn stem te horen. Rustiger. Niet in de contramine. Niet eropuit om snel, grappig of laatdunkend te zijn. Nee, iets anders. Verdriet misschien.

'Dat maak je mij niet wijs. Het is ziek om geen verdriet te hebben om de dood van je zoon.'

'Ze heeft verdriet op haar manier.'

'Echt niet.'

'Hoe wéét jij dat, verdomme?' Vanja schrok van de plotselinge scherpte in Sebastians stem. 'Wat weet jij überhaupt van verdriet? Heb jij weleens iemand verloren die alles voor je betekent?'

'Nee.'

'Hoe weet je dan wat een normale reactie is?'

'Dat weet ik niet, maar...'

'Nee, precies,' onderbrak Sebastian haar. 'Je hebt verdomme geen idee waar je het over hebt, en dan kun je misschien maar beter je kop houden.'

Vanja keek tersluiks naar Sebastian, verrast door zijn uitbarsting, maar hij staarde gewoon recht voor zich uit naar de weg. Vanja reed in stilte door. We weten maar heel weinig van elkaar, dacht ze. Jij verbergt iets. Ik weet hoe dat voelt. Beter dan jij denkt.

De kantoortuin in het politiebureau was min of meer in het donker gehuld. Hier en daar verlichtte een nog ingeschakeld computerscherm of een vergeten bureaulampje een beperkt deel van de ruimte, maar verder was het er donker, leeg en stil. Torkel liep langzaam tussen de bureaus door naar de verlichte kantine.

Dat het politiebureau van Västerås niet vierentwintig uur per dag bruiste van de activiteit had hij wel vermoed, maar dat grote delen van het bureau na vijf uur 's middags volkomen uitgestorven waren, verraste hem toch.

Torkel kwam bij de tamelijk onpersoonlijke kantine. Drie ronde tafels met elk acht stoelen. Koelkast, vriezer, drie magnetrons, een koffieapparaat, aanrecht, gootsteen en afwasmachine tegen de ene lange kant. Kunstplanten op een paars-rood kleedje midden op elke tafel. Gemakkelijk te onderhouden, bekraste kunststof vloer. Geen gordijnen voor de drie ramen. Een eenzame telefoon op de vensterbank. Sebastian zat aan de tafel het verst van de deur, met een wegwerpbekertje koffie voor zich. Hij las *Aftonbladet*. Torkel had die krant ook doorgebladerd. Vier pagina's had Lena Eriksson gekregen.

Goed geschreven.

Nietsverhullend.

Volgens het artikel dacht Lena nog steeds dat Leonard Lundin haar zoon had vermoord. Torkel vroeg zich af hoe ze had gereageerd op het bericht dat ze hem vandaag hadden laten gaan. Hij had een paar keer geprobeerd haar te bellen, maar ze had niet één keer opgenomen. Misschien wist ze het nog niet.

Sebastian keek niet op uit de krant, hoewel hij Torkel moest hebben horen aankomen. Pas toen Torkel de stoel tegenover hem onder de tafel uit trok en ging zitten, keek hij snel op wie hem gezelschap kwam houden, en toen keerde hij terug naar de krant. Torkel vouwde zijn handen op tafel en boog zich voorover.

'Hoe ging het vandaag?'

Sebastian sloeg een krantenpagina om.

'Waarmee?'

'Met alles. Het werk. Je bent veel met Vanja op pad geweest.'

'Ja.'

Torkel zuchtte. Het was duidelijk dat hij niets voor niets zou krijgen. Waarschijnlijk zou hij helemaal niets krijgen.

'En hoe ging dat?'

'Goed.'

Torkel zag dat Sebastian weer een pagina omsloeg en bij de roze bijlage kwam. De sport. Torkel wist dat Sebastian volkomen ongeïnteresseerd was in alles wat met sport te maken had – beoefenen, kijken of erover lezen. Toch leek hij de pagina's nu met grote belangstelling te bekijken. Duidelijker kon een signaal niet zijn. Torkel leunde achterover, keek een paar tellen zwijgend naar Sebastian, stond toen op, liep naar het koffieapparaat en drukte op de knop voor cappuccino.

'Heb je zin om samen ergens te gaan eten?'

Sebastian verstijfde min of meer. Daar was het. Zoals verwacht. Het was niet: 'We zouden eens een avond bij elkaar moeten komen', of: 'Laten we eens een biertje drinken'. Het werd een etentje. *Same shit. Different name.*

'Nee, dank je.'

'Waarom niet?'

'Ik heb andere plannen.'

Een leugen. Net als dat hij geïnteresseerd was in het sportkatern. Torkel wist dat, maar besloot de zaak niet op de spits te drijven; dan zou hij alleen maar meer leugens als antwoord krijgen. Torkel had er genoeg van voor vanavond. Hij haalde zijn kopje onder het apparaat uit, maar in plaats van de kantine te verlaten, zoals Sebastian had gedacht, liep hij terug naar de tafel en ging weer zitten. Sebastian keek hem kort en vragend aan, maar wijdde zijn onverdeelde aandacht toen weer aan de krant.

'Vertel eens over je vrouw.'

Dat had hij niet verwacht. Sebastian keek Torkel oprecht verbaasd aan. Die bracht het bijna overstromende kartonnen bekertje ontspannen naar zijn lippen, alsof hij alleen maar had gevraagd hoe laat het was.

'Waarom?'

'Waarom niet?'

Torkel zette het bekertje weer neer en veegde zijn mondhoeken af met de duim en wijsvinger van zijn rechterhand. Toen keek hij Sebastian over de tafel recht in de ogen en liet hem niet meer los. Sebastian overdacht snel de alternatieven.

Opstaan en weggaan.

Weer doen alsof hij las.

Tegen Torkel zeggen dat hij naar de hel kon lopen.

Of.

Inderdaad vertellen over Lily.

Instinctief wilde hij een van de eerste drie mogelijkheden kiezen, maar bij nader inzien zou het niet veel kwaad kunnen als Torkel iets meer wist. Hij vroeg het waarschijnlijk uit een soort zorgzaamheid, niet uit nieuwsgierigheid. Weer een uitgestoken hand. Een poging om een zo niet dode, dan toch in elk geval diep slapende vriendschap weer tot leven te wekken. Je moest bewondering hebben voor zijn volhardendheid. Tijd voor Sebastian om iets terug te geven? Hoeveel kon hij per slot van rekening zelf bepalen? Dat was beter dan dat Torkel besloot op internet te gaan zoeken en dat hij meer te weten kwam dan Sebastian wilde.

Sebastian schoof de krant weg.

'Ze heette Lily. Ze was Duitse. We hebben elkaar in Duitsland ontmoet toen ik daar werkte. We zijn in '98 getrouwd. Jammer genoeg ben ik niet iemand die met een foto in zijn portefeuille rondloopt.'

'Wat voor werk deed ze?'

'Ze was socioloog. Aan de Universiteit van Keulen. Daar woonden we.'

'Ouder dan jij? Jonger? Even oud?'

'Vijf jaar jonger.'

Torkel knikte. Drie snelle vragen, drie schijnbaar eerlijke antwoorden. Nu werd het lastiger.

'Wanneer is ze overleden?'

Sebastian verstijfde. Oké, zo was het genoeg. Het vragenuurtje was officieel afgelopen. Tot hier en niet verder.

'Een paar jaar geleden. Ik wil er niet over praten.'

'Waarom niet?'

'Omdat het persoonlijk is en jij niet mijn therapeut bent.'

Torkel knikte. Dat was zo, maar toch was er een tijd geweest dat ze veel over elkaar wisten. Dat Torkel die tijd miste was misschien overdreven, hij had al jaren niet meer dan vluchtig aan Sebastian gedacht, maar nu hij terug was, nu Torkel hem aan het werk zag, besefte hij dat zijn werk, en misschien ook wel zijn leven, in de jaren dat Sebastian weg was een stuk saaier was geweest. Dat kwam natuurlijk ook door andere dingen dan Sebastians afwezigheid, maar Torkel kon het gevoel toch niet van zich af zetten dat hij zijn oud-collega echt had gemist. Zijn oude vriend. Meer dan hij had gedacht. Torkel koesterde geen enkele hoop dat dit gevoel op de een of andere manier wederzijds zou zijn, maar hij kon het in elk geval proberen.

'We waren vrienden. Al die keren dat je mijn problemen moest aanhoren, over Monica en de kinderen en de hele shit.' Torkel keek zijn collega over de tafel heen openhartig aan. 'Ik luister graag.'

'Waarnaar?'

'Wat je maar wilt. Als er iets is wat je wilt vertellen.'

'Dat is er niet.'

Torkel knikte. Zo gemakkelijk had hij ook niet verwacht dat het zou gaan. Uiteindelijk zat hij met Sebastian Bergman te praten.

'Nodigde je me daarom uit om mee te gaan eten: om me zo'n beetje de biecht af te nemen?'

Torkel tilde zijn koffiebekertje weer op. Rekte wat tijd voordat hij antwoord gaf.

'Ik kreeg het gevoel dat het niet zo goed met je gaat.' Sebastian reageerde niet meteen. Er kwam waarschijnlijk meer. 'Ik vroeg Vanja hoe het vandaag ging. Behalve dat ze je een lastig portret vindt, zei ze dat het leek of je misschien... Ik weet niet... Ze had het idee dat je ergens mee zat.'

'Vanja moet zich op haar werk concentreren.' Sebastian stond op, liet de krant liggen, maar pakte zijn bekertje en kneep het fijn. 'En je moet niet naar al die onzin luisteren die je hoort.'

Sebastian liep weg en gooide voor hij de kantine uit ging het kartonnen bekertje in de papierbak bij de deur. Torkel bleef alleen achter. Hij haalde eens diep adem en blies langzaam uit. Wat had hij dan verwacht? Hij had beter moeten weten. Sebastian Bergman liet zich niet analyseren. Daar ging ook zijn eetgezelschap voor vanavond. Billy en Vanja moesten werken en aan Ursula hoefde hij niet te denken. Maar hij wilde echt niet nog een keer in zijn eentje eten. Hij pakte zijn mobiele telefoon.

Sebastian liep snel de kantine uit, door de verduisterde kantoortuin. Hij was kwaad. Op Torkel, op Vanja, maar vooral op zichzelf. Hij had nog nooit een collega het idee gegeven dat hij 'ergens mee zat'. Niemand had ooit kunnen raden wat hij dacht. Het enige wat ze over Sebastian wisten was wat hij hun toestond te weten. Zo had hij de positie gekregen die hij had.

Aan de top.

Bewonderd.

Gevreesd.

Maar in de auto had hij zich blootgegeven, was hij de controle kwijtgeraakt. Bij Lena Eriksson thuis ook, nu hij erover nadacht. Onacceptabel. De schuld van zijn moeder. Met haar brieven. Hij moest een knoop doorhakken over wat hij daarmee ging doen. Op dit moment deed het hem meer dan hij zich kon permitteren.

Er brandde licht in de vergaderkamer. Door de ruit kon Sebastian Billy zien zitten voor zijn opengeklapte laptop. Sebastian ging langzamer lopen. Bleef staan. Elke keer dat hij vandaag aan Anna Eriksson dacht, was hij tot de conclusie gekomen dat hij er lak aan moest hebben. Er was te weinig te winnen, te veel te verliezen. Maar kon hij dat ook? Kon hij gewoon alles vergeten wat hij wist en doorgaan alsof er niets gebeurd was? Waarschijnlijk niet. Bovendien kon het toch geen kwaad om dat adres te hebben, als iemand dat tenminste kon vinden. Dan kon hij later bepalen wat hij ermee zou doen. Het gebruiken of het weggooien. Haar opzoeken of er wegblijven. Hij kon er zelfs heen gaan en het terrein een beetje verkennen. Zien wat voor mensen er woonden. Zich een idee vormen over hoe hij zou worden ontvangen als hij zich kenbaar maakte. Hij nam een besluit. Het was gewoon dom om niet alle mogelijkheden open te houden.

Sebastian duwde de deur open. Billy keek op van zijn computer.

'Hallo.'

Sebastian knikte, trok een stoel bij en ging er languit, met gestrekte benen, op zitten. Hij trok de fruitschaal die op tafel stond naar zich toe en pakte een peer. Billy had zijn aandacht weer op zijn laptop gevestigd.

'Wat doe je?'

'Ik zit op Facebook en andere sociale sites te kijken.'

'Mag dat van Torkel in werktijd?'

Billy keek op van het scherm, glimlachte en schudde zijn hoofd.

'Dacht ik niet. Ik zoek Roger.'

'En? Iets gevonden?'

Billy haalde zijn schouders op. Dat hing ervan af hoe je het bekeek. Hij had Roger gevonden, maar niets interessants.

'Hij was niet erg actief. Hij had natuurlijk geen eigen pc, maar het is meer dan drie weken geleden dat hij iets op Facebook heeft gezet. Niet zo gek dat hij daar in feite niet kwam. Hij had maar zesentwintig geregistreerde vrienden.'

'Is dat weinig?' Sebastian wist natuurlijk wat Facebook was; hij had de laatste jaren niet onder een steen geleefd, maar hij was nooit in de verleiding gekomen om precies uit te zoeken hoe het werkte of zelf lid te worden – of wat je dan ook werd. Hij had er geen enkele behoefte aan contact te houden met oude vrienden van school of vroegere collega's. Alleen al van de gedachte dat ze hem zouden 'toevoegen' en hem zouden terroriseren met hun kleffe nabijheid en hun stomme trivialiteiten werd hij niet goed. Hij deed juist erg zijn best om iedereen te mijden, of het nu het werkelijke leven betrof of het digitale.

'Zesentwintig vrienden is niks,' zei Billy. Je krijgt er al meer als je je alleen maar aanmeldt. Hetzelfde bij MSN. Daar is hij vier maanden niet geweest, en eigenlijk heeft hij alleen maar contact gehad met Lisa, Erik Heverin en Johan Strand.'

'Hij had dus nauwelijks cybervrienden.'

'Schijnbaar niet. Geen vijanden ook, trouwens. Ik heb niks verkeerds over hem kunnen vinden op het net.'

Sebastian vond dat hij lang genoeg had gedaan alsof hij geïnteresseerd was en dat hij nu wel met het verzoek kon komen waarvoor hij hier eigenlijk was. Een beetje stroopsmeren kon geen kwaad.

'Jij bent echt goed met computers, heb ik begrepen.'

Billy kon een bevestigend glimlachje niet onderdrukken.

'Beter dan gemiddeld. Het is cool,' zei hij, iets verlegener.

'Denk je dat je mij ergens mee kunt helpen?'

Sebastian haalde de brief uit zijn binnenzak en gooide die over tafel naar Billy.

'Ik zoek een zekere Anna Eriksson. Ze woonde in 1979 op dat adres.' Billy pakte de brief op en keek ernaar.

'Heeft ze met het onderzoek te maken?'

'Misschien, ja.'

'Hoe?'

Wat werkten ze hier toch verdomme allemaal netjes volgens de regels! Sebastian was te moe en te traag om een betere leugen te bedenken, dus hij beperkte zich tot iets wazigs en hoopte dat dat voldoende was.

'Het is iets wat ik als zijspoor in de gaten hou, een beetje op goed geluk. Ik heb er niks over tegen de anderen gezegd, maar als het meezit levert het iets op.'

Billy knikte en Sebastian ontspande een beetje. Hij wilde net opstaan toen Billy hem tegenhield: 'Maar hoe heeft ze met Roger Eriksson te maken?'

Oké, iets wazigs was dus niet voldoende. Waar waren de mensen gebleven die gewoon deden wat hun werd gezegd? Als het misging, kon Billy Sebastian altijd de schuld geven, en die zou op zijn beurt beweren dat Billy hem verkeerd begrepen had. Torkel zou even verontwaardigd zijn. Er zou worden gesproken over het checken van de procedures. En alles zou blijven zoals het was. Sebastian gaf Billy de kans toe te happen zonder dat hij meer aas aan de haak deed.

'Dat is een lang verhaal, maar het zou fijn zijn, ook voor jou, als je zou kunnen helpen. Ik denk echt dat het iets kan opleveren.'

Billy draaide de envelop om en bestudeerde hem. Sebastian begon alvast een leugen te bedenken voor het geval Billy niet wilde meewerken. Hij zou zeggen dat er een kans bestond dat Anna Eriksson de biologische moeder van Roger was. Nee, het stond nergens in een adoptieregister vermeld, dit was inside-information. Nee, hij kon niet zeggen van wie. Dat zou kunnen werken. Als het biologisch mogelijk was. Sebastian begon te rekenen. Hoe oud was Anna Eriksson dan geweest toen ze Roger kreeg? Zo rond de veertig? Dat kon.

'Oké.'

Sebastian keerde terug tot de werkelijkheid, hij wist niet of hij het goed had gehoord of dat hij iets had gemist.

'Oké?'

'Ja, maar het moet wel even wachten. Ik heb morgen een heleboel files van bewakingscamera's te bekijken.'

'Goed hoor, het heeft geen haast. Dank je wel.'

Sebastian stond op en liep naar de deur.

'Nog één ding.' Billy keek weer op van zijn laptop. 'Ik zou het op prijs stellen als we dit onder ons kunnen houden. Het is, zoals ik al zei, een poging op goed geluk, en je weet: het beste vermaak is leedvermaak.'

'Natuurlijk. Geen probleem.'

Sebastian glimlachte dankbaar en ging de kamer uit.

Limone Ristorante Italiano. Zij had gereserveerd, maar Torkel was er als eerste en werd naar een tafel in een hoek van de zaak gebracht, bij twee ramen, met daarboven twee metalen bollen zo groot als bowlingballen die aan draden aan het plafond hingen. Een tafel voor vier personen. Twee banken in plaats van stoelen. Hard, met rechte rugleuning. Bekleed met donkerpaarse stof. Torkel nipte aan een biertje, zo uit de fles. Was het een slecht idee geweest om Hanser mee uit eten te vragen? Hoewel, hij had haar niet met zoveel woorden mee uit eten gevraagd. Hij wilde alleen hun gesprek over het onderzoek voortzetten. Hun korte ontmoeting eerder die dag was maar oppervlakkig geweest, en die kon hij net zo goed overdoen bij een hapje eten als in haar werkkamer.

Hanser had weliswaar vrijwillig een stap terug gedaan en liet hun het onderzoek geheel naar eigen inzicht uitvoeren, maar je moest toch niet vergeten dat zij nog altijd de eindverantwoordelijkheid had, en Torkel had het gevoel dat hij de laatste tijd wat vervelend tegen haar had gedaan.

Hanser kwam, verontschuldigde zich ervoor dat ze laat was, ging zitten en bestelde een glas witte wijn. De commissaris van de provinciale politie was bij haar geweest om zich te laten bijpraten. Het baarde hem zorgen dat ze Leonard Lundin hadden moeten laten gaan en hij wilde graag horen dat er een andere, beter verdedigbare aanhouding ophanden was. Natuurlijk had ze hem moeten teleurstellen. De provinciaal commissaris stond ook onder druk. De belangstelling van de kranten, vooral de sensatiebladen, was niet verslapt. Elke dag minstens vier pagina's. Het interview van *Aftonbladet* met Lena Eriksson werd anders verpakt en opnieuw gepresenteerd. Ze legden de nadruk op Rogers eenzaamheid, speculeerden erover dat de dader iemand was die Roger niet kende. Dan zou het weer kunnen gebeuren. Een 'expert' vertelde dat iemand die voor het eerst een ander doodt – wat hier dus het geval zou kunnen zijn – onomkeerbaar een grens passeerde. Waarschijnlijk zou zo iemand opnieuw doden. Waarschijnlijk algauw. Gebruikelijke, eerzame bangmaakjournalistiek van hetzelfde niveau als onlangs de pandemiehysterie of de stukken in de trant van 'je hoofdpijn zou wel eens een hersentumor kunnen zijn'. *Expressen* was erin geslaagd alle missers rondom het verdwijnen van de jongen in het eerste weekend uit te pluizen en stelde de effectiviteit van de politie ter discussie. Ze hadden bij dat artikel al kaders met feiten gezet over andere onopgeloste moorden, met die op Palme bovenaan. Hanser had uitgelegd dat ze een afspraak met Torkel had en dat ze de provinciecommissaris morgen hopelijk meer kon vertellen. Daar had hij genoegen mee genomen, maar voordat hij wegging had hij haar duidelijk gemaakt a) dat hij hoopte dat het geen vergissing was geweest om de Nationale Recherche erbij te halen, en b) dat het in dat geval een vergissing was waar alleen zij, en niemand anders, verantwoordelijk voor was.

Toen de ober haar glas wijn kwam brengen en vroeg of ze al wisten wat ze wilden bestellen, verdiepten ze zich even in hun menukaarten. Torkel wist al wat hij wilde hebben: *salmone alla Calabrese*. Gegrilde zalmfilet met kerstomaatjes, prei, kappertjes, olijven en een aardappeltaartje. Hij was geen voorgerechtenmens. Hanser koos snel een *agnello alla griglia*, een gegrild lamsrack met rodewijnsaus en aardappeltjes gegratineerd met Parmezaanse kaas. Duurder dan zijn gerecht. Niet dat dat wat uitmaakte. Hij had haar gebeld en gevraagd met hem mee te gaan. Hij beschouwde het als een werkdinertje en dan sprak het vanzelf dat hij betaalde – dat de Nationale Recherche betaalde.

Terwijl ze op hun eten wachtten, namen ze de zaak door. Ja, Torkel had de kranten gelezen. Vanja had ook heel even op dat spoor gezeten. Onbekende dader. Maar de ontdekking dat Roger was doodgeschoten sprak daar volgens Sebastian tegen. Iemand die van tevoren besloot wie dan ook om te brengen, nam geen pistool mee waarvan hij later de kogel moest uitsnijden om niet te worden ontmaskerd. Helaas was dat niet iets wat Hanser aan de media kon doorspelen. Dat ze wisten dat Roger doodgeschoten was, mocht niet bekend worden bij het publiek, en dus bij de moordenaar. Verder had Torkel niet zoveel te vertellen. Afgezien van Axel Johansson hadden ze geen noemenswaardige vorderingen gemaakt. Morgen was een belangrijke dag; dan kwamen de rapporten van het NFI. Torkels mobieltje trilde in zijn binnenzak. Hij pakte het en keek op het schermpje. Vilma.

'Die moet ik even aannemen.'

Hanser knikte en nam een slokje van haar wijn. Torkel nam op.

'Hé, meissie.' Al voordat hij haar stem hoorde, verscheen er een glimlach op zijn gezicht. Dat effect had zijn jongste dochter op hem.

'Ha, pap, wat ben je aan het doen?'

'Ik ben uit eten met een collega. En jij?'

'Ik ga naar een feest op school. Ben je thuis?'

'Nee, ik ben nog in Västerås. Was er iets bijzonders?'

'Ik wilde vragen of je me vanavond kon ophalen. Na het feest.

We wisten niet of je alweer thuis was, dus mama zei dat ik je maar even moest bellen.'

'Als ik thuis was geweest, had ik het graag gedaan.'

'Geeft niks. Mama doet het wel. Ik wilde alleen maar weten of je thuis was.'

'Wat is het voor feest?'

'Verkleed.'

'En hoe ga jij?'

'Als bimbo.'

Torkel had slechts een vaag idee van wat dat betekende. Hij was niet echt blij met de verkleedkeuze van zijn dochter, maar aan de andere kant: hij was er niet bij en kon niet bijsturen of met creatieve alternatieven komen. Bovendien was hij ervan overtuigd dat Yvonne er wel voor zou zorgen dat het binnen de perken bleef. In tegenstelling tot die van Monica was de scheiding van Yvonne goed gegaan. Voor zover scheidingen goed gingen. Hun relatie was slecht geweest. Dat vonden ze allebei. Hij was vreemdgegaan. Zij ook, dat wist hij zeker. Ze wilden allebei van elkaar af, ook met het oog op Vilma en Elin. Feit was dat het nu beter met hen ging dan al die jaren dat ze getrouwd waren geweest.

'Oké. Doe mama de groeten, en fijne avond.'

'Komt goed. Jij ook de groeten van mama. We zien je wel als je thuiskomt.'

'Doen we. Ik mis je.'

'Ik jou ook. Doeg!'

Torkel beëindigde het gesprek en keek Hanser aan.

'Dat was mijn dochter.'

'Dat begreep ik al.'

Torkel stopte zijn mobieltje weer in zijn binnenzak.

'Jij hebt een zoon, hè? 'Hoe oud is hij nu?'

Aarzeling. Hoewel Hanser dit de afgelopen jaren al heel vaak had meegemaakt, aarzelde ze altijd over wat ze moest zeggen als haar zoon ter sprake kwam. In het begin had ze eerlijk verteld hoe het zat, maar mensen waren dan ontdaan en na een pijnlijke stilte of krampachtige pogingen om de conversatie gaande te houden, zochten ze gauw een aanleiding om bij haar weg te komen. Dus op de vraag of ze kinderen had, antwoordde ze nu meestal gewoon 'nee'. Dat was het gemakkelijkst, en het was waar.

Ze had geen kinderen.

Niet meer.

Maar Torkel wist dat ze moeder was geweest.

'Hij is dood. Niklas is drie jaar geleden overleden. Toen hij veertien was.'

'Ach, wat erg. Ik wist niet... Het spijt me vreselijk.'

'Nee, dat kon je toch ook niet weten?'

Hanser wist uit ervaring wat Torkel dacht. Wat iedereen wilde weten die hoorde dat Niklas was overleden. Veertienjarigen vallen meestal niet zomaar om. Er moest iets gebeurd zijn. Wat? Wat is er gebeurd, dat wilde iedereen weten. Torkel was geen uitzondering, daar was Hanser van overtuigd. Het verschil was dat hij het wel vroeg: 'Hoe is dat gekomen?'

'Hij wilde een stukje afsnijden. Over een stilstaande trein. Hij kwam te dicht bij de hoogspanning.'

'Ik kan me niet eens vóórstellen hoe dat voor jou en je man moet zijn geweest. Hoe hebben jullie dat verwerkt?'

'Niet. Ze zeggen dat tachtig procent van de echtparen die een kind verliezen gaat scheiden. Ik wou dat ik kon zeggen dat ik bij die andere twintig procent hoorde, maar helaas.' Hanser nam nog een slok wijn. Ze merkte dat het gemakkelijk was om het Torkel te vertellen. Gemakkelijker dan ze had gedacht.

'Ik was heel kwaad op hem. Op Niklas. Hij was veertien. We hadden al ik weet niet hoe vaak gelezen over jongeren die op het dak van een trein geëlektrocuteerd worden. We zeiden altijd dat ze beter hadden moeten weten. Het waren tieners. Sommigen van hen al bijna volwassen. En Niklas deed mee. Hij wist dat het gevaarlijk was. Levensgevaarlijk. En toch... Ik was woedend op hem.'

'Dat is te begrijpen.'

'Ik voelde me ook de slechtste moeder ter wereld. In alle opzichten.'

'Dat is ook te begrijpen.'

De ober kwam naar hun tafel met in elk hand een bord. Dat had een aanleiding kunnen zijn om erover op te houden, om zich zwijgend aan het eten te wijden. Maar ze praatten tijdens het eten door, en Torkel merkte na een paar minuten dat ze na het diner heel wat meer over elkaar zouden weten dan ervoor. Hij glimlachte. Het was leuk als zoiets gebeurde.

Haraldsson zat in zijn groene Toyota voor het huis van Axel Johansson. Hij had het koud. Toch had hij een lange onderbroek en een fleecetrui aan onder zijn gewatteerde jack. Hij omklemde zijn koffiemok. Overdag was de eerste echte lentewarmte al wel gekomen, maar de avonden en de nachten waren nog koud.

Haraldsson had het gevoel dat hij er een groot aandeel in had gehad dat er aan het eind van de dag een opsporingsbevel tegen Johansson was uitgevaardigd. Meer dan een groot aandeel; zijn bemoeienis was zonder meer doorslaggevend geweest. Dankzij hem was de afzender van het mailtje gevonden dat de Nationale Recherche naar het Palmlöv had geleid en vervolgens naar de ontslagen conciërge. Torkel Höglund had hem weliswaar toegeknikt en vaag geglimlacht toen hij hem vanmiddag tegenkwam, maar dat was dan ook alles. Verder had niemand hem de credits gegeven die hij verdiende omdat hij met de informatie gekomen was die voor een doorbraak in het onderzoek had gezorgd. Het verbaasde hem niet. Hij was teleurgesteld, ja, maar niet verbaasd. Haraldsson besefte dat hij nooit waardering zou krijgen voor zijn werk. Niet van Torkel en zijn collega's in elk geval. Het kon toch ook niet, dat een lokale slimmerik de zaak voor de ogen van de Nationale Recherche oploste? Haraldsson had voordat hij naar huis hinkte bij Hanser nagevraagd of het opsporingsbevel ook inhield dat de woning van de verdachte dag en nacht werd bewaakt. Dat was niet het geval. Het bevel was in eerste instantie alleen maar naar al het eigen personeel gegaan, zodat die extra zouden opletten tijdens hun normale patrouilles en uitrukken. Ze hadden ook contact opgenomen met buren, vrienden en familieleden en gezegd dat ze Axel Johansson zochten, voor een gesprek. Ze hadden zorgvuldig benadrukt dat hij op dit moment nergens van werd verdacht. Of ze zouden overgaan tot bewaking van de woning was een zaak waarover de Nationale Recherche later een besluit zou nemen.

Haraldsson nam dat besluit meteen. De man hield zich schuil, dat was duidelijk. Onschuldigen deden dat niet, en wat Haraldsson in zijn vrije tijd deed en waar hij de nacht doorbracht was zíjn zaak.

Dus daar zat hij.

In zijn Toyota.

En had het koud.

Hij speelde met de gedachte om de motor te starten en een stukje te rijden om het warm te krijgen in de auto, maar dan bestond natuurlijk altijd de kans dat hij Axel Johansson misliep als die thuiskwam. Er was geen denken aan om de auto een paar minuten stationair te laten draaien. Aan de ene kant omdat de verdachte afgeschrikt zou kunnen worden als er zo laat op de avond een auto voor zijn huis stond te pruttelen, en aan de andere kant omdat je je auto binnen de bebouwde kom maar een minuut stationair mocht laten draaien. Weliswaar een kleine overtreding, maar toch. Wetten en regels waren er om te worden nageleefd. Bovendien was het uit milieuoverwegingen volkomen verwerpelijk. Om op te warmen schonk Haraldsson nog wat koffie in zijn mok. Omklemde hem. Hij had wanten moeten meenemen. Hij blies warme lucht over zijn handen en keek naar het gaasje op de rug van zijn hand. Jenny had hem van achteren beslopen toen hij net koffie uit het koffiezetapparaat overgoot in de thermoskan en hij was opgeschrokken toen ze haar handen om zijn buik legde en snel omlaag bewoog. Hij had de brandwond op de wc in de badkamer behandeld met brandzalf en een gaasje. Jenny had hem gezelschap gehouden, en toen hij het lege doosje van het gaasje in de roestvrijstalen afvalbak met deksel had gegooid die in de badkamer stond, had ze hem weer van achteren beslopen en gevraagd of hij erg veel haast had.

Ze deden het in de douchecabine. Daarna moest hij het nat geworden gaasje weer vervangen en nieuwe zalf op de wond smeren. Ondanks de doucheseks zag Jenny er teleurgesteld uit toen hij wegging. Ze vroeg wanneer hij weer thuiskwam. Misschien had hij nog een halfuurtje voordat hij morgen weer naar zijn werk moest? Hopelijk. Haraldsson wist het niet. Hij was eigenlijk van plan rechtstreeks naar het bureau te gaan. Ze moesten morgenavond maar zien. Kusje en doeg!

Hij dacht erover na terwijl hij een slok van de afkoelende koffie nam. Jenny was kwaad toen hij wegging. Dat wist hij. Nu zat hij hier kwaad te wezen omdat zij kwaad was. Hij wilde... Fout. Hij móést de moord op Roger Eriksson oplossen, maar het leek wel of ze helemaal niet begreep hoe belangrijk dat voor hem was. Haar kinderwens overschaduwde alles in hun leven. Haraldsson begreep het tot op zekere hoogte wel. Hij wilde ook kinderen. Hij zag ernaar uit vader te zijn en het deed hem verdriet dat het zo moeilijk ging. Maar bij Jenny was het een obsessie. Op het ogenblik bestond hun relatie alleen maar uit seks. Hij probeerde haar mee uit te nemen, naar de bioscoop of naar een restaurant, maar zij vond dat ze wel naar een dvd konden kijken en thuis eten; dan konden ze 'het' ook doen. De weinige keren dat ze bij vrienden waren, gingen ze altijd vroeg weg en ze dronken geen van beiden meer. Iemand thuis uitnodigen was niet aan de orde. De gasten zouden misschien lang blijven plakken, zodat het er niet meer van kwam. Haraldsson probeerde over zijn werk te praten, over de problemen die er waren ontstaan, eerst met Hanser en nu met de Nationale Recherche, maar hij had steeds vaker het idee dat ze niet luisterde. Ze knikte, humde, antwoordde – steeds vaker met zijn eigen woorden – en dan wilde ze weer seks. Bij de weinige mannelijke collega's met wie hij weleens praatte over hun relatie of hun huwelijk was het precies andersom; daar was te weinig seks het probleem.

Te zelden.

Te saai.

Haraldsson had niet eens durven vertellen hoe het bij hem thuis was, maar hij piekerde er steeds vaker over. Stel dat het lukte, dat Jenny in verwachting raakte. Zou hij dan zo iemand worden die elke waarschuwing over elk levensmiddel las en die mijlen van huis naar een nachtwinkel ging zoeken om aan zure bommen of dropijs te komen? Haraldsson schudde die gedachten van zich af. Hij had werk te doen. Daarom was hij hier. Of hield hij zich schuil voor zijn vrouw?

Haraldsson besloot een stukje te gaan lopen om warm te worden. Hij kon zo lopen dat hij de hele tijd zicht had op de voordeur van Axel Johansson.

Vanja leunde op haar bureau en keek door het raam naar buiten. Het zicht werd grotendeels belemmerd door het gebouw aan de overkant, een moderne glazen kolos, maar ze zag in elk geval de avondlucht en een reepje van de bomen bij het Mälarmeer. Voor haar lagen een paar notitieblokjes, wat losse papiertjes en enkele zwarte zakagenda's. Deze spullen kwamen van Rogers bureau en waren een deel van wat Ursula uit zijn kamer had meegenomen. Vanja en Billy hadden een uurtje eerder allebei een salade gegeten in het Griekse restaurant dat het meisje van de receptie had aanbevolen. Ze hadden het eten meer dan goedgekeurd en zouden er allebei zeker nog eens terugkomen. Altijd dom om risico's te nemen in een Zweedse provincieplaats. Als ze een goede tent hadden gevonden, werden ze daar meestal algauw stamgast. Op de terugweg was ze nog even langs het hotel gegaan en naar boven geslopen om haar vader te bellen. Valdemar klonk opgewekt, maar moe. De hele dag was een soort emotionele achtbaan voor hem geweest en de behandeling maakte hem doezelig. Maar voor Vanja was het een heerlijk gesprek. Voor het eerst sinds heel lange tijd hing ze niet op met het gevoel dat ze hem kon kwijtraken. Ze was dolgelukkig en besloot dat ze haar energie evengoed voor iets nuttigs kon gebruiken. Ze ging terug naar het politiebureau. De eerlijkheid gebood te zeggen dat ze, als ze op reis waren, altijd zo veel mogelijk werkte, maar ditmaal gaf de gedachte aan een extra avonddienst een beter gevoel dan sinds lange tijd. Ursula was rond zes uur opgehouden. Een beetje vreemd, vonden Vanja en Billy allebei. Ze werkte anders altijd net zo lang door als de anderen, en Vanja en Billy hadden tijdens het eten als verklaring geopperd dat Torkel de feitelijke reden was. Hoe discreet die twee ook waren, Billy en Vanja verdachten hen er al lang van dat ze meer waren dan alleen maar collega's.

Vanja begon met de losse papieren. Voornamelijk oude proefwerken en schriftelijke overhoringen, en wat lesaantekeningen. Vanja ordende ze: een stapeltje proefwerken, een stapeltje aantekeningen, een stapeltje diversen. Drie grove stapels, die ze later op datum en onderwerp verder zou sorteren. Ten slotte lagen er in totaal twaalf stapeltjes voor haar en die begon ze nu meer geconcentreerd door te nemen. De methode om het materiaal steeds verder te ordenen had ze van Ursula geleerd. Het grote voordeel was dat je snel overzicht kreeg en hetzelfde document verschillende keren en met toenemende concentratie bekeek. Op deze manier kon je gemakkelijker patronen of opvallende feiten zien, en daardoor werd je trefzekerheid groter. Ursula was goed in zulke dingen: systemen opzetten. Vanja moest opeens denken aan wat Sebastian had gezegd over de hiërarchie in de groep. Hij had gelijk: Ursula en zij hadden een stilzwijgende afspraak om niet in elkaars vaarwater te komen. Dat was niet alleen een kwestie van respect, maar ook van hun gemeenschappelijke besef dat ze elkaar anders zouden beconcurreren en elkaars positie zouden uitdagen. Want natuurlijk wedijverden ze in feite allebei om waar ze in de rangorde stonden.

Om resultaten.

Om de beste te zijn.

Vanja concentreerde zich op de rest van het materiaal. De losse papieren hadden niets opgeleverd, behalve dat Roger slechter was in wiskunde dan in Zweeds en dat Engels hem niet kwam aanwaaien. Ze pakte de zwarte zakagenda's. Die waren van 2007 tot nu toe, en zagen er nog vrij ongebruikt uit. Ze nam de nieuwste, die van dit jaar, en begon bij het begin, in januari. Roger had er niet erg veel in geschreven. Het leek er eerder op dat hij met kerst een agenda cadeau had gekregen en daarna van lieverlee was opgehouden die te gebruiken. Er stonden een paar verjaardagen in, wat huiswerk, een enkel proefwerk, maar hoe verder je je verwijderde van januari, hoe minder erin genoteerd stond.

De afkorting PW verscheen voor het eerst begin februari, daarna nog eens eind februari en in de eerste week van maart, en daarna om de woensdag om 10:00 uur. Vanja keek nog eens goed. Het leek de enige notitie die telkens terugkwam, en ze bladerde door naar die noodlottige vrijdag in april. Wie of wat was PW? Altijd om tien uur. Omdat dat in schooltijd was, zou het wel iets met school te maken hebben. Ze bladerde die vrijdag voorbij en zag dat Roger sinds zijn dood één afspraak met PW had gemist. Vanja pakte gauw de agenda van vorig jaar om te kijken of PW daar ook in voorkwam. Dat was zo. De eerste keer eind oktober, toen om de dinsdag om 15:00 uur en zo consequent door tot eind november.

Rogers vriendenkring was beperkt en had tot nu toe erg weinig aan het onderzoek toegevoegd. Dit was in elk geval iemand die hij regelmatig ontmoette, als het tenminste een persoon was en niet een activiteit. Ze keek op de klok: het was pas kwart voor negen. Zeker niet te laat om te bellen. Ze probeerde het eerst bij Rogers moeder, Lena. Geen gehoor. Daar had ze ook niet op gerekend. De telefoon was een paar keer overgegaan toen Sebastian en zij er waren en Lena had niet eens aanstalten gemaakt om op te nemen. Ze besloot Beatrice Strand te bellen. Als mentor zou zij het best kunnen weten wat Roger om de woensdag om tien uur deed.

'Hij had dan een tussenuur.' Beatrice Strand klonk een beetje vermoeid, maar natuurlijk wilde ze wel helpen.

'Weet u wat hij dan deed?'

'Nee, helaas, de volgende les begon om kwart over elf en hij was altijd op tijd.' Vanja knikte en pakte de agenda van vorig jaar.

'En vorig najaar? Dinsdags om drie uur?'

Het was even stil.

'Ik denk dat we dan al uit waren. Ja, zo was het; ze hadden toen op dinsdag om kwart voor drie vrij.'

'Weet u wat de afkorting pw kan betekenen?'

'pw? Nee. Dat weet ik niet zo een-twee-drie.' Vanja knikte. Ze voelde dat dit steeds meer de goede kant op ging. Roger had in elk geval zijn ontmoetingen met pw geheimgehouden voor Beatrice. Dat leek haar belangrijk. Beatrice Strand was immers niet alleen zijn lerares, ze kenden elkaar ook buiten de school om.

'Is het die pw waar hij 's woensdags heen moest?' vroeg Beatrice na een poosje. Ze leek nog even te hebben doorgedacht over de afkorting.

'Precies.'

'Dan kan het Peter Westin zijn.'

'Wie is dat?'

'Dat is een psycholoog met wie de school een overeenkomst heeft. Ik weet dat Roger daar een paar keer was toen hij op onze school begon. Ík heb Roger in feite het advies gegeven om naar Peter toe te gaan. Maar ik wist niet dat hij dat nog steeds deed.'

Vanja kreeg de contactgegevens van Peter Westin van Beatrice en bedankte haar voor haar hulp. Daarna belde ze hem op. Ze kreeg geen gehoor, maar via zijn antwoordapparaat vernam ze dat zijn bezoekuur de volgende dag om negen uur begon, en een snelle blik op de kaart gaf aan dat het maar tien minuten van de school was. Roger kon in zijn tussenuur ongezien heen en terug gaan, zonder dat iemand ervan wist, en als je al ergens over praatte met psychologen, dan waren het nu juist geheimen. Dingen waar je met niemand anders over wilde praten.

Haar mobieltje piepte. Een sms'je.

'Heb Axel Johanssons ex-vriendin gevonden. Wil je mee om met haar te praten? Billy.'

Snel antwoord: 'yes!'

Ditmaal voegde ze er wel een smiley aan toe.

Axel Johanssons ex-vriendin, Linda Beckman, was op haar werk toen Billy haar aan de telefoon kreeg. Ze wees er een paar keer op dat ze niet meer met Axel samenwoonde en niet wist waar hij was of wat hij tegenwoordig deed, en het had Billy heel wat overredingskracht gekost om haar over te halen tot een gesprek. Toen ze daar ten slotte mee akkoord ging, kon ze met geen mogelijkheid naar het politiebureau komen. Als ze vanavond met haar wilden praten, moesten ze maar naar haar werk komen, dan kon ze wel een korte pauze nemen. Dus nu zaten Vanja en Billy aan een tafeltje in een pizzcria aan Stortorget. Ze bestelden geen van drieën iets te eten, maar volstonden met een kop koffie.

Linda ging recht tegenover hen zitten. Ze was een blonde, vrij gewone vrouw van ergens rond de dertig. Haar haar hing tot op haar schouders en ze had een pony tot vlak boven haar blauwgroene ogen. Ze droeg een zwart-wit gestreepte gebreide trui en een korte, zwarte rok. Haar trui flatteerde haar niet bepaald. Om haar hals hing een gouden hartje aan een dun kettinkje.

'Ik heb een kwartier.'

'Dan proberen we het in een kwartier te redden,' zei Billy, en hij pakte de suiker. Hij deed altijd suiker in zijn koffie, en niet zo weinig ook.

'Zoals ik over de telefoon al zei: we zouden graag iets over Axel Johansson willen weten.'

'Jullie zeiden niet waarom.'

Vanja kwam ertussen. Het zou dom zijn om te zeggen dat ze weet hadden van Axels extra inkomsten, in elk geval voordat ze ongeveer wisten hoe Linda daartegenover stond. Vanja begon dus een beetje voorzichtig.

'Weet je waarom hij door het Palmlöv werd ontslagen?'

Linda glimlachte naar hen. Ze begreep waar het over ging.

'Ja. De drank.'

'De drank?'

'Hij verkocht drank aan de leerlingen. De idioot!' Vanja keek Linda aan en knikte. Axel leek geen bondgenoot in haar te hebben.

'Inderdaad.'

Linda schudde gelaten haar hoofd, alsof ze haar negatieve kijk op Axels zaken wilde bevestigen.

'Ik heb tegen hem gezegd dat het stom was. Maar dacht je dat hij luisterde? En toen kreeg hij de zak, precies zoals ik had gezegd. Idioot.'

'Heeft hij het ooit gehad over een zekere Roger Eriksson?' probeerde Vanja hoopvol.

'Roger Eriksson?' Linda leek na te denken, maar haar gezicht toonde geen tekenen van herkenning.

'Een jongen van zestien,' voegde Billy eraan toe, en hij reikte haar de foto van Roger aan.

Linda pakte de foto aan en bestudeerde die. Ze herkende hem.

'Die vermoorde jongen?'

Vanja knikte. Linda keek haar aan.

'Ja, hij is weleens bij hem geweest, geloof ik.'

'Weet je waarom? Kocht hij drank van Axel?'

'Nee, dat geloof ik niet. Hij kwam meer om te praten. Hij had niets bij zich toen hij wegging, voor zover ik weet.'

'Wanneer was dat?'

'Twee maanden geleden of zo. Kort daarna ben ik weggegaan.'

'Heb je Roger daar vaker gezien? Denk goed na. Het is belangrijk.'

Linda was even stil. Toen schudde ze haar hoofd. Vanja ging over op iets anders.

'Hoe reageerde Axel op je vertrek?'

Linda schudde haar hoofd weer, wat kennelijk haar normale fysieke reactie was als ze aan Axel dacht.

'Het was één groot ge-jaja. Hij werd niet boos of verdrietig of zo. Hij deed ook geen moeite om me te laten blijven. Hij ging gewoon... over tot de orde van de dag. Alsof het niet uitmaakte of ik er wel of niet was. Volkomen ongeloofwaardig.'

Toen Vanja en Billy Linda Beckman twintig minuten later bedankten en teruggingen naar het politiebureau, had het beeld van Axel Johansson niet alleen contouren gekregen, maar het was zelfs tot in detail duidelijk geworden. In het begin was Axel op en top een gentleman geweest. Attent, royaal, geestig. Al na een paar weken was ze bij hem ingetrokken. Het was goed gebleven, althans in het begin. Toen begonnen er dingen te gebeuren. Aanvankelijk niet zo ernstig. Je stond er nauwelijks bij stil. Er zat wat minder geld in haar portemonnee dan ze had gedacht, bijvoorbeeld. Toen verdween er een gouden sieraad dat ze van haar grootmoeder had geërfd, en Linda begon te begrijpen dat hun relatie voor Axel vooral een manier was om zijn beurs te spekken. Linda had hem hiermee geconfronteerd en hij had vreselijke spijt gehad. Hij had gokschulden en was bang dat ze hem zou verlaten als hij dat vertelde, dus hij deed wat hij kon om daarvan af te komen, alleen maar om met Linda met een schone lei te kunnen beginnen. Geen lijken in de kast. Ze was erin getrapt. Maar algauw verdween er weer geld. De druppel die de emmer deed overlopen was een verstopte acceptgiro voor de huur, waardoor ze besefte dat zij in feite de hele huur betaalde, terwijl ze dacht dat het maar de helft was. Linda vulde het plaatje nog verder in. Hun seksleven was waardeloos. Hij was maar zelden geïnteresseerd en de keren dat het toch gebeurde, was hij dominant op de grens van gewelddadig, en wilde hij haar altijd van achteren nemen, met haar gezicht in het kussen gedrukt. *Too much information*, dacht Vanja, maar ze knikte Linda bemoedigend toe. Axel was op de gekste tijden weg, soms hele nachten, en kwam pas 's morgens of laat in de ochtend thuis. De rest van de tijd, als hij niet op het Palmlöv werkte, ging op aan het zoeken naar manieren om geld te verdienen. Alles in Axels wereld draaide erom het systeem in de luren te leggen.

Alleen idioten doen wat ze zeggen, was zijn devies. De enige reden om bij het Palmlöv College te solliciteren was dat de leerlingen daar rijke ouders hadden en streng opgevoed werden, wat in de wereld van Axel minder moeilijkheden opleverde. Die families hadden de neiging problemen in stilte op te lossen. Net als de rector uiteindelijk had gedaan.

Verkoop aan degene die het meest kan betalen en die het meest te verliezen heeft bij ontmaskering, had hij gezegd. Maar Linda had nooit geld gezien. Daar kon ze maar niet bij. Ondanks alle 'affaires' was Axel altijd blut. Waar het geld bleef was haar een groot raadsel. Hij leek maar weinig vrienden te hebben en op degenen die hij had liep hij altijd te foeteren omdat ze hem geen geld leenden. En als ze dat een enkele keer wel deden, foeterde hij omdat ze het terug wilden hebben.

Hij was altijd ontevreden.

Over alles en iedereen.

De belangrijkste vraag voor Vanja en Billy was wat Roger met Axel te maken had. Roger was bij hem thuis geweest, dat wisten ze nu. Hield dat verband met het ontslag dat Roger Axel een paar weken later bezorgde? Het was in elk geval een mogelijk scenario.

Toen Vanja en Billy 's avonds afscheid van elkaar namen, waren ze heel voldaan over hun werk van de afgelopen uren. Axel Johansson was interessanter geworden. En ze zouden de volgende ochtend een psycholoog met de initialen PW bezoeken.

Torkel knikte naar de receptioniste en liep naar de lift. Toen hij daar eenmaal in stond en zijn sleutelkaart voor de lezer hield, twijfelde hij even, maar drukte toen op het knopje met de 4. Hij had kamer 302. Ursula zat op de vierde verdieping. Uit de verborgen luidsprekers klonken The Rolling Stones. Die herinnerde Torkel zich als het hardste wat hij ooit had gehoord toen hij jong was. Nu waren ze liftmuziek. De deuren gleden open en Torkel bleef staan. Moest hij het laten zitten? Hij wist immers niet of ze nog steeds kwaad op hem was. Hij nam aan van wel. Als hij in haar schoenen had gestaan, zou hij nog steeds boos zijn geweest. Maar je kon het maar beter zeker weten. Torkel liep door de gang naar kamer 410 en klopte aan. Het duurde een paar tellen voordat Ursula opendeed. Haar volkomen neutrale gezichtsuitdrukking gaf Torkel een duidelijke indicatie van wat ze van zijn bezoek vond.

'Sorry dat ik stoor.' Torkel deed zijn best om zijn nervositeit niet in zijn stem te laten doorklinken. Nu hij voor haar stond, besefte hij dat hij echt geen ruzie met haar wilde.

'Ik wilde alleen maar even vragen hoe het met ons is.'

'Hoe denk je?'

Zoals hij al vreesde: nog steeds kwaad. Begrijpelijk. Maar Torkel vond het nooit moeilijk om zijn excuses aan te bieden als hij iets verkeerd had gedaan.

'Het spijt me, ik had je moeten vertellen dat ik Sebastian erbij wilde halen.'

'Nee, je had hem er überhaupt niet bij moeten halen.' Even voelde Torkel een steek van irritatie. Nu was ze onredelijk. Hij had zich geëxcuseerd. Hij gaf toe dat hij iets verkeerd had gedaan, maar hij was de baas. Hij moest de beslissingen nemen en de mensen binnenhalen die volgens hem het best waren voor het onderzoek, ook als ze het daar niet allemaal mee eens waren. Daar moest je professioneel mee omgaan. Torkel besloot echter snel om die gedachten niet onder woorden te brengen. Hij wilde Ursula niet nog meer tegen zich in het harnas jagen, maar hij was er ook nog altijd niet honderd procent van overtuigd dat Sebastians aanwezigheid werkelijk het beste was voor het onderzoek. Torkel had het gevoel dat hij zijn gedrag niet alleen tegenover Ursula moest verklaren, maar ook voor zichzelf. Waarom had hij die ochtend in de eetzaal niet gewoon 'Nee, dank je' tegen Sebastian gezegd? Hij keek Ursula bijna smekend aan.

'Joh, ik heb er echt behoefte aan met je te praten. Mag ik binnenkomen?'

'Nee.' Ursula deed de deur geen centimeter open. Integendeel, ze deed hem verder dicht, alsof ze verwachtte dat hij hem zou willen intrappen. In de kamer waren drie korte, drie lange en weer drie korte tonen te horen. sos. De beltoon van Ursula's mobieltje.

'Dat is Mikael. Hij zou bellen.'

'Oké.' Torkel begreep dat het gesprek was afgelopen. 'Doe hem de groeten.'

'Doe dat zelf maar, hij komt morgen.' Ursula deed de deur dicht. Torkel bleef een paar tellen staan en liet haar woorden bezinken. Mikael was nog nooit tijdens een onderzoek langsgekomen... Voor zover Torkel zich kon herinneren. Hij kon ook niet goed uitmaken wat het betekende. Moeizaam liep hij terug naar het trappenhuis om naar zijn eigen kamer te gaan. Zijn leven was nu een stuk gecompliceerder dan vierentwintig uur geleden.

Maar wat had hij dan verwacht?

Hij had Sebastian Bergman weer in zijn leven toegelaten.

Sebastian werd op zijn rug op de bank wakker. Hij moest in slaap zijn gesukkeld. De tv stond nog aan, met het volume laag. Nieuws. Zijn rechterhand was zo hard tot een vuist gebald dat het tot ver in zijn onderarm zeer deed. Voorzichtig maakte hij zijn vingers los uit hun verkramping, en hij sloot intussen zijn ogen weer. Het was gaan waaien. De wind werd sterker en loeide in de schoorsteen van de open haard, maar in zijn pas ontwaakte toestand smolt dat geluid samen met de droom waaruit hij net wakker was geworden.

Het gedreun.

De kracht.

De bovenmenselijke kracht van de muur van water.

Hij hield haar vast. Hield haar goed vast. Te midden van al het geschreeuw, iedereen die schreeuwde. Het water. Het opwervelende zand. De kracht. Het enige wat hij midden in de waanzin wist: dat hij haar goed vasthield. Hij kon hun handen zelfs zien. Natuurlijk was dat onmogelijk, maar nee, hij zag hun handen echt. Nog steeds. Haar kleine handje. Met de ring. Omsloten door zijn rechterhand. Hij hield haar steviger vast dan hij ooit iets had vastgehouden. Er was geen tijd om te denken, nergens aan, maar toch weet hij nog wat hij dacht. Eén gedachte had hij. Het belangrijkste van alles: hij mocht nooit, nooit loslaten.

Dat dacht hij.

Dat was het enige wat hij dacht.

Hij mocht nooit, nooit loslaten.

Maar dat deed hij toch.

Ze gleed weg.

Opeens was ze er niet meer. Er moet iets met de watermassa's mee zijn gekomen dat haar had geraakt. Of hem had geraakt?

Of was ze ergens achter blijven hangen? Of hij? Hij wist het niet. Hij wist alleen dat, toen hij blauw geslagen, murw gebeukt en geschokt bijkwam, honderden meters van waar het strand was geweest, zij daar niet was.

Niet bij hem in de buurt.

Nergens.

Zijn rechterhand was leeg.

Sabine was weg.

Hij had haar nooit gevonden.

Lily was 's morgens weggegaan om hard te lopen langs het strand. Dat deed ze elke ochtend. Daar plaagde ze hem altijd mee: ze preekte over alle positieve effecten van bewegen, liet haar vinger verdwijnen in de zachte plek die ooit zijn middel was geweest. Hij had beloofd dat hij ook zou gaan lopen. Ergens tijdens de vakantie. Beloofd, maar niet wanneer. Niet op deze tweede kerstdag. Die wilde hij samen met zijn dochter doorbrengen. Lily ging laat weg. Meestal liep ze voordat het te warm werd, maar nu hadden ze samen op het brede tweepersoonsbed in hun kamer ontbeten en nog wat zitten dollen. Met z'n drieën. Ten slotte was Lily opgestaan, had hem nog een laatste keer een kus en Sabine een knuffel gegeven, en was toen vrolijk wuivend de hotelkamer uit gegaan. Ze zou die dag niet zo ver rennen.

Te warm.

Over een halfuurtje terug.

Haar had hij ook nooit meer teruggevonden.

Sebastian stond op van de bank. Huiverde. Het was kil in de roerloze kamer. Hoe laat was het? Even na tienen. Sebastian haalde zijn etensbord van de salontafel en ging naar de keuken. Toen hij thuiskwam, had hij een of ander traiteursgerecht uit de vriezer opgewarmd in de magnetron en was hij met zijn bord en een biertje voor de tv gaan zitten. Hij bedacht onmiddellijk dat de traiteur die het soort eten leverde dat hij nu in zijn mond stak, waarschijnlijk vrij snel weer zou moeten sluiten: 'treurig' was nog zacht uitgedrukt. Maar het eten paste heel goed bij het tv-aanbod. Verwaterd, fantasieloos en zonder ook maar iets om op te kauwen. Op de helft van de zenders keek een of andere jonge presentator recht in de camera en probeerde hem ertoe te brengen te bellen en te stemmen. Sebastian had de helft van de maaltijd opgegeten, was achterovergezakt en blijkbaar in slaap gevallen.

En had gedroomd.

Nu stond hij weer in de keuken en wist niet wat hij moest doen. Hij zette het bord en het flesje op het aanrecht. Hij bleef staan. Het was hem zomaar overkomen. Meestal stond hij zichzelf niet toe in slaap te vallen. Nooit een tukje na het eten of even weg-dutten tijdens een trein- of vliegreis. Dat bedierf meestal wat er nog over was van de dag. Om de een of andere reden had hij zich ditmaal laten gaan. De dag was anders geweest.

Hij had gewerkt.

Was een deel van een geheel geweest, wat sinds 2004 niet meer was gebeurd. Hij wilde niet zo ver gaan om te zeggen dat het een goede dag was geweest, maar ja, wel een andere. Kennelijk had hij gedacht dat het een andere dag zou blijven, dat de droom hem niet zou besluipen. Wat een vergissing! Daar stond hij dan. In de keuken van zijn ouders.

Rusteloos.

Uit zijn humeur.

Onbewust opende en sloot hij zijn rechterhand. Als hij de rest van de nacht niet wakker wilde blijven, kon hij maar één ding doen.

Eerst zou hij snel een douche nemen.

En dan ging hij een wip maken.

Het huis zag er echt niet uit. Overal strijkgoed, vuile was, stof, af-was. De bedden moesten worden verschoond, de kasten gelucht, en overdag toonde de lentezon pijnlijk duidelijk aan dat de ramen moesten worden gelapt. Beatrice wist niet eens waar ze moest beginnen, dus deed ze maar niets, zoals iedere avond, ieder week-end, de laatste tijd. Hoe lang het begrip 'de laatste tijd' inhield, daar durfde ze niet eens aan te denken. Eén jaar? Twee? Ze wist het niet. Ze wist alleen maar dat ze het niet aankon. Niets kon ze aan. Het kostte haar al haar energie het beeld van de geliefde, deskundige pedagoog en collega op school overeind te houden. De façade intact te laten, zodat niemand merkte hoe moe ze was.

Hoe eenzaam.

Hoe ongelukkig.

Ze schoof een stapel schoon ondergoed opzij die was blijven liggen en ging op de bank zitten met haar tweede glas wijn van de avond. Als iemand door het raam zou kijken – en niet lette op de rommel in de kamer – zou die gewoon een beeld zien van een hardwerkende vrouw, echtgenote en moeder, die na een zware werkdag op de bank zat te relaxen. Haar voeten onder zich opgetrokken, een glas wijn op tafel, een goed boek dat klaarlag en ontspannende muziek uit de verborgen speakers op de achtergrond. Het enige wat er ontbrak was een knapperend haardvuur. Een vrouw van middelbare leeftijd die van het alleen-zijn genoot. Van tijd voor zichzelf. Je kon er niet verder naast zitten. Beatrice was eenzaam. Dat was juist het probleem. Ze was eenzaam, ook als Ulf en Johan thuis waren. Johan, zestien jaar, midden in het proces om zich los te maken, een vaderskindje. Altijd al geweest. Hij was dat nog meer geworden toen hij naar de middelbare school ging, naar het Palmlöv College. Tot op zekere hoogte begreep Beatrice dat wel – het was vast niet altijd leuk om je moeder als mentor te hebben – maar ze voelde zich meer buitengesloten dan ze vond dat ze verdiende. Ze had er met Ulf over gepraat, of geprobeerd te praten. Zonder succes natuurlijk.

Ulf.

Haar man, die 's morgens vertrok en 's avonds thuiskwam. Haar man, met wie ze samen at, tv keek en sliep. De man met wie ze samen eenzaam was. Hij was in huis, maar hij was nooit bij haar. Was dat nooit geweest sinds hij terug was. Voor die tijd ook niet.

Er werd aangebeld. Beatrice keek op de klok. Wie kon dat zijn om deze tijd? Ze liep naar de hal, schopte in een reflex een paar gymschoenen opzij en deed de deur open. Het duurde een paar tellen voordat ze het vaag bekende gezicht kon thuisbrengen: de politieman die op school was geweest. Sebastian en nog wat.

'Dag. Sorry dat ik zo laat nog stoor, maar ik was in de buurt.' Beatrice knikte en keek automatisch achter de rug van haar gast. Er stond geen auto geparkeerd op de oprit, en ook niet op straat. Sebastian besefte dat op het moment waarop Beatrice hem weer aankeek.

'Ik was een stukje gaan lopen en ik dacht dat je misschien behoefte had aan iemand om mee te praten.'

'Waarom zou ik daar behoefte aan hebben?'

Nu kwam het erop aan. Sebastian had onderweg zijn strategie bepaald op basis van wat hij dacht te weten over haar en haar man. Dat ze zich allebei hadden voorgesteld als ouders van hun zoon en niet als elkaars partner zei hem dat hun relatie waarschijnlijk niet best was. Hij had dat wel vaker gezien en gehoord. In een relatie tussen twee mensen was dat onbewust een manier om de ander te straffen: 'Ik zie mezelf niet in eerste instantie als jouw partner.' Dat vader en zoon daarna samen waren vertrokken om de gebeurtenissen van de afgelopen dagen te verwerken in plaats van dat als gezin met z'n allen te doen, was voor Sebastian een duidelijk teken dat het op dit moment niet zo goed ging met pa en ma. Daarom had hij besloten de rol van goede luisteraar te spelen. Het maakte niet uit waar hij naar luisterde. Het mocht over Rogers dood gaan, over Beatrice' slechte huwelijk of een lezing over kwantumfysica zijn. Hij was ervan overtuigd dat Beatrice nu, behalve aan een schoonmaakster, vooral behoefte had aan een luisteraar.

'Toen we elkaar vandaag op school zagen, kreeg ik het idee dat je er op dit moment vooral voor je leerlingen moet zijn, dat je sterk moet zijn. En hier thuis ook, neem ik aan, met je zoon die Rogers beste vriend was. Dat je je eigen gevoelens moet onderdrukken.' Beatrice knikte onbewust bevestigend. Sebastian vervolgde: 'Maar Roger was je leerling. Een jonge jongen. Je moet het toch verwerken. Je hebt iemand nodig die naar je luistert.' Sebastian hield ter afsluiting zijn hoofd een beetje scheef en vuurde zijn meest innemende glimlach op haar af. Een combinatie waardoor hij de indruk wekte alleen maar het beste met de ander voor te hebben, zonder enige bijgedachte. Hij zag dat Beatrice zijn woorden in zich opnam, maar het toch nog niet helemaal kon volgen.

'Maar ik begrijp het niet, je bent toch rechercheur bij dit onderzoek?'

'Ik ben psycholoog. Ik werk soms voor de politie, profileren en zo, maar daarom ben ik hier niet. Ik wist dat je vanavond alleen was, en ik dacht: dan zal ze wel gaan piekeren.'

Sebastian overwoog zijn woorden kracht bij te zetten met een lichte aanraking. Een hand op haar bovenarm. Maar hij hield zich in. Beatrice knikte. Zag hij haar ogen niet wat vochtig worden? Hij had precies de juiste snaar geraakt. Wat kon hij dat verdorie toch goed! Hij onderdrukte met moeite een glimlach toen Beatrice een stap opzij deed en hem binnenliet.

De Man die geen Moordenaar was schudde zijn kussen op. Hij was moe. Het was een lange en in allerlei opzichten inspannende dag geweest. Hij betrapte zichzelf erop dat hij er de hele tijd aan dacht dat hij zich natuurlijk moest gedragen, waardoor hij bang was dat hij er te veel zijn best voor deed en zich daardoor onnatuurlijk gedroeg. Toen probeerde hij er niet aan te denken dat hij zich natuurlijk moest gedragen, waardoor hij na een tijdje het gevoel kreeg dat hij zich onnatuurlijk gedroeg, en toen begon hij er weer aan te denken. Dat was vermoeiend. Bovendien had de politie Leonard Lundin laten gaan. Dat betekende dat ze weer actiever gingen zoeken.

Naar iemand anders.

Naar hem.

De Man die geen Moordenaar was ging op zijn rug liggen en vouwde zijn handen. Een kort avondgebed. En dan de slaap. Danken dat hij de kracht had gehad om zich door weer een dag heen te slaan. Wensen dat het leven zo gauw mogelijk weer normaal zou worden. Gewoon. Hij had ergens gelezen dat de eerste vierentwintig uur na een moord de belangrijkste waren om de dader op te pakken. Hier waren ze na drie dagen nog niet eens begonnen de jongen te zoeken. Dat oponthoud kon alleen maar betekenen dat zijn daad rechtvaardig was. Ter afsluiting een bede dat hij de hele nacht mocht slapen en niet zou dromen. Zoals afgelopen nacht.

Dat was een heel vreemde droom geweest.

Hij stond op het walletje dat om het voetbalveld lag. Verlicht door autolampen. De jongen lag voor hem op de grond. Overal bloed. De Man die geen Moordenaar was had het uitgesneden hart in zijn handen, nog warm. Klopte het? Ja, in zijn droom wel. Het klopte langzaam.

Afnemend.

Stervend.

Hoe dan ook, in zijn droom had hij zich omgedraaid naar rechts, zich er opeens van bewust dat daar een paar meter verderop iemand stond. Heel stilletjes. Hij wist vrij zeker wie het was. Wie het had moeten zijn. Maar hij vergiste zich. Tot zijn verbazing zag hij zijn vader, die stil naar hem stond te kijken. Hij kreeg een gevoel van onwerkelijkheid, ook al was het een droom. Zijn vader was al jaren dood. De Man die geen Moordenaar was maakte met zijn handen een zwaaiend gebaar boven het bloederige tafereel.

'Sta daar niet zo. Kun je me niet helpen?'

Zijn stem was licht en onvast, als van een pruilend kind. Zijn vader verroerde zich niet en keek alleen maar met zijn stargrijze ogen naar het tafereel.

'Als je problemen hebt, is het soms maar het best om erover te praten.'

'Praten? Waarover? Wat valt er te praten?' riep de Man die geen Moordenaar was met zijn kinderstemmetje. 'Die jongen is dood! Ik heb zijn hart in mijn handen. Help me!'

'Maar soms, als je praat, zeg je te veel.'

Toen was zijn vader verdwenen. De Man die geen Moordenaar was keek om zich heen. Verward.

Bang.

In de steek gelaten.

Zijn vader kon niet zomaar verdwijnen. Niet nu. Papa moest hem helpen, zoals altijd. Dat móést. Dat was verdomme zijn plicht. Maar zijn vader bleef weg, en de Man die geen Moordenaar was werd zich ervan bewust dat het hart dat hij nog steeds vasthield koud was geworden. Koud en stil.

Toen was hij wakker geworden. En kon hij niet meer in slaap komen. Hij had overdag veel aan de droom gedacht, wat die kon betekenen, als hij al iets betekende, maar naarmate de uren verstreken en het gewone leven zijn gang weer ging, verbleekte ook de herinnering eraan.

Maar nu moest hij slapen. Dat had hij nodig. Hij moest hun een stap voor blijven. De tip die hij vanuit de school had gestuurd, had niet het gewenste resultaat opgeleverd. Op de een of andere manier moest de politie erachter zijn gekomen dat Leonard het jack niet in zijn garage had verstopt. Dat het daar neergelegd was. Wat moest hij nu doen? Hij las alles wat hem onder ogen kwam over de dode jongen, maar dat leverde niet veel nieuws op. Hij had zich afgevraagd of hij iemand kende die op het politiebureau werkte en die hij wat inside-information kon geven, maar hij kon niemand bedenken. Blijkbaar was de onderzoeksgroep uitgebreid. *Expressen* schreef dat de politie versterking had gekregen. Sebastian Bergman. Blijkbaar bekend op zijn terrein. Speelde een opvallende en beslissende rol toen ze in 1996 de seriemoordenaar Edward Hinde oppakten. Psycholoog. De Man die geen Moordenaar was merkte dat zijn gedachten steeds ongeordender werden en hij was al bijna in slaap gevallen toen hij plotseling weer helemaal wakker werd. Hij ging rechtop zitten. Nu begreep hij het.

'Als je problemen hebt, praat er dan over.'

Zijn vader had wél geprobeerd hem te helpen.

Zoals gewoonlijk.

Zoals altijd.

Hij was alleen te dom om het te begrijpen. Met wie praatte je als je problemen had? Met een psycholoog. Een therapeut.

'Maar soms zeg je te veel.'

Hij wist het. Hij had het al die tijd al geweten, maar had nooit het verband gelegd. Hij had niet gedacht dat het nodig was. Er was een man in de stad die alles teniet kon doen wat hij tot dusverre tot stand had gebracht. Die alles in gevaar kon brengen waar hij voor gevochten had.

Een beroepsluisteraar.

Peter Westin.

Het was twintig over twee en het was stervenskoud. Misschien niet onder nul, maar het scheelde niet veel. Haraldssons adem kwam in elk geval in witte wolkjes uit zijn mond, terwijl zijn blik gevestigd was op de flat aan de overkant van de straat. Hij had weleens gehoord dat doodvriezen een pijnloze, bijna mooie manier van sterven was. Je hele lichaam zou dan vlak voordat je overleed warm en ontspannen raken. Dan bestond er dus nog geen gevaar voor zijn leven. Hij zat op de bestuurdersstoel te rillen als een hond, met zijn armen beschermend over zijn borst gekruist. Elke keer dat hij ook maar een fractie bewoog, begon hij ongecontroleerd te schokken en meende hij te kunnen voelen dat zijn lichaamstemperatuur weer een tiende graad zakte. Er brandde nog altijd licht achter sommige ramen van het pand dat hij bewaakte, maar verreweg de meeste lampen waren gedoofd. Daar lagen ze te slapen. Onder een dekbed, warm. Haraldsson was niet vrij van jaloezie. Een paar keer die avond had hij op het punt gestaan om het op te geven en naar huis te rijden, maar elke keer dat hij in de verleiding kwam om het contactsleuteltje om te draaien, had hij voor zijn geestesoog gezien hoe hij morgen op zijn werk zou komen als degene die de moord op Roger Eriksson had opgelost. Degene die de moordenaar had gevangen. Die de zaak had opgelost. Hij zag de reacties voor zich.

De huldigingen.

De jaloezie.

Hij kon al horen hoe de provinciaal politiecommissaris hem

bedankte en zijn ondernemendheid prees, en zijn toewijding aan zijn werk, waardoor hij een stap verder was gegaan dan de dienst verlangde, een stap verder zelfs dan ook de Nationale Recherche noodzakelijk vond. De stap die alleen een echte diender nam. Dat laatste zou de provinciaal commissaris verkondigen met een duidelijke blik op Hanser, die ietwat beschaamd naar de grond zou kijken. Misschien had Haraldsson met zijn buitengewone optreden zelfs voorkomen dat er nog meer levens werden verspild.

In zijn diepvries-Toyota werd Haraldsson door en door warm als hij daaraan dacht. Stel je voor hoe hij zich zou voelen als dat echt gebeurde. Alles zou zich ten goede keren. De neerwaartse spiraal waarin zijn leven terecht was gekomen, zou worden afgebroken en hij zou weer terug zijn. In alle opzichten.

Haraldsson ontwaakte uit zijn doezelige, gekoelde dagdromerij. Er kwam iemand naar de voordeur van het flatgebouw toe. Een lange, slungelige figuur. Een man. Hij liep snel, met zijn handen diep in de zakken van zijn jas gestoken, zijn schouders opgetrokken. Haraldsson was blijkbaar niet de enige die het vanavond koud had. De man liep onder een lamp aan de gevel door en even kreeg Haraldsson een duidelijk beeld van zijn verlichte gezicht. Hij wierp een blik op de foto die met een paperclip aan het dashboard was bevestigd. Geen twijfel mogelijk: de man die naar het pand toe kwam lopen was Axel Johansson.

Welkom thuis, dacht Haraldsson, en hij voelde alle bevroren vermoeidheid verdwijnen. Axel Johansson liep naar de voordeur en toetste een viercijferige toegangscode in. Het slot klikte en hij trok de deur open. Hij wilde net in de donkere warmte naar binnen gaan toen hij nog een klik en een metalig geluid hoorde, wat niets anders kon zijn dan een autoportier dat werd geopend. Axel bleef staan, met de deur naar het trappenhuis open, en keek achterom. Haraldsson bleef even doodstil zitten. Hij was te gretig geweest. De verdachte had in het pand moeten zijn voordat hij het portier opendeed. Wat nu? Hij zag dat Axel Johansson met de deur open recht naar de Toyota stond te kijken. Blijven zitten met het portier op een kier zou zo mogelijk nog verdachter lijken, dus

Haraldsson deed het open en stapte uit. Twintig meter verderop zag hij dat Axel Johansson de deurklink losliet en een stap achteruit deed. Haraldsson beende resoluut naar de overkant.

'Axel Johansson!' Haraldsson deed zijn best om het te laten klinken alsof hij volkomen onverwacht een oude vriend in het oog kreeg. Blij verrast, absoluut niet dreigend. Helemaal niet als een politieman. Dat mislukte duidelijk.

Axel Johansson draaide zich om en zette het op een lopen.

Haraldsson rende achter hem aan, vloekend omdat hij zo lang in de auto had gezeten en koud was geworden. En langzaam. Toen hij de hoek van het gebouw om ging, zag hij dat de afstand tot Axel Johansson groter was geworden. Haraldsson ging harder lopen, had er lak aan dat zijn benen stijf waren en helemaal niet wilden meewerken. Hij liep op pure wilskracht. Johansson rende snel en lichtvoetig tussen de huizen door. Hij rende over de parkeerterreinen tussen de huizenblokken, sprong over de lage houten planken met bordjes VERHUURDE P-PLAATS erop, vloog over het asfalt, een grasveld op en verder. Maar Haraldsson zat hem op de hielen. Hij voelde dat zijn passen steeds langer werden en dat zijn hele lichaam reageerde op de inspanning. Hij maakte steeds meer snelheid. De afstand tot Johansson werd niet meer groter. Hij was niet eens constant. Haraldsson liep op hem in. Niet veel, maar zijn conditie was goed; hij zou niet snel moe worden en hem laten gaan. Als hij de verdachte niet kwijtraakte of uitgleed op het natte, gladde gras, zou hij hem op den duur te pakken krijgen, daar was hij zeker van.

Niet slecht voor een knaap met een zwaar verstuikte rechtervoet.

Waar kwam die gedachte vandaan?

Haraldsson minderde in een reflex vaart, vloekte zachtjes en verhoogde het tempo weer. Hij rende. Hoorde zijn hart kloppen in zijn slapen. Vond zijn tweede adem. Zijn voeten roffelden ritmisch op de grond. Krachtig. Axel Johansson vertoonde geen tekenen van verslapping. Hij stak de Skultunaväg over, in de richting van de brug over de Svartå. Haraldsson ging erachteraan, maar hij

raakte die gedachte maar niet kwijt. Officieel was hij geblesseerd.
Een zwaar verstuikte voet. Hij had de waan goed in stand weten
te houden. Nog steeds kon hij nauwelijks naar het koffieapparaat
en terug naar zijn bureau lopen zonder zijn gezicht te vertrekken
van de pijn. Af en toe was hij gedwongen halverwege een pauze in
te lassen bij een collega, alleen maar omdat zijn voet zo zeer deed.
Explodeerde, als het ware. Als hij de verdachte nu na een kilome-
terslange nachtelijke jacht te pakken kreeg, zou iedereen weten
dat hij had gefaket. Gelogen. Ze zouden het bewijs hebben dat hij
zijn plek in de zoekketen had verlaten. Stiekem van zijn werk was
gegaan. Zou dat dan uitmaken? Als hij een kindermoordenaar
te pakken kreeg, zou niemand er toch over vallen dat hij, dagen
geleden al, op bepaalde punten een beetje had gesjoemeld met de
waarheid? Ja, Hanser wel. Dat wist hij zeker. De toespraak en de
huldigingen zouden er niet komen, daar zou ze wel voor zorgen.
Zou hij aan een intern onderzoek worden onderworpen? Misschien niet, maar wat zouden zijn collega's wel niet zeggen? Het
zou niet de stap omhoog worden waar hij zo wanhopig behoefte
aan had. De gedachten tolden door zijn hoofd. Haraldsson zag
dat Axel Johansson de rivier overstak en linksaf ging, het fiets-
pad langs de weg, Vallbyleden, op. Hij had een grote voorsprong.
Straks was hij bij de groenvoorziening van Djäkneberget en dan
zou hij hem in het donker niet meer kunnen vinden. Haraldsson
minderde vaart. Bleef staan. Johansson verdween uit zicht. Haraldsson was buiten adem. Hij vloekte hardop. Waarom had hij
die verstuikte voet verzonnen? Waarom niet gewoon dat Jenny
ziek was geworden of dat hij een voedselvergiftiging had, of wat
er dan ook verdomme maar snel overging? Haraldsson draaide
zich om en begon naar zijn auto terug te lopen.

Hij zou naar huis rijden, naar Jenny.

Haar wakker maken en met haar vrijen.

Om zich niet helemaal waardeloos te voelen.

Een van de ramen stond op een kier en de frisse nachtlucht had
de rommelige slaapkamer afgekoeld. Sebastian rekte zich uit en

strekte voorzichtig de vingers van zijn gebalde rechterhand. Hij voelde Sabine nog op zijn huid en hij streelde zijn handpalm om nog even dicht bij haar te zijn. Het was warm onder het dekbed en een deel van Sebastian vond het een lekker idee om nog even te blijven liggen en de confrontatie met de kou uit te stellen. Hij draaide zich om naar Beatrice. Naast hem lag ze stil naar hem te kijken.

'Had je een nachtmerrie?'

Hij had er een hekel aan als ze wakker waren. Dan werd het afscheid altijd zoveel kleffer.

'Nee.'

Ze kroop naar hem toe. De warmte van haar naakte lichaam omsloot hem. Hij liet het gebeuren, al wist hij dat hij voor de kou had moeten kiezen. Ze streelde zijn hals en zijn rug.

'Vind je het vervelend?'

'Nee, maar ik moet gaan.'

'Weet ik.' Ze kuste hem. Niet te heftig. Niet te wanhopig. Ze kreeg hem zover dat hij haar kus beantwoordde. Haar rode haar viel op zijn wangen. Toen draaide ze zich van hem af, fatsoeneerde haar kussen en maakte het zich gemakkelijk.

'Ik ben dol op de vroege ochtend. Die geeft je het gevoel dat je helemaal alleen op de wereld bent.' Sebastian ging rechtop zitten. Zijn voeten raakten de koude houten vloer. Hij keek naar haar. Hij moest toegeven dat ze hem verbaasde. Hij had het eerder niet goed gezien. Ze was een potentiële groeier. Dat was de term die Sebastian gebruikte voor vrouwen die echt gevaarlijk waren. Die aan je vastgroeiden. Die je iets gaven. Meer dan seks. Waar je aan bleef hangen en voor je gevoel naar terug moest. Vooral als je een beetje uit vorm was. Hij stond op om wat afstand tot haar te scheppen. Dat voelde al beter. Voor Sebastian waren de meeste vrouwen mooier wanneer je met hen naar bed ging dan wanneer je met hen opstond. Maar met sommige was het andersom; een groeier was juist het mooist vlak voordat je haar verliet. Die beloofde na afloop meer, en niet vooraf. Ze glimlachte naar hem.

'Wil je een lift naar huis?'

'Nee, dank je, ik ga wel lopen.'

'Ik geef je een lift.'

Hij knikte. Per slot van rekening was ze een groeier.

Ze reden door de stille ochtend. De zon sliep nog achter de horizon en wachtte tot de nacht zou verdwijnen. Op de radio draaide 'Heroes' van David Bowie. Ze zeiden niet veel. Bowie moest maar voor de conversatie zorgen. Sebastian voelde zich sterker. Het was altijd makkelijker met kleren aan. Er was de laatste dagen veel gebeurd; zijn hoofd tolde ervan. Allerlei gevoelens, en dan dit hier: een emotionele band, zij het een zwakke. Hij gaf de omstandigheden de schuld; hij was gewoon verzwakt, niet zijn gebruikelijke zelf.

Beatrice zette de auto voor zijn ouderlijk huis neer en schakelde de motor uit. Ze keek hem enigszins verbaasd aan.

'Woon jij hier?'

'Op het ogenblik wel.'

'Het lijkt me niet jouw stijl, moet ik zeggen.'

'Je slaat de spijker op zijn kop.' Hij glimlachte haar toe en deed het portier open. Het licht in de auto ging aan en maakte haar sproeten mooier. Hij boog naar haar toe. Ze rook lekker. Waar was hij mee bezig? Geen nacht- of ochtendkusjes. Hij moest afstand houden, verdomme, zo had hij dat bepaald. Ze pakte hem beet en kuste hem recht op zijn mond, als om het hem nog moeilijker te maken. Het was krap in de auto, maar warm tussen hen. Haar handen streelden zijn haar en zijn nek. Hij maakte zich los. Voorzichtig, maar toch. Dat was in elk geval iets.

'Ik moet nu gaan.'

Hij deed het portier snel dicht en doofde daardoor het verraderlijke licht dat haar al te verleidelijk maakte. Beatrice startte de auto en reed achteruit. De halogeenlampen verblindden hem, maar hij kon haar nog een laatste keer zien zwaaien voordat ze de wielen helemaal draaide en de koplampen van de auto over zijn ouderlijk huis en daarna over dat van Clara Lundin zwenkten. Een paar ogen en een lichtblauw gewatteerd jack lichtten in het schijnsel op bij het buurhuis. Clara Lundin zat met een sigaret tussen haar vingers op het stoepje voor haar voordeur naar hem te kijken, met ogen vol woede en pijn. Sebastian knikte haar toe en probeerde het met een voorzichtig 'Hallo!'.

Geen reactie. Dat had hij ook niet verwacht. Clara maakte haar sigaret uit en ging met een laatste, lange blik op Sebastian haar huis in. Niet zo best, waarschijnlijk. Maar Sebastian was te moe om zich er druk om te maken. Hij liep naar de deur van het huis van zijn ouders. In minder dan achtenveertig uur had hij een huis, misschien een kind en een baan gekregen, en een groeier en waarschijnlijk een wreker ontmoet. Hij had zich vergist. Er gebeurde wel degelijk iets in Västerås.

De psychologiepraktijk bevond zich in een pand van drie verdiepingen met beneden kantoren en daarboven woningen, op zeshonderd meter van het Palmlöv College. Vanja had tot vijf voor halfnegen op het bureau op Sebastian gewacht. Toen was ze het zat en besloot ze alleen naar Westin te rijden. Opgelucht. Normaal vond ze het beter om met z'n tweeën te zijn bij een verhoor, hoe triviaal ook, enerzijds omdat het altijd beter was om verschillende invalshoeken te hebben en anderzijds omdat de informatie dan informeel met anderen in het team werd gedeeld. Op die manier voorkwam je al te lange briefingbijeenkomsten, die Vanja in de loop der tijd steeds saaier was gaan vinden. Maar met Sebastian was het anders. Niet saai, absoluut niet, maar hij bestond het om overal een gevecht van te maken. Dus ze had niet overdreven lang op hem gewacht.

WESTIN & LEMMEL AB stond er op de glazen deur. *Erkende psychologen*, in kleinere letters eronder. Vanja stapte naar binnen. Psychologisch-gezellig sfeertje, lichte meubels en beter verlicht dan traditionele artsenpraktijken, met kleine, witte designlampjes op de salontafel. Een lekkere bank om op te zitten wachten. Een glazen deur leidde van de wachtkamer naar wat Vanja aannam dat de spreekkamer was. Ze voelde eraan. Op slot. Na een paar keer hard kloppen kwam er een man van een jaar of veertig tevoorschijn. Hij stelde zich voor als Rolf Lemmel. Vanja liet haar legitimatie zien en zei waar ze voor kwam.

'Peter is er nog niet, maar hij kan elk moment komen,' zei Rolf, en hij vroeg haar zolang te gaan zitten. Vanja nam plaats op de bank en begon in de *Dagens Nyheter* van de vorige dag te bladeren, die op tafel lag. Het was heel stil in de wachtkamer. Na een poosje kwam er een meisje van een jaar of vijftien binnen. Ze was een beetje dikkig en haar haar zag eruit alsof ze net onder de douche uit kwam. Vanja knikte haar vriendelijk toe.

'Heb je een afspraak met Peter Westin?'

Het meisje knikte bij wijze van antwoord.

Goed, dan zou hij zo wel komen.

'Ik wil je even spreken.' Sebastian begreep meteen dat er iets aan de hand was. Hij kende Torkel en zijn intonaties goed. Weliswaar was Sebastian bij wijze van uitzondering weer in slaap gevallen toen de wekker ging en was hij pas na negen uur op het bureau gearriveerd, maar dit ging niet over te laat komen. Het was iets ernstigers.

'Natuurlijk,' antwoordde Sebastian, en hij slenterde achter Torkel aan, die een van de drie verhoorkamers binnen ging die op de eerste verdieping op een rij lagen, en naar Sebastian gebaarde dat hij moest opschieten. Serieuze kwestie. Opschieten. Gesprek onder vier ogen. In een geluiddempende kamer ook nog. Dit begon niet goed. Sebastian ging nog iets langzamer lopen; zoals altijd bereidde hij zich op het ergste voor door zich nog nonchalanter te gedragen. Torkel was niet onder de indruk.

'Schiet op, ik heb niet de hele dag.'

Torkel deed de deur achter zich dicht en keek Sebastian doordringend aan.

'De dag voordat je bij ons kwam omdat je bij ons team wilde komen werken, heb je seks gehad met de moeder van Leonard Lundin. Klopt dat?' Sebastian schudde zijn hoofd.

'Nee, het was de avond ervoor.'

'Doe niet zo lollig. Ben je helemaal gek geworden? De moeder van onze hoofdverdachte!'

'Wat maakt dat nou uit? Leo was toch onschuldig.'

'Dat wist je toen nog niet!'

Sebastian glimlachte. Zelfverzekerd. Hautain, zouden sommigen zeggen.

'Ja, dat wist ik wel. Ik was er heel zeker van, dat weet je.'

Torkel schudde zijn hoofd en liep geïrriteerd een rondje in het krappe verhoorkamertje.

'Het was in alle opzichten verkeerd, en dat weet jij ook. Nou belt ze me op om dat te vertellen. Ze dreigde ook de pers te bellen als ik geen maatregelen neem. Je moet verdomme je pik een beetje in bedwang kunnen houden.'

Sebastian had opeens met Torkel te doen. Hij had tegen de zin van de anderen een ongekende lastpost bij het onderzoek betrokken. Hij had die beslissing vast op allerlei manieren verantwoord, niet in de laatste plaats tegenover zichzelf. Een van die verantwoordingen was waarschijnlijk het klassieke: maak je niet druk, hij is nu anders, hij is veranderd. Maar de waarheid is dat niemand verandert, wist Sebastian. We draaien alleen maar rondjes dezelfde kant op, zodat we telkens een andere kant van onszelf laten zien, maar in feite is het elke keer dezelfde kant.

'Natuurlijk. Maar toen Clara en ik in een intieme situatie terechtkwamen, werkte ik nog niet voor jullie, toch?'

Torkel keek hem aan. Hij had geen zin om te antwoorden.

'Nu zal zoiets niet meer gebeuren,' zei Sebastian zo oprecht mogelijk, en hij voegde eraan toe: 'Dat beloof ik.' Alsof die extra belofte de herinnering aan de naakte Beatrice van afgelopen nacht kon verjagen. Beatrice Strand, mentor van het slachtoffer. Haar zoon was nota bene Rogers beste vriend. Hoe je het wendde of keerde, het was aan alle kanten verkeerd. God, hij was echt een idioot, dat moest hij zelf toch ook wel toegeven.

Dat ik altijd, altijd maar weer moet uitproberen hoe lang de kruik te water gaat.

Torkel keek hem aan en even dacht Sebastian dat hij hem ter plekke zou vragen te vertrekken. Dat was de juiste beslissing geweest. Maar het duurde iets te lang voordat Torkel doorging. Hij twijfelde, om een of andere voor Sebastian ondoorgrondelijke reden.

'Weet je het zeker?' klonk hij ten slotte. Sebastian knikte, nog steeds zo eerlijk als hij maar kon.

'Natuurlijk.'

'Je hoeft geen seks te hebben met elke vrouw die je tegenkomt,' vervolgde Torkel, iets vriendelijker. Sebastian begreep opeens wat net nog zo ondoorgrondelijk was geweest. Het was eigenlijk heel simpel: Torkel mocht hem. Sebastian besloot het in elk geval te proberen. Hij had op de een of andere manier het gevoel dat Torkel dat verdiende.

'Ik vind het lastig om alleen te zijn. De nachten zijn het ergst.' Torkel keek hem recht in zijn ogen.

'Eén ding moet je onthouden: méér kansen krijg je niet. Ga nou maar, dan hoef ik je even niet te zien.' Sebastian knikte en ging weg. Normaal gesproken zou hij dolblij zijn geweest en zich superieur hebben gevoeld. Hij had zich uit weer een vermaning gebluft, was er weer eens onderuit gekomen.

'Je laat mij met de rotzooi zitten,' hoorde hij Torkel nog tegen zijn rug zeggen. 'Daar hou ik niet van.' Als Sebastian aanleg had gehad voor spijt of een slecht geweten, dan had hij dat nu gevoeld. In elk geval liep hij met een aanzet tot die gevoelens weg. Beatrice, dat was eens maar nooit weer. Dat beloofde hij zichzelf.

Het pas gedouchte meisje had het na twintig minuten opgegeven. Toen was Peter Westin nog niet verschenen. Vanja had na een poos een rondje om het gebouw gelopen om een frisse neus te halen. Ze kon van nature moeilijk stilzitten en maakte van de gelegenheid gebruik om haar ouders te bellen. Die stonden op het punt de deur uit te gaan, maar konden wel even babbelen. Het was net als in de goede oude tijd. Eerst praatte ze lang met haar moeder en daarna even met haar vader. Ze hadden gek genoeg nooit evenveel woorden nodig om evenveel te zeggen. Er was al een zekere mate van alledaagsheid teruggekomen in hun gesprekken, nadat alles de laatste maanden om leven en dood had gedraaid. Vanja begreep hoe ze dat gewone had gemist, en ze lachte maar wat toen haar moeder een van haar lievelingsonderwerpen aanroerde: Vanja's liefdesleven – of liever: het gebrek daaraan. Vanja weerde haar moeders vragen, zoals altijd, af maar niet zo nadrukkelijk als anders.

Had ze niemand ontmoet in Örebro?

Västerås was het, en nee, daar had ze geen tijd voor.

En die aardige Billy dan, met wie ze werkte? Die vond ze toch leuk?

Ja, maar dat zou voelen alsof je met je broer naar bed gaat.

En toen waren ze bij Jonathan, het eeuwige eindstation van haar moeders redenering.

Zou ze niet weer eens contact met hem opnemen? Hij was toch zo aardig.

Een paar maanden geleden ging Vanja altijd vreselijk in de verdediging als Jonathan ter sprake kwam. Dat haar moeder in die tijd haar aan haar ex probeerde te koppelen zonder te begrijpen hoe vernederend dat voor Vanja was, dreef haar altijd tot het uiterste. Nu voelde het alleen maar heerlijk alledaags. Ze liet het praten en smeken zelfs gewoon een tijdje doorgaan. Haar moeder leek zelf ook verbaasd dat ze zo weinig weerwooord kreeg. Haar argumentatie verloor aan kracht en na een poosje eindigde ze daar waar Vanja zelf meestal uitkwam.

'Nou ja, je bent volwassen, je moet het zelf bepalen.'

'Dank je wel, mama.' Vlak daarna kwam haar vader. Hij had besloten dat hij die avond wilde komen om haar gedag te zeggen. Hij was niet van plan zich te laten afschepen. Vanja probeerde het niet eens. Hoewel ze haar twee werelden anders altijd strikt gescheiden hield, voelde ze ditmaal dat ze die maar al te graag eens wilde laten samenvallen. Hij zou de trein van 18:20 uur nemen. Vanja beloofde dat ze hem van het station zou halen. Ze hing op en ging terug naar de psychologiepraktijk. Ze kreeg het huisadres van Peter Westin van zijn collega, die inmiddels genoeg van haar begon te krijgen, maar wel beloofde dat hij Peter, als die kwam, zou doorgeven dat de politie hem wilde spreken. Vanja ging in de auto zitten. Roteväg 12. Ze tikte het in op haar GPS. Het kostte bijna een halfuur om daar te komen. Ze had beloofd dat ze om een uur of tien op kantoor terug zou zijn voor een bespreking met de rest van het team. Westin moest maar even wachten.

Torkel kwam de vergaderkamer in. De anderen waren er al. Ursula keek vragend achter Torkel toen hij binnenkwam.

'Waar heb je Sebastian gelaten?'

Was Torkel vanmorgen alleen maar ongewoon prikkelbaar of bestond er echt verschil tussen de vragen 'Waar is Sebastian' en 'Waar heb je Sebastian gelaten'? Dat laatste klonk alsof ze nooit van elkaars zijde weken. Snip en Snap. Knabbel en Babbel. Torkel en Sebastian. Waar heb je Sebastian gelaten? Een passief agressieve manier om Torkel duidelijk te maken dat Ursula het idee had dat Sebastian belangrijker voor Torkel was dan zij. Alsof hij daar nog aan herinnerd hoefde te worden. Ze moest eens weten. Op dit moment was Torkel bereid Sebastian te verkopen voor alle mogelijke pijnlijke medische proeven. Maar de ochtend was al beroerd genoeg zonder dat hij ook nog ruzie ging maken met Ursula.

'Hij komt zo,' antwoordde hij dus alleen maar, terwijl hij een stoel onder de tafel uit trok en ging zitten. Hij reikte over de tafel, pakte de thermoskan en schonk koffie in een wegwerpbekertje. 'Is Mikael er al?' Neutrale intonatie. Alledaags babbeltje.

'Vanmiddag.'

'Leuk.'

'Nou en of.'

Vanja keek op. Die toon tussen Ursula en Torkel; ze kon zich niet herinneren dat ze die eerder had gehoord. Of toch? Ze klonken ongeveer zoals haar vader en moeder vroeger, toen ze klein was, als ze niet wilden laten merken dat ze ruzie hadden gehad. Dan sloegen ze een beleefde, neutrale toon aan om haar te laten geloven dat alles goed was. Dat werkte toen niet en het werkte nu ook niet. Vanja keek gauw even naar Billy. Had hij het ook gehoord? Blijkbaar niet. Hij ging helemaal op in zijn laptop.

Sebastian kwam binnen, knikte tegen iedereen in het algemeen en ging zitten. Vanja keek steels naar Ursula. Die wierp Sebastian een sombere blik toe en vervolgens Torkel ook, en keek toen voor zich op tafel. Wat was hier eigenlijk gaande? Torkel nam een slok koffie en schraapte zijn keel.

'Billy, ga je gang.'

Billy ging rechtop zitten, schoof zijn laptop opzij, pakte een stapel A4'tjes van tafel en stond op.

'Ik heb gisteravond de gesprekslijsten van de telecombedrijven gekregen en vanmorgen de lijsten van het NFI, dus ik heb alle gegevens in één document gezet.'

Billy liep rond en gaf iedereen een setje papieren. Vanja vroeg zich in stilte af waarom hij ze niet gewoon naar het midden van de tafel schoof en er iedereen een liet pakken. Ze zei niets, maar bekeek de eerste pagina van de prints die ze had gekregen.

'De eerste pagina zijn de uitgaande gesprekken. Rogers laatste gesprek was vrijdag om 20:17 uur naar het huis van zijn klassenlerares.' Billy noteerde het gesprek op een tijdlijn op de muur. Sebastian keek op van de prints.

'Kun je zien of hij daarna nog heeft geprobeerd iemand te bellen, maar geen gehoor heeft gekregen?'

'Ja, dat is het laatste telefoontje.'

'Waar dacht je aan?' vroeg Vanja aan Sebastian.

'Hij wilde met Johan praten toen hij naar de Strands thuis belde, toch? Maar daarna heeft hij het niet op Johans mobieltje geprobeerd?'

Billy draaide zich om van het bord en schudde zijn hoofd.

'Ja. Of nee, dat heeft hij niet gedaan.'

'Er is misschien iets tussen gekomen,' opperde Torkel.

'Een moordenaar, bijvoorbeeld,' zei Ursula.

'Volgende pagina,' vervolgde Billy. 'Binnengekomen gesprekken. Het laatste is van Lisa, even voor halfzeven. Nou ja, kijk zelf maar.'

Billy schreef ook dit gesprek op het bord. Toen draaide hij zich weer om en sloeg een pagina om.

'Volgende pagina. Sms'jes. Op de eerste pagina de sms'jes die nog in de door het water beschadigde telefoon zaten. Dat zijn er maar weinig – de meeste van en naar Johan, Erik en Lisa. We wisten al dat Roger geen horden vrienden had. Niets opzienbarends daar. Als jullie doorbladeren naar de laatste pagina… Daar hebben we de ingekomen sms'jes die verwijderd waren en die natuurlijk het interessantst zijn.'

Sebastian las de pagina die voor hem lag snel door. Hij ging rechtop zitten. 'Natuurlijk interessant' was nog zacht uitgedrukt.

'Twee ervan kwamen van een prepaid telefoon,' vervolgde Billy. 'Een op donderdag en een op vrijdag een paar uur voordat hij verdween.'

Sebastian las: 'HET MOET NU OPHOUDEN! IS BESTE VOOR IEDEREEN!'

Het tweede: 'REAGEER TOCH ALSJEBLIEFT! HET IS ALLEMAAL MIJN SCHULD! NIEMAND BESCHULDIGT JE ERGENS VAN!'

Sebastian legde de prints op tafel en keek Billy aan.

'Technische zaken zijn nooit mijn sterkste kant geweest. Betekent prepaid telefoon wat ik denk dat het betekent?'

'Als je denkt dat we een nummer hebben, maar geen naam van een abonnee, dan wel,' antwoordde Billy terwijl hij het mobiele nummer op het bord schreef. 'Ik heb lijsten van alle gesprekken en berichten van die telefoon opgevraagd; we zullen zien of dat iets oplevert.'

Sebastian zag dat Vanja, waarschijnlijk volkomen onbewust, haar onderarm optilde en haar wijsvinger in de lucht stak, alsof ze haar vinger opstak, terwijl ze de pagina's voor zich bestudeerde. Heel even stelde Sebastian zich haar in schooluniform voor, maar hij liet die gedachte meteen weer los. Hij had in dit onderzoek al genoeg grenzen overschreden, en als er iets was wat hij in al die jaren van wisselende contacten had geleerd, was het wel dat hij vrij snel kon inschatten wanneer hij kans had en wanneer niet.

'Waren de berichten ook in de telefoon in kapitalen, dus in hoofdletters, geschreven of alleen in de print?'

Billy keek Vanja enigszins vermoeid aan.

'Ik weet wat kapitalen zijn.'

'Sorry.'

'Ze stonden er precies zoals daar. In kapitalen.'

'Dat is net zoiets als schreeuwen.'

'Of het bericht is geschreven door iemand die niet zo vaak sms't.'

'De meeste mensen die hun mobieltje niet vaak gebruiken, zijn ouderen.'

Sebastian las de korte berichten opnieuw en was geneigd het met Vanja eens te zijn. Hij wist niet of hoofdletters betekenden dat je schreeuwde of niet, maar de woordkeus wees er wel op dat de afzender een volwassen, ouder iemand was.

'Maar er is dus geen mogelijkheid om erachter te komen wie dit gestuurd heeft?' vroeg Torkel, en er was een zekere gelatenheid in zijn stem te horen. Billy schudde zijn hoofd.

'Heeft iemand geprobeerd het nummer te bellen?'

Het werd stil in de kamer. Iedereen keek Vanja, die de vraag had gesteld, aan, daarna elkaar en ten slotte Billy. Hij liep snel een paar passen naar de telefoon die midden op tafel stond, zette de luidsprekerfunctie aan en toetste het nummer in. Er viel een gespannen, verwachtingsvolle stilte in de kamer. De telefoon ging niet over. In plaats daarvan klonk er meteen: *'Dit nummer is momenteel niet te bereiken, probeer het later alstublieft opnieuw.'*

Billy zette de luidspreker uit. Torkel keek hem ernstig aan.

'Zorg dat iemand dat nummer blijft bellen.'

Billy knikte.

'Wat hebben we verder nog?' Ursula maakte weer een gebaar naar het papier dat ze in haar hand had.

Sebastian bestudeerde de print.

Een sms'je: '12 bier + wodka'.

De volgende: '20 bier en gin'. En dan een smiley.

De volgende: '1 fl rood & bier'.

En zo ging het maar door.

'Dat zijn bestellingen.'

De anderen keken op.

'Waarvan?'

'Van wat daar staat.'

Sebastian keek Billy aan.

'Wanneer heeft hij voor het laatst zo'n soort bericht gekregen?'

'Een kleine maand geleden.'

Sebastian keek Vanja over tafel aan. Hij kon zien dat ze al begreep waar hij heen wilde, maar hij zei het toch.

'Dat was toen Axel Johansson werd ontslagen wegens illegale handel in drank.'

Vanja stond op en keek naar Sebastian, die in zijn prints keek. Hij wist waar ze heen wilde. Waar hij niet heen wilde.

Vanja liep naar het huis. Sebastian kwam er een paar meter achteraan. Hij had eerst overwogen in de auto te blijven zitten, maar had algauw begrepen dat dat een merkwaardige indruk zou maken. Niet dat het hem iets kon schelen of Vanja hem merkwaardig vond of niet. Nee, het was eerder een overlevingsmechanisme. Hij had besloten dat hij nog een tijdje bij het onderzoek wilde blijven, in elk geval totdat Billy dat adres voor hem had gevonden. Als Beatrice Strand iets zei over een heerlijke nacht, zou dat een flinke spaak in het wiel steken. Vanja had nog niet aangebeld of de deur werd al geopend. Het was Beatrice. Ze had haar haar opgestoken en droeg een eenvoudige blouse en een spijkerbroek. Ze keek verbaasd.

'Dag. Is er iets gebeurd?'

'We willen graag even met Johan praten,' begon Vanja.

'Hij is niet thuis. Ulf en hij zijn aan het kamperen.' Beatrice keek naar Sebastian, maar liet op geen enkele manier merken dat ze elkaar een paar uur geleden nog gezien hadden.

'Dat weten we,' ging Vanja verder, 'maar weet u waar?'

Ze reden over de E18 naar het westen. De instructies van Beatrice leidden hen langs het gehucht Dingtuna, vervolgens over kleine weggetjes naar het zuiden naar de baai van het Mälarmeer die Lilla Blacken heet en waar Beatrice dacht dat Ulf en Johan waren. Vanja en Sebastian reden in stilte. Vanja probeerde Peter Westin te bellen, maar kreeg nog steeds geen gehoor. Het begon haar te irriteren dat de psycholoog maar niet terugbelde. Ze had al vier berichten achtergelaten. Sebastian probeerde te slapen en deed zijn ogen dicht.

'Is het laat geworden gisteren?'

Sebastian schudde zijn hoofd.

'Nee, ik heb alleen niet best geslapen.' Toen deed hij zijn ogen weer dicht om aan te geven dat hij geen zin had in een gesprek. Algauw moest hij ze weer opendoen, toen Vanja krachtig op de rem trapte.

'Wat is dat nou?'

'Moeten we hier links- of rechtsaf? Jij bent de kaartlezer.'

'Hou op.'

'Jij zegt toch zo graag hoe het moet? Dit is je kans.'

Sebastian zuchtte, pakte de kaart en begon te zoeken. Hij had de fut niet om moeilijk te doen. Deze keer mocht zij winnen.

Hij haatte Västerås.

God, wat haatte hij Västerås.

Het leek wel of hij elke vierkante meter van de stad op een meer of minder korrelige bewakingsfilm had gezien. Het zou leuk zijn geweest om iets daarvan live te zien, om het zo maar te zeggen, maar de enige keer dat hij de kans had zich van de bewakingsbanden los te maken, was wanneer hij telefoonlijsten moest samenstellen of...

Billy schrok op. Snel grabbelde hij naar het toetsenbord. Stop. Terug. Play. Yes, eindelijk. Dames en heren, van rechts komt op: Roger Eriksson. Weer stop. Billy keek naar het register dat bij de films hoorde. Wat was dat voor camera? Nummer 1:22. Drottninggata. Waar lag die? Billy haalde zijn kaart van Västerås tevoorschijn, zocht, vond en markeerde de plek. De tijd boven in de ene hoek. 21:29 uur.

Play.

Billy zag Roger met gebogen hoofd en slepende tred in de richting van de camera lopen. Na een meter of tien keek hij op, ging rechtsaf en verdween achter een geparkeerde auto die in een kleiner straatje stond uit beeld.

278

Billy zuchtte. Heerlijk duurde maar kort. De jongen leefde nog en liep door. Dat betekende dat Billy ook moest doorgaan. Nog meer van Västerås moest zien, of hij wilde of niet. Roger liep door naar het noorden. Billy keek weer in het register, checkte het op de kaart, sloot een stel camera's uit die in de verkeerde richting lagen, en begon weer te zoeken.

Hij haatte Västerås.

Lilla Blacken was een populair recreatiegebied bij een baai in het Mälarmeer, in elk geval 's zomers. Nu zag het er volkomen verlaten uit. Ze hadden een tijdje op de kleine weggetjes rondgereden voordat ze het vonden. Een Renault Mégane stond voor een gammel aanplakbord. Sebastian stapte uit en liep naar de lege auto. Hij dacht dat hij die herkende van het huis van Beatrice toen ze Ulf daar waren tegengekomen. WELKOM IN RECREATIEGEBIED LILLA BLACKEN, stond er op een aftands aanplakbord. Daaronder waren een paar papiertjes met verkoop- en ruilaanbiedingen geplakt waarvan de tekst door de winterse neerslag was uitgewist. Visvergunning aangeboden. Hij draaide zich om naar Vanja.

'Ik denk dat het hier is.'

Ze keken om zich heen. Voor hen groeiden hier en daar een paar groepjes loofbomen op een open veld dat drassiger werd naarmate het verder naar het water afliep. Ver daarbeneden aan de oever stond een blauwe tent. Het waaide een beetje.

Ze liepen door het vochtige gras naar de tent, waarvan de ingang openstond. Het was een grijze, bewolkte dag, maar de nachtelijke kou was verdwenen. Vanja ging voorop, zoals altijd. Sebastian glimlachte toen hij aan haar dacht. Altijd voorop, altijd het laatste woord. Dat was Vanja. Net als hijzelf toen hij jong en gretig was. Tegenwoordig nam hij genoegen met het laatste woord. Toen ze dichterbij kwamen, zagen ze twee personen op een wankel steigertje zitten dat een stukje van het kamp vandaan in het water uitstak. Ze leken te vissen, dicht bij elkaar. Toen Sebastian en Vanja naderbij kwamen, herkenden ze Ulf en Johan.

Het was echt een vader-en-zoonbeeld, zo een als Sebastian nooit had ervaren.

Ulf en Johan waren warm aangekleed, met een muts en groene rubberlaarzen; naast hen lag een mes en stonden een paar emmers en een bak met haakjes en loodjes. Ze hadden allebei een hengel vast. Johan bleef zitten, Ulf stond op en kwam de rechercheurs tegemoet. Hij keek ongerust.

'Is er iets gebeurd?'

Het water van het Mälarmeer stond hoog na het hoogwater van het voorjaar, en de onderkant van de steiger bevond zich gevaarlijk dicht boven het water. Het koude water van het meer stroomde door de spleten en over het hout toen Ulf naar hen toe liep. Sebastian deed een paar stappen naar achteren om niet nat te worden.

'We moeten nog wat met Johan praten. Er is nieuwe informatie binnengekomen.'

'O, en we dachten nog wel dat we hier met rust gelaten zouden worden. Alles een beetje achter ons konden laten. Het is heel zwaar voor hem geweest.'

'Ja, dat zei u al. Maar we moeten toch weer met hem praten.'

'Het is goed, papa.'

Ulf knikte gelaten en liet hen voorgaan de steiger op. Johan legde zijn hengel weg en stond langzaam op toen ze dichterbij kwamen. Vanja kon niet langer wachten.

'Johan, verkocht Roger alcohol, samen met Axel Johansson?'

Johan bleef staan en keek naar Vanja. Hij zag eruit als een klein jongetje in veel te grote kleren. Hij knikte bleekjes. Ulf reageerde. Dit was duidelijk nieuw voor hem.

'Wát zeg je?' De drie volwassenen keken nu naar de zestienjarige jongen, die nog bleker werd.

'Het was Rogers idee. Hij nam bestellingen aan. Axel kocht de drank. Dan verkochten ze die duurder en deelden de winst.'

Ulf keek zijn zoon ernstig aan.

'Deed jij daar ook aan mee?' De jongen schudde onmiddellijk zijn hoofd.

'Nee, ik wilde niet.' De jongen keek zijn vader smekend aan. Die beantwoordde zijn blik streng.

'Johan, luister. Ik begrijp dat je Roger wilt beschermen, maar je moet mij en deze rechercheurs alles vertellen wat je weet.' Johan was bij zijn vader gekomen. 'Snap je?' Johan knikte stil. Het leek Vanja tijd om door te gaan.

'Wanneer is dat begonnen?'

'Afgelopen najaar ergens. Roger praatte met Axel en opeens was het aan de gang. Ze verdienden best veel geld.'

'Wat ging er mis? Waarom gaf Roger Axel aan?'

'Hij wilde het geld met niemand delen, dus hij begon zelf te verkopen. Hij had Roger natuurlijk eigenlijk niet nodig. Hij kon de bestellingen ook zelf opnemen.'

'En toen ging Roger naar de rector?'

'Ja.'

'Die Axel Johansson ontsloeg.'

'Ja, dezelfde dag nog.'

'Zei Axel niet dat Roger de hele tijd had meegewerkt?'

'Ik weet het niet. Ik geloof dat Roger dat zelf heeft verteld. Dat hij had meegedaan, maar dat hij spijt had. Dat hij niet meer mee wilde doen.'

De laatste vragen waren gesteld door Sebastian. Hij kon Roger bijna voor de pedante rector zien staan en de flinke, berouwvolle leerling zien spelen. De man verraden die hem in de steek had gelaten. Roger was sluwer dan hij had gedacht. Hij toonde telkens een nieuwe kant van zichzelf. Aantrekkelijk voor een psycholoog.

'Waarom deed Roger zoiets?'

'Hij had geld nodig.'

Ulf voelde zich genoodzaakt zich ermee te bemoeien – waarschijnlijk omdat hij wilde laten merken dat dit niet voor zijn gezin gold.

'Waarvoor?'

'Heb je niet gezien hoe hij eruitzag, papa? Wat hij aanhad toen hij bij ons op school begon? Hij was niet van plan zich weer op de kop te laten zitten.'

Het was even stil. Johan vervolgde: 'Begrijpen jullie dat niet? Hij wilde er gewoon bij horen. Hij deed alles om erbij te horen.'

Roger, die eerst zo weinig contour had gehad, begon vorm te krijgen. Zijn verborgen kanten kwamen langzaam maar zeker aan het licht, en daarmee ook zijn motieven. Het was triest en ook menselijk: een jonge jongen die iemand anders wilde zijn. Iets anders. Tot elke prijs. Vanja herkende dat uit haar uniformtijd. De verbazing dat deze strijd kon leiden tot geweld en zelfs moord. Vanja pakte de prints van de sms'jes van Rogers mobiel die ze van Billy had gekregen, en hield ze Johan voor.

'We hebben deze sms'jes in Rogers telefoon gevonden.' Vanja gaf de losse papiertjes met de twee wanhopige sms'jes aan Johan, die ze zorgvuldig las. 'Weet jij wie die kan hebben gestuurd?'

Johan schudde zijn hoofd.

'Geen idee!'

'Herken je het nummer niet?'

'Nee.'

'Weet je het zeker? Het kan van cruciaal belang zijn.'

Johan knikte dat hij het begreep, maar hij wist het niet. Ulf sloeg zijn arm om zijn zoons schouders.

'Roger en jij dreigden dit semester het contact een beetje kwijt te raken, hè?'

Johan knikte.

'Hoe kwam dat?' vroeg Vanja.

'Ach, weet je, jongens ontwikkelen zich op die leeftijd verschillend.' Ulf haalde zijn schouders op op een manier die aangaf dat het bijna een natuurwet was: niets aan te doen.

Vanja gaf zich niet gewonnen. Ze wendde zich ditmaal nog duidelijker tot Johan: 'Was er een reden voor dat jullie niet meer zoveel met elkaar omgingen?'

Johan twijfelde, dacht na en haalde toen ook zijn schouders op.

'Hij werd anders, leek het wel.'

'Op welke manier?'

'Ik weet niet… Alles ging op het laatst alleen nog maar om geld en seks.'

'Seks?'

Johan knikte.

'Hij had het er de hele tijd over. Dat werd vervelend.'

Ulf boog voorover en drukte zijn zoon tegen zich aan. Klassiek, vond Sebastian. Hoeveel ouders voelen zich niet verplicht hun kinderen te beschermen zodra het over seks gaat? Je deed dat vooral voor degenen die toekeken. Om te laten zien dat in dit gezin kinderen werden beschermd tegen het dierlijke, tegen het smerige. Ulf had eens moeten weten wat zijn vrouw en Sebastian de vorige avond hadden uitgespookt terwijl hijzelf lag te kleumen in een koude tent. Maar dat zou vermoedelijk de mogelijkheden tot een constructief verhoor hebben ondermijnd.

Ze spraken nog een poosje met Johan. Ze probeerden koortsachtig nog meer aanwijzingen te vinden voor wie Roger eigenlijk was, maar Johan leek hun niet meer te bieden te hebben. Hij was moe, uitgeput, zagen ze allebei, en ze hadden al meer uit hem gekregen dan ze hadden durven hopen. Uiteindelijk namen ze afscheid en liepen terug naar de auto. Sebastian keek naar vader en zoon die hen aan de waterkant stonden na te kijken.

Een beschermende en liefhebbende vader.

Zijn zoon.

Geen plaats voor anderen.

Misschien was Sebastian niet degene die Beatrice had verleid.

Misschien was het omgekeerd.

Op de terugweg van Lilla Blacken besloot Vanja even langs het huis van Peter Westin aan de Roteväg te rijden. Dat was niet echt een omweg. Haar irritatie over het feit dat hij niet terugbelde, had plaatsgemaakt voor enige ongerustheid. De hele ochtend was al voorbij. Haar ongerustheid werd al snel bevestigd toen ze in de buurt van het adres kwamen en ze plotseling merkte dat een prikkende rooklucht de auto vulde. Door de zijruit zag ze een vage, zwartgrijze rookkolom boven de bomen en de vrijstaande huizen oprijzen. Ze minderde vaart, draaide linksaf een zijstraat in en daarna nogmaals linksaf de Roteväg op. Het was een villastraat, omzoomd door kastanjebomen, waarin de rust verstoord werd door een groot aantal brandweerwagens met zwaailichten, die de weg blokkeerden. Brandweerlieden liepen zonder haast heen en weer met hun uitrusting. Groepjes nieuwsgierigen stonden achter de versperring. Zelfs Sebastian werd wakker.

'Moesten we hierheen?'

'Ik geloof het wel.'

Ze stapten uit de auto en liepen snel naar het huis. Hoe dichterbij ze kwamen, hoe erger het eruitzag. Aan de ene kant van de bovenverdieping ontbrak een groot stuk van de buitenmuur en binnen waren zwartverbrande meubels en houtresten te zien. Stinkend, roetzwart water stroomde over de straat de putten in. De stank prikte steeds meer in hun neus naarmate ze dichterbij kwamen. Een handjevol brandweerlieden was bezig met nablussen. Op het grijze hek, dat waarschijnlijk dezelfde kleur had gehad als het huis vóór de brand, hing een bordje met nummer 12. Het was het huis van Peter Westin.

Vanja legitimeerde zich en kreeg na een paar minuten de officier van dienst, Sundstedt, te spreken. Hij was in de vijftig, had een snor en droeg een glimmend jack met daarop de tekst INZET-LEIDER. Sundstedt was een rustige man, die met een noordelijk accent sprak. Het verbaasde hem dat de politie in burger al ter plaatse was. Hij had net gebeld en verteld dat ze op de bovenverdieping een lichaam hadden gevonden. Vanja verstijfde.

'Kan dat de bewoner zijn? Peter Westin?'

'Dat weten we niet, maar het is wel waarschijnlijk. Het lichaam is aangetroffen in de resten van de slaapkamer,' zei Sundstedt, en hij vertelde dat een van de brandweerlieden een verkoolde voet had ontdekt die onder het ingestorte dak uitstak. Ze zouden het lichaam zo gauw mogelijk proberen te bergen, maar omdat het nablussen nog aan de gang was en er instortingsgevaar bestond, kon dat nog wel enkele uren duren.

De brand was die morgen al vroeg begonnen en het alarm had de brandweer om 04:17 uur bereikt. De naaste buren hadden gebeld. Toen de brandweer arriveerde, stond de bovenverdieping al grotendeels in lichterlaaie en moesten ze proberen te voorkomen dat de brand oversloeg.

'Denken jullie dat de brand aangestoken is?'

'Het is nog te vroeg om dat te zeggen, maar de geconcentreerde brandhaard en het snelle verloop van de brand wijzen daar wel op.'

Vanja keek om zich heen. Sebastian was naar een paar nieuwsgierige buren gelopen die een stukje verderop stonden. Hij leek in gesprek met sommigen van hen. Vanja pakte haar telefoon en belde Ursula. Ze legde uit wat er gebeurd was en vroeg haar zo snel mogelijk te komen. Daarna belde ze Torkel om het hem te vertellen, maar ze kreeg geen gehoor. Ze liet een bericht achter op zijn voicemail.

Sebastian kwam naar haar toe. Hij knikte naar de buren met wie hij net had gesproken.

'Sommigen van hen zeggen dat ze Westin gisteravond laat hebben gezien, en ze zijn ervan overtuigd dat hij er vannacht was. Hij was vrijwel altijd thuis.'

Ze keken elkaar aan.

'Dit is iets té toevallig, vind ik,' zei Sebastian. 'Hoe zeker weet je dat Roger patiënt van hem was?'

'Helemaal niet. Ik weet dat hij naar hem toe ging toen hij net op zijn nieuwe school zat – dat heeft Beatrice verteld –, maar ik heb geen idee of hij hem de laatste tijd ook nog bezocht. Het enige wat ik heb, zijn die initialen en de tijd op woensdag.'

Sebastian knikte en nam haar bij de arm.

'We moeten daarachter komen.' Sebastian begon naar de auto te lopen. 'Die school is te klein om er zulke geheimen te kunnen bewaren. Geloof me, ik heb erop gezeten.'

Ze draaiden om en reden weer naar het Palmlöv. Het leek wel of deze zaak hen daar de hele tijd naar terugstuurde.

De aan de buitenkant perfecte school.

Met steeds grotere barsten in de façade.

Vanja belde Billy en vroeg hem alles boven tafel te halen wat hij maar kon vinden over ene Peter Westin, psycholoog, Rotevägen 12. Hij beloofde dat hij het zo gauw mogelijk zou doen. Intussen belde Sebastian naar Lena Erikssons huis om te vragen of zij wist wat haar zoon om de woensdag om tien uur deed. Zoals Vanja al vermoedde, wist Lena niets van een schoolpsycholoog. Sebastian bedankte haar en hing op. Vanja keek hem aan. Het drong tot haar door dat ze het afgelopen uur vergeten was dat ze zichzelf had beloofd een hekel aan hem te hebben. Hij was in kritieke situaties eigenlijk best een goed klankbord. Ze kon een glimlachje niet onderdrukken. Natuurlijk greep Sebastian elke kans om dat verkeerd te begrijpen aan.

'Zit je met me te flirten?'

'Hè? Nee!'

'Je kijkt me aan als een opgewonden bakvis.'

'Rot op.'

'Het is niet iets om je voor te schamen, hoor. Dat effect heb ik nu eenmaal op vrouwen.' Sebastian keek haar met een belachelijk zelfverzekerd glimlachje aan. Ze wendde haar ogen van hem af en gaf gas.

Ditmaal kreeg hij het laatste woord.

'Heb je even tijd?' Haraldsson begreep uit Hansers toon onmiddellijk dat ze eigenlijk bedoelde: ik wil je spreken. Nu! En inderdaad, toen hij van zijn werk opkeek, zag hij Hanser met haar armen over elkaar staan. Ze knikte naar de deur van haar kamer en zag er heel verbeten uit. Maar zo gemakkelijk ging dat niet. Wat het ook was, Haraldsson wilde haar geen thuiswedstrijd gunnen.

'Kan het hier niet? Ik probeer mijn voet zo veel mogelijk te ontzien.'

Hanser keek de kantoortuin rond alsof ze wilde bepalen hoeveel de dichtstbij zittende collega's van het gesprek zouden horen, en pakte toen, met een zucht en een beheerst-geïrriteerde beweging, een stoel van een lege werkplek. Ze ging tegenover Haraldsson zitten, boog voorover en liet haar stem dalen.

'Ben jij vannacht bij het huis van Axel Johansson geweest?'

'Nee.'

Een reflex.

Ontkennen.

Zonder over de consequenties na te denken.

Vroeg ze het omdat ze al wist dat hij daar geweest was? Waarschijnlijk wel. Dan zou het beter zijn geweest het te bevestigen, en dan had hij daarna een goed excuus kunnen verzinnen dat hij daar was geweest, als dat al een probleem was. Dat was het waarschijnlijk, want anders was ze vast niet naar hem toe gekomen om met hem te praten, toch? Of vermoedde ze alleen maar dat hij daar was geweest? Dan zou een ontkenning zinvol kunnen zijn. Wilde ze hem misschien een compliment maken voor zijn initiatief? Niet waarschijnlijk. Haraldssons hoofd tolde. Hij had het gevoel dat hij de schade moest zien te beperken en dat het beter was geweest de eerste vraag met ja te beantwoorden. Te laat!

'Weet je dat zeker?'

Te laat om nog van koers te veranderen, maar hij hoefde zijn eerste antwoord niet te bevestigen of te ontkennen.

'Hoezo?'

'Ik kreeg een telefoontje van een zekere Desiré Holmin. Ze woont in hetzelfde pand als Axel Johansson. Ze zei dat ze hem vannacht had gezien en dat iemand anders in een auto zat te wachten en achter hem aan ging toen hij thuiskwam.'

'En je denkt dat ik dat was?'

'Was jij dat?'

Haraldsson dacht koortsachtig na. Holmin. Holmin… Was dat niet dat grijze vrouwtje op dezelfde verdieping als Johansson? Ja, die was het. Ze was vreselijk belangstellend toen hij laatst aan de deur met haar praatte. Alsof hij er nooit meer vandaan kwam. Hij kon zich best voorstellen dat zij het type was dat voor het raam zat te spioneren. Om de politie te helpen. Om een beetje spanning in haar grijze, saaie gepensioneerdenbestaan te brengen. Je kon je ook voorstellen dat het donker was en dat mevrouw een beetje moe en bijziend was. Misschien zelfs wel een beetje seniel. Hij zou zich er wel uit praten.

'Nee, dat was ik niet.'

Hanser zat hem zwijgend te bestuderen, niet zonder enige tevredenheid. Haraldsson wist het zelf niet, maar hij had zojuist een paar flinke scheppen van zijn eigen graf gegraven. Nu zweeg ze, ervan overtuigd dat hij door zou spitten.

Haraldsson voelde zich niet op zijn gemak. Hij haatte die blik van haar. Hij haatte de stilte die zei dat ze hem niet geloofde.

Jokte hij ook niet een beetje? Hij besloot zijn troef meteen uit te spelen.

'Hoe zou ik iemand moeten achtervolgen? Ik kan me amper naar de wc slepen.'

'Vanwege je voet?'

'Inderdaad.'

Hanser knikte. Haraldsson glimlachte naar haar. Zo, nu zou de zaak wel afgedaan zijn. Hanser zou het onmogelijke van de situatie wel inzien en hem met rust laten. Tot zijn grote verbazing bleef ze echter in dezelfde, voorovergebogen houding zitten.

'Wat voor auto heb je?'

'Hoezo?'

'Holmin zei dat de man die achter Johansson aan ging een groene Toyota had.'

Oké, dacht Haraldsson, tijd om de minder sterke kaarten te spelen: nacht, moe, bijziend en seniel. Hoe ver van het huis had hij gestaan? Twintig, dertig meter. Minstens. Hij plooide zijn gezicht in een brede, ontwapenende glimlach.

'Niets ten nadele van die dame Holmin, maar als het afgelopen nacht was, zal het wel donker zijn geweest. Hoe kon ze dan zien welke kleur auto het was? En, onder ons gezegd: hoe oud is ze, tegen de tachtig? Ik heb met haar gesproken. Ze leek me niet helemaal betrouwbaar. Het zou me verbazen als ze verschillende automerken uit elkaar kan houden.'

'Hij stond onder een lantaarnpaal en ze had een verrekijker.'

Hanser ging achteroverzitten en bestudeerde Haraldsson. Ze meende zijn hersenen te zien werken, als in een tekenfilm waarin de tandwielen steeds sneller gaan draaien. Ze kon haast niet geloven dat hij nog niet doorhad waar ze naartoe wilde.

'Ik ben nou niet bepaald de enige met een groene Toyota. Als het er al een was.'

Niet dus, begreep Hanser enigszins verbaasd. Haraldsson ging niet alleen door met graven, hij sprong ook in zijn graf en begon het zelfs dicht te gooien.

'Ze heeft het kenteken opgeschreven. Dat heb jij wel als enige.'

Haraldsson zei niets meer. Er kwam niets in hem op. Hij was helemaal blanco. Hanser boog nu nog verder over zijn bureau.

'Nu weet Axel Johansson dat we hem zoeken en zal hij waarschijnlijk nog beter zijn best doen om zich te verschuilen.'

Haraldsson probeerde te antwoorden, maar er kwamen geen woorden – niets. Zijn stembanden weigerden hem te gehoorzamen.

'Ik moet de Nationale Recherche hierover informeren. Het. Is. Hun. Onderzoek. Ik zeg dat zo duidelijk omdat je dat nog steeds niet lijkt te hebben begrepen.'

Hanser stond op en keek naar Haraldsson omlaag, wiens ogen onzeker ronddwaalden. Als het niet zo'n ernstige overtreding was geweest en als het – eerlijk gezegd – niet Haraldsson was geweest, had ze medelijden met hem gehad.

'Waar je precies was toen je bij Listakärr had moeten zijn, daar zullen we het ook nog weleens over hebben. Desiré Holmin zei dat de man die achter Axel Johansson aan zat niet hinkte. Integendeel zelfs. Hij was heel snel.'

Hanser draaide zich om en liep weg. Haraldsson keek haar volkomen leeg na. Hoe kon dit? Hij had zich hier toch uit zullen praten? De schade zo veel mogelijk beperken was zijn *worst option*. Dit hier, dit bestond gewoon niet. De dankrede van de provinciaal commissaris was heel, heel ver weg. Haraldsson voelde de neerwaartse spiraal waarin zijn leven beland was sneller en steiler worden, en hij viel. Onstuitbaar.

Ursula kende Sundstedt al langer. Hij was een tijdje onderzoeker geweest voor de Onderzoekscommissie Vliegrampen, maar was toen weer teruggegaan naar de brandweer. Ze hadden elkaar ontmoet toen zij bij het NFI werkte, bij een gecompliceerd onderzoek naar een privévliegtuig dat in Sörmland was neergestort, waarbij de verdenking bestond dat de piloot door zijn vrouw was vergiftigd. Ze hadden elkaar toen direct gemogen. Sundstedt was net als zij: niet bang om aan te pakken. Leverde goed werk. Hij kreeg haar in het oog zodra ze uit de auto stapte en zwaaide familiair naar haar.

'Oei, hoog bezoek?'

'Yep, jij bent er toch?'

Een vriendschappelijke omhelzing, een paar korte zinnen over dat het alweer zo lang geleden was dat ze elkaar hadden gezien. Toen gaf hij haar een veiligheidshelm, nam haar mee achter de versperring en liep naar Westins huis.

'Dus jij zit nog bij de Nationale Recherche?'

'Ja.'

'Zijn jullie hier voor de moord op die jongen?'

Ursula knikte. Sundstedt maakte een hoofdbeweging naar het rokende, verwoeste huis.

'Denken jullie dat dit daarmee te maken heeft?'

'Dat weten we niet. Hebben jullie het lichaam er al uit?'

Hij schudde zijn hoofd en nam haar mee om het huis heen. Sundstedt liep naar zijn auto, die daar geparkeerd stond, opende het portier, haalde een grote, brandwerende jas tevoorschijn en gaf die aan haar.

'Trek die maar aan. Ik laat je wel zien waar hij ligt. Je gaat toch alleen maar zeuren als je er niet vanaf het begin bij bent.'

'Ik zeur niet. Ik klaag. En terecht. Dat is iets anders.'

Ze glimlachten allebei en liepen naar het huis. Ze gingen door de opening waar vroeger de voordeur had gezeten. Die was nu in de hal neergegooid. De keuken was niet door de vlammen aangetast en zag eruit alsof hij gewoon wachtte op iemand die hier zou gaan zitten lunchen, maar de vloer was wel bedekt met beroet water dat nog steeds van het plafond lekte en langs de muren stroomde. Ze liepen de trap op, die glibberig was van het water. De scherpe stank werd steeds erger en prikte in Ursula's neus, en haar ogen begonnen te tranen. Hoewel Ursula al de nodige branden had gezien, boeiden ze haar altijd weer. Vuur veranderde gewone dingen op een angstaanjagende, haast fascinerende manier. Tussen de verbrande resten stond nog een intacte stoel. Daarachter, waar vroeger een buitenmuur had gestaan, waren de tuin en de volgende huizen te zien. De vergankelijkheid van het leven ontmoette de restanten van het alledaagse. Sundstedt ging langzamer en voorzichtiger lopen. Hij gebaarde naar Ursula dat ze moest blijven waar ze was. De vloer kraakte bedenkelijk onder zijn gewicht. Hij wees naar een witte doek die lag naast wat er nog over was van het bed. Het dak was gedeeltelijk ingestort en boven zich zagen ze de lucht.

'Hier is het lichaam. We moeten de vloer schragen voordat we het kunnen weghalen.'

Ursula knikte, ging op haar hurken zitten en pakte de camera. Sundstedt wist wat ze wilde doen en reikte zonder iets te zeggen naar de doek, pakte het dichtstbijzijnde uiteinde daarvan en trok het weg. Daaronder werden zwaar verkoolde houten balken en kapotte en hele dakpannen van het ingestorte dak zichtbaar. Maar wat daaronderuit stak was heel duidelijk een voet. Zwart geworden door het vuur, maar het vlees was er niet af gebrand. Ursula nam een paar foto's. Ze begon met overzichtsfoto's. Toen ze voorzichtig naar de voet toe bewoog om close-ups te maken, rook ze een zoetere geur door de scherpe brandlucht, als een combinatie van mortuarium en bosbrand. Je kon aan veel gewend raken in haar werk, maar de geuren waren het ergst.

Ze slikte.

'Te oordelen naar de grootte van de voet is het waarschijnlijk een volwassen man,' begon Sundstedt. 'Moet ik je helpen met een weefselproef? Er zitten een paar zachte stukken bij de enkel.'

'Dat kan ik later doen als het nodig is. Nu zou ik meer geholpen zijn als ik de gebitsgegevens zou kunnen natrekken.'

'Het zal wel een paar uur duren voordat ik het lichaam kan verplaatsen.'

Ursula knikte naar hem.

'Oké, als ik dan niet hier ben, moet je me meteen bellen.' Ze haalde een visitekaartje uit een van haar zakken en overhandigde dat aan Sundstedt. Hij pakte het aan, stopte het in zijn zak, legde de doek terug en kwam overeind uit zijn gehurkte positie. Ook Ursula stond op.

Samen begonnen ze te zoeken naar de oorzaak van de brand. Ursula was geen expert in brandhaarden, maar zelfs zij zag een aantal details in de slaapkamer die wezen op een felle ontwikkeling van de brand. Veel te fel om natuurlijk te zijn.

Rolf Lemmel was ontsteld. Een goede bekende had hem gebeld en verteld over de brand in Peters huis. Hij wist echter niet dat er een lichaam in de slaapkamer was gevonden, en toen Vanja hem dat vertelde, verbleekte hij nog meer. Hij ging op de bank in de wachtkamer zitten met zijn handen voor zijn gezicht.

'Is het Peter?'

'Dat weten we nog niet, maar de kans is groot dat hij het is.' Lemmels lichaam kronkelde zich in allerlei bochten, alsof het niet wist waar het moest blijven. Zijn ademhaling was zwaar en diep. Sebastian ging een glas water voor hem halen. Lemmel dronk een paar slokjes; daar werd hij een beetje rustiger van. Hij keek naar de rechercheurs. Realiseerde zich dat een van hen Peter eerder die dag al had gezocht, toen hij nog dacht dat zijn collega gewoon wat later was. Toen vond hij haar vooral irritant. Nu besefte hij dat hij de ernst van haar bezoek niet had begrepen.

'Waarom was u hier vanmorgen? Kan dat hier iets mee te maken hebben?' vroeg hij, terwijl hij Vanja diep in de ogen keek.

'Dat weten we niet. Het ging over een patiënt van wie ik wilde weten of die hem bezocht.'

'Wie?'

'Roger Eriksson, een zestienjarige jongen van het Palmlöv.' Vanja pakte de foto, maar dat hoefde niet.

'Die vermoord is?'

'Inderdaad.'

Ze gaf hem de foto voor de zekerheid toch. Hij tuurde ernaar en dacht lang na; hij wilde zeker van zijn zaak zijn.

'Ik weet het niet. Peter had wel een afspraak met de school. Er kwamen hier veel kinderen. Het is mogelijk.'

'Dit semester om de woensdag om tien uur. Was hij hier dan?' Lemmel schudde zijn hoofd.

'Ik werk hier maar drie dagen per week. Op woensdag en donderdag zit ik in het ziekenhuis. Dus ik weet het niet. Maar we kunnen in zijn kamer kijken. Daar ligt zijn agenda.'

'Hebben jullie geen receptie?' vroeg Sebastian terwijl ze door de glazen deur een gangetje in gingen.

'Nee, we kunnen het zelf wel bijhouden. Het zou alleen maar een onnodige kostenpost zijn.' Lemmel bleef staan bij de tweede deur aan de rechterkant en pakte zijn sleutels om hem open te maken. Hij keek verbaasd toen hij de sleutel probeerde om te draaien en de deur ineens openging.

'Wat raar...'

Sebastian duwde de deur helemaal open. Binnen lag er één grote chaos op hen te wachten: kapotte mappen en paperassen – alles door elkaar. Uitgetrokken laden. Lege mappen. Gebroken glas. Rolf was ontzet. Vanja trok snel een paar witte latexhandschoenen aan.

'Blijf buiten. Sebastian, bel Ursula en zeg dat ze hierheen moet komen.'

'Ik denk dat jij beter kunt bellen,' probeerde Sebastian met een glimlachje.

'Vertel haar waar het om gaat. Ze mag een hekel aan je hebben, maar ze is wel professioneel.'

Vanja wendde zich tot Lemmel.

'Dus u bent hier vandaag niet binnen geweest?'

Hij schudde zijn hoofd. Ze begon rond te kijken.

'Ziet u de agenda van Peter Westin ergens?'

Lemmel was geschokt en het duurde even voordat hij antwoord gaf.

'Nee, dat is een groot, groen boek, van leer, bijna A4-formaat.' Vanja knikte en begon voorzichtig te zoeken tussen de papierboel. Dat was nog niet zo eenvoudig: ze wilde niet te veel rondstampen en het plaats delict verstoren. Toch vond ze het ook uiterst belangrijk om erachter te komen of er verband bestond tussen Peter Westin en Roger. Want als dat er was, had dit onderzoek waarschijnlijk een onverwachte wending genomen.

Na tien minuten gaf Vanja het op. Voor zover ze kon zien was er geen agenda te vinden in de kamer. Maar ze kon niet alles van zijn plaats halen en overal zoeken. Ursula had teruggebeld en ge-meld dat ze nog een paar uur vastzat op de Roteväg, maar ze had Hanser gesproken, en die had beloofd dat ze de beste technisch rechercheur van Västerås zou sturen. Ursula vond het maar niks, maar zo moeilijk kon het toch niet zijn om sporen vast te leggen in een kamer? Vanja deed de deur op slot met de sleutel van Lem-mel en ging naar hem toe om verder te praten. Hij was weer op de bank gaan zitten en had iemand aan de telefoon. Zijn ogen stonden vol tranen en zijn stem was beheerst, maar vol verdriet. Hij kreeg Vanja in het oog en probeerde zich te vermannen.

'Ik moet ophangen, schat. De politie wil weer met me praten.'

'De technisch rechercheur is onderweg. Niemand mag die ka-mer in. Mag ik uw sleutels houden?'

Hij knikte bij wijze van antwoord. Vanja keek om zich heen.

'Waar is mijn collega ergens?'

'Hij ging even iets uitzoeken.' Vanja zuchtte en pakte haar mo-bieltje, maar bedacht dat ze geen mobiel nummer van Sebastian had. Ze had nooit vermoed dat ze het nodig zou hebben.

Sebastian ging de kantine van het Palmlöv College binnen. In de tijd dat hij daar op school zat, was er geen gezellige, caféachtige ruimte op de begane grond. Toen was die ruimte een studielokaal voor bijles. Toen waren de muren niet wit en zaten er geen kleine spotjes in. Zwarte leren fauteuils met bijbehorende lage tafeltjes van licht hout en wandluidsprekerboxjes waar loungemuziek uit kwam, waren er in Sebastians herinnering ook niet. In zijn tijd stonden langs de muren boekenkasten en de rest van de inrichting bestond uit lange schrijftafels en harde stoelen. Dat was alles.

In de psychologenpraktijk had Sebastian er genoeg van gekre-gen de tweede viool te moeten spelen. Hij had de hele dag zijn best gedaan om niet uit de toon te vallen, niet te ver te gaan, een teamspeler te zijn en al die flauwekul. Dat was niet zo moeilijk; je hoefde over het algemeen alleen maar rustig mee te lopen en je mond te houden. Maar het was zo saai, zo verdomde, geestdo-dend saai. Hij had in de auto wel een paar stekelige opmerkingen tegen Vanja gemaakt, maar daar schoot hij niet veel mee op. Het was een soort minimaal bestaan, en Sebastian maakte zich niet klein.

Toen hij zag dat Vanja voorzichtig, om Ursula's werk niet te bederven, papiertjes verplaatste in de chaos van de spreekkamer, had hij besloten het team los te laten en even solo te gaan vliegen. Informatie was overal te vinden. Iemand wist iets. Je moest alleen weten wie je het moest vragen.

Daarom stond hij nu in de kantine. Hij keek om zich heen en kreeg Lisa Hansson in het oog, die een eindje verderop met haar vriendinnen zat te praten. Voor hen stonden een paar leeggedronken caffèlattemokken. Hij beende naar haar toe. Ze was niet direct blij om hem te zien, zag hij aan de manier waarop ze hem aankeek. Acceptatie. Dat was genoeg.

'Hallo, Lisa. Heb je twee tellen?'

De andere meisjes keken hem verbaasd aan, maar hij wachtte niet op antwoord.

'Ik heb ergens je hulp bij nodig.'

Toen Sebastian tweeëntwintig minuten later de praktijk van Lemmel en Westin binnen ging, had hij van twee onafhankelijke bronnen de bevestiging gekregen dat Roger Eriksson om de woensdag om tien uur naar Peter Westin ging. Zoals dat gaat in alle groepen met grote sociale controle – en er zijn weinig groepen die elkaar meer in de gaten houden dan tieners – had Roger niet onopgemerkt naar een psycholoog kunnen sluipen. Lisa wist zelf niet met wie Roger om de woensdag een afspraak had, maar ze was goed ingevoerd in de schoolhiërarchie en had zich zeer behulpzaam getoond om iemand te vinden die dat wel wist. Een meisje uit de vijfde klas had hem gezien en een ander meisje, uit Rogers parallelklas, bevestigde het. Ze hadden elkaar twee keer in de wachtkamer ontmoet.

Vanja zat te bellen. Ze keek Sebastian chagrijnig aan toen hij nonchalant de kamer binnen wandelde. Hij glimlachte naar haar. Hij zag dat een technisch rechercheur bezig was vingerafdrukken te nemen op de deurposten van Westins kamer. Sebastians timing was perfect. Hij wachtte tot Vanja uitgebeld was.

'Hoe gaat het? Al technisch bewijs gevonden?'

'Nog niet. Waar zat je?'

'Even aan het werk geweest. Je wilde toch bevestiging dat Roger hier om de woensdag om tien uur naartoe ging? Dat was zo.'

'Wie zegt dat?'

Sebastian gaf haar de namen van de twee leerlingen. Hij had zelfs hun adresgegevens voor haar op een briefje geschreven. Hij wist dat dat haar nog meer op stang zou jagen.

'Bel ze maar op om het te controleren.'

Ze keek op het papiertje.

'Dat zal ik doen. Later. We moeten nu naar het bureau. Billy heeft iets gevonden.'

Torkel hoopte dat het iets goeds was. Hij had behoefte aan een succesje, iets om blij van te worden. Hij was bereid genoegen te nemen met iets wat niet alleen maar linea recta naar de kloten ging. Hij had een bespreking gehad met Hanser. Na een paar vriendelijke opmerkingen als 'was gezellig gisteren' en 'nog bedankt' had ze verteld over Thomas Haraldsson. Het maakte niet uit hoe goed hij het had bedoeld. Zijn geklungel had er waarschijnlijk voor gezorgd dat de enige verdachte die ze tot dan toe hadden, was ondergedoken. Daardoor was wat ze uit de telefoonlijsten en de herstelde sms'jes hadden opgemaakt in feite niets meer waard. Tot overmaat van ramp leek het erop dat Rogers therapeut vermoord was. Hij was in elk geval dood. Torkel liep al iets te lang mee om te denken dat dat alleen maar ongelukkig toeval was. Dus nu hadden ze een tweevoudige moordenaar. Het was maar een schrale troost dat Sebastian dacht dat de eerste moord niet met voorbedachten rade was gepleegd. Dat was die tweede vast en zeker wel. Westin was waarschijnlijk gestorven omdat hij iets wist. Over Roger Eriksson. Torkel vloekte inwendig dat ze niet sneller waren geweest. Waarom waren zíj daar niet het eerst gekomen? Niets in dit verdomde onderzoek ging zoals zij het wilden. Het zou niet lang duren of de pers zou ook verband leggen tussen de beide doden. Dat was precies wat ze nodig hadden om het verhaal gaande te houden.

Bovendien was Ursula kwaad op hem.

Mikael zou komen.

Hij duwde de deur van de vergaderkamer open. Ursula was nog op de plaats delict, maar de anderen waren er al. Billy had hen allemaal bij elkaar geroepen. Torkel ging zitten en knikte naar Billy dat hij kon beginnen. De projector aan het plafond begon te snorren, dus Torkel nam aan dat ze naar meer bewakingsfilms moesten kijken. En inderdaad. Roger kwam van rechts in beeld slenteren.

'Om 21:29 uur was Roger Eriksson hier.' Billy zette een cirkeltje op de stadsplattegrond aan de muur. 'Ruim een kilometer van de Gustavsborgsgata. Zoals jullie zien, steekt hij de straat over en verdwijnt. Ik bedoel: hij verdwijnt echt.' Billy spoelde de film met de afstandsbediening terug en zette het beeld stil vlak voordat Roger achter een geparkeerde auto verdween.

'Hij gaat de Spränggränd in, een doodlopend steegje dat uitkomt op voetpaden waarop je naar drie kanten kunt.' Billy wees het met zijn pen aan op de kaart. 'Ik heb alle camera's die ten noorden en ten westen van de Spränggränd hangen gecheckt. Dat zijn er niet zoveel. Roger komt op geen daarvan voor, dus ik ben nagegaan of hij soms was omgedraaid en teruggegaan. Niets. Ik heb nu genoeg onbenullige straatjes gezien voor mijn hele leven. Dit is het laatste beeld van Roger Eriksson.'

Ze keken allemaal naar het bevroren beeld op de muur. Torkel voelde zijn slechte humeur nog een paar graden dalen, of waar een humeur ook maar mee daalt. Dalen deed het zeker.

'Als we eens met de gedachte spelen dat hij verder rechtdoor loopt, wat is daar?' Dat was Vanja. Torkel was dankbaar dat er tenminste nog iemand in het team was die iets probeerde te maken van niets.

'Aan de andere kant van de E18 ligt Vallby, een buurt met veel huurflats.'

'Heeft hij daar iets te zoeken? Een klasgenoot of zo die daar woont?'

Billy schudde zijn hoofd. Sebastian stond op en liep naar de kaart.

'Wat is dit voor iets?' Sebastian wees op een vrij groot gebouw dat een beetje apart lag, op slechts een meter of twintig van waar de Spränggränd eindigde.

'Dat is een motel.'

Sebastian begon door de kamer te lopen en rustig, hardop te redeneren, alsof hij het vooral tegen zichzelf had.

'Roger en Lisa deden al een tijdje of ze met elkaar gingen. Lisa zei dat Roger ook iemand anders had, maar ze wist niet wie. Daar deed hij heel geheimzinnig over.' Sebastian liep naar de kaart en zette zijn vinger op het motel.

'Volgens Johan praatte Roger veel over seks. Een motel is een ideale plek voor dat soort afspraken.'

Hij liet zijn blik over de andere drie gaan.

'Ja, ik spreek uit ervaring.' Hij zag Vanja veelbetekenend naar hem kijken. 'Niet direct met dat motel, maar wij zijn hier nog niet klaar, Vanja.' Vanja keek hem verveeld aan. Tweede toespeling op seks vandaag. Nog één keer en ze zou ervoor zorgen dat hij uit het onderzoek werd gezet voordat hij in de gaten had wat er gebeurde. Ze zei echter niets. Waarom zou ze hem waarschuwen? Torkel sloeg zijn armen over elkaar en keek Sebastian sceptisch aan.

'Afspraken in een motel – klinkt dat niet wat... omslachtig als je zestien bent? Dan doe je het toch eerder bij iemand thuis?'

'Dat kon om de een of andere reden misschien niet.'

Ze bleven allemaal zwijgend zitten. Billy en Vanja keken Sebastian net zo sceptisch aan als Torkel. Sebastian spreidde zijn armen.

'Kom op! We hebben een geile knul van zestien en een motel. Dat kunnen we toch op z'n minst checken?'

Vanja stond op.

'Billy?'

Billy knikte, en samen verlieten ze de vergaderkamer.

Edins Budgethotel was gebouwd in de jaren zestig. Het was verwaarloosd en zag er aftands uit. Op de ruim bemeten parkeerplaats stonden maar drie auto's. Het gebouw was volledig Amerikaans geïnspireerd en bestond uit twee vleugels van twee verdiepingen, met trappen aan de buitenkant, zodat elke kamer een eigen opgang had, direct aan de parkeerplaats. In het midden zat een kleine receptie, en buiten lichtte een bord met neonletters op: 'Kamers Vrij'. Billy en Vanja hadden het idee dat het al een tijdje geleden was dat dat bord uit was geweest. Als je in het geheim iemand wilde ontmoeten, was dit dé plek.

Ze gingen naar binnen door de dubbele glazen deur met de handgeschreven mededeling: 'Wij accepteren geen American Express.' Het was vrij donker in de receptie, die bestond uit een halfronde, hoge, donkere houten balie, vuile donkerblauwe vloerbedekking en twee fauteuils bij een rond tafeltje. De ruimte rook muf en van nicotine doortrokken, iets waar de kleine, snorrende tafelventilator aan de ene kant van de balie niets aan kon doen. Achter de balie zat een vrouw van een jaar of vijftig met lang, waarschijnlijk geblondeerd haar. Ze was een van die steeds goedkoper wordende roddelblaadjes aan het lezen, die vol stonden met veel foto's en weinig tekst. Naast haar lag *Aftonbladet* van vandaag. Opengeslagen bij een artikel over de moord op Roger. Vanja had het eerder die dag vluchtig bekeken. Geen nieuws, afgezien van een uitspraak van de rector van het Palmlöv dat zijn school zich juist actief inzette om pesten en buitensluiten tegen te gaan, en dat Roger thuisgekomen was, zoals hij het uitdrukte.

Vanja was bijna misselijk geworden van de reeks leugens die hij ten beste gaf. De vrouw keek de nieuwkomers aan.

'Dag, kan ik u helpen?'

Billy glimlachte haar toe.

'Hebt u vorige week vrijdag gewerkt?'

'Hoezo?'

'Wij zijn van de politie.'

Billy en Vanja haalden hun legitimatie tevoorschijn en lieten haar die zien. Ze knikte naar hen, een beetje verontschuldigend. Vanja pakte de foto van Roger en legde die onder de lamp voor de vrouw neer, zodat ze hem goed kon bekijken.

'Herkent u deze jongen?'

'Ja, uit de krant.' De vrouw legde haar hand op de opengeslagen pagina's. 'Er staat elke dag wel wat over hem in.'

'Maar u kent hem niet van hier?'

'Nee, moet dat?'

'We denken dat hij hier afgelopen vrijdag is geweest. Even voor tien uur.'

De vrouw achter de balie schudde haar hoofd.

'Maar we zien natuurlijk niet alle motelgasten, meestal alleen degene die betaalt. Hij kan samen met iemand anders in een kamer zijn geweest.'

'Was hij in een kamer?'

'Niet dat ik weet. Ik zeg alleen dat hij er kán zijn geweest.'

'We zullen iets meer moeten weten over de gasten die u die avond had.'

De vrouw keek hen eerst even sceptisch aan, maar deed toen twee stappen naar de veel te oude computer. Minstens acht jaar oud, zag Billy. Waarschijnlijk nog ouder. Een archeologische vondst. De vrouw begon op het al wat vergeelde toetsenbord te tikken.

'Van vrijdag op zaterdag waren er in totaal negen kamers verhuurd.'

'Allemaal al rond halftien?'

'U bedoelt 's avonds?'

Billy knikte. De vrouw zocht verder in de computer. Na een poosje vond ze wat ze zocht.

'Nee, toen waren het er pas zeven.'

'We willen graag alle informatie hebben die u over die motelgasten hebt.'

Er verscheen een bezorgde rimpel op het voorhoofd van de vrouw.

'Ik weet vrij zeker dat u daar een of ander bevel voor nodig hebt, of niet? Een of ander formulier?'

Vanja boog naar haar toe.

'Nee, dat geloof ik niet.'

Maar het besluit van de vrouw stond al vast. Niet dat ze veel wist over wetten op het onderscheppen van informatie en dergelijke, maar op tv had ze gezien dat de politie altijd overal een bevel voor nodig had. Ze hoefde haar gastenlijst niet zomaar te geven wanneer ze erom vroegen. Ze zou voet bij stuk houden.

'Ja, zo is het wel. Jullie moeten een bevel hebben.'

Vanja keek eerst haar en toen Billy wrevelig aan.

'Oké, we komen terug met een bevel.'

De vrouw knikte vergenoegd. Ziezo. Ze had de privacy van haar gasten beschermd, en daardoor eigenlijk de hele vrijheid van meningsuiting.

De vrouwelijke rechercheur vervolgde: 'Als we dan toch terugkomen, nemen we een fiscaal rechercheur mee. En iemand van de gezondheidsinspectie, misschien. Want jullie zijn zeker ook verantwoordelijk voor het restaurant?'

De vrouw achter de balie keek Vanja een beetje onzeker aan. Dat konden ze toch niet doen? De mannelijke rechercheur keek rond, knikte en voegde eraan toe: 'En laten we de brandweer niet vergeten. Er zijn heel wat vluchtwegen te controleren, zie ik. En u bekommert u erg om de gasten van het motel.'

Ze liepen naar de deur. De vrouw achter de balie twijfelde.

'Wacht. Ik wil het jullie niet onnodig moeilijk maken. Ik kan dit wel even kopiëren.'

Ze glimlachte dom naar de rechercheurs. Haar ogen gingen omlaag naar de opengeslagen krant. Opeens herkende ze hem. Het was een raar gevoel. Spanning en triomf. Een kans op bonuspunten. Misschien zou ze hen dat met die gezondheidsinspectie kunnen laten vergeten. Ze richtte zich tot de vrouwelijke agent, die naar haar toe kwam.

'Hij was hier afgelopen vrijdag.'

De rechercheur keek haar nieuwsgierig aan

'Wat zegt u?'

'Ik zeg' – ze wees op de krant – 'dat hij hier afgelopen vrijdag was.

Vanja schrok toen ze de foto zag waar de vrouw achter de balie naar wees.

In de grote kamer heerste een spanning die er eerder niet was geweest. De vragen waren talrijk, de zaak had zich in verschillende richtingen geopend en opeens moesten ze prioriteiten stellen. Het nieuwste was dat de motelreceptioniste bij hoog en bij laag had beweerd dat ze rector Ragnar Groth van het Palmlöv College die vrijdagavond in het motel had gezien. En niet voor het eerst ook. Hij kwam daar geregeld. Hij betaalde altijd contant en noemde zich Robert en nog wat. Die vrijdag had ze hem in het voorbijgaan gezien toen hij in de richting van de kamers aan de westkant liep, maar hij had niet zelf ingecheckt. Ze had altijd aangenomen dat de man daar had afgesproken met zijn minnares. Daarvoor bezochten allerlei mensen het motel immers; daar las je misschien niet over in de reclame, maar het was wel zo. Sebastian grijnsde inwendig: dit werd steeds beter; die pedante rector Groth zou weleens vuile handen kunnen hebben. Torkel keek Vanja en Billy aan en knikte trots naar hen.

'Oké, goed werk. Daardoor heeft de rector natuurlijk onze hoogste prioriteit. Volgens mij is de kans groot dat Roger en hij op de avond dat Roger werd vermoord op dezelfde plek waren.'

Billy pakte een foto van Ragnar Groth en gaf die aan Torkel.

'Hang deze maar op. Ik heb nog niets over hem kunnen opzoeken, maar het interessante is dat zowel Roger als Peter Westin gelinkt kan worden aan de rector. Westin had een afspraak met de school en Roger bezocht hem.'

Torkel hing de foto van de rector op en zette met een viltstift een pijl van hem naar Roger en een naar Westin.

'We moesten maar weer een bezoekje aan onze rector brengen. Met een paar nieuwe vragen.' Torkel keek de anderen aan. Het was even stil.

'Ik denk dat we een beetje voorzichtig te werk moeten gaan en meer informatie moeten verzamelen voordat we hem hiermee confronteren,' zei Sebastian, de stilte verbrekend. 'Want tot nu toe is hij zeldzaam getalenteerd gebleken in het verzwijgen van relevante informatie. Dus hoe meer we weten als we hem opzoeken, hoe lastiger het voor hem is om zich eruit te praten.'

Vanja knikte instemmend. Dat was ook haar eigen analyse.

'Vooral omdat we nog steeds te weinig weten over Peter Westin. We weten niet eens of hij de dode in de slaapkamer is of hoe de brand is ontstaan,' vervolgde Vanja zelf. 'Ursula is nog op de Roteväg en heeft beloofd dat ze zo gauw mogelijk met een voorlopig rapport komt.'

'De inbraak in de praktijk, heeft die nog wat opgeleverd?' viel Torkel haar in de rede, terwijl hij haar aankeek.

'Nee. Geen technisch bewijs en geen agenda. Dus daar komen we nog niet verder mee. Westins collega vertelde dat hij niet iemand was die veel aantekeningen maakte. Een paar trefwoorden hier en daar, maar die schreef hij dan uitgerekend in die agenda die we niet kunnen vinden.'

'Het zit ons ook niet mee,' verzuchtte Billy.

'Nee, dus we moeten des te harder werken,' antwoordde Torkel, en hij keek zijn mensen tamelijk gebiedend aan.

'Geluk dwing je af, dat weten we. We gaan er voorlopig van uit dat de inbraak met de brand te maken heeft en dat Peter Westins agenda is gestolen om wat erin stond. Totdat het tegendeel bewezen is. Ik heb Hanser gevraagd een paar patrouilles op pad te sturen om rond de psychologenpraktijk huis aan huis te vragen of ze daar vannacht iemand of iets verdachts hebben gezien.'

'En Axel Johansson, hoe gaat het daarmee?' Billy knikte naar de foto van de conciërge, die boven in een hoek aan de muur hing. 'Weten we daar al meer van?'

Torkel lachte en schudde zijn hoofd.

'Tja, daar is ons aller favoriet Thomas Haraldsson privédetectiveje aan het spelen geweest.'

'Hoe bedoel je?'

'Waar moet ik beginnen…'

'Bijvoorbeeld met mij gelijk te geven. We hadden hem meteen weg moeten sturen toen we hem daar in de hal tegenkwamen, of niet soms?' zei Vanja met een vaag glimlachje. Torkel knikte.

'Zeker, Vanja, zeker.'

Er klopte een geüniformeerde agente aan, ze stak haar hoofd om de deur en vroeg naar Billy en Vanja. Ze gaf hun allebei een envelop. Billy keek weifelend naar de zijne.

'Zullen we die nu doornemen?' Hij keek Torkel vragend aan.

'Wat zijn het?'

'Voorlopige rapporten over de motelgasten van wie Vanja en ik vinden dat we er wat nader naar moeten kijken.'

Torkel knikte.

'Natuurlijk. Maar om het onderwerp Axel Johansson af te sluiten: daar hebben we geen nieuwe sporen. Dankzij Haraldsson weet hij nu dat we naar hem op zoek zijn, dus de kans bestaat dat hij Västerås heeft verlaten. Hanser heeft beloofd dat ze al haar middelen inzet om hem te vinden; dat laten we dan maar aan haar over. Ze schaamt zich nogal, moet ik erbij zeggen.'

Billy was tijdens Torkels toelichting naar de muur gelopen. Hij wachtte tot Torkel uitgesproken was en stak toen van wal.

'Oké, vrijdagavond om negen uur zijn er in totaal zeven kamers verhuurd. We hebben drie gezinnen met kinderen en een ouder echtpaar dat tot maandag bleef uitgesloten. Het lijkt niet erg waarschijnlijk dat Roger of Ragnar Groth een gezin met kinderen of dat oudere paar heeft bezocht. Dus die leggen we voorlopig opzij, en dan zijn er nog drie namen over die interessant kunnen zijn.'

Billy begon de foto's op te hangen. Het waren twee vrouwen en een man.

'Malin Sten, achtentwintig jaar, Frank Clevén, tweeënvijftig, en

Stina Bokström, zesenveertig jaar.' De anderen kwamen naar de muur om de vergrote pasfoto's beter te kunnen bekijken

Malin Sten, geboren Ragnarsson, was de jongste van de motelgasten en ze was aantrekkelijk, met haar lange, donkere kroeshaar. Volgens de gegevens was ze pas getrouwd, met ene William Sten. De middelste foto stelde Frank Clevén voor, een vader van drie kinderen, die in Eskilstuna woonde, een man met kort, donker, maar al grijzend haar en een terugwijkende haargrens. Scherpe gelaatstrekken. Verweerd. Hij zag er vastberaden uit op de foto. De laatste was Stina Bokström, die een smal, vrij hoekig gezicht had en kort, blond haar. Ongehuwd. Billy wees op de donkerharige vrouw.

'Ik heb Malin Sten al te pakken weten te krijgen. Zij is een verkoopster die hier overnachtte na een verkoopconferentie in Västerås. Ze zegt dat ze niets gezien heeft en vroeg naar bed is gegaan. Ze woont in Stockholm. De andere twee heb ik nog niet gesproken, maar zoals jullie zien wonen die ook geen van beiden in Västerås, in elk geval niet volgens het bevolkingsregister.'

Torkel knikte en richtte zich tot de hele groep.

'Oké, goed, we moeten die andere twee motelgasten te pakken zien te krijgen. Ga ervan uit dat ze misschien iets te verbergen hebben. Dat geldt ook voor die Malin.'

Iedereen knikte, behalve Vanja. Ze zat wat in de papieren te bladeren die ze net had gekregen. Toen keek ze op.

'Sorry, maar ik denk dat dat nog even moet wachten.'

Ze draaiden zich allemaal om en keken haar aan. Zelfs Sebastian. Vanja genoot van haar rol als middelpunt en zweeg even om de spanning op te voeren. Toen vervolgde ze: 'Het schoot me te binnen dat het wapen waarmee Roger vermoord is een .22 was. Dat is toch een klassiek wapen voor een wedstrijdschutter?'

Torkel keek haar ongeduldig aan.

'Ja?'

'Ik kreeg net de ledenlijst van Schietclub Västerås.'

Vanja laste weer een pauze in en kon een voldaan glimlachje niet verbergen toen ze haar blik over de anderen liet gaan.

'Onze beste rector Ragnar Groth is al sinds 1992 lid. En blijkbaar zeer actief.'

De schietclub lag verder naar het noorden, in de buurt van het vliegveld. De accommodatie was een soort houten barak, die vroeger vast van het leger was geweest. Er waren kennelijk binnen- en buitenbanen, en Vanja, Sebastian en Billy hoorden het doffe geknal van geweerschoten toen ze dichterbij kwamen. Vanja had gebeld en gesproken met de secretaris van de club, die in de buurt woonde. Hij had beloofd dat hij zou komen om een paar vragen te beantwoorden. Er verscheen een man bij de ingang die hen welkom heette. Het was een veertiger en hij droeg een shirt met korte mouwen en een versleten spijkerbroek. Hij zag eruit als een oud-militair en stelde zich voor als Ubbe Lindström. Ze liepen met z'n vieren de barak in en werden meegenomen naar het eenvoudige kantoortje dat tevens dienstdeed als bestuurs- en voorraadkamer.

'Het betrof een van onze leden, zei u?' begon Ubbe, terwijl hij in een versleten bureaustoel ging zitten.

'Ja, Ragnar Groth.'

'Ah, Ragnar. Goede schutter. Hij heeft twee keer brons gehaald bij de Zweedse kampioenschappen.' Ubbe liep naar een van de overvolle boekenkasten, haalde er een beduimelde map uit en maakte die open. Hij zocht tussen een heleboel papieren en vond toen wat hij zocht.

'Hier lid sinds 1992. Waarom vragen jullie dat?'

Billy negeerde de vraag.

'Bewaart hij zijn wapens hier op de club?'

'Nee, die heeft hij thuis. Dat doen de meesten. Wat heeft hij gedaan?'

Ze negeerden de vraag opnieuw. Vanja mengde zich nu in het gesprek.

'Weet u wat voor wapen hij heeft?'

'Hij heeft er verschillende. Hij schiet wedstrijden en jaagt, weet u. Heeft het iets met die jongen van zijn school te maken? Die vermoord is?'

Het was wel een volhouder, die Ubbe. Sebastian was de discussie al zat en liep de kamer uit. Ze hoefden Lindströms vragen niet met zijn drieën te negeren. Billy keek Sebastian even na.

Vanja ging door met vragen stellen.

'Weet u of hij een .22 heeft?'

'Hij heeft een Brno CZ 453 Varmint.'

Ubbe stelde in elk geval geen vragen meer en begon antwoord te geven. Dat was al heel wat. Vanja noteerde het model op haar notitieblok.

'Wat was dat? Een Bruno...?'

'Een Brno CZ. Een jachtgeweer. Een geweldig wapen. Wat hebben jullie? Een Sig Sauer P225? Een Glock 17?'

Vanja keek Ubbe aan. Hij vond het echt leuk om aan elk antwoord zelf een vraag toe te voegen. Op deze wilde ze wel antwoord geven.

'Een Sig Sauer. Is dat de enige .22 die Ragnar tot zijn beschikking heeft?'

'Voor zover ik weet wel. Hoezo? Is die jongen doodgeschoten?'

Sebastian was de lange gang in gelopen en kwam algauw bij een clublokaal met een koffiezetapparaat en een grote, aftandse koelkast. Midden in de ruimte stonden twee grote vitrinekasten, gevuld met bekers en medailles. Voor de kasten stonden een paar stoelen en tafels vol brandplekken van sigaretten, uit de tijd toen mannen met een geweer nog niet naar buiten moesten om te roken. Sebastian struinde wat rond in het clublokaal. Aan een van de tafels zat een meisje van een jaar of dertien, in haar eentje, met een blikje cola en een kaneelbroodje voor zich. Ze bekeek Sebastian met een uitdrukkingloze tienerblik. Sebastian knikte kort naar haar. Hij liep naar de kast met de goudkleurige bekers. Hij vond het fascinerend dat de winnaars in alle takken van sport altijd maar weer beloond werden met absurd grote, gouden bekers. Alsof de sporters eigenlijk extreem weinig zelfvertrouwen hadden en in wezen de volstrekte zinloosheid van wat ze deden wel inzagen. Het negeren van die waarheid en het aan iedereen tonen hoe belangrijk hun gedoe toch wel was, resulteerde in volledige bekerinflatie. Zowel in grootte als in glans.

Aan de muren hingen foto's van afzonderlijke schutters en groepsfoto's. Hier en daar hing een ingelijst aanplakbiljet of krantenartikel. Het was domweg een klassiek clublokaal. Sebastian keek verstrooid naar de foto's aan de muren. Op de meeste daarvan stonden trotse mannen met wapens, wijdbeens en glimlachend naar de camera. Die glimlachjes leken er wel voor de grap op geplakt, vond hij. Was het echt zo leuk om dat geweer en die beker in handen te hebben? Hij voelde de ogen van het meisje in zijn rug en draaide zich naar haar om. Ze keek hem nog steeds uitdrukkingloos aan. Toen zei ze voor het eerst iets.

'Wat doet u hier?'

'Ik ben aan het werk.'

'Hoe dan?'

Sebastian keek haar even aan.

'Ik ben politiepsycholoog. En wat doe jij?'

'Ik moet zo trainen.'

'Mag dat als je nog zo jong bent?'

Het meisje schoot in de lach.

'We schieten niet op elkaar!'

'Nog niet... Is het leuk?'

Het meisje haalde haar schouders op.

'Leuker dan achter een stomme bal aan rennen. Is het leuk om politiepsycholoog te zijn?'

'Gaat wel. Ik zou liever op dingen schieten, zoals jij.'

Het meisje keek hem zwijgend aan en peuzelde door aan haar kaneelbroodje. Het gesprek was blijkbaar afgelopen. Sebastian keek weer naar de muur. Zijn ogen bleven hangen op een foto van zes blije mannen die rondom een veel te grote beker stonden. Een gouden plaatje erboven omschreef het moment als '3de NAT. KAMP. 1999'. Sebastian keek eens beter naar de foto. Vooral naar een van de zes mannen. Hij stond uiterst links en zag er bijzonder blij uit. Een brede glimlach. Veel tanden. Sebastian haalde de foto resoluut van het haakje en ging het clublokaal uit.

Voordat Ursula de Roteväg verliet, waren Sundstedt en zij er steeds meer van overtuigd geraakt dat de brand in het huis van Peter Westin was aangestoken. Dat hij in de slaapkamer was begonnen, stond buiten kijf. De muur achter het bed en de vloer ernaast vertoonden duidelijke tekenen van een explosieve ontwikkeling van de brand. Het vuur had zich, toen het eenmaal aangeslagen was, gretig verspreid naar het dak en had extra zuurstof toegevoerd gekregen toen de slaapkamerramen door de hitte uit hun sponningen werden geblazen. Rondom het bed was niets te vinden wat deze snelle verspreiding kon verklaren. Bij nader onderzoek vonden ze duidelijke sporen van een accelerator. Moord door brandstichting dus. De feitelijke oorzaak van Westins dood was nog onbekend, maar Sundstedt had het lichaam onder het puin uit laten graven. Dat had een paar uur geduurd, omdat ze eerst de beschadigde vloer van onderaf moesten schragen. Ursula zag erop toe dat het lichaam voorzichtig in een bodybag werd gelegd en ging zelf mee naar het Forensisch Instituut om de obductie bij te wonen. Sundstedt beloofde dat hij zo gauw mogelijk een rapport zou sturen.

Bij Forensisch hadden ze hun wenkbrauwen gefronst om haar aanwezigheid, maar dat kon haar niet schelen. Ursula had zich voorgenomen er ditmaal de hele tijd bovenop te zitten; anders kon dit een ware nachtmerrie worden voor de Nationale Recherche. Uit de vergelijking met de gebitsgegevens die ze had opgevraagd bleek algauw dat het lichaam dat ze in het afgebrande vrijstaande huis hadden gevonden, inderdaad van Peter Westin was, en daardoor was Ursula er zeker van dat de ene moord er twee waren geworden, en dat ze te maken hadden met een tweevoudige moordenaar. Ursula wist ook dat iemand die in staat was om twee mensen te vermoorden dat nog eens kon doen, en nog eens. Elke keer zou het een beetje makkelijker gaan.

Ze belde Torkel.

Billy en Vanja kwamen niet veel verder met Ubbe Lindström. Hoe langer het gesprek duurde, hoe defensiever hij werd. Ze hadden het belangrijkste wel gehoord: rector Ragnar Groth had een wapen dat qua kaliber in elk geval overeenkwam met dat waarmee Roger was omgebracht. Ubbe had de hele tijd geprobeerd erachter te komen wat de reden was van hun belangstelling voor een van de trouwste en succesvolste leden van de club. Hoe minder antwoorden hij kreeg, hoe bondiger en onwilliger hij zelf ging antwoorden. Vanja had het gevoel dat Ragnar Groth en Ubbe Lindström waarschijnlijk meer dan alleen clubgenoten waren; ze begreep dat het vrienden waren en werd steeds ongeruster dat Lindström zijn vriend zou bellen zodra ze waren vertrokken, en hem zou vertellen over hun bezoek.

'U weet natuurlijk dat uw wapenvergunning elke vijf jaar moet worden vernieuwd. Als ik merk dat dit vertrouwelijke gesprek toch niet zo vertrouwelijk blijft...' Vanja liet de rest van haar zin in de lucht hangen.

'Hoe bedoelt u?' vroeg de secretaris van de schietclub met ingehouden woede. 'Bedreigt u mij?'

Billy keek hem glimlachend aan.

'Ze bedoelt alleen maar dat dit gesprek onder ons moet blijven. Nietwaar?' Ubbe Lindströms ogen werden donker en hij knikte geïrriteerd. Ze hadden het in elk geval geprobeerd en hij was gewaarschuwd. Sebastian kwam de kamer weer binnen sjokken.

'Eén ding nog.' Hij legde de ingelijste foto voor Lindström neer. Hij wees met zijn vinger nadrukkelijk ergens naar. 'Wie is dat, daar helemaal links?'

Ubbe boog voorover en bekeek de foto. Billy en Vanja kwamen naar hem toe en vingen een glimp op van de man met de brede glimlach.

'Dat is Frank. Frank Clevén.'

Vanja en Billy herkenden hem onmiddellijk. Hij hing al aan hun muur op het politiebureau. Weliswaar zonder die brede glimlach, maar er was geen twijfel mogelijk dat hij het was: Frank Clevén, die afgelopen vrijdag een kamer had geboekt in een aftands motel.

'Is hij hier ook lid?'

'Dat was hij wel. Hij is een jaar na dit brons verhuisd. Hij woont nu in Örebro, geloof ik. Of Eskilstuna. Heeft hij er ook mee te maken?'

'Niemand heeft ergens mee te maken. Denk nou maar aan uw vergunning,' antwoordde Vanja kort, en ze vertrok samen met de anderen. Het drietal liep aanzienlijk sneller naar de auto dan anders. Dit begon een heel goede dag te worden.

Frank Clevén woonde aan de Lärkväg in Eskilstuna, een kilometer of vijftig ten zuiden van Västerås. Daar kreeg Billy echter geen antwoord en volgens Inlichtingen had Clevén geen mobiele telefoon, in elk geval niet een die op zijn naam was geregistreerd. Na wat gezoek vond Billy de plek waar Clevén werkte: bij het bouwbedrijf H&R Bygg. Hij was opzichter en via het bedrijf had hij een mobiele telefoon. Billy belde hem op. Frank Clevén was erg verbaasd toen hij hoorde dat de politie hem zocht, maar Billy legde er de nadruk op dat ze hem alleen maar een paar vragen wilden stellen.

Maar wel graag onmiddellijk.

Over een halfuur.

Ze stonden erop, eigenlijk.

Vanja en Sebastian waren al halverwege Eskilstuna toen ze het telefoontje van Billy kregen, die op het bureau was achtergebleven. Hij las het korte uittreksel uit het persoonsregister over Frank Clevén voor. Dat was niet zoveel. Tweeënvijftig jaar, getrouwd, drie kinderen, geboren in Västervik, als kind verhuisd naar Västerås, vierjarige Technische School, militaire dienst bij de kustartillerie op Gotland, wapenvergunning voor pistool en geweer sinds 1981, geen strafblad en geen financiële schulden. Niet iets waar je veel aan had. Maar ze kregen een adres.

Even voor Eskilstuna draaiden ze een terrein op waar een nieuwe hypermarkt werd gebouwd. Op dit moment leek het nog niet op een toekomstig koopparadijs: alleen de balkenconstructie die de muren moest dragen stond er, maar de fundering was wel klaar. In de verte waren een paar bouwvakkers bezig met een grote gele machine. Sebastian en Vanja liepen naar de bouwketen een stukje verderop. Ze kwamen iemand tegen die hun een voorman leek.

'We zoeken Frank Clevén.' De man knikte en wees naar een van de keten.

'De laatste keer dat ik hem zag, was hij daar.'

'Dank u.'

Vanja en Sebastian liepen door.

Frank Clevén was een van die mensen die er in het echt beter uitzien dan op een foto. Hij had een verfijnd gezicht, al was zijn huid wat gegroefd door het vele buiten zijn. Wakkere ogen, die Vanja en Sebastian aandachtig opnamen toen hij hun een hand gaf – ze leken op die van de Marlboro-man. De brede glimlach die hij op de foto had, zagen ze tijdens het gesprek niet één keer. Hij stelde voor dat ze in zijn kleine kantoortje in een van de andere barakken zouden gaan zitten, dan konden ze ongestoord praten. Vanja en Sebastian liepen achter hem aan ernaartoe, en Vanja verbeeldde zich dat ze kon zien dat zijn schouders met elke stap over het knisperende grind zwaarder werden. Ze zaten op het goede spoor, dat voelde ze.

Eindelijk.

Clevén deed de deur open en liet hen binnen. Toen ze de krappe barak in gingen, zagen ze het grijze daglicht door twee stoffig witte ramen naar binnen dringen. Het rook er scherp naar looizuur. In de hal die twee kleine kamertjes verbond stond een koffiezetapparaat aan. De kamer van Clevén was de eerste. Een onpersoonlijk bureau waarop stapels tekeningen lagen en een paar stoelen vormden de enige meubilering. De muren waren leeg, afgezien van een paar plakbandresten en een jaarplanner van de supermarkt van vorig jaar. Clevén keek naar de rechercheurs, die ondanks zijn uitnodiging om te gaan zitten, bleven staan. Dat deed hij dus ook maar.

'Eh... ik heb weinig tijd, dus dit moet even snel.' Clevén probeerde zijn stem rustig te laten klinken, maar dat mislukte. Het viel Sebastian op dat er zweet op Clevéns bovenlip stond. Het was niet warm in het kamertje.

'Wij hebben alle tijd van de wereld, dus u bepaalt hoe snel het gaat,' repliceerde Sebastian om nog maar eens duidelijk aan te geven dat dit gesprek niet op Franks voorwaarden zou plaatsvinden.

'Ik begrijp niet eens waarom jullie hier zijn. Uw collega zei alleen maar dat u met me kwam praten.'

'Als u gaat zitten, kan mijn collega dat vertellen.' Sebastian keek naar Vanja, die knikte, maar wachtte tot Clevén ging zitten. Na een korte stilte besloot Clevén toch maar hun tegemoet te komen. Hij ging zitten. Op het puntje van zijn stoel. Op eieren, als het ware.

'Kunt u vertellen waarom u afgelopen vrijdag de nacht hebt doorgebracht in een motel in Västerås?'

Hij keek hen aan.

'Ik heb afgelopen vrijdag de nacht niet doorgebracht in een motel in Västerås. Wie zegt dat?'

'Wij.'

Vanja zweeg. Normaal gesproken begonnen ondervraagden nu uit eigen beweging te praten, als ze met de feiten werden geconfronteerd. Clevén zou toch wel begrijpen dat ze niet naar Eskilstuna waren gekomen als ze niet zeker van hun zaak waren. Bevestigen of wegredeneren, dat waren doorgaans de keuzemogelijkheden. Er was ook nog een derde weg: zwijgen. Clevén koos voor de derde mogelijkheid. Hij liet zijn blik tussen Vanja en Sebastian heen en weer gaan, maar hij zei geen woord. Vanja zuchtte en boog zich naar hem toe.

'Met wie had u daar afgesproken? Wat deed u daar?'

'Ik ben daar niet geweest, zeg ik.' Hij keek hen bijna smekend aan. 'Jullie hebben vast de verkeerde te pakken.'

Vanja keek in haar papieren. Humde wat. Rekte het. Sebastian liet Clevén met zijn ogen niet los. Hij likte langs zijn lippen alsof ze uitgedroogd waren. Een zweetdruppel parelde bij de haargrens op zijn voorhoofd. Het was nog steeds niet warm in het kamertje.

'Bent u niet Frank Clevén, geboren 18 mei 1958?' vroeg Vanja neutraal.

'Jawel.'

'Betaalde u afgelopen vrijdag niet 779 kronen voor een kamer met uw creditcard?'

Clevén verbleekte.

'Die is gestolen. Mijn creditcard is gestolen.'

'Gestolen? Hebt u daar aangifte van gedaan? En, zo ja, wanneer?'

Hij zweeg. Zijn hersens maalden kennelijk op volle toeren. Zweetdruppels stroomden langs zijn wangen, die aanzienlijk verbleekt waren.

'Ik heb geen aangifte gedaan.'

'Geblokkeerd?'

'Dat kan ik vergeten zijn, ik weet niet...'

'Kom nou toch! Denkt u nou echt dat wij geloven dat uw creditcard gestolen is?'

Geen antwoord. Vanja vond dat het tijd werd om Frank Clevén aan het verstand te brengen hoe slecht hij ervoor stond.

'Dit is een moordonderzoek. Dat houdt in dat we elke informatie die u ons geeft tot op de bodem zullen uitzoeken. Dus ik vraag nogmaals: was u afgelopen vrijdag in een motel in Västerås, ja of nee?'

Clevén leek haast in shock.

'Een moordonderzoek?'

'Ja.'

'Maar ik heb niemand vermoord.'

'Wat hebt u dan gedaan?'

'Niets. Ik heb niets gedaan.'

'U was in de nacht van de moord in Västerås en u liegt daarover. Dat klinkt in mijn oren een beetje verdacht.'

Er ging een rilling door Clevén heen; zijn hele lichaam vertrok. Het kostte hem veel moeite om zijn blik op het tweetal tegenover zich gevestigd te houden. Sebastian draaide zich abrupt om.

'Hier schieten we geen moer mee op. Ik ga wel naar je huis en vraag aan je vrouw of ze iets weet. Blijf jij hier bij hem?'

Vanja knikte en keek naar Clevén, die bleekjes toekeek hoe Sebastian langzaam naar de deur liep.

'Zij weet niets,' bracht hij uit.

'Nee, misschien niet, maar ze weet vast wel of je thuis was of niet. Vrouwen houden dat soort dingen meestal vrij goed bij.' Sebastian gaf met een extra brede glimlach aan hoe enthousiast hij alleen al werd van de gedachte om naar Clevéns vrouw en kinderen te rijden en die vraag te stellen. Hij had nog maar een paar stappen naar de deur gedaan toen Clevén hem terugriep.

'Oké, ik was in het motel.'

'Aha.'

'Maar mijn vrouw weet van niets.'

'Ja, dat zei u al. Met wie had u daar afgesproken?'

Geen antwoord.

'Met wie had u daar afgesproken? We kunnen hier de hele dag blijven zitten. We kunnen een politiewagen bellen en u met handboeien om laten ophalen. De keus is aan u. Maar van één ding kunt u zeker zijn: uiteindelijk komen we het te weten.'

'Ik kan niet zeggen met wie. Dat kan niet. Het is al erg genoeg voor mij als het uitkomt, maar voor hem...'

'Hem?'

Clevén zweeg en knikte beschaamd. Sebastian zag het plotseling helemaal voor zich.

De schietclub.

Clevéns beschaamde blik.

Dat leugenachtige Palmlöv College.

'U had een afspraak met Ragnar Groth, hè?'

Frank Clevén knikte stilletjes.

Hij stortte in.

Zijn wereld ook.

In de auto terug waren Sebastian en Vanja bijna uitgelaten.

Frank Clevén en Ragnar Groth hadden al geruime tijd een relatie. Ze hadden elkaar op de schietclub leren kennen. Veertien jaar geleden. Eerst aarzelend, na een tijdje volkomen verslindend. Vernietigend. Clevén was zelfs uit Västerås verhuisd om te proberen een eind te maken aan de relatie waar hij zich zo voor schaamde. Hij was immers getrouwd. Had kinderen. Hij was geen homo. Maar hij kon het niet laten. Het was net vergif.

Het genot.

De seks.

De schaamte.

Telkens hetzelfde rondje. Ze waren elkaar blijven zien. Groth was altijd degene die belde en vroeg of ze elkaar weer konden zien, maar Clevén zei nooit nee. Hij verlangde naar hun ontmoetingen. Nooit bij Groth thuis. Het motel werd hun oase. De goedkope kamer. De zachte bedden. Clevén boekte en betaalde. Hij moest redenen verzinnen. Het wantrouwen van zijn vrouw had hij telkens weten te pareren. Dat was eenvoudiger als hij niet bleef slapen. Laat thuiskomen was makkelijker dan helemaal niet thuiskomen. Ja, ze hadden elkaar die vrijdag gezien. Rond vieren. Groth was bijna onverzadigbaar geweest. Clevén had het motel pas even voor tien uur verlaten. Groth was een halfuurtje eerder weggegaan.

Vlak na halftien.

Het tijdstip waarop Roger waarschijnlijk langs het gebouw had gelopen.

Alle vijf voelden ze de verwachting waar de lucht vol van was. Ze herkenden en verwelkomden die. Zo voelde het als je een doorbraak had, als het onderzoek nieuw elan kreeg en je het eind op z'n minst al een beetje zag naderen. Dagenlang waren alle sporen en ingevingen meteen doodgelopen, maar met de liefdesaffaire van Ragnar Groth in het motel hadden ze heel nieuwe puzzelstukjes in handen gekregen. Stukjes die uitstekend in elkaar leken te passen.

'De rector van een privéschool gebaseerd op christelijke waarden en overtuigingen is dus een homo.' Torkel keek naar zijn ploeg. In de blikken die hij ontmoette zag hij dat ze vol nieuwe energie zaten. 'Het is niet te vergezocht om te veronderstellen dat hij bereid was heel ver te gaan om dat geheim te houden.'

'Doden is niet heel ver gaan, dat is verschrikkelijk ver gaan.' Dat was Ursula. Ze zag er moe uit, vond Torkel. Ze was natuurlijk de hele dag met de brand en de vermoedelijke moord op Westin bezig geweest, maar hij kon toch niet nalaten zich af te vragen of ze net zo slecht had geslapen als hij.

'Het was nooit de bedoeling dat er iemand dood zou gaan.' Sebastian boog over de tafel en pakte een peer uit de fruitschaal. Hij nam een grote, luidruchtige hap.

'Gingen we er niet van uit dat degene die Roger Eriksson heeft vermoord ook Peter Westin heeft omgebracht?' vroeg Ursula 'Niemand gelooft toch zeker dat dat ook per ongeluk gebeurde?'

'Nee, maar ik blijf erbij dat de moord op Roger niet van tevoren gepland was.' De woorden waren wat moeilijk te verstaan, omdat ze in de half opgekauwde peer bleven steken. Sebastian wachtte een paar tellen, kauwde en slikte. Hij begon opnieuw.

'Ik blijf erbij dat de moord op Roger niet van tevoren gepland was. Maar we hebben wel te maken met iemand die heel bewust en systematisch alles doet wat nodig is om ermee weg te komen.'

'Dus de moord op Roger kan per ongeluk zijn gebeurd, maar hij is bereid om opzettelijk te doden om te voorkomen dat het uitkomt?'

'Ja.'

'Hoe doet hij dat?' vroeg Billy. 'In zijn hoofd, bedoel ik.'

'Waarschijnlijk beschouwt hij zichzelf als het allerbelangrijkste. Niet per se uit egoïsme. Hij kan denken dat hij een of meer mensen schaadt als hij gepakt wordt. Dat ze dan voor hem moeten boeten. Hij kan een baan hebben waarvan hij denkt dat niemand anders die kan doen, of een taak die hij moet afmaken. Ten koste van alles.'

'Voldoet de rector van het Palmlöv daaraan?' vroeg Vanja. Sebastian haalde zijn schouders op. Hij kon Ragnar Groth niet diagnosticeren op basis van de twee keer dat hij hem kort had ontmoet, maar hij kon hem ook niet afschrijven. Zijn betrokkenheid bij de school had er al toe geleid dat hij geen aangifte had gedaan tegen Johansson. Was hij bereid om nog verder te gaan? Vast wel. Hoe ver dan ook? Dat was de vraag. Sebastian liet die mogelijkheid open.

'Zou kunnen.'

'Weten we of Ragnar Groth wist dat Roger bij Westin in behandeling was?'

Dat was Ursula, die begrijpelijkerwijs nog aan het Westin-spoor vasthield.

'Dat moet wel.' Billy keek om zich heen, op zoek naar steun. 'Westin was toch door de school aangesteld? Hij had het er toch over wie er van zijn diensten gebruikmaakte? Hij zal er wel voor zijn betaald.'

'Dat moeten we uitzoeken.' Torkel brak het gesprek af voordat het herwonnen enthousiasme hun antwoorden gaf op vragen die nog niet eens gesteld waren. De wil om alles op zijn plaats te krijgen was sterk in deze fase van het onderzoek; nu moesten ze doorgaan. Uitpluizen wat ze wisten, wat mogelijk en waarschijnlijk was en waar ze nog geen idee van hadden.

'Sebastian en Vanja hebben een scenario uitgewerkt. De anderen luisteren en concentreren zich erop plaatsen te vinden waar de feiten of de technische bewijzen niet kloppen. Oké?'

Iedereen knikte. Torkel keek Sebastian aan, die een handgebaartje maakte om aan te geven dat Vanja ook wat hem betrof kon beginnen. Vanja knikte, keek even in haar papieren en nam het woord: 'Wij stellen ons voor dat...'

... Roger naar het motel loopt. Hij is boos en verdrietig na de ontmoeting met Leo Lundin. Met bebloed gezicht en een aangetast zelfvertrouwen veegt hij met de mouw van zijn jack nog een paar tranen weg. Hij loopt het terrein van het motel op, op weg naar degene met wie hij een afspraak heeft. Plotseling blijft hij staan. Hij ziet beweging bij een van de hotelkamers. Hij kijkt en ziet zijn rector. Ragnar Groth draait zich om naar de deur van de kamer waar hij net uit komt en een hand trekt hem terug. Een man die Roger niet kent, verschijnt in de deuropening, buigt zich naar Ragnar toe en kust hem op de mond. Hij lijkt even te willen protesteren, maar Roger, die zich in de schaduw heeft teruggetrokken, ziet dat Ragnar vrijwel meteen toegeeft en de kus beantwoordt. Als ze klaar zijn en de deur van de kamer dicht is, kijkt Ragnar Groth behoedzaam om zich heen.

'Als Roger al een afspraak met iemand in het motel had, krijgt hij nu zeker andere plannen.' Vanja keek naar Sebastian, die opstond en door de kamer begon te ijsberen terwijl hij het stokje overnam.

'Roger sluipt naar de parkeerplaats...'

... en als Ragnar bij zijn auto komt, staat Roger daar op hem te wachten, een superieur glimlachje om zijn lippen. Hij confronteert Ragnar met wat hij zojuist heeft gezien. Ragnar ontkent, maar Roger houdt vol. Als er niets gebeurd is, geeft het toch niets

als hij het vertelt? Roger ziet Ragnar koortsachtig zoeken naar een oplossing. Hij ziet het en geniet ervan. Na de ontmoeting met Leo voelt het goed om ook eens macht te hebben. Ragnar te zien zweten. Voor de verandering eens iemand anders te zien lijden. De sterkste te zijn. Roger zegt dat hij de amoureuze avontuurtjes van de rector natuurlijk wel stil wil houden, maar dat zal niet goedkoop zijn. Hij wil geld hebben. Veel geld. Ragnar weigert. Roger haalt zijn schouders op: dan staat het binnen een kwartier op Facebook. Ragnar ziet dat hij op het punt staat alles te ver-liezen. Roger draait zich om om weg te gaan. De parkeerplaats is leeg. Slecht verlicht. Roger schat verkeerd in hoeveel Ragnar te verliezen heeft wanneer hij hem de rug toekeert. Ragnar geeft hem een vuistslag en Roger zijgt neer.

'Het heeft al lang niet meer geregend. We zouden eens op de parkeerplaats van het motel moeten gaan kijken of daar sporen zijn.' Ursula knikte en maakte een aantekening op de blocnote voor haar. Afgezien van een paar minutieuze buien had het niet geregend sinds ze Roger hadden gevonden, maar denken dat er nog fysiek bewijs te vinden zou zijn op een tamelijk goed bezoch-te parkeerplaats, ruim een week nadat het misdrijf daar wellicht had plaatsgevonden, was wel heel erg optimistisch. Maar ze zou een poging wagen. Misschien als de jongen of de rector iets had verloren...

Sebastian keek naar Vanja, die weer een snelle blik in haar pa-pieren wierp en toen het woord nogmaals overnam. Torkel keek zwijgend toe. Niet alleen omdat de hypothese die voor zijn ogen vorm kreeg weleens zou kunnen kloppen, maar ook omdat Se-bastian die mede door Vanja liet opstellen. Normaliter kon er maar één stralen onder Sebastians zon. Hij deelde niets met ande-ren. Vanja moest iets goed hebben gedaan.

'Met enige moeite krijgt Ragnar Roger in de auto...'

... Het was nooit zijn bedoeling de jongen kwaad te doen, maar hij mocht niet zomaar weglopen. Het niet zomaar vertel-len. Niet alles kapotmaken. Ze moesten een oplossing vinden die voor hen allebei acceptabel was. Erover praten. Volwassen en ra-

tioneel. Ragnar rijdt in het wilde weg rond, door steeds verlate-
ner buurten, zwetend, nerveus, met de bewusteloze jongen naast
zich. Hij denkt erover na hoe hij deze toestand moet oplossen,
wat hij tegen zijn leerling moet zeggen als die wakker wordt. Als
Roger wakker wordt, probeert Ragnar greep op de nachtmerrie
te krijgen, maar hij krijgt niet eens de kans de jongen kalmerend,
rationeel toe te spreken. Roger stort zich op hem. Geeft hem
de ene klap na de andere. Ragnar moet wel remmen. De auto
slipt naar de kant van de weg en komt tot stilstand, en Ragnar
slaagt er niet in de jongen te kalmeren. Niet alleen moet iedereen
weten dat hij andere mannen neukt, Roger wil verdorie ook een
aanklacht tegen hem indienen wegens mishandeling en kidnap-
ping. Ragnar heeft nog niet gereageerd of Roger heeft het portier
al geopend en tuimelt uit de auto. Woedend loopt hij de slecht
verlichte weg op, terwijl hij zich probeert te oriënteren. Waar zijn
ze ergens? Waar heeft die zieke gek hem naartoe gebracht? De
adrenaline pompt rond, waardoor Roger niet merkt hoe bang hij
eigenlijk is. De koplampen van de auto werpen lange schaduwen
voor hem uit. Ragnar krabbelt uit de auto, roept hem na, maar
krijgt alleen een opgestoken middelvinger als antwoord. Ragnar
wordt wanhopig. Hij ziet zijn hele leven in duigen vallen. Hij
moet die jongen tegenhouden. Hij denkt niet na. Hij handelt in-
stinctief. Rent om de auto heen, rukt de achterklep open en pakt
zijn trainingsgeweer. Brengt het snel en geroutineerd in positie,
vangt de vluchtende jongen in het vizier en drukt af. Roger valt
neer.

Het duurt nog geen seconde voordat Ragnar zich realiseert wat
hij heeft gedaan. Hij kijkt geschrokken om zich heen. Er komt
niemand aan. Er is niemand. Niemand heeft iets gehoord of ge-
zien. Het is nog altijd mogelijk dit op te lossen. Te overleven.

Ragnar rent naar de jongen toe en wanneer hij, in het licht van
zijn koplampen, ziet hoe het bloed uit het kogelgat stroomt, is hij
zich bewust van twee dingen.

De jongen is dood.

En de kogel is een soort vingerafdruk.

Hij pakt Roger en sleept hem bij de auto vandaan, de bosjes in. Hij haalt een mes uit de auto. Gaat wijdbeens over het lichaam van de jongen heen staan en maakt het kogelgat vrij. Zonder er echt bij na te denken, op de automatische piloot, snijdt Ragnar het hart, de kogel eruit. Bijna verbaasd kijkt hij naar het kleine, bebloede stukje metaal dat zoveel schade heeft aangericht. Dan kijkt hij neer op het lichaam waar hij overheen gebogen staat. De kogel is nu wel weg, maar het zou nog beter zijn als hij de schotwond helemaal kon maskeren. Zodat het eruitzag alsof hij met een mes was aangevallen. Zijn overlevingsinstinct krijgt volledig de overhand en Ragnar begint als een waanzinnige met het mes te steken.

'Daarna legt hij Roger in de auto, rijdt naar Listakärr en dumpt hem daar. En de rest weten we...'

Sebastian en Vanja waren klaar met hun levendige beschrijving van de gebeurtenissen. Weliswaar gekruid met gedachten en gevoelens waarvan ze onmogelijk konden weten of de betrokkenen die werkelijk hadden gehad, maar afgezien daarvan een beschrijving die in Torkels oren geloofwaardig klonk. Hij keek de kamer rond, zette zijn bril af en vouwde die op.

'Dan moeten we maar eens met Ragnar Groth gaan praten, lijkt me.'

'Nee, nee, nee, zo is het helemaal niet gegaan.'

Ragnar Groth schudde zijn hoofd, boog voorover op zijn stoel en maakte een afwerend gebaar met zijn keurig gemanicuurde handen. Die beweging dreef een zwakke geur van Hugo Boss naar Vanja aan de andere kant van de tafel. Dezelfde aftershave als Jonathan had, dacht Vanja vluchtig. Waarschijnlijk het enige wat die twee mannen gemeen hadden. Vanja had zojuist de inleiding van hun theorie over de vrijdagnacht gepresenteerd. Dat hij Roger voor het motel was tegengekomen en dat er ruzie was ontstaan. Die bewering resulteerde in de hevige ontkenning door de rector.

'Hoe ging het dan?'

'Het ging helemaal niet. Ik heb Roger die vrijdagavond helemaal niet gezien, dat heb ik al gezegd.'

Dat was zo. Een goed uur geleden al, toen ze hem van school hadden opgehaald. Hij had er vermoeid en geïrriteerd uitgezien toen Vanja en Billy opeens in zijn kamer stonden. Zodra ze het doel van hun bezoek toelichtten, verdween die vermoeidheid, om plaats te maken voor geërgerd onbegrip. Ze konden toch niet serieus denken dat hij op de een of andere manier iets te maken had met die tragische gebeurtenis? Dat konden ze wel, begreep hij toen ze hem vroegen mee te gaan naar het politiebureau om erover te praten. Groth vroeg of hij in hechtenis was genomen of gearresteerd, of hoe dat ook mocht heten, maar Vanja verzekerde hem dat het alleen maar om een gesprek ging. De rector vroeg of dat gesprek niet in zijn kantoor kon plaatsvinden, zoals de twee vorige keren, maar Vanja stond erop dat ze ditmaal naar het bureau gingen. Het kostte nogal wat tijd om de formaliteiten te regelen rondom zoiets simpels als weggaan van kantoor en school. Groth was er zeer op gebrand dat het er niet uitzag alsof hij opgepakt werd. Vanja stelde hem gerust. Ze zouden geen handboeien gebruiken, er wachtte geen geüniformeerd personeel en hij mocht meerijden op de passagiersstoel van een burgerauto. Ze verzon zelfs een doel voor hem toen een van zijn collega's vroeg waar hij heen ging. Ragnar Groths aanwezigheid op het bureau was gewenst om te zien of hij een paar jongeren kon identificeren op beelden van bewakingscamera's. De rector bedankte haar voor haar hulp toen ze onder het reusachtige Christusbeeld aan de gevel van de school door liepen.

In een van de drie verhoorruimten had hij daarna achtereenvolgens koffie, water, Läkerol en een advocaat afgeslagen. Hij maakte voor het eerst kennis met Torkel en ze gingen alle drie zitten. Vanja en Torkel aan de ene kant en Groth aan de andere. Hij veegde het bevlekte tafelblad zo goed en zo kwaad als het ging schoon met een zakdoek voordat hij zijn armen ermee in aanraking bracht.

'Wat is dat?' had hij gevraagd toen Vanja een oordopje van tafel pakte.

'Dat?' Vanja hield het oortje op naar Groth, die knikte. 'Dat is een oordopje.'

'Naar wie luistert u daarmee?'

Vanja verkoos geen antwoord te geven, maar stopte het dopje in haar oor. Groth draaide zich om en keek naar de bovenmaatse spiegel aan de ene muur.

'Zit Bergman daarachter?' Hij kon een intonatie van pure weerzin niet onderdrukken. Weer had Vanja verkozen geen antwoord te geven. Maar de rector had gelijk. Sebastian stond in de aangrenzende ruimte, luisterde naar het verhoor en kon Vanja desgewenst rechtstreeks van commentaar voorzien. Ze waren het er vrij snel over eens geweest dat Sebastian niet in de verhoorkamer aanwezig zou zijn. Het zou voor de gereserveerde Ragnar Groth waarschijnlijk al moeilijk genoeg zijn om zijn gevoelens te tonen zonder dat Sebastian erbij was en hem ergerde.

Vanja had het opnameapparaat op tafel aangezet, ingesproken wie er in de kamer waren en hoe laat het was, en daarna had ze verteld dat ze Roger via de bewakingscamera's hadden gevolgd en haar theorie uiteengezet dat Ragnar Groth Roger voor het motel had getroffen. De rector had eerst geluisterd zonder een spier te vertrekken. De eerste keer dat hij een vorm van reactie toonde, was toen het motel ter sprake kwam. Toen schudde hij zwijgend zijn hoofd, sloeg zijn armen over elkaar en leunde achterover: met zijn lichaamstaal nam hij duidelijk afstand.

Van Vanja.

Van alles wat ze zei.

Van de hele situatie.

Pas toen Vanja uitgesproken was, boog hij zich voorover en spreidde zijn handen.

'Nee, nee, nee, zo is het helemaal niet gegaan.'

'Hoe ging het dan?'

'Het ging helemaal niet. Ik heb Roger die vrijdagavond helemaal niet gezien, dat heb ik al gezegd.'

'Maar u was op dat moment wel in het motel?' In de aangren-zende ruimte knikte Sebastian. Aan tijd en plaats konden ze hem binden, en het was duidelijk dat hij dat erg vond.

Heel erg.

Zo erg dat hij niet eens antwoord gaf op Vanja's vraag. Maar ze gaf het natuurlijk niet op.

'Het was een retorische vraag. We weten dat u vrijdag om-streeks halftien in het motel was.'

'Maar ik heb Roger niet ontmoet.'

'Vraag hem of hij vertelt over Frank,' zei Sebastian in zijn zen-der. Hij zag Vanja in de verhoorkamer luisteren en een snelle blik op de spiegel werpen. Sebastian knikte bevestigend, alsof ze dat kon zien. Vanja boog zich over de tafel.

'Vertel eens over Frank Clevén.'

Groth antwoordde niet onmiddellijk. Hij nam de tijd om zijn overhemdsmouwen onder zijn colbertje uit te trekken, zodat ze er precies anderhalve centimeter onderuit kwamen. Toen leunde hij weer achterover en keek Vanja en Torkel rustig aan.

'Dat is een oude vriend van de schietclub. We komen af en toe bij elkaar.'

'Om wat te doen?' vroeg Torkel. Groth richtte zijn aandacht op hem.

'Herinneringen ophalen. We zijn samen derde geworden bij de nationale kampioenschappen, zoals u misschien weet. We drin-ken meestal een glas wijn. Soms leggen we een kaartje.'

'Waarom spreken jullie niet bij u thuis af?'

'Meestal zien we elkaar wanneer Frank toch op doorreis is en op weg naar huis. Daar ligt het motel gunstiger voor.'

'We weten dat Frank Clevén en u met elkaar in het motel af-spreken om seks te hebben.'

Groth keek Vanja aan en even leek het of hij alleen al van de bewering walgde. Hij boog voorover en bleef haar aankijken.

'En hoe, als ik vragen mag, wéten jullie dat?'

'Dat heeft Frank Clevén gezegd.'

'Dan liegt hij.'

'Hij is getrouwd en heeft drie kinderen. Waarom zou hij erover liegen dat hij naar Västerås rijdt en seks heeft met een man?'

'Dat weet ik niet, dat moeten jullie hem vragen.'

'Zijn jullie goed bevriend?'

'Dat dacht ik, maar nu ik dit hoor, begin ik daaraan te twijfelen.'

'We kunnen bewijzen dat u in het motel was.'

'Daar was ik ook. Ik heb Frank ontmoet. Dat ontken ik niet. Wat ik beslist ontken, is dat we ons daar hebben verlustigd in seksuele activiteiten en dat ik Roger Eriksson die avond heb ontmoet.'

Vanja en Torkel keken elkaar snel even aan. Ragnar Groth deed het goed: toegeven wat kan worden bewezen en verder alles ontkennen. Hadden ze hem te snel naar het bureau gehaald? Ze hadden eigenlijk alleen maar een reeks aanwijzingen. Heimelijke seksafspraken, lidmaatschap van de schietclub, een beschermenswaardige positie. Hadden ze meer moeten hebben?

In de kamer ernaast dacht Sebastian hetzelfde. Ze wisten immers dat Groth een man met een duidelijke, zij het niet ernstige psychische stoornis was, die tot uitdrukking kwam in pedanterie en dwangmatig handelen. Het was niet vergezocht om aan te nemen dat hij in de loop der jaren een sterke, bijna ondoordringbare afweer had ontwikkeld om zich te beschermen tegen handelingen die hijzelf als ongewenst beschouwde. Sebastian had het idee dat Ragnar Groth de hele tijd voor- en nadelen tegen elkaar afwoog, en als hij dan een besluit had genomen de werkelijkheid daarnaar vormde. Zijn besluit werd de waarheid. Zelf ervoer hij het vast niet eens als een leugen wanneer hij zei dat Frank Clevén en hij in die motelkamer geen seks hadden gehad. Hij geloofde het. Er zou waarschijnlijk fotografisch bewijs nodig zijn voordat hij dat zou toegeven. Fotografisch bewijs dat ze niet hadden.

'En Peter Westin?'

Vanja betrok er een nieuw onderwerp bij.

'Wat is er met hem?'

'U kent hem.'

'De school heeft een afspraak met zijn praktijk, ja. Wat heeft dat ermee te maken?'

'Weet u waar hij woont?'

'Nee, we gaan privé niet met elkaar om.' Groth kreeg een idee en boog voorover op zijn stoel. 'Denken jullie dat ik met hem ook een seksuele relatie heb?'

'Is dat zo?'

'Nee.'

'Waar was u vanmorgen om vier uur?'

'Ik lag thuis te slapen. Het is een lelijke gewoonte van me dat ik rond die tijd een oogje dicht probeer te doen. Waarom vraagt u dat?'

Sarcasme. In de ruimte ernaast zuchtte Sebastian. Groth had zijn zelfvertrouwen hervonden. Hij begreep dat ze niet genoeg bewijzen tegen hem hadden. Ze zouden nergens komen. In de verhoorkamer probeerde Torkel nog te redden wat er te redden viel.

'We zullen naar uw wapens moeten kijken.'

'Waarom?' Oprechte verbazing. Vanja vloekte inwendig. Ze hadden het uit de pers weten te houden. Niemand behalve de moordenaar wist dat Roger doodgeschoten was. Het had geholpen als Groth hun vraag heel normaal had gevonden of, nog beter, zich ertegen verzette dat ze zijn geweren wilden zien.

'Waarom niet?'

'Ik begrijp alleen de reden niet. De jongen is toch niet doodgeschóten?'

Hij keek vragend van Vanja naar Torkel. Geen van beiden was van plan dat te bevestigen of tegen te spreken.

'Hebt u er bezwaar tegen dat we naar uw wapens kijken?'

'Helemaal niet. Neem maar mee welke u wilt. Hoe lang u maar wilt.'

'We zouden ook graag een kijkje willen nemen in uw flat.'

'Ik woon in een vrijstaand huis.'

'Dan zouden we graag een kijkje willen nemen in uw vrijstaande huis.'

'Hebt u daar niet een bevel van de rechtbank voor nodig of zoiets?'

'Ja, als we geen toestemming van de eigenaar krijgen wel, dan moeten we even met de officier van justitie praten.' Vanja begreep dat ze niet konden verwachten dat de rector nog erg behulpzaam zou zijn, dus ze besloot tot een dreigement, verpakt als bezorgdheid.

'Er komt nogal wat administratie bij kijken om zo'n bevel aan te vragen. Heel wat mensen zien de aanvraag. Er is een vrij groot risico dat de informatie uitlekt.'

Groth keek haar aan en ze zag in dat hij haar valse bezorgdheid heel snel had doorzien en het dreigement volkomen begreep.

'Natuurlijk. Doorzoek maar wat u wilt. Hoe sneller jullie door-hebben dat ik Roger geen kwaad heb gedaan, hoe beter.' Vanja had het gevoel dat dit de laatste keer was dat rector Groth bereid zou zijn tot samenwerking.

'Hebt u een mobiele telefoon?'

'Ja. Wilt u die zien?'

'Ja, graag.'

'Hij ligt in de bovenste la van mijn bureau, in mijn werkkamer. Gaan jullie nu naar mijn huis?'

'Zo meteen.'

Ragnar Groth stond op. Vanja en Torkel verstijfden, maar hij stak alleen maar zijn hand in zijn ene broekzak en haalde er een bosje sleutels uit. Drie sleutels. Hij legde ze op tafel en schoof ze beheerst naar Vanja.

'De sleutel van de wapenkast hangt rechts in de bezemkast. Ik sta er echt op dat u discreet te werk gaat. Ik veronderstel dat er geen uniformen of blauwe zwaailichten aan te pas komen. Ik ben een gerespecteerd man in de buurt.'

'We zullen ons best doen.'

'Ja, dat hoop ik.' Hij ging weer zitten. Leunde op zijn gemak achterover in de stoel en sloeg zijn armen weer over elkaar. Vanja en Torkel wisselden snel een blik. Vanja keek ook even naar de spiegel. Sebastian bracht de zender naar zijn mond.

'We komen niet verder, denk ik.'

Vanja knikte in de verhoorkamer, zei hoe laat het was, boog over tafel en zette het opnameapparaat uit. Ze ontmoette Torkels blik en begreep dat hij hetzelfde dacht als zij: ze hadden hem te vroeg naar het bureau gehaald.

Als je heel pietluttig wilde zijn, woonde Ragnar Groth niet in een vrijstaand huis maar in een geschakelde woning. Zijn carport zat vast aan die van de buren. Het was niet moeilijk te zien welk pand in de straat het zijne was. Billy en Ursula voelden het instinctief aan toen ze het juiste adres naderden. Het huis was... schoner.

Bij dat perceel was al het grind van de winterse strooiwagens zorgvuldig van de straat en het trottoir geveegd. In de carport was alles in onberispelijke orde opgehangen, opgesteld en opgeborgen. Toen Billy en Ursula naar het huis liepen, viel het hun op dat er niet één blaadje van vorig jaar meer op het tuinpad of op het keurig verzorgde gazon lag. Bij de voordeur haalde Ursula haar vinger over de dorpel van het raam ernaast. Ze hield hem omhoog naar Billy: niet vuil.

'Het moet hem alle tijd kosten die hij niet slaapt om het overal zo netjes te houden,' constateerde Ursula, terwijl Billy de sleutel in het slot stak, de deur opendeed en naar binnen stapte.

Het huis was vrij klein. Tweeënnegentig vierkante meter, verdeeld over twee verdiepingen. Ze liepen een smal gangetje in dat naar een trap leidde. Op het gangetje kwamen twee deuren uit en twee open bogen. Billy knipte de ganglamp aan en ze keken elkaar aan. Zonder iets te zeggen bogen ze voorover en trokken ze hun schoenen uit. Dat deden ze anders niet wanneer ze iemands woning doorzochten, maar in dit huis leek het welhaast een ontheiliging om het niet te doen. Ze lieten hun schoeisel op de deurmat staan, hoewel er ruimte was in een schoenenkastje onder de kapstok meteen rechts van de deur. Boven op de kapstok lag een hoed en aan een kleerhanger hing een jas. Eronder stond een paar instappers. Gepoetst. Geen gras- of moddervlekje erop. Het rook schoon. Niet naar schoonmaakmiddel, maar… schoon. Het deed Ursula denken aan een nieuwbouwhuis dat Mikael en zij jaren geleden hadden bekeken. Zo rook dit ook.

Onpersoonlijk.

Onbewoond.

Ursula en Billy liepen verder naar binnen en deden allebei een deur open. De deur rechts was een garderobe; de andere gaf toegang tot het toilet op de begane grond. Een snelle inspectie toonde aan dat beide ruimten even onberispelijk schoon en ordelijk waren als alle andere dingen in het leven van rector Groth. De rest van de benedenverdieping bevestigde dat beeld onmiddellijk. De toog aan de rechterkant leidde naar een kleine, smaakvol ingerichte woonkamer. Tegenover een bankstel met bijpassende tafeltjes stond een boekenkast, waarin de helft van de planken in beslag werd genomen door boeken en de andere helft door grammofoonplaten. Jazz en klassiek. Midden in de kast stond een stofvrije platenspeler. Rector Groth had geen tv. Tenminste niet in de woonkamer.

Door de linkerboog kwamen ze uit in de glimmend schone keuken. Messen keurig tegen een magneetstrip aan de muur geplakt. Een waterkoker op het aanrecht. Een peper-en-zoutstel op de tafel. Voor het overige waren alle oppervlakken leeg. Schoon.

Samen liepen ze de trap op. Die kwam uit op een vierkant halletje met drie deuren. Een badkamer, een slaapkamer en een werkkamer. Achter het zware, donker eiken bureau in de werkkamer hingen Groths wapens netjes achter slot en grendel in een goedgekeurde wapenkast. Billy keek Ursula aan.

'Boven of beneden?'

'Maakt niet uit. Wat wil jij?'

'Ik neem beneden wel, dan kun jij de wapens doen.'

'Oké. Wie het eerst klaar is, neemt de carport en de auto.'

'Deal.' Billy knikte en ging de trap weer af. Ursula verdween in de werkkamer.

Pas toen Vanja met haar armen om haar vader heen stond, voelde ze het grote verschil. Ervoor en erna. Hij was afgevallen, maar dat was niet het enige. De afgelopen maanden waren hun omhelzingen vervuld geweest van een vibrerende angst voor de broosheid van het leven, een wanhopige tederheid omdat elke aanraking de laatste kon zijn. Door het positieve nieuws van de artsen hadden hun omhelzingen plotseling een andere betekenis. De medische wetenschap had hun reis verlengd en hen gered van de afgrond waarnaast hun relatie zich de laatste tijd had bevonden. Nu beloofden hun omhelzingen een voortzetting. Valdemar glimlachte naar haar. Zijn blauwgroene ogen stonden levendiger dan ze lange tijd hadden gedaan, ook al glansden ze nu van vreugdetranen om dit moment.

'Ik heb je zo gemist.'

'Ik jou ook, papa.'

Valdemar streelde over haar wang.

'Het is zo raar: ik ontdek alles opnieuw, lijkt het wel. Alsof het de eerste keer is.'

Vanja keek stil naar hem op.

'Ik begrijp het, ik begrijp het.' Vanja deed een paar stappen terug. Ze had geen zin om in de lobby van het hotel te gaan staan huilen. Ze maakte een weids gebaar naar de schemering aan de andere kant van de ramen.

'Laten we een stukje gaan wandelen. Je kunt me vast wel rondleiden in Västerås.'

'Ik? Ik ben hier in geen eeuwen geweest.'

'Jij kent de stad beter dan ik. Je hebt hier toch een tijdje gewoond?' Valdemar schoot in de lach, gaf zijn dochter een arm en liep naar de draaideur.

'Dat is duizend jaar geleden. Ik was eenentwintig en had net mijn eerste baan bij Asea gekregen.'

'Je weet meer dan ik. Ik ken alleen het hotel, het politiebureau en een paar plaatsen delict.'

Ze gingen op weg. Ze praatten over de tijd lang geleden, toen Valdemar een jonge, enthousiaste hts'er was in Västerås. Beiden genoten van het moment. Gebabbel dat voor het eerst niet meer dan dat was: gebabbel, en niet alleen een manier om niet te hoeven praten over datgene wat hen dag en nacht bezighield.

Het donker viel over de stad, het weer was omgeslagen en er hing regen in de lucht. Ze merkten het nauwelijks, zoals ze daar dicht naast elkaar langs het water liepen. Pas toen het een halfuur had geregend en de druppels steeds groter werden, kreeg Valdemar behoefte aan een dak boven zijn hoofd. Vanja stelde voor naar het hotel terug te gaan en iets te eten.

'Heb je daar tijd voor?'

'Ik maak er tijd voor.'

'Ik wil niet dat je door mijn schuld in de problemen komt.'

'Het onderzoek kan echt nog wel een uurtje zonder me.'

Valdemar vond het goed. Hij gaf zijn dochter weer een arm en ze versnelden hun pas, terug naar het hotel.

Vanja bestelde een witte wijn en een cola light, terwijl haar vader het barmenu doorkeek. Vanja keek naar hem. Ze hield echt van haar vader. Ze hield ook van haar moeder, maar met haar was het altijd gecompliceerder – meer aanvaringen, meer strijd om de ruimte. Bij Valdemar was ze rustiger. Hij was soepeler. Natuurlijk, hij daagde haar ook uit, maar op terreinen waarop ze zich zekerder voelde.

Niet over relaties.

Niet over haar talenten.

Hij vertrouwde haar. Dat gaf haar zelfvertrouwen. Eigenlijk zou ze ook wel een glas wijn willen drinken, maar ze wist dat het beter was om het niet te doen. Waarschijnlijk zou ze vanavond nog moeten werken, of toch in elk geval bijlezen. Dan kon ze maar beter scherp zijn.

Valdemar keek op van de kaart.

'De groeten van mama. Ze wilde nog meegaan.'

'Waarom heeft ze dat dan niet gedaan?'

'Haar werk.'

Vanja knikte. Natuurlijk. Dat was niet voor het eerst.

'Geef haar maar een zoen van me.'

De serveerster kwam met hun drankjes. Ze bestelden. Zij nam een chilicheeseburger, hij koos voor vissoep met aioli en knoflookbrood. De serveerster nam de kaarten aan en liep weg. Ze hieven het glas en proostten zwijgend. Daar zat ze, met haar herboren vader, zo ver van het onderzoek en de uitdagingen van alledag als ze maar kon, toen ze een stem hoorde. Een stem die absoluut niet bij dit privémoment thuishoorde.

'Vanja?'

Ze draaide zich naar de stem om in de hoop dat ze het verkeerd had gehoord. Maar nee. Sebastian Bergman kwam naar hen toe lopen. Zijn jas was nat van de regen.

'Hallo! Heb je al meer gehoord over Groth?'

Vanja keek hem aan met een blik waarvan ze hoopte dat die duidelijk aangaf dat hij stoorde.

'Nee. Wat doe jij hier? Je hebt toch een huis?'

'Ik ben wezen eten, en nu was ik op weg terug naar het bureau. Ik wilde weten of Billy en Ursula iets hebben gevonden. Weet jij dat?'

'Nee, ik heb even vrij.'

Sebastian wierp een blik op Valdemar, die zwijgend in zijn stoel zat. Vanja begreep dat ze iets moest doen voordat haar vader op het idee kwam zichzelf voor te stellen en eventueel zelfs Sebastian te vragen erbij te komen zitten.

'Ik wil alleen even eten. Ga maar vast, dan kom ik straks. Tot zo.'

Ieder normaal mens zou de afwijzing in haar stem hebben gehoord, maar toen ze zag dat Sebastian zijn hand naar Valdemar uitstak en voorzichtig glimlachte, begreep ze dat ze iets vergeten was: Sebastian wás geen normaal mens.

'Dag, mijn naam is Sebastian Bergman, ik werk samen met Vanja.'

Valdemar begroette Sebastian vriendelijk door half uit zijn stoel op te staan en hem de hand te drukken.

'Hallo. Valdemar, ik ben Vanja's vader.' Vanja werd nog nijdiger. Ze wist hoeveel belangstelling haar vader voor haar werk had en ze begreep dat dit zich kon ontwikkelen tot meer dan een korte begroeting. En inderdaad. Valdemar ging ervoor zitten en keek Sebastian nieuwsgierig aan.

'Vanja heeft me over de meeste van haar collega's wel verteld, maar ik geloof dat ik haar niet over jou heb gehoord.'

'Ik ben er maar tijdelijk bij. Als adviseur. Ik ben psycholoog, geen politieman.'

Sebastian zag dat Valdemars gezichtsuitdrukking veranderde toen hij zei wat hij deed. Alsof hij zijn geheugen afzocht.

'Bergman... Toch niet die Sebastian Bergman die dat boek over die seriemoordenaar heeft geschreven, Hinde...'

Sebastian knikte bliksemsnel.

'De boeken. Maar inderdaad, dat ben ik.'

Valdemar keek Vanja aan. Hij zag er bijna uitgelaten uit.

'Dat is toch dat boek dat je me jaren geleden hebt gegeven, weet je nog?'

'Ja.'

Valdemar keek weer naar Sebastian en wees op de lege stoel tegenover Vanja.

'Wil je niet even gaan zitten?'

'Papa, Sebastian heeft vast wel iets anders te doen. Het is een behoorlijk gecompliceerd onderzoek.'

Sebastian keek Vanja aan. Zag hij een smekende blik? Het leed in elk geval geen twijfel dat ze hem daar niet wilde zien.

'Nee hoor, ik heb de tijd.' Sebastian knoopte zijn natte jas open, trok hem uit, hing hem over de rugleuning en ging vervolgens zitten. De hele tijd keek hij Vanja aan met een glimlachje dat niet anders te interpreteren was dan als spottend. Hij genoot. Ze zag het, en dat maakte haar kwaaier dan het feit dat hij bleef.

'Ik wist niet dat je mijn boek had gelezen,' zei Sebastian tegen haar terwijl hij zich op zijn stoel liet neerzakken. 'Dat heb je nooit gezegd.'

'Het is er waarschijnlijk niet van gekomen.'

'Ze vond het geweldig,' bracht Valdemar in, zich er totaal niet van bewust dat de ogen van zijn dochter met elk woord dat hij zei donkerder gingen staan. 'Ze heeft me min of meer gedwongen het te lezen. Ik geloof dat het een van de redenen was dat ze bij de politie is gegaan.'

'O, echt waar? Wat leuk om te horen.' Sebastian leunde voldaan achterover. 'Dat ik haar toch zo heb kunnen beïnvloeden!'

Game over. Sebastian glimlachte naar haar. Ze zou nooit, maar dan ook nooit meer het laatste woord hebben. Daar had haar geliefde vader zojuist voor gezorgd.

Mikael belde Ursula vanaf het station en vroeg of ze hem kwam ophalen of dat hij op eigen gelegenheid naar het hotel moest komen. Ursula vloekte inwendig. Ze was niet vergeten dat hij zou komen, maar had er overdag niet aan gedacht. Ze wierp een snelle blik op haar horloge. Het was een lange rotdag geweest en hij was nog niet afgelopen. Ze stond in de slaapkamer van Ragnar Groth en wilde net beginnen aan de dubbele kast met de keurig opgevouwen overhemden, pullovers, onderbroeken, sokken en andere dingen waarvan Groth vond dat ze niet aan hangertjes met exact drie centimeter tussenruimte moesten hangen. Eerst wilde ze haar man vragen een uurtje te wachten. Ze was in een slecht humeur. Het gebrek aan concrete bevindingen irriteerde haar. Ze was begonnen met de wapens, maar had al snel ingezien dat die hen nergens zouden brengen. Ze vertoonden weliswaar tekenen van recent gebruik, maar Groth was wedstrijdschutter. Zonder een kogel om de geweren mee te vergelijken was die informatie waardeloos. De rest van de werkkamer had al even weinig opgeleverd. Niets op het bureau, in de secretaire bij het raam of in de boekenkast. Misschien was er iets te vinden in de computer, maar dat moest Billy uitzoeken. De badkamer was ook een teleurstelling. Nog geen haartje in de afvoer.

En nu had ze Mikael aan de lijn. Mikael, die volhield: zij had hem immers gevraagd om te komen. Het liep tegen etenstijd. Ze moest toch zeker iets eten? Ursula gaf het op, liep de trap af en ging de keuken in, waar Billy bezig was kasten en laden te doorzoeken.

'Ik moet even weg. Ik kom over een of twee uur terug.' Billy keek haar verrast aan.

'Oké.'

'Is het goed als ik de auto neem?'

'Waar moet je heen?'

'Ik moet weg... Uit eten.'

Billy begreep het nog steeds niet. Hij kon zich niet herinneren dat Ursula zich eerder geroepen had gevoeld om weg te gaan om te eten. Ze was in zijn ogen een vrouw die leefde op in plastic verpakte broodjes van allerlei benzinestations die ze dan op allerlei plaatsen delict opat.

'Is er iets gebeurd?'

'Mikael is in de stad.'

Billy knikte zo begrijpend als hij kon, ook al vond hij het steeds merkwaardiger. Mikael, de man die Billy één keer tien minuten had gezien toen hij Ursula kwam ophalen van het jaarlijkse feest met Kerstmis, kwam naar Västerås om met haar te eten.

Er was beslist iets gebeurd.

Ursula verliet het huis en liep geïrriteerd naar hun geparkeerde auto. Toen ze het portier opende, besefte ze opeens dat ze zowaar het hele doel van Mikaels reis naar Västerås even was vergeten.

Mikael was niet degene op wie ze boos moest zijn.

Zeker niet.

Het was niet zijn schuld. Het was al erg genoeg dat ze hem voor haar eigen doeleinden gebruikte. Hij ging er natuurlijk van uit dat ze had gebeld omdat ze hem wilde zien en hem miste, niet omdat zijn aanwezigheid Torkel een lesje moest leren.

Ze zou extra lief voor hem moeten zijn. Daar moest ze goed om denken. Niet de verkeerde straffen.

Ze stapte in de auto en pakte haar mobieltje. Onderweg naar het centrum pleegde ze twee snelle telefoontjes. Een naar het bureau om zich ervan te vergewissen dat Torkel daar nog was en een naar Mikael om een plaats voor hun ontmoeting af te spreken.

Toen minderde ze vaart om er helemaal zeker van te zijn dat ze daar na hem zou aankomen. Ze zette de radio aan, luisterde even en liet haar hoofd tot rust komen.

De bal was aan het rollen gebracht.

De straf zou worden uitgevoerd.

'Ha, Torkel!'

Torkel draaide zich om en herkende onmiddellijk de lange, donkere man die in een van de zitjes bij de receptie zat. Torkel knikte hem herkennend toe. Hij deed zijn best om te glimlachen.

'Mikael, leuk om je te zien. Ursula zei al dat je zou komen.'

'Is ze hier?'

'Zover ik weet niet, maar ik wil het wel even nagaan.'

'Nee, laat maar. Ze weet dat ik hier ben.' Torkel knikte weer. Mikael zag er blakend van gezondheid uit. In zijn donkere haar was wat grijs aan de slapen te zien, maar dat stond hem alleen maar goed. Ze waren ongeveer even oud, maar Torkel voelde zich onwillekeurig ouder en afgeleefder. Hij was zelf niet zo goed ouder geworden, en dat Mikael perioden van alcoholisme had gehad, was aan zijn uiterlijk totaal niet te zien. Integendeel, hij zag er sportiever en gezonder uit dan ooit. Dat zal wel genetisch bepaald zijn, dacht Torkel, maar hij begon er toch over na te denken of hij niet eens naar een sportschool moest gaan. Ze bleven samen even zwijgend staan. Torkel wilde beslist niet onbeleefd zijn, maar hij kon niets bedenken om te zeggen. Bij gebrek aan oprechte belangstelling moest hij maar op zijn routine terugvallen. Een veilige kaart uitspelen.

'Koffie? Wil je een kop koffie?' Mikael knikte en Torkel liep naar de ingang, haalde zijn pasje tevoorschijn en hield de glazen deur voor Mikael open. Ze liepen door de kantoortuin naar de kantine.

'Ik heb gelezen over de moord. Het lijkt me een lastig onderzoek.'

'Ja, dat is het ook.'

Torkel ging Mikael zwijgend voor. Ze hadden elkaar in de loop der jaren maar een paar keer ontmoet, Mikael en hij. Vooral in het begin, toen Ursula nieuw was in hun groep. Toen had Torkel hen samen bij Monica en zichzelf uitgenodigd. Twee, drie keer of zo. In die tijd waren Ursula en hij gewoon collega's die met elkaar en elkaars partners omgingen. Voordat ze aan hun hotel-kamerrelatie begonnen. Hoe lang duurde die nu al? Vier jaar? Vijf, als je die late avond in Kopenhagen meetelde. Die hijzelf in elk geval, terwijl het koude zweet van het berouw hem uitbrak, een eenmalige gebeurtenis had genoemd. Iets wat nooit meer zou voorkomen. Dat was toen.

Nu was het iets anders. De spijt en de belofte van eenmaligheid waren verdwenen en vervangen door ongeschreven regels.

Alleen tijdens het werk.

Nooit als ze thuis waren.

Geen toekomstplannen.

Dat laatste punt was voor Torkel het moeilijkst. Als ze naakt en bevredigd naast elkaar lagen, was het in het begin moeilijk, om niet te zeggen onmogelijk, geweest om niet méér te willen. Een vervolg buiten de anonieme hotelkamers. Maar de paar keer dat hij over de schreef was gegaan en hun afspraak had verbroken, was haar gezicht verhard en had hij het weken zonder hun onder-onsje moeten stellen. Dus Torkel had zijn lesje geleerd.

Geen toekomstplannen.

Dat kostte te veel.

Nu stond hij in de onpersoonlijke kantine naar de bruine kof-fie te kijken die zijn kopje vulde. Mikael zat aan het tafeltje het dichtst bij het koffieapparaat aan zijn cappuccino te nippen.

Wat Torkel over het onderzoek wilde vertellen, hadden ze al afgehandeld, dus het ging nu alleen over koetjes en kalfjes.

Weer en wind. *(Het was nu toch echt lente.)*

Hoe was het op Mikaels werk? *(Ongeveer zoals altijd, dezelfde problemen.)*

Hoe ging het met Bella? *(Goed, dank je, ze doet nu het laatste jaar rechten.)*

Voetbalde Mikael nog altijd? *(Nee, de knie wil niet meer. Voet-balknietje.)*

Torkel moest er de hele tijd aan denken dat hij de vorige ochtend met Mikaels vrouw naar bed was geweest. Hij voelde zich een bedrieger.

Een enorme bedrieger.

Waarom had Ursula hier verdomme afgesproken? Torkel had wel een idee waarom en kreeg daar een tel later de bevestiging van toen Ursula achter hen naar binnen glipte.

'Dag, schat. Sorry dat ik te laat ben.' Ursula vloog Torkel voorbij zonder hem een blik waardig te keuren en gaf Mikael een liefdevolle kus. Toen draaide ze zich met een uitdrukkingloos gezicht om naar Torkel.

'Heb jij tijd voor een koffiepauze?' Torkel wilde net antwoord geven toen Mikael hem te hulp kwam.

'Ik zat in de receptie te wachten, dus hij wilde gewoon aardig zijn.'

'We hebben het anders druk. Zo druk dat we extra personeel hebben moeten aannemen. Hè, Torkel?'

Bevestigd. Mikaels aanwezigheid was Torkels straf. Misschien niet de meest geraffineerde, maar Torkel werd er wel nadrukkelijk door op zijn plaats gezet. Hij antwoordde niet. Het was niet verstandig dat duel aan te gaan. Niet waar Mikael bij was. En ergens anders ook niet. Als Ursula in zo'n stemming was, kon je niet winnen.

Torkel verontschuldigde zich, maar zorgde er wel voor dat hij Mikael nog een hand gaf voordat hij wegging. Een beetje trots kon hij nog wel tonen. Hij had er een hekel aan met de staart tussen zijn benen weg te moeten sluipen.

Ursula gaf Mikael een arm en ze liepen de kantine uit.

'Ik weet niet veel van de restaurants hier in de stad, maar Billy zegt dat er hier vlakbij een goede Griek is.'

'Dat klinkt goed.' Ze liepen zwijgend een klein stukje, toen bleef Mikael staan.

'Waarom ben ik hier?'

Ursula keek hem vragend aan.

'Hoe bedoel je?'

'Precies zoals ik het zeg: waarom ben ik hier? Wat wil je?'

'Ik wil niks. Ik dacht alleen: als ik maar een uurtje van Stockholm af zit, kunnen we van de gelegenheid gebruikmaken...'

Mikael keek haar onderzoekend aan. Niet overtuigd.

'Je hebt wel dichter bij Stockholm gewerkt en nooit eerder gebeld.'

Ursula zuchtte inwendig, maar zorgde dat hij dat niet zag.

'Daarom juist. We zien elkaar te weinig. Ik wilde het eens anders doen. Kom!' Hij nam haar arm en trok haar zachtjes met zich mee. Terwijl ze zich dichter tegen haar man aan drukte, vervloekte ze het idee dat gisteren nog zo goed en vanzelfsprekend had geleken. Wat wilde ze eigenlijk? Torkel jaloers maken?

Hem vernederen?

Haar zelfstandigheid bewijzen?

Wat het ook was, Mikaels aanwezigheid had al voldoende gewerkt. Torkel was duidelijk niet op zijn gemak met de situatie, en zijn schouders hadden al lang niet meer zo neergehangen als toen hij zich zonder een woord uit de voeten maakte.

Dus de vraag die bij Ursula opkwam was: wat moest ze nu met haar man aan?

Na een goed uur bij de Griek vond Ursula dat ze terug moest naar het huis van Ragnar Groth. Het etentje was leuk. Leuker dan ze had gedacht. Mikael had wel een paar keer gevraagd waarom ze wilde dat hij kwam. Hij kon maar moeilijk geloven dat het alleen maar was omdat ze hem wilde zien. Niet zo gek eigenlijk.

Hun relatie was al jaren moeizaam, en dát die nog bestond was al een wonder, maar terwijl ze ervoor vochten, was hun band ook sterker geworden. Als je de persoonlijke zwakheden van je partner leerde kennen, kon dat een relatie of versterken of definitief om zeep helpen. Ze hadden allebei hun tekortkomingen, niet in de laatste plaats als ouders. Tussen Bella en haar leek er wel een heel licht filter, een dun vliesje te bestaan, dat Ursula ervan weerhield dicht bij haar dochter te komen en waardoor ze helaas vaak haar werk liet voorgaan voor haar gezin. Ursula had zich vaak bedroefd gerealiseerd dat ze onbewust technisch onderzoek en dode lichamen verkoos boven haar springlevende dochter. Ze gaf de schuld aan haar jeugd, haar ouders, haar hersenen, die de voorkeur gaven aan logica boven gevoelens. Maar het feit bleef: het vlies was er, en daarmee het verdriet om haar eigen onvermogen om zich te binden. Ze had altijd het gevoel dat ze daar vaker hoorde te zijn, vaker en meer betrokken. Vooral in de perioden dat Mikael terugviel in zijn alcoholisme. Toen waren de vier grootouders jarenlang hun redding geweest.

Ondanks zijn duidelijke zwakheden had Ursula grote bewondering voor Mikael. Hij had het nooit zover laten komen dat ze door zijn alcoholisme financieel aan de grond raakten, of dat het onmogelijk werd thuis te blijven wonen. Als het echt slecht ging, trok hij zich liever terug. Als een gewond dier. Degene die hij het meest teleurstelde, elke keer als hij daarheen afgleed, was zichzelf. Zijn leven was één lange strijd tegen zijn eigen tekortkomingen.

Dat was ook – daar was Ursula vast van overtuigd – de sleutel tot haar liefde voor hem: dat hij nooit opgaf. Ondanks alle missers, dwalingen en gebroken verwachtingen vocht hij door. Zichtbaarder dan zij, sterker dan zij. Hij viel, hij faalde, maar hij stond weer op en ging door.

Voor haar.

Voor Bella.

Voor het gezin.

En Ursula was loyaal aan wie voor haar vochten. Onverbrekelijk loyaal. Het was niet erg romantisch, het was niet de meisjesdroom over de ideale relatie, maar Ursula was nooit zo onder de indruk geweest van die idealen. Zij had loyaliteit altijd boven liefde gesteld. Je had mensen nodig die voor je klaarstonden en als ze dat deden, bleef je hun trouw. Dat verdienden ze. Wat je eventueel in die relatie miste, kon je wel ergens anders krijgen. Torkel was niet haar eerste minnaar, ook al dacht hij dat zelf waarschijnlijk wel. Nee, er waren anderen geweest. Ze had Mikael al vroeg in hun relatie aangevuld met anderen. In het begin had ze geprobeerd zichzelf slecht te vinden, maar dat lukte niet. Hoe ze het ook probeerde, ze kon maar niet vinden dat ze Mikael in de steek liet. Haar buitenechtelijke avontuurtjes waren een voorwaarde om bij hem te kunnen blijven. Ze had de gevoelsmatige complexiteit met Mikael nodig, en de pretentieloze fysieke nabijheid van iemand als Torkel. Ze was als een batterij die een plus- en een minpool nodig had om te kunnen werken. Anders voelde ze zich leeg.

Eén ding eiste ze echter wel van allebei.

Loyaliteit.

Daarin had Torkel haar teleurgesteld. Dat was de enige reden waarom ze had besloten haar polen bij elkaar te brengen en kort te sluiten. Het was een kinderachtig besluit, niet goed doordacht, in emotie genomen. Maar het had wel gewerkt.

En het etentje was leuk geweest.

Ze liet Mikael achter in het restaurant en beloofde dat ze zo snel mogelijk naar het hotel terug zou komen, maar het kon wel even duren. Mikael had een boek bij zich, zei hij, dus hij vermaakte zich wel. Ze hoefde zich geen zorgen te maken.

Na zijn ontmoeting met Mikael bleef Torkels avond verder bergafwaarts gaan. Hij kreeg een telefoontje van Billy, op de terugweg van het huis van Groth, die vertelde dat ze niets hadden gevonden. Geen bloed op kleren, geen vuile schoenen, geen spoor van Roger – of van iemand anders, trouwens – in het huis. Geen Pirelli-banden op de auto en geen bloedsporen erin of in de carport. Geen jerrycan met lichtontvlambare vloeistof, geen kleren met een rooklucht. Niets wat hem ook maar enigszins in verband bracht met de moorden op Roger Eriksson en Peter Westin.

Niets.

Absoluut niets.

Billy zou nog een keer door de pc van de rector gaan, maar daar moest Torkel maar niet te veel van verwachten.

Torkel beëindigde het gesprek met een zucht. Hij zat aan tafel en keek zonder iets te zien naar de muur met de stukken van de zaak. Ze konden Groth nog wel vierentwintig uur vasthouden, maar Torkel zag eerlijk gezegd niet in hoe ze de verdenking tegen hem moesten onderbouwen. Geen aanklager ter wereld zou ermee instemmen dat hij gearresteerd werd op basis van wat er nu was, dus of ze hem nu vanavond of morgenmiddag loslieten maakte niet uit. Torkel wilde net opstaan toen Vanja tot zijn verbazing de kamer binnen kwam stormen. Hij had niet verwacht dat hij haar vandaag nog zou zien. Ze moest een paar privézaken afhandelen.

'Waarom heb je in godsnaam Sebastian bij dit onderzoek gehaald?'

Haar ogen bliksemden van woede. Torkel keek haar vermoeid aan.

'Ik geloof dat ik dat nu vaak genoeg heb uitgelegd.'

'Het was idioot.'

'Is er iets gebeurd?'

'Nee, er is niets gebeurd. Maar hij moet weg. Hij maakt dingen kapot.'

Torkels telefoon ging. Hij keek op het display: de commissaris van de provinciale politie. Torkel keek Vanja enigszins verontschuldigend aan en nam op. Ze wisselden een poosje informatie uit.

Torkel vernam dat *Expressen* het verband tussen Peter Westin en het Palmlöv College en daardoor met Roger Eriksson had gelegd. Het stond op het net.

De provinciaal commissaris vernam dat Torkel Ragnar Groth wilde laten gaan, en waarom. Torkel vernam dat de provinciaal commissaris ontstemd was. De zaak moest worden opgelost, zo snel als maar kon.

De provinciaal commissaris vernam dat ze hun best deden.

Torkel vernam dat de provinciaal commissaris verwachtte dat Torkel, voordat hij naar zijn hotel ging, met de journalisten zou praten die zich buiten verzameld hadden.

De provinciaal commissaris hing op. Torkel ook, maar daarmee waren zijn problemen nog niet voorbij, begreep hij toen hij Vanja's blik zag.

'Laten we Groth gaan?'

'Ja.'

'Waarom?'

'Je hebt toch gehoord wat ik aan de telefoon zei?'

'Ja.'

'Nou dan.'

Vanja was een paar seconden stil, alsof ze de informatie moest verwerken die ze zojuist had gekregen. Ze kwam snel tot een conclusie.

'Ik haat deze zaak. Ik haat deze hele ellendige stad.' Ze draaide zich om, liep naar de deur en deed die open, maar bleef halverwege staan en draaide zich weer om naar Torkel.

'En ik haat Sebastian Bergman.'

Vanja ging de kamer uit en trok de deur achter zich dicht. Torkel zag haar snel verdwijnen door de lege kantoortuin. Hij pakte moe zijn colbertje van de rugleuning. Die impulsieve beslissing over Sebastian brak hem lelijk op.

Een halfuur later had Torkel alle details rond de vrijlating geregeld. Ragnar Groth was correct geweest en zei niet veel. Hij herhaalde dat hij hoopte dat ze discreet zouden zijn en eiste dat hij met een burgerauto of een taxi naar zijn huis zou worden gebracht. Via een achterdeur. Hij was niet van plan de deur uit te stappen en als schietschijf voor journalisten te dienen. Een burgerauto was op dit late uur niet meer te krijgen, dus Torkel belde een taxi. Ze gingen uit elkaar. Groth hoopte dat hij hen niet meer zou zien. Torkel kon er niets aan doen, maar hij merkte dat deze wens wederzijds was. Hij bleef staan totdat de rode achterlichten van het binnenplein verdwenen. Hij probeerde iets te bedenken wat gedaan moest worden. Iets wat hij met een gerust hart eerst kon doen.

Het lukte niet. Hij moest de confrontatie met de pers aangaan.

Als er iets in zijn werk was wat Torkel verafschuwde, was het wel dat de relatie met de pers steeds belangrijker werd. Hij kon zich natuurlijk wel voorstellen dat het publiek behoefte had aan informatie, maar hij vroeg zich zo langzamerhand wel serieus af of dat nog werkelijk de drijfveer van de journalisten was. Het ging hun er ook om lezers aan te trekken, en niets verkocht beter dan seks, angst en sensatie. Dat leidde ertoe dat ze liever bang maakten dan informeerden, liever veroordeelden dan vrijspraken, en steeds eerder vonden dat het in het belang van het publiek was om de identiteit van de mogelijke daders te onthullen. Met naam en foto. Zonder proces.

En altijd, bij alle verslaggeving, proefde Torkel die bijbedoeling om angst te zaaien.

Het kan jou ook treffen.

Je bent nooit veilig.

Het had ook jouw kind kunnen zijn.

Daar had Torkel het nog het moeilijkst mee. De pers vereenvoudigde ingewikkelde verbanden, verlustigde zich in tragedies en veroorzaakte alleen maar angst en wantrouwen bij mensen.

Sluit je op.

Ga 's nachts niet naar buiten.

Vertrouw niemand.

Angst.

Dat was wat ze eigenlijk verkochten.

Toen Ursula na ruim twee uur terugging naar het hotel was ze in een abominabel humeur.

En het werd nog erger.

Toen ze terugkwam bij het huis van Groth was Billy vrijwel klaar.

Ze gingen in de keuken zitten, zodat hij haar kon vertellen wat zijn onderzoek had opgeleverd. Dat was snel gebeurd.

Niets.

Helemaal niets.

Ursula zuchtte. In het begin had ze waardering gehad voor Ragnar Groths gevoel voor netheid, maar nu alle interessante bevindingen schitterden door afwezigheid kreeg ze het idee dat zijn pedanterie eerder een nadeel was voor het onderzoek. Groth zou nooit iets doen wat hij niet van tevoren had overwogen of gepland. Hij zou nooit iets slordig verstoppen, nooit belastend materiaal bij toeval laten vinden. Als hij iets verstopte, zou hij ervoor zorgen dat het verstopte verstopt blééf.

Niets.

Helemaal niets.

Ze vonden geen porno, geen verboden substanties, geen heimelijke liefdesbrieven, geen verdachte links in zijn pc, niets wat een seksuele relatie met Frank Clevén of andere mannen bevestigde. Zijn mobiele telefoon was niet het apparaat waarmee de sms'jes naar Roger Eriksson waren gestuurd. Ze konden verdorie niet eens een betaalherinnering vinden. Ragnar Groth was onmenselijk volmaakt.

Billy deelde Ursula's frustratie en had de pc losgekoppeld om hem mee naar kantoor te nemen en hem nog een derde keer, met betere software, te onderzoeken.

Maar niet alleen verboden zaken ontbraken. Er was überhaupt niets persoonlijks in Groths eigendommen te vinden. Geen bewijzen van relaties, intieme of andere. Geen foto's van hemzelf of iemand die om hem leek te geven, geen ouders, geen familieleden, geen vrienden, geen brieven, geen opgeborgen kerst- of andere kaarten, geen uitnodigingen. Het meest persoonlijke wat ze vonden, waren zijn diploma's. Perfecte natuurlijk. Billy en Ursula raakten er steeds meer van overtuigd dat het intieme leven van de rector – áls hij dat al had – zich ergens anders moest afspelen.

Ze besloten dat Billy de auto terug zou nemen en verslag zou uitbrengen aan Torkel. Ursula bleef om vooral de bovenverdieping nog een keer door te lopen. Ze wilde heel zeker weten dat ze niets over het hoofd had gezien omdat Mikael er was. Ze vond niets.

Helemaal niets.

Ze nam een taxi terug naar het hotel en ging rechtstreeks naar haar kamer.

Mikael zat voor de tv naar Eurosport te kijken. Meteen toen ze de spartaans gemeubileerde kamer binnen kwam, voelde Ursula dat er iets mis was. Mikael stond iets te snel op en glimlachte iets te gladjes naar haar. Zonder een woord liep Ursula naar de minibar en deed die open: leeg, op twee flesjes mineraalwater en een blikje sap na. In de prullenbak vond ze de verboden plastic flesjes. Hij had niet eens geprobeerd ze te verbergen. Te weinig om dronken van te worden. Maar zelfs te weinig was te veel.

Veel te veel, verdomme.

Ursula keek hem aan en wilde boos worden. Maar wat had ze dan verwacht? Er is een reden waarom de plus- en de minpool aan verschillende kanten van een batterij zitten.

Ze moeten niet bij elkaar komen...

Haraldsson was dronken.

Dat was hij niet vaak. Hij was heel matig met drank, maar bij het eten had hij tot Jenny's verbazing een fles wijn opengetrokken en die had hij in twee uur tijd helemaal alleen leeggedronken. Jenny had gevraagd of er iets was gebeurd, maar Haraldsson had alleen maar warrig iets gemompeld over druk op het werk. Wat moest hij zeggen? Jenny wist niets over de leugens die hij op zijn werk had verspreid. Ze wist niets over zijn privéonderzoek naar Axel Johansson en de gevolgen daarvan. Ze wist het niet en ze mocht het ook nooit te weten komen.

Ze zou hem maar raar vinden.

En dat was hij ook.

Op dit moment een dronken idioot. Hij zat op de bank langs de tv-zenders te zappen, de *mute*-knop ingedrukt om Jenny niet wakker te maken. Ze hadden seks gehad. Natuurlijk. Hij was met zijn gedachten heel ergens anders geweest. Het had niet uitgemaakt. Natuurlijk. Nu sliep ze.

Hij had een plan nodig. Hij had vandaag een harde klap van Hanser gekregen, maar hij zou weer opstaan. Hij zou ze laten zien dat je Thomas Haraldsson niet zomaar knock-out sloeg. Morgen, als hij op zijn werk kwam, zou hij revanche nemen. Dan zou hij het ze allemaal laten zien. Het Hanser laten zien. Hij had alleen maar een plan nodig.

Dat hij degene zou zijn die de moordenaar van Roger Eriksson oppakte, leek steeds onwaarschijnlijker. Op dit moment was de kans om een miljoen te winnen met een kraslot groter. Zonder lot. Hij zou niet meer in de buurt van het onderzoek komen, daar had Hanser voor gezorgd. Maar Axel Johansson, dat kon nog steeds. Zoals Haraldsson het had begrepen, hield de Nationale Recherche een andere verdachte in hechtenis. De rector van de school van die jongen. Axel Johansson was nog zeker niet afgeschreven, voor zover Haraldsson wist, maar hij had nu minder prioriteit.

Haraldsson was nijdig op zichzelf omdat hij het materiaal dat beschikbaar was over Johansson niet mee naar huis had genomen. Hij vervloekte ook het feit dat hij gedronken had, anders had hij naar het bureau kunnen rijden om het te halen. Een taxi heen en terug nemen leek hem niet alleen duur en onhandig, maar hij wilde zijn collega's ook onder geen beding onder ogen komen als hij niet nuchter was. Hij moest het morgen maar allemaal ophalen. Als zijn plan rond was.

Haraldsson wist dat de Nationale Recherche met Johanssons vroegere vriendin had gepraat. Hij moest weten wat zij had gezegd. Haar bellen of opzoeken en zelf verhoren was geen optie. Als hij dat deed en Hanser kwam er op de een of andere manier achter, was hij helemaal in de aap gelogeerd. Hanser had duidelijk gemaakt, om niet te zeggen overduidelijk, dat als Haraldsson zich ook nog maar één minuut met de zaak-Roger Eriksson bemoeide, ze hem zou aanhouden wegens hinderen van het onderzoek. Een grap, natuurlijk. Of liever: een waarschuwing. Een manier om haar macht te laten gelden en Haraldsson op zijn plaats te zetten nu hij eens een foutje had gemaakt. Dan sloeg ze meteen toe. Verdomde Hanser...

Haraldsson ademde eens goed door.

Concentratie.

Hij moest zijn tijd en energie niet besteden aan schelden op Hanser. Hij moest een plan bedenken. Een plan dat haar op haar plaats zou zetten. Dat zou laten zien wie van hen de beste rechercheur was. Contact opnemen met Axel Johanssons vroegere vriendin was uitgesloten, maar de Nationale Recherche had met haar gepraat, en Haraldsson mocht dan geen toegang meer hebben tot alles wat met het onderzoek te maken had, anderen hadden dat wel.

Haraldsson pakte zijn mobieltje, zocht een nummer bij de contacten en drukte op 'Bellen'. Het was bijna middernacht, maar er werd al na twee belsignalen opgenomen.

Radjan Micic.

Dat was een van de voordelen als je ergens al lang werkte: dan maakte je vrienden. Vrienden die je soms een kleine dienst bewees en die jou daarom een handje hielpen als je dat op jouw beurt nodig had.

Niet raar.

Niet onwettig of zo.

Hooguit een helpende hand om iets voor elkaar te krijgen. Een rapport voor iemand schrijven als die zijn kinderen van het kinderdagverblijf moest halen. Op vrijdagmiddag met de auto even langs de staatsslijterij rijden. Dekken, helpen. Kleine diensten die het leven voor alle betrokkenen gemakkelijker maakten. Diensten die maakten dat je zo nodig een wederdienst kon vragen.

Toen Hanser de taak om Axel Johansson te lokaliseren overnam, droeg ze die over aan Radjan. Hij had dus toegang tot al het materiaal dat betrekking had op de verdwenen conciërge. Het gesprek duurde amper twee minuten. Radjan was al net zo lang bij de politie van Västerås als Haraldsson. Hij begreep het precies en zou natuurlijk helpen en even een printje maken van het verhoor met de ex. Het zou op Haraldssons bureau liggen als hij morgen op kantoor kwam. Radjan was echt een fijne collega.

Toen Haraldsson de telefoon met een tevreden lachje naast zich op de bank legde, ontdekte hij dat Jenny slaapdronken in de deuropening stond.

'Met wie was je aan het praten?'

'Met Radjan.'

'Zo laat nog?'

'Ja.'

Jenny kwam naast hem op de bank zitten en trok haar benen onder zich op.

'Wat ben je aan het doen?'

'Tv-kijken.'

'Waar kijk je naar?'

'Nergens naar.'

Jenny legde haar ene hand op de armleuning en de andere op zijn hoofd. Ze begon hem over zijn haar te strelen, terwijl ze met haar hoofd tegen zijn schouder leunde.

'Er is iets gebeurd. Vertel.'

Haraldsson deed zijn ogen dicht. Het draaide een beetje. Hij wilde wel vertellen. Hij wilde vertellen over zijn werk. Over Hanser. Echt. Niet alleen maar zeuren en bespotten. Hij wilde vertellen hoe bang hij was. Bang dat het leven hem uit zijn handen gleed. Dat hij geen beeld van zichzelf over tien jaar had. Wat hij dan deed, wie hij dan was. Dat de toekomst hem beangstigde. Hij wilde vertellen dat hij bang was dat ze nooit kinderen zouden krijgen. Zou hun relatie daartegen bestand zijn? Zou Jenny hem verlaten? Hij wilde zeggen dat hij van haar hield. Dat deed hij veel te zelden. Er was zoveel dat hij wilde vertellen, maar hij wist niet goed hoe. Dus schudde hij alleen maar zijn hoofd en leunde met gesloten ogen tegen haar masserende hand.

'Kom nu maar naar bed.' Jenny boog naar hem toe en gaf hem een kusje op zijn wang. Haraldsson voelde zich moe. Moe en dronken.

Ze gingen naar bed.

Ze lagen dicht bij elkaar. Jenny omarmde hem. Stevig. Hij voelde haar rustige ademhaling tegen zijn hals. Intimiteit. Dat was lang geleden. Seks hadden ze elke dag, maar intimiteit… Terwijl de slaap hem ongemerkt overmande, voelde hij hoezeer hij dat had gemist.

Wie schuldig is, vlucht.

Een laatste heldere gedachte.

Schuldigen vluchten.

Daar zat een conclusie in. Een patroon. Het was er, maar zijn benevelde brein kreeg het niet mee. Thomas Haraldsson viel in slaap en sliep diep en droomloos.

Vlak na middernacht lukte het Torkel eindelijk zich aan de pers-conferentie te onttrekken. Hij had geen antwoord gegeven op specifieke vragen over een eventueel verband tussen de moorden en hij had de vraag of ze een personeelslid van het Palmlöv Colle-ge wegens de moorden hadden aangehouden volledig genegeerd, maar hoopte dat hij toch de indruk had gewekt dat het onder-zoek nog steeds vorderde en dat het slechts een kwestie van tijd was voordat de hele zaak was opgelost.

Nu wandelde hij snel naar het hotel. Hij hoopte dat de keuken nog niet dicht was. Hij had vreselijke honger. Hij wilde nog een laat hapje eten in het kleine restaurant daar. Toen hij er eenmaal was, begreep hij dat hij niet de enige was die een slechte dag had gehad. In de bar zat Mikael, met een drankje voor zich. Niet best. Torkel wilde net ongemerkt proberen weg te sluipen toen Mikael hem in het oog kreeg.

'Torkel!'

Torkel bleef staan en stak stijfjes een hand op.

'Hallo, Mikael.'

'Kom je ook wat drinken?'

'Nee, dank je. Ik heb nog wat werk te doen.'

Torkel probeerde hem glimlachend af te schepen en zo on-geïnteresseerd mogelijk te doen zonder onbeleefd te lijken. Het werkte niet. Mikael stond op van de barkruk en liep zo snel mo-gelijk naar Torkel toe. Verdorie, hij is dronken, kon Torkel nog net denken voordat Mikael bij hem was. Hij kwam veel te dicht bij hem staan. Torkel kon zijn adem ruiken. Whisky en een zoeter drankje. Hij stond niet alleen te dichtbij, maar hij praatte ook te hard.

'Verdomme, Torkel, ik ben in de fout gegaan. Klote.'

'Ik zie het.'

'Kun jij niet even met haar praten?'

'Ik denk niet dat dat zin heeft. Dit is iets tussen jullie tweeën.'

'Maar ze mag je graag. Ze luistert naar je.'

'Mikael, ik denk dat je naar bed moet gaan.'

'We kunnen toch wel een drankje nemen? Eentje?'

Torkel schudde vastberaden zijn hoofd en probeerde koortsachtig te bedenken hoe hij dit moest aanpakken. Hij had geen zin om met Mikael bevriend te raken. Hij voelde zich zo al slecht genoeg, en alleen al het idee om de man beter te leren kennen was zonder meer angstaanjagend. Hij begreep opeens het belang van Ursula's regels.

Altijd op het werk.

Nooit als ze thuis waren.

Dit hier was nog erger dan thuis. Maar zíj had met de regels gebroken. Zíj had haar man hierheen gehaald, en nu stond hij tegen hem aan geleund en had iemand nodig. Iemand om zijn gevoelens mee te delen.

'Verdomme, wat ben ik nou toch de fout in gegaan. Ik hou van haar, begrijp je? Maar ze is gecompliceerd. Begrijp je? Jij werkt met haar. Dan weet je het toch wel?'

Torkel besloot in actie te komen. Hij zou hem naar boven brengen, naar Ursula's kamer, en hem daar laten. Dat was het enige juiste om te doen. Hij pakte Mikael onder de arm en trok hem vriendelijk maar vastberaden mee de bar uit.

'Kom, ik help je naar boven.'

Mikael ging braaf mee. De lift stond al beneden, dus ze konden in elk geval snel langs de receptie en de blikken van het meisje dat daar werkte. Torkel drukte op knop voor de vierde verdieping. Gaat hij zich afvragen hoe ik Ursula's kamernummer ken, dacht hij, maar hij besloot algauw zich daar geen zorgen over te maken.

Ze waren immers collega's. Natuurlijk kende je dan elkaars kamernummer. Mikael keek hem aan.

'Je bent goed. Ursula vertelt veel goeds over je.'

'Dat is leuk om te horen.'

'Het was zo verrekte raar dat ze belde. Je weet: als Ursula aan het werk is, dan is ze aan het werk. Ze heeft regels. Als je werkt, dan werk je. Dan hoor je niks van haar. Zo is het altijd al geweest. Dat vond ik altijd best.'

Mikael haalde diep adem. Torkel zweeg.

'Maar toen belde ze gisteren en wilde dat ik hierheen kwam. Zo snel ik maar kon. Begrijp je?'

Dit begon een van de langdurigste liftreizen te worden die Torkel ooit had meegemaakt. De tweede verdieping pas. Misschien was het beter geweest Mikael in de bar te laten zitten en gewoon weg te gaan.

'We hebben een vreselijk moeilijke tijd gehad, weet je. Dus ik heb het idee dat ze wil zeggen: joh, het is afgelopen. Weet je wel, dat ze een besluit heeft genomen. Waarom vraagt ze me verdomme anders hier te komen? Dat is nog nooit gebeurd.'

'Mikael, ik weet het niet. Het is beter als je daar met Ursula over praat.'

'Want zo is ze, hè? *Pang*, dan heeft ze een besluit genomen. Dat moet dan meteen worden uitgevoerd. Dus wat moet ik er anders van denken?'

'Ik kan me niet voorstellen dat ze van je wil scheiden.'

Ze waren eindelijk bij de vierde verdieping gekomen. Torkel deed gauw de glazen deur open en stapte uit de lift. Mikael bleef erin staan.

'Misschien niet, maar dat idee kreeg ik. Want ze zei niets, hè? At samen met me en liet me op de kamer achter. Ik vroeg waarom ze me hier wilde hebben, maar ze zegt alleen maar dat ze me wilde zien. Maar dat klopt toch niet?'

'Kom!' Torkel gebaarde naar Mikael, die met enige moeite uit de lift kwam. Samen liepen ze door de gang.

'Dus ik heb een flesje uit de minibar gepakt. Ik was nerveus. Ik was er absoluut zeker van dat ze bij me weg zou gaan.'

Torkel antwoordde niet. Wat moest hij zeggen? Mikaels plaat bleef hangen. Bij de deur klopte Torkel aan.

'Ik denk niet dat ze er is. Ze is weggegaan. Ze ziet me niet graag zo. Maar ik heb de sleutel.'

Mikael zocht in zijn zakken, haalde na wat een eeuwigheid leek de witte sleutelkaart tevoorschijn en gaf die aan Torkel. Hij had tranen in zijn ogen, zag Torkel toen hij Mikael een fractie van een seconde aankeek.

'Waarom vraagt ze me verdomme anders hier te komen?'

'Ik weet het niet. Ik heb echt geen idee,' loog Torkel. Hij kreeg de deur open. De kamer rook naar drank en Ursula, een combinatie die Torkel nog nooit had geroken. Ze liepen naar binnen en Mikael ging in een van de beide stoelen in een hoek van de kamer zitten. Hij zag er berouwvol uit.

'Verdomme, wat ben ik de fout in gegaan.'

Torkel keek naar het wrak in de stoel en had met hem te doen.

Het was niet Mikaels schuld. Het was de schuld van Ursula en Torkel. Torkel wilde weggaan, maar kon er niet toe komen. Even speelde hij met de gedachte het te vertellen.

Alles.

Uitleggen wat de reden was dat Mikael dronken in een hoek van een hotelkamer in Västerås zat.

Dat dat Torkels schuld was.

Dat híj degene was die gestraft moest worden.

Niet Mikael.

Toen stond Ursula opeens in de deuropening. Ze zei niets. Ze dacht waarschijnlijk net als Torkel dat ze van alles wilde en ook hoorde te zeggen en te doen, maar dat er op dit moment niets geschikt was. De stilte was de enige melodie die ze kon spelen.

Torkel knikte haar kort toe en ging weg.

Niet wetend dat Torkel het gebouw minder dan een uur geleden had verlaten, zat Billy met zijn benen op het bureau in het kamertje waarin hij zo ongeveer woonde sinds hij de films van de bewakingscamera's bekeek. Hij at een reep chocola om wat suiker in zijn bloed te krijgen, bekaf van de lange dag. Hij deed zijn ogen even dicht en zat alleen maar naar de geluiden van het lege, donkere kantoor te luisteren. Behalve het zachte gefluit van de ventilatoren, was alleen te horen hoe de software van Stellar Phoenix Windows Data Recovery met de harde schijf van Ragnar Groth vocht. Het programma zocht naar verwijderde bestanden en het nijdige gebrom van de harddisk wees erop dat die nog steeds aan het werk was.

Billy wist dat er ergens iets was. Dat was altijd zo. De vraag was of ze op de juiste plek zochten. Computers verborgen doorgaans meer dan mensen dachten en daarom ging hij door met zoeken. De meeste mensen hadden geen idee van de hoeveelheid informatie die nog op een harde schijf stond, ook nadat ze de bestanden hadden gewist. Het bestandssysteem dat regelde waar op de harde schijf de informatie werd opgeslagen, haalde niet het bestand zelf weg als je op 'Delete' drukte, maar alleen de verwijzing ernaar. Dat betekende dat de informatie nog ergens op de harde schijf stond. Ten aanzien van Groths computer begon Billy echter een beetje sceptisch te worden. Hij had hem al tweemaal doorzocht, zij het met minder effectieve software, maar had niets van belang gevonden. Niets, maar dan ook niets wees erop dat Ragnar gebruik had gemaakt van de krachtige logaritmen die de harde schijf permanent wisten, integendeel zelfs. Billy had een groot aantal verwijderde mailtjes en documenten gelokaliseerd. Helaas waren die allemaal volkomen oninteressant gebleken voor het onderzoek.

Billy stond op. De harde schijf zou over vijfentwintig minuten helemaal gecontroleerd zijn. Die tijd was te kort om aan iets anders te beginnen en te lang om te blijven zitten. Hij liep een rondje door de kamer om zijn bloedsomloop weer op gang te krijgen, en even speelde hij met de gedachte om naar beneden te gaan en nog een reep te trekken uit de machine op de begane grond. Hij besloot er niet aan toe te geven; zijn suikerconsumptie was toch al te hoog en hij wist dat de verleiding om er nog meer te kopen binnen een paar uur nog groter zou worden als hij er nu nog een nam. Zijn oog viel op een van de andere monitoren die op tafel stonden. Die liet een stilstaand beeld zien uit de laatste sequentie waarop Roger nog leefde. De jongen stond er enigszins afgewend op, op weg naar het motel. Dat hadden ze vanmorgen tenminste aangenomen. Nu leek dat minder zeker.

Billy pakte het toetsenbord en begon langzaam beeld voor beeld op te roepen. Een voor een. Hij zag de laatste stappen van de jongen per beeld afzonderlijk. Het laatste wat verdween, was zijn rechterbeen, met tennisschoen. Het beeld was nu leeg, afgezien van de achterkant van de auto waar Roger achter verdween: daarvan was in de ene hoek nog net een stukje te zien.

Billy kreeg een idee. Hij was er steeds van uitgegaan dat Roger was doorgelopen en had daarom een andere camera gezocht waarop hij weer zou opduiken. Maar het kon natuurlijk zijn dat Roger iemand had ontmoet, ergens een afspraak had gehad en na een poosje was omgedraaid en teruggelopen. Het was niet erg waarschijnlijk, maar toch wel een poging waard – in elk geval nuttiger dan meer chocola eten. Billy ging ervoor zitten en begon. Hij spoelde door tot het laatste frame van Roger en ging van daaraf door. Hij verviervoudigde de afspeelsnelheid om het sneller te laten gaan. Billy staarde naar het lege stukje straat. De tijdklok liep door: één minuut, twee, drie. Billy verhoogde de afspeelsnelheid tot achtmaal om nog meer tijd te winnen. Na dertien minuten beeldtijd zag hij dat de auto waar Roger achterlangs gelopen was, wegreed en de straat leeg achterliet. Billy spoelde door, nu op zestienmaal de snelheid. Algauw werden twee gestalten zichtbaar, die zestienmaal sneller door het beeld liepen dan normaal. Dat zag er een beetje komisch uit. Billy zette het beeld stil en spoelde terug totdat hij de gestalten weer zag. Het was een ouder echtpaar met hond, dat in tegenovergestelde richting van Roger liep. Niets duidde erop dat ze iets anders deden dan hun hond uitlaten. Billy schreef de tijd echter op en nam zich voor Hanser opdracht te geven het stel te zoeken. Het zou kunnen dat ze iets hadden gezien. Billy spoelde de band door. De minuten verstreken, maar er gebeurde niets. Roger kwam niet terug.

Billy leunde achterover, maar plotseling viel hem iets in. Die auto? Die ongeveer dertien minuten nadat Roger voorbijgelopen was, was weggereden – wanneer was die gekomen? Billy klikte twee keer en kwam terug bij het tijdstip waarop Roger in beeld te zien was. Ze waren er de hele tijd van uitgegaan dat de auto langs de weg geparkeerd had gestaan als een dood object. Maar iemand was dertien minuten later met diezelfde auto weggereden. Billy begon terug te spoelen en zag dat de auto slechts zes minuten voordat Roger in beeld kwam achteruit inparkeerde. Al Billy's eventuele vermoeidheid werd verjaagd door het besef dat de auto in die korte periode van negentien minuten in Rogers directe nabijheid geparkeerd had gestaan. Billy voelde zich plotseling een idioot; hij had de kardinale fout begaan het bewijsmateriaal dat hij onder ogen had beperkt te interpreteren. Gefocust op het zoeken naar een bepaald stramien zonder de deur open te houden voor andere mogelijkheden. Tot nu toe was Roger van de ene camera naar de andere gelopen. En naar de volgende, en naar de volgende. Daar was Billy naar blijven zoeken: dat Roger doorliep. Naar de volgende camera.

Nu Billy de deur opende voor andere mogelijkheden, besefte hij dat er andere, zeer waarschijnlijke scenario's waren. De auto had misschien niet leeg geparkeerd gestaan. Het was mogelijk dat degene die de auto zes minuten voordat Roger voorbij was gekomen, had geparkeerd, en er al die tijd in was blijven zitten. Billy zag alleen een stukje van de linkerachterkant en kon onmogelijk uitmaken of er iemand in- of uitstapte, maar hij klikte toch terug naar het beeld van Roger en startte de film weer. Hij probeerde zichzelf wijs te maken dat hij hem voor het eerst zag.

Onbevooroordeeld.

Roger kwam van rechts in beeld, liep een paar passen rechtdoor en stak vervolgens over. Billy zette het beeld stil en ging beeldje voor beeldje achteruit. Daar! Plotseling draaide Roger zijn hoofd iets naar links, alsof iets zijn aandacht had getrokken. Daarna stak hij de straat over. Billy startte de film opnieuw. Nu de tunnelvisie was verdwenen, kon zijn interpretatie evengoed zijn dat Roger achter de auto langs naar de portieren aan de passagierskant was gelopen.

Billy haalde diep adem: Niet nog meer overhaaste conclusies. Netjes controleren. Concentreren op het beeld. Op de auto. Het leek een Volvo. Donkerblauw of zwart. Geen stationcar, maar een sedan. Niet het nieuwe model, maar een model uit de jaren 2002-2006, dat moest hij nog beter uitzoeken. Maar beslist een vierdeurs Volvo sedan. Billy begon de auto frame voor frame te bekijken. Alleen de auto, verder niets. Zevenenvijftig seconden en zes frames nadat Roger uit beeld verdwenen was, ontdekte Billy iets wat hij nog niet eerder had gezien: een kort, licht schudden van de auto, alsof iemand een portier dichtsloeg. Het was niet duidelijk en misschien vergiste hij zich. Maar dat kon hij snel controleren.

Billy downloadde de sequentie in een eenvoudig beeldprogramma met bewegingsstabilisator. Hij kon ervan uitgaan dat de vaste bewakingscamera niet bewoog, dus alle eventuele beweging moest door het object op het beeld veroorzaakt worden. Billy markeerde snel een paar bewegingspunten op het plaatwerk boven de wielkast. Bij 00:57:06 bewogen de punten ongetwijfeld een paar millimeter, waarna ze zich weer stabiliseerden in hun uitgangspositie. Iemand deed een portier open, stapte in en sloot het met een klap. Dat de punten zich iets lager stabiliseerden, wees erop dat de auto plotseling zwaarder was geworden. Er stapte iemand in. Waarschijnlijk Roger.

Billy keek op zijn horloge. Bijna halfeen. Het was nooit te laat om Torkel te bellen. Die zou eerder verontwaardigd zijn als hij níét belde. Hij pakte de telefoon en koos een snelkiesnummer. Terwijl hij wachtte tot er opgenomen werd, keek hij naar het beeld op het scherm. De nieuwe loop der gebeurtenissen verklaarde heel wat.

Roger verscheen niet op andere camerabeelden, omdat hij niet meer liep.

Hij bevond zich in een donkere Volvo.

Waarschijnlijk op weg naar zijn dood.

Lena Eriksson zat in de stoel waarin Billy ruim zeven uur eerder had gezeten en keek verbaasd om zich heen. Het was druk in het kleine kamertje. De meeste mensen had ze al eerder gezien, maar niet de jongeman die achter het toetsenbord voor de twee grote, gedoofde computerschermen zat.

Zoveel politie kon maar één ding betekenen: er was iets gebeurd.

Iets belangrijks.

Dat gevoel had ze al meteen gekregen toen ze bij haar huis aanbelden, en het was daarna alleen maar sterker geworden. Het was kwart voor zeven toen ze na veel en lang bellen eindelijk uit bed was gekomen en vermoeid had opengedaan. De jonge vrouwelijke rechercheur die een paar dagen eerder bij haar was geweest, stelde zich weer voor en praatte snel en opgewonden.

Ze hadden haar hulp nodig.

Alles bij elkaar – het vroege tijdstip, de afgemeten, serieuze toon van de rechercheur, de haast waarmee ze Lena meenamen – wiste meteen de dagen van slechte slaap en angst uit. Lena voelde hoe haar hele lichaam zich vulde met onrustige energie.

Ze reden zonder iets te zeggen door de grijze, nevelige ochtend. Ze parkeerden onder het politiebureau in een garage waarvan Lena niet eens wist dat die er was. Een paar betonnen trappen op en een grote, stalen deur door. De politievrouw liep snel door een paar lange gangen. Onderweg kwamen ze geüniformeerde agenten tegen die aan hun dienst leken te beginnen. Ze lachten ergens om en hun vrolijkheid leek misplaatst. Alles ging zo snel dat Lena het moeilijk had al die indrukken tot één beeld samen te voegen. Het werd steeds meer een serie totaal verschillende beelden: het gelach, de gangen die alle kanten op liepen en de politiemensen die maar voorbij bleven lopen. Een laatste bocht om, en toen leken ze er te zijn. Er stonden daar een paar mensen op haar te wachten. Ze begroetten haar, maar Lena verstond niet goed wat ze zeiden; ze dacht er vooral aan dat ze nooit de weg terug zou kunnen vinden. Degene die de baas leek te zijn, met wie ze – het leek wel een eeuw geleden – over Leo Lundin had gepraat, pakte haar vriendelijk bij de schouder.

'Dank u wel dat u bent gekomen. We willen u iets laten zien.'

Ze deden de deur naar het kleine kamertje open en namen haar mee naar binnen. Zo voelt het als je aangehouden wordt, dacht ze.

Ze begroeten je en brengen je hier naar binnen.

Ze begroeten je en dan ontmaskeren ze je.

Ze haalde diep adem. Een van de rechercheurs bood haar een stoel aan en de jongste, een behoorlijk lange vent, begon met het toetsenbord te prutsen dat voor Lena op tafel stond.

'Het is belangrijk dat alles wat we vertellen binnen deze vier muren blijft.'

Dat was de oudste weer. De baas. Torsten – heette hij niet zo? Lena knikte in elk geval. De baas vervolgde: 'We denken nu dat Roger door een auto is opgepikt. We zouden graag willen weten of u die herkent.'

'Hebben jullie daar beelden van?' Lena verbleekte.

'Niet zoveel, helaas. Of liever gezegd: heel weinig. Bent u er klaar voor?'

Toen zweeg de oudere man en hij knikte naar de jongere man bij de computer. Die drukte op de spatiebalk op het toetsenbord en plotseling vulde het scherm zich met een beeld van een lege asfaltstraat.

Een stukje gras aan de kant van de weg, een vrij klein huis en in de ene hoek de reflectie van wat waarschijnlijk het schijnsel van een straatlantaarn was.

'Waar moet ik naar kijken?' vroeg Lena enigszins verbaasd.

'Daar.' De jongeman wees naar de hoek links onder aan het beeld. Het achterwiel van een auto. Een donkere auto. Hoe moest ze die in vredesnaam herkennen?

'Het is een Volvo,' vervolgde de jongeman. 'Model 2002-2004. Een S60.'

'Dat zegt me niets.'

Lena staarde naar het beeld en zag de knipperlichten van de auto aangaan, vlak voordat hij wegreed en verdween.

'Was dat alles?'

'Helaas wel. Wilt u het nog een keer zien?'

Lena knikte. De jonge politieman drukte snel op een paar toetsen en het beeld sprong terug naar het begin. Lena staarde naar het beeld en probeerde er koortsachtig iets in te vinden. Het was echter alleen maar een stukje van een stilstaande auto. Een klein stukje. Ze wachtte gespannen tot er iets zou gebeuren, maar het bleef hetzelfde stukje straat, dezelfde auto. Het beeld stopte met bewegen en Lena begreep uit hun vragende blikken dat het nu haar beurt was om iets te zeggen. Ze keek hen aan.

'Ik herken hem niet.'

Ze knikten. Dat hadden ze al verwacht.

'Kent u iemand die een donkere Volvo heeft?'

'Misschien wel. Het is een gewone auto, neem ik aan, maar ik weet niet... Niet dat ik kan bedenken.'

'Hebt u ooit gezien dat iemand Roger in zo'n auto naar huis bracht?'

'Nee.'

Het werd stil. Lena voelde hoe de spanning en de verwachting bij de politiemensen wegebden en plaatsmaakten voor teleurstelling. Ze wendde zich tot Vanja.

'Waar komen die beelden vandaan?'

'Van een bewakingscamera.'

'Maar waar zat die?'

'Dat kunnen we helaas niet zeggen.' Lena knikte. Ze vertrouwden er niet op dat ze haar mond zou houden. Daarom zou ze het niet vertellen. Ze kreeg de bevestiging dat dat de reden was toen de baas het woord weer nam.

'Het zou het onderzoek bemoeilijken als hier iets van uitkwam. Ik hoop dat u dat begrijpt.'

'Ik zal niets zeggen.'

Lena keerde zich naar het scherm en naar het bevroren beeld van de lege straat.

'Staat Roger ook op die film?'

Billy keek naar Torkel, die zwak knikte.

'Ja.'

'Mag ik hem zien?'

Billy keek opnieuw naar Torkel en kreeg weer een knikje als antwoord. Hij boog zich over het toetsenbord, spoelde het fragment wat verder terug en drukte op 'Play'. Na een paar seconden kwam Roger vanaf rechts in beeld. Lena boog naar het scherm toe. Ze durfde niet eens met haar ogen te knipperen, bang dat ze iets zou missen.

Hij leefde.

Hij liep daar.

Snel, lichtvoetig. Hij was goed getraind. Hij verzorgde zijn lichaam goed. Was er trots op. Nu lag het stukgesneden en koud achter een roestvrijstalen deur in het lijkenhuis. Haar ogen vulden zich met tranen, maar ze knipperde niet.

Hij leefde.

Hij draaide zijn hoofd snel naar links, stak de straat over en verdween achter de auto.

Weg uit beeld.

Weg van haar.

Weg.

Het ging heel snel.

Lena vocht tegen de impuls om het scherm aan te raken. Alles en iedereen in de kamer was stil. De jonge politieman kwam voorzichtig naar haar toe.

'Wilt u het nog een keer zien?'

Lena schudde haar hoofd en slikte. Ze hoopte dat haar stem het zou houden.

'Nee, dank u, het is goed zo...'

De baas kwam naar haar toe en legde zijn hand lichtjes op haar schouder.

'Dank u wel dat u bent gekomen. We zorgen dat iemand u naar huis brengt.'

Met die woorden was de bijeenkomst afgelopen en ze vond zichzelf weer terug terwijl ze achter Vanja aan liep. Het ging nu niet zo snel. Voor de politie niet, tenminste. Voor Lena was het anders. Haar onrust was verdwenen. Vervangen door de woede van het weten. De energie van de bevestiging.

Een S60.

Model 2002-2004.

Ze wist precies wie er zo een had.

Ze kwamen bij een geüniformeerde politieman die aan een bureau zat te werken. Vanja zei iets tegen hem en de politieman pakte zijn jas. Lena schudde haar hoofd. Ze kon wel raden wat de vrouw had gezegd.

'Dat hoeft niet. Vertel me alleen maar hoe ik eruit kom. Ik heb nog een paar dingen te doen in de stad.'

'Weet u het zeker? Het is geen probleem voor ons.'

'Heel zeker. Maar bedankt.'

Ze schudde Vanja de hand. De politieman hing zijn buitenjas weer terug en bracht haar door de gang naar de uitgang.

Een paar dingen te doen in de stad.

Dat was nog zacht uitgedrukt.

Eén ding in elk geval.

Vanja ging terug naar de anderen in de vergaderkamer. Van buitenaf zag ze al dat Torkel er ongewoon gefrustreerd uitzag. Hij liep met gebalde vuisten rond in de kamer. Als ze niet nog altijd in zo'n slecht humeur was geweest, had ze het vast komisch gevonden, zoals hij rondjes liep om de tafel waaraan Sebastian en Billy nog zaten. Vanja deed de deur open. Sebastian hield zijn mond toen ze binnenkwam. Ze weigerde hem aan te kijken.

Haar woede sloeg nergens op. Valdemar had te veel gekletst.

Hij had hun avond verpest. Sebastian uitgenodigd en hem over-wicht over haar gegeven. Hem belangrijker gemaakt en hem veel meer betekenis toegeschreven dan hij in werkelijkheid had gehad. Allemaal Valdemars schuld. Maar Sebastian was van plan maxi-maal te profiteren van zijn nieuw verworven kennis, dat voelde ze.

Nee, dat wist ze.

En ze haatte het.

Ze ging met haar armen over elkaar naast de deur staan. Torkel keek naar haar. Ze zag er moe uit. Verdomme, ze waren allemaal moe. Kapot. Chagrijnig. Meer dan anders. Misschien kon je niet alles toeschrijven aan het Sebastian-effect. Het zat ongewoon te-gen bij dit onderzoek.

Torkel knikte naar Sebastian dat hij door moest gaan.

'Ik zei net dat hij, als hij achteruit parkeerde omdat hij wist dat daar een camera hing, niet alleen uitermate goed doordacht en vooruitziend te werk is gegaan. Dan speelt hij verdomme met ons. Zelfs al vinden we de juiste auto, dan nog moeten we er rekening mee houden dat die ons niets oplevert.'

Vanja knikte onwillekeurig. Het klonk aannemelijk.

'Dat is niet zeker,' reageerde Billy. 'Dat hij van die camera wist, bedoel ik. Die is maar op één kant van de straat gericht en het is een doodlopende straat. Hij kan deze draai hebben gemaakt...' Hij stond op, liep naar de plattegrond aan de muur en zette de punt van zijn pen erop om het mogelijke scenario te laten zien, en maakte intussen zijn zin af: '... en achteruit zijn gereden, zodat hij de auto niet hoefde te keren.'

Torkel staakte zijn geijsbeer en keek naar Billy en de kaart.

'Dus als hij niet wist dat daar een camera hing... Als hij twee meter verder achteruitgereden was, hadden we gezien wie het was.'

'Ja.'

Torkel zag eruit alsof hij zijn oren niet geloofde. Twee meter! Waren ze twee meter verwijderd van de oplossing van deze ellen-dige moord?

'Waarom krijgen we godverdomme geen schot in die zaak?'

Billy haalde zijn schouders op. Hij was al gewend geraakt aan Torkels slechte humeur de laatste tijd. Als het iets was wat hijzelf had gedaan of niet gedaan, had hij zich waarschijnlijk anders gedragen, maar dit ging niet over hem. Daar was hij van overtuigd. Het was waarschijnlijker dat het iets met Ursula te maken had. Ursula, die net de deur opendeed, met een kop koffie en een zak van een kiosk in haar handen.

'Sorry dat ik te laat ben.' Ursula zette de spullen op tafel en pakte een stoel.

'Hoe is het met Mikael?'

Verbeeldde Billy het zich maar, of was Torkels stem echt iets zachter? Meelevend?

'Hij is naar huis gegaan.'

Billy keek Ursula oprecht verbaasd aan. Niet dat het hem iets aanging, maar toch.

'Hij is toch pas gisteravond gekomen?'

'Ja.'

'Dus het was een bliksembezoek?'

'Ja.'

Torkel hoorde aan Ursula's toon dat dit het laatste was wat hij over Mikaels bezoek te horen zou krijgen, tenzij Ursula er later zelf over zou beginnen, maar dat was niet waarschijnlijk. Hij zag dat ze een broodje kaas en een drinkyoghurt uit de plastic zak haalde, terwijl ze de kamer rondkeek.

'Wat heb ik gemist?'

'Ik praat je straks bij. We gaan door.'

Torkel gaf Billy een wenk. Die ging terug naar zijn plek en zijn papieren.

'Hier word je niet vrolijker van. Ik ben het nagegaan in het register van het wegverkeer. Er zijn in Västerås tweehonderdzestien zwarte, donkerblauwe en donkergroene Volvo's S60 van het model 2002 tot 2004. Als we de omliggende gemeenten Enköping, Sala, Eskilstuna en nog een paar meerekenen, komen we zelfs op een kleine vijfhonderd.'

Torkel wist niet wat hij hierop moest zeggen. Hij balde alleen zijn vuisten nog wat krachtiger. Sebastian keek Billy aan.

'Hoeveel hebben er een relatie met het Palmlöv? Als we een kruisverwijzing maken van dat register en ouders en personeel?'

Billy keek Sebastian aan.

'Dat kunnen we niet. Dat moet dan handmatig. Dat gaat wat tijd kosten.'

'Dan moeten we daarmee beginnen, vind ik. Alles wat we tot nu toe hebben gevonden, leidde naar die verdomde school.' Billy vond Sebastians voorstel goed klinken, maar je hoefde geen docent gedragswetenschappen te zijn om te begrijpen dat de irritatie die er in de groep heerste te herleiden was tot Sebastians deelname aan hun werk. Billy wilde niets over het voorstel zeggen voordat Torkel dat had gedaan. Maar ook Torkel knikte.

'Dat is een goed idee. Maar ik wil dat we daarnaast ook alle films van alle camera's bekijken. Ik wil dat we die rotauto vinden!' Billy zuchtte hoorbaar toen hij dit hoorde.

'Dat kan ik niet alléén.'

'Geen probleem. Ik zal met Hanser praten. Sebastian helpt je zolang. Hij kan best wat echt politiewerk doen.'

Even wilde Sebastian tegen Torkel zeggen dat hij naar de hel kon lopen. Registers vergelijken en bewakingsfilms doorspoelen was wel het laatste wat hij wilde, maar net toen hij die onbuigzame woorden wilde uitspreken, hield hij zich in. Hij had het hier zo lang volgehouden, hij was niet van plan zich er nu uit te laten gooien. Niet voordat dit was opgelost. Niet voordat hij zijn adres had gekregen. Het zou dom zijn om de enige die hem bij zijn zoektocht naar Anna Eriksson kon helpen tegen zich in het harnas te jagen. De eigenlijke reden dat hij daar was. Sebastian glimlachte dus verrassend breed naar Billy.

'Natuurlijk, Billy. Zeg maar wat ik moet doen, dan doe ik dat.'

'Ben je goed met computers?'

Sebastian schudde zijn hoofd. Torkel draaide nog een geïrriteerd rondje. Hij had geprobeerd een ruzie met zijn oude vriend te beginnen. Enerzijds om een beetje algemene irritatie te ventileren en anderzijds om Ursula te laten zien dat hij niet alles voor niets kreeg. Zelfs dat was hem niet gegund. Sebastian stond op en sloeg Billy op de schouder.

'Dan gaan we aan de slag.'

Torkel liep weg. Hij was boos.

Lena was er niet rechtstreeks naartoe gelopen. De besluitvaardigheid die ze op het politiebureau had gevoeld, was in de frisse lucht geleidelijk afgenomen. Stel je voor dat ze zich vergiste! Stel je voor dat het niet die auto was! Maar nog erger: stel je voor dat ze gelijk had! Wat moest ze dan doen?

Ze maakte nog een ommetje door het nieuwe overdekte winkelcentrum dat vorig najaar was geopend. Er was jaren aan gebouwd en de Västeråsers waren al gaan geloven dat het nooit klaar zou komen. Lena liep doelloos over de glimmende vloertegels en keek naar de grote, verlichte etalages. Het was nog altijd vroeg; de winkels waren nog niet open en ze was vrijwel alleen in de nieuwe trots van Västerås. Ze begonnen de zomermode van dit jaar te etaleren – dat stond in elk geval heel overtuigend op de reclames – maar Lena zag het verschil niet met de mode van vorig jaar. En alles wat er uitgestald hing, zou haar sowieso niet zo staan als die graatmagere etalagepoppen.

Bovendien had ze wel iets anders aan haar hoofd dan zulke trivialiteiten als shoppen. Het stemmetje was terug. Het stemmetje dat ze de afgelopen dagen min of meer met succes had weten te onderdrukken.

Misschien was het daarom nu sterker dan ooit.

Jij was het!

Nu weet je het!

Het was jouw schuld!

Ze moest wel uitzoeken of de stem gelijk had, dat wist ze. Maar het was zo pijnlijk, zo'n vreselijke kwelling om die mogelijkheid zelfs maar onder ogen te zien. Vooral nu het ernaar uitzag dat het niet langer te ontkennen viel. Daar had de zwarte auto op de film wel voor gezorgd.

Midden in het winkelcentrum stond een jong meisje in een café een buitenproportionele vitrine te vullen met versgebakken zoete broodjes en koekjes. Het rook er zoet, naar suiker, vanille en kaneel. Een herinnering aan een ander leven, zonder kwellende gedachten, en Lena had wel, al was het maar voor even, naar dat leven terug willen keren. Ze haalde het meisje over haar een broodje te verkopen, ook al waren ze nog niet open. Ze koos een bovenmaats puddingbroodje met veel te veel suiker erop. Het meisje deed het baksel in een papieren zakje en overhandigde het haar. Lena bedankte en liep een stukje door naar de uitgang voordat ze het broodje uit het zakje haalde. Het was zacht en nog warm. Het andere leven was er weer even en ze nam gretig een grote hap. Toen de smaak echt werd en ze het veel te zoete deeg in haar mond proefde, werd ze opeens misselijk.

Wat deed ze hier eigenlijk? Etalages kijken en snoepen. Zomaar een beetje genieten. Beelden van haar Roger kwamen boven.

Zijn eerste lachje.

Zijn eerste stapjes.

Schooldagen, verjaardagen, voetbalwedstrijden.

Zijn laatste woorden.

'Ik ga ervandoor...'

Zijn laatste stappen achter de auto.

Lena gooide het broodje in een prullenbak en ging op weg. Ze had al genoeg tijd verdaan. Ze was teruggedeinsd, had zich eraan onttrokken uit te zoeken van wat ze wist dat ze moest achterhalen.

Was ze medeschuldig aan deze verschrikking?

Nee, meer nog.

Was ze er schuldig aan?

Het stemmetje had dat hardnekkig volgehouden.

Ze liep op een holletje door de stad. Haar lichaam was dit tempo niet gewend. Haar longen zwoegden en ze kreeg een droge mond van de inspanning. Maar ze ging niet langzamer lopen. Ze zette welbewust koers naar de plek die ze meer dan wat ook haatte.

De plek die het begin van het einde was voor Roger en haar.

De plek die haar ervoor gezorgd had dat ze zich zo minderwaardig, zo volkomen waardeloos voelde.

Het Palmlöv College.

Aan de achterkant van de school vond Lena wat ze zocht. Ze had eerst op de grote parkeerplaats aan de voorkant heen en weer gelopen zonder hem te zien, en toen ze gefrustreerd om de school heen liep, vond ze een kleinere parkeerplaats, vlak bij de ingang van de kantine van de school.

Daar stond hij.

Een donkerblauwe Volvo.

Precies zoals ze al dacht.

Precies zoals ze al vreesde.

De misselijkheid kwam terug. De gedachten ook. Hier was hij in gestapt. Haar Roger. Op die vrijdag die nog maar zo kortgeleden was, maar op een vreemde manier toch al een eeuwigheid weg leek. Nog maar één ding. Lena liep naar linkerachterkant en ging op haar hurken zitten. Ze wist niet of de politie het had ontdekt – die hadden er tenminste niets over gezegd – maar toen de bestuurder zijn richtingaanwijzer aandeed en de straat uit reed, zag je duidelijk dat het glas van het linkerachterlicht met tape was vastgeplakt.

Lena zag het in elk geval wel. Roger had een paar weken geleden een briefje mee naar huis gekregen. Een korte, beschuldigende mededeling dat de auto was aangetroffen terwijl allebei de achterlichten waren vernield en dat ze provisorisch waren gerepareerd, maar dat de schuldigen zich toch zeker wel zouden melden en de reparatiekosten zouden betalen. Hoe het afgelopen was, wist ze niet. Ze ging met haar vingers over het brede plakband, alsof ze hoopte dat de tijd stil zou staan en er niets meer zou gebeuren. Nooit meer iets.

Maar het moest. Dit was nog maar het begin. Dat wist ze. Ze stond op en liep een paar passen om de auto heen. Ze raakte het koude metaal voorzichtig aan. Hier had hij het misschien ook aangeraakt. Of hier misschien. Ze ging door. Ze probeerde te berekenen waar zijn handen de auto hadden kunnen raken. Zeker bij een van de portieren. Het voorste waarschijnlijk. Ze voelde eraan. Koud en op slot. Lena boog voorover en keek in de auto. Donkere stof zonder patroon op de stoelen. Niets op de vloer. Een beetje wisselgeld in het kleine vakje tussen de voorstoelen. Verder niets.

Lena kwam weer overeind en merkte tot haar verbazing dat al haar onrust verdwenen was. Het ergste wat er kon gebeuren, was al gebeurd.

Haar schuld was bevestigd.

Boven alle twijfel.

Nu voelde ze zich vanbinnen helemaal leeg. Een kilte verspreidde zich door haar lichaam. Alsof de koude, concrete innerlijke stem eindelijk één met haar was geworden.

Het was haar schuld. Nergens in haar lichaam was nog verzet tegen dit besef. Nergens nog warmte.

Een deel van Lena was gestorven op de dag dat Roger van haar werd weggerukt.

De rest stierf nu.

Ze pakte haar mobiele telefoon en toetste een nummer in. Na een paar belsignalen hoorde ze de mannenstem aan de andere kant van de lijn. Ze hoorde haar eigen stem. Die was nu net zo kil als haar hele binnenste.

'Ik heb vandaag iets gezien bij de politie. Jouw auto. Ik weet dat jij het was.'

Cia Edlund had nog niet zo lang een hond. Eigenlijk had ze zichzelf nooit beschouwd als een hondenmens. Maar op haar verjaardag, twee jaar geleden, stond Rodolfo daar ineens met een verrukkelijke knuffelpuppy. Een cockerspaniël. Een teefje. Een echte Lady, had Rodolfo met een brede glimlach verklaard, en zijn ogen straalden zoals alleen zijn ogen dat konden. Cia had onmogelijk nee kunnen zeggen, vooral omdat Rodolfo, toen hij haar spontane twijfel zag, trouwhartig beloofde dat hij haar zou helpen.

'Het is niet alleen jouw hond. Hij is van ons samen, zeker weten. Ons baby'tje...'

Dat kwam er niet echt van. Zes maanden later, toen Rodolfo's ogen minder vaak straalden en zijn bezoekjes aan haar steeds zeldzamer werden, wist Cia dat de hond haar verantwoordelijkheid was. Alleen de hare. Hoewel hij zelfs al naar Rodolfo's grootmoeder was genoemd, Lucia Almira, een vrouw in Chili die Cia nooit had ontmoet, maar die ze hadden willen opzoeken zodra ze het geld ervoor hadden.

Dat was er ook niet van gekomen. Dus nu deelde Cia haar bed met een wezentje, genoemd naar een Chileense grootmoeder die ze nooit zou ontmoeten.

Haar grootste probleem was algauw de praktische kant van de zaak. Cia werkte als ziekenverzorgster. Vaak en onregelmatig. Almira's uitlaatbeurten waren een constante bezoeking. Meestal werd het niet meer dan een kort wandelingetje in de buurt waar ze woonden. Dat kon midden in de nacht zijn, en dan de volgende pas de volgende dag 's middags. Dat hing helemaal af van Cia's rooster. Maar vandaag had ze vrij en wilde ze van de gelegenheid gebruikmaken om een lange wandeling te maken. Dat zou niet alleen haarzelf, maar ook Almira goeddoen. Ze liepen het pad omlaag naar het voetbalveld, dat grensde aan het bos met het verlichte sportparcours.

Toen ze bij het lege voetbalveld kwamen, maakte Cia Almira los en de hond verdween vrolijk blaffend in het struikgewas en het naaldbos. Cia zag Almira's staart af en toe bewegen in het korte, ruige kreupelhout. Cia glimlachte. Bij wijze van uitzondering voelde ze zich een goed baasje.

Almira kwam terugrennen. Ze was nooit lang weg en wilde altijd precies weten waar het vrouwtje was. Even visueel contact, en dan rende Almira weer weg, om even later weer terug te komen. Cia fronste haar voorhoofd toen ze de hond uit het kreupelhout zag komen. Er zat iets donkers om Almira's snuit. Cia riep de hond bij zich. Almira kwam naar haar toe. Cia verstijfde. Het zag eruit als bloed. Maar de hond was te vrolijk. Het kon niet haar eigen bloed zijn. Cia weerde Almira's aanhankelijkheidsbetuigingen af en deed haar weer aan de lijn.

'Wat heb je gevonden? Laat eens zien.'

Sebastian had er al na een kwartier genoeg van om naar een monitor te staren en naar donkere Volvo's te zoeken. Het was de zinloosheid ten top. Billy had geprobeerd hem uit te leggen hoe ze het moesten aanpakken. Omdat ze wisten wanneer de auto met Roger was weggereden, konden ze bla bla bla uitrekenen waar hij was bla bla bla al naar gelang welke kant hij op gegaan was en bla bla bla. Sebastian was opgehouden met luisteren. Nu keek hij steels naar Billy, die een stukje bij hem vandaan zat met een paar adreslijsten die hij net had ontvangen van het secretariaat van het Palmlöv College. Billy zag er niet verveeld uit, eerder verbeten geconcentreerd. Hij keek op naar de stilzittende Sebastian.

'Werkt er iets niet?'

'Jawel, hoor, het werkt goed. Hoe gaat het bij jou?'

Billy keek hem glimlachend aan.

'Ik ben nog maar net begonnen. Ga maar gewoon door. Er zijn zat camera's. Geloof mij maar.'

Billy richtte zijn aandacht weer op zijn papieren. Sebastian keek weer naar zijn scherm en zuchtte. De situatie deed hem denken aan de tijd dat hij onderzoeksassistent van professor Erlander was, dertig jaar geleden, en hij duizenden enquêtegegevens moest verwerken. Toen had hij een paar studenten betaald om het werk voor hem te doen en was hij zelf naar de kroeg gegaan. Dat zou nu wat lastiger zijn.

'Heb je al iets kunnen uitrichten met die naam die ik je heb gegeven – Anna Eriksson.'

'Nee, sorry. Daar is iets tussen gekomen, maar het komt nog wel.'

'Geen paniek, hoor, ik was gewoon nieuwsgierig.'

Sebastian merkte dat Billy hem uitdagend aankeek. Maar beter om mee te spelen, niet nu al terugkrabbelen. Sebastian drukte de F5-knop in, zoals Billy hem geleerd had, en begon verveeld weer een bleek, saai stukje weg ergens in Västerås te bekijken. Het telefoontje dat er toen binnenkwam, redde hem van dood door verveling.

Ze kwamen met twee auto's aan bij het voetbalveld. Vanja en Ursula in de ene, Torkel en Sebastian in de andere. Het gaf Torkel het gevoel dat hij weer terug was op de middelbare school en dat ze een variant deden van 'de meisjes tegen de jongens'. Hij was absoluut niet persoonlijk geworden toen hij Ursula had geïnformeerd over de gebeurtenissen van de afgelopen uren, maar ze had hem op weg naar de parkeergarage toch genegeerd en was zonder iets te zeggen naar haar auto gelopen.

Twee politiewagens waren al ter plaatse. Een geüniformeerde agent ving hen op toen ze uit de auto's stapten, en liep met hen mee over het met gravel verharde veld. Hij zag er gespannen uit en leek dankbaar dat ze waren gearriveerd.

'Er is bloed gevonden. Veel bloed.'

'Wie heeft dat gevonden?' vroeg Ursula. Voorlopig was het alleen nog een technische vondst, dus stelde zij natuurlijk meestal de vragen.

'Een zekere Cia Edlund, die haar hond uitliet. Ze wacht daarginds.' Ze liepen verder over het voetbalveld en volgden daarna de agent het bos in. Al na een paar passen liep het terrein steil omlaag, en als je daar naar beneden ging, was je niet meer te zien vanaf het voetbalveld, zag Vanja.

Het pad maakte een bocht naar links en leidde algauw naar een open veldje in het bos. Daar werden ze opgewacht door twee mensen, een politieman die in een groot vierkant versperringslint aanbracht, en een vrouw van een jaar of vijfentwintig, die een eindje verderop stond met een cockerspaniël.

'Zij heeft het gevonden. We hebben haar nog niet veel gevraagd, zoals jullie wilden.'

'Ik wil het bloed graag eerst zien,' antwoordde Ursula, en ze liep het veldje op.

De agent wees naar een plek een paar meter van het pad.

'Je kunt het hiervandaan zien.'

Ursula bleef staan en beduidde de anderen met haar hand dat ze moesten blijven waar ze waren. Voor haar zag ze het gele gras van vorig jaar helemaal plat op de grond liggen. Het nieuwe groen groeide eronder, maar dat was korter en gaf de zee van bleekgeel maar een licht vleugje groen. Het beperkte kleurenscala werd echter doorbroken door vlekken gedroogd, roestrood bloed. Midden in de her en der verspreide vlekken was iets te zien wat nog het best kon worden omschreven als een grote plas geronnen bloed.

'Het lijkt wel een slachtplaats,' klonk het spontaan van de politieman die het terrein had afgezet.

'Dat is het misschien ook wel,' zei Ursula droog. Ze liep voorzichtig door en ging op haar hurken bij de bloedplas zitten. Het meeste bloed was opgedroogd, maar op de grond waren een paar diepere, op diersporen lijkende plekken te zien, gevuld met een bijna geleiachtige rode substantie. Verbeeldde ze het zich maar of hing er een verzadigde geur van ijzer in de lucht? Ursula knikte naar de anderen.

'Ik wil hier een quickscan van maken, zodat we geen tijd verdoen aan een of ander arm hert dat hier aan zijn eind is gekomen. Dat duurt een paar minuten.' Ze deed haar witte tas open en ging aan het werk. Torkel en Sebastian liepen naar de vrouw met de hond. Ze keek hen lusteloos aan, alsof ze al een hele tijd had staan wachten op iemand die haar verhaal wilde horen.

'Almira heeft het gevonden. Ik geloof dat ze ervan gedronken heeft...'

Toen Lena haar flat binnen kwam en de deur achter zich dichtdeed, werd de spanning haar te veel. Ze zonk neer op de vloer van de hal. Ze kon niet meer lopen. Buiten, onder de mensen, was het makkelijker je masker op te houden. Daar kon je je rug rechten, je blik op oneindig zetten en doormarcheren. Doen alsof. Thuis was dat moeilijker. Onmogelijk. Toen ze op de vloer zat, tussen de schoenen en plastic zakken, viel haar oog op de oude schoolfoto van Roger die ze een eeuwigheid geleden had opgehangen. Die foto, genomen toen hij in groep drie zat, was het eerste wat ze thuisgestuurd had gekregen. Roger had een blauw poloshirt aan en hij glimlachte naar de camera. Er ontbraken twee tanden. Het was lang geleden dat ze die foto had gezien. Ze had hem opgehangen toen ze in deze flat kwamen wonen, maar iets te dicht bij de kapstok, zodat hij aan het oog onttrokken werd door dikke jacks en winterkleren. Nu Roger ouder werd, kreeg hij steeds meer jassen en ze werden steeds groter, en ze was de foto al jaren vergeten. Het was vreemd om hem nu weer te ontdekken. Jarenlang vergeten en verborgen onder de jassen. Nu zouden er geen jassen meer komen om hem nog langer te verbergen. Hij zou daar blijven en haar tandeloos toelachen zo lang ze leefde. Stom. Zonder ouder te worden. Met ogen vol leven.

Er werd aangebeld. Lena had er lak aan. De wereld kon wachten. Deze ogenblikken waren belangrijker.

Ze was vergeten de deur af te sluiten, besefte ze toen de gestalte binnenkwam. Ze keek hem aan. Wat ze het wonderlijkste vond, was niet dat hij in haar flat voor haar stond. Zelfs de wanhoop in zijn ogen was niet verwonderlijk. Nee, wat haar vanbinnen deed sidderen, was het feit dat haar ogen, die net nog op de glimlach van haar zevenjarige zoon hadden gerust, nu de man aankeken die hem van het leven had beroofd.

Haraldsson was laat. Het was niets voor hem om zich te verslapen. Hij gaf de schuld aan de wijn en aan Jenny. Door de wijn had hij dieper geslapen en minder gedroomd dan anders. Jenny had hem niet wakker gemaakt toen ze naar het ziekenhuis ging. Hij had de wekker gezet, maar had die kennelijk uitgezet in plaats van op 'Snooze' te drukken. Hij kon zich niet eens herinneren dat de wekker was gegaan. Hij was om even over halftien wakker geworden. Eerst wilde hij zich gauw in de kleren hijsen en zich naar zijn werk haasten, maar de ochtend was als het ware in slow motion verlopen en voordat hij goed en wel gedoucht, ontbeten en zich aangekleed had, was er een uur voorbij. Hij besloot naar het bureau te wandelen en was daar om klokslag elf uur.

Radjan had gedaan wat Haraldsson hem had gevraagd. Er lag een eenzaam mapje op zijn bureau toen hij zich met een kop koffie installeerde. IJverig sloeg Haraldsson het open. Er zaten drie dicht beschreven A4'tjes in. Haraldsson leunde achterover met het kopje koffie in zijn ene en de print in zijn andere hand. Hij begon geconcentreerd te lezen.

Na drie kwartier had hij het verhoor van Linda Beckman drie keer gelezen. Hij legde het mapje weg en ging achter de pc zitten. Hij tikte de gegevens van Axel Johansson in en begon door de resultaten te scrollen. Hij was nogal wat keren verhuisd, die beste Johansson, en in alle plaatsen waar hij had gewoond was hij blijkbaar een bekende van de politie geworden. Haraldsson bladerde door de rapporten die er waren. Umeå, Sollefteå, Gävle, Helsingborg en nog wat kleinere vergrijpen hier in Västerås. Ordeverstoring, kruimeldiefstal, diefstal, seksuele intimidatie... Haraldsson stopte en bladerde terug. Seksuele intimidatie ook in Sollefteå. Johansson was er nooit voor veroordeeld, maar wel van beschuldigd. In beide gevallen was het vooronderzoek gestaakt bij gebrek aan bewijs. Haraldsson ging nog verder terug in de tijd. Axel Johansson had ook een rol gespeeld in een verkrachtingszaak in Umeå. Elf jaar geleden. Hij was op hetzelfde feest geweest als een meisje dat in de tuin grof was verkracht toen ze daar een sigaretje was gaan roken. Alle feestgangers waren verhoord. Niemand was aangeklaagd. De verkrachting bleef onopgehelderd.

Er drong een gedachte van de vorige dag tot Haraldsson door.

Wie schuldig is, vlucht.

Hij leunde achterover in zijn stoel en ging door op die gedachte. Hij pakte het mapje met stukken die Radjan voor hem had gekopieerd. Een korte passage. Axel Johansson was in bed graag dominant.

Wie schuldig is, vlucht.

Het was zomaar een idee, maar omdat Haraldsson toch in noodvaart op de reservebank afstevende, kon hij net zo goed een poging wagen. Hij ging weer recht zitten voor zijn computer en liet zijn vingers over het toetsenbord gaan. Eerst ging hij na in welke periode Axel Johansson in Umeå had gewoond en daarna zocht hij uit welke onopgeloste misdrijven er in diezelfde periode waren. Dat waren er heel wat. Hij sloot alle niet-zedenzaken uit. Toen had hij er minder, maar nog steeds veel. Haraldsson beperkte het zoekgebied nog verder. Eerst verkrachtingen. Nog steeds beangstigend veel. Vervolgens overvallen met verkrachting. Veel minder. Dat was ondanks alles een vrij ongewoon misdrijf. In de meeste gevallen van verkrachting kenden slachtoffer en dader elkaar, ook al was dat soms pas een paar uur. In de periode dat Axel Johansson in Umeå woonde, waren er vijf overvallen met verkrachting geweest. Drie met exact dezelfde werkwijze.

Eenzame vrouwen op afgelegen plekken. Afgelegen, maar niet volkomen verlaten. Mensen in de buurt. Het gaf de vrouwen blijkbaar een gevoel van veiligheid dat ze andere mensen hoorden. Ze durfden verder de donkere tuin in te gaan om te roken omdat ze door de open ramen het feest nog hoorden. Ze namen een kortere weg door het park omdat ze achter de bosjes gesprekken bij de bushalte hoorden. Een illusie van veiligheid, zo bleek later.

Bij de drie identieke verkrachtingen kwam de man van achteren en trok hij de vrouw omver. Hij duwde haar gezicht tegen de grond, maakte het onmogelijk te schreeuwen en drong van achteren naar binnen. Bij alle drie kwam hij klaar. Een fysiek sterke man. Daarna was hij verdwenen. Waarschijnlijk had hij zich snel en ongemerkt tussen het publiek in de omgeving gemengd. Had hij als een normale man door de straten van de stad gelopen. De vrouwen hadden geen glimp van hem opgevangen. Geen signalement, geen getuigen.

Haraldsson herhaalde de procedure, ditmaal in Sollefteå. Eerst ging hij na tussen welke data Axel Johansson daar had gewoond; daarna bekeek hij welke onopgeloste seksuele misdrijven er waren. Er waren twee overvallen met verkrachting gerapporteerd die vrijwel identiek waren aan die in Umeå. Afgelegen, maar geen verlaten plekken. Aanval van achteren. Gezicht op de grond gedrukt. Geen signalement, geen getuigen.

Haraldsson leunde achterover in zijn stoel en ademde zwaar. Hij was iets groots op het spoor. Hij kende het. Hij zou zich dubbel en dwars revancheren. Een serieverkrachter. Misschien nog erger dan de Haga-man, de beruchte verkrachter in de wijk Haga in Umeå van rond de eeuwwisseling. En Haraldsson was degene die hem op het spoor was gekomen. De lofrede van de provinciaal politiecommissaris leek dichterbij dan ooit.

Roger Eriksson en die psycholoog niet te na gesproken, maar dit was geweldig. Echt geweldig. Dit was een zaak die de basis vormde waarop je een carrière bouwde. Met trillende handen werkte Haraldsson door op zijn computer. Gävle. Eén verkrachting gerapporteerd in de betrekkelijk korte periode dat Johansson daar had gewoond. Zelfde werkwijze.

Geen terwijl Johansson in Helsingborg woonde.

Haraldsson hield even op. Het was alsof hij buiten aan het rennen was, flink tempo maakte en toen ineens stilstond. Hij voelde merkwaardig genoeg een golf van teleurstelling over zich heen komen. Natuurlijk hoorde hij blij te zijn dat er geen vrouw was blootgesteld aan de verschrikking van een verkrachting, maar het haalde zijn theorie onderuit. Terwijl hij zo dicht bij de definitieve bevestiging ervan was. Haraldsson controleerde het nogmaals. Hetzelfde deprimerende resultaat: Axel Johansson had meer dan twee jaar in Helsingborg gewoond, maar er was in die tijd geen overval gerapporteerd die aan het patroon voldeed. Haraldsson leunde weer achterover in zijn stoel en dronk zijn kopje leeg. De koffie was koud geworden. Hij dacht na. Het hoefde niets te betekenen. Misschien was er alleen maar geen aangifte gedaan van de wandaden. Niet van alle seksuele misdrijven werd aangifte gedaan. Verre van dat. Van de meeste overvallen met verkrachting natuurlijk wel, maar het was niet zeker.

Eigenlijk had hij Helsingborg niet nodig. In bijna alle gevallen was er DNA-bewijsmateriaal gevonden.

Maar het was irritant.

Het verstoorde het patroon.

Het was alsof je een tekening maakte door een lijn tussen punten te trekken, en dan plotseling één of twee punten oversloeg. Je kon nog wel zien wat de tekening voorstelde, maar het oog werd toch altijd naar die overgeslagen plaatsen getrokken waar je je aan ergerde. Irritant. Bovendien was Haraldsson er zeker van dat Axel Johansson niet tijdelijk gestopt was. Niet ruim twee jaar. Niet nu hij het al zo lang had gedaan zonder tegen de lamp te lopen.

Haraldsson stond op en liep naar de kantine om zijn koffiekopje weer te vullen. Toen hij op zijn werk kwam, voelde hij zich loom en duf, een beetje katterig, maar dat was snel verdwenen en werd vervangen door een prikkelende, gespannen verwachting. Een gevoel dat niet veel verschilde van het gevoel dat hij had toen hij nog klein was en de Kerstman op kerstavond zou komen. Hij moest alleen Helsingborg nog oplossen.

Terug op zijn plaats ging hij hun eigen archief weer in. Hij wist waar hij naar zocht. Er waren inderdaad in Västerås twee verkrachtingen geweest die overeenkwamen met de werkwijze van Axel Johansson. Beide hadden plaatsgevonden nadat Johansson er was komen wonen.

Toen was alleen Helsingborg nog over.

De tekening was nu klaar. Hij zag wat die voorstelde, maar hij wilde toch de laatste punten met elkaar verbinden. Jenny en hij waren een keer in Helsingborg geweest. Aan het eind van de jaren negentig, voordat de brug er was. Een vakantie in Skåne. Met een tripje naar Helsingør in Denemarken. Met de veerboot die in die tijd nog heen en weer pendelde. Het duurde maar tien minuten, meende Haraldsson zich te herinneren. Een andere stad, een ander land. Op tien minuten. Hij vond een nummer van de politie van Helsingør. Legde uit wat hij wilde, werd doorverbonden, kreeg andere nummers, belde, werd verbroken, belde weer, werd verkeerd begrepen, maar kreeg uiteindelijk toch een vrouw te pakken, Charlotte geheten, die hem kon helpen. Haraldssons Deens was zeer beperkt en na een paar minuten van telkens navragen en herhalen besloten ze over te gaan op Engels.

Hij wist de periode.

Hij wist de werkwijze.

Het moest heel snel kunnen.

Het ging ook snel. De politie van Helsingør had in die periode twee onopgehelderde gevallen van overval met verkrachting. Haraldsson moest zich inhouden om geen overwinningsgebaar te maken. De zaak was internationaal.

En opgelost.

Nu hoefden ze alleen Axel Johansson nog maar te vinden. Maar eerst moest hij het Hanser vertellen.

Hanser keek nauwelijks op van haar bureauwerk toen Haraldsson op de open deur klopte en haar kantoor binnen ging.

'Hoe is het met je voet?'

'Goed, dank je.'

Haraldsson was niet van plan haar spelletje mee te spelen, zich te laten provoceren of kleineren. Hij kon haar nog wel een paar tellen de overhand gunnen. Straks zou ze moeten toegeven dat hij ondanks zijn kleine misstapje een goede rechercheur was. Veel beter dan zij ooit was geweest of zou worden.

'Je zei dat ik niet in de buurt van het onderzoek naar Roger Eriksson mocht komen.'

'Inderdaad. Ik hoop dat je dat ook niet hebt gedaan.'

'Niet direct.' Haraldsson woog zijn woorden op een goudschaaltje. Hij wilde dit moment een beetje rekken, niet alles in één keer onthullen. Hij wilde elke stap zien van de weg die Hanser aflegde van afwijzend wantrouwen naar schoorvoetende bewondering.

'Ik heb eens wat beter naar Axel Johansson gekeken.'

Hanser reageerde niet, maar bleef geïnteresseerd in de paperassen die voor haar lagen. Haraldsson kwam een stap dichterbij. Ging zachter praten.

Nadrukkelijker.

Interessanter.

'Ik had het gevoel dat er iets met hem was. Iets anders dan het verband met Roger. Een gevoel... Noem het intuïtie, als je wilt.'

'Mm-mm.'

Ze deed alsof ze ongeïnteresseerd was. Dat zou ze misschien nog even volhouden, maar straks zou ze toch moeten reageren.

'Dat bleek terecht te zijn. Hij is een verkrachter. Een serieverkrachter.'

Hanser keek op met een blik die alleen maar uitgelegd kon worden als een volkomen gebrek aan belangstelling.

'O ja?'

Ze geloofde hem niet. Wilde hem niet geloven. Straks zou ze wel moeten. Haraldsson deed nog een paar passen naar haar bureau en legde een eenvoudig overzicht van zijn werk van die dag voor haar neer: plaatsen, tijden, verhuizingen, slachtoffers.

'Ik heb een verband gevonden tussen verkrachtingen die hij de afgelopen twaalf jaar vermoedelijk heeft gepleegd in Umeå, Sollefteå, Gävle, Helsingborg en hier in Västerås.'

Hanser wierp een snelle blik op de lijst en richtte toen voor het eerst haar volle aandacht op Haraldsson.

'Neem je me in de maling?'

'Hm? Nee, er is natuurlijk een DNA-proef nodig, maar ik weet dat ik gelijk heb.'

'Het hele bureau weet dat je gelijk hebt.'

'O? Hoezo? Ik weet nog niet waar hij is, maar...'

'Dat weet ik wel,' onderbrak Hanser hem. Haraldsson was sprakeloos.

Het gesprek had een volkomen onverwachte wending genomen. Wat bedoelde ze eigenlijk?

'Weet jij dat wel?'

'Axel Johansson zit in kamer 3. Je collega Radjan heeft hem vanmorgen opgepakt.'

Haraldsson hoorde wat ze zei, maar kon de informatie niet verwerken. Hij bleef staan, letterlijk met open mond.

Ursula had besloten de mislukte dag van gisteren te vergeten en zich te concentreren op waar ze goed in was: plaatsdelictonderzoek. Haar eenvoudige test had al snel de uitslag gegeven die ze verwachtte: het stond buiten kijf dat het bloed dat ze hadden gevonden menselijk was. Daardoor werd ze nog alerter. Ze liep rond om een indruk te krijgen.

Daar nam ze de tijd voor.

Nu ging het erom overzicht te krijgen, zich vertrouwd te maken met het beeld van het geheel, om zich later op de details te kunnen richten. De sporen analyseren en een idee krijgen van wat er hoogstwaarschijnlijk was gebeurd. Ze voelde Torkels ogen in haar rug, maar dat zette haar niet onder druk. Eerder integendeel: ze wist dat hij onder de indruk was. Dit was haar moment, niet het zijne. De anderen bekeken van een afstandje hoe ze langzaam binnen de afzetting heen en weer liep, voorzichtig om geen bewijsmateriaal te vernietigen. Na tien lange minuten ging ze naar hen toe. Ze was klaar.

'Over de hoeveelheid bloed is moeilijk iets te zeggen. Het is in de grond gezakt, en kraaien en andere dieren hebben er waarschijnlijk in zitten wroeten, maar het is van een mens en het is veel. En kijk hier eens.'

Ze liep naar één kant van de afzetting en wees op de zachte grond. Vanja, altijd de rapste, liep er voorzichtig een paar passen naartoe en hurkte neer om goed te kunnen zien waar Ursula naar wees.

'Bandensporen.'

'Waarschijnlijk een Pirelli P7. Ik herken dat zigzagpatroon in het midden. Er heeft hier een auto gestaan. Hij is weggereden via dat bosweggetje daar.' Ursula wees naar sporen in het gras, een stukje verderop, die naar een smal, platgereden bosweggetje leidden. Ze glimlachte hun ietwat triomfantelijk toe.

'Ik zou zeggen dat we hier een plaats delict hebben. Het lab moet bevestigen dat het bloed van Roger is, maar er zijn waarschijnlijk niet zoveel andere mensen in Västerås die de afgelopen weken zoveel bloed hebben verloren.' Ze laste bewust een pauze in om meer indruk te maken en keek uit over het veldje.

'Maar hij is hier niet vermoord.'

'Ik dacht dat je net zei dat het een plaats delict was,' begon Torkel.

'Het is ook een plaats delict. Maar geen plaats waar een moord is begaan. Hij is hiernaartoe gesleept. Kijk hier maar eens.'

Ursula ging hun voorzichtig voor naar het pad, terug in de richting van het voetbalveld. Langs de afzetting en nog verder.

'Probeer naast het pad te blijven. Het is al erg genoeg dat we er één keer overheen gelopen zijn.' Ze liepen zwijgend verder en zagen algauw wat Ursula had gevonden: duidelijke bloedsporen in het bleekgele gras. Torkel wenkte de geüniformeerde agent.

'We moeten de afzetting uitbreiden.'

Ursula bemoeide zich daar niet mee, maar liep door, langs de bosjes en de jonge aanwas, de helling en het voetbalveld op.

'Iemand heeft hem versleept. Daarvandaan.' Ursula wees naar het voetbalveld, en toen ze goed keken, zagen ze vage sleepsporen in het grijze gruis aan de rand van het veld. Sporen van wat alleen maar hakken konden zijn. Ze waren er allemaal stil van. De ernst hing zwaar in de lucht. Zo dicht waren ze er nog niet bij geweest. Het had iets magisch zoals een gewone, onopvallende plek betekenis kreeg, alleen maar doordat je die door Ursula's ogen zag. Kleine, bijna onzichtbare vlekjes werden bloed, gebroken takjes werden afdrukken van het dode lichaam en het vuile gruis was niet meer alleen steenkorrels, maar de plaats waar het leven van een jonge jongen voorgoed was gedoofd. Ze liepen nu nog langzamer, gretig om door te gaan, maar voorzichtig. Vooral om geen bewijsmateriaal te vernielen, maar ook om deze verhelderende, bevrijdende magie niet kwijt te raken. Torkel pakte zijn telefoon en belde Hanser. Hij had meer mankracht en middelen nodig, het zoekgebied moest aanzienlijk worden uitgebreid. Net toen Hanser opnam, kwamen ze bij de plaats waar de bijna onzichtbare sporen ophielden en waar een ronde, donkere vlek was die maar één ding kon betekenen: ze stonden op de plek waar een zestienjarige jongen was gestorven. Waar alles was begonnen en geëindigd.

Torkel merkte dat hij fluisterde toen hij Hanser vertelde waar ze waren.

Sebastian keek om zich heen. Dit was een belangrijke vondst. Niet een paar losse sporen, maar een heel gebeuren. Nu moesten ze de volgende stap zetten. Sleep- en bloedsporen waren één ding, maar ze moesten de hele betekenis eruit aflezen en de moordenaar onder de huid komen. De plaats waar een misdaad was begaan, was een van de belangrijkste componenten van een moordonderzoek. Ze wisten nu heel wat over Rogers laatste reis. Maar wat zei de plaats over de moordenaar?

'Raar om iemand hier neer te schieten. Midden op een voetbalveld,' zei Sebastian na een poosje. Ursula knikte.

'Vooral met die flats daar.' Ze wees naar de drie grote, grijze flatgebouwen op de heuvel een stukje verderop.

'Dat versterkt ontegenzeggelijk de theorie dat het niet gepland was.' Sebastian liep een paar passen weg van de donkere vlek; hij wilde graag mogelijke scenario's overwegen.

'Roger is hier neergeschoten. Als hij dood is, beseft de moordenaar dat hij de kogel eruit moet halen. Daarvoor kiest hij een meer beschutte plek. De eerste de beste. Uit de plek die hij gekozen heeft, kunnen wij niets afleiden.'

De anderen knikten.

'We weten bovendien dat Roger in de rug werd geschoten, niet-waar? Dan zijn er twee mogelijkheden. Ofwel Roger voelde de dreiging en vluchtte ervoor weg, ofwel hij werd volkomen onver-wacht neergeschoten.'

'Ik denk dat hij het voelde,' zei Ursula beslist. 'Vast. Hij vlucht-te weg van de dreiging.'

'Dat denk ik ook,' zei Vanja snel.

'Waarom denken jullie dat?' vroeg Torkel.

'Kijk naar de plaats van de moord,' legde Ursula uit. 'We zijn ver weg van de rand van het veld. Als ik me bedreigd voelde, zou ik naar het bos rennen, zeker als iemand een wapen op me richtte.'

Torkel keek om zich heen. Ursula had gelijk. Het voetbalveld lag als een rechthoek voor hen: de verste korte kant met het club-huis en een grote, open parkeerplaats, aan de ene lange kant een hoog hek en een meter of tien daarachter een weg en daar weer achter een open veld; aan de andere lange kant de flatgebouwen en, vlak bij de dichtstbijzijnde korte kant, het bos. De kant van het bos was duidelijk de plaats die de meeste bescherming leek te bieden, als je razendsnel moest kiezen. Je zou kunnen zeggen dat het tussen de flats net zo veilig was, maar die lagen op een heuvel en zagen er meer uit als een onneembare vesting dan als een goede schuilplaats. Bovendien zou hij door het hoogteverschil snelheid verliezen.

Sebastian, die de omgeving zwijgend had staan bekijken, stak bescheiden zijn hand op.

'Mag ik een andere theorie ontvouwen?'

'Goh, hoe bestáát het,' fluisterde Vanja theatraal. Sebastian deed alsof hij het niet hoorde.

'Ik ben het met jullie eens. Als Roger de dreiging zag, zou hij zeker naar het bos rennen. Maar ik begrijp niet goed hoe dat in zijn werk ging.' Sebastian zweeg even. Hij had ieders volledige aandacht.

'We gaan ervan uit dat Roger hier met een auto heen is gekomen. De parkeerplaats ligt daarginds.' Sebastian wees naar de tegenoverliggende korte kant, naar het clubhuis en de parkeerplaats, waar nu heel wat politiewagens geparkeerd stonden.

Ook een paar burgerauto's draaiden de parkeerplaats op en bleven daar staan. Er stapten mannen uit, die onmiddellijk door de politie werden tegengehouden. De journalisten waren gearriveerd.

'Zou Roger dat hele stuk hebben gelopen samen met iemand die een geweer bij zich had?' vervolgde Sebastian.

'Maar er waren ook bandensporen in het bos,' merkte Ursula op.

'Je bedoelt dat hij niet naar het bos toe liep, maar ervandaan?' vroeg Torkel.

'Het is mogelijk,' antwoordde Ursula.

'Mogelijk, maar niet waarschijnlijk.' Sebastian schudde zijn hoofd. 'Dit is een ontoegankelijke, afgelegen, beschutte plek. Waarom zou iemand hierheen rijden en hier zijn auto neerzetten als hij niet van plan was Roger iets aan te doen? En we zijn het er toch over eens dat hij dat niet was?'

De anderen knikten instemmend. Sebastian maakte een weids gebaar.

'Kijk eens naar deze plek. Helemaal verlaten. Een goede plek om iemand ongezien af te zetten. En zijn we niet vlak bij Rogers huis?'

'Ja, ik geloof het wel. Hij moet daarachter wonen.' Vanja wees in de richting van de grote flatgebouwen. 'Een halve kilometer of zo.'

'Dan is dit een heel mooie kortere route, toch?' zei Sebastian.

De anderen knikten. Torkel keek hem aan. Hij krabde aan zijn wang. Hij was vanmorgen vergeten zich te scheren, voelde hij nu.

'Dus wat is je punt? Roger kreeg een lift hierheen… en toen?'

Ze keken Sebastian allemaal aan. Precies zoals hij het graag had.

'Lisa zei dat Roger weg moest omdat hij een afspraak met iemand had…'

De bestuurder, die over niet al te lange tijd de moordenaar wordt, wacht in de auto en drukt even op de claxon als hij Roger aan de overkant ziet aankomen. Roger steekt over en na een gesprek over het omlaaggedraaide zijraampje stapt hij in de Volvo, die wegrijdt. Terwijl ze rondrijden, bespreken de bestuurder en Roger iets. Ze krijgen onenigheid. De bestuurder rijdt naar de parkeerplaats bij het voetbalveld en Roger stapt uit. Misschien heeft hij de situatie verkeerd ingeschat en is hij overtuigd van de overwinning. Misschien vond hij het vervelend en haast hij zich over het voetbalveld naar huis. Hoe dan ook, hij kan zich niet voorstellen wat er achter zijn rug gebeurt. De bestuurder denkt na. Ziet geen oplossing. Of liever gezegd: ziet maar één oplossing. Hij neemt snel, onnadenkend een besluit, stapt uit, doet de kofferbak open en pakt zijn geweer. Roger loopt over het voetbalveld, zonder te beseffen dat iemand vanaf de parkeerplaats op hem mikt. De afstand is niet al te groot, zeker niet voor iemand die gewend is met wapens om te gaan – een jager of een wedstrijdschutter. De bestuurder schiet. Roger valt neer. De bestuurder beseft dat de kogel een spoor is. Hij rent over het veld en sleept Roger naar het beschermende bos. Hij rent terug, rijdt de auto naar de andere kant, haalt de kogel eruit, brengt de messteken toe, sjort het lichaam in de auto en rijdt het naar de dumpplek.

Sebastian zweeg. Op de weg kwamen een paar auto's voorbij. Een eenzame vogel zong in het bos.

Torkel doorbrak de stilte: 'Je zei "wedstrijdschutter". Denk je nog steeds dat het de rector is?'

'Het was alleen een theorie. Gaan jullie maar zonder mij door met het technische onderzoek.' Sebastian begon naar de flats te lopen. Torkel keek hem na.

'Waar ga je heen?'

'Ik wil praten met Lena Eriksson – horen of Roger deze kortere route vaker gebruikte. Als dat zo was, versterkt het mijn theorie en vergroot het de kans dat iemand hem en de auto hier een andere keer heeft gezien.'

De anderen knikten. Sebastian zweeg en draaide zich met een uitnodigend gebaar om.

'Iemand die mee wil?'

Niemand bood zich aan.

Sebastian vond algauw een veelgebruikt paadje dat de heuvel met de grauwe flats op ging. Vrij snel kwam het uit op een geasfalteerd voetpad, dat verder omhoogkronkelde naar de flats, en ertussendoor. Sebastian meende te weten dat de flats gebouwd waren toen hij nog op het Palmlöv zat, maar hij was er nog nooit zo dichtbij geweest als nu. Ze lagen aan de verkeerde kant van de stad en bovendien hadden zijn ouders als middenklassers een ingebouwde aversie tegen huurflats. Het goede soort mensen woonde in een vrijstaand huis. Achter en onder zich, op het voetbalveld, zag hij nog meer politiewagens aankomen. Ze zouden daar lang zijn, dat wist hij wel zeker. Hij had gemengde gevoelens over de technische kant van het politiewerk. Met zijn verstand begreep hij hoe belangrijk dat was: de technische recherche genereerde harde bewijzen, die meestal doorslaggevend waren in de rechtbank, en die tot meer veroordelingen leidden dan zijn eigen specialisme. De bewijzen, als je het al bewijzen kon noemen, die hij aandroeg, waren veel zachter en konden ter discussie worden gesteld, van andere kanten worden bekeken en worden weersproken, zeker door een goede advocaat. Het waren eerder werkhypothesen en theorieën over donkere drijfveren, bruikbaarder tijdens het vooronderzoek dan in de verlichte rechtszaal. Maar voor Sebastian was de bewijsvoering nooit het belangrijkste geweest; hij werd niet gedreven door de wens om mee te werken aan een veroordeling. Zijn doel was zich te verplaatsen in een dader. Zijn beloning was het voorzien van iemands mogelijke volgende stap.

Ooit was dat het enige geweest waaraan hij dacht, het enige waarnaar hij verlangde, en hij miste het, besefte hij nu. De afgelopen dagen had hij dat gevoel weer geproefd, ook al had hij eerlijk gezegd niet eens op halve kracht gewerkt. Het had iets te maken met concentratie. Een moment vergat hij bijna zijn verdriet en zijn eeuwige pijn. Hij stond stil en dacht even door over dit inzicht. Zou hij terug kunnen naar het verleden?

Zijn energie hervinden?

Zijn bezetenheid?

Zou hij zich ergens anders op kunnen richten?

Natuurlijk niet. Wie probeerde hij nou eigenlijk iets wijs te maken? Het kon nooit zo worden als vroeger.

Nooit.

Daar zouden de dromen wel voor zorgen.

Sebastian deed de glazen portiekdeur van de flat van Lena Eriksson open. Bij de meeste flats moest je een code intoetsen, maar hier kon je zomaar naar binnen. Hij wist niet meer op welke verdieping Lena woonde. Een bordje in de hal vertelde hem dat het de derde was. Sebastian liep met zware, weergalmende stappen door het saaie, vuilwitte trappenhuis naar boven. Toen hij bij de hal op de derde verdieping kwam, bleef hij staan. Vreemd. De deur naar de flat van Lena Eriksson stond op een kier. Hij liep door. Hij belde aan, schoof tegelijkertijd de deur voorzichtig met zijn voet open en riep: 'Hallo?'

Geen antwoord. De deur gleed langzaam open en het halletje van het huis werd zichtbaar. Schoenen op de vloer, een bruin ladekastje met een stapel slordig neergegooide reclamefolders erop.

'Hallo? Is er iemand thuis?'

Sebastian ging naar binnen. Links een deur naar het toilet. Rechtdoor was de met Ikea-meubels ingerichte woonkamer. Het rook er muf en naar sigarettenrook. De luxaflex zat dicht, waardoor de flat donker was, zeker met alle lampen uit.

Sebastian liep de woonkamer in en zag een stoel en wat serviesscherven op de vloer liggen. Hij bleef staan en werd ongerust. Er was hier iets gebeurd. De stilte in de flat werd plotseling onheilspellend. Hij liep gauw door naar wat hij aannam dat de keuken moest zijn. Toen zag hij Lena. Ze lag op de linoleum vloer, haar voeten, zonder schoenen, met de voetzolen naar hem toe. Haar ene been onder het andere. De keukentafel was omgevallen en lag op een lange kant. Sebastian rende naar haar toe en boog zich over haar heen. Toen zag hij dat er bloed uit haar achterhoofd stroomde. Haar haar zat helemaal onder en het bloed had een spiegelglad plasje onder haar hoofd gevormd. Als een doodsaureool. Hij voelde aan haar witte hals naar haar hartslag, maar hij begreep algauw dat de kilte aan zijn vingertoppen maar één ding kon betekenen: hij was te laat. Sebastian kwam weer overeind en pakte zijn mobieltje. Hij wilde net Torkel bellen toen de telefoon in zijn hand begon te trillen. Hij herkende het nummer niet, maar nam met gestreste stem op.

'Ja!'

Het was Billy. Hij klonk opgewekt en Sebastian kreeg niet eens de kans om te vertellen waar hij was en wat hij net had ontdekt.

'Heeft Torkel je al gebeld?'

'Nee, maar...'

'Het Palmlöv College heeft een Volvo,' zei Billy snel. 'Of de stichting die de school bestuurt heeft er een. Een donkerblauwe S60, uit 2004. En dat niet alleen...'

Sebastian liep een paar passen de woonkamer in, van het lichaam vandaan. De situatie was te absurd om met Billy over Volvo's te praten.

'Billy, luister.'

Maar Billy luisterde niet. Integendeel. Hij praatte. Snel en opgewonden.

'Ik heb gesprekslijsten gekregen van die telefoon waarmee sms'jes naar Roger zijn gestuurd. Dezelfde telefoon heeft Frank Clevén en Lena Eriksson gebeld. Snap je wat dat betekent?'

Sebastian haalde diep adem en wilde Billy net onderbreken toen hij iets meende te zien in Rogers kamer. Iets wat daar absoluut niet thuishoorde. Hij luisterde nauwelijks nog naar Billy toen hij de laatste stappen naar de deur van de jongenskamer zette.

'Nu kunnen we Groth oppakken! We hebben hem.' Sebastian hoorde hoe triomfantelijk Billy's stem klonk.

'Hallo, Sebastian, hoor je me? We kunnen de rector nu oppakken!'

'Dat hoeft niet... Hij is hier.'

Sebastian liet zijn mobieltje zakken en staarde naar Ragnar Groth, die aan de haak van de lamp in Rogers kamer hing.

Ragnar Groth staarde terug. Dood.

De rest van de dag werkten ze hard. Zo snel en effectief als ze maar konden zonder daardoor slordig te worden. Wat er vandaag gebeurd was, vereiste hun volle concentratie. Al die tijd hadden ze geen doorbraak gehad en nu waren ze waarschijnlijk heel dicht bij de oplossing. Er mocht niets misgaan. Niets. Het was een lastige opgave. Het kostte tijd om gegevens tegen elkaar af te wegen en om het gevonden materiaal technisch bevestigd te krijgen, terwijl ze de resultaten razendsnel wilden hebben.

Torkel had geprobeerd de pers er zo lang mogelijk buiten te houden. Ze hadden er niets aan dat de informatie over de plaats van de moord of de twee doden in de flat publiekelijk bekend werd. Maar zoals in alle complexe onderzoeken waar veel individuele personen bij betrokken waren, lekte het nieuws over de dood van rector Ragnar Groth algauw uit. Er ontstonden vreselijke speculaties, vooral in de lokale bladen, die een goed geïnformeerde bron bij de politie leken te hebben, en al snel konden ze niet langer wachten. Torkel en Hanser belegden een gezamenlijke persconferentie om de rust bij het werk weer enigszins terug te krijgen. Nadat hij samen met Ursula en Hanser de voorlopige resultaten op een rijtje had gezet, besloot Torkel, die doorgaans heel voorzichtig was in zijn uitspraken, een snelle doorbraak in het onderzoek aan te kondigen. De zaal zat stampvol journalisten toen ze arriveerden, en Torkel verdeed geen tijd aan prietpraat.

Nog een man en een vrouw waren dood.

De vrouw was nauw verwant met de vermoorde Roger Eriksson en was hoogstwaarschijnlijk om het leven gebracht door de man die dood was aangetroffen.

Er waren veel aanwijzingen dat de man, die eerder een rol had gespeeld in het onderzoek, zelfmoord had gepleegd nadat hij de vrouw had gedood.

Over één ding was Torkel echter zeer duidelijk: de verdachte was niet de jongeman die eerder in hechtenis had gezeten. Die was nog steeds afgeschreven. Hij legde daar nog een keer de nadruk op voordat hij zijn korte uiteenzetting beëindigde.

Het was alsof je honing voor bijen neerzette. Handen schoten gretig omhoog, het regende vragen. Iedereen praatte zonder te horen wat een ander zei, en ze wilden allemaal antwoord. Torkel hoorde een paar vragen rondzingen.

Klopte de informatie dat het de rector van het Palmlöv College was?

Dat hij de man was die ze hadden gevonden?

Was de dode vrouw Rogers moeder?

Torkel realiseerde zich wat voor speciaal spel de twee partijen in de volle, warme zaal speelden. Aan de ene kant de journalisten, die eigenlijk net zo goed geïnformeerd waren als degenen aan wie ze vragen stelden. Aan de andere kant de politie, die eigenlijk alleen maar tot taak had datgene wat al bekend was officieel te bevestigen. De ene partij kende de antwoorden al en de andere de vragen.

Het was niet altijd zo duidelijk, maar het was lang geleden dat Torkel had meegewerkt aan een onderzoek waarvan niets was uitgelekt. Zodra de informatie buiten zijn eigen team kwam, was er niets meer veilig.

Torkel antwoordde zo ontwijkend als hij maar kon en bleef er hardnekkig op wijzen dat dit een gevoelige fase van het onderzoek was. Hij was het gewend vragen van journalisten uit de weg te gaan. Daarom was hij bij hen waarschijnlijk niet zo populair. Hanser had meer moeite hen te weerstaan. Dat begreep Torkel wel. Het was haar stad, haar carrière, en de verleiding om hen liever te vriend te houden dan tot vijand te maken werd haar uiteindelijk te veel.

'Ik kan wel zeggen dat sommige sporen naar de school wijzen,' begon ze, maar toen bedankte Torkel snel namens hen allebei voor de aandacht en troonde haar mee de zaal uit. Hij zag dat ze zich geneerde, maar ze probeerde toch haar misstap goed te praten.

'Ze wisten het toch al.'

'Daar gaat het niet om. Wij bepalen wat we ze geven. Niet andersom. Dat is het principe. Nu wordt het een groot circus bij de school.'

Dat had Torkel willen vermijden. De school was namelijk opgewaardeerd tot plaats waar mogelijk iets te vinden was. Een van de eerste maatregelen die Torkel na Sebastians dramatische vondst, mede op aanraden van Billy en Ursula, had genomen, was het zoekgebied vergroten. Groths huis had een bijna verdacht gebrek aan persoonlijke eigendommen opgeleverd, laat staan bewijzen. De auto stond op naam van de stichting die het Palmlöv College bestuurde, dus het lag alleszins voor de hand de huiszoeking uit te breiden tot de school. Dat was de enige plek waarvan ze wisten dat Groth er onbeperkt toegang toe had. Torkel besloot Ursula daar snel heen te sturen, zodra ze de nieuwe plaats delict aan een voorlopig onderzoek had onderworpen. Maar ze zou niet alleen gaan. Sebastian moest mee.

Tot Torkels verbazing protesteerde Ursula helemaal niet. Als de stukjes zo snel op hun plaats konden vallen, ging de kans om de zaak op te lossen boven het eigen ego, en Sebastian was de enige van hen die de school en de lokalen kende. Weliswaar was het dertig jaar oude kennis, maar toch… Hij mocht van Ursula zelfs op de voorstoel zitten.

Ze spraken de hele weg erheen niet met elkaar.

Er was toch een grens.

Billy, die alleen op kantoor was achtergebleven, voelde zich helemaal afgesneden van de gebeurtenissen. Torkel had hem gevraagd de donkerblauwe S60 te lokaliseren. Op school was hij niet, dat had Ursula bevestigd, en het secretariaat ook. Billy stuurde dus een opsporingsbevel naar alle politiepatrouilles en besloot toen naar de flat van Lena Eriksson te gaan. Hij had gedaan wat hij kon en wilde zich met eigen ogen een beeld vormen van de nieuwe plaats delict. Het bureau leek nog verlatener dan anders, en Billy verdacht Torkel ervan dat hij het meeste personeel had opgeroepen om afzettingen rond plaatsen delict en rond de school aan te brengen. Ze hadden nu veel plaatsen te analyseren: het voetbalveld, Lena's flat, Groths huis nog een keer, en de school. Een kwartet interessante plekken, maar het werd wel lastig te hanteren. Torkel moest bepalen welke plekken ze zelf zouden onderzoeken en welke ze aan de technische recherche van Västerås zouden overlaten.

Billy was opgetogen toen hij in de auto stapte. Voor het eerst had hij het gevoel dat de oplossing van de moord op Roger binnen handbereik was. Alles leek nu naar wens te gaan. Zo moest het doorgaan. Toen Billy de heuvel op reed naar Lena's flat, kreeg hij een telefoontje van een patrouille die meldde dat de gezochte auto voor de flat stond waarnaar hij onderweg was. Een halve minuut later was Billy bij de Volvo en belde hij Torkel om te zeggen dat de auto gevonden was. Torkel was samen met Vanja in de flat van Lena en had net een stel Volvo-sleutels in een van de zakken van de rector gevonden.

Inderdaad, alles leek nu naar wens te gaan.

Een halfuur lang hadden Ursula en Sebastian zich door de lokalen gewerkt en nu stonden ze voor een vuilgrijze stalen deur in de kelder van de school. Een deur waarvan de conciërge en de vrouw van het secretariaat die met hen mee naar beneden waren gegaan niets wisten. In Sebastians tijd was het een schuilkelder geweest, maar nu wist niemand met zekerheid waar de ruimte achter de deur voor werd gebruikt. Niemand van het personeel was erg behulpzaam en de conciërge en de vrouw van het secretariaat wensten eerst met de rector te praten voordat ze wilden helpen om welke deur dan ook open te maken. Sebastian keek hen aan en herinnerde zich hoe zorgzaam het personeel ook voor zijn eigen vader was geweest. 'Zorgzaam' was trouwens niet het goede woord. Het respect, of liever de angst voor het gezag, zat misschien in de muren. Maar nu was het wel genoeg.

'Ik zal jullie dit zeggen: ik weet dat het Ragnar Groth geen bal kan schelen of jullie die deur opendoen of niet. Het maakt hem geen moer meer uit.'

Het hielp niet. Integendeel.

De conciërge maakte zich wat groter en beweerde plotseling dat hij toch geen sleutel van de deur had. Nooit gehad ook. De vrouw van het secretariaat knikte instemmend. Sebastian liep naar hen toe. Er stond twijfel in de ogen van de conciërge, zag hij. Met de macht van Ragnar Groth was het bijna gedaan, dat wisten ze allebei, maar op de een of andere manier gaf dat de conciërge waarschijnlijk energie: een laatste gevecht voordat het instituut dat zichzelf altijd superieur had gevonden sneuvelde. Sebastian keek de man aan en besefte dat hij op dit moment dichter bij de vernietiging van de droom van zijn vader was dan ooit. Het Palmlöv College en zijn onberispelijke reputatie zouden nooit meer hetzelfde zijn. Of de rector nu schuldig was of niet. Dat wist Sebastian, en waarschijnlijk besefte de man tegenover hem het ook. Ook al wist de conciërge niet hoe het met Groth was afgelopen, de verhoren en de voortdurende bezoekjes van de politie zeiden hem genoeg. Zuiver was niet meer zuiver. Ze keken elkaar aan, allebei met felle ogen. Voor Sebastian was het niet alleen de conciërge van de school meer die hier voor hem stond, het waren de leugens, de schijnheiligheid en alles waar zijn vaders schepping voor stond; Sebastian haalde diep en energiek adem, en deed toen nog een stap naar voren om alle sleutels uit alle zakken van de kleinere man tegenover hem te schudden. Die deur moest open. Ursula, die Sebastian zelden zo strijdlustig had gezien, hield hem tegen.

'Ga maar weg!' Met een handgebaar stuurde ze het personeel weg. Ze keek Sebastian aan. 'Wij zijn politie. Vergeet dat niet. Gedraag je.'

Toen liep ze hem zwijgend voorbij. Sebastian keek haar na,

voor één keer zonder zo'n hatelijke riposte te kunnen bedenken waar hij anders zo goed in was. Maar ze vergiste zich. Hij was géén politieman. Hij was daar voor zichzelf, niet voor iemand anders. Zo was het begonnen en zo zou het blijven. Hij zou hen helpen – met plezier – om het Palmlöv zo diep te laten zinken als hij maar kon, maar daarna zou het afgelopen zijn en zou hij zijn eigen weg vervolgen. Op zoek naar een vrouw met wie hij ooit naar bed was geweest.

Anders niet.

Meer niet.

Ursula kwam zwijgend terug. Ze had een gereedschapskist bij zich, die ze neerzette en openmaakte. Ze dook erin en kwam tevoorschijn met een grote elektrische boor. Slechts drie minuten later vlogen de metaalschilfers haar om de oren toen ze het slot open boorde. Met vereende krachten duwden ze de deur open en ze keken in de ruimte erachter. Het zag er daarbinnen uit als een goed geordend kantoor. Geen ramen, natuurlijk, maar witgeschilderde muren, warme verlichting en een groot, donker bureau met een computer erop. Een paar fraaie archiefkasten en midden in de kamer een leren Engelse fauteuil. Uit de pedante orde begreep Sebastian meteen dat ze de juiste plaats gevonden hadden. De meubels stonden symmetrisch opgesteld om de kamer evenwicht te geven en de positie van de pennen op het bureau was typerend voor rector Groth. Sebastian en Ursula keken elkaar aan en glimlachten zowaar. Het geheim van de rector, wat het dan ook was, was onthuld.

Ursula gaf Sebastian een paar wit-blauwe latexhandschoenen en ging hem voor de kamer in. Het deed Sebastian denken aan een keurig geordende verhoorruimte van het soort dat hij had gezien toen hij samen met Lily het Stasi-museum in de voormalige DDR had bezocht. Vanbuiten stijlvol en geciviliseerd, maar onder de orde vibreerden geheimen en gebeurtenissen die in de muren zaten en waarvan het niet de bedoeling was dat ze ooit zouden uitkomen. De tegengestelde geuren die Ursula en hij roken toen ze naar binnen gingen – frisse citroen en muffe geslotenheid – versterkten dat gevoel.

Ze begonnen voorzichtig aan hun onderzoek. Sebastian nam de glimmend gepoetste archiefkasten voor zijn rekening, Ursula het bureau. Het duurde maar een paar minuten of Sebastian deed achter de mappen in de archiefkast de eerste vondst. Hij hield een stapeltje veelkleurig vormgegeven dvd's omhoog voor Ursula.

'*Real Men, Hard Cocks*. Deel 2 en 3. Waar zou hij deel 1 hebben?'

Ursula lachte droog.

'We zijn nog maar net begonnen. Je vindt het nog wel.'

Sebastian bladerde verder tussen de losse dvd's.

'*Bareback Mountain. Bears Jacking and Fucking.* Niet veel variatie.' Sebastian legde de dvd's weg en ging door met het onderzoeken van de archiefkast.

'Kijk hier eens.'

Ursula kwam naar hem toe en keek in de la. Achter de mappen lag het kartonnen doosje van een mobiele telefoon van Samsung. Het zag er als nieuw uit. Ursula stak haar hand uit om het te pakken.

Het doorzoeken van de flat van Lena Eriksson versterkte de theorie die Torkel en Vanja volgden. Groth had Lena om de een of
andere reden thuis opgezocht. Ze hadden ruziegemaakt. De diepe
wonden in Lena's achterhoofd duidden erop dat ze zo zwaar tegen de hoekige keukentafel was geduwd of gevallen dat ze aan
haar verwondingen was bezweken. Niets wat ze vonden wees op
iets anders dan dat Roger Groth daarna zelfmoord had gepleegd.
Op Rogers bureau had Vanja zelfs een zeer kort afscheidsbriefje
gevonden, geschreven op een uitgescheurd, gelinieerd velletje A4-
papier.

Vergeef me, stond er met blauwe balpeninkt geschreven.

Na Ursula's voorlopige onderzoek van de flat, toen zij met Sebastian naar het Palmlöv College was gegaan, was het onderzoek
doorgegaan onder leiding van Torkel. Het grootste probleem was
te voorkomen dat er te veel gedraaf was in de flat, zodat de technische vondsten niet werden vervuild. Het leek alsof het hele politiebureau van Västerås om de een of andere reden langskwam en
Torkel moest al snel een forse agent onder aan de trap zetten om
ervoor te zorgen dat er alleen mensen binnenkwamen die er iets
te zoeken hadden.

Ze concentreerden zich eerst op de lichamen. Die fotografeer-
den ze uit alle denkbare hoeken, zodat ze zo gauw mogelijk voor
obductie konden worden weggebracht. Vanja vond Lena's mobiele telefoon in haar handtas en die gaf nog wat aanwijzingen
voor de gebeurtenissen die aan de tragedie vooraf waren gegaan.

Twee uur nadat Lena het politiebureau had verlaten, waar ze haar beelden van een donkerblauwe Volvo S60 hadden laten zien, had ze een telefoontje gepleegd. Van slechts vijfentwintig seconden. Naar de man die in de slaapkamer van haar zoon hing en die de beschikking had over precies zo'n donkerblauwe Volvo S60. Alles wees erop dat Lena de auto had herkend, maar hun dat om de een of andere reden niet had willen vertellen.

De vraag was waarom.

Waarom belde ze wel Groth op?

Vanja dacht onmiddellijk dat er een verband tussen Lena en de rector moest bestaan dat zij niet kenden. Toen Ursula even later belde met het bericht dat Sebastian en zij een geheime kamer in het Palmlöv College hadden gevonden met een ware overdaad aan bewijslast tegen Groth, begreep Vanja dat haar vermoeden juist was.

Vooral bezwarend was de prepaid telefoon die in zijn verpakking in een archiefkast lag en waarvan de gesprekkenlijst slechts drie nummers bevatte.

Een telefoontje aan Frank Clevén, een aan Roger en een aan Lena Eriksson. Het was bovendien de telefoon die de smekende sms'jes aan Roger had gestuurd, vlak voor diens dood. Vanja zette de luidspreker van haar mobieltje aan, zodat ook Torkel het nieuws hoorde. Bovendien hadden Sebastian en Ursula de boekhouding van de school gevonden, en een heleboel homoporno. Ze spraken met z'n vieren af dat ze elkaar over een uur op het bureau zouden zien.

Billy was een beetje verlaat en de anderen waren net begonnen met hun bespreking toen hij binnenkwam. Het leek warmer in de vergaderkamer, alsof de afgelopen uren niet alleen de temperatuur van het onderzoek omhoog hadden gestuwd, maar ook die van de lucht om hen heen. Ursula knikte naar hem toen hij ging zitten.

'Dus ja, zoals ik zei, het Palmlöv was echt Ragnar Groths kindje. Hij deed zelfs de boekhouding zelf. Kijk maar.' Ursula pakte er wat A4'tjes bij en liet die rondgaan.

'We zochten toch naar het verband tussen Groth en Lena Eriksson? Er waren de afgelopen maanden drie opvallende posten. "Persoonlijke onkosten." Eerst tweeduizend kronen en toen, de volgende maand, twee keer vijfduizend kronen.'

Ursula laste even een pauze in. Iedereen in de kamer vermoedde welke kant het op ging, maar niemand zei iets, dus ze ging door.

'Ik heb de bank gebeld. Lena Eriksson heeft een paar dagen later overeenkomstige bedragen overgemaakt gekregen.'

Ursula had de twee doden onbetwistbaar aan elkaar gekoppeld.

'Afpersing?' Torkel liet de vraag in de lucht hangen.

'Waarom zou hij haar anders twaalfduizend kronen geven?'

'Zeker als je bedenkt dat Ragnar Groth Roger ongeveer tegelijkertijd sms'jes stuurt dat dit, wat het ook mag zijn, moet ophouden,' vulde Vanja aan, en ze wees naar de telefoon in het keurige doosje.

'De vraag is wat er moest ophouden,' zei Billy, die ook een duit in het zakje wilde doen. 'Er zijn verschillende mogelijkheden.'

'We weten dat Groth van mannen hield,' zei Vanja, met een hoofdknik naar de pornofilms op tafel. 'Misschien had Lena dat ontdekt.'

'Zou jij twaalfduizend kronen betalen om niet te laten uitkomen dat je op je pc naar homoporno keek?' Sebastian klonk sceptisch, en terecht. 'Hij had die dvd's toch gewoon weg kunnen gooien? Wil het afpersingsscenario geloofwaardig zijn, dan moet ze iets veel belastenders hebben ontdekt.'

'Zoals?' vroeg Vanja.

'Ik denk aan wat Lisa tegen jou zei. Dat Roger geheimen had...' Sebastian liet de rest van de zin in de lucht hangen. Vanja begreep meteen waar hij naartoe wilde. Ze ging opgewonden recht zitten op haar stoel.

'... en dat hij een afspraak met iemand had? Met Ragnar Groth?'

De anderen keken naar Vanja en Sebastian. Er zat natuurlijk

wel iets in. Ze hadden allemaal wel begrepen dat het geheim dat aan deze tragedie ten grondslag lag voor Ragnar Groth iets ernstigs moest zijn, om niet te zeggen iets regelrecht vernietigends. Een verboden seksuele relatie met een zestienjarige leerling paste beslist in die categorie.

'In dat geval had Lena erachter moeten komen. En in plaats van een aanklacht tegen hem in te dienen, besloot ze zelf te profiteren van haar wetenschap.'

'We weten dat ze geld nodig had. Ze verkocht toch zelfs haar verhaal aan de hoogstbiedende krant, of niet?' Vanja keek vragend naar Torkel, die naar het whiteboard liep. Hij was nu lekker bezig. Alle eerdere irritatie was verdwenen. De privéoorlog ook.

'Oké, we gaan even door op deze theorie.' Hij begon, terwijl hij praatte, in bijna onleesbare hanenpoten dingen op het bord te schrijven. Hoe opgewondener hij was, hoe slechter zijn handschrift altijd werd.

'Een maand voordat Roger werd vermoord, begon Ragnar Groth Lena geld te geven. We nemen aan dat dat was om haar ervan te weerhouden iets openbaar te maken. Nietwaar? Misschien heeft haar zoon een intieme relatie met hem. Wat zijn de aanwijzingen daarvoor? Laten we daar even op doorgaan.' Hij keek zijn team uitdagend aan en wilde hun ideeën horen. Vanja begon.

'We weten dat Groth homo was. We weten dat hij dat sms'je naar Roger stuurde waarin hij zegt dat iets afgelopen moet zijn of moet ophouden. Dat duidt erop dat ze samen iets hadden. Lisa heeft verteld dat Roger geheime afspraakjes met iemand had.'

'Oké, wacht even.' Torkel kon het niet bijhouden met schrijven.' Vanja zweeg. Toen ze iets op het bord zag wat je kon opvatten als 'afspraak' en 'geheim' ging ze door.

'We weten dat Groth in het motel was op de avond dat Roger daar in de buurt was. We weten dat Groth het motel vaak gebruikte voor seksdates. We weten ook dat de auto van de school Roger die avond opwachtte en dat Roger er naar alle waarschijnlijkheid in stapte. Veel wijst erop dat hij daarin naar het voetbalveld werd gebracht.'

'Ik kan iets vertellen over de Volvo, als jullie willen,' merkte Billy op. 'Er zijn allerlei interessante resultaten.' Torkel knikte.

'Natuurlijk, doe dat.'

'Er zaten helaas geen zichtbare bloedsporen in de auto, maar ik heb er wel vingerafdrukken gevonden van Roger, Ragnar Groth en nog twee personen. Die van Roger zaten aan het portier aan de passagierskant en aan het handschoenenvak. Ik heb bovendien een grote rol bouwplastic gevonden in de kofferbak. Dat kan gebruikt zijn om het lichaam in te wikkelen. Ursula moet na deze vergadering maar even naar de auto kijken om te zien of ze bloed- of DNA-sporen kan vinden. Hij had ook de goede banden: Pirelli P7.' Billy ging staan en legde een beduimeld boek met een harde rode kaft op tafel.

'Ik heb ook een logboek gevonden. Het interessante daarvan is dat er een rit in staat op de donderdag voordat Roger verdween en de volgende op de maandag na dat weekend. Maar tussen die twee ritten ontbreekt zeventien kilometer.'

'Dus iemand heeft de auto tussen vrijdag en maandagochtend gebruikt en er zeventien kilometer mee gereden?' vroeg Torkel, terwijl hij koortsachtig aantekeningen maakte op het whiteboard.

'Volgens het logboek wel. Het is natuurlijk makkelijk om de juiste ritlengte te postdateren, als je wilt. Maar zeventien kilometer is helemaal niet genoteerd.' Sebastian wierp een blik op de kaart die naast Torkel aan de muur hing.

'Is het meer dan zeventien kilometer van de school via het motel, het voetbalveld en Listakärr weer terug naar de school?'

Billy knikte bevestigend.

'Ja, dat is een probleem, maar zoals ik al zei: het is een logboek, dus makkelijk te manipuleren. De auto is in elk geval gebruikt.' Billy ging weer zitten. Torkel knikte.

'Goed. Ursula kijkt straks naar de auto,' zei hij, en hij vervolgde: 'Eén ding mogen we niet vergeten. Peter Westin, de schoolpsycholoog.'

Torkel schreef zijn naam op het bord.

'We weten dat Roger hem het afgelopen jaar een paar keer

heeft bezocht. Het lijkt waarschijnlijk dat, als íémand achter een eventuele relatie met Groth was gekomen, het Westin was. Misschien is hij er zelfs wel mee naar Groth gegaan. Dat zou verklaren waarom zijn agenda met aantekeningen weg is. Ik bedoel, waar praat je met psychologen over?'

'Dat weet Sebastian wel,' reageerde Vanja gekscherend. Iedereen lachte, behalve Sebastian. Hij keek haar even aan.

'Ja, jij hebt mijn boek gelezen, dus jij zult het ook wel weten.'

Torkel keek naar hen en schudde zijn hoofd.

'Kunnen we even bij het onderwerp blijven? Als er een geheime seksuele relatie tussen Roger en de rector bestond, is het redelijk om aan te nemen dat Roger dat aan Westin heeft verteld.'

'Nee, dat klopt niet,' zei Sebastian. 'Het spijt me. Roger wilde erbij horen. Bij de club. Daarvoor had hij geld nodig. Misschien verkocht hij Groth seksuele diensten. Maar dat zou hij nooit aan Westin vertellen. Daarmee zou hij toch zijn goudhaantje slachten?'

'Hij werd er misschien op de een of andere manier toe gedwongen,' zei Ursula.

'Dat geloof ik niet. Hij ging van Lisa naar zijn afspraak.'

'Hoe je het ook wendt of keert, ik kan me maar moeilijk voorstellen dat Westin niet is gestorven omdat hij iets over Roger wist,' hield Ursula vol. 'Er is gewoon niets anders. Vooral omdat zijn agenda het enige is wat wordt vermist.'

Er werd geklopt en Hanser kwam binnen. Ze had een fraai donkerpaars mantelpakje aan, dat er gloednieuw uitzag. Torkel kon zich niet aan de indruk onttrekken dat ze dat speciaal had gekocht voor de dag dat de zaak opgelost was – om er goed uit te zien op foto's. Ze bereidde zich kennelijk voor op de volgende persconferentie. Dan zou ze helemaal niet meer te stuiten zijn.

'Ik wil jullie niet storen,' zei ze, 'maar ik vroeg me af of ik even mee mocht luisteren.'

Torkel knikte en maakte een gebaar naar de lege stoel aan de korte kant van de tafel. Hanser ging voorzichtig zitten om haar kleren niet te kreuken.

'We nemen een paar mogelijke scenario's door,' zei Torkel en hij wees naar zijn onbegrijpelijke hanenpoten op het bord.

'We weten nu dat Ragnar Groth Lena Eriksson in het geheim geld gaf. Waarschijnlijk afpersing. Waarschijnlijk omdat Roger, vrijwillig of gedwongen, Groths minnaar was.' Hanser zette grote ogen op en ging er eens goed voor zitten. 'De auto van de school heeft de juiste banden, er zitten vingerafdrukken van Roger én de rector op, en we weten dat de auto op de betreffende avond in de buurt van het motel was. We hebben nog geen bloedsporen gevonden, dus wc moeten hem nog een keer onderzoeken. We denken nog steeds dat Rogers dood niet was gepland, maar dat Groth en Roger met de auto naar het voetbalveld zijn gereden. Er ging iets mis. Groth schoot Roger dood en besefte daarna dat hij de kogel uit het lichaam moest halen. Toen we Lena Eriksson vanmorgen vroegen of ze de auto herkende, loog ze tegen ons. Maar ze wist daardoor dat Ragnar Groth haar zoon had gedood. Ze besloot hem ditmaal eens extra onder druk te zetten, maar Groth kwam naar haar toe en het liep uit de hand.' Torkel bleef voor Hanser staan.

'Klinkt aannemelijk, vind ik.'

'Het is in elk geval een keten van indicaties. We moeten nog technisch bewijs vinden om die te versterken.'

Vanja en Billy knikten. Het moment waarop een mogelijkheid een waarschijnlijkheid werd gaf altijd een speciaal gevoel. Nu moesten ze alleen nog een manier vinden om een waarschijnlijkheid om te zetten in een bewijsbaarheid.

Plotseling begon Sebastian in zijn handen te klappen, een eenzaam applaus dat spottend weergalmde in het kamertje.

'Bravo! Dat er een paar kleinigheden zijn die niet in jullie fantastische theorie passen, kan ik zeker maar beter niet zeggen? Ik wil de stemming natuurlijk niet bederven.'

Vanja keek de superieur achteroverleunende Sebastian boos aan.

'Een beetje laat om daarachter te komen, hè?'

Sebastian glimlachte overdreven naar haar en maakte een gebaar naar de stapel dvd's op tafel.

'Mannen. Echte mannen. Volwassen mannen. Ragnar viel niet op jongetjes. Hij hield van spieren en grote pikken. Kijk naar Frank Clevén: een rijpe macho. Geen donzige zestienjarige. Jullie maken de vergissing te denken dat homo's geen voorkeuren hebben. Dat ze tevreden zijn als het maar een pik heeft.'

'Nou, sommige mannen kunnen geen nee zeggen tegen seks, ongeacht wat voor voorkeur ze hebben. Dat weet jij toch beter dan wie ook?' zei Ursula, en ze keek hem aan.

'Voor mij gaat het niet om de seks, het gaat om de verovering. Dat is iets heel anders.'

'Kunnen we bij het onderwerp blijven?' Torkel keen hen smekend aan. 'Dat lijkt me makkelijker. Natuurlijk, je hebt gelijk, Sebastian. We weten niet of Groth en Roger werkelijk een seksuele relatie hadden.'

'Eén ding stoort me in dit verhaal,' vervolgde Sebastian, 'en dat is de zelfmoord van Ragnar Groth.'

'Hoe bedoel je?'

'Kijk eens naar onze moordenaar. Hij was misschien niet van plan om Roger te vermoorden, maar als dat eenmaal is gebeurd, schuwt hij geen middel om het te verbergen. Hij snijdt zelfs het hart uit om de kogel weg te halen.'

Sebastian stond op en begon door de kamer te ijsberen.

'Wanneer hij zich bedreigd voelt door Peter Westin, elimineert hij hem onmiddellijk. Hij plant bewijsmateriaal bij Leo, breekt in bij de praktijk van Westin. In situaties waarin hij extreem onder druk stond, handelde hij de hele tijd zeer welbewust. Allemaal om niet te worden ontmaskerd. Hij is koelbloedig. Hij is berekenend. Hij raakt niet gestrest. Hij zou zich vast niet ophangen in een jongenskamer en hij zou nooit ofte nimmer om vergeving vragen. Want hij kent geen berouw.'

Sebastian zweeg en er viel een stilte. Tegenstrijdige gevoelens: Sebastians gezag en zijn redenering versus het gevoel dat ze dicht bij de oplossing waren. Vanja was de eerste die iets zei.

'Oké, Freud, één vraagje maar. Stel dat je gelijk hebt. Het is niet Groth. Het is een heel andere moordenaar. Groth was alleen maar in het motel. Zijn auto stond alleen maar ergens geparkeerd op een plek waar Roger langs kwam. Hij reed in de auto. Roger zat erin. Ze rijden naar het voetbalveld. Maar iemand anders vermoordt hem. Is dat je theorie?' Ze leunde achterover. Haar ogen stonden hard, maar hadden ook iets triomfantelijks. Sebastian bleef staan en keek haar rustig aan.

'Nee, dat is niet mijn theorie. Ik zeg alleen dat die van jullie niet klopt. We missen iets.' Torkels telefoon ging. Hij excuseerde zich en nam het gesprek aan. Sebastian liep terug naar zijn stoel en ging zitten. Torkel luisterde even voordat hij iets terugzei. Hij klonk op z'n minst gedecideerd.

'Breng maar hier. Nu meteen.' Toen hing hij op en keek Hanser aan.

'Een van je technisch rechercheurs heeft zojuist nog iets gevonden in Groths huis. In de open haard hebben ze de agenda van Peter Westin gevonden.'

Hanser leunde glimlachend achterover. Nu hadden ze Ragnar Groth. Definitief.

Vanja kon het niet laten naar Sebastian te kijken en te zeggen: 'En hoe past dat in zijn psychologische profiel, Sebastian?'

Sebastian wist het, maar hij had geen zin meer om zich er druk over te maken.

Hun besluit stond toch al vast.

Sebastian ging de kamer uit.

Degenen die daarbinnen zaten, wilden de zaak afronden. Dat begreep hij wel. Het was een gecompliceerde zaak, die hen had aangegrepen, en ze waren moe. De oplossing was oppervlakkig gezien perfect. Maar oppervlakkige dingen lagen Sebastian niet. Hij was altijd op zoek naar onderliggende verbanden. Naar zuivere antwoorden. Waarbij alles wat hij wist samenviel. Waarbij handeling, gevolg, drijfveer en motief allemaal hetzelfde zeiden, hetzelfde verhaal vertelden.

Dat gebeurde nooit aan de oppervlakte.

Wat kon het hem eigenlijk schelen? De keten van indicaties was onaantastbaar en persoonlijk zou hij meer dan tevreden moeten zijn. Hij zou eigenlijk dolblij moeten zijn. De kennistempel die zijn vader had opgebouwd zou bevuild, bezoedeld worden, van zijn goddelijkheid ontdaan, vertrapt door de werkelijkheid.

De vroege avondzon scheen door de enorme ramen en hij deed een paar stappen naar het midden van de grote ruimte die gevuld werd door werkende politiemensen. Toen bleef hij staan en keek om naar Torkel en de anderen in de kleine vergaderkamer. Ze pakten hun spullen bij elkaar. Westins agenda in de open haard van Ragnar Groth. De meeste pagina's verbrand, zodat eventuele bewijzen ontbraken, maar alleen al het feit dat het boek bij Groth was gevonden, had Hanser nog meer overtuigd. Voor Sebastian maakte deze vondst het verhaal nog waziger. De Ragnar Groth die hij had ontmoet, zou nooit zo slordig zijn geweest. Echt niet. De man liet nog geen pen of papiertje verkeerd liggen. Het klopte niet. Hij had naar Ursula gekeken toen hij hoorde waar ze de agenda hadden gevonden. Zij hoorde hetzelfde te denken als hij; zo goed kende hij haar wel. Hoewel ze altijd ruziemaakten over de details, zochten ze eigenlijk hetzelfde: de diepte, de zuivere vergelijking. Weliswaar had ze dezelfde twijfel in haar ogen gehad als hijzelf, maar ditmaal was ze niet haar oude zelf. Ze was kennelijk slordig geweest. Ze had vrij genomen en was met Mikael gaan eten toen Billy en zij Groths huis doorzochten. Ze had dat deel van het huis niet onderzocht en dacht dat Billy het had gedaan. Billy had iets verkeerd begrepen en gedacht dat zij daar al had gezocht. Ursula zag zoiets simpels doorgaans niet over het hoofd. Iedereen in de kamer zag dat ze zich schaamde, en toen hakte Sebastian de knoop door. Hij was dit zat. Als zij tevreden waren, dan moest hij dat ook maar zijn. Het gevolg zou zijn dat ze Ragnar Groths naam door het slijk zouden halen en dat de echte moordenaar vrijuit ging.

Sebastian kon met allebei leven.

Dus was hij opgestaan en weggegaan.

Nu stond hij nog één keer naar hen te kijken. Hij trok zijn jas aan en ging weg. Hij was het politiebureau bijna uit toen hij een stem achter zich hoorde. Het was Billy. Hij keek om zich heen terwijl hij naar Sebastian toe kwam. Toen hij bij hem was, dempte hij zijn stem.

'Ik had gisteren nog wat tijd over.'

'O, leuk voor je.'

'Ik weet niet waar je het voor nodig hebt, maar ik heb het adres gevonden van die Anna Eriksson die je zocht.'

Sebastian keek Billy aan. Hij vertrouwde zijn eigen gevoelens niet meer. Plotseling was hij er dichtbij. Uit het niets. Dertig jaar later. Een vrouw die hij niet kende. Maar was hij er klaar voor? Wilde hij wel? Waarschijnlijk niet.

'Het heeft eigenlijk niets met dit onderzoek te maken, hè?'

Billy keek hem onderzoekend aan. Sebastian had geen zin om te liegen.

'Nee, niets.'

'Dan mag ik het je niet geven, dat weet je.'

Sebastian knikte. Plotseling boog Billy naar hem toe en fluisterde: 'Storskärsgata 12 in Stockholm.' Toen glimlachte hij en pakte Sebastians hand. 'Ik vond het in elk geval leuk om met je te werken.'

Sebastian knikte, maar moest toch zichzelf blijven. Zeker nu. Nu hij had gekregen waar hij voor gekomen was.

'Ik wou dat ik hetzelfde kon zeggen.'

Toen ging hij weg. Hij besloot nooit meer terug te komen.

Nooit.

De Man die geen Moordenaar was kon bijna niet stil blijven zitten. Het was overal: op het net, op radio en tv. De politie leek een volledige doorbraak te hebben bereikt. Het hoogtepunt was een kort stukje in het tv-nieuws over de laatste persconferentie. De vrouwelijke hoofdcommissaris had een fraai mantelpakje aan. Ze werd geflankeerd door de commissaris van de Nationale Recherche die hij een paar keer had gezien. Zij glimlachte ontspannen. Haar glimlach was zo breed en zo wit dat je bijna zou denken dat ze haar tanden had gebleekt en die wilde showen. De commissaris van de Nationale Recherche zag er niet veel anders uit dan anders; hij was formeel en serieus, zoals altijd. De vrouw – er kwam een naam in beeld en ze bleek Kerstin Hanser te heten – vertelde dat de politie iemand verdacht van de moorden. Er zouden meer details openbaar gemaakt worden wanneer het technisch onderzoek afgerond was, maar ze voelden zich zo zeker dat ze het nu al wilden vertellen. De tragische sterfgevallen van die morgen waren de doorbraak geweest, en de verdachte was de vijftiger uit Västerås die zelfmoord had gepleegd. Ze zeiden niet wie het was, maar iedereen in de omgeving van Västerås wist het.

Zeker de Man die geen Moordenaar was.

Rector Ragnar Groth.

Hij had het gerucht gisteren zelf op een internetsite gelezen. *Flashback* heette die, en hij stond boordevol nare roddels en speculaties over alles en iedereen. Maar er stond ook verbazend veel juiste informatie op. Op een discussieforum dat 'De rituele moord in Västerås' heette, vond hij een anonieme bijdrage die stellig beweerde dat de rector van het Palmlöv College door de politie voor verhoor was meegenomen. De Man die geen Moordenaar was had meteen de administratie van de school gebeld en naar de rector gevraagd, maar kreeg als antwoord dat die de rest van de dag op dienstreis was. Hij ging met een smoes weg van zijn werk en liep op een holletje naar zijn auto. Via Inlichtingen kreeg hij het huisadres van de rector en daar reed hij snel heen. Hij parkeerde zijn auto een stukje verderop en wandelde nonchalant langs het huis van twee verdiepingen, natuurlijk zo discreet mogelijk, maar de auto die aan de voorkant geparkeerd stond, zei genoeg. Het was weliswaar een gewone auto, zonder politieaanduiding, maar hij herkende hem.

Het was dezelfde auto als die hij een paar dagen eerder voor het huis van Leo Lundin had zien staan.

De Man die geen Moordenaar was kreeg het er heel warm van. Alsof hij had vernomen dat hij de hoofdprijs in een loterij had gewonnen, maar niemand dat wist. Het was zijn prijs en hij mocht ermee doen wat hij wilde. Terwijl hij daar stond, ging de deur open en er kwam een vrouw naar buiten. Hij liep door om haar aandacht niet te trekken, maar de vrouw had alleen maar oog voor zichzelf. Ze zag er geïrriteerd uit, zag hij aan de manier waarop ze het portier dichtsloeg. Hij liep verder door, maar toen haar auto voorbij was, draaide hij zich voorzichtig om en liep naar zijn eigen auto.

Tien minuten om de agenda te halen.

Tien minuten om hier terug te komen.

Binnen maar één rechercheur.

Het zou kunnen lukken.

Het wás gelukt.

Sebastian stond voor het donkere huis van zijn ouders. Hij bekeek het. Het was een koele avond en hij was te licht gekleed, maar de opkruipende kilte deed hem niets. Die paste eerder bij het moment. Nu was het dus zover. Nu moest hij doen wat hij al meteen toen hij hier aankwam had willen doen, maar waar de gebeurtenissen van de afgelopen dagen tussen waren gekomen. Morgen zou hij vertrekken. Ervandoor gaan. Verdwijnen. Hij had zelfs het adres te pakken gekregen dat de reden was geweest waarom hij aan het onderzoek mee was gaan doen.

Storskärsgata 12.

Daar was het antwoord.

Als hij het wilde weten.

Terwijl hij daar zo stond, drong het tot hem door dat alles wat er gebeurd was eigenlijk ook een positieve kant had. De twee brieven en de enorme kansen die zij boden, maar ook de zaak zelf en de samenwerking met de Nationale Recherche hadden hem energie gegeven. Zijn dagen waren in beslag genomen door iets anders dan het moeras van zelfverwijt en angst waarin hij veel te lang weggezonken was geweest. Die gevoelens waren natuurlijk niet weg, de droom was er nog, elke nacht, en de geur van Sabine maakte hem elke ochtend wakker, maar de zwaarte van het verlies had hem niet meer volkomen passief gemaakt. Hij had mogen voelen dat er een ander leven was. Dat maakte hem bang, maar het trok hem ook aan. Het leven dat hij zo lang had geleid, had iets veiligs. Hoe negatief het ook was, dat leven had ook iets gemakkelijks. Het hoorde bij iets wat hij in zekere zin zelf had gekozen en dat hem ten diepste aansprak.

Dat hij het geluk niet waard was.

Dat hij verdoemd was.

Dat had hij al van jongs af aan geweten. Het leek wel of de tsunami dat alleen maar had bevestigd.

Hij keek naar Clara's huis. Ze was naar buiten gekomen en stond op het stoepje voor haar voordeur naar hem te staren. Hij negeerde haar. Misschien was dit wel een beslissend moment voor zijn leven. Er was in elk geval iets gebeurd. Sinds Beatrice had hij geen vrouw meer gehad. Hij had er niet eens aan gedacht. Dat betekende wel iets. Hij keek op zijn horloge: 19:20 uur. De makelaar had er al moeten zijn. Ze hadden een afspraak om zeven uur. Dan zouden ze gauw het contract ondertekenen, zodat hij de trein van halfnegen naar Stockholm kon nemen. Dat was het plan. Waarom was hij er niet? Sebastian liep geërgerd het huis in en deed het licht in de keuken aan. Hij belde de makelaar, een zekere Peter Nylander, die zijn excuus maakte toen hij na een paar belsignalen opnam. Hij was nog bezig met een bezichtiging en zou pas morgenochtend vroeg kunnen komen.

Ook dat nog.

Nog een nacht in dit ellendige huis.

Daar ging het beslissende moment voor zijn leven.

Torkel had zijn colbertje en zijn schoenen uitgetrokken en was doodmoe op het zachte hotelbed gaan liggen. Hij had de tv even aangezet, maar hem meteen weer uitgedaan toen hij de beelden van de persconferentie zag. Niet alleen had hij er een hekel aan om zichzelf te zien, deze hele zaak irriteerde hem. Hij deed zijn ogen dicht en probeerde een dutje te doen, maar het lukte niet. Hij raakte zijn ongenoegen niet kwijt. De keten van aanwijzingen was sterk, dat moest hij toegeven. Hij had er zelf aan meegewerkt, maar hij miste het onweerlegbare technische bewijs dat hem er echt van kon overtuigen dat ze gelijk hadden. Vooral bloedsporen miste hij. Bouwplastic of niet, bloed was een substantie die voor een dader moeilijk helemaal weg te werken was. Een organische vloeistof, zo vol spoorelementen dat er maar microscopisch kleine hoeveelheden nodig waren om opsporing mogelijk te maken. Roger had enorme hoeveelheden bloed verloren. Toch zaten er geen bloedsporen in de Volvo. Ursula voelde hetzelfde, dat wist hij. Ze had na hun vergadering een paar frustrerende uren aan de auto besteed, maar niets gevonden. Als hij haar goed kende, was ze hem nog steeds aan het uitkammen. Ze had in het huis van Ragnar Groth zo geblunderd met die agenda dat ze nu niets meer losliet voordat ze het drie keer had gecontroleerd. Maar Hanser was niet te stuiten geweest, of zelfs maar een beetje af te remmen, en ze had de provinciaal commissaris aan haar kant gekregen. Torkel en Hanser hadden hem een halfuurtje voor de door Hanser geplande persconferentie gesproken. Torkel had om meer tijd gevraagd; een dagje extra kon hun toch niet veel uitmaken. Maar hij begreep algauw dat het tweetal tegenover hem nu wilde scoren. Het waren eigenlijk meer politici dan rechercheurs, begreep hij, terwijl hij koortsachtig probeerde hen ervan te overtuigen dat ze een voorzichtiger lijn moesten volgen. Voor hen was de oplossing van de zaak noodzakelijk om zonder oponthoud verder carrière te maken. Voor hem was de oplossing meer. Het was de waarheid. Het was wat de slachtoffers verdienden, niet iets wat met zijn eigen carrière te maken had. Uiteindelijk waren ze over hem heen gewalst. Hij had harder kunnen knokken, daar was hij zich wel van bewust, maar hij was het zat, hij was bekaf en hij wilde deze zaak eigenlijk gewoon achter zich laten. Slechte redenen, dat wist hij, maar zo was het nu eenmaal. Het was ook niet aan hem om die beslissing te nemen. Dat deed de provinciaal commissaris. Het was niet voor het eerst dat hij daar genoegen mee moest nemen. Het was iets waar je aan wende in een organisatie als de politie. Anders zou het met je aflopen zoals met Sebastian, een onmogelijke einzelgänger, met wie niemand meer wilde werken. Hij pakte de afstandsbediening weer, in de hoop dat het nieuws was afgelopen, maar voordat hij de tv had aangezet, werd er voorzichtig op de deur geklopt. Hij liep erheen en deed open. Voor hem stond Ursula. Ook zij zag er moe uit.

'Heb je iets gevonden?' Ursula schudde haar hoofd.

'Nul bloedproteïnen, überhaupt geen eiwitten. Er is daar gewoon niks te vinden.'

Torkel knikte. Ze bleven even staan. Geen van beiden leek te weten hoe het nu verder moest.

'Dan gaan we morgen zeker naar huis?' vroeg ze ten slotte.

'Ja, daar ziet het naar uit. Hanser zal de zaak zelf wel willen afronden, en we zijn hier op haar verzoek.' Ursula knikte begrijpend en keerde zich om om weg te gaan. Torkel hield haar tegen.

'Kwam je hier alleen om dat van de auto te vertellen?'

'Eigenlijk niet.' Ze keek hem aan. 'Maar daar moet het maar bij blijven, denk ik. Ik weet niet goed wat ik verder moet zeggen.'

'Sebastian is in elk geval weg.'

Ursula knikte.

'Maar de rest is een zootje.'

'Ik weet het. Het spijt me.'

'Het is niet alleen jouw schuld, denk ik zo.'

Ze keek hem aan. Deed een stap in zijn richting en raakte zijn hand aan.

'Maar ik dacht dat je me kende. Dat dacht ik echt.'

'Ik denk dat ik dat nu wel doe.'

'Nee, ik moet nog duidelijker zijn.'

Torkel schoot in de lach.

'Je bent duidelijk genoeg geweest. Mag ik je vragen binnen te komen?'

'Je kunt het proberen.' Ze glimlachte naar hem en kwam binnen. Hij deed de deur achter haar op slot. Ze hing haar tas en haar jas op de stoel en ging douchen. Torkel deed zijn overhemd uit en maakte het bed op. Zo wilde ze het. Eerst douchte zij. Daarna hij. Dan kroop hij bij haar in bed. Dat was de routine, zo wilde ze het. Haar regels.

Alleen op het werk.

Nooit als ze thuis waren.

Geen toekomstplannen.

En, dacht Torkel, haar onwankelbare loyaliteit tonen.

Dat moest hij nog aan het rijtje toevoegen.

Sebastian had moeite om in slaap te komen. Er spookte te veel door zijn hoofd. Er was te veel gebeurd. Eerst dacht hij dat het adres in Stockholm hem dwars zat, dat hij daardoor niet meer in zijn normale doen kwam. Niet zo raar misschien: hoe kon hij slapen met een zo moeilijk te bevatten kans of bedreiging voor de boeg? Maar het was niet alleen het adres. Het was ook iets anders, iets anders dan de mogelijke gevolgen van een brief uit het verleden. Een ander beeld. Veel actueler, veel duidelijker. Het beeld van een jonge knul die zijn dood tegemoet liep op een met gravel verhard voetbalveld. Een jongen waar hij geen greep op kreeg. Al die tijd niet had gekregen. Dat was wat eraan scheelde, wist hij. Het rechercheteam en hijzelf hadden zich te snel op de periferie gericht in plaats van op het centrum. Axel Johansson, Ragnar Groth, Frank Clevén. Dat was logisch. Ze zochten een dader.

Maar ze vergaten het slachtoffer. Sebastian had het idee dat ze daardoor de samenhang uit het oog hadden verloren. Roger Eriksson, de jonge knul in het middelpunt van de tragedie, was nog steeds een mysterie.

Sebastian ging zitten, stond op en liep naar de keuken. In de koelkast stonden nog een paar flesjes mineraalwater van het pompstation. Hij maakte er een open en ging aan de keukentafel zitten. Hij pakte zijn tas en haalde er pen en papier uit, en het materiaal dat hij nog had van het onderzoek. Papier en mappen die hij vast had horen achter te laten. Hij was vergeten dat hij ze nog had en hij was niet iemand die terugging om een paar kopietjes terug te brengen. Dat was hij nooit geweest. Integendeel, hij wilde liefst zo veel mogelijk materiaal bij de hand houden, juist voor dit soort gevallen. Zo had hij altijd gewerkt toen hij nog werkte, lang geleden, en hij was blij dat hij zijn gewoonte om zijn tas te vullen tenminste niet was kwijtgeraakt. Jammer genoeg bevatte het materiaal niet veel over Roger. Voornamelijk papiertjes die hij van zijn twee scholen had gekregen. Sebastian legde ze apart, sloeg zijn blocnote open, pakte zijn pen en begon een beetje orde in zijn gedachten te scheppen. Bovenaan schreef hij:

andere school

Sebastian scheurde dat velletje uit en legde het boven aan de tafel. Hij vond het vroeger altijd fijn om met trefwoorden op losse papiertjes te werken om zijn gedachten te stroomlijnen. Het ging erom inzicht te krijgen in de delen van het raamwerk waarover je beschikte, zodat je het van alle kanten kon bekijken en erop door kon borduren. Sebastian ging door:

geen vrienden

Rogers beperkte vriendenkring was een probleem voor de politie. Hij had te weinig geestverwanten, te weinig mensen die iets over hem wisten. Lisa was alleen maar voor de vorm zijn vriendin en zelfs zijn jeugdvriend Johan dreef van hem weg. Gewoonweg een eenzame jongen. Eenzame mensen waren altijd het moeilijkst om greep op te krijgen.

ging in therapie

Bij wijlen Peter Westin. Waarschijnlijk om iemand te hebben om mee te praten. Dat onderbouwde de stelling dat hij eenzaam was des te meer. Misschien ook dat hij iets had om te vertellen, om aan te werken.

had geld nodig

De alcoholverkoop en het hele Axel Johansson-spoor was een zijspoor gebleken. Maar Roger was een knaap die heel wat leek te willen doen voor geld. Geld dat hij nodig had om erbij te horen. Vooral bij het milieu van zijn nieuwe school, het 'chique' Palmlöv College.

moeder krijgt geld van rector

De amorele houding ten opzichte van geld leek een familietrekje te zijn. Het afpersingsscenario deed heel waarschijnlijk aan. Lena wist iets en Ragnar Groth was bereid te betalen om te voorkomen dat dat uitkwam. Het moest iets zijn wat de reputatie van de school kon schaden, want daar leefde hij voor. Roger was de enige link tussen Lena en Groth die Sebastian kende. Dat leidde tot:

homominnaar?

Maar dat streepte hij gauw weer door.

Die stelling in de keten van aanwijzingen stoorde hem het meest. Dat was het soort denkrichting dat te dominant werd en dan een heel onderzoek kon gaan beheersen. Nu was het juist zaak zich vrij te maken, zich niet af te sluiten, maar verbanden te zien zonder ze te veel in te vullen. De oplossing zat vaak in de kleine details. Dat wist hij, dus hij schreef:

geheime minnaar/minnares

Ook dat spoor was eigenlijk te zwak. Een idee van Lisa, dat Vanja had opgepakt en doorgedrukt. Een idee dat hij ook had. Maar het kon evengoed hun subjectieve inkleuring van het woord 'geheim' zijn. Iets wat je verborg, moest wel te maken hebben met seks. Was er iets anders dan hun idee dat dit leek te bevestigen? Ja, er was inderdaad iets. Hij schreef nog een paar trefwoorden op.

Dat had Johan tegen Vanja en hem gezegd toen ze met hem spraken bij de tent. Dat was misschien belangrijker dan hij aanvankelijk had gedacht. Het was volgens Johan de reden dat Roger en hij uit elkaar dreven. Het wees ontegenzeggelijk op seksuele belangstelling bij Roger, zozeer dat Johan het vervelend vond. Maar met wie had hij seks? Niet met Lisa. Met wie wel?

laatste telefoontje

Ook dat zat Sebastian dwars: Rogers laatste telefoontje. Toen hij die vrijdagavond Johan thuis had gebeld, maar hem niet te pakken had gekregen. Waarom probeerde hij het daarna niet op Johans mobieltje? Een tijdje hadden ze verondersteld dat Roger daar niet aan toegekomen was, maar nu ze dankzij de bewakingscamera's zijn laatste wandeling hadden kunnen reconstrueren, leek dat niet meer waarschijnlijk. Integendeel. Roger had na het mislukte telefoontje nog een hele tijd door de stad gelopen voordat hij in de auto stapte, dus hij had er wel tijd voor gehad. De waarschijnlijkste mogelijkheid was dat wat hij tegen Johan wilde zeggen niet zo belangrijk was. Misschien was het genoeg geweest om een bericht achter te laten. Misschien.

Sebastian haalde nog een flesje water uit de koelkast. Was hij iets vergeten? Vast een heleboel. Hij werd moe en gefrustreerd dat hij maar geen greep op Roger kreeg. Hij wist dat hij iets over het hoofd zag. Sebastian begon door de stukken van de school te bladeren: de jaarboeken, Rogers laatste rapporten. Hij vond niets, behalve dat Roger beter was geworden op school. Vooral in de vakken van Beatrice. Ze was kennelijk een goede lerares. Dat was ongeveer het enige wat hij ontdekte.

Sebastian stond op en merkte dat hij behoefte had aan een beetje frisse lucht. Zijn hoofd leegmaken, perspectief krijgen. Hij wist hoe het proces bij hem verliep. Soms duurde het even voordat hij op de gedachte kwam waardoor een paar puzzelstukjes in elkaar vielen. Soms kwam die gedachte helemaal niet. Net als bij de meeste andere processen waren er geen garanties.

De makelaar kwam tegen halfnegen. Toen had Sebastian al gefrustreerd zijn koffer gepakt en nog een ommetje gemaakt. Nog steeds niets. Het denkproces had vrijwel telkens dezelfde versleten patronen gevolgd. Rogers geheim was misschien ondoordringbaar, in elk geval met het materiaal waarover hij beschikte. De makelaar reed in een grote, glimmende Mercedes, droeg een piekfijn jasje en had een brede, veel te gladde glimlach. Sebastian had meteen een hekel aan hem. Hij negeerde zijn uitgestoken hand zelfs.

'Dus u wilt verkopen?'

'Ik wil hier zo snel mogelijk weg. Geef me maar een contract, dan onderteken ik. Dat zei ik toch door de telefoon?'

'Ja, maar we moeten de overeenkomst toch even doornemen?'

'Dat hoeft niet. U rekent een bepaald percentage van de verkoopsom, niet?'

'Ja?'

'Dus hoe hoger de verkoopprijs, hoe meer u krijgt?'

'Inderdaad.'

'Dat is alles wat ik hoef te weten. Dat is een stimulans voor u om het huis zo duur mogelijk te verkopen. Dat is genoeg voor mij.' Sebastian knikte naar de makelaar en pakte zijn pen om zijn handtekening op het stippellijntje te zetten. De makelaar keek hem enigszins sceptisch aan.

'Ik zou het huis eerst even moeten zien.'

'Dan bel ik iemand anders. Moet ik tekenen of niet?'

De makelaar aarzelde.

'Waarom hebt u ons bedrijf gekozen?'

'U was de eerste in het telefoonboek die een antwoordapparaat had, zodat ik een bericht kon inspreken. Oké? Kan ik nu tekenen?'

De makelaar glimlachte zelfgenoegzaam.

'Leuk dat u dat zegt. Er zijn steeds meer antwoordapparaten

die alleen maar openingstijden oplepelen, weet u, en die de klant vragen of ze nog eens willen bellen. Maar ik dacht: dan bellen ze een ander. Niet dan? Slim, hè?'

Sebastian nam aan dat de vraag puur retorisch was. Hij was tenminste absoluut niet van plan de theorie van de makelaar te bevestigen door te vertellen dat het in zijn geval zo was gegaan.

'Ik bedoel, het is ontzettend belangrijk dat je bereikbaar bent voor de klant. Mijn mobiele nummer zit in het mapje dat u krijgt,' vervolgde de makelaar zonder op het antwoord te wachten dat toch niet zou komen. 'En dan hoeft u maar te bellen als u een vraag hebt. In het weekend, 's avonds, wanneer dan ook. Zo werk ik.'

En bijna, als om te bewijzen hoe bereikbaar hij altijd was, begon de mobiele telefoon van de makelaar te rinkelen, zodat hij niet door kon gaan. Sebastian keek de man vermoeid aan. Hij zou willen dat hij nooit had gebeld.

'Dag schat, ja, een beetje stoor je wel… maar toe maar.' De makelaar liep een stukje van hem vandaan om iets meer privé te kunnen praten.

'Het gaat vast goed, schat. Geloof me. Ik moet nu ophangen. Kusje.' De makelaar hing op en wendde zich met een excuserend glimlachje tot Sebastian.

'Sorry, dat was mijn vriendin. Ze moet naar een sollicitatiegesprek. En ze wordt altijd vrij zenuwachtig voor zoiets.'

Sebastian staarde de man voor hem, van wie hij al veel te veel wist, aan. Hij wilde iets vernietigends zeggen om hem stil te krijgen, liefst zo sterk dat de makelaar nooit meer iets zei. Toen kwam het. Dat waar hij op had gewacht.

Het denkproces.

Het verband.

Wie bel je op?

Vasilios Koukouvinos vond het maar een rare rit. Hij had de man met de koffer voor diens huis opgehaald. De man praatte geforceerd. Hij wilde eerst naar het Palmlöv College, en daarna meteen door. Hij hoefde niet eens uit te stappen. Hij wilde er alleen maar heen, zo snel mogelijk.

Toen hij er goed en wel was, vroeg de man Vasilios de dagteller op nul te zetten, de auto te keren en de kortste weg naar het motel aan de E18 te nemen. De man pakte een kaart en wees daarop aan waar het motel lag, maar Vasilios kende zijn Västerås en stelde hem gerust. Ze reden erheen zonder iets te zeggen, maar als Vasilios af en toe een blik op de man wierp, zag hij dat die haast niet stil kon blijven zitten, zo opgewonden was hij blijkbaar.

Toen ze bij het motel in de buurt kwamen, veranderde de man van gedachten. Hij gaf Vasilios een straatnaam en wilde nu ineens daarheen. Een doodlopende straat. En dat niet alleen. De man wilde dat Vasilios achteruit de straat in reed en parkeerde. Toen Vasilios dat had gedaan, keek de man op de dagteller. Die stond op bijna zes kilometer. De man gaf Vasilios zijn creditcard en vroeg hem even te wachten. Toen stapte hij uit. De man liep op een drafje naar het motel. Vasilios zette de motor uit en stapte uit om een sigaretje te roken. Hij schudde zijn hoofd. Als de man naar het motel wilde, had Vasilios hem wel iets dichterbij kunnen afzetten. Hij had nog maar een paar trekjes genomen toen de man alweer terugkwam. Hij zag er nu zo mogelijk nog gestresster uit. Een beetje bleekjes. In zijn hand had hij iets wat eruitzag als het jaarboek van een school. De taxichauffeur herkende de omslagfoto. Het was die kakschool waar ze net vandaan kwamen, het Palmlöv College.

Vasilios ging weer in de auto zitten en nu wilde de man naar het voetbalveld bij de flats, en toen weer terug naar de school.

De man keek de hele tijd op de dagteller.

Inderdaad, het was een merkwaardige rit.

Een merkwaardige rit van zeventien kilometer.

Sebastian had het moeten begrijpen. Als iemand het had moeten begrijpen, dan hij wel. Hij had het zelf van dichtbij meegemaakt. De verandering, de kracht, de energie in haar als je haar leerde kennen. Hoe je werd meegesleept en haar terug wilde zien.

Net als Roger.

Roger had iemand nodig. Iemand die er voor hem was. Die hem steun gaf toen hij van school veranderde. Die hij kon bellen als hij zenuwachtig was. Als hij een pak slaag kreeg. Iemand van wie hij hield. Roger had een telefoontje gepleegd.

Niet naar Johan.

Naar Beatrice.

Dat Sebastian naar het motel was gerend, was meer een ingeving. Een gevoel dat hij kreeg toen de taxi achteruitreed en parkeerde. Dat het motel als locatie belangrijker was dan hij had gedacht, dat het geen toeval was dat Roger daarheen ging. Hij was daar al eerder geweest. Maar niet met Ragnar Groth. Toen Sebastian het jaarboek van de school voor de receptioniste neerlegde, kreeg hij de bevestiging.

O ja, zij was daar geweest.

Verschillende keren.

Ze was niet alleen een groeier.

Ze was veel meer dan dat.

Vanja en Torkel zaten in de verhoorkamer. Tegenover hen zat Beatrice Strand. Ze had dezelfde donkergroene blouse en lange rok aan als de eerste keer dat Vanja en Sebastian haar hadden ontmoet, op het Palmlöv College. Maar nu zag ze er moe uit. Moe en bleek. Haar sproeten kwamen in haar bleke gezicht nu nog duidelijker uit. Misschien was het verbeelding, maar Sebastian, die in de aangrenzende ruimte stond, vond dat zelfs haar dikke rode haar iets van zijn glans had verloren. Beatrice klemde een papieren zakdoekje in haar ene hand, maar nam niet de moeite de tranen die langzaam over haar wangen liepen te drogen.

'Ik had het natuurlijk moeten vertellen.'

'Dat was beter geweest, ja.' Vanja klonk kortaf, geïrriteerd, op het randje van beschuldigend. Beatrice keek haar aan alsof er zojuist iets verschrikkelijks tot haar was doorgedrongen.

'Hadden ze dan nog geleefd, Lena Eriksson en Ragnar? Als ik het verteld had?'

Het werd stil aan tafel. Torkel leek te denken dat Vanja op het punt stond ja te zeggen en legde een hand op haar onderarm.

Vanja hield zich in.

'Dat is onmogelijk te zeggen en het leidt nergens toe om daarover na te denken.' Torkel sprak rustig en vertrouwenwekkend. 'Vertel maar liever over Roger en uzelf.'

Beatrice Strand haalde diep adem en hield haar adem even in, alsof ze zich wapende voor wat ze ging zeggen.

'Ik begrijp best dat jullie het heel onbehoorlijk vinden. Ik ben getrouwd en hij was pas zestien, maar hij was heel rijp voor zijn leeftijd en... het gebeurde gewoon.'

'Wanneer gebeurde het?'

'Een paar maanden nadat hij bij ons op school was begonnen. Hij had iemand nodig, hij werd thuis niet erg gestimuleerd. En ik... Ik wilde het gevoel hebben dat iemand me nodig had. Van me hield. Klinkt dat erg vreselijk?'

'Hij was zestien jaar en afhankelijk – hoe vindt u zelf dat dat klinkt?' Vanja weer. Hard.

Onnodig hard.

Beatrice sloeg beschaamd haar ogen neer. Ze zat met haar handen op tafel en klemde haar zakdoek vast. Ze zouden haar kwijtraken als Vanja niet wat kalmeerde. Beatrice zou instorten. Daar bereikten ze niets mee. Torkel legde zijn hand weer op Vanja's onderarm.

Sebastian greep via het oortje in.

'Vraag waarom ze behoefte aan liefde had. Ze is toch getrouwd?'

Vanja wierp een blik op de spiegel. Een blik die vroeg wat dat ermee te maken had. Sebastian drukte weer op het spreekknopje.

'Je moet haar niet breken. Vraag het maar. Ze wil erover vertellen.'

Vanja haalde haar schouders op en richtte haar aandacht weer op Beatrice.

'Hoe is uw huwelijk?'

'Dat is...' Beatrice keek weer op. Aarzelde. Leek naar het woord of de woorden te zoeken die haar situatie het best beschreven. Haar leven. Uiteindelijk vond ze het.

'Liefdeloos.'

'Waarom?'

'Ik weet niet of jullie het weten, maar Ulf en ik zijn zes jaar geleden gescheiden. We zijn ongeveer anderhalf jaar geleden opnieuw getrouwd.'

'Waarom zijn jullie gescheiden?'

'Ik had een relatie gekregen met een andere man.'

'U was ontrouw?'

Beatrice knikte en sloeg haar ogen weer neer. De schaamte. Het was duidelijk wat de jongere vrouw tegenover haar van haar dacht en vond. Het was te horen aan haar stem, te zien aan haar ogen. Beatrice nam het haar niet kwalijk. Nu haar daden hardop werden uitgesproken, zomaar de kale kamer in, leken ze volstrekt amoreel. Maar toen, op het moment zelf, toen ze de liefde ervoer die grensde aan verering... Ze kon niet anders. Ze had steeds geweten dat het verkeerd was. In allerlei opzichten.

In alle opzichten.

Maar hoe kon ze de liefde afwijzen waaraan ze zo'n wanhopige behoefte had en die ze nergens anders kreeg?

'En uw man verliet u?'

'Ja. Johan en mij. Hij trok eigenlijk gewoon de deur achter zich dicht. Het duurde minstens een jaar voordat we weer met elkaar spraken.'

'Maar nu heeft hij u vergeven?'

Beatrice keek Vanja opeens recht in de ogen. Dit was belangrijk. Dit moest de jonge vrouw begrijpen.

'Nee. Ulf is teruggekomen voor Johan. Onze scheiding en het jaar daarna grepen hem enorm aan. Hij was kwaad en in de war. Hij woonde bij mij en ik had het gezin kapotgemaakt. Het was openlijk oorlog. We konden er geen oplossing voor bedenken. De meeste kinderen komen eroverheen als de ouders scheiden. Het kan korter of langer duren, maar uiteindelijk gaat het meestal goed. Bij Johan niet. Zelfs toen hij om de week of nog vaker bij Ulf woonde. Hij verbeeldde zich dat alles verkeerd was als het gezin niet compleet was. Dat werd steeds erger, het werd een ideefixe. Hij werd ziek. Depressief. Had een tijdje zelfmoordplannen. Hij ging in therapie, maar het werd niet beter. Alles draaide om het gezin. Wij drieën. Zoals vroeger. Zoals het altijd was geweest.'

'Dus Ulf kwam terug.'

'Voor Johan. Ik ben daar dankbaar voor, maar Ulf en ik... Het is geen huwelijk zoals jullie het je voorstellen.'

Sebastian knikte bij zichzelf in de aangrenzende kamer. Hij

had dus gelijk gehad toen hij dacht dat Beatrice hem verleidde, in plaats van andersom. Maar het was nog erger dan hij dacht. Wat een hel moest het de laatste jaren voor haar zijn geweest. Stel je voor: dag in dag uit leefde ze samen met een man die niet direct afwijzend was, maar die had gezegd dat hij niets met haar te maken wilde hebben, en met een zoon die haar de schuld gaf van al het kwaad dat het gezin had getroffen. Waarschijnlijk was Beatrice buitengesloten. Niet zo vreemd dat ze liefde en bevestiging aannam zodra die zich aandienden.

'Hoe kwam Lena Eriksson achter jullie relatie?' Torkel nam het gesprek in de verhoorkamer weer over. Beatrice was opgehouden met huilen. Het was fijn om het aan iemand te kunnen vertellen. Ze dacht zelfs dat de jonge vrouw tegenover haar iets meelevender keek. Ze zou natuurlijk nooit goedkeuren wat Beatrice had gedaan, maar ze kon misschien begrijpen wat haar ertoe had gebracht.

'Ik weet het niet. Ze wist het gewoon opeens. Maar in plaats van te proberen het te stoppen, begon ze Ragnar en de school geld af te persen. Zo kwam hij erachter.'

'En hij betaalde?'

'Ik geloof het wel. De reputatie van de school ging voor hem boven alles. Ik zou dit schooljaar nog afmaken. We hadden midden in het schooljaar al een conciërge ontslagen. Als er nu nog iemand weg zou gaan... dat zou geen goede indruk maken. Maar hij dwong me natuurlijk wel een eind te maken aan mijn relatie met Roger.'

'En deed u dat?'

'Ja. Nou ja, ik probeerde het. Roger weigerde te begrijpen dat het niet kon doorgaan.'

'Wanneer was dat?'

'Een maandje geleden of zo.'

'Maar hebt u hem die vrijdag gezien?'

Beatrice knikte en haalde nogmaals diep adem. De kleur was een beetje teruggekomen in haar gezicht. Wat ze had gedaan was dan misschien verwerpelijk geweest, en de mensen hier veroordeelden haar terecht, maar het viel toch niet te ontkennen dat het een opluchting was om het te vertellen. Om alles te vertellen.

'Hij belde vrijdagavond en wilde nog één keer afspreken. We moesten praten, zei hij.'

'En u ging daarmee akkoord?'

'Ja. We spraken een plaats af waar ik op hem zou wachten. Ik zei thuis dat ik een stukje ging wandelen. Ik leende de auto van de school en ontmoette hem. Toen hij kwam, was hij terneergeslagen; hij had ruzie gehad en had een bloedneus.'

'Leo Lundin.'

'Ja. We praatten en ik probeerde het uit te leggen. Ik reed met hem naar het voetbalveld. Hij weigerde nog steeds te begrijpen dat we elkaar niet meer mochten zien. Hij huilde en smeekte en was boos. Hij voelde zich in de steek gelaten.'

'En toen?'

'Hij stapte uit. Boos en verdrietig. Het laatste wat ik zag was dat hij boos over het voetbalveld beende.'

'U liep hem niet achterna?'

'Nee. Ik ging terug naar de school en zette de auto weg.'

Het werd stil in de kamer. Een stilte die Beatrice onmiddellijk interpreteerde als wantrouwen. Ze dachten dat ze loog. De tranen sprongen haar weer in de ogen.

'Ik heb niets met zijn dood te maken. Jullie moeten me geloven. Ik hield van hem. Jullie mogen ervan vinden wat jullie willen, maar ik hield van hem.'

Beatrice begon te huilen. Ze verborg haar gezicht in haar handen. Vanja en Torkel keken elkaar aan. Torkel knikte naar de deur en ze stonden allebei op. Torkel zei dat ze gauw terug zouden komen, maar het was de vraag of dat tot Beatrice doordrong.

Ze hadden de deur naar de gang net opengedaan toen Beatrice hen terugriep.

'Is Sebastian hier?'

Torkel en Vanja keken alsof ze de huilende vrouw in de stoel verkeerd verstonden.

'Sebastian Bergman?'

Beatrice knikte tussen twee snikjes door.

'Hoezo?'

Vanja probeerde zich te herinneren of ze elkaar überhaupt weleens ontmoet hadden, Sebastian en Beatrice. Die keer op school natuurlijk, en toen ze waren gaan vragen waar Ulf en Johan kampeerden, maar dat was beide keren maar kort.

'Ik zou graag met hem willen praten.'

'We zullen zien wat we kunnen doen.'

'Alstublieft. Ik denk dat hij mij ook wil zien.'

Torkel hield de deur open voor Vanja en ze liepen de gang op.

Het volgende moment kwam Sebastian de andere kamer uit. Hij liet er geen gras over groeien.

'Ze heeft niets met de moorden te maken.'

'Waarom denk je dat?' vroeg Torkel, terwijl ze gedrieën door de gang liepen. 'Jij kwam er toch mee dat zij de auto bestuurde en een relatie met Roger had?'

'Weet ik, maar ik heb overhaaste conclusies getrokken. Ik ging ervan uit dat degene die de auto bestuurde ook de moordenaar was. Maar dat is ze niet.'

'Dat weet je toch niet?'

'Ja, dat weet ik wel. Niets in haar verhaal of in haar gedrag wijst erop dat ze liegt.'

'Dat is niet genoeg om haar af te schrijven.'

'Het technische bewijs in de auto komt overeen met Beatrice' beschrijving van de avond. Dáárom hebben we geen bloedsporen in de auto gevonden.'

Vanja keek Torkel aan.

'Bij wijze van uitzondering moet ik Sebastian gelijk geven.'

Torkel knikte. Hij was het er zelf ook mee eens. Beatrice klonk erg geloofwaardig. Helaas. Vanja dacht kennelijk langs dezelfde lijn. Ook al probeerde ze het niet te laten merken, op haar gezicht stonden vermoeidheid en teleurstelling te lezen.

'Dat betekent dat er nog een auto moet zijn. Wij zijn weer terug bij af. Voor de hoeveelste keer is dat?'

'Niet per se,' zei Sebastian. Ze bleven alle drie staan. 'Als je iemand bedriegt, wordt er iemand bedrogen. Wat weten we over haar man?'

Haraldsson verkeerde in shock.

Anders was zijn toestand niet te omschrijven.

Zijn plan.

Zijn revanche.

Vernietigd.

Nu zat hij in zijn eentje in de kantine met een kop steeds kouder wordende koffie voor zich en probeerde te reconstrueren wat er mis kon zijn gegaan. Kennelijk had hij Radjan, toen hij hem belde, meer verteld dan hij zich kon herinneren. Had hij zijn mond voorbijgepraat. Dat schuldigen op de vlucht slaan en dat er meer met Axel Johansson aan de hand was dan dat hij in alcohol handelde. Misschien had het niets met Roger Eriksson en Peter Westin te maken, maar er was iets. De alcohol maakte je tong los.

Te veel, kennelijk.

Radjan had niet alleen het bestand gekopieerd, hij had het ook – met andere ogen – gelezen. En daarbij was hem hetzelfde opgevallen als Haraldsson. Radjan Micic was geen slechte politieman. Het had hem iets meer tijd gekost om tot dezelfde conclusie te komen dan Haraldsson een paar uur later. Natuurlijk hadden andere rechercheurs in Gävle, Sollefteå en ook de collega's hier in Västerås eerder overeenkomsten gezien tussen de verkrachtingen en het vermoeden gehad dat het in alle gevallen dezelfde dader was, maar zonder naam had je niet veel aan die informatie. Haraldsson had wel een naam, en die had hij aan Radjan gegeven.

Radjan die, naar Haraldsson nu begreep, een veel groter netwerk in de stad had dan hijzelf. Onder de collega's ging het gerucht dat het vanaf het moment dat Radjan en zijn collega Elovsson het bureau verlieten maar een kwartier duurde totdat ze een adres hadden. Om halfelf hadden ze Axel Johansson opgepakt. Ongeveer op het moment dat Haraldsson aan zijn wandeling naar het bureau begon. Toen het duidelijk was dat ze een DNA-test zouden doen, had Axel bekend. Zonder er doekjes om te winden. Zelfs meer verkrachtingen dan er geregistreerd waren. Hij ontkende echter dat hij iets met de moorden op Roger Eriksson en Peter Westin te maken had. Hij had zelfs een alibi voor de moord op Roger dat tot nu toe stand leek te houden. Toch was het een goede ochtend voor de politie van Västerås.

Vijftien verkrachtingszaken waren opgelost.

Door Micic en Elovsson.

Het gerucht wilde dat ze later die middag door de provinciaal commissaris zouden worden ontvangen. Haraldsson voelde zijn ogen branden en hij drukte zijn vingers ertegenaan. Hij hield zijn tranen tegen. Hard. In het donker kwamen er kleuren. Lichtflitsen. Hij wilde nog verder naar binnen, weg van de werkelijkheid. Achter zijn oogleden blijven zitten. Stappen naderden en ze stopten bij zijn bureau. Haraldsson haalde zijn handen weg en keek wazig naar de gedaante die daar stond.

'Kom,' zei Hanser kort, en ze draaide zich om.

Haraldsson ging gehoorzaam mee.

Ze waren weer bij elkaar gekomen in de vergaderkamer. Alle vijf. Billy en Ursula hadden de ochtend gebruikt om het hele onderzoek weer aan de muur te hangen. Er heerste een algemeen gevoel van traagheid in de kamer. Even hadden ze gedacht, of zichzelf toch in elk geval willen verbeelden, dat ze klaar waren. Dat alles opgelost was. Het was of ze net een marathon hadden gelopen en toen te horen hadden gekregen dat ze nog tien kilometer te gaan hadden. Die kracht hadden ze niet meer.

'Ulf Strand en Beatrice Strand zijn zes jaar geleden gescheiden en anderhalf jaar geleden weer getrouwd,' zei Billy, die presenteerde wat hij over Beatrice' man had gevonden.

Vanja zuchtte. Sebastian wierp een blik op haar en begreep al-gauw dat haar zucht niets met verveling of ongeïnteresseerdheid te maken had. Hij gaf uitdrukking, zo niet aan sympathie, dan toch aan een zeker medeleven met een opoffering die, naar het zich liet aanzien, een vergooid leven tot gevolg had.

'Er is twee keer aangifte tegen hem gedaan,' vervolgde Billy. Wegens bedreiging en mishandeling. Beide keren in 2004 en beide keren door een zekere Birger Franzén, die toen een relatie had met Beatrice Strand.

'Was dat de man met wie ze hem bedroog?' Vanja besefte zodra ze haar eigen stem hoorde dat die vraag volkomen irrelevant was en dat ze hem alleen maar stelde uit nieuwsgierigheid. Ze wist ook dat ze geen antwoord zou krijgen.

En inderdaad: 'Dat staat hier niet. Er staat alleen dat ze in de tijd voor de aangiftes een latrelatie hadden.'

'Hoe is het daarmee afgelopen?' vroeg Torkel ongeduldig. Hij wilde door, weg, afronden.

'Een geldboete en voorwaardelijk voor de eerste en een bezoek-verbod voor de tweede. Een verbod om Franzén te bezoeken, niet Beatrice en Johan,' verduidelijkte Billy.

'Dus hij is wel een beetje van het jaloerse type.' Sebastian leun-de achterover in zijn stoel. 'Dat zijn vrouw het doet met vriendjes van zijn zoon kan hem natuurlijk kwaad hebben gemaakt.'

Torkel keek Billy weer aan.

'Ga door.'

'Hij heeft een wapenvergunning.'

'Wapens?'

'Er staat een Unique T66 Match geregistreerd.'

'Kaliber 22,' zei Ursula, meer ter informatie dan als vraag. Billy knikte toch bevestigend.

'Yep.'

'En verder?'

'Dat was eigenlijk alles. Hij werkt als systeembeheerder bij een uitzendbureau en hij heeft een Renault Mégane uit 2008.'

Torkel stond op.

'Nou, laten we dan maar eens een praatje met Ulf Strand gaan maken.' Vanja, Sebastian en Ursula vlogen ook overeind uit hun stoel. Billy bleef zitten. Als ze terugkwamen met Ulf zouden ze alles over hem willen hebben wat er was. Dat was zijn werk. De vier waren net op de weg de kamer uit toen er geklopt werd; meteen daarna stak Hanser haar hoofd om de deur.

'Hebben jullie even voor me?' Ze kwam de kamer in zonder het antwoord af te wachten.

'We wilden net weggaan.' Torkel kon de irritatie in zijn stem niet helemaal onderdrukken. Hanser hoorde dat wel, maar trok zich er niets van aan.

'Nieuws in de zaak-Roger Eriksson?'

'We gaan Ulf Strand ophalen. De man van Beatrice Strand.'

'Dan ben ik hier nog net op tijd. Ik heb met de provinciaal commissaris gesproken...'

Torkel onderbrak haar.

'Ja, hij zal wel tevreden zijn. Ik hoorde het van Axel Johansson. Gefeliciteerd.'

Torkel wees naar de deur, een gebaar waarmee hij aangaf dat ze wel al lopend door konden praten. Hanser bleef staan.

'Dank je. Hij is tevreden, maar hij zou nog tevredener kunnen zijn.'

Torkel herkende de situatie. Hij wist waar ze naartoe wilde.

Hij vermoedde wel waarom en kreeg meteen de bevestiging.

'We hebben er gisteren nogal groots mee uitgepakt dat de zaak opgelost was.'

'Dat is niet mijn fout. Gisteren waren er veel aanwijzingen dat het Ragnar Groth was, maar bij nader onderzoek hield het bewijs geen stand. Dat gebeurt weleens.'

'Hij is een beetje verontwaardigd dat jullie Beatrice Strand hebben opgehaald zonder ons te informeren. Hij wil dat de politie van Västerås vertegenwoordigd is als er iemand wordt opgepakt.'

'Ik hoef hem niet te informeren over wat mijn team of ik doen.' Torkels stem was harder. Het was niet zijn gewoonte geurvlaggen te plaatsen, maar hij was ook niet van plan zich op zijn kop te laten zitten omdat de provinciaal commissaris de pest in had na een pr-blunder.

'Als hij commentaar heeft op mijn werk, waarom komt hij dan niet zelf?'

Hanser haalde haar schouders op.

'Hij heeft mij gestuurd.'

Torkel besefte dat hij op het punt stond de boodschapper om te brengen. Hij klemde zijn kaken op elkaar en dacht snel na. Wat was er te winnen, wat had hij te verliezen?

'Oké. Natuurlijk. We nemen iemand mee.'

'Er is een ietwat uit de hand gelopen demonstratie voor een jongerencentrum en een ongeluk op de E18, dus we zitten momenteel wat krap in de mensen.'

'Ik ben niet van plan om te wachten, als je dat bedoelt. Er zijn grenzen.'

'Nee, jullie hoeven niet te wachten. Ik wil alleen maar uitleggen waarom jullie meekrijgen wie jullie meekrijgen.'

Torkel meende enig medelijden in Hansers gezicht te zien toen ze naar de kantoortuin wees. Torkel keek door het raam in de richting waarin ze knikte. Toen keek hij haar weer aan alsof hij zojuist het slachtoffer was geworden van een practical joke.

'Dat meen je niet!'

In de kantoortuin leunde Haraldsson juist tegen een bureau, waardoor hij een pennenbakje op de vloer stootte.

De civiele wagens parkeerden een meter of twintig van het gele huis en ze stapten alle vijf uit. Haraldsson had in zijn eentje op de achterbank gezeten bij Torkel en Vanja in de auto. Toen ze het politiebureau verlieten, had hij geprobeerd een praatje te maken, maar hij begreep algauw dat niemand geïnteresseerd was in wat hij te zeggen had en hij hield toen verder zijn mond.

Nu staken ze de straat over; Haraldsson, Vanja en Torkel een stukje voor Ursula en Sebastian. De villawijk lag rustig en stil in de middagzon. Ergens in de verte was het geluid van een elektrische grasmaaier te horen. Sebastian wist niets van tuinieren, maar was april niet wat vroeg om het gras te maaien? Een enthousiasteling waarschijnlijk.

Het groepje naderde de oprit van huize Strand. Toen ze Beatrice van school haalden, zei ze dat Ulf meestal thuis was als Johan 's middags thuiskwam. Bij het uitzendbureau zeiden ze dat hij de rest van de dag vrij had genomen. Dat leek te kloppen. De Renault Mégane van het gezin stond keurig op de oprit geparkeerd.

Vanja liep ernaartoe. Ze ging op haar hurken zitten bij het achterwiel. Haar ogen schitterden hoopvol toen ze zich naar de anderen keerde.

'Pirelli.'

Ursula liep gauw naar Vanja toe en ging ook op haar hurken zitten. Ze pakte haar camera en fotografeerde de band.

'P7. Klopt.'

Ursula pakte een mesje en begon modder en vuil los te peuteren uit het profiel van de band. Vanja stond op en liep om Ursula heen naar de achterkant van de auto. Ze voelde aan de kofferbak. Niet op slot. Ze keek Torkel even vragend aan en hij knikte bevestigend. Vanja deed de kofferbak open. Torkel kwam bij haar staan en samen keken ze in de vrijwel lege ruimte. De zijkanten waren zwart en zonder de juiste hulpmiddelen was het onmogelijk te zien of er bloedvlekken op zaten of niet. Op de bodem lag een plastic mat.

Een nieuwe plastic mat.

Torkel boog voorover en tilde hem op. Eronder zaten twee ruimten met een klep erboven. Waarschijnlijk zaten daar het reservewiel, de gevarendriehoek, zekeringen en andere oninteressante spullen in. De kleppen waren echter verre van oninteressant. Ze waren bekleed met vilt. Grijs vilt. Tenminste, grijs aan de uiteinden. In het midden zat een grote, donkerrode vlek. Vanja en Torkel hadden al vaak genoeg geronnen bloed gezien om onmiddellijk te weten waar ze naar keken. En áls ze nog twijfelden, bevestigde de geur hun vermoeden wel. Ze gooiden de achterklep met een klap dicht.

Sebastian zag hoe verbeten ze keken en begreep dat ze iets hadden gevonden.

Iets cruciaals.

Ze hadden eindelijk de goede gevonden. Sebastian keek snel naar het huis. Hij dacht dat hij in zijn ooghoek beweging had gezien voor een raam op de eerste verdieping. Hij keek nog eens goed. Niets. Alles was rustig.

'Sebastian...'

Torkel riep hen bij zich. Sebastian keek nog één keer naar het raam op de verdieping en richtte zijn aandacht toen op Torkel.

De Man die geen Moordenaar was, zag hen de oprit op komen en blijven staan. Bij de auto. Hij wist het. Hij had het steeds geweten. De auto was zijn achilleshiel.

De dag na die noodlottige vrijdag had hij met de gedachte gespeeld hem naar de sloop te brengen, maar hij had het niet gedaan. Hoe moest hij dat uitleggen? Waarom zou je een volkomen bruikbare auto naar de sloop brengen? Dat had erg verdacht geleken. Dus hij had gedaan wat hij kon. Hem gepoetst en geboend, een nieuwe mat gekocht voor de kofferbak en de auto op Marktplaats te koop gezet. Er waren twee mensen wezen kijken, maar ze hadden niet toegehapt. Hij had nieuwe kleppen besteld voor de twee vakken onder in de kofferbak. Hij zou ze volgende week krijgen.

Te laat.

De politie was er.

Bij de auto. Twee vrouwen zaten op hun hurken bij het achterwiel. Had hij sporen achtergelaten? Waarschijnlijk. De Man die geen Moordenaar was vloekte zacht. Daar was iets aan te doen geweest. Nieuwe banden. Daar was niks raars aan. Maar nu?

Te laat.

Hij kon maar één ding doen. Naar buiten gaan en bekennen. Zijn straf aanvaarden. Misschien zouden ze hem begrijpen. Begrijpen, maar niet vergeven.

Ze zouden hem nooit vergeven.

Niemand vergaf hem. Vergeving vereiste niet alleen een beken-
tenis, maar ook spijt, en die voelde hij nog steeds niet.

Hij had gedaan wat hij moest doen.

Zo lang hij kon.

Maar nu was het afgelopen.

'We weten dat hij over wapens beschikt, dus wees uitermate
voorzichtig.' Torkel had zijn mensen bij zich geroepen en sprak
hen zacht, bijna fluisterend toe. 'Blijf dicht bij de muur. Vanja,
neem jij de achterkant.'

Iedereen knikte ernstig. Vanja trok haar pistool en verdween in
licht gebogen houding langs de zijkant van het huis.

'Ursula, ga jij naar de lange zijkant, voor het geval dat hij uit
het raam klimt en over het grasveld probeert te vluchten. Sebastian, jij houdt je op de achtergrond.'

Het kostte Sebastian geen enkele moeite die instructie op te
volgen. Dit onderdeel van het politiewerk interesseerde hem niet
in het minst. Hij wist dat de anderen hiernaar uitgekeken hadden
vanaf het moment dat ze hoorden dat er een zestienjarige jongen
was verdwenen die Roger Eriksson heette, maar de arrestatie zelf
deed Sebastian niets.

Bij hem ging het uitsluitend om de weg erheen. Om het doel gaf
hij niets.

Torkel keek Haraldsson aan.

'Wij bellen samen aan. Ik wil dat je je wapen trekt, maar je
afzijdig houdt, met je wapen naar beneden. We moeten hem niet
bang maken. Begrepen?'

Haraldsson knikte. De adrenaline pompte. Dit was serieus. Nu
kwam het erop aan. Hij zou de moordenaar van Roger Eriksson
inrekenen. Niet zelf, maar toch.

Hij was er. Hij was erbij. Zijn oren suisden toen hij zijn wapen
trok en samen met Torkel naar de voordeur liep.

Ze hadden nog maar een paar passen gedaan toen ze de klink
langzaam omlaag zagen gaan. Torkel trok bliksemsnel zijn wapen
en mikte op de deur. Haraldsson keek snel naar Torkel, begreep

dat het bevel om zijn wapen omlaag te houden niet meer gold en richtte ook het zijne. De deur ging langzaam open.

'Ik kom naar buiten,' hoorden ze vanuit het huis.

Een mannenstem.

'Langzaam! En hou je handen zo dat ik ze kan zien!' Torkel bleef vier, vijf meter van de voordeur staan. Haraldsson ook. Ze zagen een voet met een schoen door de kier komen die tussen de deur en de deurpost was ontstaan, en ze zagen hoe die voet de deur verder openduwde. Ulf Strand kwam naar buiten, met beide handen ter hoogte van zijn hoofd.

'Ik neem aan dat jullie mij zoeken.'

'Blijf daar staan!'

Strand gehoorzaamde. Hij keek rustig naar de rechercheurs, die met getrokken pistool naar hem toe kwamen. Ursula en Vanja kwamen terug naar de voorkant van het huis. Ook zij met het pistool in de aanslag.

'Keer u om!'

Strand keerde zich om en keek rustig naar de rommelige hal. Torkel gaf Haraldsson het teken dat hij moest blijven staan, terwijl hijzelf naar Strand toe liep.

'Op uw knieën!' Ulf Strand deed wat hem gezegd werd. De ruwe stenen van de stoep voor de deur drukten zich meteen in zijn knieën. Torkel zette de laatste stappen naar Strand toe en legde zijn ene hand in diens nek, terwijl hij hem met de andere snel fouilleerde.

'Ik was het. Ik heb hem gedood.'

Torkel was klaar met fouilleren en trok Ulf Strand overeind. De andere rechercheurs stopten hun wapens in de holsters.

'Ik was het. Ik heb hem gedood,' herhaalde Strand toen hij oogcontact kreeg.

'Ja, ik heb het gehoord.' Torkel knikte naar Haraldsson, die met handboeien aan kwam lopen.

'Handen op de rug, alstublieft.'

Ulf Strand keek Torkel bijna smekend aan.

'Denkt u niet dat het zonder die dingen kan? Het zou fijn zijn als ik hier heel gewoon weg kon gaan. Dan hoeft Johan me niet te zien als... crimineel.'

'Is hij thuis – Johan?'

'Ja. Hij is op zijn kamer. Boven.'

Ook als de jongen nog niet had gehoord of gezien wat er aan de hand was, zou hij nu toch langzamerhand uit zijn kamer moeten komen. Dan zou hij het huis niet leeg aantreffen. Hij moest met iemand kunnen praten. Torkel riep Vanja.

'Blijf jij hier bij die jongen.'

'Prima.'

Torkel keek weer naar Ulf Strand.

'Nou, dan gaan we.'

Strand draaide zijn hoofd om en riep naar binnen: 'Johan, ik ga even met de politie mee. Mama komt zo!'

Geen antwoord. Torkel pakte Strands ene arm. Haraldsson stopte de boeien weg en ging aan Strands andere kant lopen. Met Ulf Strand liepen ze naar de auto. Toen ze Sebastian passeerden, ging hij naast hen lopen.

'Hoe lang weet u het al?'

Strand kneep zijn ogen dicht tegen de middagzon terwijl hij Sebastian oprecht vragend aankeek.

'Hoe lang weet ik wat al?'

'Dat uw vrouw een seksuele relatie met Roger Eriksson had.' Sebastian zag dat Strand zijn ogen even in opperste verbazing opensperde. Schrik en wantrouwen vlogen over zijn gezicht. Voordat Strand zijn spieren weer onder controle had, keek hij gauw naar zijn voeten.

'Eh... een tijdje...'

Sebastian bleef staan. Zijn hele lichaam verstijfde. Hij begreep wat hij net had gezien: een man die verrast was. Totaal. Volkomen. Een man die, voordat Sebastian het vertelde, geen idee had gehad waar zijn vrouw en de beste vriend van zijn zoon mee bezig waren. Sebastian keek meteen naar de anderen.

'Dit klopt niet.'

Torkel stopte. Strand en Haraldsson ook. Strand staarde nog steeds naar de grond.

'Wat zei je?'

'Hij heeft geen flauw idee!' Sebastian deed opgewonden een stap in Torkels richting.

'Hoezo? Waar heb je het over?'

Sebastian begreep de draagwijdte van zijn woorden en keek tegelijkertijd omhoog.

'Hij is het niet.'

Voordat iemand kon reageren, hoorden ze een schot en een schreeuw. Sebastian draaide zich om naar Ulf Strand en zag dat Haraldsson naar zijn borst greep en op de oprit in elkaar zakte.

'Wapens!'

Ursula stortte zich naar voren en trok in één beweging de zwaar bloedende Haraldsson achter de geparkeerde Renault. In dekking. Torkel reageerde net zo snel en duwde Ulf Strand bruusk opzij, terwijl hijzelf gebukt achter hem aan liep. Buiten schot. In een paar seconden waren ze van de oprit af. Seconden die Sebastian gebruikte om snel achterom te kijken. Uit het raam op de bovenverdieping waar hij eerder naar had gekeken, stak de loop van een geweer. Daarachter een bleek, jong gezicht.

'Sebastian!'

Torkel schreeuwde. In dezelfde seconde begreep Sebastian dat de anderen instinctief hadden gehandeld en dat ze dankzij jaren van training onmiddellijk dekking hadden gezocht. Zelf stond hij nog op de oprit, volledig in het zicht. Hij keek weer naar het raam op de bovenverdieping en zag de geweerloop iets naar links bewegen.

Naar hem.

Hij zette het op een lopen.

Hij rende naar het huis, naar de voordeur. Toen hij een paar passen had gezet, hoorde hij een kogel inslaan in het grind achter hem. Hij ging nog harder lopen. Er verscheen iemand voor hem in de deuropening. Vanja. Met getrokken pistool.

'Wat gebeurt er?!'

Sebastian was ervan overtuigd dat hij nu zo dicht bij het huis was dat het gezien de hoek tot de deur onmogelijk was geworden om hem vanuit het raam nog te raken, maar hij wilde niet het risico nemen om te stoppen en Vanja bij te praten. Hij rende halsoverkop de hal en de veiligheid in. Vanja was in een fractie van een seconde bij hem.

'Sebastian, wat gebeurt er?'

Sebastian ademde zwaar. Zijn hart bonsde. Zijn hartslag bonkte in zijn oren. Niet van de inspanning, maar hij moest de afgelopen vijftien seconden een jaarrantsoen adrenaline hebben opgebruikt.

'Hij is boven,' antwoordde Sebastian buiten adem. 'Met een geweer.'

'Wie?'

'Johan. Hij heeft Haraldsson neergeschoten.'

Ze hoorden stappen op de bovenverdieping. Vanja draaide zich snel om en richtte haar pistool op de trap. Er kwam niemand. De stappen hielden op.

'Weet je het zeker?'

'Ik heb hem gezien.'

'Waarom zou hij Haraldsson neerschieten?'

Sebastian haalde zijn schouders op en pakte met trillende handen zijn mobiele telefoon. Hij toetste een nummer in. In gesprek. Sebastian drukte het weg en toetste het opnieuw in. Nog steeds in gesprek. Hij nam aan dat Torkel versterking opriep.

Gewapende versterking.

Sebastian probeerde zich te concentreren.

Wat wist hij?

Er zat een tiener boven die zojuist een politieman had neergeschoten. Een tiener die volgens zijn moeder al eerder psychisch instabiel was geweest. Misschien was het een impulsieve daad toen hij zag dat ze zijn vader bij hem weghaalden. Misschien had hij iets te maken met de moord op Roger Eriksson en zag hij nu zijn hele wereld instorten.

Sebastian begon de trap op te lopen. Vanja hield hem met één hand op zijn borst tegen.

'Waar ga je heen?'

'Naar boven. Ik moet met hem praten.'

'Nee, dat moet je niet. We wachten op versterking.'

Sebastian haalde diep adem.

'Hij is zestien jaar. Hij is bang. Hij heeft zich opgesloten op zijn kamer. Als hij hier een heel arrestatieteam ziet en het gevoel heeft dat hij geen kant meer op kan, zal hij dat geweer op zichzelf richten.'

Sebastian keek Vanja ernstig aan.

'Dat wil ik niet op mijn geweten hebben. Jij wel?'

Ze keken elkaar aan. Zwijgend. Sebastian kon zien dat Vanja de argumenten tegen elkaar afwoog.

Plus en min.

Verstand en gevoel.

Sebastian bekeek haar. Hij dacht erover na hoe hij haar zou kunnen overtuigen als ze weigerde hem de trap op te laten gaan. Dat zou lastig zijn, maar het moest. Hij was ervan overtuigd dat Johan zou sterven als niemand contact met hem kreeg. Dat was het meest waarschijnlijke scenario. En dat mocht niet gebeuren. Tot zijn grote opluchting knikte Vanja en stapte ze opzij.

Sebastian liep langs haar heen.

'Bel Torkel en vertel wat ik doe. Zeg dat ze moeten afwachten.'

Vanja knikte. Sebastian haalde diep adem, pakte de trapleuning en zette zijn voet op de onderste trede.

'Succes.' Vanja legde haar hand op zijn arm.

'Dank je.'

Sebastian begon langzaam de trap op te lopen. Die kwam uit op een overloop, die naar links liep, de bovenverdieping op. Vier deuren. Twee rechts, één links en één rechtdoor aan het eind van de overloop. Aan de witgeschilderde muren hingen, zonder zichtbaar systeem, ingelijste affiches, foto's en kindertekeningen. Op de vloer lag een rode loper, die een paar centimeter smaller was dan de overloop. Hij was stoffig. Sebastian keek naar de gesloten deuren en dacht na. De trap maakte een draai van negentig graden naar links. De voordeur zat aan dezelfde kant als het raam van Johans kamer. Dat moest betekenen dat de gesloten deur aan het eind van de overloop die van Johan was. Sebastian liep er een beetje sluipend heen.

'Johan...?'

Stilte. Sebastian drukte zich tegen de muur aan de rechterkant; hij voelde zich pal voor de deur slecht op zijn gemak. Hij had geen idee of een kogel uit een Unique T66 Match door een binnendeur heen kon, maar hij had geen zin om erachter te komen.

'Johan, ik ben het, Sebastian Bergman.' Hij klopte voorzichtig op de deur. 'Herinner je je mij nog?'

'Ga weg,' klonk het zwak uit de kamer. Sebastian haalde opgelucht adem. Contact. Een belangrijke eerste stap. Nu moest de tweede volgen. Hij moest die kamer in.

'Ik wil met je praten. Mag dat?'

Geen antwoord.

'Ik denk dat het goed is als we even praten. Ik ben geen politieman, hoor, weet je nog? Ik ben psycholoog.'

In de stilte die volgde, hoorde Sebastian in de verte sirenes naderen. Hij vloekte bij zichzelf. Waar waren ze verdomme mee bezig? Die jongen zou alleen maar nog meer gestrest raken. Sebastian moest die kamer in.

Nu.

Hij ging aan de andere kant van de overloop staan, links van de deur. Hij legde zijn hand voorzichtig op de klink. Die was koud aan zijn hand. Sebastian realiseerde zich dat hij zweette. Hij droogde zijn voorhoofd met zijn andere hand.

'Ik wil alleen maar met je praten. Dat is alles. Dat beloof ik.'

Geen antwoord. De sirenes kwamen dichterbij. Ze moesten nu in de straat zijn.

Sebastian ging wat harder praten.

'Hoor je me?'

'Kunt u niet gewoon weggaan?!' Johans stem klonk eerder wanhopig dan dreigend. Gesmoord. Huilde hij? Stond hij op het punt het op te geven? Sebastian haalde diep adem.

'Ik doe nu de deur open.' Sebastian duwde de klink omlaag. Geen zichtbare reactie aan de binnenkant. De deur draaide naar buiten; Sebastian zette hem op een kier en liet hem zo staan.

'Ik doe de deur nu helemaal open en dan kom ik binnen. Is dat goed?' Weer kreeg Sebastian alleen stilte als reactie. Hij stak zijn wijsvinger om de deur en gaf die voorzichtig een duw, terwijl hij er zelf nog steeds naast stond, beschermd door de muur. Hij deed zijn ogen dicht. Een kort moment van concentratie.

Toen kwam hij tevoorschijn en ging in de deuropening staan, zijn handen goed zichtbaar.

Johan zat op de vloer voor het raam, met het geweer in zijn handen. Hij keek Sebastian aan met een gezicht alsof het een volkomen verrassing was dat die daar stond.

Verward.

In shock.

Dus gevaarlijk. Sebastian bleef doodstil in de deuropening staan. Hij bekeek Johan met genegenheid. Hij zag er heel klein uit. Heel kwetsbaar. Zijn gezicht was bleek en bezweet. Hij had zwarte kringen om zijn ogen, die rooddoorlopen waren en diep verzonken leken. Slaapgebrek misschien. Wat er ook was gebeurd, wat Johan ook had gedaan, het had hem achtervolgd. Achtervolgd tot hier, en nu kon hij niet meer terug. De kans bestond dat de druk te groot werd, dat het dunne draadje dat hem nog met de werkelijkheid verbond zou knappen. Sebastian zag hoe gespannen de jongen was. Zijn kaken maalden achter zijn bleke wangen. Johan leek plotseling alle belangstelling voor Sebastian te verliezen en richtte zijn aandacht op het raam en wat daarbuiten gebeurde.

Vanaf zijn plek in de deuropening zag Sebastian dat er een ziekenwagen arriveerde, tegelijk met nog een paar politiewagens. Een en al activiteit. Hij kon Torkel zien praten met een gewapende man van iets wat het lokale arrestatieteam leek. Johan haalde het geweer van zijn schoot en richtte het op Sebastian.

'Zeg dat ze hier weg moeten.'

'Dat kan ik niet.'

'Ik wil alleen maar dat ze me met rust laten.'

'Ze zullen niet weggaan. Je hebt een politieman neergeschoten.'

Johan knipperde hevig met zijn ogen en de tranen liepen hem over de wangen. Sebastian deed een stap de kamer in. Johan schrok en tilde het geweer op. Sebastian bleef meteen staan. Hij stak in een afwerend, kalmerend gebaar zijn handen uit. Johans ogen vlogen onheilspellend heen en weer.

'Ik wil hier alleen maar gaan zitten.'

Sebastian deed een stap opzij en liet zich met zijn rug tegen de muur naast de open deur op de vloer zakken. Johan liet hem niet los met zijn ogen, maar bracht het geweer omlaag.

'Wil je vertellen wat er is gebeurd?'

Johan schudde zijn hoofd, draaide zich om en keek weer naar wat er op straat gebeurde.

'Komen ze me halen?'

'Niet zolang ik hier ben.' Sebastian strekte voorzichtig zijn benen voor zich op de vloer. 'En ik heb alle tijd van de wereld.'

Johan knikte. Sebastian meende te zien dat zijn schouders wat zakten. Ontspande hij? Het leek erop. Maar het hoofd van de jongen schokte nog als dat van een klein vogeltje, terwijl hij probeerde alles te zien wat er buiten gebeurde en zijn geweer nog steeds op Sebastian gericht was.

'We proberen datgene waar we van houden te beschermen. Dat is natuurlijk. Ik heb begrepen dat je heel veel van je vader houdt.'

Geen reactie van de jongen. Misschien was hij zo geconcentreerd op wat er buiten gebeurde dat hij het niet eens hoorde. Misschien luisterde hij gewoon niet. Sebastian zweeg. Ze bleven zitten. Door het open raam hoorde Sebastian dat er een brancard over het asfalt werd gereden, en meteen daarna werden de achterdeuren van de ziekenwagen dichtgedaan. Voor Haraldsson werd gezorgd. Gedempte stemmen. Voetstappen. Een auto die startte en wegreed. De grasmaaier werkte nog steeds, ergens ver weg, waar het leven nog begrijpelijk en grijpbaar was.

'Ik heb ook geprobeerd de mensen van wie ik hield te beschermen, maar het lukte me niet.'

Misschien kwam het door zijn intonatie. Misschien kwam het doordat de meeste activiteit buiten stillag en zijn aandacht niet opeiste, maar Johan keek Sebastian aan.

'Wat gebeurde er dan?'

'Ze zijn gestorven. Mijn vrouw en mijn dochter.'

'Hoe?'

'Ze zijn verdronken. In de tsunami, weet je nog?'

Johan knikte. Sebastian liet hem niet los met zijn ogen.

'Ik zou alles doen om ze terug te krijgen. Zodat we weer een gezin konden worden.'

Zoals Sebastian al hoopte, raakten zijn woorden blijkbaar een snaar in de jongen. Het was duidelijk iets wat hij begreep. Het gezin. Het gemis als dat er niet meer was. Beatrice had verteld dat Johan ziek was geworden van verlangen. Het gezin. Het beeld van het ideale gezin. Sebastian begon te vermoeden hoe ver Johan bereid was te gaan om dat in stand te houden.

Johan zei niets. Sebastian zat ongemakkelijk. Voorzichtig trok hij zijn knieën op en hij sloeg zijn armen eromheen. Veel beter. Johan reageerde niet op zijn beweging. Zo bleven ze zitten.

Tegenover elkaar.

Zwijgend.

Johan beet wat afwezig op zijn onderlip. Hij keek door het raam met ogen die niets zagen, alsof niets buiten hem meer interesseerde.

'Het was niet mijn bedoeling om Roger te doden.'

Sebastian verstond het maar met moeite. Johan praatte zachtjes, tussen zijn opeengeklemde lippen door. Sebastian sloot zijn ogen even. Zo zat het dus. Hij had het al vermoed toen Ulf Strand geen motief bleek te hebben, maar hij wilde het liever niet geloven. De tragedie was zo al groot genoeg.

'Ik vertelde het aan Lena, zijn moeder, zodat ze er een eind aan kon maken. Maar er gebeurde niets. Het ging gewoon door.'

'Roger en je moeder?'

Johan bleef uit het raam staren, zijn blik gevestigd op buiten. Ver weg. Ergens anders.

'Mijn moeder had al een keer iemand anders. Eerder al. Wist u dat?'

'Ja. Birger Franzén.'

'Toen ging mijn vader weg.'

Sebastian wachtte. Er kwam niets meer. Alsof Johan ervan uitging dat Sebastian de rest wel zelf kon invullen.

'Je was bang dat hij weer weg zou gaan.'

'Dat zou hij ook. Dit was erger.'

Johan klonk heel zeker en Sebastian had hem niet tegen kunnen spreken, zelfs al had hij dat gewild.

Het leeftijdsverschil.

De relatie lerares-leerling.

De beste vriend van haar zoon.

Dit bedrog zou ongetwijfeld nog harder aanvoelen. Nog onvergeeflijker. Zeker voor een man als Ulf Strand, een man die er nog niet eens aan toe was de vorige keer te vergeven.

'Hoe kwam je erachter dat ze samen iets hadden?'

'Ik zag ze een keer zoenen. Ik wist dat hij iemand had. Hij praatte heel veel over… wat ze deden. Maar ik…'

Johan maakte de zin niet af. Niet hardop in elk geval. Sebastian zag dat de jongen zijn hoofd schudde, alsof hij zijn redenering in gedachten voortzette.

Sebastian wachtte.

Het proces was gestart. Nu de jongen zich eenmaal zo liet gaan, was er heel wat voor nodig om hem weer te stoppen. Hij wilde vertellen. Geheimen waren zwaar om te dragen. In combinatie met schuldgevoel konden ze je kapotmaken. Sebastian was er vrij zeker van dat Johan zich al opgelucht begon te voelen. Hij meende al een fysieke verandering bij de jongen te bespeuren. Zijn schouders waren nog verder gezakt. Zijn kaken waren niet meer zo opeengeklemd. Zijn rug, die recht en gespannen was geweest, verslapte.

Dus Sebastian wachtte.

Het leek haast of Johan was vergeten dat Sebastian in de kamer zat, maar plotseling begon hij weer te praten. Alsof hij een film in zijn hoofd afspeelde en vertelde wat hij zag.

'Hij belde. Hier naar huis. Mama nam aan. Papa was naar zijn werk. Ik begreep dat ze een afspraak maakten. Mama ging een wandelingetje maken.' Johan spuugde die laatste woorden haast uit. 'Ik wist waar ze waren. Wat ze deden.'

De woorden kwamen nu sneller. Zijn stem was harder. Zijn ogen waren nog steeds op een plek waar alleen Johan kon komen. Alsof hij daar was, alsof...

Hij wacht bij het voetbalveld. Verscholen in de bosrand. Hij weet waar ze hem altijd afzet. Dat heeft Roger verteld. Voordat hij wist dat Johan het wist. Nu ziet hij de S60 van de school naar de parkeerplaats komen. Hij stopt, maar er stapt niemand uit. Hij wil er niet eens aan dénken wat ze daar misschien aan het doen zijn. Hij raakt met zijn voet het geweer aan dat hij van thuis heeft meegenomen en dat nu voor zijn voeten ligt. Na een poosje ziet hij de verlichting in de auto aangaan: er stapt iemand uit. Het is Roger. Johan denkt dat hij hem iets hoort roepen, maar hij verstaat niet wat. Roger loopt over het voetbalveld. Hij komt naar Johan toe. Hij loopt snel. Johan komt overeind en pakt zijn geweer. Roger is bijna bij het pad naar huis als Johan hem roept. Roger blijft staan. Tuurt naar het bos. Johan komt tevoorschijn en ziet dat Roger zijn hoofd schudt als hij Johan ziet. Niet blij. Niet verrast. Niet bang. Gewoon alsof Johan een probleem is waar hij op dit moment nu echt niet op zit te wachten. Johan loopt een stukje het veld op. Het lijkt wel of Roger heeft gehuild. Ziet hij het geweer naast Johans rechterbeen hangen? Als dat al zo is, dan zegt hij er in elk geval niets over. Hij vraagt wat Johan wil. Johan legt dat duidelijk uit. Hij wil dat Roger niet meer met zijn moeder naar bed gaat. Hij wil dat Roger nooit meer bij hen thuis komt. Hij wil dat Roger uit de buurt blijft van Johan en zijn vader en moeder. Hij richt zijn wapen om zijn woorden kracht bij te zetten. Maar Roger reageert helemaal niet zoals Johan had verwacht of gehoopt. Hij schreeuwt.

Dat het toch allemaal maar shit is.

Dat alles, zijn hele rotleven, naar de kloten is.

Dat Johan een stomme idioot is.

Dat hij hem er nu niet ook nog eens bij kan hebben.

Hij huilt. Dan gaat hij weg. Weg van Johan. Maar dat mag niet. Niet nu. Niet zo. Hij heeft niet beloofd dat er iets gaat veranderen. Hij heeft niet beloofd ermee te stoppen. Hij heeft helemaal niets beloofd. Het lijkt alsof Roger niet begrijpt dat Johan het méént. Dat het belangrijk is. Johan moet zorgen dat hij het begrijpt. Maar om te zorgen dat hij het begrijpt, moet hij zorgen dat hij luistert. En om te zorgen dat hij luistert, moet hij zorgen dat hij blijft staan. Johan richt zijn geweer. Roept naar Roger dat hij moet blijven staan. Ziet dat Roger doorloopt. Roept opnieuw. Roger steekt over zijn schouder zijn middelvinger op.

Johan drukt af.

'Ik wilde er alleen maar voor zorgen dat hij luisterde.' Johan keek Sebastian aan. Zijn wangen waren nat. Zijn energie was op. Zijn handen hadden de kracht en de wil niet meer om het geweer vast te houden; het gleed op de vloer. 'Ik wilde er alleen maar voor zorgen dat hij luisterde.'

Hij snikte zo dat zijn lichaam ervan begon te schokken. Het leek wel kramp. Johan vouwde zich haast dubbel, zijn voorhoofd tegen zijn benen. Sebastian schoof langzaam over de vloer naar het schokkende hoopje ellende. Voorzichtig pakte hij het geweer en legde het weg.

Toen sloeg hij zijn arm om Johans schouder en gaf hem het enige wat hij hem op dit moment kon geven.

Tijd en aandacht.

Vanja was ongerust. Ongeduldig. Het was al bijna een halfuur geleden dat Sebastian naar boven ging. Ze had hem door de gesloten deur met Johan horen praten, maar nadat hij blijkbaar de kamer in gegaan was, had ze alleen nog wat gedempt gemompel gehoord, en af en toe wat geschraap als iemand van houding veranderde. Ze nam aan dat dat goed was.

Geen geschreeuw.

Geen opgewonden stemmen.

En vooral geen schoten meer.

Haraldsson was op weg naar het ziekenhuis; misschien was hij er wel al. De kogel was precies onder zijn linkerschouderblad ingeslagen en er aan de voorkant weer uit gegaan. Hij had veel bloed verloren en moest geopereerd worden, maar de eerste berichten waren dat hij niet levensgevaarlijk gewond was.

Vanja had onafgebroken telefonisch contact met Torkel, buiten. Er waren zes politiewagens ter plaatse. Twaalf zwaargewapende agenten in kogelvrije vesten hadden het huis omsingeld. Maar Torkel hield hen op afstand. Agenten in uniform hadden de hele buurt afgezet. Op de hoek van de straat verzamelden zich nieuwsgierigen, evenals journalisten en fotografen, die hun best deden om dichterbij te komen. Vanja keek weer op haar horloge. Wat gebeurde er daarboven eigenlijk? Ze hoopte van harte dat ze geen spijt zou krijgen van haar besluit om Sebastian naar boven te laten gaan.

Toen hoorde ze voetstappen. Voetstappen op weg naar de trap.

Vanja trok haar pistool en ging wijdbeens onder aan de trap staan, op alles voorbereid.

Ze liepen naast elkaar. Sebastian en Johan. Sebastian had zijn arm om de jongen heen geslagen, die er een stuk kleiner en jonger uitzag dan zijn zestien jaar. Het leek wel alsof Sebastian hem bijna de trap af dróég. Vanja stopte haar pistool in de holster en nam contact op met Torkel.

Toen Johan in goede handen was en naar een opvang werd gebracht, keerde Sebastian alle activiteit op straat de rug toe en ging hij het huis weer binnen. Zwaarmoedig kwam hij de woonkamer in; hij haalde wat wasgoed van de bank en ging zitten. Hij leunde achterover tegen de grove stof, legde zijn voeten op de lage salontafel en sloot zijn ogen. In de tijd dat hij nog actief was, hield hij zaken, daders of slachtoffers zelden in zijn bewustzijn vast. Het waren allemaal alleen maar problemen om op te lossen, gereedschappen om te gebruiken of hindernissen om te passeren. Uiteindelijk diende alles en iedereen alleen om hem uit te dagen.

Om zijn begaafdheid aan te tonen.

Om zijn ego te strelen.

Als ze hun functie hadden vervuld, vergat hij hen en ging verder. Het juridische naspel vond hij net zo oninteressant als de arrestatie. Dus waarom bleven de Strands wel hangen? Een jonge dader. Een uiteengeslagen gezin. Tragisch, natuurlijk, maar niet iets wat hij nog niet eerder had meegemaakt. Niet iets wat hij een tijd met zich mee wilde dragen.

Hij was klaar met deze zaak.

Hij was klaar met Västerås.

Hij wist precies wat hij nodig had om de Strands los te kunnen laten.

Seks.

Hij had seks nodig.

Seks, het huis verkopen en terug naar Stockholm. Dat was het plan.

Zou hij naar Storskärsgata 12 gaan? Zou hij proberen in contact te komen met zijn zoon of dochter? Zoals hij zich nu voelde waarschijnlijk niet, maar hij wilde geen definitieve beslissing nemen voordat hij er beter aan toe was.

Na de seks.

Na de verkoop.

Na Västerås.

Sebastian voelde dat de zitting iets werd ingedrukt: er kwam iemand naast hem zitten. Hij deed zijn ogen open. Vanja zat op het randje van de bank, met rechte rug, haar handen gevouwen op haar schoot. Alert. Het tegenovergestelde van Sebastian, zoals hij daar onderuit lag op de bank. Alsof ze per se een zo groot mogelijke afstand tussen hen wilde scheppen.

'Wat zei hij?'

'Johan?'

'Ja.'

'Dat hij Roger had gedood.'

'Zei hij waarom?'

'Hij was bang dat zijn vader weer bij hem weg zou gaan. Het gebeurde zomaar.'

Vanja fronste haar voorhoofd sceptisch.

'Tweeëntwintig messteken en iemand in een moeras laten zakken, dat klinkt toch niet direct als een ongeluk?'

'Zijn vader heeft hem geholpen. Jullie moeten hem verhoren. Westin is ook niet door die jongen vermoord.'

Vanja leek tevreden. Ze stond op en liep naar de hal. In de deuropening bleef ze staan en draaide ze zich om naar Sebastian. Hij keek haar vragend aan.

'Je bent met haar naar bed geweest, hè?'

'Hè?'

'Met zijn moeder. Beatrice. Je bent met haar naar bed geweest.'

Geen vraag ditmaal, dus Sebastian gaf geen antwoord. Het hoefde ook niet; de bevestiging lag zoals altijd vooral in de stilte.

Zag hij een zweem van teleurstelling bij zijn toekomstige oud-collega?

'Toen je naar boven ging, naar die jongen, omdat je dacht dat hij zichzelf misschien iets zou aandoen, toen dacht ik dat je heel misschien toch niet zo door en door slecht was.'

Sebastian begreep waar het gesprek naartoe ging. Hij had het eerder meegemaakt. Andere vrouwen. Andere situaties. Andere woorden. Zelfde conclusie.

'Ik heb me kennelijk vergist.'

Vanja liet hem alleen. Hij zag haar gaan. Bleef zitten. Zwijgend. Wat moest hij zeggen?

Ze had immers gelijk.

Ulf Strand zat op de stoel waar zijn vrouw een paar uur eerder op had gezeten. Hij maakte een zeer beheerste indruk. Beleefd, bijna zorgzaam. Het eerste wat hij vroeg toen Vanja en Torkel de verhoorkamer binnen kwamen en tegenover hem gingen zitten, was hoe het met Johan ging. Toen hij het geruststellende bericht kreeg dat er voor zijn zoon gezorgd werd en dat Beatrice bij hem was, vroeg hij naar de toestand van Haraldsson. Vanja en Torkel vertelden dat hij geopereerd werd en buiten gevaar was, zetten het opnameapparaat aan en vroegen Ulf Strand bij het begin te beginnen. Vanaf het moment dat hij had gehoord dat Roger dood was.

'Johan belde me die avond op mijn werk. Hij huilde en was helemaal over zijn toeren. Hij zei dat er iets vreselijks was gebeurd op het voetbalveld.'

'Dus u reed daarheen?'

'Ja.'

'Wat gebeurde er toen u daar kwam?'

Strand ging rechtop zitten.

'Roger was dood. Johan was helemaal van de kook, dus ik probeerde hem zo goed en zo kwaad als het ging te kalmeren en daarna zette ik hem in de auto.' Het viel Vanja op dat er geen spoor van emotie in Ulf Strands stem klonk. Alsof hij een presentatie hield voor collega's en klanten. Erop bedacht correct en welbespraakt over te komen.

'Daarna zorgde ik voor Roger.'

'Zorgde u voor Roger? Hoe?' vroeg Torkel.

'Ik sleepte hem uit het zicht. Naar het bos naast het voetbalveld. Ik begreep dat na te gaan was waar de kogel vandaan kwam, dus die moest ik eruit halen.'

'Hoe deed u dat?'

'Ik ging terug naar de auto en haalde een mes.'

Strand zweeg en slikte moeizaam. Niet verwonderlijk, dacht Sebastian in de aangrenzende kamer. Tot nu toe was Ulf niet actief geweest, behalve dat hij het lichaam had verplaatst. Maar hij had niets misdaan. Nu begon het moeilijk te worden.

In de verhoorkamer vroeg Ulf Strand om een glas water. Torkel haalde er een. Strand nam twee, drie slokjes. Hij zette het glas neer en bette zijn mond met de rug van zijn hand.

'U haalde een mes uit de auto. En toen?' drong Vanja aan. Strands stem was een stuk minder krachtig toen hij antwoordde.

'Ik ging terug en gebruikte het om de kogel uit het lichaam te snijden.'

Vanja maakte het mapje open dat voor haar op tafel lag. Ze bladerde door een paar kleurenfoto's op A4-formaat van het verminkte jongenslichaam. Ze leek iets te zoeken. Toneelspel, dacht Sebastian. Ze wist alles wat ze moest weten om dit verhoor af te nemen zonder dat ze papieren of protocollen hoefde te raadplegen. Ze wilde Strand alleen maar even laten zien wat hij had gedaan.

Niet dat hij het vergeten was.

Niet dat hij het ooit zou vergeten.

Vanja deed alsof ze het stuk had gevonden dat ze zogenaamd zocht.

'Roger had tweeëntwintig messteken in zijn lichaam toen we hem vonden.'

Strand had moeite zijn ogen van de akelige foto's af te houden, die nu om het mapje heen op tafel uitgespreid lagen. Het klassieke auto-ongelukdilemma: niet willen kijken, maar het toch niet kunnen laten.

'Ja... Ik wilde het eruit laten zien alsof hij doodgestoken was.

Iets ritueels of zo. Een daad van waanzin, ik weet niet.' Strand wist zijn blik van de foto's los te maken en keek Vanja recht in de ogen. 'Ik wilde eigenlijk alleen maar verhullen dat hij was doodgeschoten.'

'Oké, en toen u hem tweeëntwintig keer met dat mes had gestoken en zijn hart eruit had gehaald, wat deed u toen?'

'Ik heb Johan naar huis gebracht.'

'Waar was uw vrouw toen?'

'Ik weet het niet. Niet thuis in elk geval. Johan was vast in shock of zo. Hij viel onderweg naar huis in slaap. Ik ben met hem naar boven gegaan en heb hem in bed gestopt.' Strand zweeg. Hij leek in dit moment vast te blijven zitten. Het drong nu tot hem door dat dat waarschijnlijk het laatste was wat nog enigszins normaal was: een vader die zijn slapende zoon in bed stopt. Alles wat daarna kwam was één lang gevecht. Om het stil te houden. Om bij elkaar te blijven.

'Ga door.'

'Ik reed terug naar de open plek in het bos en verplaatste het lichaam. Ik wilde het ergens naartoe brengen waar een zestienjarige het niet heen zou kunnen krijgen. Om er zeker van te zijn dat niemand Johan zou verdenken.'

Sebastian ging rechtop in zijn stoel zitten. Hij drukte op het spreekknopje van zijn headset. Door de ruit zag hij Vanja luisteren zodra ze het in haar oor hoorde zoemen.

'Hij wist niet dat Beatrice en Roger met elkaar vreeën. Waarom dacht hij dat Johan op zijn vriend had geschoten?'

Vanja knikte even. Goede vraag. Ze richtte al haar aandacht weer op Ulf Strand.

'Eén ding begrijp ik niet. Als u niets wist van de relatie tussen uw vrouw en Roger, waarom dacht u dan dat Johan op hem had geschoten?'

'Er was geen reden. Het was een ongeluk. Een spelletje dat verkeerd was afgelopen. Ze waren aan het oefenen in schieten en hij was onvoorzichtig. Dat zei hij.'

Strand keek plotseling met een andere intensiteit van Vanja

naar Torkel, alsof hij tot nu toe had gedacht dat liegen het ergste was waar zijn zoon zich schuldig aan had gemaakt en het nu net tot hem doordrong dat Johan niet onschuldig was. Dat het geen ongeluk was geweest. Niet alleen, in elk geval.

'Wat gaat er gebeuren met Johan?' Oprechte ongerustheid en bezorgdheid in zijn stem.

'Hij is boven de vijftien, dus volwassen in de zin van het Wetboek van Strafrecht,' zei Torkel zakelijk.

'Wat betekent dat?'

'Dat hij voor de rechter zal komen.'

'Vertel eens over Peter Westin.' Vanja ging over op iets anders. Ze wilde afronden.

'Dat is een psycholoog.'

'Dat weten we. We willen weten waarom hij dood is. Wat voor gevaarlijks dacht u dat Roger tegen Westin had gezegd dat hij niet mocht blijven leven?'

Strand keek niet-begrijpend.

'Roger?'

'Ja, Peter Westin was Rogers psycholoog. Wist u dat niet?'

'Nee. Hij is Johans psycholoog. Al jaren. Sinds de scheiding. Johan was enorm van streek na… Nou ja, na alles. Met Roger. Begrijpelijk. Dus hij ging naar Peter. Daarna. Ik wist niet wat hij had gezegd. Ik vroeg het hem, maar hij wist het niet meer zo goed. Dat hij niets bekend had, begreep ik wel, want dan zou de politie wel zijn gekomen, maar hij had misschien gepraat over dingen die Peter later met elkaar in verband zou brengen, zodat hij dan toch zou begrijpen wat er was gebeurd. Ik durfde het risico niet te nemen.'

Vanja raapte de foto's bij elkaar die ze had uitgespreid en deed de map dicht. Ze wisten alles wat ze moesten weten. Nu was het woord aan de rechtbank. Johan zou er waarschijnlijk wel met een milde straf van afkomen. Maar zijn vader… Het zou lang duren voordat de familie Strand weer herenigd was.

Vanja stak haar hand uit om het opnameapparaat uit te zetten, maar Torkel hield haar tegen. Er was nog één vraag over. Een waarover hij al nadacht sinds hij begreep hoe het was gegaan.

'Waarom hebt u de politie niet gebeld? Uw zoon belt u op en zegt dat hij zijn vriend per ongeluk heeft doodgeschoten. Waarom hebt u toen de politie niet gewoon gebeld?'

Ulf Strand keek rustig in Torkels nieuwsgierige ogen. Dat was eenvoudig. Als Torkel zelf vader was, zou hij het begrijpen.

'Dat wilde Johan niet. Hij was doodsbang. Het zou zijn alsof ik hem in de steek liet. Dat had ik al een keer gedaan, toen ik wegging na de scheiding. Deze keer moest ik hem wel helpen.'

'Er zijn vier mensen dood, u komt in de gevangenis terecht en hij is getraumatiseerd, misschien wel voor de rest van zijn leven. Was dat uw hulp aan hem?'

'Ik heb gefaald. Ik geef toe: ik heb gefaald. Maar ik heb alles gedaan wat in mijn vermogen lag. Het enige wat ik wilde, was een goede vader zijn.'

'Een goede vader?' De twijfel in Torkels woorden werd beantwoord door een blik vol overtuiging.

'Ik ben een paar belangrijke jaren weg geweest. Maar ik denk dat het nooit te laat is om een goede vader te worden.'

Ulf Strand werd weggeleid. Hij zou 's avonds in staat van beschuldiging worden gesteld. De klus was geklaard. Sebastian zat nog in de kamer naast de verhoorkamer en zag door de ruit hoe Vanja en Torkel hun spullen pakten. Ze hadden het over naar huis gaan. Vanja hoopte dat ze die avond laat een trein kon nemen als Billy nog niet naar Stockholm terugreed. Torkel zou nog een dag of twee blijven. Ursula ook. Torkel zou alle losse eindjes nog aan elkaar knopen en Ursula zou het huis van de Strands doorzoeken en ervoor zorgen dat er ten aanzien van de technische bewijsvoering niets ontbrak. Het laatste wat Sebastian van hen hoorde voordat de deur naar de gang achter hen dichtviel, was dat Torkel hoopte dat ze een keer samen uit eten konden gaan voordat Vanja vertrok.

Ze hadden iets lichts. In hun stemmen, in hun bewegingen. Opluchting. Het goede had gezegevierd. *Mission completed.* Tijd om met een lied op de lippen de zonsondergang tegemoet te galopperen.

Sebastian had geen zin om te zingen. Geen zin om het te vieren. Geen zin meer in seks zelfs.

Hij kon nog maar aan twee dingen denken. Storskärsgata 12 en de woorden van Ulf Strand: *Ik denk dat het nooit te laat is om een goede vader te worden.*

Het gekke was dat Sebastian besefte dat zijn besluit al min of meer vaststond. Niet uitgesproken en bewust, maar inwendig was hij er vrij zeker van dat hij Anna Eriksson en/of haar kind niet zou opzoeken als hij terug was in Stockholm. Vrij zeker, en tevreden over het besluit dat zijn onderbewuste voor hem had genomen.

Hij zag er het nut niet van in.

Wat het hem zou opleveren.

Waar het toe zou leiden.

Anna zou nooit een nieuwe Lily worden. Het kind geen nieuwe Sabine. En die miste hij eigenlijk. Die wilde hij terug hebben. Alleen om hen wilde hij zich bekommeren: Lily en Sabine.

Maar de woorden van Ulf Strand hadden ongewild iets in Sebastian geraakt. Niet wat hij zei, maar hoe hij het zei.

De zekerheid.

De vanzelfsprekendheid. Alsof het een vaststaand feit was. Een universele waarheid.

Het is nooit te laat om een goede vader te worden.

Sebastian had een zoon of een dochter. Hij had een kind dat hoogstwaarschijnlijk nog leefde. Ergens liep iemand rond die voor de helft hem was.

Die van hem was.

Het is nooit te laat om een goede vader te worden.

Die simpele woorden stelden moeilijke vragen.

Zou hij echt nog een kind uit zijn handen laten glippen?

Kon hij dat?

Wilde hij dat?

Sebastian kreeg steeds meer de neiging alle drie die vragen met nee te beantwoorden.

De trein die Sebastian naar Stockholm terug zou brengen vertrok over een goed uur. Het was al bijna drie dagen geleden dat hij, met de woorden van Ulf Strand nog nagalmend in zijn oren, het politiebureau had verlaten en koers had gezet naar zijn ouderlijk huis. Hij had geen contact meer opgenomen met Torkel of Ursula, ook al wist hij dat ze nog een paar dagen in de stad bleven. Of ze er nog steeds waren, wist hij niet. Het onderzoek was afgesloten. Niemand leek er behoefte aan te hebben buiten het werk om contact te houden. Prima wat Sebastian betrof. Hij had gekregen waar hij voor gekomen was.

Eergisteren was de makelaar nog een keer geweest en ze hadden afgesproken wat er afgesproken moest worden voor de verkoop van het huis. 's Avonds had Sebastian het papiertje met de naam en het telefoonnummer van de lezende vrouw uit de trein naar Västerås tevoorschijn gehaald. Een ontmoeting die alweer een eeuwigheid geleden leek. Ze had getwijfeld toen hij belde. Hij maakte zijn excuus. Legde uit dat hij overstelpt was geweest met werk. Dat moordonderzoek waar ze misschien wel over had gehoord, die dode jongen van het Palmlöv College. Zoals hij al had verwacht werd ze nieuwsgierig en wilde ze wel een afspraak maken voor de volgende dag. Dat was gisteren. Ze hadden de avond bij hem thuis afgesloten. Hij had haar pas vanmorgen weten te lozen. Ze wilde hem weer zien. Hij beloofde niets. Als hij niets van zich liet horen, zou zij dat wel doen, had ze met een glimlachje gezegd. Hij zou er niet aan ontkomen nu ze wist waar

hij woonde. Drie uur later had Sebastian mee naar buiten genomen wat hij wilde, het huis afgesloten en het verlaten om er nooit
meer terug te keren.

Nu stond hij op een plaats waarvan hij nooit had gedacht dat
hij er zou komen. Eerlijk gezegd had hij gezworen dat hij er nooit
zou komen, dat hij hem nooit zou opzoeken. Nu lagen ze er allebei. Op het kerkhof. Het graf van zijn ouders.

De bloemen van de begrafenis waren verwelkt. Het graf zag
er verwaarloosd uit. Sebastian vroeg zich af waarom niemand de
dode boeketten en de door reeën omvergegooide en half opgegeten
bloemstukken weghaalde. Moest hij een papier ondertekenen of zo
om de beheerders van het kerkhof ertoe te brengen voor het graf
te zorgen? Hij was niet van plan het bij te houden. Dat had hij niet
eens gedaan als hij in Västerås had gewoond. Nu kon het niet eens.

Op de grafsteen van rood graniet stond een zon die opging, of
onderging, achter twee hoge dennen. De inscriptie luidde: *Fami-
liegraf van Bergman* en daaronder stond de naam van zijn vader,
Ture Bergman. Esthers naam hadden ze er nog niet op kunnen
zetten. Ze wilden dat het graf zich eerst goed zette voordat ze de
steen eraf haalden om opnieuw gegraveerd te worden. Zes maanden, had Sebastian ergens gehoord.

Ture was in 1988 overleden. Tweeëntwintig jaar was ze alleen
geweest, zijn moeder. Sebastian besefte dat hij zich afvroeg of ze
ooit had overwogen hem op te zoeken. Om haar hand uit te steken. Als ze dat gedaan had, had hij hem dan aangenomen?

Waarschijnlijk niet.

Sebastian stond besluiteloos een paar meter van het slecht onderhouden graf. Het was stil om hem heen. De lentezon verwarm-
de zijn in een jas gehulde rug. Een eenzame vogel zong in een van
de berken die hier en daar tussen de graven waren geplant. Een
man en een vrouw fietsten over het voetpad. Zij lachte ergens
om. Een klaterende, parelende lach, die misplaatst leek zoals hij
opsteeg naar de felblauwe lentelucht. Wat deed hij hier eigenlijk?
Hij had echt geen zin om dichter naar dat graf toe te gaan dan dit.
Anderzijds was het dubbel tragisch dat de laatste rustplaats van

zijn moeder, die een zeer ordelijke vrouw was geweest, eruitzag als een composthoop.

Sebastian liep nog een paar passen naar het graf en ging op zijn hurken zitten. Hij begon onhandig de verwelkte bloemen bij elkaar te rapen.

'Dat had je vast niet gedacht, mama. Dat ik zou komen.'

Het geluid van zijn eigen stem verbaasde hem. Onthutste hem. Hij had nooit gedacht dat hij ooit op zijn hurken voor een graf zou zitten zorgen terwijl hij met zijn dode moeder praatte. Wat was er toch met hem aan de hand?

Er was iets met die cijfers.

1988.

Tweeëntwintig jaar.

Eenzaam. Verjaardagen, doordeweekse dagen, Kerstmis, vakanties. Ondanks vrienden om zich heen was het meestal stil in het grote huis. Genoeg tijd om na te denken.

Hoe het geweest was.

Hoe het nu was.

Haar trots groter dan haar verlangen.

Haar angst voor afwijzing groter dan haar behoefte aan liefde.

Moeder van een zoon die nooit iets van zich liet horen. Een paar jaar oma van een kind dat ze nooit had gezien. Sebastian hield op met willekeurig in de bloemen plukken en ging staan. Hij diepte zijn portefeuille op uit zijn zak en haalde er de foto van Sabine en Lily uit die thuis op de piano had gestaan.

'Je hebt haar nooit gezien. Daar heb ik wel voor gezorgd.' Zijn rechterhand klemde zich om de portefeuille. Sebastian voelde dat de tranen niet ver weg waren. Verdriet. Beslist niet om zijn vader. Ook niet om zijn moeder, al voelde hij wel een zeker verdriet dat hun conflict zo zinloos leek in verhouding tot de gevolgen ervan. Hij huilde zelfs niet om Lily en Sabine. Hij huilde om zichzelf, om het besef.

'Weet je nog wat je zei, de laatste keer dat we elkaar zagen? Je zei dat God mij had verlaten. Dat Hij Zijn hand van mij afgenomen had.'

Sebastian keek naar de foto van zijn dode vrouw en zijn dode kind, naar de onvoltooide grafsteen, naar het kerkhof in de stad waar hij was opgegroeid, waar niemand hem kende, niemand naar hem vroeg, niemand hem miste. En zo was het in elke stad. Sebastian droogde zijn wangen met de rug van zijn linkerhand.

'Je had gelijk.'

Storskärsgata 12.

Hij stond er toch. Voor het grote, functionalistische flatgebouw. Sebastian wist niets van architectuur en hij had ook geen zin om zich erin te verdiepen, maar hij wist dat de flats in deze buurt – Ladugårdsgärdet of, in de volksmond, Gärdet, in het centrum van Stockholm – functionalistisch waren.

Hij wist dat in de flat hier voor hem Anna Eriksson woonde, de moeder van zijn kind.

Hopelijk.

Toch?

Sebastian was nu alweer bijna een week terug in Stockholm. Hij was elke dag langs Storskärsgata 12 gelopen. Soms meerdere keren. Hij was er tot nu toe niet binnen geweest. Het verst was hij nog gekomen toen hij door het raam van de centrale entree naar binnen had gekeken om het overzicht op de muur van wie waar woonde te bestuderen. Anna Eriksson woonde op de derde verdieping.

Zou hij het doen?

Zou hij het niet doen?

Sebastian worstelde al serieus met dat probleem sinds hij thuis was. In Västerås was het op de een of andere manier meer abstract geweest. Een gedachtespel. Hij kon de voors en tegens tegen elkaar afwegen, een besluit nemen, van gedachten veranderen, weer van gedachten veranderen. Geheel vrijblijvend.

Nu was hij hier. Het besluit dat hij nam kon onherroepelijk zijn.

Omkeren en weggaan. Of niet.

Zich kenbaar maken. Of niet.

Hij werd heen en weer geslingerd. Soms meerdere keren op een dag. De argumenten waren dezelfde als hij in Västerås had aangevoerd. Er kwamen geen nieuwe ideeën, geen nieuwe inzichten. Hij vervloekte zijn besluiteloosheid.

Soms wandelde hij naar Gärdet in de vaste overtuiging dat hij linea recta de hal in en de trap op zou gaan en zou aanbellen. Dan gebeurde het wel dat hij niet eens de Storskärsgata in liep.

Andere keren, wanneer hij er niet eens aan dacht om zich kenbaar te maken, kon hij zomaar uren voor de donkere houten toegangsdeur blijven staan. Het was alsof hij door iemand anders werd aangestuurd, alsof hij eigenlijk zelf niets te zeggen had in deze kwestie. Maar hij was niet in het trappenhuis geweest. Nog niet.

Maar vandaag zou hij dat doen. Dat voelde hij. Hij had de hele tijd op koers weten te blijven. Hij had zijn appartement aan de Grev Magnigata verlaten en was naar de Storgata gelopen. Daar was hij rechtsaf gegaan, via de Narvaväg naar het Karlaplan, van dat plein langs het winkelcentrum Fältöversten naar de Valhallaväg, die overgestoken, en nu was hij hier. Een wandeling van amper een kwartier. Als Anna Eriksson daar woonde, als ze daar ook had gewoond toen het kind nog kleiner was, dan hadden ze elkaar misschien bij Fältöversten gezien. Zijn kind en de moeder van het kind hadden misschien wel voor hem in de rij gestaan bij de vleeswarenafdeling van de supermarkt. Die gedachten hielden Sebastian bezig terwijl hij op straat stond en de flat aan Storskärsgata 12 bekeek.

De schemering viel. Het was een heel mooie lentedag geweest in Stockholm, bijna voorzomers warm.

Vandaag zou hij zich kenbaar maken.

Vandaag zou hij met haar praten.

Eindelijk stond zijn besluit vast.

Hij stak de straat over en liep naar de entree. Net toen hij erover na begon te denken hoe hij binnen moest komen, kwam er een vrouw van een jaar of vijfendertig uit de lift in de hal, die naar de deur liep. Hij vatte dat op als een teken dat het echt de bedoeling was dat hij vandaag Anna Eriksson moest ontmoeten.

Sebastian was net bij de ingang toen de vrouw het trottoir op stapte. Hij pakte de deur, die al achter haar dichtging.

'Hé, wat een mazzel, dank u wel.'

De vrouw keurde hem nauwelijks een blik waardig. Sebastian liep de hal in en de deur ging met een zware dreun achter hem dicht. Hij keek weer op het bord met bewoners, ook al wist hij wat erop stond.

Derde verdieping.

Hij overwoog even de lift te nemen, die midden in het gebouw door een zwart, vierkant raamwerk werd omhuld, maar besloot dat niet te doen. Hij had alle tijd nodig die hij kon krijgen. Hij voelde zijn hart sneller slaan en hij kreeg zweethanden. Hij was nerveus. Dat gebeurde echt niet vaak.

Hij begon langzaam de trappen op te lopen.

Op de derde verdieping waren twee deuren. Hij zag Eriksson en nog een naam op de ene deur staan. Een kort moment om zijn gedachten op een rijtje te krijgen. Hij deed zijn ogen dicht en haalde twee keer diep adem. Toen stapte hij op de deur af en belde aan. Er gebeurde niets. Sebastian was bijna opgelucht. Niemand thuis. Hij had het geprobeerd, maar er was niet opengedaan. Hij had zich vergist. Het was niet de bedoeling dat ze elkaar zouden ontmoeten, Anna Eriksson en hij. Vandaag in elk geval niet. Sebastian wilde zich net omdraaien om de trap weer af te gaan toen hij binnen in de flat voetstappen hoorde, en een tel later ging de deur open.

Een vrouw die een paar jaar jonger was dan hijzelf keek hem vragend aan. Ze had donker haar tot op haar schouders en blauwe ogen. Hoge jukbeenderen. Smalle lippen. Sebastian herkende haar niet eens toen hij haar zag. Hij kon zich totaal niet herinneren dat hij met deze vrouw, die haar handen afdroogde aan een roodgeruite keukenhanddoek en hem vragend aankeek, naar bed was geweest.

'Hallo, bent u…' Sebastian was de draad kwijt, wist niet waar hij moest beginnen. Zijn hoofd was helemaal leeg, ook al tuimelden er duizenden gedachten over elkaar heen.

De vrouw stond hem zwijgend aan te kijken.

'Anna Eriksson?' bracht Sebastian ten slotte uit. De vrouw knikte.

'Mijn naam is Sebasti...'

'Ik weet wie je bent,' onderbrak de vrouw hem. Sebastian stond perplex.

'O ja?'

'Ja. Wat doe je hier?'

Sebastian zweeg. Hij had deze ontmoeting in gedachten al zo vaak beleefd sinds hij die brieven had gelezen, maar dit nam een heel andere wending dan hij had verwacht. Zo had hij zich de eerste keer dat ze elkaar ontmoetten niet voorgesteld. Hij had gedacht dat ze geschokt zou zijn, misschien zelfs een beetje zou wankelen. Het zou een grote verrassing zijn: er stond een spook van dertig jaar geleden voor haar deur. Hij zou zich op allerlei manieren moeten identificeren voordat ze hem überhaupt zou geloven. Hij had niet gedacht aan een vrouw als deze, die een punt van de keukenhanddoek in de band van haar broek stopte, zodat die bleef hangen, en hem vorsend aankeek.

'Ik...' Sebastian onderbrak zichzelf. Dit had hij in gedachten ook doorgenomen. Dit kon hij nog zeggen zoals hij het had gepland. Bij het begin beginnen.

'Mijn moeder is overleden en toen ik haar huis opruimde, vond ik een paar brieven.'

De vrouw zei niets, maar knikte. Ze begreep duidelijk over welke brieven hij het had.

'Daarin stond dat je een kind verwachtte. Van mij. Ik kom alleen maar om uit te zoeken of dat waar was en hoe het dan verder is gegaan.'

'Kom binnen.'

De vrouw ging opzij en Sebastian stapte het vrij kleine halletje binnen. Anna deed de deur achter hem dicht en hij boog voorover om zijn schoenen uit te trekken.

'Dat hoeft niet. Je mag niet blijven.'

Sebastian ging weer rechtop staan en keek haar vragend aan.

'Ik wilde je uit het trappenhuis hebben. Dat galmt.' Anna ging tegenover hem staan in het halletje en sloeg haar armen over elkaar.

'Het is waar. Ik verwachtte een kind en ik heb je gezocht, maar niet gevonden. En eerlijk gezegd is het al heel lang geleden dat ik ben opgehouden met zoeken.'

'Ik begrijp dat je kwaad bent, maar...'

'Ik ben niet kwaad.'

'Ik heb die brieven nooit gekregen. Ik wist van niets.'

Ze zwegen. Stonden tegenover elkaar. Even vroeg Sebastian zich af wat er gebeurd zou zijn als hij het wél had geweten, daar en toen. Of hij dan naar Anna Eriksson was teruggegaan en vader was geworden. Hoe zou zijn leven met deze vrouw eruitgezien hebben? Alleen al de gedachte was natuurlijk idioot. Speculeren over een eventuele toekomst, een alternatief heden, was zinloos. Bovendien zou hij nooit naar haar teruggegaan zijn, zelfs niet als hij de brieven had gekregen, daar en toen. Niet de oude Sebastian.

'Ik heb je... wat zal het zijn... vijftien jaar geleden gezien.' Anna zei het kalm. 'Toen je erbij was dat die seriemoordenaar werd gepakt.'

'Hinde. 1996.'

'Toen zag ik je. Op tv. En als ik je nog altijd te pakken had willen krijgen, had ik je toen wel kunnen vinden.'

Sebastian moest dat even verwerken.

'Maar heb ik een kind?'

'Nee. Ik heb een dochter. Mijn man heeft een dochter. Jij niet. Niet hier en niet met mij in elk geval.'

'Dus ze weet niet dat...'

'... hij haar vader niet is?' vulde Anna aan. 'Nee. Hij wel, natuurlijk. Maar zij niet, en als je het haar vertelt, maak je alles kapot.'

Sebastian knikte en keek naar de vloer. Hij was eigenlijk niet verbaasd. Dat was een van de scenario's die hij zich had voorgesteld: dat het kind van niets wist. Dat het een andere vader had. Dat hij een gelukkig gezin zou ontwrichten. Dat had hij al wel eerder gedaan, wanneer hij met getrouwde vrouwen naar bed ging en misschien niet altijd even discreet was geweest, maar dit was iets anders.

'Sebastian...'

Hij keek op. Anna had haar armen naast haar lichaam laten vallen en keek hem aan met een blik die al zijn aandacht opeiste.

'Je zou het echt kapotmaken, voor iedereen. Ze houdt van ons. Ze houdt van haar vader. Als ze er nu achter kwam dat we haar al die jaren hebben voorgelogen... Ik denk dat we daar niet overheen zouden komen.'

'Maar als ze mijn doch...' Een slappe laatste poging, bij voorbaat tot mislukken gedoemd.

'Dat is ze niet. Dat wás ze misschien, een tijdje. Dat had ze kunnen worden als je teruggekomen was. Maar nu is ze dat niet.'

Sebastian knikte. Hij zag de logica in van wat ze zei. Waar zou het goed voor zijn? Wat zou het hem opleveren? Het leek wel of Anna zijn gedachten kon lezen.

'Wat kun je haar bieden? Een volkomen vreemde, die na dertig jaar opduikt en zegt dat hij haar vader is – daar kun je toch alleen maar iets mee kapotmaken?'

Sebastian knikte en draaide zich om naar de deur.

'Ik zal gaan.'

Toen hij de klink pakte, legde Anna haar hand op zijn bovenarm. Hij draaide zich naar haar toe.

'Ik ken mijn dochter goed. Het enige wat je zou bereiken, is dat je ons gezin kapotmaakt en dat zij je gaat haten.'

Sebastian knikte.

Hij begreep het.

Hij verliet de flat, en het andere leven dat hij had kunnen hebben of krijgen. Anna deed de deur achter hem dicht en hij bleef in het trappenhuis staan.

Dat was het dan.

Het was gebeurd.

Hij had een dochter. Die hij nooit te zien zou krijgen, nooit zou leren kennen. Alle spanning, die zich zo lang had opgebouwd, stroomde uit hem weg en hij werd fysiek moe. Hij kon nog nauwelijks op zijn benen staan. Sebastian liep naar de omhooggaande trap en ging erop zitten.

Hij zat voor zich uit te staren.

Leeg. Helemaal leeg.

Heel in de verte hoorde hij het doffe geluid van de buitendeur die drie trappen lager dichtsloeg. Hij vroeg zich af hoe hij thuis moest komen. Het was niet ver, maar op dit moment leek het een oneindige afstand.

Het duurde een paar tellen voordat hij registreerde dat de lift links van hem in beweging was gekomen. Hij stond op. Als de lift hier stopte, kon hij hem naar beneden nemen. Dat was de eerste stap op de lange wandeling naar zijn eigen lege appartement.

Hij had geluk. De lift stopte op de derde verdieping. Sebastian wilde niemand zien, zelfs niet om alleen maar zinloos in een liftdeur naar te glimlachen. Terwijl degene in de lift de veiligheidsdeur opendeed, liep Sebastian een paar stappen verder de trap op. Er stapte een vrouw uit en Sebastian ving een glimp van haar op door het hek boven de lift.

Ze had iets.

Iets bekends.

Iets heel bekends.

'Hoi mam, ik ben het,' hoorde hij Vanja zeggen. Ze liet de deur openstaan terwijl ze haar schoenen uittrok, en Sebastian ving een glimp van Anna op voordat Vanja de deur achter zich dichtdeed.

Nu wist hij het weer. Op de deur. De naam. Hij was zo geconcentreerd geweest op Eriksson dat die andere naam niet eens tot hem doorgedrongen was.

Lithner.

Vanja Lithner.

Vanja was zijn dochter.

Niets had hem op die informatie kunnen voorbereiden.

Niets.

Sebastian voelde zijn benen onder zich bezwijken en hij moest weer gaan zitten.

Het duurde lang voordat hij weer opstond.

DANK

We willen graag iedereen bij uitgeverij Norstedts bedanken, waar ze vanaf het eerste moment positief waren, ons steunden, ons zelf-vertrouwen gaven en ons werk nog leuker maakten.

Vooral dank aan Eva, Susanna, Peter en Linda.

We willen ook de firma Tre Vänner bedanken, vooral Jonas, Tomas, Johan en William, omdat we hun zegen kregen bij onze poging onze vleugels uit te slaan.

Veel dank aan onze gezinnen, die het afgelopen jaar zoveel over Sebastian Bergman hebben gehoord dat het waarschijnlijk grens-de aan marteling.

Hans wil Sixten, Alice en Ebba bedanken: jullie zijn gewoon fantastisch. En Lotta, echt de *Queen of fucking everything*.

Micke wil tegen Astrid, Caesar, William en Vanessa zeggen: jul-lie zijn het beste wat mij ooit is overkomen.